Прислуга

KATHRYN STOCKETT

the Help

КЭТРИН СТОКЕТТ

Прислуга

phantom press
Москва

УДК 821.111
ББК 84(7Сое)
С81

Издание осуществлено с разрешения
Amy Einhorn Books и G.P. Putnam's Sons,
входящих в Penguin Group (USA) Inc.

В оформлении обложки использованы материалы,
предоставленные Walt Disney Company,
официальным кинопрокатчиком фильма «Прислуга» в России.

Кэтрин Стокетт

С81 Прислуга. Роман. — Пер. с англ. М. Александровой. — М.: Фантом Пресс, 2023. — 512 с.

Американский Юг, на дворе 1960-е годы. Скитер только-только закончила университет и возвращается домой, в сонный городок Джексон, где никогда ничего не происходит. Она мечтает стать писательницей, вырваться в большой мир. Но приличной девушке с Юга не пристало тешиться столь глупыми иллюзиями, приличной девушке следует выйти замуж и хлопотать по дому.

Мудрая Эйбилин на тридцать лет старше Скитер, она прислуживает в домах белых всю свою жизнь, вынянчила семнадцать детей и давно уже ничего не ждет от жизни, ибо сердце ее разбито после смерти единственного сына.

Минни — самая лучшая стряпуха во всем Джексоне, а еще она самая дерзкая служанка в городе. И острый язык не раз уже сослужил ей плохую службу. На одном месте Минни никогда подолгу не задерживается. Но с Минни лучше не связываться даже самым высокомерным белым дамочкам.

Двух черных служанок и белую неопытную девушку объединяет одно — обостренное чувство справедливости и желание хоть как-то изменить порядок вещей. Смогут ли эти трое противостоять целому миру? Сумеют ли они выжить в этой борьбе?

В 2011 году роман был экранизирован, и фильм «Прислуга» стал одним из главных событий киносезона 2011—2012, номинирован на 4 премии «Оскар» и очень тепло принят зрителями. Сценарий написала сама Кэтрин Стокетт, а снял фильм режиссер Тэйт Тейлор.

ISBN 978-5-86471-732-5

Моему дедушке Стокетту,
лучшему на свете рассказчику

Эйбилин

Глава 1

Август 1962

Мэй Мобли родилась ранним воскресным утром в августе 1960-го. Церковное дитя, как говорится. Я белых детишек нянчу, а еще готовлю и прибираюсь в доме. За свою жизнь уже семнадцать деток вынянчила. Я умею укладывать их спать, успокаивать и сажать на горшок поутру, пока мамочка еще нежится в постели.

И отродясь я не видала ребенка, который орал бы, как Мэй Мобли Лифолт. Когда я первый раз переступила порог, она аж заходилась вся, красная — видать, животик болит — и бутылочку отшвыривала, как гнилую репу. Мисс Лифолт, та в ужасе глядела на собственное дитя: «Что я не так делаю? Почему никак не могу прекратить это?»

Это? Первый намек был: что-то здесь не так. И я взяла этого розового вопящего младенца на руки, покачала на коленях, чтобы газики отошли. И пары минут не прошло, как Малышка затихла и заулыбалась мне. Но мисс Лифолт, она за весь день так и не взяла на руки своего ребеночка. Я-то повидала женщин, что впадали в тоску после родов. Вот и подумала, что это тот самый случай.

Теперь насчет мисс Лифолт. Она не только хмурая вечно, она еще и худющая, что твой скелет. Ножки у нее такие тощие, будто отросли только на прошлой неделе. Двадцать три года, а долговязая, как четырнадцатилетний пацан. Даже каштановые волосы и те тонюсенькие да редкие. Она их пробует начесывать, но это ж просто смех. А лицо у нее точь-в-точь как у красного чертика, что на жестянке с коричными конфетками, — острый подбородок, и все. У нее все тело, вообще-то, состоит из острых выступов и углов, неудивительно, что не может утешить ребеночка. Детки любят толстых. Чтобы зарыться мордашкой вам в подмышку и заснуть. Уж я-то знаю.

К тому времени, как ей годик исполнился, Мэй Мобли меня ни на шаг не отпускала. Пробьет, бывало, пять часов, а она вцепится в мои башмаки, волочится по полу и кричит, будто я ухожу навеки. А мисс Лифолт прищурится злобно, вроде я делаю что дурное, и отдирает рыдающую крошку от моих ног. Я так думаю, вы сильно рискуете, когда допускаете чужого человека воспитывать свое дитя.

Сейчас Мэй Мобли два годика уже. У нее большущие карие глаза и кудряшки цвета меда. Дело чуть портит лысинка на затылке. А когда она сердится, между бровок у нее морщинка, как у мамы. Они вообще похожи, вот только Мэй Мобли пухленькая. Королевой красоты она не будет. Думаю, мисс Лифолт это беспокоит, но для меня Мэй Мобли особенный ребенок.

Я потеряла своего дорогого мальчика, Трилора, незадолго до того, как начала работать у мисс Лифолт. Ему было двадцать четыре. Чудесный возраст, вся жизнь впереди.

У него была своя квартирка на Фолей-стрит. Встречался с хорошей девушкой, Франсес, я ждала, что они поженятся, но он неторопливый был в таких вещах. Не потому, что искал чего получше, а просто очень был рассудительный. Он очки носил и все время читал. Даже начал писать книжку — про то, каково это быть цветным и работать в Миссисипи. Боже правый, как я им гордилась! Но как-то он работал допоздна на фабрике Сканлон-Тейлор, грузил мешки, щепки все время протыкали перчатки. Он был слишком маленький для этого дела, слишком хрупкий, но ему очень нужна была работа. Устал. Шел дождь. Он поскользнулся на мостках и упал прямо на дорогу. Водитель тягача его не заметил и раздавил ему легкие, прежде чем мальчик успел двинуться. Когда я все узнала, он был уже мертв.

В тот день мой мир почернел. Воздух стал черным, и солнце — черным. Я лежала на кровати и смотрела на черный потолок. Минни приходила каждый день проверить, дышу ли я еще, кормила меня, чтоб не померла. Три месяца прошло, прежде чем я глянула в окно, посмотреть, там ли еще весь остальной мир. Как же я удивилась, что мир не рухнул, когда мой мальчик погиб. Через пять месяцев после похорон я заставила себя встать с кровати. Надела белую униформу, повесила на шею маленький золотой крестик и отправилась с визитом к мисс Лифолт, потому что та только-только родила малышку дочь. Но вскоре я заметила, что кое-что во мне изменилось. Горькое зерно поселилось внутри. И я больше не принимаю жизнь так покорно.

— Приведите дом в порядок, а потом приготовьте салат из цыпленка, — приказывает мисс Лифолт.

Сегодня у нее бридж. Каждую четвертую среду месяца. Я уже все приготовила — утром сделала салат из цыпленка, а скатерти выгладила еще вчера. Мисс Лифолт это видела. Но ей двадцать три, и ей нравится слышать свой голос, когда она указывает мне, что делать.

Она уже в голубом платье, что я гладила утром, у которого *шестьдесят пять* складок на талии, таких тонких, что мне пришлось нацепить очки, чтобы их разгладить. Я мало что в жизни ненавижу, кроме себя, но про это платье *ничего* доброго сказать не могу.

— И проследите, чтобы Мэй Мобли к нам не входила, строго-настрого. Я на нее очень сердита — разорвала мою лучшую бумагу на пять тысяч кусочков, а мне нужно написать пятнадцать благодарственных писем для Молодежной лиги...

Я приготовила всякую всячину для ее подружек. Достала красивые бокалы, разложила столовое серебро. Мисс Лифолт не ставит маленький карточный столик, как другие дамы. У нас сидят за обеденным столом. Стелется скатерть, чтобы скрыть большую царапину в форме буквы «л», на комоде ваза с красными цветами прикрывает обшарпанность полировки. Мисс Лифолт, она любит, чтобы все было изящно, когда устраивает прием. Может, старается изобразить, какой у нее солидный дом. Они ведь не слишком богаты, я знаю. Богатые-то так из кожи вон не лезут.

Я работала в молодых семьях, но, так думаю, это самый маленький домишко из тех, где я нянчила деток. Вот, к примеру. Их с мистером Лифолтом спальня приличного размера, но комната Малышки совсем крохотная. Столовая — она же и гостиная. Ванных комнат только две, что облегчает жизнь, потому что в тех домах, где я работала прежде, бывало по пять и шесть. Целый день уходил только на то, чтоб отмыть туалеты. Домик хотя и маленький, мисс Лифолт старается сделать его уютным. Она неплохо управляется со швейной машинкой. Если не может купить что-то новое, просто берет синюю, к примеру, материю и шьет. Мисс Лифолт платит девяносто пять центов в час, мне уж много лет так мало не платили. Но после смерти Трилора я согласна была на все. Домовладелец не мог больше ждать.

В дверь звонят, я иду открывать.

— Привет, Эйбилин, — говорит мисс Скитер*, она из тех, что разговаривают с прислугой. — Как поживаете?

— Здрасьте, мисс Скитер. Все хорошо. Боже, ну и жара на улице.

Мисс Скитер очень высокая и худая. Волосы у нее светлые и короткие, она круглый год делает завивку. Ей года двадцать три или около того, как мисс Лифолт и остальным. Она кладет сумочку на стул, делает такое движение, будто почесывается под одеждой. На ней белая кружевная блузка, застегнутая, как у монашки, туфли на плоской подошве, думаю, чтоб не казаться выше. Синяя юбка с вырезом на талии. Мисс Скитер всегда выглядит так, словно кто-то ей подсказывает, что носить.

Слышу, как подъехали мисс Хилли и ее мама, мисс Уолтер, они сигналят у тротуара. Мисс Хилли живет в десяти футах, но всегда приезжает на машине. Открываю

---

* Skeeter (*амер.*) — комарик, москит. — *Здесь и далее примеч. перев.*

ей дверь, она проходит мимо, а я думаю, что пора бы разбудить Мэй Мобли.

Вхожу в детскую, а Мэй Мобли улыбается и тянет ко мне пухленькие ручонки.

— Уже проснулась, Малышка? А что же меня не позвала?

Она смеется и выплясывает веселую джигу, дожидаясь, пока я достану ее из кроватки. Обнимаю ее крепко-крепко. Думаю, когда я ухожу домой, ей не так уж много достается объятий. Частенько прихожу на работу, она ревет в своей кроватке, а мисс Лифолт стрекочет на машинке, недовольно закатывая глаза, как будто это бездомная кошка за окном орет. Мисс Лифолт, она всегда хорошо одета. Всегда накрашена, у нее есть гараж, двухкамерный холодильник, который даже делает лед. Если встретите ее в бакалейной лавке, ни за что не подумаете, что она может вот так уйти и оставить ребеночка плакать в колыбельке. Но прислуга всегда все знает.

Сегодня хороший день. Девчушка смеется.

Я говорю:

— Эйбилин.

А она мне:

— Эйбии.

Я:

— Любит.

И она повторяет:

— Любит.

Я ей:

— Мэй Мобли.

Она мне лепечет:

— Эйбии.

А потом хохочет и хохочет. Так ее забавляет, что она разговаривает, скажу вам, да и пора бы уж, возраст подошел. Трилор тоже до двух лет не разговаривал. Но зато к тому времени, как пошел в третий класс, он говорил лучше, чем президент Соединенных Штатов, приходил домой и выдавал всякие слова, навроде *объединение* и *парламентский*. Когда он перешел в среднюю школу, мы играли в такую игру: я давала ему простое слово, а он придумывал замысловатое название. Я, к примеру, говорила: *домашняя кошка*, а он — *животное из семейства кошачьих домашнего размера,* я говорила: *миксер*, а он — *вращающаяся ротонда*. Как-то раз я сказала: «Криско»*. Он почесал голову. Поверить не мог, что я выиграла таким простым словом, как «Криско». Это стало у нас секретной шуткой, означало что-то, что вы никак не можете ни описать, ни приспособить к делу, как бы ни старались. Папашу его мы начали называть «Криско», потому что невозможно представить себе мужика, сбежавшего из семьи. Вдобавок он самый подлый неплательщик на свете.

Я перенесла Мэй Мобли в кухню, усадила в высокий стульчик, думая о двух поручениях, которые надо закончить сегодня, пока мисс Лифолт не разгневалась, — отобрать негодные салфетки и привести в порядок серебро в буфете. Боже правый, похоже, придется заняться этим, пока дамы в гостиной.

Несу в столовую блюдо с фаршированными яйцами под майонезом. Мисс Лифолт сидит во главе стола, слева от нее мисс Хилли Холбрук и матушка мисс Хилли, мисс Уолтер, с которой мисс Хилли обращается вовсе без уважения. А справа от мисс Лифолт — мисс Скитер.

Обношу гостей, начиная с мисс Уолтер, как самой старшей. В доме тепло, но она набросила на плечи толстый коричневый свитер. Старушка берет яйцо с блюда и едва не роняет его, потому что руки дрожат. Я перехожу к мисс Хилли, та улыбается и берет сразу два. У мисс Хилли круглое лицо и темно-каштановые волосы, собранные в «улей». Кожа у нее оливкового цвета, в веснушках и родинках. Носит она чаще всего шотландку. И задница у нее тяжеловата. Сегодня, по случаю жары, она в красном свободном платье без рукавов. Она из тех женщин, что одеваются, как маленькие девочки, со всякими шляпками и прочим. Не больно-то она мне нравится.

Перехожу к мисс Скитер, но она, наморщив носик, отказывается: «Нет, спасибо». Потому что не ест яйца. Я все время твержу мисс Лифолт, что у нее тут бридж-

---

* Консервированный жир-разрыхлитель для выпечки, на основе хлопкового масла.

клуб, а она все равно заставляет меня готовить эти яйца. Боится разочаровать мисс Хилли.

Наконец, добираюсь до мисс Лифолт. Она хозяйка, поэтому получает свою закуску последней. И тут же мисс Хилли говорит: «Если вы не возражаете...» — и подхватывает еще парочку яиц, что меня вовсе не удивляет.

— Угадайте, кого я встретила в салоне красоты? — обращается к дамам мисс Хилли.

— И кого же? — интересуется мисс Лифолт.

— Селию Фут. И знаете, что она спросила? Не может ли она помочь с Праздником в этом году.

— Отлично, — замечает мисс Скитер. — Нам это пригодится.

— Не все так плохо, обойдемся без нее. Я ей так и сказала: «Селия, чтобы участвовать, вы должны быть членом Лиги или активно сочувствующей». Что она себе думает? Что Лига Джексона открыта для всех?

— А разве мы в этом году не привлекаем нечленов? Праздник ведь предстоит грандиозный? — удивляется мисс Скитер.

— Ну да, — говорит мисс Хилли. — Но *ей* я об этом сообщать не собиралась.

— Поверить не могу, что Джонни женился на такой вульгарной девице, — качает головой мисс Лифолт, а мисс Хилли кивает. И начинает сдавать карты.

А я раскладываю салат и сэндвичи с ветчиной и невольно слушаю их болтовню. Эти дамы обсуждают только три темы: дети, тряпки и подружки. Заслышав слово «Кеннеди», не подумайте, что речь идет о политике. Они обсуждают, в чем была мисс Джеки, когда ее показывали по телевизору.

Подхожу к мисс Уолтер, та берет только половинку сэндвича.

— Мама, — резко кричит на нее мисс Хилли, — возьми еще. Ты тощая как телеграфный столб. — Мисс Хилли смотрит на остальных. — Я ей все время твержу: если эта Минни не умеет готовить, надо уволить ее, и дело с концом.

Я тут же навостряю уши. Она говорит о прислуге. А Минни — моя лучшая подруга.

— Минни прекрасно готовит, — возражает мисс Уолтер. — Просто я не так голодна, как бывала прежде.

Минни, поди, лучшая стряпуха в округе Хиндс, а может, и во всем штате Миссисипи. Осенью будет Праздник Молодежной лиги, и они попросили ее испечь десять тортов с карамелью для аукциона. Она, пожалуй, самая известная из прислуги в нашем штате. Проблема в том, что Минни не может держать рот на замке. Уж слишком она любит дерзить. То нагрубит белому менеджеру в бакалее, то с мужем поскандалит, и вечно дерзит белым дамам, у которых служит. У мисс Уолтер она задержалась так долго только потому, что та глуха как тетерев.

— Я считаю, что ты недоедаешь, мама, — не унимается мисс Хилли. — Эта Минни плохо тебя кормит, чтобы прикарманить последние ценности, что остались. — Она отодвигает стул: — Пойду припудрю носик. Вот увидите, мама умрет от голода.

Когда мисс Хилли уходит, мисс Уолтер бормочет себе под нос:

— Держу пари, ты только обрадуешься.

Все делают вид, будто ничего не слышали. Надо бы позвонить сегодня вечерком Минни, рассказать, что тут заявляла мисс Хилли.

В кухне Малышка сидит в своем стульчике, вся мордашка перемазана черничным соком. Я вхожу, и она тут же начинает улыбаться. Она не шумит, не хнычет, когда остается одна, но я ужас как не люблю оставлять ее надолго. Знаю, что она глаз не сводит с двери, пока я не вернусь.

Глажу ее по пушистой головке и снова выхожу — подать холодный чай. Мисс Хилли уже сидит на своем месте, вся скривилась — опять чем-то недовольна.

— О, Хилли, тебе лучше было бы воспользоваться гостевой ванной комнатой, — говорит мисс Лифолт, перебирая карты. — В задней части дома Эйбилин убирает только после обеда.

Хилли вздергивает подбородок. А потом издает свое многозначительное «А-ха-мм». Она так вроде откашливается, привлекает к себе внимание, а остальные невольно подчиняются.

— Но гостевой ванной пользуется прислуга, — замечает мисс Хилли.

Сначала все молчат. Потом мисс Уолтер кивает, будто сейчас все стало понятно:

— Она расстроена, что негритоска пользуется той же ванной комнатой, что и мы.

Боже, только не это дерьмо снова. Они все уставились на меня, глядят, как я перебираю серебро на буфете, и я понимаю, что пора уходить. Но прежде чем я положила на место последнюю ложку, мисс Лифолт распоряжается:

— Принесите еще чаю, Эйбилин.

Подчиняюсь, хотя чашки у них полны до краев.

Потом с минуту слоняюсь по кухне, хотя делать мне там уже нечего. Надо бы вернуться в столовую, закончить с серебром. И салфетки нужно разобрать обязательно сегодня, но они в комоде, что стоит в холле, как раз напротив стола, где они сидят. Я не намерена торчать тут допоздна только потому, что мисс Лифолт играет в карты.

Жду еще несколько минут, протирая столы. Даю Малышке еще кусочек ветчины, и она с радостью все съедает. В конце концов выскальзываю в холл, мысленно молясь, чтоб не попасться им на глаза.

Они сидят, все четверо, — в одной руке сигарета, в другой — карты.

— Элизабет, если бы у тебя был выбор, — слышу голос мисс Хилли, — неужели ты не предпочла бы, чтобы они делали свои дела вне дома?

Я тихонечко выдвигаю ящик комода, волнуясь, как бы мисс Лифолт меня не заметила, и не очень прислушиваясь к тому, что они говорят. Эти разговоры для меня не новость. Повсюду в городе есть туалеты для цветных, и во многих домах тоже. Но тут я вижу, что мисс Скитер меня заметила, и замираю — ох, не было бы у меня неприятностей.

— Черви, — объявляет мисс Уолтер.

— Не знаю... — Мисс Лифолт хмурится, разглядывая свои карты. — Рэйли только начинает дело, а до уплаты налогов еще шесть месяцев... обстоятельства у нас сейчас сложные.

Мисс Хилли говорит медленно, аккуратно, словно торт глазурью покрывает:

— Ты должна сказать Рэйли, что каждый пенни, который он потратит на эту ванную, он с лихвой возместит при продаже дома, — и кивает, словно сама с собой соглашается. — Ну что это за дома они строят, без уборной для прислуги? Это же просто опасно. Всем известно, что у них совсем другие заболевания, не такие, как у нас. Удваиваю.

Достаю стопку салфеток. Интересно, что мисс Лифолт на это скажет. Она же мой босс. Каждый, поди, хотел бы знать, что его босс о нем думает.

— Было бы неплохо, — говорит мисс Лифолт, затягиваясь сигареткой, — если бы она не пользовалась туалетом в доме. Три пики.

— Вот поэтому я и выдвинула «Инициативу по обеспечению домашней прислуги отдельным санузлом», — объявляет мисс Хилли. — Как средство профилактики заболеваний.

Удивительно, но горло у меня сжимается. Стыдно, я ведь давным-давно научилась подавлять чувства.

Мисс Скитер явно озадачена:

— Инициативу... что это такое?

— Закон, согласно которому в каждом белом доме должна быть отдельная уборная для цветной прислуги. Я даже уведомила об этом главного санитарного врача Миссисипи. Надеюсь, что он одобрит идею. Я — пас.

Мисс Скитер мрачно смотрит на мисс Хилли. Кладет карты рубашкой вверх и небрежно так произносит:

— Может, мы просто построим отдельную ванную для тебя, Хилли.

Господи, вот тут-то все по-настоящему затихли.

Мисс Хилли говорит:

— Не думаю, что тебе следует шутить по поводу расовой проблемы. По крайней мере, если хочешь остаться на посту редактора Лиги, Скитер Фелан.

Мисс Скитер усмехается, но видно, что ей совсем не смешно.

— Ты что... намерена вышвырнуть меня вон? За несогласие с тобой?

Мисс Хилли поднимает бровь:

— Я сделаю то, что должна, для защиты нашего города. Твой ход, мама.

Я возвращаюсь в кухню и не показываюсь оттуда, пока не слышу, что за мисс Хилли закрылась дверь.

Убедившись, что мисс Хилли ушла, я сажаю Мэй Мобли в манеж и выношу мусорное ведро на улицу, потому что мусоровоз должен сегодня приехать. Мисс Хилли и ее сумасшедшая мамаша едва не наезжают на меня своей машиной, а потом радостно вопят, что, мол, извиняются. Спасибо, что ноги не переломали.

Когда я вхожу в кухню, мисс Скитер уже там. Прислонилась к столу, лицо серьезное, даже серьезнее, чем обычно.

— Привет, мисс Скитер. Угостить вас чем-нибудь?

Она смотрит, как мисс Лифолт разговаривает с мисс Хилли через окошко машины.

— Нет, я просто... жду.

Я вытираю поднос, украдкой бросаю взгляд на нее, она все еще с тревогой смотрит в окно. Она не похожа на других белых дам, высокая такая. И скулы у нее очень высокие. Голубые глаза всегда опущены, и потому вид у нее застенчивый. В кухне тихо, только радио на столике работает, церковная станция. Шла бы она отсюда, что ли.

— Это проповедь отца Грина передают?

— Да, мэм.

Мисс Скитер чуть улыбается:

— Как это напоминает мне мою нянюшку.

— О, я знакома с Константайн, — говорю я.

Мисс Скитер отворачивается от окна, смотрит на меня:

— Она меня вырастила, знаете?

Я киваю, жалея, что вообще открыла рот. Уж слишком много мне известно об этом деле.

— Я пыталась раздобыть адрес ее семьи в Чикаго, — продолжает она. — Но никто не мог ничего сообщить.

— Я тоже ничего не знаю, мэм.

Мисс Скитер опять переводит взгляд за окно, на «бьюик» мисс Хилли, едва заметно качает головой:

— Эйбилин, говорят, что... То есть Хилли говорит...

Я беру кофейную чашечку, принимаюсь протирать ее.

— А вы никогда не хотели... изменить это все?

И я не сдержалась. Посмотрела на нее. Потому как в жизни не слыхала более глупого вопроса. Она так сморщилась, прямо с отвращением, вроде как насыпала в кофе соли вместо сахару.

— О нет, мэм, все замечательно.

Я опять занялась посудой, так что она не видела, как я закатила глаза.

— Но эти разговоры, насчет *уборной*... — И замолкает на этом самом слове, потому как в кухню входит мисс Лифолт.

— Привет, Скитер. — Она довольно странно глядит на нас обеих. — Простите, я... вам помешала?

Мы, наверное, обе подумали, не слышала ли она чего.

— Я должна бежать, — говорит тут мисс Скитер. — До завтра, Элизабет. — Открывает черный ход, оглядывается: — Спасибо за обед, Эйбилин. — И уходит.

Я иду в столовую и принимаюсь убирать со стола. Как я и думала, мисс Лифолт появляется следом, со своей печальной улыбочкой. Голову склонила так, будто о чем спросить хочет. Она не любит, чтоб я с ее подружками разговоры разговаривала, когда ее поблизости нет, никогда этого не любила. Вечно хотела знать, кто что говорит. Я прошла в кухню, чуть ее не задев. Посадила Малышку в высокий стульчик и начала духовку чистить.

Мисс Лифолт опять за мной, углядела банку «Криско», повертела и поставила. Малышка тянет ручонки к маме, но та открывает буфет и делает вид, будто не замечает. Потом захлопывает дверцу, открывает другую. В конце концов останавливается. Я себе стою на четвереньках. Голову засунула в духовку, будто хочу газом отравиться.

— Вы с мисс Скитер, кажется, говорили о чем-то очень серьезном.

— Нет, мэм, она просто... спрашивала, не нужна ли мне какая поношенная одежда, — отвечаю я, словно из колодца.

Руки все в жирной саже. И пахнет тут, как в подмышке. Вскорости и пот побежал по носу, и каждый раз, как стираю его, оставляю на лице грязное пятно. Должно быть, здесь, в духовке, самое гадкое место на свете. Когда внутри, непонятно, то ли ты ее чистишь, то ли тебя сейчас поджарят. Сегодня вечером мне чудится, что я застряну в духовке, а в это время включится газ. Но не вынимаю головы из этой жуткой дыры, потому что готова оказаться где угодно, лишь бы не отвечать на вопросы мисс Лифолт про беседу с мисс Скитер. Про то, что она спрашивала, не хочу ли я *изменить* жизнь.

Мисс Лифолт подождала-подождала, а потом фыркнула да и вышла. Видать, присматривает, где пристроить новую ванную для меня, для цветных.

Глава 2

Никогда не подумаешь, но в Джексоне, штат Миссисипи, двести тысяч жителей. Я увидела это число в газете и подивилась, где же прячутся все эти люди? Под землей? На своей стороне реки я почти всех знаю, и много белых семей тоже знаю, но на двести-то тысяч их точно не хватит.

Шесть дней в неделю я сажусь в автобус и еду через мост Вудро Вилсона туда, где живут мисс Лифолт и ее белые подружки, в район под названием Белхэвен. Сразу за Белхэвеном — центр города и столица штата. Здание Капитолия огромное, снаружи красивое, а внутри я никогда не была. Интересно, сколько платят за его уборку.

Дальше по дороге — белый Вудланд-Хиллс, а потом Шервудский лес, целые мили огромных дубов, поросших мхом. Там пока нет домов, но наверняка построят, когда белые надумают переезжать куда-нибудь в новое местечко. А дальше уже совсем деревня, где живет мисс Скитер — рядом со своими хлопковыми полями. Она-то не знает, а я ведь собирала там хлопок в 1931 году, во времена Депрессии, когда есть было нечего, кроме бесплатной государственной похлебки.

Так что в Джексоне белые районы один за другим, и растут они как грибы. А район, где живем мы, цветные, как большой муравейник, и окружен со всех сторон государственной землей, которая не продается. Нас становится все больше, но в стороны мы не расползаемся, просто эта часть города становится толще.

Села я в автобус номер шесть, что идет из Белхэвена до Фэриш-стрит. Сегодня автобус битком — прислуга в своей белой униформе возвращается домой. Мы болтаем, улыбаемся друг другу, будто мы здесь хозяева, — и не потому что не опасаемся, нет ли поблизости белых, нынче-то мы, спасибо мисс Паркс*, можем сидеть где пожелаем, — просто на душе тепло.

Замечаю Минни — на заднем сиденье, прямо по центру. Минни, она маленькая и толстая, вся голова в блестящих черных кудряшках. Сидит, ноги расставила, руки скрестила. Она на семнадцать лет меня моложе. Крепкая — смогла бы, пожалуй, этот автобус поднять, если б захотела. Такой старухе, как я, повезло иметь подружку вроде Минни.

Сажусь перед ней, оборачиваюсь и принимаюсь слушать. Все любят послушать нашу Минни.

— ...Ну я и говорю, мол, мисс Уолтер, люди не хотят больше видеть вашу голую белую задницу, им больше нравится моя, черная. Так что ступайте-ка в дом и наденьте трусы. И вообще кой-какую одежку накиньте.

— Прямо на парадном крыльце? Голая? — удивляется Кики Браун.

— И задница свисает аж до колен.

Автобус грохнул, все хохочут и головами качают.

— Господи, да эта женщина ненормальная, — говорит Кики. — И везет же тебе на психов, Минни.

— А что, твоя мисс Паттерсон не такая, что ли? — не остается в долгу Минни. — Э, да она на перекличке в дурдоме первой отзывается.

И опять все хохочут, теперь уже потому, что Минни никому не позволяет отзываться плохо о ее белых хозяевах. Раз она у них работает, значит, и право ругать их принадлежит только ей.

Автобус переезжает реку и делает первую остановку в цветном районе. Несколько горничных выходят. Я пересаживаюсь на освободившееся место рядом с Минни. Она улыбается и пихает меня локтем в бок, вроде как здоровается. Потом расслабленно откидывается на сиденье, передо мной-то ей не надо концерт устраивать.

---

* Роза Паркс — зачинательница движения за права чернокожих граждан США, «мать движения за гражданские права». Благодаря ее выступлениям в 1956 году Верховный суд США вынес постановление о недопустимости расовой сегрегации в общественном транспорте.

— Как жизнь? Все утро разглаживала складки на юбочке?

Смеюсь и киваю:

— Полтора часа маялась.

— Чем ты кормила сегодня мисс Уолтер в своем бридж-клубе? Я все утро надрывалась, готовила этот дурацкий карамельный торт, а она в итоге не съела ни крошки.

Тут я вспоминаю, о чем сегодня толковала мисс Хилли. Будь на ее месте любая другая белая леди, мы и не волновались бы, но хочется понять, куда она гнет. Просто не знаю, как начать.

Выглядываю в окошко. Мы проезжаем мимо больницы для цветных, мимо фруктового лотка.

— Кажется, я слышала, как мисс Хилли говорила что-то насчет того, что ее мама худеет, — очень осторожно начинаю я. — Вроде как она плохо ест.

Минни поворачивается ко мне:

— Она так сказала, точно? — И злобно прищуривается. — Что еще сказала мисс Хилли?

Лучше уж скажу все.

— Думаю, у нее на тебя зуб, Минни. Ты... будь осторожна с ней.

— Это мисс Хилли следует быть осторожной со *мной*. Она что, хочет сказать, я не умею готовить? Этот старый мешок с костями ничего не жрет, потому что я плохо ее кормлю!

— Прости, Минни, я сказала это, только чтоб ты держалась от нее подальше...

— Если она решится вякнуть мне такое, узнает, какова Минни на вкус. — С этими словами Минни, разъяренная, выходит из автобуса.

Смотрю ей вслед, как она решительно марширует к своему дому. Мисс Хилли не из тех, с кем можно шутки шутить. Господи, может, следовало держать язык за зубами?

Пару дней спустя я выхожу из автобуса, иду к дому мисс Лифолт. Перед домом стоит старый грузовик. Внутри двое черных, один пьет кофе, а второй устроился подремать. Прохожу мимо, прямо в кухню.

Сегодня утром мистер Рэйли Лифолт дома, редкий случай. Обычно, когда он тут, вид у него такой, будто минутки считает — скорей бы обратно на свою работу. Даже по субботам. Но сегодня он чем-то рассержен.

— Это, черт побери, мой дом, и я плачу за все, что в нем, черт побери, происходит! — кричит мистер Лифолт.

Мисс Лифолт старается держаться поодаль, и на лице у нее такая улыбка, что сразу ясно — не больно-то она счастлива. Я прячусь в прачечной. Прошло уже два дня после тех разговоров об уборной, и я надеялась, что все улеглось. Мистер Лифолт открывает дверь и с грохотом опять захлопывает.

— Я мирился с новыми тряпками, чертовыми поездками в Новый Орлеан с твоими клубными подружками, но это уже переходит всякие границы!

— Но это увеличит стоимость дома. Хилли так сказала!

Я сижу в прачечной, но словно вижу, как мисс Лифолт пытается удержать улыбку на лице.

— Мы не можем себе это позволить! И мы не подчиняемся приказам Холбруков!

На миг повисает тишина. А потом я слышу *топ-топ* маленьких ножек.

— Па-почка?

Выхожу из прачечной и отправляюсь в кухню, потому что Мэй Мобли — моя обязанность.

Мистер Лифолт уже опустился на корточки перед малышкой. Улыбка у него будто резиновая.

— А знаешь что, дорогая?

Она улыбается в ответ, ждет сюрприза.

— Ты не сможешь пойти в колледж, потому что подружки твоей мамы не должны, видите ли, пользоваться тем же туалетом, что и прислуга.

Потом выходит, хлопнув дверью так громко, что Малышка от страха даже глазки зажмурила.

Мисс Лифолт поворачивается к дочке и начинает грозить пальцем:

— Мэй Мобли, ты знаешь, что не должна вылезать из кроватки!

Малышка смотрит на дверь, которой шваркнул ее папочка, смотрит на маму, которая ее ругает. Маленькая моя, она, бедняжка, изо всех сил старается не плакать.

Бросаюсь к ней, мимо мисс Лифолт, подхватываю на руки и шепчу:

— Ну-ка, пойдем-ка в гостиную, посмотрим на игрушечки. А как ослик говорит?

— Она все время вылезает из кроватки. Сегодня утром мне пришлось трижды укладывать ее обратно.

— А это потому, что кое-кому надо поменять штанишки. Кто-то у нас опи-и-исался.

Мисс Лифолт смущенно бормочет:

— Ну, я не поняла... — Но уже глядит в окно, на грузовик.

Иду наверх. Я так разозлилась, так разозлилась. Малышка лежит в кроватке с восьми вечера, конечно, ей нужно сменить штанишки! Попробовала бы мисс Лифолт терпеть двенадцать часов, когда хочется в туалет!

Сажаю Малышку на пеленальный столик, стараясь скрывать свою ярость. Пока снимаю пижамку, Малышка внимательно смотрит на меня. Потом протягивает ручку и нежно трогает мои губы.

— Мэй Мо плохая, — лепечет она.

— Нет, маленькая, ты совсем не плохая. — Глажу ее по головке. — Ты хорошая. Очень хорошая.

Я живу на Гессум-авеню, снимаю здесь жилье с 1942 года. Гессум, можно сказать, имеет свое лицо. Домишки тут маленькие, но палисадники у всех разные: некоторые вытоптанные, ни травинки, как стариковская лысина, а другие — засаженные кустами роз и азалии, с красивыми газончиками. Мой дворик, должна признаться, нечто среднее.

Перед домом у меня несколько кустов красных камелий. Газон с проплешинами, и до сих пор осталось большое желтое пятно, где три месяца после аварии стоял пикап Трилора. Деревьев у меня нет. Но зато задний двор выглядит как райский сад. Там моя соседка, Ида Пик, выращивает овощи.

У самой Иды двора-то толком и нет, он весь завален барахлом ее мужа — двигатели от машин, старые холодильники, шины. Он все обещает, что починит это, но ничего не делает. Я и предложила Иде похозяйничать на моем участке. Так что мне нет нужды копать и сеять, а она позволяет срывать, что нужно, экономя мне два-три доллара в неделю. Что мы не съедаем, она консервирует и одаривает меня всякими баночками на зиму. Отличная зелень, баклажаны, окра* целыми бушелями, всяческие тыквы. Не представляю, как ей удается защищать от жучков помидоры, но удается. И отличные, надо сказать, помидоры.

В тот вечер лил сильный дождь. Я достала горшочек Идиной капусты с помидорами, съела последний ломоть кукурузного хлеба. Потом занялась подсчетом финансов, потому что в последнее время случились целых две неприятности: автобусный билет подорожал до пятнадцати центов и арендная плата выросла, теперь двадцать девять долларов в месяц. Я работаю на мисс Лифолт с восьми до четырех, шесть дней в неделю, кроме субботы. Каждую пятницу получаю сорок три доллара, в месяц выходит сто семьдесят два. Это означает, что после того, как заплачу за свет, воду, газ и за телефон, у меня остается тринадцать долларов пятьдесят центов на еду, одежду, парикмахерскую и пожертвования в церковь. Не говоря уж о том, что отправить по почте все эти счета стоит целый никель. А мои рабочие туфли так износились, что почти каши просят. Новая пара стоит семь долларов, так что, похоже, придется мне сидеть на капусте с помидорами, пока не превращусь в Братца Кролика. Благослови Господь Иду Пик, а то мне вообще нечего было бы есть.

Звонит телефон, и я аж подпрыгиваю от неожиданности. Не успела поздороваться, как слышу голос Минни. Она сегодня задержалась на работе.

— Мисс Хилли отправляет мисс Уолтер в дом престарелых. Мне нужно искать новую работу. И знаешь когда? На *следующей неделе*.

— О нет, Минни.

---

* Окра, или бамия, — однолетняя овощная культура, очень популярная в южных штатах Америки.

— Я уже начала, обзвонила сегодня десять дам. Ни малейшего интереса.

Не хочется говорить вслух, но я не удивлена.

— Завтра же с утра первым делом спрошу мисс Лифолт, не знает ли она, кому нужна прислуга, и...

— Погоди-ка, — обрывает меня Минни. Слышу голос мисс Уолтер и как Минни отвечает: — Я, по-вашему, кто? Шофер? Не повезу я вас в загородный клуб в проливной дождь.

Хуже всего для карьеры прислуги, помимо воровства, длинный язык. Правда, Минни такая замечательная стряпуха, что иногда это перевешивает.

— Не переживай, Минни. Мы найдем тебе кого-нибудь глухого как тетерев, вроде мисс Уолтер.

— Мисс Хилли тут уговаривает пойти к ней работать.

— Что?! — И продолжаю со всей суровостью, на которую способна: — Значит, так, Минни, я буду содержать тебя сама, но не позволю тебе работать на эту злобную ведьму.

— Ты с кем, по-твоему, разговариваешь, Эйбилин? С мартышкой? С таким же успехом я могу пойти работать на Ку-клукс-клан. И ты знаешь, я никогда не отберу работу у Юл Мэй.

— Прости бога ради. Просто я очень занервничала, когда речь зашла о мисс Хилли. Я позвоню мисс Кэролайн из «Жимолости», может, она кого-нибудь знает. И мисс Рут позвоню, она такая милая, такая жалостливая. Бывало, каждое утро прибиралась в доме, так что мне только и дел оставалось, что составлять ей компанию. Муж у нее умер от скарлатины, ох-ох-ох.

— Спасибо, Эй. А теперь давайте-ка, мисс Уолтер, съешьте фасолинку за мое здоровье. — Минни прощается и кладет трубку.

На следующее утро старый зеленый грузовик опять стоял на том же месте. Работы уже начались, но сегодня мистера Лифолта поблизости не наблюдалось. Он, наверное, понял, что проиграл битву еще до ее начала.

Мисс Лифолт сидит за кухонным столом в своем синем клетчатом халате и болтает по телефону. У Малышки вся мордашка перемазана чем-то красным, девчушка теребит маму за коленки, чтобы та на нее поглядела.

— Доброе утро, маленькая, — здороваюсь я.

— Мама! Мама! — Малышка пытается вскарабкаться мамочке на колени.

— Нет, Мэй Мобли, — спихивает ее мисс Лифолт. — Мама разговаривает по телефону. Дай маме поговорить.

— Мама, на ручки, — хнычет Мэй Мобли.

— Не-ет, — шипит мисс Лифолт.

Торопливо сгребаю Малышку в охапку и тащу умываться, но она продолжает выворачиваться и звать «мама, мама», чтоб на нее обратили внимание.

— Как ты мне и советовала сказать, — кивает мисс Лифолт телефонной трубке. — Когда мы соберемся переезжать, это увеличит стоимость дома.

— Ну-ка, маленькая, давай сюда ручки, в водичку.

Но Малышка вырывается. Пытаюсь намылить ей пальчики, а она вертится туда-сюда, ужом вьется у меня в руках. Выскальзывает, бежит к матери и, вскинув подбородок, дергает телефонный провод изо всех своих силенок. Трубка вылетает из руки мисс Лифолт и с грохотом падает на пол.

— Мэй Мобли! — сердито говорю я.

Бросаюсь к ней, но мисс Лифолт успевает раньше. Губы изогнуты в жуткой улыбке. Шлепок по голым ножкам такой силы, что даже я подпрыгиваю от боли.

Потом мисс Лифолт хватает Мэй Мобли за руку.

— Не смей больше трогать телефон! — отрывисто произносит она, на каждом слове дергая маленькую ручку. — Эйбилин, сколько раз повторять, чтоб вы держали ее подальше от меня, когда я говорю по телефону!

— Простите, — бормочу я, подхватываю Мэй Мобли, пытаюсь обнять, но она орет во весь голос, личико багровое, и принимается вдобавок колотить меня. — Успокойся, маленькая, все хорошо, все...

Мэй Мобли кричит еще громче и — *бац*! — стукает меня кулачком прямо по уху.

Мисс Лифолт вопит, указывая на дверь:

— Эйбилин, убирайтесь отсюда, обе!

Уношу девочку из кухни. Я так жутко разозлилась на мисс Лифолт, что даже язык прикусила. Если бы эта дура хоть немножко внимания уделила собственному ребенку, ничего бы и не случилось! В комнате малышки я усаживаюсь в кресло-качалку. Мэй Мобли рыдает мне в плечо, а я поглаживаю бедняжку по спинке, радуясь, что она не видит сейчас моего лица. Не хочу, чтоб она подумала, будто это я на нее так разозлилась.

— Успокоилась, детка? — шепчу я.

Ухо еще побаливает от ее крошечного кулачка. Как я рада, что она стукнула меня, а не свою мамочку, а то не знаю, что бы эта женщина с ней сотворила. Опускаю взгляд и вижу красный отпечаток ладони на голой ножке.

— Я здесь, маленькая, Эйби с тобой. — Покачиваюсь и поглаживаю, покачиваюсь и поглаживаю.

Но Малышка все плачет и плачет.

К полудню, когда начинается мой сериал по телевизору, во дворе под навесом становится тихо. Мэй Мобли сидит у меня на коленях, помогает чистить фасоль. Она все еще немножко нервничает после утреннего. Я, наверное, тоже, но я-то затолкала свои чувства поглубже, где о них можно не беспокоиться.

Мы идем в кухню, и я готовлю Малышке сэндвич с колбасой. Рабочие на улице устраиваются перекусить в своем грузовике. Все, слава богу, мирно. Улыбаюсь Малышке, протягиваю ей клубничку. Как хорошо, что я оказалась рядом, когда случилась вся эта история с ее мамашей. Страшно подумать, что могло произойти, не будь меня. Она заталкивает клубнику в рот, улыбается в ответ. Думаю, она тоже так считает.

Мисс Лифолт дома нет, так что решаю позвонить Минни в дом мисс Уолтер, выяснить, не нашла ли она работу. Но только я направляюсь к телефону, как в заднюю дверь стучат. На пороге один из рабочих. Совсем уже старик. В комбинезоне поверх белой рубашки.

— Здрасьте, мэм. Можно попросить у вас водички?

— Нет проблем, — отвечаю я.

Не узнаю его. Должно быть, живет где-то в южной части города. Достаю из буфета бумажный стаканчик. Остались со дня рождения Мэй Мобли, с нарисованными шариками. Я знаю, мисс Лифолт не понравится, если я дам ему стеклянный стакан.

Он выпивает воду залпом и возвращает стаканчик. Лицо у него очень уставшее. И в глазах какая-то тоска.

— Как дело движется? — интересуюсь я.

— Работаем. Но воды пока нет. Думаю, проложим трубу оттуда, от дороги.

— Другому парню нужно попить?

— Было бы очень любезно с вашей стороны, — кивает он, и я иду за вторым детским стаканчиком для его товарища, наполняю водой из-под крана.

Но он не сразу несет его напарнику.

— Прошу прощения, — начинает он, — но где тут... — Он переминается, рассматривает свои ботинки. — Где я мог бы... отлить?

Он поднимает голову, и с минуту мы оба молча пялимся друг на друга. Забавно это все, однако. Не так, чтоб хохотать до упаду, но, знаете, когда думаешь: вот это да. В доме два туалета, еще один строится, а все равно нет места, где бы мужчина мог сделать свои дела.

Я никогда еще не оказывалась в таком положении. Молодой парень, Роберт, который прибирает двор каждые две недели, думаю, справляет нужду до прихода сюда. Но этот мужчина, он старый. Руки все в морщинах. Семьдесят лет тревог оставили много следов на его лице, оно как дорожная карта.

— Э-э... Думаю, вам лучше сходить в кусты, за домом, — слышу свой голос. Бог свидетель, многое я бы отдала, чтобы оказаться сейчас в другом месте. — Там собака, но она вас не тронет.

— Ладно, — отвечает он. — Спасибо.

И медленно он возвращается со стаканом воды для своего напарника.

Стук и земляные работы продолжаются весь оставшийся день.

А весь следующий день они стучат и копают прямо перед домом. Я не задаю мисс Лифолт никаких вопросов об этом деле, а мисс Лифолт ничего не объясняет. Только каждый час открывает заднюю дверь посмотреть, что там к чему.

В три часа шум прекращается, мужчины садятся в грузовик и уезжают. Мисс Лифолт, глядя им вслед, шумно вздыхает. Потом прыгает в машину и уезжает по своим делам, которыми обычно и занимается, когда не переживает из-за пары цветных мужиков, околачивающихся около ее дома.

Вскоре звонит телефон.

— Мисс Лиф...

— Она всем в городе рассказала, что я воровка! Поэтому я не могу найти работу! Эта стерва превратила меня в самую наглую и болтливую горничную округа Хиндс! К тому же уголовницу!

— Погоди, Минни, переведи дух...

— Сегодня утром перед работой я пошла к Ренфроу из «Платанов», так мисс Ренфроу меня едва с лестницы не спустила. Говорит, мисс Хилли ей все обо мне рассказала, мол, все уже знают, что я украла подсвечники у мисс Уолтер!

Слышу, как орет Киндра, и удивляюсь, почему это Минни уже дома. Обычно она не уходит с работы раньше четырех.

— А я ведь только вкусно кормила старуху и ухаживала за ней!

— Минни, я знаю, что ты честная женщина. Господь тому свидетель.

Голос понижается — будто пчелы в сотах жужжат:

— Когда я пришла к мисс Уолтер, мисс Хилли была уже там и попыталась всучить мне двадцать долларов. Говорит: «Возьмите. Я знаю, вы нуждаетесь». А я чуть не плюнула ей в лицо. Но не плюнула. Нет, сэр, — и она аж запыхтела, — я сделала *хуже*.

— Что ты сделала?

— Не скажу. Никому не скажу про тот пирог. Но она получила то, что заслужила!

Минни теперь причитает в полный голос, а меня охватывает ужас. Не стоит затевать опасных игр с мисс Хилли.

— Я никогда больше не найду работу, Лерой меня убьет...

Плач Киндры все громче. Минни бросает трубку, даже не попрощавшись. Не возьму в толк, что это она там толковала о пироге. Боже, зная Минни, думаю, это определенно что-то нехорошее.

Вечером я сорвала пучок салата и большой помидор в огороде Иды. Поджарила кусочек ветчины — чуть сдобрить свои сухие оладьи. Шевелюра моя уже закручена на розовые бигуди, забрызгана лаком для волос. Весь вечер я думала о Минни и беспокоилась. Надо бы выкинуть это все из головы, если собираюсь сегодня заснуть.

Сажусь за стол поужинать, включаю радио. Маленький Стиви Уандер поет «Кончики пальцев». Этому пареньку дела нет до того, что он цветной. Ему всего двенадцать, он слепой, но уже распевает по радио. Когда песня кончается, я кручу настройку, пропускаю проповедь пастора Грина и останавливаюсь на станции WBLA. Передают настоящий южный блюз.

Люблю в темноте слушать эти стонущие, тягучие звуки. Кажется, что дом полон людей. Я словно вижу их, покачивающихся в такт музыке. Когда выключаю верхний свет, представляю, что мы в «Вороне». Маленькие столики, лампы с красными абажурами. Май или июнь, тепло. Мой парень Клайд ослепительно улыбается мне и говорит: «Дорогая, хочешь выпить?» А я отвечаю: «“Блэк Мэри”, чистую», а потом смеюсь сама над собой — сижу тут в кухне, мечтаю, а сама в жизни не пробовала ничего крепче лиловой «Ниха»*.

Минни Мемфис** поет по радио про то, что не стоит жарить постное мясо, то есть на самом-то деле про то, что любовь не длится долго. Время от времени я задумываюсь, что могла бы найти другого мужчину, кого-нибудь в нашей церкви. Проблема в том, что я люблю Господа и мужчина никогда не сможет занять такое же важное место в моей жизни. Мужчины, которые мне нравятся, обычно из тех, что сбегают сразу, как потратили все ваши денежки. Такую ошибку я уже совершила двадцать лет

---

* Безалкогольный напиток с фруктовым вкусом.

** Знаменитая блюзовая певица и гитаристка.

назад. Когда Клайд бросил меня ради дешевой бесстыжей шлюхи с Фэриш-стрит, по прозвищу Какао, я решила, что с мужчинами завязываю навсегда.

Кошачий визг за окном возвращает меня в мою холодную кухню. Выключаю радио, включаю свет и вытаскиваю из сумочки молитвенник. Мой молитвенник — это обычный синий блокнот, купленный в магазине «Бен Франклин»*. Пишу я карандашом, так что могу стирать, пока не получится как надо. Я начала писать молитвы еще в детстве. Когда в седьмом классе я сказала учительнице, что не смогу больше ходить в школу, потому что должна помогать маме, мисс Росс чуть не расплакалась.

— Ты самая смышленая в классе, Эйбилин, — сказала она. — И если хочешь сохранить это, единственный способ — читать *и писать* каждый день.

Вот я и начала записывать молитвы вместо того, чтобы просто произносить их. Но никто с тех пор не называл меня смышленой.

Переворачиваю страницы своего молитвенника, смотрю, кто у меня сегодня. На этой неделе несколько раз я подумывала, не внести ли в список мисс Скитер. Не знаю даже почему. Она всегда такая милая. Ужасно любопытно, к чему все-таки она вела, когда в кухне у мисс Лифолт спросила, не хочу ли я все изменить. Не говоря уж о расспросах про Константайн, няньку, которая вырастила ее. Я знаю, что произошло между Константайн и матушкой мисс Скитер, и ни за что не расскажу ей эту историю.

Но дело-то в том, что начни я молиться за мисс Скитер, и разговор точно продолжится в следующий раз, как мы встретимся. И в следующий, и еще раз. Потому что с молитвой всегда так. Это как электричество, от нее все начинает работать. А история с туалетом — это совсем не то, о чем хочется беседовать.

Просматриваю свой список. Под номером один моя Мэй Мобли, потом идет Фанни Лу из церкви, хворающая ревматизмом. Мои сестры Инес и Мэйбл, они живут в Порт-Гибсоне, у них на двоих восемнадцать детей, и у

* Сеть магазинов, торгующих уцененными товарами.

шестерых из них грипп. Если список выходит короткий, я добавляю противного вонючего белого старика, который живет за магазином, он сошел с ума, выпив гуталину. Но сегодня список довольно длинный.

Посмотрим, кого еще я в него включила. Конечно же, Бертрину Бессемер! Все знают, что мы с Бертриной не выносим друг друга с тех пор, как она обозвала меня тупой черномазой за то, что я вышла замуж за Клайда много лет назад.

— Минни, — спросила я в прошлое воскресенье, — почему Бертрина попросила *меня* молиться за нее?

Мы как раз шли домой после дневной службы. Минни и говорит:

— Ходят слухи, что твои молитвы имеют силу, результат получается лучше, чем в прочих случаях.

— Как это?

— Эвдора Грин, помнишь, она ногу сломала, ты за нее помолилась, и уже через неделю она ходила. А Исайя упал с грузовика с хлопком, в тот же вечер ты за него помолилась, и на следующий день он вернулся на работу.

Слушая ее, я думала, почему же я не молилась за Трилора. Может, поэтому Господь и забрал его так быстро. Не хотел спорить со мной.

— Снафф Вашингтон, — продолжала Минни. — Лолли Джексон — черт, Лолли попала в твой список и через два дня встала с инвалидного кресла, как будто ее Иисус коснулся. Всем в округе Хиндс об этом известно.

— Но я тут ни при чем. Это просто молитва.

— Но Бертрина... — Минни расхохоталась и говорит: — Помнишь Какао, с которой Клайд сбежал?

— Пффф. Знаешь ведь, никогда ее не забуду.

— Через неделю после того, как Клайд тебя бросил, я услыхала, что Какао проснулась как-то утром, а пиписка у нее словно тухлая устрица. Три месяца вылечиться не могла. Так Бертрина — лучшая подружка Какао этой. Она-то уж *знает*, что твоя молитва действует.

У меня аж челюсть отвалилась. Почему же она раньше молчала?

— Ты что, хочешь сказать, люди думают, будто я пользуюсь черной магией?

— Я знала, что ты начнешь волноваться, если тебе рассказать. Просто люди думают, что у тебя связь с Ним поближе, чем у прочих. Мы все на прямой линии с Господом, но ты — ты говоришь ему прямо на ухо.

На плите зашумел чайник, возвращая меня к реальности. Что ж, наверно, надо решиться и внести мисс Скитер в список, но не знаю, как начать. Это ведь будет напоминать о том, о чем я думать не хочу, — что мисс Лифолт строит для меня отдельную уборную, потому что считает, будто я заразная. А мисс Скитер спрашивает, не хочу ли я все изменить, как будто изменить Джексон, штат Миссисипи, — это то же самое, что заменить электрическую лампочку.

Чищу я фасоль в кухне у мисс Лифолт, а тут звонит телефон. Хорошо бы это Минни, скажет, что нашла коечто. Я уже обзвонила всех, кого знала, и все мне ответили одно и то же: «Нам не нужна прислуга». Но на самом деле они имели в виду «Нам не нужна *Минни*».

Хотя в последний раз Минни отработала три дня назад, вчера вечером мисс Уолтер позвонила ей потихоньку, попросила прийти сегодня, потому что в доме-де стало слишком пусто, да и почти всю мебель мисс Хилли уже вывезла. Я так и не знаю, что произошло у Минни с мисс Хилли. И пожалуй, знать не хочу.

— Резиденция Лифолт.

— Э-э, здрасьте. Это... — Дама запнулась, откашлялась. — Здравствуйте. Можно... Могу я говорить с Элизабет Лифолт?

— Мисс Лифолт сейчас нет дома. Что-нибудь передать ей?

— О! — восклицает она, хотя переживать так совершенно не из-за чего.

— Могу я узнать, кто звонит?

— Это... Селия Фут. Муж дал мне этот номер, я лично не знакома с Элизабет, но... он сказал, она все знает про Праздник и Женскую лигу.

Это имя мне знакомо, но откуда — сразу не припомню. Говор у женщины такой, будто она из глухой деревни, ну, знаете, где в башмаки сено суют вместо чулок. Но голосок приятный, писклявенький такой. Короче, не похожа она на тех леди, что здесь бывают.

— Я передам ей, что вы звонили, — говорю. — Какой у вас номер?

— Я здесь совсем недавно, и... ну... это не совсем правда, вообще-то я тут уже порядком, уж больше года. Просто никого не знаю. Я не... часто выхожу в люди.

И к чему она мне все это рассказывает? Я же прислуга, эдак болтая со мной, она себе подружек не отыщет.

— Я думала, что могу чем-нибудь помочь с Праздником, не выходя из дома, — продолжает она.

Тут я вспоминаю, кто она такая. Это о ней мисс Хилли и мисс Лифолт вечно говорят всякие гадости, потому что она вышла замуж за бывшего ухажера мисс Хилли.

— Я передам ваше сообщение. Какой, вы сказали, у вас номер?

— О, я собиралась сходить в бакалею. Что ж, пожалуй, посижу дома и подожду.

— Если она вас не застанет, она оставит сообщение вашей прислуге.

— У меня нет прислуги. Вообще-то я собиралась спросить ее и об этом тоже, не посоветует ли она когонибудь подходящего.

— Вы ищете прислугу?

— Да вот пытаюсь найти кого-нибудь, кто сможет ездить в округ Мэдисон.

Нет, ну вы подумайте только.

— Я знаю очень хорошую женщину. Всем известно, какая она отличная стряпуха, и за детками вашими тоже приглядит. И у нее есть своя машина, чтоб доехать до вашего дома.

— О, ну... Все же я хотела бы посоветоваться с Элизабет. Я дала вам свой номер?

— Нет, мэм, — вздыхаю я. — Диктуйте.

Мисс Лифолт ни за что не рекомендует Минни, после вранья мисс Хилли.

Она диктует:

— Миссис Джонни Фут, Эмерсон, два-шестьдесятшесть-ноль-девять.

На всякий случай все же сообщаю:

— Ее зовут Минни, ее телефон — Лэйквуд, восемь-четыре-четыре-три-два. Записали?

Малышка тянет меня за подол, лепечет:

— Животик болит...

Тут мне приходит в голову идея. Я говорю в сторону:

— Погодите-ка, что, мисс Лифолт? Хорошо, я ей передам. — И опять говорю прямо в трубку: — Мисс Селия, мисс Лифолт только что вошла, она говорит, что неважно себя чувствует, но чтоб вы не сомневались и позвонили Минни. Она говорит, что позвонит вам, если нужна будет помощь с Праздником.

— О! Передайте ей мое спасибо. И что я искренне надеюсь, что ей полегчает. И что она позвонит мне как-нибудь.

— Не забудьте, Минни Джексон, Лэйквуд, восемь-четыре-четыре-три-два. Постойте, что? — Протягиваю печенье Мэй Мобли, а самой так приятно от собственной хитрости. Я солгала, но нисколько не переживаю. И продолжаю: — Она говорит, чтоб вы никому не рассказывали, что она вам посоветовала Минни, потому как все ее подруги хотят ее нанять, и они очень огорчатся, если узнают, что она ее рекомендовала кому-то другому.

— Я никому не выдам ее секрет, если она не выдаст мой. Я не хочу, чтобы мой муж знал, что я наняла прислугу.

Ну, если это не идеальный случай, тогда я уж и не знаю.

Разговор закончился, и только я собираюсь набрать номер Минни, как в дверях появляется мисс Лифолт.

Да уж, незадача. Я дала этой мисс Селии домашний номер Минни, но сегодня-то Минни на работе, потому что мисс Уолтер одиноко. Она позвонит, а Лерой даст ей номер мисс Уолтер, потому что он дурак. И если на звонок мисс Селии ответит мисс Уолтер, все труды насмарку. Мисс Уолтер наверняка расскажет этой женщине все, что наплела мисс Хилли. Нужно связаться с Минни или Лероем, прежде чем это произойдет.

Мисс Лифолт направляется прямиком к себе в спальню и, как я и думала, первым делом виснет на телефоне. Сначала звонит мисс Хилли. Потом парикмахерше. Потом звонит в магазин насчет свадебного подарка. И болтает, болтает, болтает. Как закончила, сразу выходит и спрашивает, что у нас на ужин на этой неделе. Вытаскиваю блокнот, докладываю по списку. Нет, она не хочет свиные отбивные. Она хочет, чтобы муж соблюдал диету. Она хочет говяжью вырезку и зеленый салат. И сколько, по моему мнению, калорий в меренгах? И чтоб я не давала больше печенья Мэй Мобли, потому что та слишком толстая, и — и — и...

Господи! Эта женщина, которая слова лишнего не скажет, только «сделай то» да «пользуйся другой ванной», вдруг заговорила со мной, будто я ее лучшая подружка. Мэй Мобли выплясывает у мамочки под ногами, старается, чтобы ее заметили. И только мисс Лифолт наклоняется, чтобы чуть-чуть заняться ребенком, упс! В следующий миг вылетает за дверь, потому что она позабыла, видите ли, — у нее назначено важное дело, а время уже прошло.

Так спешу набрать номер, что пальцы не поспевают.

— Минни! Я нашла тебе работу. Но тебе нужно спешить к телефону...

— Она уже звонила. — Голос у Минни печальный. — Лерой дал ей номер.

— И мисс Уолтер ответила, — говорю я.

— Глухая ведь, старая жопа, а тут прямо чудо Господне, услышала телефонный звонок. Я в кухне возилась и не обратила внимания, но потом услыхала свое имя. А потом Лерой позвонил, я и узнала, в чем было дело. — Голос у Минни совсем измученный, а она ведь из тех, кто никогда не устает.

— Что ж, может, мисс Уолтер не передала ей сплетни, что распускает мисс Хилли. Никогда ведь не знаешь наверняка. — Но даже я не такая дура, чтоб в это поверить.

— Даже если и так, мисс Уолтер все знает про то, как я отомстила мисс Хилли. Ты же не в курсе, какую Кошмарную Ужасность я натворила. Не хочу, чтоб ты когда-нибудь узнала. Уверена, мисс Уолтер рассказала той женщине, что я сам дьявол в юбке. — Голос звучит замогильно. Как будто магнитофонная запись на очень медленной скорости.

— Прости. Я должна была позвонить раньше, чтоб ты успела сама подойти к телефону.

— Ты сделала все, что могла. Теперь мне уже никто не поможет.

— Я помолюсь за тебя.

— Спасибо. И спасибо, что пыталась мне помочь.

Заканчиваем, и я принимаюсь за уборку. Разговор с Минни меня напугал.

Она всегда была сильной женщиной, всегда боролась. После смерти Трилора она три месяца кряду каждый вечер приносила мне ужин. И каждый день приговаривала: «Ну уж нет, ты не оставишь меня одну на этой грешной земле», а скажу вам, я об этом всерьез подумывала.

Я уже и веревку приготовила, да Минни ее нашла. Веревка была Трилора, сохранилась с тех времен, когда он делал научный проект с блоками и колесами. Не знаю, решилась бы я, потому что это грех против Господа, но я была не в своем уме тогда. Минни, она не стала задавать никаких вопросов, просто вытащила ее из-под кровати, бросила в мусорное ведро и вынесла на улицу. Потом вернулась и деловито так потерла руки, будто просто прибралась, как обычно. Она вся — сама энергия, наша Минни. Но сейчас дело плохо. Не проверить ли сегодня, что у нее самой лежит под кроватью.

Ставлю на место бутылочку «Саншайн Клинер», чистящего средства, про которое дамы в телевизоре постоянно улыбаются. Надо подумать. Подходит Мэй Мобли, держится за животик и просит:

— Сделай не больно.

Утыкается личиком мне в колени. Глажу и глажу ее по волосикам, пока она почти мурлыкать не начинает — чувствует любовь от моей руки. А я все думаю про всех своих друзей, сколько они сделали для меня. И что они делают каждый день для белых женщин, на которых работают. И про боль в голосе Минни. И про Трилора, покоящегося в земле. Смотрю на Малышку и знаю, глубоко в душе, что ничего не смогу сделать, чтоб она не превратилась в такую же, как ее мама. И все это вместе обрушивается на меня. Я закрываю глаза и мысленно произношу молитву за саму себя. Но лучше от этого не становится.

Помоги, Господи, но с этим нужно что-то делать.

Малышка весь день цеплялась за мои ноги, я даже чуть не упала несколько раз. А я и не против. Мисс Лифолт с самого утра так ни слова и не сказала, ни со мной, ни с дочкой. Все строчила на своей машинке в спальне. Наверное, хочет еще что-нибудь прикрыть, что ей не нравится в доме.

Потом мы с Мэй Мобли пошли в гостиную. Мне нужно перегладить гору рубашек мистера Лифолта, а после приготовить жаркое. Ванные я уже вымыла, белье поменяла, ковры пропылесосила. Я всегда стараюсь закончить дела пораньше, чтобы мы с Малышкой могли побыть вместе и поиграть.

Тут мисс Лифолт входит, видит, что я глажу. Она иногда так делает. Нахмурится и смотрит. А если я гляну в ее сторону, тут же поспешно улыбается. Взбивает волосы сзади немножко, чтоб выглядели попышнее.

— Эйбилин, у меня для вас сюрприз. — И широко так улыбается. Зубы, правда, не показывает, только губами улыбается. — Мы с мистером Лифолтом решили построить для вас собственную отдельную ванную комнату. — Хлопает ладошками и кивает в сторону окна: — Снаружи, в гараже.

— Да, мэм. (Где, она думает, я была все это время?)

— Итак, отныне, вместо того чтобы пользоваться гостевым туалетом, вы можете использовать собственный. Разве не замечательно?

— Да, мэм.

Продолжаю гладить. Телевизор включен, и сейчас начнется моя программа. А она стоит там и пялится на меня.

— То есть вы можете воспользоваться им прямо сейчас, понимаете?

Я на нее не смотрю. Не хочу связываться, но она не отстает:

— Не хотите взять бумагу и пойти туда, опробовать?

— Мисс Лифолт, мне нет нужды идти туда прямо сейчас.

Мэй Мобли тянет ручки ко мне из манежа, просит:

— Мэй Мо соку?

— Сейчас принесу тебе сок, детка, — отзываюсь я.

— О... — Мисс Лифолт нервно облизывает губы. — Но потом вы пойдете туда и будете пользоваться тем туалетом, то есть... только им, понятно?

На мисс Лифолт много косметики, густой такой, плотной. Эта желтоватая маска размазана и по губам, так что сразу и не скажешь, есть ли у нее рот. И я говорю то, что она хочет слышать:

— Отныне я буду пользоваться своим отдельным туалетом для цветных. И еще раз тщательно вымою хлоркой ванную комнату для белых.

— Ну, спешить не стоит. Это можно сделать в любое время сегодня.

Но, судя по тому, что она продолжает стоять там и теребить обручальное кольцо, она ждет, что я все сделаю прямо сейчас.

Медленно опускаю утюг, чувствуя, как прорастает в моей груди горькое зерно, поселившееся там после смерти Трилора. Не знаю, что сказать ей в ответ. Я все понимаю, но молчу. И понимаю, что она тоже не может сказать то, что хочет. И это так странно, потому что никто ничего не говорит, но мы все-таки умудряемся вести разговор.

Минни

Глава 3

Стою у задней двери дома белой леди и говорю себе: «Придержи лошадей, Минни». Придержи то, что может вылететь из твоего рта, и свой гонор тоже придержи. Ты должна выглядеть как прислуга, которая молча делает то, что ей велят. По правде говоря, я сейчас так нервничаю, что готова пообещать ни разочка в жизни больше не огрызнуться, если получу эту работу.

Рывком поддергиваю чулки — вечная проблема всех полных маленьких женщин. Еще раз повторяю, что должна сказать, а что держать при себе. Делаю шаг вперед и нажимаю кнопку звонка.

Звонок издает длинный «бим-бом», изысканный и странный для этого большого деревенского дома. Он похож на замок: серые каменные стены взмывают в небеса, тянутся влево и вправо. Лужайка со всех сторон окружена лесом. В книжках в таких лесах живут ведьмы. Которые едят маленьких детей.

Задняя дверь открывается, и передо мной появляется мисс Мэрилин Монро. Или кто-то из ее родственниц.

— Ой, привет, вы точно вовремя. Я Селия. Селия Рэй Фут.

Белая леди протягивает мне руку. А я рассматриваю ее. Может, она и похожа на Мэрилин, но определенно не готова сейчас к съемкам. Светлые волосы засыпаны мукой. Даже на накрашенных ресницах у нее мука. И розовый костюмчик в обтяжку весь в муке. Она стоит в облаке пыли, а костюмчик такой тесный, что удивительно, как она вообще может дышать.

— Да, мэм. Я Минни Джексон. — Вместо того чтоб пожать протянутую руку, я разглаживаю складочки на своей белой униформе. Не надо мне всей этой ерунды. — Вы что-то готовите?

— Пирог по рецепту из журнала, — вздыхает она. — Выходит не очень-то хорошо.

Иду за ней в дом и тут-то вижу, что меньше всего от неудачи с мукой пострадала сама мисс Селия Рэй Фут. Основной удар пришелся по кухне. Столы, двухдверный холодильник, кухонный комбайн — все покрыто ровным слоем муки толщиной в четверть дюйма. Такой беспорядок меня просто бесит. Я еще и работу не получила, а уже поглядываю на раковину и тряпки.

— Наверное, мне нужно поучиться этому, — говорит мисс Селия.

— Это уж точно, — бросаю я. И тут же прикусываю язык. «Не смей разевать пасть на эту белую леди, как на остальных. Привыкла, понимаешь, пилить старуху, пока ту не свезли в дом престарелых».

Но мисс Селия только улыбается и ополаскивает руки в раковине, забитой грязной посудой. А может, все-таки попробовать поискать глухую старуху, как мисс Уолтер? Ладно, видно будет.

— Похоже, я никак не могу приноровиться к кухонной работе, — говорит она, и даже при этом ее голливудском пришепетывании «под Мэрилин» точно могу сказать, что она из *глухой* деревни. Опускаю взгляд и замечаю, что эта дурочка вообще босиком, точно какая-нибудь белая бродяжка. Настоящие белые леди никогда не ходят босиком.

Она, наверное, моложе меня лет на десять-пятнадцать, ей двадцать два или двадцать три, и она хорошенькая, но зачем столько грима на лице? Держу пари, на ней косметики раза в два больше, чем на других белых дамах. И грудь у нее гораздо больше. Пожалуй, такая же, как у меня, только в других местах она, в отличие от меня, худенькая. Надеюсь, она любит поесть. Потому что я-то — стряпуха, потому люди меня и нанимают.

— Могу я предложить вам прохладительного? — спрашивает она. — Присаживайтесь, я принесу вам чего-нибудь.

Начинаю догадываться: здесь происходит что-то странное.

— Знаешь, Лерой, она, наверное, сумасшедшая, — сказала я, когда она позвонила три дня назад и предложила встретиться. — Потому что все в городе думают, будто я стащила серебро у мисс Уолтер. И она тоже, потому что она звонила мисс Уолтер, как раз когда я была там.

— Белые вообще чудные, — сказал Лерой. — Кто знает, может, старуха дала тебе хорошие рекомендации.

Пристально смотрю на мисс Селию Рэй Фут. Никогда в жизни белая женщина не предлагала мне присесть, не говоря уж — подать прохладительные напитки. Черт, теперь и не знаю, собирается ли вообще эта дурочка нанимать прислугу. Вдруг вытащила меня в такую даль просто из интереса?

— Может, лучше сперва осмотрим дом, мэм?

Она улыбается, будто такая мысль никогда не приходила в ее покрытую лаком для волос голову — показать дом, в котором мне предстоит прибираться.

— Ах, конечно. Пойдемте вон туда, Макси. Сначала я покажу вам парадную столовую.

— Мое имя Минни.

Может, она не глухая и не сумасшедшая. Может, просто глупая. Во мне вновь загорается надежда.

Она водила меня по этому большому роскошному старому дому и беспрерывно болтала, а я слушала. Внизу десять комнат, в одной стоит чучело медведя-гризли. Зверь выглядит так, словно сожрал прошлую служанку и поджидает следующую. На стене в раме выгоревший флаг Конфедерации, а на столе — старинный серебряный пистолет с выгравированным именем «Генерал Конфедерации Джон Фут». Прапрадедушка Фут наверняка пугал своих рабов этой штукой.

В остальном все так же, как в любом приличном белом доме. Только он больше всех тех, где я бывала прежде, да полы здесь грязные, а ковры пыльные. Люди попроще, которые ничего в жизни не видели, сказали бы, что ковры вытертые, но я с первого взгляда определяю, что они старинные. Я-то в приличных домах поработала. Надеюсь, она не такая деревенщина, что у нее и пылесоса-то нет.

— Мама Джонни не разрешает мне отделать дом. Будь моя воля, я бы постелила белый ковер от стены до стены, и чтоб все в золоте, а этот старый хлам просто повыбрасывать.

— А ваша семья откуда? — спрашиваю я.

— Я из... Шугэ-Дитч. — Голос ее чуть падает.

Шугэ-Дитч — самая жалкая дыра в Миссисипи, а может, и во всех Соединенных Штатах. Это к северу, в округе Туника, почти Мемфис. Я как-то видела в газете фотографии с их лачугами. Даже белые детишки выглядели так, будто неделю ничего не ели.

Мисс Селия пытается улыбнуться и говорит:

— Я впервые нанимаю прислугу.

— Да уж, вам она точно нужна.

— Я была так рада получить рекомендации от миссис Уолтер. Она мне все о вас рассказала. Сказала, что вы готовите лучше всех в городе.

Ничего не понимаю. После всего, что я сделала с мисс Хилли прямо на глазах у мисс Уолтер?

— Она сказала... обо мне еще что-нибудь?

Но мисс Селия уже направляется к огромной винтовой лестнице. Иду за ней наверх, в длинный коридор, залитый солнечным светом. Хотя здесь две желтые спальни для девочек и две — голубая и зеленая — для мальчиков, ясно, что никаких детей тут нет. Только пыль.

— Здесь, в главном доме, у нас пять спален и пять ванных комнат. — Она указывает за окно, и я вижу большой синий бассейн, а за ним *еще один* дом. Сердце в груди гулко бухает. — А там дальше еще маленький домик, — вздыхает она.

В нынешнем положении я согласна на любую работу, но в таком большом доме должны и платить порядочно. И неважно, что дел здесь много. Работы я не боюсь.

— И когда собираетесь обзавестись детками, чтоб все эти кроватки не пустовали? — Стараюсь улыбаться и выглядеть приветливо.

— О да, мы намерены иметь детей. — Она нервно покашливает. — Ну, то есть, дети — это единственное, ради чего стоит жить. — И смотрит себе под ноги.

Проходит несколько секунд, прежде чем она направляется обратно к лестнице. Я иду позади и замечаю, как она придерживается за перила, будто боится упасть.

В столовой мисс Селия качает головой:

— Здесь ужасно много работы. Все эти спальни... и полы...

— Да, мэм, дом большой, — соглашаюсь я, а сама думаю: видела бы она мой домишко с раскладушкой в коридоре и одним туалетом на шестерых, поди, сбежала бы сразу. — Но у меня много сил.

— А еще надо все серебро почистить.

Она открывает буфет размером с мою гостиную. Поправляет свечу, которая чудесно смотрится в канделябре, и я понимаю, почему на лице у хозяйки столько сомнения.

После того, как по городу распространилось вранье мисс Хилли, три женщины подряд захлопнули двери передо мной, едва услышав мое имя. Я подготовилась к удару. «Ну давайте, скажите это, леди. Скажите, что вы думаете обо мне и серебре». Я готова была расплакаться при мысли о том, как мне подошла бы эта работа и что сделала мисс Хилли, чтобы она мне не досталась. Не отвожу глаз от окна, молясь и надеясь, что на этом наша встреча не закончится.

— Знаю, эти окна жутко высокие. Я их никогда даже не пробовала помыть.

Разрешаю себе дышать. Окна — предмет беседы чертовски более приятный, чем серебро.

— Окон я не боюсь. У мисс Уолтер я их мыла сверху донизу каждые четыре недели.

— А у нее один этаж или два?

— Один, но... все равно окон много. Вы же знаете, в старых домах полно всяких уголков и закоулков.

Мы наконец возвращаемся в кухню. Уставились на стол, но ни одна не присаживается. Я так нервничаю, не зная, что она надумала, прям голова кругом.

— У вас большой красивый дом, — начинаю я. — Все в нем имеется. Но работы тут много.

Она принимается теребить кольцо на пальце:

— Наверное, у миссис Уолтер было гораздо легче, чем здесь. Ведь сейчас-то здесь только мы живем, но когда появятся дети...

— А у вас есть еще кандидаты на место прислуги?

Она вздыхает:

— Их целая куча уже приходила. Я просто не нашла пока... подходящего человека. — И косится в сторону, покусывая ногти.

Жду, пока она сама скажет, что я тоже не подхожу, но мы просто стоим, молча вдыхая рассыпанную муку. В конце концов я выкладываю последнюю карту, шепотом, потому что это все, что у меня осталось:

— Знаете, я ушла от мисс Уолтер, потому что она отправляется в дом престарелых. Она меня не увольняла.

Но она все пялится на свои босые ноги; ступни уже почернели, потому что полы не отмывали с тех пор, как она переехала в этот огромный старый грязный дом. Ясно, эта леди меня не хочет.

— Что ж, — говорит она, — я благодарна, что вы проделали такой долгий путь. Могу я хотя бы заплатить за потраченный бензин?

Подхватываю сумочку и решительно сую ее под мышку. Она одаривает меня радостной улыбкой, которую я могла бы стереть одним махом. *Будь проклята* эта Хилли Холбрук.

— Нет, мэм, нет, не стоит.

— Понимаю, было бы неплохо найти кого-нибудь, но...

Стою и слушаю, как она изображает огорчение, а сама думаю: «Давайте покончим с этим, леди, чтоб я могла сказать Лерою, что мы переезжаем на Северный полюс к Санта-Клаусу, где никто не слышал сплетен Хилли обо мне».

— ...И на вашем месте я бы тоже не захотела убирать такой огромный дом.

Смотрю на нее в упор. Эти ее извинения заходят чересчур далеко, она, понимаете ли, делает вид, что Минни не получит работу, потому что Минни *не хочет* работать.

— Когда это вы слышали, что я говорила, будто не хочу убирать этот дом?

— Но это же и так ясно, пять горничных уже сказали мне, что работы тут чересчур много.

Мои сто шестьдесят пять фунтов и пять футов роста едва не выпрыгивают из белоснежной униформы:

— Чересчур для меня?

Она растерянно моргает:

— Вы... вы возьметесь за это?

— А зачем, по-вашему, я проделала весь этот путь к черту на кулички? Просто чтобы бензин сжечь? — И тут же захлопываю рот. «Только посмей все разрушить, она же предлагает тебе р-а-б-о-т-у». — Мисс Селия, я буду счастлива работать у вас.

Эта сумасшедшая смеется и бросается меня обнимать, но я тут же делаю шаг назад, давая понять, что на такое не согласна.

— Погодите, нам сначала нужно кое-что обсудить. Вы должны рассказать, по каким дням я должна здесь бывать, и... все такое. («Вроде того, сколько вы будете мне платить».)

— Ну, думаю... когда вам удобно приходить.

— У мисс Уолтер я работала с воскресенья по пятницу.

— Вы не должны появляться здесь в выходные дни. — Мисс Селия объедает еще немножко розовой краски со своего ногтя.

— Ладно. — Лучше бы работать побольше, но, может, потом она предложит мне готовить для парадного приема или что-то в этом роде. — Тогда с понедельника по пятницу. Теперь, в какое время вы хотите, чтобы я приезжала по утрам?

— А в какое время вы бы хотели приезжать?

Никогда прежде мне не предлагали такого выбора. Чувствую, как глаза слегка закатываются.

— Как насчет в восемь? Мисс Уолтер устраивало.

— Хорошо, восемь — просто замечательно. — Она как будто ждет, пока я сделаю следующий ход.

— Теперь вы должны сказать, в какое время мне заканчивать.

— А в какое время? — спрашивает Селия.

Я изумленно выпучиваю глаза:

— Мисс Селия, это вы должны мне сказать. Так полагается.

Она сглатывает, видать, ей правда нелегко. Поскорей бы покончить с этим, пока она не передумала насчет меня.

— Может, в четыре? — предлагаю я. — Я буду работать с восьми до четырех с перерывом на еду и всякое такое.

— Просто замечательно.

— А теперь... мы должны обсудить насчет оплаты, — решаюсь я, и аж пальцы на ногах начинает сводить. Должно быть, негусто они предлагают, если пять горничных уже отказались.

Мы обе молчим.

— Ну так как, мисс Селия? Сколько, ваш муж говорит, он может платить?

Она косится на кухонный комбайн, которым, держу пари, даже пользоваться не умеет.

— Джонни не знает.

— Ну ладно. Спросите сегодня вечером, сколько он хочет платить.

— Нет, Джонни не знает, что я нанимаю прислугу.

Челюсть у меня отваливается почти до груди.

— Что вы имеете в виду?

— Я ничего *не сказала* Джонни. — Голубые глаза у нее круглые точно тарелки, будто она до смерти его боится.

— А что сделает мистер Джонни, когда придет домой и обнаружит в своей кухне цветную женщину?

— Простите, я просто не могу...

— А я скажу вам, что он сделает. Возьмет пистолет и пристрелит Минни на месте, прямо на этом немытом полу. Поэтому я ухожу.

Вот ведь дерьмо. Так и знала. Я знала, что она сумасшедшая, как только появилась на пороге...

— Я вовсе не собираюсь ему врать. Мне просто необходима помощь...

— Ну конечно, вам нужна прислуга. Последней ведь прострелили голову.

— Он никогда не приходит домой днем. Вы будете просто заниматься уборкой и учить меня готовить обед, это всего на несколько месяцев...

Мой нос учуял запах горелого. Из духовки повалил дым.

— А потом что? Через несколько месяцев вы меня уволите?

— А потом я... ему все расскажу, — обещает она, но хмурится при одной только мысли. — Пожалуйста... я хочу, чтобы он думал, будто я могу со всем справиться сама. Хочу, чтобы он думал, что я... стою таких неприятностей.

— Мисс Селия... — качаю я головой — ну надо же, уже спорю с хозяйкой, не проработав и пары минут, — кажется, ваш пирог сгорел.

Она хватает тряпку, бежит к духовке, рывком вытаскивает пирог:

— О-ой! Да чтоб тебя!

Кладу сумочку, тихонько отодвигаю хозяйку с дороги.

— Не надо хватать горячую сковороду мокрым полотенцем.

Взяв сухую тряпку, осторожно вытягиваю наружу почерневший пирог, ставлю его на каменную подставку.

— Миссис Уолтер сказала, что вы отлично готовите... — Мисс Селия разглядывает обожженную руку.

— Старушка съедает две фасолинки и клянется, что сыта. Я не могла заставить ее нормально поесть.

— Сколько она платила вам?

— Доллар в час, — отвечаю я, а самой немного стыдно. Пять лет — и ни одной прибавки.

— Я буду платить вам два.

Чувствую, как дыхание перехватило.

— Когда мистер Джонни уходит из дома по утрам? — спрашиваю я, вытирая масло, растекшееся по столу — даже тарелку не подставила.

— В шесть. Он терпеть не может тут долго болтаться без дела. А из своей конторы возвращается около пяти.

Я быстренько прикидываю в уме, и получается, что даже за меньшее количество часов мне будут платить больше. Но если меня пристрелят, денег так и так не видать.

— Тогда лучше уходить в три. У меня будет два часа, чтобы уж точно не попасться ему на глаза.

— Хорошо, — кивает она. — Безопасность превыше всего.

Мисс Селия сует пирог в бумажный пакет и идет к выходу:

— Придется выбросить в мусорный бак, чтобы он не догадался, что я сожгла еще один.

Забираю пакет у нее из рук:

— Мистер Джонни ни о чем не догадается. Я выброшу это около своего дома.

— Ой, *спасибо*! — Мисс Селия так радуется, словно ей никто в жизни большей любезности не оказывал. В восторге стискивает кулачки и прижимает к подбородку.

А я иду к своей машине и устраиваюсь на продавленном сиденье «форда», за который Лерой все еще выплачивает своему боссу по двенадцать долларов в неделю. Долгожданное облегчение. Я все-таки нашла работу. И не нужно переезжать на Северный полюс. Надеюсь, Санта-Клаус не обидится.

— Усаживайся-ка поудобнее, Минни, потому что сейчас я расскажу тебе про правила работы в доме у белой леди.

В тот день мне исполнилось четырнадцать. Я сидела за маленьким деревянным столиком в кухне у мамы и глядела, как остывает на решетке карамельный торт, еще не покрытый глазурью. День рождения был единственным днем в году, когда мне позволялось есть сколько душе угодно.

Я заканчивала школу и собиралась пойти работать. Мама хотела, чтобы я продолжила учиться и пошла в девятый класс, — она всегда мечтала, чтобы я стала учительницей, вместо того чтобы работать в доме мисс Вудра. Но у моей сестренки были проблемы с сердцем, а папаша вечно пил, поэтому все легло на мои и мамины плечи. Работа по дому мне была знакома. После занятий в школе я и прибирала, и готовила. Но если я буду работать в чужом доме, кто же позаботится о нас?

Мама взяла меня за плечи, повернула к себе лицом, чтобы я смотрела на нее, а не на пирог. Мама была строгой. И очень правильной. Ничего ни у кого не брала.

Покачала пальцем прямо перед моим лицом, так что у меня глаза сошлись к переносице.

— Когда работаешь у белой леди, Минни, правило номер один: никому ни до кого нет дела. Ты не суешь нос в проблемы белой леди и не плачешься ей на свои. Нечем платить за свет? Ноги сильно болят? Помни: белые нам не друзья. Они не хотят ничего знать о нас. И когда белая леди застукает своего мужа с соседкой, не лезь в это дело, слышишь?

Правило номер два: белая леди никогда не должна видеть, как ты пользуешься ее туалетом. Неважно, что тебе до того невтерпеж, что аж из ушей лезет. Если нет отдельного туалета для прислуги, выбери момент, когда хозяйки не будет поблизости.

Правило номер три. — Мама опять поворачивает меня за подбородок, потому что пирог манит по-прежнему. — Правило номер три: когда готовишь еду для белых, пробуй ее отдельной ложкой. Суешь ложку в рот, думаешь, что тебя никто не видит, опускаешь опять ложку в кастрюлю — с таким же успехом можешь все выкинуть.

Правило номер четыре: всегда пользуйся одной и той же чашкой, одной вилкой, одной тарелкой. Храни их в отдельном ящичке и скажи белой хозяйке, что отныне ты ими пользуешься.

Правило номер пять: ешь в кухне.

Правило номер шесть: не смей шлепать ее детей. Белые сами любят это делать.

Правило номер семь. Это последнее, Минни. Ты слышишь меня? Держи язык за зубами.

— Мам, я знаю, как...

— Да уж. Я слышу, как ты, когда думаешь, что я далеко, ворчишь, что должна чистить дымоход, что бедняжке Минни оставили самый маленький кусочек цыпленка. Утром огрызнешься на белую леди — к обеду можешь сколько угодно браниться на улице.

Я видела, как мама вела себя с мисс Вудра, все эти «да, мэм», «нет, мэм», «я так благодарна вам, мэм». Почему я должна быть такой же? Я знаю, как постоять за себя.

— А теперь иди к мамочке и обними ее в честь своего дня рождения. Господи, да ты тяжелая, как дом, Минни.

— Я весь день ничё не ела, когда можно попробовать пирог?

— Не говори «ничё», ты теперь должна говорить правильно. Я не для того тебя воспитывала, чтобы ты выражалась как деревенщина.

В свой первый день в доме белой леди я съела сэндвич на кухне, поставила свою тарелку в уголок буфета. Когда ребенок стащил мою сумочку и спрятал в духовке, я даже не отругала его.

Но потом белая леди сказала:

— Я хочу быть уверена, что белье сначала выстирали вручную, а только потом положили в машину для окончательной стирки.

А я и ответила:

— Зачем мне стирать руками, когда для этого есть стиральная машина? Никогда не слышала о такой бессмысленной трате времени.

Белая леди улыбнулась, и пять минут спустя я оказалась на улице.

Работая на мисс Селию, я смогу провожать детей в школу по утрам, а вечером у меня еще будет оставаться время для себя. Я не высыпалась с рождения Киндры в 1957 году, а с такой работой — с восьми до трех — смогу каждый день часок вздремнуть, если захочется. Поскольку до дома мисс Селии не идет ни один автобус, придется брать машину Лероя.

— Ты не можешь каждый день брать мою машину, женщина, а вдруг у меня дневная смена, и нужно будет...

— Она мне платит семьдесят долларов наличными каждую пятницу, Лерой.

— Ну тогда я возьму велосипед.

Во вторник, на следующий день после собеседования, я припарковала машину неподалеку от дома мисс Селии, за углом, быстрым шагом прошла по пустой улице, приблизилась к дому. Никаких машин вокруг не видать.

— Мисс Селия, я здесь.

В то первое утро я сунула голову в ее спальню, и она сидела там, на покрывале, опираясь на подушки, с идеальным макияжем, в обтягивающем наряде, будто нарядилась для вечера пятницы, а был-то всего вторник. И читала «Голливуд дайджест» так внимательно, будто это святая Библия.

— Доброе утро, Минни! Как я рада вас видеть, — говорит, а у меня прямо шерсть дыбом поднимается от ее любезности.

Оглядываю спальню, прикидываю объем работы. Комната большая. Бежевый ковер во весь пол, огромная кровать под желтым балдахином, два пышных желтых кресла. Прибрано, никакой тебе одежды на полу. Покрывало аккуратно разглажено. Одеяло сложено на кресле. Но я-то смотрю внимательно, наблюдаю. Чувствую — что-то не так.

— Когда мы приступим к первому уроку кулинарии? — спрашивает она. — Можно начать прямо сегодня?

— Думаю, через несколько дней, когда вы сходите в магазин и купите все, что нам потребуется.

Она размышляет пару секунд. А потом говорит:

— Может, лучше вы сходите, Минни, вы же лучше знаете, что покупать, и вообще?

Молча смотрю на нее. Большинство белых женщин любят сами ходить за покупками.

— Ладно, завтра утром схожу.

Смотрю, у входа в ванную комнату прямо на ковер она положила маленький розовый пушистый коврик. Вроде кошачьей подстилки. Я, конечно, не декоратор, но знаю, что розовый коврик к желтой комнате не подходит.

— Мисс Селия, раз уж я подрядилась работать здесь, мне нужно знать, когда точно вы собираетесь рассказать мистеру Джонни насчет меня?

Она рассматривает журнал, лежащий на коленях:

— Думаю, через несколько месяцев. К тому времени я должна научиться готовить и все такое.

— Через несколько — это через два?

Она закусывает накрашенные губки:

— Полагаю, скорее... четыре.

Как это? Я не намерена четыре месяца чувствовать себя беглым преступником.

— Вы собираетесь рассказать ему только в 1963 году? Нет уж, мэм, *до* Рождества.

— Хорошо, — вздыхает она. — Но прямо перед самим Рождеством.

Прикидываю:

— Итак, сто... шестнадцать дней. И вы ему все расскажете. Сто шестнадцать дней, начиная с сегодняшнего.

Она озадаченно хмурится. Видать, не ожидала, что прислуга так хорошо считает. Наконец выдавливает:

— Хорошо.

Потом я говорю, что ей нужно перейти в гостиную, чтобы я могла прибраться здесь. Когда она выходит, еще раз оглядываю комнату, уж слишком все аккуратно. Очень медленно открываю шкаф. Как я и думала, ворох вещей валится мне на голову. Заглядываю под кровать и вытаскиваю кучу грязной одежды, которую, держу пари, она месяцами не стирала.

В каждом ящике свалка, каждый укромный уголок полон грязного тряпья и скомканных носков. Я нашла пятнадцать упаковок новых рубашек для мистера Джонни, чтобы он не догадался, что его жена не умеет стирать и гладить. А под забавным розовым ковриком прячется большое пятно цвета ржавчины. Меня бросает в дрожь.

Днем мы с мисс Селией составили список, что готовить на этой неделе, и на следующее утро я отправляюсь в магазин. Времени это занимает в два раза больше, потому что приходится ехать в белый «Джитни Джангл» в городе, а не в цветной «Пиггли Виггли» около моего дома, потому как, думаю, она не захочет есть продукты из магазина для цветных. Пожалуй, я ее не осуждаю — там у картошки «глазки» в дюйм длиной, да и молоко почти скисшее. Добравшись до рабочего места, я готова оправдываться, почему опоздала, но мисс Селия валяется на кровати, как и накануне, и улыбается как ни в чем не бывало. Разодета в пух и прах и никуда не собирается. Так и торчит там все пять часов, читает журналы. Встает только за стаканом молока да пописать. Но я вопросов не задаю. Я просто прислуга.

Прибравшись в кухне, иду в парадную гостиную. Остановившись в дверях, долго разглядываю медведя-гризли. Семь футов ростом, оскал во всю пасть. Когти длиннющие, изогнутые, как у ведьмы. Рядом лежит охотничий нож с костяной рукоятью. Подхожу поближе и вижу, что вся шерсть покрыта пылью, а в пасти вообще паутина.

Сначала я попробовала смахнуть пыль щеткой, но ее слишком много и глубоко забилась в шерсть. Тогда я взяла тряпку и попыталась вытереть медведя, но жесткие волосы так кололи руки, что я всякий раз вскрикивала. Ох уж эти *белые*. Да, я отмывала все, от холодильников до задниц, но с чего эта леди решила, что я знаю, как чистить чертовых гризли?

Иду за пылесосом. Вычищаю медведя, и в целом — за исключением нескольких мест, где я старалась чересчур усердно и зверь чуть полысел, — получилось неплохо.

Покончив с медведем, протираю красивые книжки, которые никто не читает, начищаю пуговицы на мундире армии Конфедерации, серебряный пистолет. На столе в золотой рамке стоит фотография мисс Селии и мистера Джонни у алтаря, и я решаю рассмотреть поближе, что он за мужчина. Надеюсь, жирный и коротконогий — на случай, если придется убегать, — но ничего подобного. Сильный, высокий, крепкий. И знакомый. Боже правый. Именно он ухаживал за мисс Хилли все годы, что я раньше работала у мисс Уолтер. Я никогда с ним не встречалась, но достаточно видела, чтобы быть уверенной, что это он. Страх мой утраивается, даже мороз по коже. Одного этого достаточно, чтоб понять, что он за человек.

В час дня мисс Селия приходит в кухню и заявляет, что готова для первого урока кулинарии. Устраивается на табуретке. На ней красный джемпер в обтяжку, красная юбочка и достаточно косметики, чтобы напугать уличную шлюху.

— Что вы уже умеете готовить? — интересуюсь я.

Она тщательно обдумывает вопрос, морщит лоб:

— Может, стоит начать с самого начала?

— Но должны же вы что-то знать. Чему вас мама учила?

Она опускает взгляд на свои ноги в чулках и лепечет:

— Я умею готовить кукурузные лепешки.

Не могу сдержать смех.

— А еще что-нибудь, кроме кукурузных лепешек, умеете?

— Умею варить картошку... — Голос еще тише. — И умею молоть овес. Там, где я жила, не было электричества. Но я готова учиться. На настоящей плите.

Господи. В жизни не встречала белого, который жил бы хуже, чем я, если не считать сумасшедшего мистера Уолли, который живет за кантонской забегаловкой и ест кошачьи консервы.

— И вы каждый день кормили мужа овсянкой и кукурузными лепешками?

Мисс Селия кивает.

— Но вы ведь научите меня готовить, правда?

— Попытаюсь, — говорю я, хотя никогда не приказывала белой женщине, что надо делать, и не знаю даже, как к этому подступиться. Решительно подтягиваю чулки и указываю на банку, стоящую на столе: — Полагаю, если вам и надо что-то знать о кулинарии, то вот это.

— Это ведь жир, правильно?

— Нет, это не просто жир, — уточняю я. — Это самое важное изобретение на кухне, после майонеза в банках.

— А что такого особенного, — морщит она носик, — в свином жире?

— Он не *свиной*, он растительный. — Неужто есть в этом мире человек, не знающий, из чего сделан «Криско»? — Вы не представляете, какая это полезная вещь.

Она недоуменно пожимает плечами:

— Полезная? Пожарить что-нибудь?

— Он не только для жарки. У вас когда-нибудь что-нибудь липкое застревало в волосах, вроде жвачки? — Решительно стучу пальцем по банке с «Криско». — Правильно, поможет «Криско». Смажьте им попку ребенку, и знать не будете, что такое потница, — шлепаю три ложки на черную сковородку. — Да что там, я видела, как женщины втирают его под глаза и смазывают шершавые пятки мужьям.

— Смотрите, какой он красивый, — удивляется она. — Как белая глазурь на торте.

— Отчищает клей от ценника. Им можно смазать скрипучие дверные петли. Если свет погас, вставьте в него фитиль — и будет гореть не хуже свечи.

Зажигаю огонь, и мы смотрим, как жир тает на сковороде.

— И кроме всего, на нем можно поджарить цыпленка.

— Ладно, — сосредоточенно говорит она. — Что дальше?

— Цыпленок вымачивался в пахте, — рассказываю я. — Теперь приготовим панировку.

В двойной бумажный пакет насыпаю муку, соль, еще немного соли, перец, паприку и щепотку кайенского перца.

— Вот так. Кладем куски цыпленка в пакет и трясем.

Мисс Селия укладывает цыплячье бедрышко внутрь, постукивает по пакету:

— Вот так? Как в рекламе «Шейк энд Бейк»* по телевизору?

— Да, — соглашаюсь я, а сама крепко прижимаю язык к зубам, потому что если это не оскорбление, тогда уж и не знаю что. — Просто как в «Шейк энд Бейк».

Но тут же застываю на месте: на улице тарахтит автомобиль. Замираю и прислушиваюсь. Глаза у мисс Селии расширяются, она тоже прислушивается. Думаем мы об одном: что, если это он, и где мне прятаться?

Звук удаляется. Мы переводим дыхание.

— Мисс Селия, — говорю я сквозь зубы, — как это вы не можете рассказать своему мужу обо мне? Он что, ничего не поймет, когда еда станет лучше?

— Ой. Я об этом не подумала! Может, сделать так, чтобы цыпленок немножко подгорел?

Этого еще не хватало. Я не собираюсь портить цыпленка. На вопрос она не ответила, но я все равно добьюсь своего.

---

* Панировка фабричного производства, популярная в Соединенных Штатах.

Аккуратно выкладываю мясо на сковороду. Мы стоим и наблюдаем, как бедра и ножки становятся золотистыми. Поднимаю взгляд. Мисс Селия улыбается.

— Что? У меня на лице что-то?

— Нет, — качает она головой, а у самой на глаза наворачиваются слезы. Она касается моей руки: — Я просто так вам благодарна.

Вежливо убираю руку:

— Мисс Селия, у вас столько всего, кроме меня, за что можно быть благодарной.

— Знаю. — Она оглядывает свою чудесную кухню с таким выражением, будто съела что-то противное. — Я и не мечтала о таком.

— Ну вот. Разве вы не счастливы?

— В жизни не была счастливее.

На этом и остановимся. Под всем этим счастьем она определенно несчастна.

Вечером звоню Эйбилин.

— Мисс Хилли вчера приходила в гости к мисс Лифолт, — докладывает Эйбилин. — Спрашивала, не знает ли кто, где ты работаешь.

— Боже, если она меня разыщет, обязательно все погубит. — Прошло две недели с тех пор, как я сделала с этой женщиной Кошмарную Ужасность. Конечно, она бы с удовольствием посмотрела, как меня увольняют.

— Что сказал Лерой, когда ты сообщила ему, что нашла работу? — спрашивает Эйбилин.

— Убит наповал. Расхаживал по кухне, как хвастливый петух, выделывался перед детьми. Как будто он единственный, кто содержит семью, а я просто так, ради развлечения подрабатываю. Зато потом, в постели, мой старый могучий бык едва не рыдал.

Эйбилин хохочет:

— Лерой очень гордый и самолюбивый.

— Ага. Главное, чтобы мистер Джонни меня не застукал.

— А она не объяснила, почему не хочет, чтобы муж знал?

— Сказала только, что хочет, чтобы он думал, будто она сама умеет готовить и прибираться. Но не знаю почему. Она что-то скрывает от него.

— Надо же, как забавно. Мисс Селия не может никому проговориться, иначе это дойдет до мистера Джонни. Так что мисс Хилли ничего не узнает, потому что мисс Селия никому не разболтает. Для тебя лучше и сложиться не могло.

— Хм-м. — Не хочу показаться неблагодарной, потому что Эйбилин устроила мне эту работу. Но невольно думаю, что вообще-то проблем у меня теперь вдвое больше — мисс Хилли, а теперь еще и мистер Джонни.

— Минни, я вот тут хотела спросить тебя... Ты знаешь такую мисс Скитер?

— Высокая, приходила раньше к мисс Уолтер на бридж?

— Да. Что ты о ней думаешь?

— Не знаю. Белая, такая же, как все они. А что? Она что-то говорит обо мне?

— Нет-нет, — заверяет Эйбилин. — Просто... несколько недель назад... даже не скажу, почему я все об этом думаю. Она спросила меня кое о чем. Спросила, не хочу ли я все изменить. Никогда белая женщина не спрашивала...

Но тут из спальни выходит Лерой и требует свой кофе перед ночной сменой.

— Ой, он проснулся, — говорю. — Рассказывай быстрее.

— Да ладно, неважно. Не бери в голову.

— Что было-то? Что она тебе сказала?

— Да просто вздор. Ерунда какая-то.

Глава 4

Первую неделю у мисс Селии я отмывала дом, пока не осталось ни единого пыльного ковра, ни драной простыни, ни грязных чулок, брошенных в стирку. Вторую неделю я снова вычищала дом, потому что грязь накапливается. На третью неделю я наконец привела все в порядок и начала работать как обычно.

И каждый день мисс Селия как будто все не могла поверить, что я прихожу на работу. Я — единственное, что нарушает абсолютный покой вокруг нее. В моем собственном доме вечно полно детей, соседей, да еще и муж. У мисс Селии я просто наслаждаюсь тишиной.

Обычно, где бы я ни работала, график у меня одинаковый. По понедельникам я полирую мебель. По вторникам стираю и глажу чертово белье — ненавижу этот день. Среда для генеральной уборки ванной, хотя я и мою там каждое утро. В четверг натираю полы и чищу пылесосом ковры, а те, которые старинные, — вручную, щеткой, чтобы не истрепались. В пятницу готовлю еду на все выходные и всякое такое. И каждый день мою полы, стираю, глажу рубашки, чтобы порядок не выходил из-под контроля, — короче, поддерживаю чистоту. Серебро и окна — по необходимости. Поскольку детишек нет, присматривать не за кем, остается достаточно времени для так называемых уроков кулинарии с мисс Селией.

Мисс Селия никогда не устраивает вечеринок, поэтому мы просто готовим то, что у них с мистером Джонни будет на ужин, — свиные отбивные, жареный цыпленок, ростбиф, пирог с цыпленком, бараньи ребрышки, запеченный окорок, жареные помидоры, картофельное пюре, овощи. Или я готовлю, а мисс Селия суетится рядом, напоминая скорее пятилетнюю девочку, чем богатую даму, выплачивающую мне зарплату. Когда урок заканчивается, она спешит обратно, улечься на диван. Вообще мисс Селия и шевелится-то, лишь проходя десять футов до кухни, на свой урок, да еще каждые два или три дня прячется наверху, в жутких пустых комнатах.

Не знаю, что она там делает по пять минут на втором этаже. Мне там не нравится. В этих комнатах должно быть полно детишек, чтоб они смеялись, кричали и баловались повсюду. Но меня не касается, что мисс Селия делает целый день напролет. По мне, так и хорошо, что не попадается на глаза. Я ходила, бывало, повсюду за хозяйками, с метелкой в одной руке и мусорным ведром в другой, все прибирала дерьмо за ними. А пока она валяется в кровати, я могу спокойно себе делом заниматься. Детишек у нее нет, занятий особых тоже нет, но все равно она самая ленивая женщина, что я встречала в жизни. *Включая* мою сестру Дорину, которая в детстве пальцем не пошевелила, потому что у нее, видите ли, больное сердце, — как потом выяснилось, муха попала в рентгеновский аппарат.

И если б только из кровати не вылезала. Мисс Селия вообще не выходит из дома, разве только сделать прическу и ногти поправить. За три недели, что я работаю, это случилось всего один раз. Мне тридцать шесть лет, а я все еще слышу, как мама говорит: «Это не твое дело». Но все-таки любопытно, чего так боится эта женщина.

Каждую пятницу я подсчитываю вслух:

— Мисс Селия, осталось девяносто девять дней до того, как вы расскажете обо мне мистеру Джонни.

— Ой, надо же, как быстро время бежит! — восклицает она со страдальческим выражением лица.

— Сегодня утром кошка прибежала на порог, так у меня чуть удар не случился — думала, это мистер Джонни.

Чем ближе к назначенному сроку, тем больше нервничает мисс Селия, да и я с ней. Не представляю, что сделает этот человек, когда она ему все расскажет. Наверное, прикажет меня уволить.

— Надеюсь, этого времени достаточно, Минни. Как вы думаете, я стала лучше готовить? — спрашивает она, а я не знаю, что ответить. У нее милая улыбка, ровные белые зубки, но она самая плохая кухарка на свете.

Стараюсь поддержать ее и учу готовить самые простые блюда, потому что хочу, чтоб она научилась, и побыстрее. Понимаете, она должна объяснить своему мужу, почему у толстой коротышки негритянки есть ключи от их дома. Мне нужно, чтобы он знал, почему я каждый день держу в руках его драгоценное серебро и сережки мисс Селии, с рубинами в бог весть сколько карат. Мне *необходимо*, чтобы он узнал это прежде, чем в один прекрасный день войдет домой и вызовет полицию. Или сэкономит время и разберется с этим делом самостоятельно.

— Берете рульку, наливаете воды побольше, вот так. Теперь зажигаем огонь. Следите, чтобы булькало чуть-чуть, тогда все будет отлично.

Мисс Селия смотрит в кастрюлю, как будто хочет разглядеть будущее.

— Вы счастливы, Минни?

— Почему вы мне задаете такие вопросы?

— Но все же?

— Конечно, счастлива. Вы тоже счастливы. Большой дом, просторный двор, муж о вас заботится. — Я неодобрительно смотрю на мисс Селию, и она, конечно же, это замечает. Потому как не дело, чтоб белые интересовались вашим мнением насчет того, *счастливы* ли они.

Когда у мисс Селии пригорела фасоль, я постаралась собрать все самообладание, которое, по утверждению моей мамы, у меня отсутствовало с рождения.

— Ничего, — сквозь зубы выдавливаю я. — Мы сделаем еще одну порцию, прежде чем мистер Джонни вернется домой.

На любую другую женщину, у которой я работала, я с удовольствием поворчала бы хоть часок — посмотреть, как ей это понравится. Но мисс Селия глядит на меня своими огромными глазищами, словно я лучшая вещь на свете после баночки лака для волос, — уж лучше бы она помыкала мной, как полагается с прислугой. Я начинаю думать, не связано ли как-то ее лежание в постели целыми днями с тем, что она не рассказывает мистеру Джонни обо мне. Наверное, она замечает подозрение в моих взглядах, потому что однажды, совершенно неожиданно, заявляет:

— Мне часто снятся кошмары, будто мне пришлось вернуться жить в Шугэ-Дитч. Поэтому я так много лежу. — И кивает, торопливо так, будто давно отрепетировала. — Потому что очень плохо сплю ночами.

Улыбаюсь в ответ как дура, будто бы поверила, и продолжаю протирать зеркало.

— Не стоит так стараться. Оставьте несколько разводов.

Вот всегда так — зеркало в разводах, чуток испачканный пол, грязный стакан в мойке или полное мусорное ведро.

— Должно быть правдоподобно, — говорит она, а я ловлю себя на том, что в сотый раз тянусь за этим грязным стаканом, чтоб помыть. Люблю, чтоб было чисто и прибрано.

— Я хотела бы заняться вон тем кустом азалии, — говорит как-то мисс Селия.

Она взяла себе привычку валяться на диване, когда идут мои передачи, и все время вмешиваться. Я включаю «Путеводный свет» уже двадцать четыре года — с тех пор, как мне было десять и я слушала его по маминому радиоприемнику.

Начинается реклама «Дрефта», а мисс Селия уставилась в окно, на чернокожего парня, сгребающего листья. У нее столько азалий, что к весне двор будет точь-в-точь как в «Унесенных ветром». Я не люблю азалии и уж совсем не люблю этот фильм — у них рабство выглядит как грандиозное праздничное чаепитие. На месте Мамушки я посоветовала бы Скарлетт затолкать те зеленые занавески в ее маленькую белую задницу. И самой сшить чертово платье, завлекающее мужиков.

— Думаю, я могла бы заставить эти розы цвести, если их обрезать, — говорит мисс Селия. — Но первым делом я бы подрезала вон ту мимозу.

— А что с ней не так?

Прижимаю утюгом воротничок рубашки мистера Джонни. У меня во дворе и кустика-то не растет, не говоря уж о деревьях.

— Мне не нравятся эти мохнатые цветы. — И отворачивается. — Похожи на маленькие детские головки.

Мне неприятно, когда она так говорит.

— Вы разбираетесь в цветах?

Она вздыхает в ответ:

— Раньше, в Шугэ-Дитч, я любила возиться с цветами. Научилась выращивать их, надеялась, что так смогу победить все это уродство вокруг.

— Ну так вышли бы во двор, — предлагаю я, стараясь, чтобы прозвучало не слишком нервно. — Разомнитесь. Подышите свежим воздухом. («Убирайся отсюда».)

— Нет, — опять вздыхает мисс Селия, — мне нельзя бегать по улице. Я должна сохранять покой.

Меня начинает всерьез раздражать то, что она никогда не выходит из дому, что улыбается, как прислуга, по утрам, как будто это лучшее время дня, что все время торчит перед глазами. Прямо зуд у меня какой-то. Начинается, как только прихожу, а почесаться невозможно. И с каждым днем зудит чуть сильнее.

— Может, вам стоит завести подруг, — советую я. — В городе много женщин вашего возраста.

Она хмурится:

— Я пыталась. Не представляете, сколько раз я звонила этим дамам, спрашивала, не могу ли помочь с организацией Праздника или еще с чем-нибудь, не выходя из дома. Но они так и не перезвонили. Ни одна.

Ответить нечего, потому что меня это не удивляет. С ее-то огромными грудями и волосами цвета «Золотой самородок».

— Ну, походите по магазинам. Купите новые платья. Займитесь чем-нибудь, чем занимаются белые леди, пока прислуга работает по дому.

— Нет, пожалуй, я немного отдохну, — говорит она, и две минуты спустя я слышу, как она поднимается по лестнице в пустующие спальни.

Ветка мимозы стучит в окно, я подпрыгиваю от неожиданности и обжигаю палец. Приходится прикрыть глаза, чтобы унять бешено бьющееся сердце. Осталось девяносто четыре дня этого кошмара. Думаю, я ни минуты больше не выдержу.

— Мам, сделай что-нибудь поесть. Я голодная, — вот что мне заявила вчера вечером моя младшая, Киндра, ей пять лет. Уперла руки в боки и ножку выставила.

У меня пятеро детей, и я горжусь, что научила их говорить «да, мэм» и «пожалуйста», прежде чем произнести слово «печенье».

Всех научила, кроме одной.

— До ужина ничего не получишь, — сказала я.

— Почему ты такая злая? *Ненавижу* тебя, — проорала она и выскочила за дверь.

К такому я никогда не смогу привыкнуть, хотя у меня до нее уже было четверо. Момент, когда ваше дитя заявляет, что ненавидит вас, — а через это проходит каждый ребенок — это как удар ногой в живот.

Но Киндра. Это вовсе не сложный возраст, с которым я знакома. Эта девочка просто вылитая я.

Я стою в кухне мисс Селии и думаю о вчерашнем вечере, Киндре и ее языке, Бенни и его астме, о том, что мой муж Лерой дважды на прошлой неделе пришел домой пьяным. Он знает: это единственное, что я не в силах вынести. Мой отец десять лет беспробудно пил, а мы с мамой вынуждены были работать на износ, чтоб у него были деньги на выпивку. Наверное, я бы больше расстроилась, но вчера, в качестве «прости меня», Лерой притащил целый мешок молодой окры. Он знает, что это моя любимая еда. Вечером я обваляю ее в кукурузной муке, обжарю и наемся вволю, как мама никогда не разрешала.

Но на сегодня это не единственное лакомство. Матушка мистера Джонни прислала из Мексики два ящика персиков — тяжелых, как бейсбольные мячи. Спелые, сладкие, режутся как масло. Я не принимаю подачек от белых леди, потому что *знаю* — они хотят, чтобы я чувствовала себя обязанной. Но когда мисс Селия предложила мне взять домой дюжину персиков, я вытащила свою сумку и отложила в нее ровно двенадцать штук. Так что на ужин буду лакомиться жареной окрой и персиковым кобблером на десерт.

Чищу персики, любуюсь, как кожура длинной пушистой лентой опускается в миску, и совершенно не обращаю внимания на дорожку перед домом. Обычно, когда стою у кухонной раковины, я прикидываю план бегства от мистера Джонни. Кухня — лучшее для этого место, потому что большое окно выходит на улицу. Кусты азалии скрывают мое лицо, но сама я вижу достаточно, чтобы разглядеть приближающихся к дому. Если он войдет в парадную дверь, я сбегу в гараж через черный ход. А если явится сзади, я улизну через передние двери. Еще одна дверь из кухни ведет на задний двор, просто на всякий случай. Но сейчас сок тек по моим ладоням, густой сладкий запах просто пить можно, и я утонула в этих персиковых фантазиях. И не заметила, как к дому подъехал синий грузовик.

Мужчина был уже на полпути к двери, когда я подняла глаза. Успела заметить полоску белой рубашки, одной из тех, что я гладила каждый день, штанину цвета хаки — тех брюк, что я развешивала в шкафу мистера Джонни. Вопль застрял в горле. Нож со стуком упал в раковину.

— Мисс Селия! — метнулась я в ее спальню. — Мистер Джонни *дома*!

Мисс Селия слетела с кровати с такой скоростью, какой я в ней и не подозревала. Я как идиотка завертелась на месте. *Куда бежать? Куда мне деваться? Где же мой план побега?* И тут меня осенило — гостевая ванная!

Шмыгаю внутрь и прикрываю дверь, оставив щелку. Взбираюсь на сиденье унитаза, чтобы он не заметил мои ноги, торчащие из-под двери. Здесь темно и жарко. Голова словно в камине. Пот течет по подбородку и капает на пол. Мне дурно от густого запаха мыла с гарденией, которое лежит на краю раковины.

Слышу шаги. Перестаю дышать.

Шаги стихают. Сердце мечется, как кошка в электросушилке. А ну как мисс Селия сделает вид, что не знает меня, чтобы избежать неприятностей? Притворится, будто я грабитель? Ненавижу ее! Ненавижу эту тупую бабу!

В груди — гулкое бум-бум. Колени ломит, им больно держать мое тело в такой позе.

Глаза привыкли к темноте. И я могу различить свое отражение в зеркале. Скрючилась, дура дурой, на толчке в туалете белой леди.

Взгляните на меня. Посмотрите, на что приходится идти Минни Джексон, чтобы заработать на эту проклятую жизнь.

Мисс Скитер

Глава 5

Мамин «кадиллак» мчится по гравийной дороге, направляясь к дому. Мелкие камешки барабанят по корпусу машины с такой силой, что заглушают голос Пэтси Клайн*, звучащий из радиоприемника. Мама будет в ярости, но эта мысль лишь заставляет меня прибавить скорость. Никак не могу выбросить из головы, что сегодня в бридж-клубе сказала Хилли.

Мы с Хилли и Элизабет были лучшими подружками с начальной школы. На моей любимой фотографии мы втроем, уже школьницы средних классов, сидим на трибуне стадиона, тесно прижавшись друг к другу, плечо к плечу. А самое удивительное то, что трибуны вокруг абсолютно пусты. Мы сидим так близко просто потому, что действительно близки друг другу.

В «Оле Мисс»** мы с Хилли два года прожили в одной комнате, пока она не уехала, чтоб выйти замуж, а я осталась учиться дальше. Каждый вечер я накручивала ее волосы на тринадцать бигуди в нашем общежитии Кси Омега***. А сегодня она пригрозила изгнать меня из Лиги. Не то чтобы меня особенно волновало членство в Лиге, но больно осознавать, как легко подруга может расстаться с тобой.

Сворачиваю на аллею, ведущую к Лонглифу, хлопковой плантации нашей семьи. Гравий сменяет мягкая

---

* Американская певица, одна из величайших вокалисток в истории музыки кантри.

** Неофициальное название Университета Миссисипи.

*** В американских университетах традиционно существует множество студенческих сообществ, чаще всего называемых буквами греческого алфавита.

желтая пыль, и я притормаживаю, пока мама не увидела, с какой скоростью я ношусь. Подъезжаю к дому, выхожу из машины. Мама восседает в кресле-качалке на террасе.

— Присядь, дорогая, — машет она рукой в сторону второго кресла-качалки. — Паскагула только что натирала полы. Пускай немного просохнут.

— Ладно, мам.

Я целую напудренную щеку, но не сажусь. Облокотившись на перила террасы, разглядываю три древних дуба перед домом. Хотя отсюда до города всего пять минут езды, многие считают, что здесь уже деревня. За нашим домом расстилаются десять тысяч акров папиных хлопковых полей, покрытых крепкими зелеными растениями с высокой, как у меня, талией. Несколько чернокожих сидят вдалеке под навесом, глядя в огонь. Все ждут одного и того же — пока раскроются хлопковые коробочки.

Как, однако, все изменилось между мной и Хилли, когда я вернулась из университета. Но кто стал другим человеком, я или она?

— Я уже рассказывала тебе? — говорит мама. — Фанни Питроу помолвлена.

— Рада за Фанни.

— Не прошло и месяца с тех пор, как она начала работать в Фермерском банке.

— Замечательно, мама.

— *Я* это понимаю, — подчеркивает она, и мне приходится обернуться, чтобы встретить один из ее фирменных взглядов — так вспыхивает взрывающаяся электрическая лампочка. — Почему бы и тебе не поискать работу в банке?

— Я не хочу работать в банке, мам.

Мама вздыхает и, прищурившись, переводит взгляд на спаниеля Шелби, вылизывающего укромные части своего тела. Я же прикидываю пути к бегству, исполненная решимости испачкать свеженатертые полы. Этот разговор происходит уже не в первый раз.

— Моя дочь четыре года провела в колледже, и с чем же она вернулась домой? — вопрошает она.

— С дипломом?

— Жалкий клочок бумаги, — фыркает мама.

— Я уже говорила тебе. Я пока не встретила человека, за которого хотела бы выйти замуж.

Мама поднимается с кресла, подходит вплотную, и я могу рассмотреть ее гладкое красивое лицо. На ней синее платье, безупречно облегающее стройную фигуру, помада, как всегда, аккуратно наложена. Но вот мама выходит на яркий свет — и я замечаю темные пятна на ее одежде. Моргаю несколько раз, чтобы убедиться, что мне не померещилось.

— Мама? Ты плохо себя чувствуешь?

— Если бы ты проявила хоть чуть-чуть сообразительности, Евгения...

— У тебя все платье впереди испачкано.

Мама гневно скрещивает руки на груди:

— Я разговаривала с матерью Фанни, и она сказала, что Фанни буквально купалась в предложениях, стоило ей только выйти на работу.

Приходится оставить тему платья. Я никогда не смогу объяснить маме, что хочу стать писательницей. Она усмотрит в этом всего лишь еще одно препятствие, отделяющее меня от мира замужних женщин. Точно так же, как не смогу рассказать о Чарли Грее, с которым мы вместе изучали математику прошлой весной в «Оле Мисс». Как он произнес тост за выпускной курс и поцеловал меня, а потом сильно стиснул мою руку, но это оказалось совсем не больно, а, наоборот, ужасно здорово, и он так смотрел мне в глаза. А потом женился на Дженни Сприг, ростом пять футов.

Нужно бы подыскать жилье в городе, в одном из домов, где живут одинокие простые девушки, старые девы, секретарши, учительницы. Но стоило мне однажды заикнуться о том, чтобы взять деньги из моего трастового фонда, как мама расплакалась — настоящими слезами.

— Твои деньги не предназначены для подобных целей, Евгения. Они не для того, чтобы жить в доходном доме, где пахнет кухней, а из окон свисают драные чулки. А когда деньги закончатся, тогда что? На что ты будешь жить? — После чего она водрузила на лоб влажное полотенце и остаток дня провела в постели.

И вот теперь, ухватившись за перила, мама ждет, сделаю ли я ради спасения собственной души то же самое, что сделала жирная Фанни Питроу. Моя собственная мать смотрит на меня так, словно ее буквально убивает весь мой вид, мой рост, моя прическа. Сказать, что у меня кудрявые волосы, — это ничего не сказать. Они просто неприличны — уместнее скорее на лобке, чем на голове, да еще и почти белые. Кожа у меня светлая, но вряд ли ее можно назвать молочно-белой, скорее мертвенно бледной, особенно когда я серьезна, а серьезна я всегда. Вдобавок нос у меня с горбинкой. Зато глаза васильково-синие, как у мамы. Мне всегда говорят, что это лучшее, что во мне есть.

— Речь идет о том, чтобы создавать ситуации, когда ты можешь знакомиться с мужчинами...

— Мама, — перебиваю я, чтобы поскорее закончить этот разговор, — неужели это так ужасно, если я вообще никогда не выйду замуж?

Мама судорожно обхватывает себя руками, словно ее бросает в холод при одной только мысли.

— Не смей! Не смей говорить так, Евгения. Каждую неделю, встречая в городе очередного мужчину ростом выше шести футов, я думаю: «Если бы Евгения только попыталась...» Она прижимает ладони к животу, будто сама мысль, что дочь останется старой девой, провоцирует у нее язву.

Сбрасываю шлепанцы и спускаюсь по ступенькам террасы, а мама кричит вслед, чтобы я надела туфли, пугая стригущим лишаем и клещевым энцефалитом. Неизбежностью смерти от прогулок босиком. И от отсутствия мужа. Ставшее уже привычным ощущение, впервые посетившее меня три месяца назад, после окончания колледжа, порождает нервную дрожь во всем теле. Я будто оказалась в месте, которому больше не принадлежу. Я определенно не должна быть здесь, рядом с матерью и отцом. И возможно, не с Хилли и Элизабет.

— Тебе двадцать три года, у меня в твоем возрасте уже родился Карлтон... — не унимается мама.

Останавливаюсь под миртовым деревцем, с безопасного расстояния наблюдая за мамой. Лилии уже отцвели. Почти сентябрь.

Я не была прелестным ребенком. Когда я родилась, мой старший братец, Карлтон, посмотрел на меня и объявил на всю больничную палату: «Это не ребенок, а москит!» С тех пор прозвище и прилипло. Я была долговязой и худой, вылитый комар, побила двадцатипятидюймовый рекорд роста для младенцев в Баптистской больнице. А уж когда в раннем детстве выяснилось, что и нос у меня длинный, тонкий и чуть заостренный, прозвище оказалось еще более подходящим. Мама всю мою жизнь пыталась убедить окружающих называть меня по имени, Евгенией.

Миссис Шарлотта Будро Кантрель Фелан не переносит кличек.

К шестнадцати я стала не только не особо привлекательной, но еще и болезненно высокой. Девочки такого роста на фотографиях класса обычно оказываются в последнем ряду, вместе с мальчиками. Мама девочки такого роста ночи напролет отпускает подолы ее платьев, удлиняет рукава свитеров, прилизывает волосы перед танцами, хотя ее об этом и не просили, и, наконец, даже прижимает ладонью макушку, словно хочет затолкать обратно в прошлое, где она могла бы напоминать дочери, что нужно выпрямить спину. Когда мне исполнилось семнадцать, мама предпочла бы, чтобы я заболела апоплексической диареей, нежели распрямилась в полный рост. Сама она была пяти футов четырех дюймов и «Первой Вице-Мисс Южная Каролина». Следовательно, в моем случае оставалось только одно средство.

Инструкция по Охоте на Мужа от миссис Шарлотты Фелан. Правило номер один: миниатюрную симпатичную девушку украшают макияж и хорошие манеры. Высокую и невыразительную — трастовый фонд.

Я была ростом пять футов одиннадцать дюймов, но на счету у меня лежали двадцать пять тысяч хлопковых долларов, и если это не есть настоящая красота, тогда, боже правый, парень все равно недостаточно умен, чтобы стать членом семьи.

Моя детская располагается на верхнем этаже дома. Снежно-белые карнизы с розовыми херувимами, обои с нежно-зелеными бутонами роз. Вообще-то это скорее мансарда с покатыми стенами, и я не везде могу выпрямиться в полный рост. Благодаря эркеру комната кажется круглой. С тех пор как матушка принялась каждый божий день пилить меня по поводу поисков мужа, я будто сплю в свадебном торте.

Но вместе с тем это мое убежище. Здесь, наверху, горячий воздух скапливается, как внутри воздушного шара, что отталкивает посетителей. Лестница узкая, и родителям по ней взбираться трудно. Наша прежняя прислуга, Константайн, бывало, взирала на уходящие вверх ступени так, словно ей предстояла битва с ними. И это единственный недостаток верхнего этажа: он разлучал меня с Константайн.

Прошло три дня после очередного разговора с мамой. Я раскладываю на столе объявления о вакансиях из «Джексон джорнал». Все утро мать преследовала меня с новым средством для укрепления волос, в то время как папа сидел на террасе, ворчал и проклинал хлопковые поля, тающие, как летний снег. Если не считать нашествия жуков-долгоносиков, дождь, пожалуй, худшее, что может произойти во время уборки урожая. Сентябрь едва начался, а уже вовсю идут проливные дожди.

ВАКАНСИИ: ЖЕНЩИНЫ. С красным карандашом в руке я просматриваю единственную коротенькую колонку.

Универмагу Кеннингтон требуются продавщицы: уравновешенность, хорошие манеры и улыбка!

Требуется молодая секретарша. Умение печатать необяз. Звонить мистеру Сандерсу.

Господи, если ему не нужно, чтобы она печатала, то что же ему от нее нужно?

Требуется младшая стенографистка, «Перси и Грей», 1,25 долл/час.

Что-то новенькое. Обвожу кружочком.

Никто не станет отрицать, что в «Оле Мисс» я училась истово. Пока мои подружки пили ром с колой на вечеринках и прикалывали букетики к корсетам, я сидела в библиотеке и часами писала — в основном курсовые работы, но, кроме того, рассказы, плохие стихи, новые эпизоды для «Доктора Килдара»*, рекламные тексты «Пэлл Мэлл», письма протеста, жалобы, требования выкупа, любовные записки парням, которых встречала на занятиях, но с которыми не решалась заговорить, — все это никогда никуда не отправлялось. Разумеется, я грезила о свиданиях с игроками футбольной команды, но настоящей мечтой было однажды написать нечто такое, что люди захотят прочесть.

В четвертом семестре своего выпускного курса я нашла было работу — очень хорошую, в шестистах милях от Миссисипи. Затолкав двадцать два дайма** в телефон-автомат, я попыталась разузнать о должности редактора в издательстве «Харпер и Роу», располагавшемся на Тридцать третьей улице Манхэттена. Я увидела объявление в «Нью-Йорк таймс» и в тот же день отправила им свое резюме. В смутной надежде даже позвонила насчет квартиры на Восемьдесят пятой улице — одна комнатка с плитой за сорок пять долларов в месяц. Авиакомпания «Дельта» сообщила, что билет в один конец обойдется в семьдесят три доллара. Мне и в голову не пришло поискать больше чем одно рабочее место, но ответа я так и не дождалась.

Взгляд скользнул ниже, к рубрике ВАКАНСИИ: МУЖЧИНЫ. Четыре колонки, заполненные объявлениями для банковских служащих, бухгалтеров, специалистов по кредитам, аудиторов. На этой стороне страницы «Перси и Грей» предлагали младшему стенографисту на пятьдесят центов в час больше.

Голос Паскагулы у подножия лестницы:

— Мисс Скитер, вам звонят.

Спускаюсь вниз к единственному в доме телефонному аппарату. Паскагула протягивает трубку. Она крошечная,

---

* Популярный телесериал первой половины 1960-х гг.

** Монета достоинством в 10 центов; с 1965 г. серебряные монеты постепенно заменялись монетами из медно-никелевого сплава.

как ребенок, меньше пяти футов, и черная, как ночь. Волосы аккуратно завиваются, а белое форменное платье сшито точно по миниатюрной фигурке.

— Мисс Хилли вас спрашивает, — сообщает она, вручая мне трубку.

Устраиваюсь за белым чугунным столиком. В большой квадратной кухне жарко. Черно-белые квадратики линолеума местами потрескались, а перед раковиной совсем истерлись. По центру кухни установлена новая серебристая посудомоечная машина, от крана к ней тянется шланг.

— Он приезжает на следующей неделе, — сообщает Хилли. — В субботу вечером. Ты свободна?

— Не знаю, надо проверить календарь.

В голосе Хилли нет и намека на нашу размолвку в бридж-клубе. Подозрительно, но все же на душе становится легче.

— Поверить не могу, что это *наконец* произойдет, — продолжает Хилли. Она несколько месяцев пыталась познакомить меня с кузеном своего мужа и не отступает от своего намерения, хотя парень чересчур привлекателен, да вдобавок еще и сын сенатора штата.

— А ты не думаешь, что нам следует... сначала просто познакомиться? — осторожно спрашиваю я. — Ну, прежде чем перейти к настоящим отношениям?

— Не волнуйся. Мы с Уильямом все время будем рядом.

Я вздыхаю. Свидание уже дважды отменялось. Могу только надеяться, что оно вновь отложится. Но мне льстит уверенность Хилли в том, что такой мужчина, как он, может заинтересоваться такой девушкой, как я.

— Так, еще нужно, чтобы ты пришла и забрала мои заметки, — говорит Хилли. — Я хочу, чтобы моя инициатива появилась в следующем информационном бюллетене, целая страница и место для фото.

— Насчет ванной? — после паузы уточняю я. Прошло всего несколько дней с тех пор, как она заявила об этом в бридж-клубе, но я надеялась, что все забыто.

— Это называется «Инициатива по обеспечению домашней прислуги отдельным санузлом» — Уильям, слезь, пока я тебя не отшлепала, Юл Мэй, куда ты, черт возьми, запропастилась, — и я хочу, чтобы информация появилась уже на этой неделе.

Я редактор информационного бюллетеня Лиги. Но Хилли — президент. И она пытается объяснить мне, что нужно печатать.

— Я попробую. Не знаю, осталось ли место, — бормочу я.

Стоящая у раковины Паскагула бросает взгляд в мою сторону, будто слышит, о чем говорит Хилли. Я же смотрю на ванную комнату Константайн, ныне — Паскагулы. Она рядом с кухней. Дверь полуоткрыта, и можно разглядеть крошечную комнатку — унитаз, наверху бачок с цепочкой, лампочка под пожелтевшим пластиковым абажуром. Маленькая раковина в углу едва ли вместит стакан воды. Я никогда не заходила туда. Когда мы были маленькими, мама пригрозила, что отшлепает, если мы сунемся в уборную Константайн. Я скучаю по Константайн больше, чем по кому-либо другому в своей жизни.

— Тогда освободи место, — приказывает Хилли. — Потому что это чертовски важно.

Константайн жила в миле от нашего дома, в маленьком негритянском предместье под названием Пекло — из-за тамошней смоляной фабрики. Дорога в Пекло идет вдоль северной границы нашей фермы, и, сколько я помню, на протяжении всей этой мили в красной пыли играли чернокожие ребятишки, постепенно подбираясь к большому окружному шоссе номер сорок девять, чтобы прокатиться на попутках.

Девчонкой я сама проходила пешком эту жаркую милю. Если я канючила и умоляла маму, она иногда по пятницам позволяла мне пойти в гости к Константайн. Через двадцать минут неторопливой прогулки мы проходили мимо дешевого магазина для цветных, потом мимо бакалеи с курятником на задворках, а вдоль дороги тянулись ряды ветхих домишек с жестяными крышами и покосившимися крылечками, и среди них был один дом желтого цвета, с черного хода которого, как все говорили, продавали виски. Я так волновалась, оказавшись в совершенно ином мире, и всегда остро чувствовала, какие новые у меня туфли, какой чистый белый сарафан, выглаженный Константайн. Чем ближе мы подходили к дому Константайн, тем шире она улыбалась.

— Здорово, Птичка Карл, — окликала Константайн торговца кореньями, восседавшего в кресле-качалке в кузове своего пикапа. Вокруг стояли раскрытые мешки с сассафрасом*, корнем лакрицы и лопуха; мы принимались рыться в них, и при этом все тело Константайн колыхалось, изгибаясь в каждом суставе. Константайн была не просто крупной, но тучной. Она была широка в бедрах, и колени частенько ее беспокоили. На повороте к своему дому она совала в рот щепотку табака и лихо сплевывала длинной струей. Она разрешала мне поглядеть на черный порошок в круглой жестянке, но всегда говорила:

— Смотри не рассказывай маме.

На дороге всегда валялись псы, шелудивые, с выпирающими костями, ввалившимися животами. Чернокожая женщина по имени Кэт-Байт** кричала с крыльца:

— Мисс Скитер! Передавайте привет своему папе. Скажите, что у меня все хорошо.

Прозвище ей дал мой отец много лет назад. Он проезжал на машине и увидел, как бешеная кошка набросилась на маленькую черную девочку. «Кошка почти сожрала ее», — позже рассказывал мне папа. Он убил животное, отвез девочку к доктору и проследил, чтобы она получила трехнедельный курс прививок против бешенства.

А потом мы подходили к дому Константайн. В ее домике было три комнаты, никаких ковров, а на стене единственная фотография — белой девочки, которую Константайн нянчила двадцать лет назад в Порт-Гибсоне. Я была уверена, что знаю о Константайн все: у нее

---

* Растение семейства лавровых, произрастает на востоке США, используется для изготовления лекарственных препаратов и красителей.

** Cat-Bite (*англ.*) — укушенная кошкой.

была сестра, а выросла она на ферме издольщиков в Коринфе, Миссисипи; родители ее умерли; она не ела свинину; носила платья шестнадцатого размера, а туфли — десятого. Но, глядя на улыбающегося во весь рот ребенка на той фотографии, я немножко ревновала и думала, почему же она не повесила рядом и мое фото.

Иногда к нам приходили поиграть две девочки из соседнего дома, Мэри Нелл и Мэри Роан. Они были такие черные, что я не могла различить их и просто называла обеих Мэри.

— Веди себя любезно с цветными девочками, когда будешь в гостях, — однажды сказала мне мама, а я, помнится, удивленно посмотрела на нее и спросила:

— А как же иначе?

Но мама ничего не ответила.

Примерно через час приезжал папа, выходил из машины, протягивал Константайн доллар. Константайн никогда не приглашала его войти в дом. Даже тогда я понимала, что мы на ее территории и она не обязана соблюдать формальные приличия в своем собственном доме. Потом папа разрешал мне зайти в магазин для цветных, купить лимонаду и леденцов.

— Не говори маме, что я дал Константайн немного денег.

— Хорошо, папочка, — отвечала я. И это был наш единственный секрет.

Впервые меня назвали уродиной, когда мне было тринадцать. Богатый дружок моего братца Карлтона, во время охоты.

— Почему ты плачешь, детка? — встревожилась Константайн.

Я рассказала, как назвал меня тот мальчишка, а слезы рекой текли по лицу.

— Да ну? А ты и вправду уродина?

Я растерянно моргнула:

— Как это?

— Слушай внимательно, Евгения. (Константайн была единственной, кто время от времени соблюдал мамино правило.) Уродство живет внутри. Быть уродом значит быть гадким, злым человеком. Ты что, из таких?

— Не знаю. Наверное, нет, — разрыдалась я снова.

Константайн присела рядом, за кухонный стол. Я услышала, как скрипнули ее воспаленные суставы. Она крепко прижала к моей ладони свой большой палец, что означало на нашем языке «слушай и запоминай».

— Каждое утро, пока не помрешь и тебя не закопают в землю, тебе придется принимать это решение. — Константайн сидела так близко, что я могла разглядеть поры на ее черной коже. — Тебе придется спрашивать себя: «Собираюсь ли я поверить в то, что сегодня эти дураки скажут обо мне?»

Она не убирала палец от моей ладошки. Я кивнула в знак того, что понимаю. Я была достаточно сообразительной, чтобы точно знать — она говорит о белых людях. И хотя я все еще чувствовала себя несчастной и знала, что, скорее всего, действительно некрасива, Константайн впервые говорила со мной так, словно я не была белым ребенком своей матери. Всю жизнь мне втолковывали, что значит быть девочкой, как именно следует думать о политике, о цветных. Но палец Константайн, крепко прижатый к моей ладони, помог понять, что на самом деле я могу выбирать, во что верить.

Константайн приходила на работу в шесть утра, а в страду и вовсе в пять. Она успевала приготовить папе завтрак еще до того, как он отправлялся в поле. Почти каждое утро, проснувшись, я спускалась в кухню, где она уже стояла у плиты, а на столе работал радиоприемник. Константайн слушала проповедь отца Грина, завидев же меня, улыбалась:

— Доброе утро, красавица!

Я усаживалась за стол и рассказывала, что мне приснилось. Константайн считала, что сны предсказывают будущее.

— Я оказалась на чердаке, оттуда видно было ферму, — рассказывала я. — Я видела верхушки деревьев.

— Ты станешь хирургом по мозгам! Чердак означает голову.

Мама завтракала в столовой, потом уходила в гостиную вышивать или писать письма миссионерам в Африку. Со своего зеленого вращающегося кресла она могла наблюдать практически за всеми и всем в доме. Невероятно, как она умудрялась застукать меня, стоило только попытаться проскользнуть мимо двери. Я застывала на месте, чувствуя себя доской для дартса, красным центром мишени, в которую матушка метала дротики.

— Евгения, ты знаешь, что в этом доме жевательная резинка запрещена.

— Евгения, немедленно приложи спирт к синяку.

— Евгения, ступай наверх и причешись — что, если неожиданно нагрянут гости?

Я усвоила, что в носках передвигаешься гораздо тише, чем в туфлях. Я научилась пользоваться черным ходом. Научилась носить шляпы, прикрывая лицо рукой, когда проходила мимо. Но в первую очередь я усвоила, что лучшее место для меня — кухня.

Летний месяц в Лонглифе тянулся годами. Подруги навещали меня редко — мы жили слишком далеко от остальных белых соседей. Хилли и Элизабет, жившие в городе, все выходные проводили в гостях друг у друга, а мне позволялось порезвиться с подружками только раз в две недели. Я, разумеется, плакалась на тяжелую жизнь. Чаще всего я воспринимала присутствие Константайн как должное, но, думаю, все же понимала, как мне повезло, что она у меня есть.

В четырнадцать я начала курить. Сигареты таскала из пачки «Мальборо», которую Карлтон хранил в ящике комода. Ему было почти восемнадцать, и никто не возражал, что он уже давно курит где хочет — и дома, и в поле с отцом. Папа иногда курил трубку, но сигареты он не любил, а мама не курила вообще. И несмотря на то что большинство ее подруг курили, мама запретила мне даже пробовать, пока не исполнится семнадцать.

Так что приходилось пробираться во двор и устраиваться на качелях из автомобильной покрышки, где крона старого дуба надежно скрывала меня от посторонних глаз. Или поздно вечером высовываться из окна спальни и дымить. Зрение у мамы было орлиное, а вот обоняние практически нулевое. Зато Константайн все чуяла. Она чуть улыбалась, прищурившись, но молчала. Если мама направлялась в сторону черного хода, когда я пряталась за деревом, Константайн спешила на улицу и колотила ручкой щетки по металлическим поручням лестницы.

— Что это ты делаешь, Константайн? — спрашивала, бывало, мама, но я к тому моменту успевала погасить сигарету и бросить окурок в дупло дерева.

— Просто очищаю эту старую щетку, мисс Шарлотта.

— В таком случае, будь любезна подыскать более тихий способ. О, Евгения, ты, кажется, выросла за ночь еще на дюйм? Что же мне с этим делать? Ступай... надень подходящее платье.

— Хорошо, мэм, — в один голос отвечали мы с Константайн и обменивались лукавыми улыбками.

О, как чудесны общие секреты. Наверное, это похоже на отношения с сестрой или братом, близкими по возрасту. Но дело было не только в курении или играх в «кошки-мышки» с мамой. Просто рядом был человек, для которого ты важнее и лучше всех, — даже если собственная мать беснуется от того, что ты неприлично долговязая, кудрявая и нескладная. Человек, в глазах которого читаешь: «А мне ты нравишься».

Впрочем, она не любила сюсюканья. Когда мне было пятнадцать, одна девчонка, новенькая, показала на меня пальцем и громко спросила:

— А это что за аист?

Даже Хилли с трудом сдержала улыбку, оттаскивая меня в сторону, как будто мы не расслышали.

— Какой у тебя рост, Константайн? — спросила тогда я, не в силах сдержать слезы.

— А у тебя? — грозно прищурилась Константайн.

— Пять футов и одиннадцать дюймов, — прорыдала я. — Я уже выше, чем тренер по баскетболу у мальчишек.

— Ну а я пять футов тринадцать, так что довольно себя жалеть.

Константайн была единственной женщиной, на которую я смотрела снизу вверх и которой могла взглянуть прямо в глаза.

Первое, что поражало в Константайн, помимо ее роста, — глаза. Светло-карие, удивительного медового цвета — совершенно неожиданно на фоне темной кожи. Я никогда не видела у чернокожих таких светлых глаз. Вообще-то в Константайн можно было разглядеть множество оттенков коричневого. Локти у нее были абсолютно черные, а зимой они покрывались белой шелушащейся корочкой. Кожа на руках, шее и лице — черная как смоль. Ладони оранжевого оттенка, и мне всегда было любопытно — стопы тоже такого цвета или нет, но я никогда не видела Константайн босиком.

— Нынче мы с тобой только вдвоем, — сказала она как-то раз с улыбкой.

В те выходные мама с отцом повезли Карлтона смотреть Университет Луизианы и Тулейн*. В следующем году братец собирался поступать в колледж. Утром папа принес в кухню раскладушку и поставил рядом с уборной Константайн. Она всегда спала на ней, если приходилось оставаться на ночь.

— Гляди-ка, что у меня есть, — показала она на дверь в кладовку.

Я подошла, заглянула внутрь и увидела, что из сумки Константайн торчит огромный, в пятьсот деталей, пазл с изображением Маунт-Рашмор**. Это было наше любимое занятие, когда Константайн оставалась ночевать.

В тот вечер мы просидели несколько часов — жевали орешки и перебирали детальки, рассыпанные по кухонному столу. Снаружи бушевала гроза, и от этого в комнате было еще уютнее. Лампочка мигнула и вновь ярко загорелась.

---

* Частный университет в Новом Орлеане.

** Национальный мемориал в Южной Дакоте. Вырубленные в гранитном утесе гигантские скульптурные портреты четырех великих американских президентов — Дж. Вашингтона, Т. Джефферсона, Т. Рузвельта, А. Линкольна.

— Это который? — Константайн внимательно изучала картинку на коробке сквозь очки.

— Это Джефферсон.

— О, точно. А вот этот?

— Это... — Наклоняюсь поближе. — Думаю, это... Рузвельт.

— Я тут узнаю только Линкольна. Он похож на моего отца.

Я замерла с деталькой пазла в руке. Мне исполнилось четырнадцать, я училась не ниже чем на «А». Я была умна, но удивительно наивна.

— Потому что твой отец был таким... высоким? — осторожно спросила я.

Она усмехнулась:

— Потому что мой отец был белым. Ростом я пошла в маму.

Я выронила кусочек картона:

— Твой... отец был белым, а мать... цветной?

— Угу, — отозвалась она и улыбнулась, соединив пару деталей. — Взгляни-ка. По мне, так подходит.

У меня в голове крутилось множество вопросов. *Кем* он был? *Где* он? Я знала, что он не женился на матери Константайн, потому что это незаконно. Я вытащила сигарету из своего тайного запаса, который захватила к столу. В свои четырнадцать я чувствовала себя очень взрослой, поэтому смело закурила. В тот же миг лампочка над столом мигнула, потускнела и тихонько зажужжала.

— О, папочка люби-ил меня. Всегда говорил, что я его самая любимая. — Константайн откинулась на спинку стула. — Он приходил к нам каждую субботу, а однажды подарил мне десять лент для волос, десяти разных цветов. Из настоящего японского шелка, из самого Парижа привез. Я сразу усаживалась к нему на колени и не слезала, пока ему не пора было уходить, а мама ставила пластинку Бесси Смит* на патефон, который он ей подарил, и мы

---

* Великая негритянская исполнительница блюза, оказавшая, наряду с Луи Армстронгом, наибольшее влияние на развитие джазового вокала.

с папой пели: «Как же странно, удивительно, никто не хочет знать тебя, когда ты на мели...»

Я, совершенно обалдев, слушала, вытаращив глаза. В приглушенном свете ее голос вспыхнул невероятным сиянием. Если бы шоколад мог звучать, он запел бы голосом Константайн. Если бы у песни был цвет, она обрела бы цвет шоколада.

— Однажды у меня было очень тяжело на душе, я, наверное, думала, что есть много того, из-за чего стоит огорчаться, — бедность, холодная вода, больные зубы, всякое такое. Но он обнял мою голову, крепко прижал к себе и долго-долго не отпускал. Когда я подняла голову, то увидела, что он тоже плачет, и он... сделал то же самое, что я сделала для тебя, так что ты поймешь. Он прижал палец к моей ладошке и сказал... попросил прощения.

Мы молча смотрели на разбросанный пазл. Мама не хотела бы, чтоб я знала, что отец Константайн был белым и что он просил у нее прощения за то, что так устроен мир. Я не должна была знать подобных вещей. Я чувствовала себя так, словно получила от Константайн драгоценный подарок.

Я загасила сигарету в парадной серебряной пепельнице. Свет ярко вспыхнул вновь. Константайн улыбнулась мне, а я улыбнулась в ответ.

— Почему ты никогда прежде не рассказывала мне об этом? — спросила я, глядя ей прямо в глаза.

— Я не могу рассказывать тебе обо всем, Скитер.

— Но почему?

Она знала все обо мне, о моей семье. Разве у меня когда-нибудь были от нее секреты?

Она пристально смотрела на меня, и в ее глазах я разглядела глубокую, безнадежную печаль. Немного помолчав, Константайн сказала:

— Некоторые вещи следует держать при себе.

Когда настал мой черед отправляться в колледж, мама выплакала все глаза, пока мы с папой отъезжали от дома. Но сама я чувствовала себя свободной. Я вырвалась с фермы, убегала подальше от постоянной критики. Хотелось спросить маму: «Разве ты не рада? Разве тебе не легче оттого, что я не буду больше досаждать тебе?» Но мать выглядела совершенно убитой.

В общежитии я была самой счастливой первокурсницей. Я писала Константайн каждую неделю — рассказывала о своей комнате, о занятиях, о студенческих клубах. Письма приходилось отправлять на наш адрес, потому что в Пекло почту не доставляли; оставалось надеяться, что мама не станет вскрывать чужие письма. Константайн отвечала дважды в месяц, на листах оберточной бумаги, сложенных конвертиком. Строки, написанные большими округлыми буквами, к концу страницы совсем сползали вниз. Она описывала мельчайшие подробности жизни в Лонглифе: «Спина у меня сильно болит, но ноги еще хуже» или «Миксер сорвался с подставки, пролетел по всей кухне, кошка как заорет — и вылетела вон. С тех пор я ее не видала». Она рассказывала, что папа простудился и кашляет, что в церковь к ним приходила Роза Паркс. Частенько интересовалась, счастлива ли я, и требовала подробностей. Наши письма напоминали неторопливый разговор, многолетний обмен вопросами и ответами, в Рождество или во время летних каникул продолжавшийся лицом к лицу.

Мама в письмах ограничивалась рекомендациями типа «Не забывай молиться» или «Не носи туфли на каблуках, это делает тебя еще выше». К инструкциям был прикреплен чек на тридцать пять долларов.

В апреле моего выпускного года пришло письмо от Константайн, где говорилось: «У меня для тебя сюрприз, Скитер. Я так волнуюсь, едва могу на месте усидеть. И не спрашивай ни о чем. Сама увидишь, когда домой вернешься».

До последних экзаменов и выпускного оставался всего месяц. И это было последнее письмо от Константайн.

Я пропустила выпускную церемонию в «Оле Мисс». Все мои близкие подружки бросили учебу и вышли замуж, и я не видела смысла заставлять родителей тащиться целых три часа в один конец, только чтобы посмотреть, как я иду по сцене, — мама все равно предпочла бы увидеть, как я иду по проходу к алтарю. От «Харпер и

Роу» ответа все не было, поэтому, вместо того чтобы купить билет на самолет до Нью-Йорка, я отправилась домой в «бьюике» второкурсницы Кей Тернер, зажатая между моей пишущей машинкой и свадебным платьем Кей. В следующем месяце Кей Тернер выходила замуж за Перси Стэнфора. И битых три часа я выслушивала ее беспокойства по поводу свадебного торта.

Дома мама чуть отступила назад, чтобы разглядеть меня получше.

— Что ж, кожа у тебя прекрасная, — констатировала она. — Но волосы... — И вздохнула, покачав головой.

— Где Константайн? — спросила я. — В кухне?

И тут мама спокойно, словно повторяя прогноз погоды, сообщила:

— Константайн здесь больше не работает. Давай поскорее распакуем все эти чемоданы, пока одежда не измялась окончательно.

Я недоуменно моргала, подумав, что не расслышала:

— Что ты сказала?

Мама выпрямилась, разгладила складки на платье:

— Константайн больше нет, Скитер. Она уехала к своим родственникам в Чикаго.

Нет, сюрприз Константайн заключался не в этом. Такую ужасную новость она сообщила бы мне сразу.

Мама глубоко вдохнула и продолжила:

— Я не велела Константайн писать тебе об отъезде. Не во время выпускных экзаменов. Что, если бы ты провалилась и пришлось оставаться еще на год? Господь свидетель, четырех лет в колледже более чем достаточно.

— И она... согласилась? Не писать мне и не сообщить, что уезжает?

Мама со вздохом отвернулась.

— Мы обсудим это позже, Евгения. Пойдем в кухню, я познакомлю тебя с новой прислугой, Паскагулой.

Но я не пошла с мамой в кухню. Я смотрела на чемоданы, в ужасе от мысли, что придется их распаковать. Дом казался огромным и пустым. Вдалеке, на хлопковом поле, гудел комбайн.

К сентябрю я утратила надежду не только получить ответ от «Харпер и Роу», но и отыскать Константайн. Похоже, никто понятия не имел, как с ней связаться. В конце концов я перестала расспрашивать окружающих, почему Константайн уехала. Она словно просто исчезла. Пришлось признать, что Константайн, единственный верный союзник, оставила меня лицом к лицу с этими людьми.

Глава 6

Жарким сентябрьским утром прсыпаюсь в своей детской кровати, сую ноги в сандалии, которые братец Карлтон привез мне из Мексики. Видимо, мужские, потому что ножки мексиканских девушек не вырастают до размера девять с половиной. Мама терпеть не может эти сандалии, говорит, они омерзительно выглядят.

Поверх ночной рубашки натягиваю старую отцовскую рубаху и выскальзываю за дверь. Мама на задней террасе с Паскагулой и Джеймисо, следит, как они открывают устриц.

— Никогда не оставляй негра с негритянкой наедине без присмотра, — когда-то давным-давно шепотом намекнула мне мама. — Они не виноваты, просто они так устроены.

Спускаюсь к почтовому ящику посмотреть, не пришла ли заказанная по почте книжка «Над пропастью во ржи». Запрещенные книги я всегда заказываю у книготорговца в Калифорнии, рассудив, что, если штат Миссисипи запретил их, книги наверняка стоящие. К концу дорожки сандалии и щиколотки покрываются чудесной желтой пылью.

По другую сторону ограды расстилаются ярко-зеленые хлопковые поля, усеянные раскрытыми коробочками. Несколько участков отец потерял из-за дождей в прошлом месяце, но большая часть посевов созрела неповрежденной. Листья покрыты коричневыми пятнышками дефолианта, и в воздухе все еще чувствуется кисловатый химический запах. На окружном шоссе ни одной машины. Открываю почтовый ящик.

Вот оно, под маминым «Женским домашним журналом», письмо, адресованное мисс Евгении Фелан. Красный штамп в углу: «Издательство “Харпер и Роу”». Вскрываю конверт тут же, прямо в одной ночной сорочке и старой отцовской рубахе.

4 сентября 1962 года

Уважаемая мисс Фелан,

Я лично отвечаю на Ваше письмо, поскольку полагаю восхитительным, что юная леди без всякого опыта работы пытается получить должность редактора в таком престижном издательстве, как наше. Для подобной должности необходим как минимум пятилетний опыт работы по специальности. Вы бы знали это, если бы потрудились навести справки.

Однако, будучи в свое время столь же амбициозной юной леди, я решила дать Вам совет: обратитесь в местную газету и поработайте там для начала. В своем письме Вы сообщили, что Вам «безмерно нравится писать». Всякий раз, когда не заняты работой на мимеографе или не готовите кофе своему боссу, внимательно смотрите вокруг, наблюдайте, исследуйте и пишите. Не тратьте время на очевидные вещи. Пишите о том, что Вас волнует, особенно если никому больше до этого нет дела.

Искренне Ваша

Элейн Штайн,
главный редактор,
отдел художественной литературы.

Под напечатанным текстом приписка от руки, синими чернилами, неразборчивым почерком:

P. S. Если Вы серьезно, я охотно просмотрю Ваши наброски и выскажу свое мнение. Я предлагаю это, мисс Фелан, вовсе не из корыстных соображений, а просто потому, что некогда то же самое сделали и для меня.

Грузовик, полный хлопка, загрохотал по шоссе. Негр на пассажирском сиденье едва не вывалился из кабины, глазея на меня. Я совершенно забыла, что я — белая девушка в полупрозрачной ночной рубашке. Я только что получила письмо из Нью-Йорка — пожалуй, многообещающее — и замерла возле калитки, повторяя вслух: «Элейн Штайн». Никогда в жизни не встречалась с евреями.

Мчусь обратно к дому, стараясь не сильно сжимать письмо в руке. Не хочу, чтобы оно помялось. Взлетаю вверх по лестнице, провожаемая мамиными воплями, чтобы я немедленно сняла эти вульгарные мексиканские мужские башмаки, — необходимо немедленно записать все, что меня, черт побери, волнует в этой жизни, особенно то, до чего остальным нет дела. Слова Элейн Штайн расплавленным серебром текли по моим жилам, и я печатала с немыслимой скоростью. Список, оказывается, довольно длинный.

На следующий день я готова отправить Элейн Штайн свое первое письмо с перечислением идей, которые я полагаю достойным материалом для журналиста: чудовищная неграмотность населения Миссисипи; многочисленные аварии по вине пьяных водителей в нашем округе; ограниченные возможности для профессиональной карьеры женщин.

И лишь отправив письмо, понимаю, что, пожалуй, выбрала темы, которые могли бы произвести впечатление на нее, а вовсе не те, которые в действительности интересовали меня.

Глубоко вдохнув, тяну на себя тяжелую стеклянную дверь. Изящный колокольчик как-то женственно звякает. Гораздо менее женственная секретарша вопрошающе глядит на меня. Она такая огромная, что в маленьком деревянном кресле ей явно неудобно.

— Добро пожаловать в «Джексон джорнал». Чем могу служить?

О встрече я договорилась еще позавчера, не прошло и часа после получения письма от Элейн Штайн. Я спросила, нет ли у них любой свободной вакансии. И удивилась, что собеседование назначили так скоро.

— У меня встреча с мистером Голденом.

Секретарша поднимается и вперевалку ковыляет к двери в дальнем конце приемной. Я пытаюсь унять дрожь в руках. Заглядываю в приоткрытую дверь, вижу маленькую комнату с деревянными стенными панелями. Четверо мужчин в деловых костюмах барабанят по пишущим машинкам и черкают карандашами. Сутулые, измученные, трое из них почти лысые — уцелела лишь скромная подковка волос на затылке. В комнате клубится сигаретный дым.

Вновь появляется секретарша и, не выпуская из руки сигареты, манит меня пальцем:

— Ступайте вон туда.

Прохожу мимо разглядывающих меня мужчин, сквозь клубы дыма, в дальний кабинет.

— Закрывайте дверь! — орет мистер Голден, стоит мне переступить порог. — Не впускайте сюда этот чертов дым.

Мистер Голден встает из-за стола. Он дюймов на шесть ниже меня, одет элегантно, моложе моих родителей. У него длинные зубы, сальные черные волосы и глумливая усмешка гадкого типа.

— Вы что, не знаете? — возмущается он. — На прошлой неделе сообщили, что сигареты смертельно опасны.

— Я ничего об этом не слышала. (Надеюсь, этой информации не было на первой странице его газеты.)

— Дьявол, я знаю столетних ниггеров, которые выглядят моложе, чем эти идиоты. — Он усаживается на место, но я продолжаю стоять, потому что других стульев в кабинете нет. — Ладно, давайте посмотрим, что там у вас.

Протягиваю свое резюме и несколько статей, которые написала еще в школе. Всю мою жизнь «Джорнал» валялась у нас на кухонном столе, раскрытая на фермерских отчетах или местных спортивных новостях. Сама я редко читала эту газету.

Мистер Голден не просто просматривает мои бумаги, он редактирует их красным карандашом.

— Три года редактор «Мюрра Хай», два года редактор «Ребел Роузер», три года редактор «Кси Омега», специальность — английский и журналистика, четвертая в выпуске... Черт побери, девочка, — бормочет он, — у тебя что, в жизни не было ничего интересного?

— А это... — Чуть откашлявшись, я решаюсь подать голос: — Это важно?

Он поднимает взгляд.

— Вы необычайно высокого роста, но, полагаю, такая симпатичная девушка, как вы, встречалась с целой баскетбольной командой.

Смотрю на него, недоумевая, издевка это или комплимент.

— Надо думать, в уборке вы разбираетесь... — Он вновь переводит взгляд на мои статьи, испещренные яростными красными пометками.

Мое лицо стремительно вспыхивает.

— Уборке? Я здесь не для того, чтобы убирать. Я пришла, чтобы *писать*.

Сигаретный дым просачивается из-под двери. Словно в здании пожар. Какой же я была дурой, решив, что могу запросто прийти и получить работу журналиста.

С тяжелым вздохом он протягивает мне толстую стопку исписанных листов:

— Вот и будете писать. Мисс Мирна, недовольная всем, покинула нас, напилась лака для волос или чего-то в этом роде. Прочтите письма, напишите ответы в ее стиле, никто, черт побери, и не заметит разницы.

— Я... что? — И я беру эту толстую стопку, потому что не знаю, что еще могу сделать. Понятия не имею, кто такая мисс Мирна. И задаю единственный вопрос, который вертится в голове: — Сколько, вы говорите... будете платить?

Он, как ни странно, окидывает меня восхищенным взором — от туфель на плоской подошве до плоской прически. Некий инстинкт подсказывает мне, что следует улыбнуться и поправить волосы. Чувствую себя глупо, но так и делаю.

— Восемь долларов, каждый понедельник.

Киваю, прикидывая, как бы выяснить, какого рода работа мне предстоит, не разоблачив себя.

Он подается вперед:

— Вы ведь знаете, кто такая Мисс Мирна, верно?

— Разумеется. Мы... с девочками всегда ее читаем, — уверенно вру я, и мы вновь долго молча смотрим друг на друга. Где-то трижды звонит телефон.

— И что? Восьми долларов недостаточно? Господи, женщина, тогда иди отмывай туалет мужа бесплатно!

Закусываю губу. Но, прежде чем успеваю издать хоть один звук, он раздраженно закатывает глаза:

— Ну хорошо, *десять*. Работа должна быть готова к четвергу. И если мне не понравится ваш стиль, я не стану это печатать и платить за это.

Забираю папку, рассыпаясь в благодарностях — гораздо более жарких, чем следовало бы. Он, не обращая внимания, снимает телефонную трубку и начинает разговор, прежде чем я выхожу за дверь. Добравшись до машины, откидываюсь на мягкое кожаное сиденье «кадиллака». Перебираю странички из папки и улыбаюсь от уха до уха.

Я только что получила *работу*.

Домой вхожу, распрямив спину — впервые с тех пор, как в двенадцать лет у меня начался бурный рост. Меня распирает от гордости. Каждая клеточка мозга протестует, но я не могу устоять и не рассказать все матери. Врываюсь в гостиную и сообщаю, что нашла работу — буду вести, в качестве Мисс Мирны, еженедельную колонку хозяйственных советов.

— Какое счастье... — Мамин вздох недвусмысленно означает, что в таком случае и жить не стоит. Паскагула охлаждает для нее чай.

— Это, по крайней мере, начало, — защищаюсь я.

— Начало чего? Раздачи советов по домоводству, в то время как... — Новый вздох, долгий и медленный, как звук спускающей шины.

А вдруг весь город будет думать точно так же? Радость постепенно улетучивается.

— Евгения, ты понятия не имеешь даже о том, как чистить серебро, что уж говорить о поддержании чистоты в доме.

Прижимаю папку к груди. Мама права, я ведь не сумею ответить ни на один вопрос. И все же могла хотя бы порадоваться за меня.

— А уж сидя за пишущей машинкой, ты никогда ни с кем не познакомишься. Евгения, надо хоть немного соображать.

Гнев вскипает во мне, я выпрямляюсь еще больше.

— Ты думаешь, я *хочу* жить здесь? С *тобой*? — Хохочу я в надежде ранить ее чувства.

Короткая вспышка боли в глазах. Губы сжимаются в ниточку. Но я не намерена брать свои слова обратно, потому что наконец-то — *наконец-то* — высказала то, что ей пришлось дослушать.

Я не собираюсь уходить. Я хочу услышать ответ. Хочу услышать ее извинения.

— Я должна... спросить тебя кое о чем, Евгения. — Мама судорожно комкает в руках носовой платок. — Я как-то читала, что... некоторые девушки, неуравновешенные, начинают думать... ну, у них появляются *неестественные* мысли.

Понятия не имею, о чем она толкует. Смотрю на вентилятор под потолком. Похоже, он крутится чересчур быстро. *Клац-клац-клац...*

— Ты... тебя... привлекают мужчины? У тебя нет неестественных мыслей по поводу... — Она крепко зажмуривается. — Девочек или... женщин?

Вот здорово было бы, если б вентилятор сейчас сорвался и рухнул на нас.

— Потому что в той статье говорилось, что от этого есть лекарство, особый отвар из корней...

— Мама, — произношу я, не открывая глаз. — Я так же мечтаю о девушках, как ты мечтаешь о... *Джеймисо*. — И направляюсь к двери. Но напоследок бросаю взгляд через плечо. — Ты ведь не мечтаешь о нем, верно?

Мама, возмущенно вскрикнув, подскакивает. А я с грохотом взбегаю вверх по лестнице.

На следующий день складываю аккуратной стопочкой письма Мисс Мирне. В кошельке у меня тридцать пять долларов — ежемесячная выплата, которую продолжает выдавать мне мама. Спускаюсь вниз, со сладчайшей христианской улыбочкой на лице. Живя дома, я вынуждена просить у матери ее машину. А значит, она поинтересуется, куда я собралась. А значит, я вынуждена постоянно ей лгать, а это хоть и приятно, но вместе с тем несколько унизительно.

— Я собираюсь в церковь, узнать, не нужно ли чем-то помочь в подготовке к воскресной школе.

— О, чудесно, дорогая. Можешь не спешить.

Вчера вечером я решила, что для ведения колонки мне необходима помощь профессионала. Первой мыслью было попросить Паскагулу, но я с ней едва знакома. Вдобавок мать наверняка опять поднимет шум и примется пилить меня за все подряд. Служанка Хилли, Юл Мэй, такая стеснительная, что едва ли получится ее упросить. Единственная прислуга, с которой я часто встречаюсь, это Эйбилин, работающая у Элизабет. Эйбилин чем-то напоминает Константайн. К тому же она намного старше меня и, должно быть, очень опытна.

По пути к Элизабет заезжаю в «Бен Франклин», покупаю папку, коробку карандашей, блокнот в голубой обложке. Завтра в два часа дня моя первая колонка должна лежать на столе у мистера Голдена.

— Скитер, входи.

Элизабет открывает дверь, и я пугаюсь, что Эйбилин сегодня не работает. Элизабет в голубом халате, волосы накручены на гигантские бигуди, отчего голова кажется огромной, а тело еще более тщедушным, чем на самом деле. Элизабет носит бигуди целые дни напролет, а жидкие волосы все не становятся пышными.

— Прости, я не в форме. Мэй Мобли подняла меня посреди ночи, а сейчас еще Эйбилин куда-то подевалась.

Вхожу в крошечную прихожую. В этом доме низкие потолки и маленькие комнаты. Все выглядит каким-то потрепанным — выцветшие голубые шторы, вытертое покрывало на диване. Я слышала, дела у Рэйли идут неважно. Может, в Нью-Йорке или где-нибудь еще это и нормально, но в Джексоне, штат Миссисипи, люди не желают вести бизнес с грубым и снисходительным ослом.

Перед домом я заметила машину Хилли, но самой ее нигде не видно. Элизабет садится за швейную машинку, взгромоздив ее прямо на обеденный стол, и сообщает:

— Я почти закончила. Остался последний шов.

Через минуту поднимается, встряхивает в руках зеленое платье с круглым белым воротничком.

— Скажи честно, — шепчет она с мольбой в глазах. — Оно выглядит как самодельное?

Подол с одной стороны длиннее, воротничок морщит, а манжеты перекошены.

— Стопроцентно покупное. Прямо из «Мезон Бланш».

Для Элизабет это магазин мечты. Пять этажей дорогой одежды на Канал-стрит в Новом Орлеане, одежды, которую невозможно отыскать в Джексоне.

Элизабет благодарно улыбается, а я интересуюсь:

— Мэй Мобли спит?

— Наконец-то! — Элизабет сердито поправляет выбившуюся из бигуди прядь. Порой, когда она говорит о дочери, в голосе прорываются резкие ноты.

Открывается дверь гостевой ванной, и на пороге возникает Хилли со словами:

— Так гораздо лучше. Теперь у всех есть свое место.

Элизабет с преувеличенной озабоченностью поправляет иголку в машинке.

— Можешь передать Рэйли, что я сказала «Вы молодцы», — добавляет Хилли, и до меня доходит, о чем идет речь. Отныне у Эйбилин есть в гараже своя уборная.

Хилли улыбается — ее «Инициатива» начинает действовать.

— Как поживает твоя мама? — спрашиваю я, хотя точно знаю, что это крайне неприятная для нее тема. — Она нормально устроилась в доме престарелых?

— Надеюсь. — Хилли одергивает красный джемпер, прикрывающий складки жира на талии. Брюки в красно-зеленую клетку создают иллюзию аппетитных округлостей сзади. — Разумеется, она не ценит все, что я делаю. Мне пришлось уволить ее служанку, которая пыталась стащить серебро прямо у меня под носом. — Хилли прищуривается: — А кстати, никто из вас не слышал, эта Минни Джексон работает где-нибудь?

Мы отрицательно мотаем головами.

— Сомневаюсь, что ей удастся найти работу в этом городе, — замечает Элизабет.

Хилли согласно кивает, на миг задумавшись. Делаю глубокий вдох, сгорая от желания сообщить свою новость, и выпаливаю:

— Я получила работу в «Джексон джорнал»!

В комнате повисает тишина. Потом Элизабет взвизгивает от восторга. Хилли улыбается мне с такой гордостью, что я смущенно краснею и пожимаю плечами, словно в этом нет ничего особенного.

— С их стороны было бы крайне глупо не взять тебя, Скитер Фелан. — Хилли поднимает стакан с чаем, словно произнося тост.

— Э-э... хм, кто-нибудь из вас когда-нибудь читал колонку Мисс Мирны? — робко спрашиваю я.

— Ну нет, — отзывается Хилли. — Но, держу пари, белые девчонки из бедных кварталов Южного Джексона штудируют ее как Библию.

— Бедняжки, у которых нет прислуги, наверняка читают, — подхватывает Элизабет.

— Ты не будешь возражать, если я поговорю с Эйбилин? — спрашиваю у Элизабет. — Чтобы она помогла мне ответить на некоторые письма?

Элизабет на миг замирает.

— С Эйбилин? *Моей* Эйбилин?

— Сама я ничего в этом не смыслю.

— Ну... если это не помешает ее работе...

Такое отношение меня удивляет. Но потом напоминаю себе, что Элизабет, в конце концов, платит ей.

— И не сегодня, потому что Мэй Мобли вот-вот проснется, и тогда мне придется самой заниматься с ней.

— Ладно. Может... может, тогда я зайду завтра утром?

Торопливо подсчитываю часы. Если мы с Эйбилин управимся до полудня, у меня останется время помчаться домой, все напечатать и вернуться в город к двум.

Элизабет хмуро рассматривает катушку с зелеными нитками:

— И только на несколько минут. Завтра день чистки серебра.

— Это ненадолго, обещаю.

Элизабет все больше напоминает мою мать.

На следующее утро ровно в десять Элизабет открывает дверь и кивает мне, точно школьная учительница:

— Ладно, входи. И недолго. Мэй Мобли может проснуться в любую минуту.

Направляюсь в кухню, зажав под мышкой блокнот и письма. Эйбилин улыбается мне, стоя у раковины, ее золотые зубы сияют. Она чуть полновата, но от этого лишь кажется мягче и добродушнее. И она гораздо ниже меня ростом, а кто выше-то? Темно-коричневый цвет блестящей кожи подчеркивает белоснежная накрахмаленная униформа. Брови у нее с проседью, хотя волосы совершенно черные.

— Привет, мисс Скитер. Мисс Лифолт все еще за машинкой?

— Да. — Так странно, даже спустя несколько месяцев, слышать, как Элизабет называют мисс Лифолт — не мисс Элизабет и даже не девичьей фамилией, мисс Фредерикс.

— Можно? — указываю на холодильник.

Но, прежде чем я успеваю подойти, Эйбилин уже открывает его:

— Чего пожелаете? Ко-кола?

Я соглашаюсь, и она ловко снимает крышечку открывалкой, наливает в стакан.

— Эйбилин... Не могли бы вы помочь мне кое в чем...

И я рассказываю о колонке, радуясь, что ей известно, кто такая Мисс Мирна.

— Может, я прочла бы вам некоторые письма, а вы сумели бы... помочь мне с ответами. Позже я, возможно, обрету сноровку... — Нет. Никогда и ни за что я не смогу отвечать на вопросы по домоводству. Откровенно говоря, я и не собираюсь этому учиться. — Понимаю, это звучит несправедливо — пользоваться вашими ответами, выдавать их за свои. В смысле, Мирны, — печально вздыхаю я.

Эйбилин качает головой:

— Да мне все равно. Просто не думаю, что мисс Лифолт одобрит.

— Она сказала, что все нормально.

— В мое рабочее время?

Киваю, невольно вспоминая интонации Элизабет.

— Тогда ладно, — соглашается Эйбилин и смотрит на часы над раковиной. — Когда Мэй Мобли проснется, мне, пожалуй, придется закончить.

— Присядем? — предлагаю я.

Эйбилин косится на дверь:

— Вы начинайте, а мне и стоя хорошо.

Прошлым вечером я читала статьи Мисс Мирны за последние пять лет, но не успела пока разобрать письма. Расправляю страничку, карандаш наготове.

— Письмо из округа Рэнкин. *«Дорогая Мисс Мирна*, — читаю я. — *Как удалить пятна с воротничка рубашки этого жирного неряхи, моего мужа, ведь он настоящая свинья и... и потеет так же...»*

Чудесно. Колонка о домоводстве и отношениях. *Две* вещи, в которых я ничего не смыслю.

— От чего она хочет избавиться? — уточняет Эйбилин. — От пятен или от мужа?

Тупо смотрю в листок. Я не знаю, что посоветовать хотя бы в одном случае.

— Скажите, пусть возьмет уксус и «Пайн-Сол», намочит. Потом пускай положит на солнышко.

Торопливо записываю.

— Положить на солнце надолго?

— На часок. Чтоб высохло.

Вытаскиваю второе письмо, она так же быстро отвечает и на него. После четвертого или пятого я вздыхаю с облегчением.

— Спасибо, Эйбилин. Вы не представляете, как помогли мне.

— Да никаких проблем. Хорошо, что я пока не нужна мисс Лифолт.

Собираю свои бумаги, допиваю колу, давая себе пять секунд передышки, перед тем как бежать писать статью. Эйбилин перебирает в корзинке зеленые побеги папоротника. В кухне тихо, только радио работает, опять отец Грин.

— Эйбилин, откуда вы знали Константайн? Вы общались с ней?

— Мы... ходили в одну церковь.

Знакомая боль охватывает меня.

— Она даже адреса не оставила. Я просто... поверить не могу, что она вот так взяла и ушла.

Эйбилин не поднимает глаз. Будто бы пристально изучает ростки папоротника.

— Уверена, ей пришлось так поступить.

— Нет, мама сказала, что она просто ушла. Уехала к родственникам в Чикаго.

Эйбилин берет очередной побег, принимается тщательно мыть длинный стебель, завитую зеленую головку.

— Нет, мэм, — после долгой паузы произносит она.

Мне требуется несколько секунд, чтобы понять, о чем это она.

— Эйбилин... Вы думаете, что Константайн уволили?

Шоколадное лицо Эйбилин становится с каким-то синеватым оттенком.

— Я, должно быть, позабыла, — бормочет она и, наверное, думает, что и так слишком много сказала белой женщине.

Слышен голосок Мэй Мобли, и Эйбилин, извинившись, выходит. Не сразу я понимаю, что пора домой.

Десять минут спустя я вхожу в дом. Мама читает за обеденным столом.

— Мама, — я крепко прижимаю к груди блокнот, — ты *уволила* Константайн?

— Я... *что*? — переспрашивает мама. Но я знаю, что она прекрасно расслышала, раз отложила информационный бюллетень ДАР*. Вопрос оказался настолько болезненным, что отвлек ее от захватывающего чтения. — Евгения, я же говорила тебе, ее сестра заболела, поэтому она уехала в Чикаго к родственникам. А в чем дело? Кто-то считает иначе?

Я и через миллион лет не сознаюсь, что это Эйбилин.

— Слышала сегодня в городе.

— Кто мог разговаривать о подобных вещах? — Мамины глаза за очками презрительно сужаются. — Должно быть, одна из этих черномазых.

— Что ты сделала с ней, мама?

---

* Дочери Американской Революции — женская общественная организация, занимающаяся преимущественно патриотическим воспитанием молодежи и образованием.

Мама нервно облизывает губы, внимательно рассматривает меня сквозь толстые стекла очков.

— Ты не поймешь, Евгения. По крайней мере, пока у тебя не появится собственная прислуга.

— Ты... *выгнала* ее? За что?

— Неважно. Все уже позади, и я не желаю думать об этом ни одной лишней минуты.

— Мама, она же меня вырастила. Немедленно расскажи, что произошло! — Мне самой противны визгливые нотки в голосе, как у капризного ребенка.

Мама удивленно приподнимает бровь, снимает очки.

— Ничего особенного, просто расовые проблемы. Это все, что я могу сказать. — Она вновь надевает очки и подносит к глазам информационный листок.

Меня трясет от ярости. Грохочу ногами по лестнице, ошеломленная известием, что моя мать смогла вышвырнуть из дома человека, который столько для нее сделал — вырастил ее детей, научил меня доброте и самоуважению. Сижу, уставившись в пространство. Розовые обои, шторы, пожелтевшие фотографии — все такое знакомое, почти до отвращения. Константайн проработала в нашей семье двадцать девять лет.

Всю следующую неделю отец поднимался еще до рассвета. Меня будил рык моторов, шум комбайнов, крики рабочих. Поля стали коричневыми и хрусткими — от сухих стеблей хлопка, обработанных химикатами, чтобы машинам легче было снимать коробочки. Урожай созрел.

Во время сбора урожая отец даже не ходил в церковь, но в воскресенье вечером мне удалось поймать его в темном холле, пока он не лег спать.

— Папа? Ты можешь мне рассказать, что случилось с Константайн?

Уставший до смерти, он тяжело вздыхает.

— Как мама могла выгнать ее?

— Что? Дорогая, Константайн ушла сама. Ты же знаешь, мама никогда бы не уволила ее. — Он удивлен, что я спрашиваю о таких очевидных вещах.

— Ты знаешь, куда она уехала? У тебя есть ее адрес?

Он отрицательно качает головой и ласково похлопывает меня по плечу.

— Спроси у мамы, она знает. Люди иногда уходят, Скитер. Но я, конечно, предпочел бы, чтобы она осталась с нами.

И отец устало бредет в спальню. Он слишком честен, чтобы скрывать правду, значит, ему известно столько же, сколько мне.

Каждую неделю, иногда по два раза, я захожу к Элизабет — поболтать с Эйбилин. С каждым днем Элизабет становится все подозрительнее. Чем дольше я торчу в кухне, тем больше поручений приходит ей в голову: то нужно срочно почистить дверные ручки, то стереть пыль с верхней крышки холодильника, то постричь ноготки Мэй Мобли. Вечно занятая Эйбилин относится ко мне с вежливым радушием, не более. И все-таки я сдала мистеру Голдену работу, и, кажется, он вполне доволен колонкой, которую я настрочила минут за двадцать.

Каждую неделю я расспрашиваю Эйбилин о Константайн. Не могла бы она разузнать для меня ее адрес? Не могла бы рассказать, почему ее уволили? Был ли скандал? Потому что я не могу представить, что Константайн просто скажет «да, мэм» и удалится через черный ход. Мама как-то отругала ее за якобы потускневшие ложки, так Константайн потом целую неделю подавала ей подгоревшие тосты.

Однако на все мои расспросы Эйбилин лишь пожимает плечами и отвечает, что ничего не знает.

Как-то днем, расспросив Эйбилин, как вывести ржавые пятна в ванне, я возвращаюсь домой, прохожу через гостиную и бросаю рассеянный взгляд в сторону включенного телевизора. Паскагула стоит в пяти дюймах от экрана. Слышу гимн «Оле Мисс» и вижу на экране белых мужчин в темных костюмах — крупным планом, пот течет по лысым головам. Подхожу ближе. Среди этих белых стоит чернокожий, а позади — военные. Камера отъезжает, видно наше старое административное здание. На ступенях, скрестив руки на груди, стоит губернатор Росс Барнетт, смотрит прямо в глаза этому высокому негру. Рядом с губернатором сенатор Уитворт, с чьим сыном все пытается свести меня Хилли.

Я не потрясена и не напугана новостью, что чернокожего допустили в университет, просто удивлена. Паскагула, однако, дышит шумно, как паровоз. Она застыла как столб, не обращая внимания на меня. Роджер Стикер, местный репортер, нервно улыбаясь, тарахтит в камеру: «Президент Кеннеди приказал губернатору зачислить Джеймса Мередита, повторяю, президент Соединенных...»

— Евгения, Паскагула! Выключите сию минуту!

Паскагула подскакивает, оборачивается, замечает нас с матерью. И тут же выбегает из комнаты, не поднимая глаз.

— Не смей делать этого, Евгения, — шепчет мама. — Не смей потакать им.

— Потакать? Это новость национального масштаба, мама.

Мать лишь фыркает в ответ.

— Совершенно недопустимо, чтобы вы с ней вместе смотрели телевизор. — Она переключает каналы, останавливаясь на дневном повторе шоу Лоуренса Велка*. — Взгляни, это ведь гораздо приятнее, верно?

Жарким субботним днем в конце сентября, когда хлопковые поля опустели, папа принес домой цветной телевизор. А черно-белый переставили в кухню. Гордо улыбаясь, отец включил в гостиной новый телевизор. И дом наполнили звуки футбольного матча между «Оле Мисс» и Университетом Луизианы.

Мама, разумеется, приклеилась к цветной новинке, охая и ахая по поводу ярких синих и красных цветов команды. Они с отцом буквально живут местным футболом. Мать нарядилась в красные шерстяные брюки, несмотря на удушающую жару, и постелила на кресло старый отцовский плед «Каппа Альфа». О Джеймсе

* Музыкальная передача консервативного толка, в которой звучали только самые популярные мелодии и песни, исполняемые в так называемой «семейной» манере.

Мередите, первом чернокожем студенте, не сказано ни слова.

Сажусь в «кадиллак» и отправляюсь в город. Для мамы совершенно непостижимо, как это я не хочу смотреть, как игроки моей альма-матер пинают мяч. Но Элизабет с семейством сейчас в гостях у Хилли, смотрят матч, поэтому Эйбилин работает в доме одна. Надеюсь, Эйбилин в отсутствие Элизабет будет чувствовать себя свободнее. Откровенно говоря, я рассчитываю, что она расскажет мне хоть что-нибудь о Константайн.

Эйбилин открывает дверь, и я прохожу за ней следом в кухню. Пожалуй, если она и чувствует себя свободнее в пустом доме, то лишь самую чуточку. Косится на кухонный стул, словно сегодня была бы рада присесть. Но, как только я предлагаю, отвечает:

— Нет, мне и так хорошо. Начинайте. — Достает помидор из мойки и принимается чистить.

Прислонившись к столу, озвучиваю очередную загадку: как отучить собак рыться в мусорном баке? Потому что ленивый муж вечно забывает вовремя опорожнить его. Потому что вечно наливается своим проклятым пивом.

— Просто положить немножко пневмонии в мусор. Собаки от их бака живо разбегутся, глаза разъест.

Я записываю, изменив на «аммоний», беру следующее письмо, и тут замечаю лукавую улыбку Эйбилин.

— Не хочу сказать ничего дурного, мисс Скитер, но... как-то странно, что вы стали новой Мисс Мирной, а сами ничего не смыслите в домашнем хозяйстве, а?

Она произносит это совсем не так, как моя мать месяц назад. Я смеюсь и рассказываю ей о том, о чем никому не говорила, — о телефонных звонках, резюме, отправленном в «Харпер и Роу». О том, что хочу стать писательницей. И о совете, полученном от Элейн Штайн. Как здорово все же поделиться с кем-нибудь.

Эйбилин кивает, принимаясь за следующий помидор:

— Мой мальчик, Трилор, он тоже любил писать.

— Я не знала, что у вас есть сын.

— Он умер. Два года как.

— О, простите...

Некоторое время слышен только голос отца Грина да шорох падающей томатной кожуры.

— По английскому всегда получал одни «отлично». А потом, когда вырос, купил себе пишущую машинку. — Плечи ее поникли. — Говорил, напишет книгу. Была у него одна идея...

— Что за идея? — интересуюсь я. — Если, конечно, вы можете рассказать...

Сначала Эйбилин ничего не отвечает. Все чистит и чистит помидоры.

— Он читал книжку, «Человек-невидимка». А как прочел, говорит, напишет, каково это — быть черным и работать у белых в Миссисипи.

Я нервно озираюсь, понимая, что на этом месте моя мама прервала бы беседу. Она бы мило улыбнулась и сменила тему — заговорила бы, например, о ценах на чистящие средства или белый рис.

— Я тоже прочла «Человека-невидимку» после него, — продолжает Эйбилин. — Мне понравилось.

Я киваю, хотя сама не читала. И вообще никогда прежде не представляла себе Эйбилин читающей.

— Он написал почти пятьдесят страниц, — продолжает она. — Я разрешила его девушке, Фрэнсис, забрать листки. На память о нем.

Руки Эйбилин замирают. Я вижу, как прокатывается комок в горле, когда она сглатывает.

— Пожалуйста, не рассказывайте никому, — произносит она, гораздо мягче. — Он ведь хотел написать о своем белом боссе.

Эйбилин закусывает губу, и меня пронзает мысль — она до сих пор боится за сына. Его уже нет на свете, но материнские страхи все еще живы.

— Это замечательно, что вы рассказали мне, Эйбилин. Думаю, это... смелая идея.

Эйбилин пристально смотрит мне в глаза. Потом берет очередной помидор, нож. Я жду, что сейчас польется красный сок. Но Эйбилин останавливается, бросает взгляд на дверь.

— Несправедливо, пожалуй, что вы не знаете, что случилось с Константайн. Только я... простите, неправильно, что я говорю вам об этом.

Я молчу, боюсь спугнуть момент.

— Но я могу вам сказать, это касается ее дочери. Она тогда приехала повидаться со своей мамой.

— Дочери? Константайн никогда не говорила, что у нее есть дочь. — Я знала Константайн двадцать три года. Почему она скрывала это от меня?

— Ей тяжело было. Ребеночек родился совсем... светлым.

Я припоминаю, о чем рассказывала Константайн много лет назад.

— Вы хотите сказать, со светлой кожей? То есть... она белая?

Эйбилин кивает и вновь принимается за помидор.

— Пришлось отослать ее из дома, куда-то на север, думаю.

— Отец Константайн был белым, — говорю я. — О... Эйбилин... вы же не думаете... — Жуткая мысль проносится в голове. Я слишком потрясена, чтобы закончить фразу.

— Нет, нет, мэм, — мотает головой Эйбилин. — Совсем не то. Парень Константайн, Коннор, он был цветным. Но раз уж в самой Константайн текла кровь ее отца, ребеночек родился белый. Так... случается.

Мне стыдно за собственные дурные мысли. Но я все равно не понимаю.

— Почему же Константайн мне не рассказала? — не могу успокоиться я. — Почему отослала ее прочь?

Эйбилин задумчиво кивает, словно она-то все понимает. Но я — нет.

— Это было для нее самое тяжкое, сколько я ее знала. Константайн тысячу раз говорила, что дождаться не может, когда дочка вернется.

— Вы считаете, дочь имеет отношение к тому, что Константайн выгнали? Что произошло?

И тут Эйбилин замыкается. Занавес опустился. Она кивает в сторону писем Мисс Мирны, давая понять, что готова отвечать на хозяйственные вопросы. По крайней мере, сейчас.

Днем заезжаю к Хилли, на футбольное сборище. Вдоль улицы выстроились пикапы и длинные «бьюики». Заставляю себя войти в дом, прекрасно понимая, что буду единственной одиночкой на этом мероприятии. Гостиная полна парочек, устроившихся на диванах, на стульях, на ручках кресел. Жены сидят прямо, скрестив ножки, мужья — чуть склонившись вперед. Взгляды прикованы к экрану телевизора. Останавливаюсь в дальнем конце комнаты, обмениваюсь с кем-то улыбками. В комнате тихо, слышен только голос комментатора.

— *Ууааааауу!*

Раздается рев, руки взмывают в воздух, дамы подскакивают и принимаются хлопать в ладоши. Я грызу ногти.

— Давай, «Ребелс»! Покажи «Тиграм»!

— Вперед, «Ребелс»! — вопит Мэри Фрэнсис Трули, радостно подпрыгивая. Стильный у нее костюмчик.

Я разглядываю воспаленную розовую кутикулу на своих ногтях. В гостиной повсюду — красная шерсть, бриллиантовые кольца, витает аромат бурбона. Интересно, женщинам действительно так интересен футбол или они просто прикидываются, чтобы произвести впечатление на мужей? За четыре месяца, что я в Лиге, меня ни разу не спросили: «Как там "Ребелс"?»

Перебрасываясь приветствиями с некоторыми парочками, пробираюсь в кухню. Служанка Хилли, высокая и стройная Юл Мэй, вставляет тоненькие сосиски в булочки. Еще одна чернокожая девушка, помоложе, моет посуду в раковине. Хилли болтает с Диной Доран, машет мне рукой.

— ...Я в жизни не пробовала птифур вкуснее! Дина, ты самый талантливый кулинар в Лиге! — И Хилли заталкивает в рот остаток пирожного, тряся головой и постанывая от удовольствия.

— Ой, что ты, спасибо, Хилли, они, конечно, требуют времени, но, думаю, стоят того, — Дина сияет. Кажется, она сейчас разрыдается от потока восторгов Хилли.

— Так ты сделаешь? О, как я рада. Нашему Комитету по кондитерским изделиям просто *необходим* человек вроде тебя.

— А сколько штук нужно приготовить?

— Пятьсот, к завтрашнему дню.

Улыбка застывает на лице Дины.

— Ладно. Думаю, я смогу... поработаю ночью.

— Скитер, ты все-таки пришла! — приветствует меня Хилли, и Дина на трясущихся ногах выходит из кухни.

— Я ненадолго, — тут же вставляю я — возможно, чересчур поспешно.

— Так, я все узнала, — подмигивает Хилли. — На этот раз он точно приедет. Через три недели.

Я вздыхаю, наблюдая, как длинные пальцы Юл Мэй ловко снимают булочку с ножа, — я прекрасно понимаю, о чем идет речь.

— Ну, не знаю, Хилли. Ты уже столько раз пыталась. Возможно, это знак. — В прошлом месяце, когда он отменил свидание за день до встречи, я позволила себе некоторое волнение. Не хотелось бы проходить через это вновь.

— Что? Даже думать не смей.

— Хилли... — Пора уже решительно заявить об этом. — Ты же знаешь, я не в его вкусе.

— Ну-ка, посмотри на меня, — приказывает она, и я подчиняюсь. Мы все покоряемся Хилли.

— Хилли, ты не можешь заставить меня...

— Это *твой шанс*, Скитер. — Она хватает меня за руку и крепко прижимает палец к моей ладони, как некогда Константайн. — Твой шанс. И, черт побери, я не позволю тебе упустить его только потому, что твоя мамаша внушила тебе, что ты недостаточно хороша для таких парней.

Горькие, но правдивые слова больно ранят. Да, я боюсь своей подруги, ее настойчивости и цепкости. Мы с Хилли всегда были бескомпромиссно честны друг с другом, даже в мелочах. Остальных людей Хилли щедро потчует ложью, как пресвитерианец — чувством вины, но, по молчаливому уговору между нами, честность — единственное, что позволяет нам оставаться подругами.

С пустой тарелкой в руках в кухне появляется Элизабет. Она улыбается, но, заметив нас, останавливается. Мы втроем молча смотрим друг на друга.

— Что случилось? — волнуется Элизабет. Наверняка думает, что мы говорили о ней.

— Итак, через три недели? — уточняет Хилли. — Придешь?

— О да! Конечно же, ты придешь! — радостно восклицает Элизабет.

Смотрю на улыбающиеся лица. Это не похоже на мамино вмешательство в личную жизнь — просто чистая надежда, без лукавства и обиды. Ужасно, что подруги обсуждают судьбу моей первой ночи за моей спиной. Ненавижу их за это, но вместе с тем люблю.

К себе в деревню я возвращаюсь еще до окончания игры. Поля за окном «кадиллака» выглядят обглоданными и обгоревшими. Последний урожай собрали несколько недель назад, но обочина дороги все еще бела от пушистых клочков, застрявших в траве. Легкий аромат хлопка витает в воздухе.

Не вставая с сиденья, заглядываю в почтовый ящик. Внутри «Фермерский альманах» и письмо. Из «Харпер и Роу». Въезжаю во двор, переключаю передачу на «парковку». Письмо написано от руки, на маленьком квадратном листочке.

Мисс Фелан,

Вы, конечно, можете оттачивать свои писательские навыки на таких плоских и банальных темах, как пьяные водители и неграмотность. Надеюсь, впрочем, что Вы найдете сюжеты, в которых есть подлинная сила. Подумайте. Пишите мне только в том случае, если сумеете предложить нечто действительно оригинальное.

Мимо мамы, сидящей в столовой, где невидимка Паскагула протирает рамы картин на стене, проскальзываю наверх по своей узкой кривой лесенке. Лицо пылает. С трудом сдерживаю слезы, перечитывая письмо миссис Штайн. Ужас в том, что у меня нет лучших идей.

Пытаюсь забыться в статьях по домоводству, затем в очередном бюллетене Лиги. Вторую неделю подряд я умышленно пропускаю «гигиеническую» инициативу Хилли. Час спустя я тупо смотрю в окно. На подоконнике валяется «Давайте восхвалим знаменитостей»*. Подхожу, убираю книгу с окна, чтобы не выгорела бумажная обложка с черно-белым фото жалкого нищего семейства. Книжка тяжелая, нагретая солнцем. Да смогу ли я вообще написать что-либо стоящее? Оборачиваюсь на стук Паскагулы в дверь. И тут мне в голову приходит идея.

Нет. Невозможно. Это же... против всех правил.

Но мысль не покидает меня.

---

* Художественно-публицистическая книга Дж. Эджи Джеймса и У. Эванса о жизни трех семей в Алабаме, иллюстрированная большим количеством фотографий.

Эйбилин

Глава 7

К середине октября жара спала, на смену ей пришли настоящие холода — пятьдесят градусов*. По утрам сиденье унитаза такое холодное, что я даже вздрагиваю, когда сажусь. Они соорудили маленькую клетушку прямо в гараже. Унитаз и крошечная раковина на стене. Лампочка болтается просто на проводе. Бумагу приходится класть на пол.

Когда я работала у мисс Колье, в гараж можно было попасть, не выходя из дома. Пристроили, еще когда у них не было комнаты для прислуги. Да и спальня у меня была своя, если надо было остаться на ночь.

Во вторник в полдень я устраиваюсь со своим ланчем на заднем крыльце, прямо на бетонных ступеньках. Трава во дворе у мисс Лифолт что-то плохо растет. Тень от магнолии уже на целый ярд тянется. Деревце это, я уж знаю, станет убежищем Мэй Мобли. Лет через пять, когда девчушка начнет прятаться от мисс Лифолт.

Вскоре и Мэй Мобли вперевалочку появляется на крылечке. В руке у нее половинка гамбургера. Улыбается мне и лепечет: «Доблое утло».

— Ты почему не с мамочкой? — спрашиваю я, но и сама знаю почему. Малышка уж лучше посидит тут, с прислугой, мамочке нет до нее дела. Она как тот цыпленок, что готов пойти даже за уткой.

Мэй Мобли показывает пальчиком на стайку лазурных птичек, щебечущих в маленьком фонтанчике.

— Длозды! — радуется она и роняет гамбургер на ступеньки.

---

* 10 градусов по шкале Цельсия (в США принята шкала Фаренгейта).

Старый пес Оби, на которого никто никогда не обращает внимания, выскакивает невесть откуда и жадно сжирает его. Вообще я собак не слишком люблю, но этого бедолагу жалко. Треплю его по голове. Готова спорить, с самого Рождества пса никто не приласкал.

Мэй Мобли радостно визжит и хватает пса за хвост. Пару раз ей досталось хвостом по мордашке, но потом она крепко уцепилась. Пес, бедняга, жалобно скулит, смотрит на нее эдак по-собачьи, как они умеют, приподняв брови. Кусаться он не собирается.

Чтобы она отпустила собаку, спрашиваю:

— Мэй Мобли, а где твой хвостик?

Ну и конечно, она тут же выпускает собачий хвост и оглядывается на свою попку. Ротик приоткрыт, будто Малышка удивляется, как это она не замечала его до сих пор. И крутится на месте, пытается разглядеть хвостик.

— А у тебя нет хвостика, — хохочу я и подхватываю ее на руки, пока не свалилась со ступенек. Пес обнюхивает землю в надежде найти еще один гамбургер.

Мне всегда было забавно, как это детишки верят всему, что им скажешь. На прошлой неделе по дороге в «Джитни» встретился мне Тейт Форрест, один из моих прошлых деток, ох, до чего же он обрадовался. Сейчас-то уж совсем взрослый. Я спешила к мисс Лифолт, но он все смеялся да вспоминал, как я его воспитывала. Как у него однажды ножка затекла и он сказал, что внутри щекотно, а я объяснила, что это его ножка заснула и похрапывает. И как не велела ему пить кофе, а то станет чернокожим. Он сказал, что по сей день не выпил ни чашечки кофе, а ведь ему уже двадцать один. Всегда приятно видеть, какие славные детки вырастают.

— Мэй Мобли? Мэй Мобли Лифолт!

Вы поглядите. Заметила наконец, что ребенка нет рядом.

— Она здесь, со мной, мисс Лифолт, — кричу я.

— Я же велела тебе кушать в своем стульчике, Мэй Мобли. Не понимаю, как могло получиться, что у всех моих подруг дети — ангелы, а у меня — ты... — Но тут звонит телефон, и она исчезает.

Смотрю на Малышку — лобик наморщила, нахмурилась, думает о чем-то. Треплю ее по щечке:

— Все хорошо, детка?

— Мэй Мо плохая, — говорит она.

Так прямо и говорит, у меня аж внутри заболело.

— Мэй Мобли, — отвечаю я, потому что понимаю — надо что-то сделать. — Ты умная девочка?

Она молчит, будто не знает.

— Ты умная девочка? — повторяю я.

— Мэй Мо умная, — соглашается она.

— Ты добрая маленькая девочка?

Она молча смотрит на меня. Ей всего два годика. Она пока и не знает, что это такое — добрая.

— Ты добрая девочка.

Малышка кивает, повторяя за мной. Но я и продолжить не успеваю, как она подскакивает и принимается гонять пса по двору и хохочет, а я думаю, что было бы, если б я каждый день говорила ей, что она хорошая?

Малышка добегает до птичьего фонтанчика и кричит мне оттуда:

— Эй, Эйби! Я люблю тебя, Эйби!

Смотрю, как она резвится, и внутри у меня так тепло, мягко, будто бабочка крылом погладила. Вот так, бывало, я и на Трилора глядела. От воспоминаний, правда, взгрустнулось.

Мэй Мобли вскоре подбегает ко мне, прижимается щечкой к моей щеке, будто чувствует, что я печалюсь. Обнимаю ее крепко, шепчу:

— Ты *умная* девочка. Ты *добрая* девочка, Мэй Мобли. Слышишь? — И говорю, и говорю, пока она не начинает повторять за мной.

Следующие несколько недель очень важны для Мэй Мобли. Вы-то, наверное, не помните, как первый раз сходили на унитаз, а не в подгузник. И уж наверное, не благодарите того, кто вас научил. Ни один из детей, которых я вырастила, не подошел ко мне и не сказал: «Эйбилин, я так тебе благодарен, что научила меня ходить на горшок».

Дело это, вообще-то, хитрое. Если попробуешь учить ребенка раньше, чем он готов, просто собьешь его с толку.

Они никак не могут раскусить, в чем тут дело, и начинают плохо думать о себе. Но Малышка уже готова, я знаю. И она сама знает, что готова. Но все время дурачится и удирает от меня. Усаживаю ее на деревянное детское сиденье, чтобы маленькая попка не проваливалась, но стоит отвернуться, как она уже вскочила и бежать.

— Ты сходила, Мэй Мобли?

— Нет.

— Ты же выпила два стакана сока. Я знаю, что тебе нужно сходить.

— Нееет.

— Я тебе дам печеньице, если сделаешь это для меня.

Смотрим друг на друга. Она отводит глазки, косится на дверь. Не слышно, чтоб в унитазе что-то журчало. Обычно я могу научить их недели за две. Но это если мамы мне помогают. Маленькому мальчику нужно увидеть, что папа делает это стоя, девочки должны понять, что мама присаживается. Но мисс Лифолт ни за что не позволит своей дочке увидеть, как мама пользуется унитазом, в этом и проблема.

— Постарайся для меня хоть немножко, Малышка.

Она мотает головой, надув губки.

Мисс Лифолт ушла делать прическу, а то бы я опять попросила ее подать пример, хотя эта женщина уже пять раз сказала «*нет*». Когда мисс Лифолт в прошлый раз выдала свое «нет», я готова была рассказать, сколько детишек вырастила в своей жизни, и поинтересоваться, а у нее какой опыт, но вместо этого, как всегда, ответила только «хорошо».

— Я дам тебе *два* печеньица, — предлагаю я, хотя ее мамаша вечно ворчит, что из-за меня девочка толстеет.

Мэй Мобли мотает головкой и говорит:

— Ты сама сходи.

Что ж, не могу сказать, что не слышала этого прежде, но обычно мне удается схитрить. Но я же понимаю, ей нужно посмотреть, как это делается, чтобы понять, в чем штука.

— Мне не нужно, — отвечаю.

Молчим, смотрим дружка на дружку. Она опять за свое:

— Сама сходи.

Потом она начинает ерзать и плакать, потому что на этом сиденье попке неудобно, и я понимаю, как должна поступить. Только не знаю, с какой стороны подойти. Повести ее в гараж в свой туалет или мне устроиться здесь? Что, если мисс Лифолт вернется, а я сижу на ее унитазе? У нее истерика начнется.

Надеваю Малышке обратно подгузник, и мы отправляемся в гараж. Из-за дождя здесь попахивает болотом. Лампочка горит, но все равно темно, и веселеньких обоев, как в доме, нет. Здесь, по правде, и стен-то нормальных нет, лишь деревянные щиты, сколоченные вместе. Не напугалась бы Малышка.

— Ну вот, маленькая, вот это туалет Эйбилин.

Она просовывает голову внутрь, и ротик у нее становится как буква «о». Она так и говорит:

— Оооо.

Спускаю трусы, быстро-быстро делаю свои дела, использую бумагу и дергаю за цепочку, прежде чем она успевает что-нибудь разглядеть.

— Вот так ходят в туалет, — объясняю ей.

Что ж, не могу сказать, что она сильно удивилась, будто чудо какое увидела. Отступаю в сторонку, потому что знаю, что дальше будет. Так и есть, она стаскивает подгузник и, как маленькая обезьянка, взбирается на унитаз, придерживаясь, чтобы не упасть, и делает свое пи-пи.

— Мэй Мобли! Ты сходила! Как замечательно!

Она улыбается, а я подхватываю ее, чтобы не провалилась внутрь. Потом мы бежим в дом, и я вручаю ей два печенья.

Позже я опять усаживаю ее на горшок, и она опять требует примера. Первые разы, они самые трудные. Но зато к концу дня я чувствую, что сделала серьезное дело. Она уже начинает хорошо говорить, и можете представить, какое у нее сегодня новое слово.

— Что Малышка сегодня делала?

И она гордо говорит:

— Пи-пи.

— Что напишут в исторических книгах про этот день?

— Пи-пи, — отвечает она.

Не могу удержаться:

— Чем пахнет мисс Хилли?

И она отвечает:

— Пи-пи.

Но я перевожу разговор на другое. Так все же не по-христиански, да еще, боюсь, она начнет это повторять.

Мисс Лифолт возвращается домой с высокой прической. Она сделала химическую завивку и пахнет от нее теперь пневмонией. Если пневмонию в мусорный бак положишь, хорошо помогает, любой дух перешибет.

— Знаете, что Мэй Мобли сегодня сделала? — сообщаю я. — Сходила в туалет на унитаз.

— О, как чудесно! — Она обнимает девочку, не часто я такое вижу. Знаю, она и вправду радуется, потому что мисс Лифолт *не любит* менять подгузники.

— Теперь вам нужно следить, чтобы она ходила на унитаз. А то она может запутаться, — напоминаю я.

Мисс Лифолт с улыбкой отвечает:

— Хорошо.

— Давайте попробуем, может, она сделает еще разок, специально для вас, пока я не ушла домой.

Мы все идем в ванную. Снимаю с малышки подгузник, усаживаю на унитаз. Но Малышка мотает головкой.

— Ну же, Мэй Мобли, разве ты не можешь сходить на горшочек для мамы?

— Неееет.

В конце концов ставлю ее обратно на ножки:

— Ничего, сегодня ты все равно была умницей.

Но мисс Лифолт, та надувает губы, хмыкает и мрачно смотрит на дочь. Я не успеваю надеть Малышке подгузник, как она пулей выскакивает из ванной и почти голышом мчится через весь дом. Вот она уже в кухне. Открывает заднюю дверь, влетает в гараж и тянется к ручке двери *моего* туалета. Мы спешим за ней, мисс Лифолт грозит пальцем. Голос у нее взлетает тонов на десять:

— Это не твоя ванная!

Малышка упрямо мотает головкой:

— *Моя фанна!*

Мисс Лифолт хватает ее и больно шлепает.

— Мисс Лифолт, она не понимает, что делает...

— Ступайте в дом, Эйбилин!

Заставляю себя уйти в кухню. Стою там, а дверь оставила открытой.

— Я растила тебя не для того, чтобы ты пользовалась туалетом для цветных!

Растила она! Леди, да вы вообще не растили своего ребенка.

— Здесь грязно, Мэй Мобли. Ты можешь заразиться! Нет, нет, нет! — шипит она и шлепает и шлепает по голой попке.

Через секунду мисс Лифолт втаскивает ребенка в кухню, точно это мешок картошки. Я ничего не могу поделать, только смотреть. Сердце у меня сжимается, в горле комок. Мисс Лифолт бросает Мэй Мобли на пол перед телевизором и выходит, хлопнув дверью. Крепко обнимаю Малышку. Она плачет и смотрит с ужасом, ничего не понимая.

— Прости меня, Мэй Мобли, — шепчу я и проклинаю себя за то, что повела ее туда. Но не знаю, что еще сказать, поэтому просто обнимаю детку.

Мы сидим и смотрим с ней «Маленьких мошенников», пока не выходит мисс Лифолт и не спрашивает, не пора ли мне уходить. Сую в карман десять центов на автобус, еще разок обнимаю Мэй Мобли, шепчу ей: «Ты *умная* девочка. Ты *хорошая* девочка».

По дороге домой я не вижу больших белых домов за окном. Не болтаю с подружками. Вспоминаю, как Малышку отшлепали из-за меня. Вспоминаю, что она слушала, как мисс Лифолт назвала меня грязной, заразной.

Автобус несется по Стейт-стрит. Мы пересекаем мост Вудро Вильсона, и я сжимаю челюсти с такой силой, что едва зубы не ломаются. Чувствую, как горькое семя, поселившееся во мне после смерти Трилора, все растет и растет. Хочется закричать так громко, чтобы Малышка услышала меня, что грязь — она не в цвете кожи, а зараза — не в негритянской части города. Пусть бы этот миг не наступал — а он случается в жизни каждого белого ребенка, — когда они начинают думать, что цветные не такие хорошие, как белые.

Сворачиваем на Фэриш, я встаю, потому что мне скоро выходить. Молюсь, чтобы для нее пока не наступил этот миг. Молюсь, чтобы мне хватило времени.

Следующие недели проходят спокойно. Мэй Мобли теперь носит штанишки, как большая девочка. И неприятностей с ней почти не случается. После того, что произошло в гараже, мисс Лифолт наконец-то занялась воспитанием Мэй Мобли. Даже разрешила посмотреть, как она сама садится на унитаз, подала, так сказать, белый пример. Правда, несколько раз, когда мамы не было дома, я заставала маленькую около моего туалета. Иногда она даже успевала сходить туда, если я опаздывала сказать «нет».

— Привет, мисс Кларк.

К заднему крыльцу подходит Роберт Браун, который следит за двором мисс Лифолт. На улице хорошо и прохладно. Распахиваю дверь.

— Как поживаешь, сынок? — Похлопываю его по плечу. — Ты, говорят, работаешь в каждом доме на этой улице.

— Да, мэм. Еще пара парней помогает. — Он улыбается во весь рот.

Красивый парень, высокий. Волосы коротко стрижены. Учился в школе вместе с Трилором. Они дружили, вместе играли в бейсбол. Еще раз глажу его по плечу — мне нужно это почувствовать.

— Как бабушка?

Я люблю Ловинию, она самая добрая из людей. Они с Робертом вместе приходили на похороны. И я сразу вспоминаю, что предстоит на следующей неделе. Худший день в году.

— Крепче, чем я, — улыбается парнишка. — Я приду к вам в субботу, постригу газон.

Трилор всегда косил траву у меня во дворе. Теперь это делает Роберт, без всяких моих просьб, и никогда не берет денег за это.

— Спасибо, Роберт. Я тебе очень благодарна.

— Если вам что-нибудь будет нужно, зовите меня, ладно, мисс Кларк?

— Спасибо, сынок.

Слышу, как звонят в дверь, а у дома замечаю машину мисс Скитер. В этом месяце мисс Скитер приходит к мисс Лифолт каждую неделю, задает мне вопросы, которые присылают Мисс Мирне. Спрашивала про пятна от жесткой воды, и я посоветовала разрыхлитель для теста. Спрашивала, чем вывинтить из патрона лопнувшую лампочку, и я сказала про сырую картофелину. Спрашивала, что произошло между старой нянькой Константайн и ее матерью, и я прям похолодела. Я-то думала, коли рассказала ей немножко несколько недель назад про то, что у Константайн есть дочь, она от меня отстанет. Но мисс Скитер продолжает задавать свои вопросы. Не понимает она, почему чернокожая женщина не может растить своего белого ребенка в Миссисипи. Каково это — кошмарное одиночество, когда ты не там и не тут.

Всякий раз, как мисс Скитер заканчивает свои вопросы, как чистить то или чинить другое или насчет Константайн, мы болтаем о прочих разных вещах. Не могу сказать, что это обычное дело между мной и белыми хозяйками или их подружками. Но мало-помалу я рассказала ей про то, как Трилор хорошо учился, и про то, что новый дьякон действует мне на нервы своей шепелявостью. Пустяки вроде бы, но обычно я с белыми ни о чем таком не говорю.

Сегодня я пытаюсь объяснить ей разницу между чисткой серебра и очищением его в растворе — что только в дурных домах используют раствор, потому что так быстрее, но получается гораздо хуже. Мисс Скитер склоняет голову набок, чуть морщит лоб.

— Эйбилин, помните... ту идею Трилора?

Я киваю, а сама настораживаюсь. Не надо было рассказывать белой женщине о таком.

Мисс Скитер прячет глаза, как в тот раз, когда пришла со своими вопросами про отдельный туалет.

— Я все думаю об этом. И хотела бы с вами поговорить...

Но тут в кухню заходит мисс Лифолт, замечает, как Малышка играет с моей расческой, торчащей из сумочки, и заявляет, что, пожалуй, Мэй Мобли сегодня следует искупаться пораньше. Прощаюсь с мисс Скитер и отправляюсь готовить ванну.

Год я прожила в ужасе перед этим днем, и вот восьмое ноября все-таки наступило. Накануне я спала, наверное, часа два. Поднялась на рассвете, поставила кофейник на плиту. Пока натягивала чулки, спина разболелась. Не успела выйти за дверь, как зазвонил телефон.

— Просто проверить, как ты. Спала?

— Я в порядке.

— Вечером принесу тебе карамельный торт. И ты ничего больше не будешь делать — сядешь у себя на кухне и съешь его на ужин, целиком.

Пытаюсь улыбнуться, но не выходит. Просто говорю Минни спасибо.

Сегодня три года, как умер Трилор. Но в блокноте мисс Лифолт это всего лишь день мытья полов. Через две недели День благодарения, и мне еще кучу всего надо переделать. Все утро скребу и чищу, до самых двенадцатичасовых новостей. Свой сериал я пропускаю, потому что в столовой дамы обсуждают Праздник, а в их присутствии мне не положено включать телевизор. Ну и хорошо. Все мышцы у меня дрожат от усталости. Но останавливаться не хочу.

Около четырех в кухню заходит мисс Скитер. Она и рта открыть не успевает, как следом влетает мисс Лифолт.

— Эйбилин, я только что узнала, миссис Фредерикс приезжает из Гринвуда завтра и останется до Дня благодарения. Я хочу, чтобы серебро было как следует вычищено и все гостевые полотенца выстираны. Завтра я составлю список, что еще нужно сделать.

Мисс Лифолт качает головой с таким видом, будто у нее самая тяжелая жизнь в городе, и выходит вон. Иду за ней, забрать из столовой серебро. Боже, как же я устала, а нужно будет еще работать на ярмарке в следующую субботу. Минни-то не придет. Она боится столкнуться с мисс Хилли.

Когда возвращаюсь в кухню, мисс Скитер все еще там, дожидается меня. В руках у нее очередное письмо для Мисс Мирны.

— У вас вопрос насчет уборки? — вздыхаю я. — Давайте.

— На этот раз нет. Я просто... хотела спросить... на днях...

Достаю тюбик пасты «Пайн-Ола», принимаюсь начищать ею серебро — протираю тряпочкой узоры-розочки, края, ручку. Господи, сделай так, чтобы скорее настало завтра. Я не пойду на кладбище. Не могу, уж слишком тяжко...

— Эйбилин? С вами все в порядке?

Поднимаю глаза. И понимаю, что все это время мисс Скитер что-то мне говорила.

— Простите, я просто... задумалась кое о чем.

— Вы очень печальны.

— Мисс Скитер... — Чувствую, как слезы подступают к глазам, ведь три года — это совсем немного. Да и ста лет будет недостаточно. — Мисс Скитер, не возражаете, если я помогу вам с этими вопросами завтра?

Мисс Скитер открывает было рот, но сама себя останавливает.

— Ну конечно. Надеюсь, вам будет лучше.

Заканчиваю с серебром и полотенцами и говорю мисс Лифолт, что иду домой, хотя осталось еще полчаса и она за это урежет мне зарплату. Она хочет возразить, но я решаюсь солгать и шепчу: «Меня вырвало». И она тут же отвечает: «Ступайте». Потому что кроме своей матери мисс Лифолт ничего так не боится, как негритянских болезней.

— Итак, я вернусь через тридцать минут. Подъеду сюда в девять сорок пять, — говорит мисс Лифолт в окошко машины.

Мисс Лифолт подбросила меня до «Джитни», купить, что еще понадобится на завтра, на День благодарения.

— И напомни, чтоб она взяла чек, — добавляет мисс Фредерикс, противная старая мамаша мисс Лифолт.

Они втроем устроились на переднем сиденье, и Мэй Мобли зажата между ними, и вид у нее такой несчастный, что можно подумать, будто у нее приступ столбняка. Бедняжка. В этот раз мисс Фредерикс приехала аж на две недели.

— И не забудьте индейку, — распоряжается мисс Лифолт. — И две банки клюквенного соуса.

Я только улыбаюсь. Я готовлю для белых на их День благодарения еще с тех пор, как Кэлвин Кулидж был президентом*.

— Прекрати вертеться, Мэй Мобли, — рявкает мисс Фредерикс. — Не то я тебя проучу.

— Мисс Лифолт, позвольте я возьму ее с собой в магазин. Поможет мне делать покупки.

Мисс Фредерикс собирается возразить, но мисс Лифолт говорит: «Хорошо». И не успеваю я позвать, как Малышка червячком проползает по коленям мисс Фредерикс и вылезает через окно прямо мне в руки, как к Господу Спасителю. Подхватываю ее, устраиваю поудобнее; мамаши уезжают на Фортификейшн-стрит, а мы с Малышкой хихикаем, как две подружки.

Толкаю металлическую дверь, беру тележку и устраиваю Мэй Мобли спереди, продеваю ее ножки в специальные отверстия. Мне можно делать покупки в «Джитни», пока на мне белая униформа. Но я тоскую по старым добрым временам, когда можно было просто пройтись по Фортификейшн-стрит, а там — фермеры со своими тачками, кричат «бататы, бобы, фасоль зеленая, окра, сливки, пахта, сыр, яйца». Но и в «Джитни» не так уж плохо. По крайней мере, кондиционер работает.

— Ну что ж, маленькая, давай поглядим, что нам нужно.

В овощном выбираю шесть бататов, три пучка зеленой фасоли. У мясника беру копченую свиную рульку. В магазине светло, чисто, прилавки аккуратные. Не то что в «Пиггли Виггли» для цветных, где опилки на полу. Здесь вокруг в основном белые леди, улыбающиеся, уже с прическами к завтрашнему дню. Есть, правда, и четыре-пять чернокожих служанок, все в униформе.

— Класненькое! — радуется Мэй Мобли, и я даю ей подержать банку с клюквой. Она улыбается банке, как старому приятелю. Любит Малышка «класненькое».

---

* Тридцатый президент США, 1923—1929 гг.

В бакалейном отделе беру двухфунтовый пакет соли, чтобы вымачивать индейку. Считаю часы по пальцам — десять, одиннадцать, двенадцать. Если нужно выдержать птицу в рассоле четырнадцать часов, я положу ее мокнуть сегодня часа в три. А завтра приду к мисс Лифолт к пяти утра и на шесть часов поставлю индейку в духовку. Два кукурузных хлебца я уже испекла, оставила на столе, чтоб сделались немножко хрустящими. И яблочный пирог на подходе, только в печку поставить — и все.

— Готовишься к завтрашнему, Эйбилин?

Оборачиваюсь и вижу Френни Кутс. Она тоже ходит в нашу церковь, а работает у мисс Кэролайн в «Мэншип».

— Эй, лапочка, какие пухленькие у нас ножки, — улыбается она Мэй Мобли. Малышка облизывает банку с клюквой.

Френни наклоняется ко мне, тихо говорит:

— Слыхала, что случилось сегодня утром с внуком Ловинии Браун?

— С Робертом? Который газоны стрижет?

— Зашел в туалет для белых у «Пинчмэн, сады и газоны». Говорят, там не было таблички. Два белых мужика погнались за ним и избили монтировкой.

О нет. Только не *Роберт.*

— Он... он не?..

Френни мотает головой:

— Неизвестно. Он в больнице. Ходят слухи, что он ослеп.

— Господи, нет...

Ловиния, она же самая добрая, самая честная. После смерти дочери она в одиночку вырастила Роберта.

— Бедная Ловиния. Не понимаю, почему такие несчастья происходят с самыми лучшими людьми, — сокрушается Френни.

Нынче я работаю как безумная — режу лук и сельдерей, смешиваю заправки для салатов, чищу батат, лущу фасоль. Сегодня вечером, в половине шестого, люди собираются к Ловинии Браун, помолиться за Роберта, но к тому моменту, как я опускаю двадцатифунтовую индейку в рассол, уже едва могу руки поднять.

С готовкой заканчиваю только к шести часам, на два часа позже, чем обычно. Сил даже постучать в двери Ловинии не осталось. Я зайду к ней завтра, после того как разберусь с индейкой. Бреду домой от автобусной остановки, еле волоча ноги, глаза на ходу закрываются. Сворачиваю за угол на Гессум. Перед моим домом стоит большой белый «кадиллак». А на крыльце сидит мисс Скитер, в красном платье и красных туфлях — только быков дразнить.

Через двор иду очень медленно, все гадаю, что бы это значило. Мисс Скитер встает, прижимая к себе сумочку, словно боится, что ее вырвут из рук. Белые у нас редко появляются, если только когда прислугу подвезут, да оно и к лучшему. Я весь день толкусь среди белых и не хочу видеть их еще и в своем собственном доме.

— Я надеялась, вы не станете возражать, что я приехала, — начинает она. — Просто... не знаю, где еще мы могли бы поговорить.

Присаживаюсь на крылечко, каждый позвонок у меня болит. Малышка так нервничала из-за своей бабули, что описалась прямо на меня, и теперь от меня пахнет. На улице полно народу — люди идут к Ловинии молиться за Роберта, детишки играют в футбол. Все смотрят на нас и, наверное, думают, что меня уволили.

— Да, мэм, — вздыхаю я. — Что я могу для вас сделать?

— У меня есть идея. Я хочу написать кое о чем. Но мне нужна ваша помощь.

Мне нравится мисс Скитер, но это уж чересчур. Могла бы и по телефону сперва позвонить. К белой леди она, поди, вот так без звонка не заявилась бы. Но вот, смотрика, устраивается тут на крыльце, будто имеет право влезать в мою личную жизнь.

— Я хотела бы взять у вас интервью. О том, каково это — работать прислугой.

Красный мячик закатывается ко мне во двор. Мальчонка Джоунсов вбегает следом за ним. Видит мисс Скитер и замирает на месте. Потом торопливо хватает мяч, разворачивается и бросается прочь, будто боится, что она за ним погонится.

— Что-то вроде колонки Мисс Мирны? — спрашиваю я без всякого выражения — голос плоский, что твоя сковородка. — Насчет уборки?

— Нет, не как у Мисс Мирны. Я имею в виду книгу, — говорит она, а глаза такие огромные — волнуется. — Рассказы о том, что значит работать в белых семьях. Каково это — работать у... скажем, Элизабет.

Поворачиваюсь к ней. Об этом-то она и пыталась расспрашивать меня последние две недели в кухне мисс Лифолт.

— Думаете, мисс Лифолт согласится? Чтоб я рассказывала о ней?

Мисс Скитер опускает глаза:

— Признаться, нет. Я полагала, мы не станем ничего ей говорить. И я хотела бы, чтобы остальные тоже держали это в тайне.

Озадаченно потираю лоб, начиная понимать, о чем речь.

— Остальные?

— Я надеялась, что их будет четыре или пять. Чтобы представить полную картину жизни прислуги в Джексоне.

Испуганно озираюсь. Мы сидим у всех на виду. Она что, не понимает, как это опасно, даже говорить об этом, когда кто угодно может нас заметить?

— А что именно вы хотели бы от них услышать?

— Сколько вам платят, как с вами обращаются, насчет туалетов, детей — все, что вы видите, дурное и хорошее.

Она так взволнована, будто это игра такая. На миг я до того разозлилась, что даже забыла об усталости.

— Мисс Скитер, — шепчу я, — а вам не кажется, что это может быть опасно?

— Нет, если мы будем осторожны...

— Ой, умоляю вас. Знаете, что со мной будет, если мисс Лифолт узнает, что я судачу о ней за ее спиной?

— Мы ей ничего не скажем. Вообще никому. — Она понижает голос, но совсем немножко: — Это будут анонимные интервью.

Молча смотрю на нее. Она что, ненормальная?

— Вы слышали, что произошло сегодня утром с чернокожим пареньком? Его избили монтировкой за то, что он *по ошибке* зашел в туалет для белых.

Она растерянно моргает:

— Я, конечно, знаю, что положение сложное, но не думала...

— А моя кузина Шайнель из округа Коутер? Ее машину сожгли — за то, что она *зарегистрировалась* на избирательном участке.

— Никто прежде не писал такой книги... — лепечет она, наконец-то шепотом. Видать, начинает кое-что понимать. — Мы откроем новую тему. Это ведь такие перспективы...

Несколько служанок в униформе идут мимо моего дома. Косятся на меня, явно гадая, чего это я сижу на ступеньках рядом с белой женщиной. С досады стискиваю зубы. Вечером телефон будет разрываться от звонков.

— Мисс Скитер, — медленно, чтобы дошло, произношу я. — Если я это сделаю, могут сжечь мой собственный дом.

Мисс Скитер начинает грызть ноготь.

— Но я уже... — И прикрывает глаза.

Хочется спросить, что именно она «*уже*», но боязно услышать ответ. Она роется в сумочке, достает листок бумаги, пишет на нем номер телефона.

— Но вы можете хотя бы подумать об этом?

Вновь вздыхаю, не отводя взгляда от двора. Как могу мягко отвечаю:

— Нет, мэм.

Она кладет листок на крыльцо между нами, встает и идет к своему «кадиллаку». Я слишком устала, чтобы подняться. Просто гляжу, как машина медленно едет по улице. Мальчишки, играющие в мяч, отбегают в сторонку и тихо стоят, будто похоронную процессию провожают.

Мисс Скитер

Глава 8

Медленно еду по Гессум-авеню в мамином «кадиллаке». Маленький черный мальчик в брезентовом комбинезончике, сжимая в руках красный мяч, провожает меня глазами. Смотрю в зеркало заднего вида. Эйбилин в своей белой униформе по-прежнему сидит на крыльце. Она даже не отвела взгляда от желтой проплешины на газоне, произнося свое *«Нет, мэм»*.

Я-то думала, это будет похоже на визит к Константайн, когда чернокожие дружелюбно махали руками и улыбались, радуясь маленькой белой девочке, чей папа владеет большой фермой. Но здесь я встречаю лишь настороженные недобрые взгляды. Мальчик разворачивается и спешит спрятаться за домом, перед которым собралось человек шесть чернокожих с сумками и подносами в руках. Нужно придумать что-нибудь, что поможет убедить Эйбилин.

Неделю назад ко мне постучалась Паскагула:

— Мисс Скитер, междугородный звонок, вас спрашивают. Мисс... Штерн, кажется?

— Штерн? — удивилась я. И тут же подскочила: — Может быть... *Штайн*?

— Я не знаю, может, и Штайн. Слышно не очень хорошо.

Я пулей пронеслась вниз по лестнице, зачем-то на ходу приглаживая растрепанные волосы, будто готовилась к личной встрече. Схватила трубку телефона, висящего на стене в кухне.

Тремя неделями раньше я напечатала письмо на белой мелованной бумаге. Три страницы, с подробным изложением идеи и небольшой ложью. Каковая заключалась в том, что одна трудолюбивая и уважаемая чернокожая служанка согласилась дать мне интервью и в подробностях рассказать, что значит работать у белых женщин нашего города. Взвесив «за» и «против», я решила, что информация о том, что она уже согласилась, выглядит гораздо более привлекательно, чем тот факт, что я *планирую* попросить помощи у прислуги.

Пробираюсь в кладовку, волоча за собой телефонный провод. От пола до потолка тут полки, уставленные банками с маринадами, супами, патокой, сушеными овощами и консервами. Еще со школьных времен я пряталась здесь, когда нужно было поговорить без свидетелей.

— Алло? Евгения слушает.

— Не кладите трубку, соединяю.

Серия щелчков, а потом откуда-то издалека низкий, почти мужской голос произносит:

— Элейн Штайн.

— Алло! Это Скит... Евгения Фелан из Миссисипи.

— Да, мисс Фелан, я вам и звоню. — Слышу, как чиркает спичка, потом собеседница коротко затягивается. — Я получила на прошлой неделе ваше письмо. И у меня есть несколько замечаний.

— Да, мэм. — Присаживаюсь на большую жестянку, сердце бешено колотится. В трубке все время помехи, что неудивительно — до Нью-Йорка тысяча миль.

— Кто подал вам эту мысль? Насчет опроса домашней прислуги. Любопытно.

Никаких предварительных любезностей или приветствий, никаких реверансов. Понятно, что лучше всего отвечать прямо на поставленный вопрос.

— Я... понимаете, меня вырастила чернокожая женщина. Я знаю, какими простыми и... какими сложными могут быть отношения между домашними и прислугой. — Говорю неловко и скованно, словно урок отвечаю.

— Продолжайте.

— Вот я и хотела бы написать об этом с точки зрения прислуги. Цветных женщин, которые здесь работают. — Мысленно пытаюсь представить лицо Константайн, Эйбилин. — Они воспитывают белых детей, а двадцать лет спустя эти дети становятся их работодателями. Ирония заключается в том, что и мы любим их, и они любят нас, но... Мы даже не позволяем им пользоваться нашим туалетом.

В ответ только молчание.

— И всем известно, как к этому относятся белые, — взять хотя бы знаменитую Мамушку, которая всю жизнь посвятила белому семейству. Маргарет Митчелл это прекрасно описала. Но никто никогда не спрашивал саму Мамушку, а что именно она чувствует. — Капли пота уже сползают по груди, оставляя пятна на хлопковой блузке.

— То есть вы хотите продемонстрировать точку зрения, не исследованную прежде, — уточняет миссис Штайн.

— Да. Потому что никто никогда об этом не говорил. Здесь вообще это не обсуждают.

Элейн Штайн раскатисто хохочет.

— Мисс Фелан, я жила в Атланте. Шесть лет, со своим первым мужем. — У нее выраженный акцент янки.

Эта слабая связь меня несколько вдохновляет.

— Значит... вы понимаете, что я имею в виду.

— Вполне достаточно, чтобы убраться оттуда, — говорит она, и я слышу, как она шумно выпускает дым. — Знаете, я прочла ваши наброски. Это действительно... оригинально, но не пойдет. Какая же прислуга, находясь в здравом уме, расскажет вам правду?

В щелке под дверью торчат розовые мамины шлепанцы. Стараюсь не обращать на них внимания.

— Первая из интервьюируемых... жаждет рассказать свою историю.

Не может быть, чтобы миссис Штайн вот так сразу разоблачила мой блеф.

— Мисс Фелан, эта негритянка действительно согласилась откровенно поговорить с вами? — По тону Элейн Штайн понятно, что вопрос не требует ответа. — О своей работе в белой семье? В таком месте, как Джексон, штат Миссисипи, это чертовски рискованная затея.

Тут-то я и почувствовала первый укол тревоги, подумав, что, возможно, Эйбилин будет не так легко убедить. Но даже не подозревала, что она может ответить так, как ответила на ступенях своего дома неделю спустя.

— Я видела в новостях, что творится у вас на автобусных остановках, — продолжает миссис Штайн. — И как в тюремную камеру, рассчитанную на четверых, заталкивают пятьдесят пять негров.

— Она согласилась, совершенно точно.

— Что ж, впечатляет. И вы полагаете, остальные тоже станут беседовать с вами? А что, если их хозяева узнают?

— Интервью будут проходить в тайне. У нас здесь и вправду несколько небезопасно.

В действительности я и не представляла, насколько это опасно. Я четыре года провела в изоляции, в отрезанной от мира комнате общежития, читая Китса, Эудору Уэлти и беспокоясь исключительно о курсовых работах.

— Несколько небезопасно? — В трубке раздается смех. — Марши в Бирмингеме, Мартин Лютер Кинг. Чернокожие детишки, которых травят собаками. Дорогая моя, это самая острая национальная проблема. Но, простите, эта тема не пройдет. Ни в виде статьи, поскольку ни одна южная газета не станет ее публиковать. И уж точно не в виде книги. Сборник *интервью* не будет продаваться.

— Ох... — Прикрыв глаза, чувствую, как возбуждение спадает. — Ох.

— Но я позвонила, чтобы сказать, что это отличная идея. Однако опубликовать такой материал невозможно.

— А что, если...

— Евгения, с кем ты там разговариваешь? — раздается мамин голос.

Она пытается приоткрыть дверь, но я резко захлопываю ее и, прикрыв трубку, успеваю прошипеть:

— Я говорю с *Хилли*, мама...

— В кладовке? Ты ведешь себя как подросток...

— А впрочем... Полагаю, я могла бы почитать ваши материалы. Издательскому бизнесу не помешает встряска.

— Правда? Ой, миссис Штайн...

— Я не сказала, что согласна. Делайте свои интервью, а там посмотрим, будет ли результат стоить судебных преследований.

Я издаю целый ряд невнятных звуков, прежде чем в состоянии произнести:

— *Благодарю вас*, миссис Штайн. Не могу выразить, насколько ценна для меня ваша помощь.

— Пока благодарить не за что. Если нужно будет со мной связаться, звоните Рут, моему секретарю.

И связь прерывается.

В среду в бридж-клуб Элизабет я прихватываю старую сумку. Красную. Уродливую. Но сегодня она необходима.

Это единственная сумка, в которую помещаются письма Мисс Мирны. Кожа потрескалась и потерлась, толстая лямка оставляет коричневый след на белой блузке. Это садовая сумка бабушки Клэр. Она носила в ней садовые инструменты, и дно все еще усыпано семечками подсолнуха. Сумка мне совершенно не идет, но это неважно.

— Две недели, — встречает меня Хилли, поднимая два пальца вверх, — и он приедет.

Она улыбается, мне остается только улыбнуться в ответ.

— Сейчас вернусь, — бросаю я и проскальзываю в кухню со своим баулом.

Эйбилин, как обычно, стоит около раковины. Прошла неделя с тех пор, как я приезжала к ней.

— Добрый день, — тихо произносит она.

Даже по ее позе заметно, как ей неловко и страшно, что я вновь примусь просить о помощи в работе над книгой. Вытаскиваю из сумки несколько писем, и Эйбилин немного успокаивается, настороженно приподнятые плечи опускаются. Я читаю вопрос о пятнах плесени, она тем временем готовит чай, наливает в стакан, пробует. Добавляет сахару в кувшин.

— Да, пока не позабыла, у меня есть ответ на вопрос о пятнах пота. Минни говорит, пусть намажет их майонезом. — Эйбилин выжимает в чай половинку лимона. — А после вышвырнет непутевого мужа за дверь. — Помешивает, пробует. — Минни не слишком ласкова с мужиками.

— Спасибо, я обязательно это запишу, — отвечаю я, а потом как можно более непринужденно вынимаю из сумки конверт. — Да, вот еще. Я должна отдать вам это.

Эйбилин вновь вся сжимается.

— Что там? — спрашивает она, не протягивая руки.

— За вашу помощь. Я откладывала по пять долларов за каждую статью. Здесь тридцать пять долларов.

Эйбилин поспешно отводит глаза:

— Нет, спасибо, мэм.

— Пожалуйста, возьмите, вы их заработали.

Из столовой доносится звук отодвигаемых стульев, голос Элизабет.

— Прошу вас, мисс Скитер. Мисс Лифолт будет сердиться, если узнает, что вы даете мне деньги, — шепчет Эйбилин.

— Ей незачем об этом знать.

Эйбилин внимательно смотрит на меня. Глаза усталые. Я знаю, о чем она сейчас думает.

— Я ведь уже говорила. Простите, но я не могу помочь вам с этой книжкой, мисс Скитер.

Кладу конверт на стол, понимая, что совершила чудовищную ошибку.

— Пожалуйста. Найдите другую цветную служанку. Помоложе. Кого-нибудь... другого.

— Но я ни с кем больше не знакома настолько близко. — Чуть не сказала «дружна», но все же я не настолько наивна. Прекрасно понимаю, что мы вовсе не друзья.

В дверь просовывается голова Хилли:

— Ну же, Скитер, я уже сдаю, — и исчезает.

— Умоляю, — говорит Эйбилин. — Заберите деньги, пока мисс Лифолт не увидела.

Смущенно киваю и заталкиваю конверт обратно в сумку. Похоже, отношения между нами окончательно испорчены. Она решила, что это взятка, дабы вынудить ее дать мне интервью. Взятка под видом благодарности и признательности. Я ведь изначально собиралась дать ей денег, ждала удобного случая, но действительно сегодняшний день выбрала обдуманно. И окончательно напугала ее.

— Дорогая, только попробуй. Оно стоит одиннадцать долларов. Должно подействовать.

Мама загнала меня в угол кухни. Затравленно кошусь на дверь, ведущую в коридор, потом на дверь черного хода. Мама подходит ближе, эта штука у нее в руках, а я вдруг замечаю, какие тонкие у нее запястья, какие хрупкие руки, с трудом удерживающие тяжелый серый прибор. Она толкает меня к стулу, не слишком нежно, надо сказать, и с мерзким хлюпающим звуком выдавливает мне на голову липкое содержимое тюбика. Мамочка уже два дня охотится за мной с чудодейственным средством «Волшебная мягкость и шелковистый блеск».

Двумя руками втирает мазь в мою голову. Надежда в кончиках ее пальцев почти осязаема. Никакой крем не выпрямит мой нос и не уберет лишний фут роста. Не добавит выразительности почти невидимым бровям, не прибавит плоти моим костлявым формам. А зубы у меня и так ровные. Единственное, что она может поправить, — мои волосы.

Мама прикрывает влажную голову пластиковым колпаком. От колпака длинный рукав тянется к прибору.

— Сколько времени это займет, мам?

Она заглядывает в буклет.

— Здесь сказано: «Наденьте чудесную выпрямляющую шапочку, затем включите машину и подождите удивительного...»

— Десять минут? Пятнадцать?

Слышу щелчок, нарастающий гул, затем голову начинает окутывать тепло. Но тут внезапно — *поп*! Пластиковый рукав вылетает из машинки и начинает трепыхаться, как взбесившийся пожарный шланг. Мама испуганно вскрикивает, хватает его, вновь упускает. В конце концов ей удается поймать и закрепить трубку.

Она облегченно вздыхает, возвращается к буклету:

— «Чудесная шапочка должна оставаться на голове не менее двух часов, в противном случае результат...»

— *Два часа?*

— Я велю Паскагуле приготовить тебе чаю, дорогая. — Ободряюще похлопав меня по плечу, мама стремительно вылетает из кухни.

Целых два часа я курю и листаю журнал «Лайф». Дочитала «Убить пересмешника». Остается только приняться за «Джексон джорнал». Сегодня пятница, колонки Мисс Мирны не будет. На четвертой странице читаю: «За пользование туалетом для белых юноша ослеплен, подозреваемые допрошены». Кажется, я об этом... точно, уже слышала. И тут же вспоминаю — должно быть, речь идет о соседе Эйбилин.

На этой неделе я дважды заходила к Элизабет, втайне надеясь, что хозяйки не будет дома и я смогу поговорить с Эйбилин, попытаюсь найти способ убедить ее. Но Элизабет, скрючившись, сидела за швейной машинкой, полная решимости соорудить к Рождеству новое платье — очередной зеленый балахон с большой претензией. Она, должно быть, купила по случаю рулон зеленой ткани.

— Ну, ты уже решила, что наденешь на свидание? — спросила Хилли, едва я появилась на пороге. — В следующую субботу?

— Наверное, надо что-нибудь купить, — пожала я плечами.

Тут появилась Эйбилин с подносом, подала кофе.

— Спасибо, — кивнула ей Элизабет.

— О да, спасибо, Эйбилин, — бросила Хилли, добавив сахару в свою чашечку. — Должна сказать, из всех цветных вы делаете лучший кофе в городе.

— Благодарю вас, мэм.

— Эйбилин, — не унималась Хилли, — как вам понравился новый туалет? Прекрасно иметь свое отдельное место, не правда ли?

Эйбилин ответила, не отводя взгляда от трещины на крышке стола:

— Да, мэм.

— Знаете, мистер Холбрук тоже участвовал в строительстве, Эйбилин. Он прислал рабочих и материалы, — улыбнулась Хилли.

Эйбилин хранила молчание, а мне захотелось исчезнуть. «Пожалуйста, — мысленно уговаривала я. — Пожалуйста, только не благодари».

— Да, мэм.

Эйбилин открыла комод, принялась искать там что-то, но Хилли ждала иного ответа. Это было так очевидно.

Прошло еще несколько секунд. Хилли раздраженно кашлянула, и Эйбилин все же пробормотала, низко опустив голову:

— Спасибо, мэм.

И тут же ушла на кухню. Неудивительно, что она не желает со мной разговаривать.

В полдень мама освобождает мою голову от вибрирующего чудо-колпака и помогает смыть с волос липкую массу. Потом быстро накручивает волосы на бигуди, усаживает меня под сушилку в своей ванной.

Час спустя являюсь к ней — покрасневшая, раздраженная и мучимая жаждой. Мама ставит меня перед зеркалом, снимает бигуди, расчесывает громадные валики, образовавшиеся на несчастной моей голове.

И мы обе замираем, потрясенные.

— Черт по... побери, — выдавливаю я. Все, о чем я могу думать: *«Свидание. В следующие выходные у меня свидание».*

Мама молча улыбается. И даже не отчитывает меня за ругательство. Прическа получилась невероятная. Этот «Шелковистый блеск» и вправду действует.

Глава 9

В субботу, в день свидания со Стюартом Уитвортом, я два часа сижу под «Шелковистым блеском» (предыдущий результат продержался, разумеется, до первого мытья). Высохнув, еду в «Кеннингтон», покупаю туфли на самой плоской подошве и маленькое черное платье из крепдешина. Терпеть не могу ходить по магазинам, но сейчас потратила восемьдесят пять долларов с маминого счета, раз уж она умоляла меня обновить гардероб («Купи что-нибудь, что скроет твои *размеры*».) Правда, декольте мама наверняка не одобрит. Ничего подобного у меня никогда прежде не было.

На парковке магазина завожу двигатель, но не могу тронуться с места из-за внезапной боли в животе. Ухватившись за баранку, в десятый раз напоминаю себе, как глупо и смешно желать недоступного. Представлять, что у него голубые глаза, когда видела всего лишь черно-белую фотографию. Надеяться, хотя нет ни малейшего шанса, а только обещания и отложенные встречи. Но платье, вкупе с новой прической, действительно мне очень идет. Ничего не могу поделать — все равно надеюсь.

Четыре месяца назад Хилли показала мне фотографию, мы сидели тогда около ее бассейна. Хилли загорала, а я пряталась в тени, обмахиваясь веером. В июле у меня началась потница и никак не проходила.

— Мне некогда, — лениво отозвалась я.

Хилли сидела на бортике бассейна, толстая и какая-то оплывшая после беременности, но необъяснимо самоуверенная в своем черном купальнике. Брюшко у нее дай боже, но ножки, как всегда, изящные и стройные.

— Я ведь даже не рассказала тебе, кто он такой, — не отставала Хилли. — А он из очень хорошей семьи. — Она, разумеется, имела в виду собственное семейство. Парень приходился Уильяму троюродным братом. — Давай встретимся с ним и посмотрим, как он тебе.

Я еще раз глянула на фото. Прямой ясный взгляд, вьющиеся волосы, и он самый высокий в группе мужчин, стоящих на берегу озера. Но вообще-то фигуры почти не видно за остальными. Может, у него рук и ног нет.

— С ним все *в порядке*, — говорит Хилли. — Спроси Элизабет, она встречалась с ним на Празднике в прошлом году, когда ты еще училась в колледже. И, кстати, у него был роман с Патрицией ван Девендер.

— С Патрицией ван Девендер? (Которая два года подряд была «Мисс “Оле Мисс”»?)

— Вдобавок у него нефтяной бизнес в Виксбурге. Так что если дело не выгорит, тебе не придется каждый божий день сталкиваться с ним в городе.

— Ладно, — вздохнула я, скорее для того, чтобы Хилли от меня отвязалась.

Когда я возвращаюсь домой, на часах уже половина четвертого. У Хилли мне нужно быть к шести. Бросаю взгляд в зеркало. Локоны на концах чуть растрепались, но в основном с прической все в порядке. Мама была в восторге, когда я сказала, что хочу еще раз воспользоваться чудодейственным прибором, и даже ничего не заподозрила. Она знать не знает о моем сегодняшнем свидании, в противном случае ближайшие три месяца терзала бы вопросами «Он позвонил?» и «Что ты сделала не так?», потому что все равно у меня ничего не выйдет.

Мать с отцом в гостиной, болеют за баскетбольную команду «Ребел». На диване расположился братец Карлтон со своей очередной девушкой. Они приехали сегодня днем из Луизианы. На девице красная блузка, темные волосы завязаны в хвостик.

Мне удается уединиться с Карлтоном в кухне; он, как бывало в детстве, ласково дергает меня за волосы и улыбается:

— Как поживаешь, сестренка?

Рассказываю ему о работе в газете, о том, что стала редактором информационного бюллетеня Лиги. Еще говорю, что хорошо бы ему после окончания юридической школы вернуться домой.

— Думаю, ты тоже заслуживаешь немножко маминого внимания. Мне, пожалуй, достается его несправедливо много.

Он хохочет, будто все понимает, но понимает ли на самом деле? Карлтон на три года старше, он высокий светловолосый красавчик, заканчивает юридическую школу в Луизиане и защищен от родительской любви ста семьюдесятью милями проселочных дорог.

Братец возвращается к своей девушке, а я все никак не могу отыскать ключи от маминой машины. Уже без четверти пять. Столбом застываю в дверном проеме, пытаясь привлечь мамино внимание. Приходится подождать, пока она закончит мучить девицу с хвостиком вопросами о ее семье и всех родственниках. Мамочка ведь не отвяжется, пока не найдет хотя бы одного общего знакомого. Потом следуют вопросы о студенческом обществе, в котором состояла бедолага, и под занавес — об узорах на фамильном серебре. Мамочка всегда говорит, что эта информация точнее гороскопа.

Девица сообщает, что семейный узор у них — «Шантийи», но она, когда выйдет замуж, выберет себе новый.

— Поскольку я считаю себя независимо мыслящей личностью.

Карлтон поглаживает подружку по голове, а она котенком льнет к его ладони. Оба с улыбкой смотрят на меня.

— Скитер, — окликает меня Хвостатая, — вам так повезло, что узор вашей семьи — «Франциск Первый». Вы сохраните его, выйдя замуж?

— «Франциск Первый» — это просто сказка, — с сияющим лицом отвечаю я. — Знаете, я часто достаю наши вилки, только чтобы полюбоваться.

Мама грозно щурит глаза. Жестом приглашаю ее выйти в кухню, но проходит еще десять минут, прежде чем она наконец появляется.

— Где твои ключи, мам? Я опаздываю к Хилли. Кстати, пробуду у нее весь вечер.

— Как? Но ведь Карлтон приехал. Что подумает его новая подруга, если ты вдруг куда-то исчезнешь?

Оправдываться бесполезно, потому что дома Карлтон или нет — все равно будет скандал.

— Паскагула приготовила жаркое, папа принес дров для камина.

— Мам, на улице теплынь.

— Послушай, твой брат приехал домой, и я надеюсь, что ты будешь вести себя как любящая сестра. Я не хочу, чтобы ты уходила, не пообщавшись толком с его девушкой.

Она бросает взгляд на часы, а я напоминаю себе, что мне уже двадцать три.

— Прошу тебя, дорогая, — говорит она; я вздыхаю и обреченно волоку в гостиную чертов поднос с мятным джулепом.

В пять двадцать восемь я возвращаюсь к прежней теме:

— Мама, мне нужно идти. Где твои ключи? Хилли ждет меня.

— Но мы даже еще не попробовали сосиски в тесте.

— У Хилли... вирусная инфекция, — шепчу я. — А прислуга завтра не работает. Она просила меня присмотреть за детьми.

Мама поджимает губы.

— Полагаю, это означает, что и в церковь ты пойдешь с ними. А я-то думала, мы проведем воскресенье вместе, всей семьей. У нас будет семейный ужин.

— Мама, прошу тебя. — Я роюсь в корзинке, где хранятся разные мелочи. — Я *нигде* не могу найти ключи.

— Но ты не можешь забрать «кадиллак» до завтра. По воскресеньям мы ездим на этой машине в церковь.

Он будет у Хилли через тридцать минут. А мне нужно еще одеться и накраситься. Дома я этого сделать не могу, чтобы не вызывать подозрений у матери. Папин новый грузовичок я тоже не могу взять. Он загружен удобрениями и нужен будет завтра на рассвете.

— Ладно, тогда я возьму старый грузовик.

— Кажется, он сейчас с прицепом. Спроси у папы.

Но я не могу спросить у папы, потому что не в силах появиться перед людьми, которых огорчит мой уход, поэтому просто хватаю ключи от старого грузовика, бросив на прощанье:

— Неважно, мне только доехать до дома Хилли.

Тут же выясняется, что наличествует не только прицеп, но и полутонный трактор, загруженный в этот прицеп. И на свое первое за два года свидание я отправляюсь в красном полноприводном «шевроле» выпуска 1941 года, с автогрейдером «Джон Дир» на прицепе. Двигатель стучит и чихает, и я начинаю беспокоиться, доеду ли вообще. Комки грязи разлетаются в стороны. На шоссе двигатель внезапно глохнет, моя сумка и платье летят прямо на грязный пол. Мотор заводится вновь со второй попытки.

В пять сорок пять на дорогу передо мной вылетает нечто черное, слышу глухой удар. Пытаюсь остановиться, но не так-то просто затормозить, если позади болтается механизм в десять тысяч фунтов весом. С диким стоном жму на тормоз. Нужно выйти посмотреть. Кошка, как ни странно, встает, дико озирается и пулей уносится в лес — так же стремительно, как и вылетела на дорогу.

Без трех минут шесть, протащившись со скоростью двадцать миль в час по шоссе, где стоит ограничение в пятьдесят, провожаемая гудками автомобилей и воплями подростков, паркуюсь на улице неподалеку от дома Хилли, поскольку дворик ее не приспособлен для сельскохозяйственной техники. Схватив сумку, влетаю в дом без стука, запыхавшаяся, потная, растрепанная — а они уже здесь, все трое, включая потенциального ухажера. Стоят с бокалами в руках и таращатся на меня.

Боже, да он действительно высокий, дюйма на четыре выше меня. Хилли, выпучив глаза, хватает меня за руку.

— Мальчики, мы сейчас вернемся. Посидите, поболтайте о полузащитниках и всяком таком.

Подруга тащит меня в свою комнату. Все просто кошмарно.

— Скитер, ты даже губы не накрасила! А прическа! Как воронье гнездо!

— Да знаю я! В грузовиках не бывает кондиционеров! Пришлось ехать, открыв настежь чертовы окна!

Хилли усаживает меня в кресло и принимается взбивать волосы так же, как мама, закручивать их в локоны, сбрызгивая самым убойным лаком.

— Ну, как он тебе? — попутно расспрашивает она.

Вздохнув, прикрываю ненакрашенные глаза:

— Симпатичный.

Так, теперь макияж. Не особенно представляю, как это делается. Хилли бросает скептический взгляд, вытирает мое лицо влажной салфеткой, берется за дело сама. Втискиваюсь в черное платье с глубоким декольте, надеваю черные туфельки. Хилли быстренько еще раз поправляет мне прическу. Протираю подмышки влажным полотенцем, Хилли возмущенно закатывает глаза.

— Я сбила *кошку*, — признаюсь я.

— В ожидании тебя он выпил уже две порции виски.

Разглаживаю платье, выпрямляюсь и решительно заявляю:

— А теперь оцени меня — от одного до десяти.

Хилли оглядывает меня с головы до ног, задерживает взгляд на вырезе платья, удивленно приподнимает бровь — я никогда в жизни не демонстрировала грудь; пожалуй, вообще забыла, что она у меня есть.

— Шесть, — выносит она вердикт, и сама удивлена.

На миг повисает молчание. Потом Хилли издает короткий радостный визг, и я свечусь от счастья. Она в жизни не ставила мне больше четырех.

Когда мы возвращаемся в гостиную, Уильям как раз произносит, указывая пальцем на Стюарта:

— Я намерен баллотироваться на этот пост, и, клянусь, с твоим отцом...

— Стюарт Уитворт, — объявляет Хилли. — Позвольте представить вам Скитер Фелан.

Он встает, и на миг в моей голове воцаряется абсолютная тишина. По доброй воле заставляю себя молчать, пока он меня рассматривает.

— Стюарт учился здесь в школе, до Университета Алабамы, — вступает Уильям и добавляет: — «Ролл Тайд»*.

* Спортивный клич Университета Алабамы, своеобразная «визитная карточка» учебного заведения.

— Счастлив познакомиться, — коротко улыбается мне Стюарт. А затем с хлюпаньем осушает свой стакан — слышно, как кубики льда стукаются о зубы. — Ну, куда пойдем? — обращается он к Уильяму.

В «олдсмобиле» Уильяма мы отправляемся в «Роберт Э. Ли Отель». Стюарт открывает мне дверь, усаживается рядом на заднее сиденье, но потом наклоняется вперед и всю дорогу болтает с Уильямом об охоте на оленей.

За столом он любезно отодвигает для меня стул, я, сев, с улыбкой благодарю.

— Выпьете что-нибудь? — не глядя, спрашивает он.

— Нет, спасибо. Только воду, пожалуйста.

Обернувшись к официанту, заказывает:

— Двойной «Кентукки», чистый, воду отдельно.

Примерно после пятого «бурбона» я завожу беседу:

— Хилли рассказывала, у вас нефтяной бизнес. Должно быть, это интересно.

— Довольно прибыльно. Если вы именно это подразумеваете.

— О, я не... — Замолкаю, поскольку он, вытянув шею, рассматривает что-то вдалеке. Проследив за его взглядом, замечаю в дверях даму — грудастую блондинку в узком зеленом платье и с ярко-красными губами.

Уильям оборачивается посмотреть, на что это пялится Стюарт, но тут же поспешно отворачивается. Едва заметно кивает Стюарту, а я вижу, как из зала выходит бывший ухажер Хилли, Джонни Фут, со своей женой Селией. Мы с Уильямом обмениваемся понимающими взглядами, радуясь, что Хилли ничего не заметила.

— Боже, какая знойная крошка, горяча, как асфальт в Тунике*, — бормочет Стюарт, и ровно в этот момент мне все становится безразлично.

Хилли поглядывает на меня, контролируя ситуацию. Улыбаюсь, делая вид, что все в порядке, и она улыбается в ответ, радуясь, что все идет как по маслу.

— Уильям! — восклицает она. — Вон там помощник губернатора. Пойдем поприветствуем его.

---

* Город в штате Миссисипи, одно из самых жарких мест на юге США.

И они удаляются, оставляя нас, влюбленных пташек, любоваться счастливыми парочками вокруг.

— Ну, — почти не поворачивая головы, начинает он. — Вы бывали на матчах Алабамы?

Я и на стадионе-то никогда не бывала, для меня это за пределами понимания.

— Нет, вообще-то я не поклонница футбола. — Бросаю взгляд на часы. Всего лишь семь пятнадцать.

— Вот как. — Он прикидывает на глаз уровень жидкости в стакане, явно намереваясь побыстрее опустошить его. — Чем же вы тогда занимаетесь?

— Я пишу колонку о... ведении дома для «Джексон джорнал».

Он морщит лоб, а потом хохочет:

— Ведение дома! В смысле... домашнее хозяйство?

Молча киваю.

— Господи, — хмыкает он, взбалтывая свое пойло. — Что может быть хуже чтения колонки о том, как прибираться в доме. — Замечаю, что передние зубы у него кривоваты. Жутко хочется указать на данное несовершенство, но он продолжает мысль: — Разве что писать такую колонку.

Молчу.

— Мне кажется, это своего рода уловка, чтобы найти мужа. Стать специалистом по домоводству.

— Послушайте, да вы просто гений. Вы разгадали мой план.

— Что, девушки в «Оле Мисс» специализируются в этом предмете? Профессиональной охоте на мужей?

Ошарашенно молчу. Может, я и не была на свидании тысячу лет, но что он о себе воображает?

— Простите, вас в детстве головой об пол не роняли?

Он растерянно моргает, а потом впервые за вечер весело смеется.

— Не думаю, что вас это касается, — продолжаю я. — Но если собираешься стать журналистом, обычно приходится с чего-то начинать.

Кажется, мне удалось произвести на него впечатление. Но затем он возвращается к выпивке, и тема закрывается сама собой.

Мы ужинаем, а я тем временем разглядываю его. Нос, пожалуй, островат, брови слишком густые, а русые волосы чересчур жесткие. Хилли периодически обращается к нам с фразами типа: «Стюарт, Скитер живет на плантации к северу от города. Сенатор ведь тоже вырос на ферме?»

Стюарт все заказывает выпивку.

Когда мы с Хилли выходим в дамскую комнату, она с надеждой улыбается:

— Ну, как он тебе?

— Э-э... высокий. — Удивительно, неужели она не замечает, что мой потенциальный парень не только необъяснимо груб, но и откровенно пьян?

Наконец ужин завершается, мужчины расплачиваются. Стюарт встает и подает мне жакет. Спасибо хоть хорошо воспитан.

— Господи Иисусе, никогда не встречал женщин с такими длинными руками, — заявляет он.

— А я никогда не встречала мужчин, имеющих такие проблемы с алкоголем.

— Ваша одежда пахнет... — Наклонившись, принюхивается, морщится. — *Удобрениями.*

Он удаляется в туалет, а мне хочется провалиться сквозь землю.

Все три минуты обратной поездки проходят в гробовом молчании. И тянутся очень долго.

У Хилли нам навстречу выходит Юл Мэй в своей белой униформе.

— Дети в порядке, уснули, — докладывает она и выскальзывает через черный ход.

Извинившись, иду в ванную.

— Скитер, не подбросишь Стюарта домой? — спрашивает Уильям, когда я возвращаюсь. — Я что-то не в форме, да, Хилли?

Хилли по выражению моего лица пытается разгадать, что у меня на уме. Мне казалось, я вполне ясно дала это понять, проторчав в ванной целых десять минут.

— А вы... без машины? — спрашиваю у пустого места рядом со Стюартом.

— Думаю, мой кузен не в состоянии сесть за руль, — усмехается Уильям.

Все молча ждут.

— Я приехала на грузовике. Я бы не хотела, чтобы вы...

— Отлично. — Уильям ободряюще хлопает Стюарта по спине. — Стюарт не против проехаться на грузовике, верно, парень?

— Уильям, может, ты сядешь за руль, а Скитер просто прокатится с вами? — предлагает Хилли.

— Только не я, я слишком пьян, — отзывается Уильям, хотя только что привез нас домой.

В конце концов я обреченно направляюсь к выходу. Стюарт бредет следом и даже не интересуется, отчего это я не припарковалась рядом с домом. Около грузовика мы останавливаемся, молча смотрим на трактор, возвышающийся позади моего автомобиля.

— И вы сами водите эту штуку?

Я лишь вздыхаю. Я крупная девушка и, наверное, поэтому никогда не чувствовала в себе особой женственности, но этот трактор... Пожалуй, немного чересчур.

— Чертовски забавная штука, никогда таких не видел, — продолжает он.

— Хилли может вас подбросить, — говорю я, отступая в сторону.

Повернувшись, он впервые за весь вечер смотрит прямо на меня. Спустя несколько долгих мгновений на глаза наворачиваются слезы. Я просто очень устала.

— О черт, — вырывается у него. — Послушайте, я говорил Хилли, что не готов к этим чертовым свиданиям.

— Не надо... — Я разворачиваюсь и ухожу в дом.

Утром в воскресенье просыпаюсь пораньше, прежде чем поднимутся Хилли с Уильямом, их дети, прежде чем все начнут собираться в церковь. Еду домой с грохочущим на прицепе трактором. От запаха удобрений меня мутит, хотя накануне не пила ничего крепче воды.

Вчера вечером я вернулась к Хилли, Стюарт плелся следом. Постучавшись в спальню Хилли, я попросила Уильяма, который высунулся уже с полным ртом зубной пасты, все-таки отвезти Стюарта домой. И отправилась в гостевую комнату, не дав ему возможности возразить.

Переступив через собак, спящих на пороге, вхожу в родительский дом. Крепко обнимаю встречающую меня маму. Она пытается высвободиться, но я не пускаю.

— Что такое, Евгения? Ты случайно не заразилась от Хилли, нет?

— Нет, все в порядке.

Как бы я хотела рассказать ей о вчерашнем вечере. Мне стыдно, что я так неласкова с ней, что не испытываю потребности в материнском внимании, пока не случаются какие-нибудь неприятности. И мне тяжело оттого, что больше всего сейчас хотелось бы оказаться рядом с Константайн.

Мама приглаживает мои растрепанные волосы — они ведь, наверное, добавляют пару дюймов моему росту.

— Ты уверена, что не заболела?

— Я в порядке, мам.

Я слишком устала, чтобы спорить. Так больно, словно получила удар ногой в живот. В тяжелом ботинке. И боль не проходит.

— Знаешь, — сообщает с улыбкой мама, — думаю, эта девушка подходит Карлтону.

— Отлично, мам. Рада за него.

На следующее утро, часов в одиннадцать, звонит телефон. К счастью, я оказываюсь в этот момент в кухне и сама снимаю трубку.

— Мисс Скитер?

Замираю, осторожно выглядываю в столовую, где мама проверяет чековую книжку. Паскагула достает из духовки жаркое. Пробираюсь в кладовку и прикрываю дверь.

— Эйбилин? — шепотом отвечаю я.

Секунду она молчит, а потом выпаливает:

— Что, если... если вам не понравится то, что я скажу? Ну, насчет белых.

— Я... мое мнение не имеет значения, — стремительно реагирую я. — Мои чувства совершенно не важны.

— Но откуда мне знать, что вы не рассердитесь и не повернете дело против меня?

— Я не... думаю, вы просто должны... довериться мне. — Затаив дыхание, жду ответа. Очень долгая пауза.

— Господь милостив. Думаю, я сделаю это.

— Эйбилин. — Сердце бешено колотится. — Вы не представляете, как я признательна...

— Мисс Скитер, мы должны быть очень осторожны.

— Разумеется, обещаю вам.

— И вы должны изменить мое имя. Мое, мисс Лифолт, вообще всех.

— Ну конечно! — Нужно было сказать об этом с самого начала. — Когда мы можем встретиться? И где?

— В белом районе этого уж точно делать не стоит. Думаю... придется у меня дома.

— А вы не знаете, кто еще мог бы участвовать в этом деле? — спрашиваю я, хотя миссис Штайн согласилась читать лишь одну историю. Но я должна быть готова — на тот случай, если ей понравится.

— Пожалуй, я могу поговорить с Минни, — после паузы произносит Эйбилин. — Но она не слишком-то любит общаться с белыми.

— Минни? Это... бывшая прислуга миссис Уолтер, — вспоминаю я, внезапно понимая, в какие интимные сферы влезаю. Я намерена заглянуть в частную жизнь не только Элизабет, но и Хилли.

— У Минни полно историй. Уж наверняка.

— Эйбилин, спасибо вам. Большое спасибо.

— Да, мэм.

— Только... я хотела спросить. Что заставило вас изменить мнение?

Эйбилин отвечает мгновенно:

— Мисс Хилли.

И я замолкаю, вспоминая о «туалетных» проектах Хилли, обвинениях служанки в воровстве и разговорах об инфекции. Имя прозвучало жестко и горько — как прогорклый орех.

Минни

Глава 10

Прихожу на работу с одной-единственной мыслью. Сегодня первый день декабря. И пока остальные жители Соединенных Штатов смахивают пыль с рождественских вертепов и достают из сундуков старые вонючие чулки, я ожидаю встречи совсем с другим мужчиной. Не с Санта-Клаусом и не с младенцем Иисусом. Я жду мистера Джонни Фута-младшего, который в канун Рождества узнает, что Минни Джексон работает в его доме.

Двадцать четвертого числа жду, как Судного дня. Не представляю, что взбредет в голову мистеру Джонни, когда выяснится, что я на него работаю. Может, скажет: «Отлично! Заходи прибираться в моей кухне в любое время! Вот тебе денежки!» Но вообще-то я не такая дура. Все эти тайны выглядят слишком подозрительно, так что вряд ли он окажется улыбчивым добряком, который тут же захочет прибавить мне жалованье. Скорее уж к Рождеству у меня есть шанс остаться вообще без работы.

Это меня гложет, в смысле, неизвестность, но вот что я знаю наверняка (решила еще месяц назад): есть гораздо более достойные способы помереть, чем дать дуба от инфаркта, сидя верхом на крышке унитаза в сортире у белых. И после всего выяснилось, что это даже не мистер Джонни, а чертов электрик.

Но какое же было облегчение, когда все кончилось! А больше всего меня напугала мисс Селия. Она потом, во время кулинарного урока, так тряслась, что даже не могла соль ложкой зачерпнуть.

Сегодня понедельник, а я все думаю о внуке Ловинии Браун, Роберте. На днях его выписали из больницы, он живет у Ловинии, потому что родители его уже умерли. Вчера вечером, когда я зашла к ним с карамельным тортом, Роберт лежал на диване — на руке гипс, на глазах повязка. «Ох, Ловиния...» — только и смогла я выдавить. Роберт спал. Половину головы ему обрили во время операции. Ловиния, несмотря на собственные несчастья, все расспрашивала меня о моих домашних, о каждом в отдельности. А когда Роберт зашевелился, деликатно попросила уйти, потому что мальчик, проснувшись, все время кричит. Он страшно напуган и все повторяет, что ничего не видит. Она беспокоилась, что мне это будет тяжело. И теперь я все думаю и думаю о них.

— Я скоро пойду в магазин, — сообщаю мисс Селии. Протягиваю ей список покупок.

Каждый понедельник одно и то же. Она выдает мне наличные, а я, вернувшись, сую чек ей под нос. Чтобы видела, что ни пенни не пропало. Мисс Селия только плечами пожимает, но я все чеки складываю в ящик стола, на случай, если возникнут вопросы.

Минни готовит:

1. Окорок с ананасами.
2. Тушеный горошек
3. Батат
4. Яблочный пирог
5. Печенье

Мисс Селия готовит:

1. Фасоль

— Но я уже готовила фасоль на прошлой неделе.

— Давайте что-нибудь еще, такое же легкое.

— Впрочем, думаю, так будет лучше, — говорит она. — Пока буду чистить фасоль, смогу спокойно сидеть на месте.

Прошло почти три месяца, а эта дурочка так и не научилась даже варить кофе. Принимаюсь за тесто для пирога, хочу приготовить его до ухода.

— А мы можем испечь шоколадный пирог? Я так люблю шоколадный.

— Я не умею делать шоколадный пирог, — сквозь зубы вру я. *Никогда. Никогда больше после истории с мисс Хилли.*

— Не умеете? Боже, а я думала, вы умеете все что угодно. Может, нам удастся раздобыть рецепт.

— А какие еще пироги вам нравятся?

— А вот помните персиковый, который вы как-то готовили? — Она наливает себе стакан молока. — Очень было вкусно.

— Те персики были из Мексики. Здесь сейчас не сезон.

— А я видела рекламу в газете.

Я только вздыхаю. Нелегко с ней, но хоть про шоколад забыла.

— Вам нужно понять, что продукты хороши в свой сезон. Не надо готовить тыкву летом, а персики — поздней осенью. Их не продают в это время на рынке. Давайте испечем чудесный пирог с орехами пекан.

— И еще Джонни понравились миндальные пралине. Когда я их подала, он сказал, что я самая чудесная девушка на свете.

Принимаюсь яростно месить тесто. Дважды за минуту умудрилась взбесить меня.

— А про что еще вы говорили мистеру Джонни, что это вы приготовили?

Мало того, что я напугана до потери разума, так еще кто-то выдает мою стряпню за свою. А ведь это единственное на свете, кроме деток, разумеется, чем я горжусь.

— Больше ничего.

Мисс Селия улыбается, даже не думая следить за тем, как я растягиваю тесто в форме, а потом пять раз надрезаю. Осталось двадцать четыре дня этого дерьма. Молюсь одновременно Господу и дьяволу, чтобы мистер Джонни не заявился нежданно-негаданно раньше этого срока.

Каждый божий день слышу, как мисс Селия в своей комнате разговаривает по телефону, все названивает дамам из Лиги. Праздник прошел три недели назад, а она уже нацеливается на следующий год. В этот раз они с мистером Джонни туда не ходили, не то я бы знала.

В этом году, впервые за десятилетие, я не работала на Празднике. Деньги там, конечно, хорошие, но слишком велик риск столкнуться с мисс Хилли.

— Не могли бы вы передать ей, что звонила Селия Фут? Я оставляла сообщение несколько дней назад...

Голос у мисс Селии бодрый, как в рекламе по телевизору. Каждый раз, как слышу это, хочется вырвать трубку у нее из рук и рявкнуть, чтоб прекратила терять время. Дело даже не в том, что она выглядит как потаскушка. Есть гораздо более серьезная причина, из-за которой у мисс Селии нет подруг, и я поняла это сразу же, едва увидела фотографию мистера Джонни. Я достаточно обслуживала дам из бридж-клуба, чтобы узнать кое-что о каждой из белых леди нашего города. Мистер Джонни еще в колледже бросил мисс Хилли ради мисс Селии, и мисс Хилли никогда ему этого не простит.

Вечером в среду иду в церковь. Народу пока мало, потому что всего без четверти семь, а хор начнет петь не раньше половины восьмого. Но Эйбилин попросила меня прийти пораньше. Интересно, что она хочет рассказать. Лерой, опять же, в хорошем настроении, играет с детьми, так что я решила — раз хочет, пусть забавляется, может взять их с собой.

Эйбилин сидит на нашем обычном месте — слева, в четвертом ряду, прямо у окна. Мы с ней люди уважаемые и заслуживаем почетного места. Эйбилин зачесала волосы назад, шея обвязана узкой ленточкой. На ней синее платье с большими белыми пуговицами, которого я прежде не видала. У Эйбилин полно одежды от белых дамочек. Любят они дарить ей свое старое барахло. Выглядит она как всегда — солидная, чопорная леди, но при этом Эйбилин запросто может такую шуточку отмочить, что от смеха в панталоны напрудишь.

Иду к ней по проходу, а Эйбилин сидит мрачная, задумалась о чем-то. Я вдруг замечаю, что между нами пятнадцать лет разницы. Но тут она улыбается, и лицо опять юное и цветущее.

— Господи помилуй... — вздыхаю я, усаживаясь рядом.

— Точно. Кто-то должен ей сказать. — Эйбилин обмахивается носовым платочком.

Сегодня в церкви прибиралась Кики Браун, и все вокруг провоняло лимонным моющим средством, которое она сама делает и пытается продавать по двадцать пять центов за бутылочку. Мы убираем церковь по очереди. По мне, так Кики Браун следовало бы делать это пореже, а нашим мужикам — почаще. Впрочем, насколько я знаю, ни один мужик пока не записался на уборку.

Если не считать запаха, все остальное замечательно. Кики так отполировала скамейки, что можно рассмотреть собственное отражение. Рождественскую елку уже поставили, рядом с алтарем, — вся в мишуре, а на верхушке блестящая золотая звезда. В трех окнах у нас витражи — Рождество Христово, воскрешение Лазаря и поучение глупых фарисеев. В остальных семи окнах пока простые стекла. Но мы собираем деньги.

— Как астма Бенни?— спрашивает Эйбилин.

— Вчера был короткий приступ. Лерой приведет его, вместе с остальными ребятишками. Будем надеяться, этот лимон его не угробит.

— Ох уж этот Лерой, — Эйбилин с усмешкой качает головой. — Передай ему, что я сказала, чтоб хорошо себя вел. Не то включу его в свой молитвенный список.

— Вот это хорошо бы. Ой-ой, прячьте все ценное.

К нам ковыляет престарелая вертихвостка Бертрина Бессемер. Наклоняется над нашей скамьей, улыбается, на башке у нее огроменная вульгарная шляпа. Та самая Бертрина, которая долгие годы называла Эйбилин дурой.

— Минни, — говорит Бертрина, — я так рада, что у тебя новая работа.

— Спасибо, Бертрина.

— Эйбилин, спасибо тебе, что включила меня в свой молитвенный список. Моя ангина почти прошла. Я позвоню тебе на выходных, поболтаем.

Эйбилин улыбается, кивает. Бертрина отваливает к своей скамье.

— Думаю, тебе стоит быть разборчивее в своих молитвах, — замечаю я.

— Да ладно, я на нее больше не сержусь, — отмахивается Эйбилин. — Смотри-ка, она похудела немножко.

— Всем рассказывает, что сбросила сорок фунтов.

— Господь милостив.

— Ага, осталось скинуть еще двести.

Эйбилин пытается скрыть улыбку, делая вид, будто просто морщится от резкого лимонного запаха.

— Так зачем ты просила меня прийти пораньше? — спрашиваю я. — Соскучилась, что ли? Или что случилось?

— Нет, ничего серьезного. Просто кое-кто кое-что сказал.

— Как это?

Эйбилин незаметно оглядывается, не подслушивает ли кто. Мы тут сидим, как королевские особы. А нас будто бы окружают подданные.

— Знаешь такую мисс Скитер?

— Я же тебе говорила, знаю.

Эйбилин понижает голос:

— Помнишь, как я сдуру сболтнула ей про то, что Трилор писал насчет наших цветных проблем?

— Помню. Она что, хочет подать на тебя в суд?

— Нет, нет, что ты. Она славная. Но она имела наглость спросить, не захочу ли я и кто-нибудь из моих подружек рассказать, каково это — прислуживать белым. Говорит, пишет книгу.

— Да ты что?

Эйбилин многозначительно кивает, приподняв брови:

— У-гммм.

— Пффф. Так расскажи ей, что для нас это настоящий пикник на Четвертое июля. Что мы по выходным прямо дождаться не можем, когда же вернемся в хозяйский дом чистить плиту с раковиной.

— Я ей и сказала, мол, в исторических книжках про все это написано. Белые с незапамятных времен рассказывают про мысли цветных.

— Точно. Так ей и скажи.

— Я и сказала. И еще добавила, что она ненормальная, — продолжает Эйбилин. — Спросила, а что, если мы расскажем правду? Как боимся попросить даже самой маленькой прибавки жалованья. Как нам не оплачивают страховку. Каково это, когда твой босс называет тебя... — Эйбилин качает головой. Хорошо, что она не произнесла это вслух. — Как мы любим их детишек, когда они маленькие... — Тут у Эйбилин начинают дрожать губы. — А потом они вырастают и становятся такими же, как их мамы.

Опускаю глаза и вижу, что Эйбилин вцепилась в свою черную сумочку, будто это единственное, что у нее осталось на свете. Эйбилин ведь уходит работать в другую семью, когда детишки взрослеют и начинают обращать внимание на цвет кожи. Мы с ней об этом никогда не говорим.

— Даже если она изменит имена прислуги и всех белых леди, — всхлипывает Эйбилин.

— Она точно ненормальная, если думает, что мы согласимся на такое опасное дело. Ради *нее*.

— Мы же не хотим поднимать всю эту грязь. — Эйбилин вытирает платочком нос. — Рассказывать людям правду.

— Не хотим, — соглашаюсь я, но тут же замолкаю. Что-то такое есть в слове «*правда*». Я с четырнадцати лет пытаюсь сказать белым дамам правду о работе на них.

— Мы ничего не хотим менять, — шепчет Эйбилин, и мы молчим, думая обо всем, что не хочется менять. Но тут Эйбилин, прищурившись, решительно спрашивает: — Ну вот, безумная идея, да?

— Думаю, да, только... — И тут же все понимаю. Мы дружим шестнадцать лет, с тех пор как я переехала из Гринвуда в Джексон и мы познакомились на автобусной остановке. Я могу читать мысли Эйбилин, как воскресную газету. — Ты решилась на это. Решилась рассказать правду мисс Скитер.

Она пожимает плечами, но я точно угадала. Тут подходит его преподобие Джонсон, присаживается на скамью позади нас и говорит, наклонившись как раз между нами:

— Минни, прости, не успел раньше поздравить тебя с новой работой.

Я смущенно разглаживаю платье:

— Да что вы, спасибо, ваше преподобие.

— Должно быть, Эйбилин помолилась за тебя. — И похлопывает Эйбилин по плечу.

— Наверняка. Я уже говорила Эйбилин, ей пора брать плату за это.

Преподобный хохочет. Затем поднимается, идет к кафедре. Все вокруг стихает. Поверить не могу, что Эйбилин собирается рассказать мисс Скитер всю правду.

Правду.

Холодок пробегает по телу, словно водой окатили. Словно стихает пожар, полыхающий внутри всю мою жизнь.

«Правда», — повторяю про себя — просто почувствовать, как это звучит.

Преподобный Джонсон поднимает руки, начинает говорить, низким таким, мягким голосом. За его спиной хор запевает «Разговор с Иисусом», и мы встаем. Уже через полминуты я обливаюсь потом.

— Может, и тебе будет интересно? Поговорить с мисс Скитер? — шепчет Эйбилин.

Оборачиваюсь, позади Лерой с детьми — опоздал, как обычно.

— Кто, я? — На фоне тихой музыки мой голос звучит слишком резко. Продолжаю потише, но все же не слишком: — Ни за что не стану заниматься такой ерундой.

В декабре вдруг потеплело — думаю, чтобы меня позлить. Даже когда на дворе сорок градусов*, я в испарине, как кувшин с ледяным чаем в августе, а тут проснулась утром, а на термометре восемьдесят три. Полжизни борюсь со своей потливостью: специальные кремы, замороженная картошка в карманах, пакетик со льдом, привязанный к голове (между прочим, заплатила доктору за этот дурацкий совет), а все равно каждые пять минут приходится менять салфетки. Повсюду таскаю за собой рекламный веер от крематория «Теплые похороны». Отлично помогает, да и достался бесплатно.

Зато мисс Селия радуется такой погоде, даже выходит во двор и сидит у бассейна в дурацких своих очках и махровом халате. Слава богу, хоть дома не толчется. Сначала я думала, может, у нее со здоровьем не в поряд-

* 40 °F — 4,4 °C.

ке, но теперь считаю, у нее с головой неладно. Не в том смысле, что она сама с собой разговаривает, как старухи вроде мисс Уолтер, — там-то понятно, что это просто старческая болезнь. Не, мисс Селия без дураков чокнутая, с большой буквы «Ч», — таких забирают в психушку, замотав в смирительную рубашку.

Каждый день она пробирается в пустые спальни наверху. Слышу, как маленькие ножки крадутся по коридору, обходят скрипучие половицы. Я особо в голову не беру — в конце концов, это ее дом. Ну ладно — раз, другой, но потом она опять туда идет, и еще раз, и еще, и ведь *украдкой*, дожидается, пока я радио включу или займусь пирогами. Ну разве не подозрительно? Посидит там минут семь или восемь, потом высунет голову, оглядится, не видать ли меня, и спускается вниз.

— Не лезь в ее дела, — советует Лерой. — Тебе нужно только, чтоб она своему мужику рассказала, что ты прибираешься в его доме.

Пару последних вечеров Лерой приходил «под мухой» — пил после смены, спрятавшись за трансформаторной будкой. Он не дурак. Прекрасно понимает: если меня пристукнут, ему в одиночку придется оплачивать все счета.

После очередного путешествия наверх мисс Селия заявляется в кухню, вместо того чтоб идти себе валяться в кровати. Убралась бы она отсюда, что ли. Вынимаю кости из цыпленка. Бульон уже кипит, и клецки готовы. Не хочется, чтобы она лезла мне помогать.

— Осталось тринадцать дней, и вы расскажете мистеру Джонни обо мне, — говорю, и, как и ожидалось, мисс Селия тут же вскакивает, чтобы сбежать в спальню. Но в дверях останавливается и бормочет:

— Обязательно напоминать мне об этом каждый божий день?

Я резко выпрямляюсь. В первый раз мисс Селия огрызнулась.

— У-гуммм, — подтверждаю я, не поднимая головы, потому что намерена напоминать ей, пока мистер Джонни не пожмет мне руку и не скажет: «Рад познакомиться, Минни».

Но когда я все же оборачиваюсь, мисс Селия все еще торчит в дверях. Вцепилась в косяк, а лицо бледное, ну что твоя известка.

— Хотите поразвлечься с сырым цыпленком?

— Нет, я... немного устала.

Лицо у нее все в поту, даже из-под косметики заметно, какое оно серое, видать, и вправду дурно ей. Помогаю ей добраться до кровати и приношу «Леди Пинкем»*. На розовой этикетке цветущая дамочка с тюрбаном на голове, улыбается, как самая счастливая на свете. Протягиваю мисс Селии мерную ложечку, но она, овца деревенская, отхлебывает прямо из бутылки.

Я потом тщательно мою руки. Что бы это ни было, надеюсь, оно не заразно.

Следующий день после странностей с лицом мисс Селии — день смены проклятого белья, который я ненавидела. Простыни — слишком личная штука, если вы не родственники. На них вечно остаются волосы, кусочки ногтей, засохшие сопли и следы всякие. Но хуже всего — пятна крови. Меня чуть наизнанку не выворачивает, когда отстирываю их голыми руками. И потом мне весь день всюду мерещится кровь. Могу броситься к унитазу, даже завидев раздавленную клубнику.

Мисс Селия знает, чем я занимаюсь по вторникам, и обычно перебирается на диван, чтоб я могла заняться работой. Сегодня утром пришел холодный фронт, поэтому у бассейна особо не посидишь, а погода, говорят, будет и дальше портиться. Но на часах девять, потом десять, одиннадцать, а дверь в спальню все закрыта. Не выдержав, я стучусь.

— Да? — отзывается она.

Приоткрываю дверь.

— Доброе утро, мисс Селия.

— Привет, Минни.

— Сегодня вторник.

---

* Популярная в США растительная настойка для облегчения менструальных болей и болей в период менопаузы, изобретена Лидией Пинкем и названа в ее честь.

Мисс Селия не просто до сих пор в постели — она свернулась калачиком поверх одеяла, прямо в ночной рубашке, и вдобавок без всякой косметики.

— Я должна снять простыни, постирать и погладить, а потом заняться тем старым шифоньером, что рассохся, как Техас. А потом мы готовим...

— Сегодня никаких уроков, Минни. — Она даже не улыбается, как обычно по утрам.

— Вы плохо себя чувствуете?

— Не можете принести мне воды?

— Да, мэм. — Иду в кухню, наливаю стакан из-под крана. Наверное, ей и вправду худо, потому что никогда раньше она меня не просила подать что-нибудь.

Но когда я возвращаюсь в спальню, мисс Селии в кровати нет, а дверь в ванную закрыта. Ну и зачем было просить меня тащить воду, если сама собиралась в ванную? Ладно, хоть с глаз убралась. Подбираю с пола штаны мистера Джонни, перебрасываю через плечо. По мне, так эта женщина слишком мало двигается, сидя дома целыми днями. Хорош, Минни, не цепляйся. Болеет так болеет.

— Вы заболели? — кричу через дверь.

— Я... в порядке.

— Пока вы там, я поменяю простыни.

— Не надо, я хочу, чтобы вы ушли, — отвечает она из-за двери. — Ступайте сегодня домой, Минни.

Не хочу я идти домой. Сегодня вторник, день смены проклятого белья. Если не сделать это сегодня, тогда и среда превратится в день смены проклятого белья.

— А что скажет мистер Джонни, если вернется домой, а повсюду грязища?

— Он сегодня на охоте. Минни, принесите мне телефон... — Голос у нее срывается на плач. — Дотяните сюда провод и прихватите мою записную книжку из кухни.

— Вам нехорошо, мисс Селия?

Она не отвечает, так что просто приношу записную книжку и телефон, стучу в дверь ванной.

— Оставьте его там. — Похоже, мисс Селия рыдает. — А теперь идите домой.

— Но я должна...

— Я сказала, марш домой, Минни!

Отшатываюсь от закрытой двери. Лицо мигом вспыхивает. Мне больно, но не потому, что на меня никогда прежде не орали. Просто на меня не орала раньше мисс Селия.

Утром на Двенадцатом канале Вуди Асап размахивает своими белыми чахлыми ручонками над картой страны. Джексон, штат Миссисипи, замерз, что твой кубик льда. Сначала шел дождь, потом ударил мороз, а потом все покрылось коркой льда толщиной в полдюйма. Ветви деревьев, провода, крыши и навесы провисли под немыслимой тяжестью. Весь мир словно окунули в прозрачную бутылку с шеллаком.

Дети мои прилипли сонными мордашками к радиоприемнику и, как только по радио сказали, что дороги замерзли и школы закрыты, принялись скакать, орать, свистеть, а потом выскочили на улицу в одних пижамах.

— Немедленно вернитесь в дом и обуйтесь! — кричу им вслед. Никто, разумеется, не слушается.

Звоню мисс Селии, сказать, что не могу ехать по льду, и узнать, есть ли у них электричество. Конечно, после того, как она вчера наорала на меня, будто я грязный ниггер из трущоб, не стоило бы о ней беспокоиться.

— Алло? — раздается в трубке.

Сердце так и екает.

— Кто это? Говорите!

Очень осторожно кладу трубку. Наверное, мистер Джонни сегодня тоже не пошел на работу. Не представляю, как он там сейчас дома. Но точно знаю, что даже в собственный выходной день не могу избавиться от страха перед этим мужчиной. Осталось одиннадцать дней. Через одиннадцать дней все закончится.

Прошел день — и все растаяло. Когда я прихожу, мисс Селия уже не в постели. Сидит за кухонным столом, пялится в окно с таким выражением на лице, будто у нее не жизнь, а сущий ад. Глаз не сводит с мимозы. Дерево сильно пострадало ото льда. Половина веток сломалась, листья коричневые и пожухлые.

— Доброе утро, Минни, — говорит она, не глядя на меня.

Но я только молча киваю. Мне нечего ей сказать после того, как она обошлась со мной позавчера.

— Наконец-то мы можем срубить эту мерзость, — говорит мисс Селия.

— Валяйте. Вырубите все под корень.

Как меня, уничтожьте без всякого повода.

Мисс Селия поднимается, подходит к раковине, где я вожусь. Берет меня за руку:

— Простите, что наорала на вас... — А у самой слезы стоят в глазах.

— Хммм.

— Я плохо себя чувствовала, понимаю, что это не оправдание, но мне правда было очень худо... — И тут она начинает рыдать, будто наорать на прислугу — самое страшное, что она в жизни сделала.

— Да ладно вам, — бурчу я. — Не о чем тут убиваться.

А потом она вдруг крепко меня обнимает, и мне приходится похлопать ее по спине и даже погладить.

— Давайте-ка присядем, — говорю. — Я приготовлю вам кофе.

Что уж там, когда со здоровьем непорядок, мы все становимся раздражительными.

К утру понедельника листья на мимозе почернели, будто их обожгло, а не заморозило. Захожу в кухню с намерением напомнить, сколько дней осталось, но мисс Селия, как и в прошлый раз, не отрываясь смотрит на несчастное дерево — с той же ненавистью, с какой глядит обычно на плиту. Бледная, просто жуть, да еще есть отказывается.

Весь день, вместо того чтоб валяться в кровати, украшает рождественскую елку в холле, превращая мою жизнь в пылесосный ад из-за бесконечных иголок повсюду. Потом выходит во двор, начинает обрезать розовые кусты и сажать луковицы тюльпанов. Ни разу не видела, чтоб она так много двигалась. А потом является на свой кулинарный урок, даже не вычистив грязюку из-под ногтей, но все так же без улыбки.

— Осталось шесть дней до того, как вы расскажете мистеру Джонни, — напоминаю я.

Она сначала молчит, а потом говорит, голосом ровным, как сковородка:

— Вы уверены, что это необходимо? Я подумала, что мы могли бы немного подождать.

Замираю, и пахта капает с моих пальцев.

— Даже не представляете, насколько уверена.

— Ну хорошо, хорошо. — И обратно на улицу, чтобы заняться своим любимым делом — пялиться на мимозу. Еще и топор прихватила. Но никак ее не срубит.

Вечером в среду я способна думать только о том, что осталось девяносто шесть часов. При мысли, что после Рождества могу остаться без работы, внутри все сжимается. Тогда придется беспокоиться о куче вещей, а не только о том, что меня могут пристрелить на месте. Мисс Селия должна рассказать ему в канун Рождества, после того, как я уйду, но до того, как они отправятся в гости к матери мистера Джонни. Но мисс Селия ведет себя так странно, что я волнуюсь, решится ли она. Нет уж, мэм, твержу себе день напролет, не отстану, прилипну к ней, как жвачка к волосам.

Но утром в четверг мисс Селии вообще нет дома. Надо же, сумела выбраться на люди. Присаживаюсь за стол, наливаю себе чашечку кофе.

Выглядываю в окошко. Светло и солнечно. Черное дерево мимозы и вправду выглядит жутко. Почему бы мистеру Джонни не срубить эту штуку, и дело с концом.

Наклоняюсь пониже к подоконнику:

— Ну-ка, посмотрим... — В самом низу осталось несколько зеленых побегов, чуть оживших на солнышке. — Да это дерево просто прикидывается мертвым.

Достаю из сумочки блокнот, где записан список дел. Не для мисс Селии, нет, мои собственные покупки, подарки к Рождеству, всякие разности для детей. Астма Бенни чуть получше, но, когда Лерой вчера вечером явился домой, от него опять несло виски. Он так толкнул меня, что я отлетела и ударилась бедром об стол. Если он и сегодня заявится в таком виде, на ужин получит по зубам.

Я вздыхаю. Еще семьдесят два часа — и я свободная женщина. Может, меня уволят, а может, Лерой прибьет, когда обо всем узнает, но зато я буду свободна.

Надо сосредоточиться на делах. Завтра придется много готовить, в субботу вечером церковный ужин, а в воскресенье — служба. Когда же прибраться в собственном доме? Постирать детские вещички? Моей старшей, Шуге, шестнадцать, и она аккуратная девочка, следит за домом, но по праздникам хочется освободить ее от хлопот — моя мама никогда мне не помогала. И еще Эйбилин. Вчера вечером она опять звонила, спрашивала, не надумала ли я помочь ей и мисс Скитер с книжкой. Я люблю Эйбилин, правда. Но, думаю, она делает огромную ошибку, доверяясь белой леди. Я ей так и сказала. Она рискует и работой, и безопасностью. Не говоря уж о том, зачем вообще помогать подружке мисс Хилли.

Ладно, пора заняться делом.

Смазываю окорок глазурью, украшаю ананасом и ставлю в духовку. Потом протираю полки в охотничьей комнате, чищу пылесосом медведя, а он глядит на меня, как на закуску.

— Мы с тобой сегодня вдвоем, — говорю медведю. Он, как обычно, неразговорчив.

С тряпкой и моющим средством иду наверх, по дороге полирую каждую балясину на перилах лестницы. Захожу в спальню номер один.

Примерно с час я прибираюсь наверху. Здесь холодно и неуютно — ни одной живой души, чтоб согреть пустые комнаты. Я знай себе вожу руками туда-сюда, туда-сюда по каждой деревяшке, что попадается на пути. Между второй и третьей спальнями спускаюсь в комнату мисс Селии, пока та не вернулась.

Что-то мне не по себе в пустом доме. Куда она подевалась? За все время, что я здесь работаю, она уходила всего три раза, и каждый раз говорила, куда, на сколько и зачем уходит, будто меня это касается. А сейчас ее ну как корова языком слизнула. Мне бы радоваться, что она сгинула с глаз моих, но одна в этом огромном доме я чувствую себя самозванкой. Бросаю взгляд на розовый коврик, прикрывающий кровавое пятно перед ванной.

Попробую сегодня еще раз вывести его. Волна холодного воздуха проносится по комнате, будто призрак пролетел. Я вздрагиваю.

Может, и не стоит сегодня заниматься этой кровищей.

Одеяла, как всегда, разбросаны. Простыни скручены-перекручены. Ну точно на кровати борцовскую схватку устраивали. Я уже и не удивляюсь. Поначалу вам интересно, чем люди занимаются в спальне, а потом понимаете, что ни к чему лезть в чужие дела.

Снимаю наволочку. Она вся в угольно-черных пятнах — тушь у мисс Селии больно стойкая. Заталкиваю в наволочку барахло, разбросанное по полу, чтоб легче было тащить. Заодно беру и аккуратно сложенные на желтом диване брюки мистера Джонни. Ну как, скажите на милость, я должна понять, чистые они или грязные? Ладно, все равно заталкиваю в мешок. Мой девиз: если сомневаешься — стирай.

Перетаскиваю узел поближе к комоду. Ушиб на бедре ноет, когда я наклоняюсь за парой шелковых чулок мисс Селии.

— Вы *кто*?

Чулки выпадают у меня из рук.

Медленно-медленно отступаю, пока не упираюсь спиной в комод. Он стоит в дверях, глаза прищурены. Очень медленно перевожу взгляд на топор в его руке.

Боже. Спрятаться в ванной? Нет, он слишком близко, запросто меня поймает. И в дверь мне не выскочить — для этого надо с ним драться, а он мужчина, да к тому же с топором. Я в такой панике, что вся буквально горю. Все. *Меня загнали в угол.*

Мистер Джонни смотрит на меня, поигрывая топором. Улыбается, чуть склонив голову.

Я делаю единственное, что в моих силах. Скорчив грозную рожу и выпятив губы, ору изо всех сил:

— Эй, ты, убирайся с дороги со своим топором!

Мистер Джонни смотрит на топор, как будто позабыл о нем. Потом опять на меня. Не отрываясь, глядим друг на друга. Не двигаюсь, не дышу.

Он косится на узел, хочет посмотреть, что же я украла. Сверху торчат его штаны.

— Послушайте, — не выдерживаю я, и слезы сами собой брызжут из глаз. — Мистер Джонни, я просила мисс Селию рассказать вам про меня. Я ее тысячу раз просила...

А он хохочет в ответ. И качает головой. Думает, поди, как забавно будет изрубить меня на кусочки.

— *Ну послушайте меня!* Я говорила ей...

— Успокойтесь, милая. — А сам продолжает лыбиться. — Я не собираюсь на вас нападать. Просто вы меня удивили, только и всего.

Я потихонечку подвигаюсь к ванной. Топор-то у него все еще в руке.

— Как вас зовут?

— Минни, — шепчу я. Осталось целых пять футов.

— Как давно вы здесь работаете, Минни?

— Не так давно, — качаю головой.

— *Как* давно?

— Несколько... недель, — отвечаю я и тут же закусываю губу. *Три месяца.*

— Думаю, — сомневается он, — что гораздо дольше.

Поглядываю на дверь ванной. Что толку там прятаться, если дверь все равно не запирается?

— Клянусь вам, я не сержусь, — говорит он.

— А как же топор? — осторожно спрашиваю я.

Он закатывает глаза, потом опускает топор на пол, отодвигает ногой подальше.

— Знаете, давайте лучше поговорим в кухне.

Разворачивается и уходит. Поглядываю на топор, не прихватить ли мне его с собой. Но один вид его пугает. Заталкиваю топор под кровать и спешу в кухню.

Там я стараюсь держаться поближе к черному ходу, проверив на всякий случай, что дверь не заперта.

— Минни, честное слово, я рад, что вы здесь, — начинает он.

Смотрю ему в глаза, не врет ли. Он высокий, по меньшей мере шесть футов и два дюйма. Небольшое брюшко есть, но на вид все равно сильный.

— Вы, наверное, меня уволите.

— Уволю? — опять смеется он. — Да вы лучшая кухарка на свете. Взгляните, — похлопывает себя по намечающемуся животу, — это ваша работа. Черт, да я так не питался с тех пор, как здесь работала Кора Блю. Она меня практически вырастила.

Перевожу дух. Раз уж он знает Кору Блю, все не так страшно.

— Ее дети ходят в нашу церковь. Я ее знала.

— Я очень скучаю по ней. — Он поворачивается к холодильнику, открывает, заглядывает внутрь, опять закрывает.

— Когда вернется Селия?

— Я не знаю. Наверное, в парикмахерскую пошла.

— Когда она стала кормить меня вашей стряпней, я поначалу даже удивлялся, как это она так быстро научилась готовить. Но в ту субботу, когда вы не пришли, она попыталась приготовить гамбургеры. — Он прислоняется к раковине, вздыхает. — Почему она не хочет, чтобы я о вас узнал?

— Понятия не имею. Она мне не докладывала.

Мистер Джонни задумчиво качает головой, поглядывает на черное пятно на потолке, оставшееся с тех пор, как мисс Селия сожгла индейку.

— Минни, мне все равно, даже если Селия палец о палец за всю жизнь не ударит. Но она все твердит, что хочет сама ухаживать за мной. Представляете, что я ел до вашего появления?

— Она научится. По крайней мере... старается научиться, — хмыкаю я. Есть вещи, про которые не соврешь.

— Да мне *безразлично*, умеет ли она готовить. Просто хочу, чтобы она была... Чтобы со мной была.

Мистер Джонни вытирает лоб рукавом (теперь я понимаю, почему его рубашки вечно грязные). А вообще-то он ничего, *симпатичный*. Для белого, разумеется.

— Она кажется несчастной, — продолжает он. — Это из-за меня? Или из-за дома? Мы живем слишком далеко от города?

— Не знаю, мистер Джонни.

— Тогда в чем дело? — Он вцепляется пальцами в столешницу за спиной. — Расскажите мне. У нее... — нервно сглатывает, — у нее есть кто-то другой?

Мне его даже немножко жалко. Оказывается, он, как и я, ничего не может понять в этом дерьме.

— Мистер Джонни, это, конечно, не мое дело. Но могу вам точно сказать, что у мисс Селии нет никаких отношений ни с кем.

— Вы правы, — кивает он. — Глупо было спрашивать.

Интересно, когда же вернется мисс Селия. Не представляю, что она будет делать, когда обнаружит здесь мистера Джонни.

— Знаете, не говорите ей, что познакомились со мной. Пускай сама все расскажет, когда будет готова.

В первый раз по-настоящему улыбаюсь:

— То есть вы хотите, чтоб я продолжала работать, как работала?

— Присматривайте за ней. Я не хочу, чтобы она оставалась в этом огромном доме в одиночестве.

— Да, сэр. Как скажете.

— Я сегодня хотел сделать ей сюрприз. Срубить эту мимозу, которую она так ненавидит, а потом свозить ее в город пообедать. Зайти в ювелирный, выбрать ей подарок к Рождеству... — Мистер Джонни подходит к окну, выглядывает, вздыхает. — Наверное, придется перекусить в городе.

— Я могу приготовить. Что бы вы хотели?

Он оборачивается и улыбается, как мальчишка. А я роюсь в холодильнике, вытаскивая всякие разности.

— Помните, вы как-то готовили свиные отбивные? — Он даже ноготь начинает грызть нетерпеливо, как ребенок. — Сделаете на этой неделе?

— Сегодня же вечером получите. В морозилке есть несколько штук. А завтра будет цыпленок с клецками.

— О, Кора Блю тоже их готовила.

— Садитесь-ка за стол, а я сделаю вам отличный сэндвич с беконом, возьмете с собой.

— И хлеб поджарите?

— Конечно. Хороший сэндвич на сыром хлебе не получишь. А после обеда испеку, пожалуй, знаменитый карамельный торт от Минни. А на следующей неделе мы вам подадим жареного сома.

Нарезаю бекон, ставлю сковороду на огонь. Мистер Джонни глаз с меня не сводит. И улыбается всем лицом сразу. Заворачиваю сэндвич в вощеную бумагу. Наконец-то можно хоть кого-то покормить с удовольствием.

— Минни, можно я спрошу? Если *вы* здесь... то чем же занимается целыми днями Селия?

Пожимаю плечами. Никогда в жизни не видела, чтобы белая женщина просто торчала дома целыми днями. Они вечно заняты, бегают по всяким делам, — кажется, что у них забот больше, чем у меня.

— Ей нужны подруги. Я спрошу своего приятеля Уилла, не предложит ли он своей жене заехать к нам и научить Селию играть в бридж, принять ее в свой круг. Хилли, насколько я слышал, заводила в таких делах.

Замираю на месте, как будто если буду вести себя тихо, то ничего не произойдет. Робко спрашиваю:

— Это вы про мисс Хилли Холбрук говорите?

— А вы ее знаете?

— Мм-хммм... — С трудом проглатываю комок, подкативший к горлу.

Если мисс Хилли появится в этом доме, мисс Селия узнает про Кошмарную Ужасность. Эти женщины никогда не смогут стать подругами. Но ради мистера Джонни мисс Хилли пойдет на что угодно.

— Я позвоню сегодня вечерком Уиллу, попрошу его. — Он дружески похлопывает меня по плечу.

А я вдруг опять задумываюсь об этом слове, «*правда*». Эйбилин ведь расскажет мисс Скитер обо всем. Если истина выйдет наружу, мне конец. Да уж, я повздорила не с тем человеком.

— Я дам вам свой рабочий телефон. Звоните, если будут проблемы, ладно?

— Да, сэр, — отвечаю я, чувствуя, как вновь накатывает ужас, стирая все следы облегчения, которое я сегодня испытала.

Мисс Скитер

Глава 11

Для всей страны еще зима, а в нашем доме уже начинается зубовный скрежет и заламывание рук. Первые признаки весны появляются слишком рано. Папу охватило «хлопковое безумие», ему пришлось нанять еще десяток рабочих, чтобы вовремя вспахать землю и засеять. Мама изучает «Фермерский альманах», но в земледелии она мало что смыслит. Зато периодически сообщает мне страшные новости, картинно прижав ладонь ко лбу.

— Говорят, это будет самый дождливый год за последнее время, — вздыхает она.

Да еще и «Шелковистый блеск» перестал действовать. Постараюсь купить еще несколько баночек, нового, экстрасильного.

Мама поднимает глаза от «Альманаха»:

— Куда это ты так вырядилась?

Я надела самое темное свое платье, темные чулки. Темный шарф на голове делает меня похожей скорее на Питера О'Тула в «Лоуренсе Аравийском», чем на Марлен Дитрих. С плеча свисает уродливая красная сумка.

— У меня вечером дела. А потом встреча... с девушками. В церкви.

— В субботу вечером?

— Мама, Господу безразлично, какой сегодня день недели.

Спешу к машине, прежде чем последует новый град вопросов. Сегодня вечером у нас первая встреча с Эйбилин.

Сердце учащенно стучит. Никогда прежде не сидела за одним столом с негром, которому за это не заплатили. Интервью отложилось почти на месяц. Сначала были праздники, и Эйбилин приходилось почти каждый вечер работать допоздна — упаковывать подарки и готовить еду для рождественского ужина у Элизабет. В январе Эйбилин подхватила грипп, и я уже всерьез забеспокоилась. Боюсь, если миссис Штайн придется ждать чересчур долго, она утратит интерес или вообще забудет, что когда-то согласилась почитать мои наброски.

«Кадиллак» сворачивает на Гессум-авеню, улицу, где живет Эйбилин. Лучше бы я поехала на старом грузовичке, но мама наверняка заподозрит неладное, да и папе он нужен в поле. Останавливаюсь, как мы и договаривались, у заброшенной полуразрушенной хибары в нескольких десятках метров от дома Эйбилин. Навес над крыльцом «дома с привидениями» провис, окна без стекол. Выхожу, запираю машину, быстро иду по улице, не поднимая головы, каблуки звонко стучат по асфальту.

Раздается собачий лай, я роняю ключи и быстренько подбираю, испуганно оглянувшись. Группка чернокожих сидит на крылечке, поглядывая на меня. На улице темно, так что трудно сказать, кому еще я попалась на глаза. Иду дальше, чувствуя себя почти собственным автомобилем: большая и белая.

Вот и номер двадцать пять, дом Эйбилин. В последний раз озираюсь, жалея, что не приехала хотя бы на десять минут раньше. Кажется, что цветной район расположен так далеко, хотя на самом деле до белых кварталов всего несколько миль.

Тихонько стучу. Эйбилин открывает тут же.

— Входите, — шепчет она, впускает меня, захлопывает за мной дверь и быстро запирает.

До сих пор я видела Эйбилин только в белом. Сегодня на ней зеленое платье с черным узором. В своем собственном доме она даже кажется выше ростом.

— Устраивайтесь, я сейчас вернусь.

Лампа включена, но все равно в доме полумрак. Шторы задернуты и скреплены булавкой, так что не осталось ни малейшей щелочки. Не знаю, это всегда так или только в честь моего визита. Присаживаюсь на узкий диванчик. Рядом деревянный кофейный столик, покрытый кружевной салфеткой ручной работы. Голые полы. Чувствую себя неловко в своем дорогом платье.

Эйбилин возвращается несколько минут спустя, держа в руках поднос с чайником, разномастными чашками и бумажными салфетками, сложенными треугольником. Пахнет ее фирменным печеньем с корицей. Когда Эйбилин разливает чай, крышка чайника дребезжит.

— Простите, — извиняется она, прижимая крышечку. — В моем доме никогда раньше не бывали в гостях белые.

Улыбаюсь. Хотя понимаю, что ничего забавного нет. Делаю глоток чаю. Крепкий и вкусный.

— Большое спасибо, — говорю я. — Очень хороший чай.

Она садится, складывает руки на коленях, выжидательно смотрит на меня.

— Думаю, сначала мы поговорим о вашем происхождении, а потом перейдем прямо к делу. — Я вынимаю блокнот, просматриваю вопросы, которые подготовила заранее. Они вдруг кажутся какими-то детскими, примитивными.

— Хорошо, — соглашается она. Выпрямляет спину, поворачивается ко мне лицом.

— Ну, для начала, когда и где вы родились?

Она нервно сглатывает, кивает:

— Тысяча девятьсот девятый. Плантация Пьемонт, округ Чероки.

— Когда вы были ребенком, думали ли вы, что станете прислугой?

— Да, мэм. Думала.

Жду, что она пояснит, но нет.

— И вы знали это... потому что...

— Моя мама была служанкой. А бабушка — домашней рабыней.

— Домашней рабыней. Угу.

Эйбилин смотрит, как я записываю ее слова. Руки по-прежнему сложены на коленях.

— А вы... никогда не мечтали стать кем-нибудь еще?

— Нет, — отвечает она. — Нет, мэм. Никогда.

В комнате так тихо, что слышно наше дыхание.

— Хорошо. Тогда... каково это, воспитывать белых детей, когда за вашим собственным ребенком дома... —

Откашливаюсь, смущенная своим вопросом. — Присматривает кто-то другой?

— Это как... — Она продолжает сидеть болезненно ровно. — Может... давайте перейдем к следующему вопросу?

— О, конечно. — Просматриваю список. — Что вам больше всего нравится и не нравится в вашей работе?

Она смотрит на меня так, словно я попросила ее произнести что-то непристойное.

— Я думаю, больше всего мне нравится нянчить деток, — шепчет она.

— Что-нибудь... хотите добавить... к этому?

— Нет, мэм.

— Эйбилин, не называйте меня «мэм». Не здесь.

— Да, мэм. Ой, простите, — прикрывает пальцами рот.

С улицы доносятся громкие голоса, мы испуганно глядим на задернутое окно. Замираем. Что произойдет, если кто-нибудь из белых узнает, что я была здесь в субботу вечером и разговаривала с Эйбилин, одетой в свою повседневную одежду? Что, если они позвонят в полицию, сообщат о подозрительной встрече? Внезапно понимаю, что такое вполне возможно. И тогда нас обязательно арестуют. Обвинят в «нарушении интеграции», я часто читаю об этом в газетах — белых, которые встречаются с цветными, дабы помочь им в борьбе за гражданские права, презирают. Наши беседы не имеют никакого отношения к интеграции, но зачем бы еще мы тут встречались? Я ведь даже не прихватила с собой писем Мисс Мирны для прикрытия.

На лице Эйбилин читается откровенный ужас. Голоса постепенно удаляются. Я с облегчением выдыхаю, но Эйбилин вся натянута как струна. Не сводит глаз с закрытого окна.

Я стараюсь отыскать в своем списке вопрос, который смог бы отвлечь ее, помочь расслабиться, — да и мне тоже. Все никак не могу забыть, сколько времени я уже потеряла.

— И что... давайте вспомним, вам не нравится в вашей работе?

Эйбилин сглатывает.

— Я имею в виду, не хотите поговорить о проблеме туалетов? Или об Эли... мисс Лифолт? О том, как она вам платит? Кричит ли на вас в присутствии Мэй Мобли?

Эйбилин промокает салфеткой лоб. Пытается что-то сказать, но тут же умолкает.

— Мы ведь много раз с вами беседовали, Эйбилин...

— Простите... — Прижав ладонь ко рту, она вскакивает и выбегает в коридор. Дверь хлопает, чайник и чашки дребезжат на подносе.

Проходит пять минут. Эйбилин возвращается, прижав к груди полотенце, — моя мама так делала, когда ее тошнило и она не успевала вовремя добежать до туалета.

— Простите. Я думала, что... готова.

Киваю, не зная, что ответить.

— Просто... я понимаю, вы уже сказали той леди в Нью-Йорке, что я согласилась, но... — Она закрывает глаза. — Простите. Думаю, я сейчас не могу. Мне нужно прилечь. Завтра вечером мне будет... получше. Давайте попробуем еще раз...

Она сжимает в руках полотенце, качая головой.

По дороге домой я готова прибить себя. За то, что воображала, как запросто приду, видите ли, и потребую правдивых ответов. Как я могла подумать, что Эйбилин не будет чувствовать себя чернокожей прислугой только потому, что мы находимся в ее доме и она не в униформе.

Бросаю взгляд на блокнот, валяющийся на белом кожаном сиденье. Кроме информации о месте рождения Эйбилин я записала всего двенадцать слов. И четыре из них — «да, мэм» и «нет, мэм».

Из радиоприемника звучит голос Пэтси Клайн. Когда я ехала по шоссе, транслировали «Прогулки после полуночи». Сворачиваю к Хилли — играют «Три сигареты в пепельнице». Самолет разбился сегодня утром. Вся страна, от Миссисипи до Нью-Йорка и Сиэтла, в трауре, все напевают ее песни. Паркуюсь, разглядывая большой, довольно бестолково построенный дом Хилли. Прошло четыре дня с тех пор, как Эйбилин стошнило прямо во время нашего интервью, и с тех пор от нее ни слуху ни духу.

Вхожу в дом. Стол для бриджа установлен в гостиной, оформленной в довоенном стиле: оглушительно бьющие дедовские часы и золотистые шторы. Все уже сидят на своих местах — Хилли, Элизабет и Лу-Анн Темплтон, заменившая миссис Уолтер. Лу-Анн из тех девиц, к лицу которых словно навеки приклеена улыбка — *всегда*, непрестанно. Прямо хочется кольнуть ее булавкой. Даже если вы не смотрите в ее сторону, она продолжает пялиться на вас все с тем же искусственным белозубым оскалом. Вдобавок она соглашается со всем, что бы ни сказала Хилли.

Хилли берет в руки журнал «Лайф», демонстрируя разворот с фотографией некоего калифорнийского дома:

— Они называют это «берлогой», как будто там живут дикие звери!

— О, как это ужасно! — сияя, подхватывает Лу-Анн.

На картинке комната с ковром от стены до стены, диваны обтекаемой формы, яйцеобразные кресла и телевизоры, похожие на летающие тарелки. А вот в гостиной Хилли на стене портрет генерала Конфедерации, высотой восемь футов. Можно подумать, что это родной дедушка, а не пра-пра... десятая вода на киселе.

— А дом Труди выглядит именно так, — замечает Элизабет.

Я была настолько поглощена мыслями об интервью с Эйбилин, что чуть не позабыла — на прошлой неделе Элизабет навещала старшую сестру. Труди вышла замуж за банкира, и они переехали в Голливуд. Элизабет ездила к ней на четыре дня, взглянуть на новый дом.

— Ну, это просто дурной вкус, вот и все, — констатирует Хилли. — Не в обиду твоей семье, Элизабет.

— А как там в Голливуде? — неизвестно чему радуясь, спрашивает Лу-Анн.

— О, просто сказка. А дом Труди — телевизоры в каждой комнате, вся эта космическая мебель, на которой невозможно сидеть. Мы ходили в модные рестораны, где обедают кинозвезды, пили мартини, бургундское. А однажды к нашему столику подошел сам Макс Фактор и разговаривал с Труди, как будто они с ней старые приятели. — Элизабет восхищенно встряхивает головой. — Ну, как будто просто встретились в магазине.

— Знаешь, по мне, ты все равно самая симпатичная в своей семье, — заявляет Хилли. — Не то чтобы Труди непривлекательная, но у тебя есть стиль и манеры.

Элизабет довольно улыбается, но тут же вздыхает:

— Не говоря уж о том, что у нее круглосуточная прислуга, живет прямо в доме. Я практически не видела Мэй Мобли.

При этом замечании я непроизвольно сжимаюсь, но остальные будто бы не обращают внимания. Хилли наблюдает, как ее служанка, Юл Мэй, наполняет наши бокалы. Она высокая, стройная, с царственной осанкой, а фигура у нее гораздо лучше, чем у Хилли. Что-то я волнуюсь за Эйбилин. Я звонила ей домой дважды на этой неделе, но никто не ответил. Она, конечно, избегает меня. Думаю, нужно навестить ее у Элизабет и поговорить, неважно, понравится ли это самой Элизабет.

— Полагаю, на следующий год мы могли бы выбрать темой для праздника «Унесенных ветром», — говорит Хилли. — Может, арендовать какой-нибудь исторический особняк?

— Какая замечательная идея! — хлопает в ладоши Лу-Анн.

— Скитер, — обращается ко мне Хилли, — я знаю, ты очень жалеешь, что все пропустила в этом году.

Я киваю, изображая огорчение. Пришлось симулировать грипп, чтобы не ходить на это мероприятие в одиночку.

— Но вот что я вам скажу, — продолжает Хилли. — Я больше не стану нанимать эту рок-н-ролльную группу, они играют слишком быструю музыку...

Элизабет трогает меня за руку. На коленях у нее сумочка.

— Чуть не забыла передать тебе. Это от Эйбилин — наверное, по поводу твоей Мисс Мирны? Но я ей сказала, что сегодня никаких ваших знахарских сборищ не будет, она слишком много пропустила в январе.

Разворачиваю сложенный листок бумаги. Написано синими чернилами, красивым почерком.

Я знаю, как сделать, чтобы крышка чайника не дребезжала.

— Кому, скажите на милость, важно, чтобы крышка чайника не брякала? — фыркает Элизабет. Она, разумеется, прочла записку.

Мне понадобилось две секунды и глоток чаю, чтобы понять, о чем идет речь.

— Ты не представляешь, как сложно этого добиться, — говорю я.

Два дня спустя сижу в родительской кухне, дожидаясь, пока сгустятся сумерки. Закуриваю еще одну сигарету, несмотря на то что вчера вечером главный врач округа грозил всем пальцем с экрана телевизора, убеждая, что курение убивает. Но моя мать однажды сказала, что от поцелуев взасос можно ослепнуть, так что я начинаю думать, нет ли сговора между главным врачом и мамочкой с целью лишить людей всех удовольствий.

После восьми часов пробираюсь по улице Эйбилин, настолько незаметно, насколько позволяет пятидесятифунтовая пишущая машинка «Корона». Стучусь, уже умирая от желания закурить, чтобы успокоить нервы. Эйбилин отворяет, я проскальзываю в дом. Она в том же зеленом платье и черных туфлях, что и в прошлый раз.

Улыбаюсь, стараясь продемонстрировать, что уверена в успехе, даже если не сработает идея, предложенная ею по телефону.

— Может... устроимся в кухне? — предлагаю я. — Не возражаете?

— Хорошо. Там не особенно уютно, но ладно.

Кухня вполовину меньше комнаты, и здесь тепло. Пахнет чаем и лимоном. Черно-белые квадратики потертого линолеума. На рабочих поверхностях места хватает только для нескольких чашек.

Опускаю пишущую машинку на старенький красный стол у окна. Эйбилин собирается налить кипяток в чайник.

— О, мне не надо, спасибо. Я принесла кока-колы, если вы не против. — Стараюсь вести себя так, чтобы

Эйбилин было спокойнее. Первое: не заставлять ее чувствовать себя прислугой.

— Что ж, это даже лучше. Я-то обычно пью чай попозже. — Она достает открывалку и два стакана. Но я отпиваю прямо из своей бутылки, и, глядя на меня, она делает то же самое.

Я позвонила Эйбилин сразу после того, как Элизабет передала мне записку, и выслушала ее идею — она будет записывать свои рассказы, а потом показывать мне, что получится. Я, конечно, изобразила радость. Но прекрасно понимала, что мне придется переписывать все, что напишет она, и, значит, терять еще больше времени. Я подумала, что, возможно, проще будет, если она увидит, что печатать получается быстрее, чем читать и исправлять.

Мы улыбаемся друг другу. Отпиваю из бутылки, разглаживаю блузку.

— Итак... — произношу я.

Перед Эйбилин блокнот на пружинке.

— Вы хотите, чтобы я... прямо так начала читать?

— Ну да.

Мы обе делаем глубокий вдох, и она начинает читать, медленно и размеренно:

— Первого белого ребенка, которого я нянчила, звали Элтон Каррингтон Спирс. Это было в 1924-м, мне только исполнилось пятнадцать. Элтон был длинным, худым, волосы шелковистые, как пряди на кукурузном початке...

Я стучу по клавишам, слова звучат ритмично, она произносит их гораздо более четко, чем при обычной беседе.

— Все окна в их грязном доме были закрашены изнутри, хотя сам дом был большим, с широкой зеленой лужайкой перед ним. Воздух был совсем плохой, мне и самой там было дурно...

— Погодите минутку. Я напечатала «*зелемой*» вместо «зеленой». О'кей, давайте дальше.

— Шесть месяцев спустя мама умерла от болезни легких, и они оставили меня присматривать за Элтоном, пока не переехали в Мемфис. Я любила этого ребенка, а он любил меня, вот тогда-то я и поняла, что могу научить малыша гордиться собой...

Когда Эйбилин рассказала мне о своей идее, я не хотела обижать ее, но попыталась отговорить, еще по телефону:

— Писать не так просто. И потом, у вас не будет времени для этого, Эйбилин, вы работаете целый день.

— Вряд ли это сильно отличается от того, как я пишу молитвы каждый вечер.

Это оказалось первой интересной информацией о ней самой, я так разволновалась в своей кладовке, что изо всех сил вцепилась в какую-то корзинку.

— То есть вы не произносите свои молитвы, да?

— Я никогда никому об этом не рассказывала. Даже Минни. Но мне лучше удается выразить мысль, если я ее записываю.

— И вы занимаетесь этим по выходным? В свободное время? — Мне интересно знать, чем заполнена ее жизнь помимо работы, вне бдительного ока Элизабет Лифолт.

— Нет, что вы, я пишу по часу, иногда по два, каждый день. В основном о хворающих в нашей округе.

Вот это да. Больше, чем порой пишу я. И тогда я сказала, что мы попробуем работать таким образом, — просто чтобы дело сдвинулось с мертвой точки.

Эйбилин переводит дыхание, делает глоток колы и продолжает читать.

Она вспоминает о своей первой работе, когда ей было тринадцать и она чистила серебряный набор «Франциск Первый» в доме губернатора. Читает, как в самое первое утро сделала ошибку в списке, где указывают количество предметов, чтобы ничего не украли.

— Я пришла домой, после того как меня выгнали, и все стояла у порога в своих новых рабочих туфлях. За эти туфли мама выложила столько, что хватило бы на оплату счетов за электричество за целый месяц. Наверное, в тот момент я поняла, что такое позор и какого он цвета. Позор вовсе не черный, как грязь, как я всегда думала. На самом деле позор — он цвета новенькой белой униформы, которую ваша мать гладила всю ночь, чистый, без единого пятнышка, будто ты вовсе никогда не работала.

Эйбилин поднимает на меня взгляд. Я останавливаюсь. Я-то рассчитывала на сладенькие глянцевые истории.

Похоже, мне достанется гораздо больше, чем мы договаривались.

Она продолжает:

— ...Я разобрала гардероб, но тут — я и не успела понять как — маленький белый мальчик сунул пальцы в оконный вентилятор, который я раз десять просила снять, и пальцы ему начисто отрезало. В жизни не видела, чтобы из человека столько крови хлестало. Я схватила мальчишку, схватила его четыре пальца. Потащила его в больницу для цветных, потому что понятия не имела, где находится больница для белых. Но там меня остановил какой-то чернокожий и спрашивает: «Этот ребенок белый?»

Клавиши машинки стучат, как град по крыше. Эйбилин читает все быстрее, и я уже не обращаю внимания на собственные ошибки, прерывая ее только для того, чтобы вставить в каретку новую страницу. Каждые восемь секунд перевожу каретку.

— Я и говорю: «Да, сэр». А он спрашивает: «Это его белые пальцы?» Я отвечаю: «Да, сэр». Тогда он говорит: «Вы уж лучше скажите, что он просто очень светлый, а то цветной доктор не станет оперировать белого мальчика в негритянской больнице». А потом белый полицейский схватил меня и говорит: «А ну-ка, поглядим...»

Она замолкает. Поднимает глаза. Стук машинки стихает.

— Что? Полицейский сказал: «*А ну-ка, поглядим*». И что дальше?

— А это и все, что я записала. Нужно было спешить на автобус, ехать на работу.

Перевожу каретку, брякает звоночек. Мы с Эйбилин смотрим в глаза друг другу. Думаю, у нас получится.

Глава 12

Следующие две недели я каждый вечер сообщаю маме, что иду кормить бездомных в Кантонской Пресвитерианской церкви, где у нас, к счастью, нет ни одного знакомого. Мама, разумеется, предпочла бы, чтобы я работала в Первой Пресвитерианской, но она не из тех, кто будет возражать против богоугодных дел, поэтому просто одобрительно кивает. Не забывая, впрочем, напомнить, чтобы после я тщательно вымыла руки с мылом.

Час за часом мы проводим в кухне Эйбилин — она читает, я печатаю, — и детали становятся объемными, лица детей приобретают конкретные черты. Сначала я была несколько разочарована тем, что Эйбилин все записывает сама, а мне остается лишь редакторская правка. Но если миссис Штайн понравится, я смогу написать истории других женщин, и работы будет более чем достаточно. *Если ей понравится...* Я все чаще и чаще мысленно повторяю эти слова, горячо надеясь, что так оно и будет.

Эйбилин пишет все ясно и честно. Я говорю ей об этом.

— Ну а для кого я пишу-то, — усмехается она. — Господу не соврешь.

Еще до моего рождения она около недели работала на уборке хлопка в Лонглифе, ферме моего отца. Однажды Эйбилин заговорила о Константайн, без всяких просьб с моей стороны.

— Боже, как же Константайн пела. Прямо чистый ангел посреди церкви. У всех прямо мороз по коже, как услышат ее волшебный голос, а когда она не могла больше петь, после того, как пришлось отдать ребенка...

Эйбилин умолкает. Смотрит на меня. И потом отмахивается:

— Да ладно, неважно.

Я решила не давить на нее. Конечно, хочется узнать о Константайн побольше, но я подожду, пока наши интервью не закончатся. Не нужно, чтобы сейчас между нами возникли сложности.

— Ничего не слышно о Минни? — интересуюсь я. — Если миссис Штайн понравится, хорошо бы, чтобы я готова была к следующему интервью.

Эйбилин качает головой:

— Я трижды спрашивала Минни, но она твердит, что не станет в этом участвовать. Пожалуй, я ее понимаю.

Стараюсь не выдать беспокойства.

— Может, вы могли бы спросить других? Подумайте, кому это было бы интересно?

У Эйбилин наверняка лучше получится убедить прислугу, чем у меня.

— Есть несколько, с кем я могла бы поговорить, — кивает Эйбилин. — Как вы думаете, сколько времени нужно этой леди, чтобы понять, нравится ей или нет?

— Не знаю, — пожимаю плечами я. — Если отправим письмо на следующей неделе, возможно, к середине февраля получим ответ. Но наверняка не скажешь.

Эйбилин, поджав губы, рассматривает свои записи. И тут я замечаю нечто, на что прежде не обращала внимания. Предвкушение, проблеск волнения. Я была настолько поглощена собственными переживаниями, что мне такое и в голову не приходило. Оказывется, Эйбилин не меньше, чем я, нервничает при мысли о том, как редактор в Нью-Йорке будет читать ее историю.

На пятой встрече Эйбилин читает о том дне, когда погиб ее сын Трилор. Как белый бригадир зашвырнул его переломанное тело в кузов грузовика. «А потом они просто сбросили его у больницы для цветных. Там была медсестра, она мне рассказала. Белые просто выкатили его из кузова и уехали». Эйбилин не плачет, просто долго молчит, а я не отвожу взгляда от пишущей машинки.

На шестой встрече Эйбилин говорит:

— К мисс Лифолт я пришла работать в 1960-м. Когда Мэй Мобли было две недели от роду.

И передо мной словно распахиваются тяжелые врата доверия. Она описывает постройку туалета в гараже, признается, что теперь рада тому, что он есть. Это гораздо лучше, чем выслушивать жалобы Хилли на то, что приходится пользоваться одним туалетом с прислугой. Эйбилин рассказывает, как однажды я заметила, что черные слишком часто ходят в церковь. Она это запомнила. Я поеживаюсь при мысли о том, что еще могла наговорить, не подозревая, что прислуга меня слышит.

Как-то вечером она пробормотала:

— Я тут подумала...

Терпеливо жду продолжения. После того как Эйбилин стошнило, я усвоила, что нужно просто дать ей время.

— Я подумала, что мне, наверное, нужно почитать кое-что. Это могло бы помочь с моими собственными записками.

— Вы можете сходить в национальную библиотеку. У них целый зал посвящен писателям Юга. Фолкнер, Эудора Уэлти...

Сдержанное покашливание в ответ.

— Вы же знаете, черных не пускают в эту библиотеку.

Какая же я дура.

— Простите, я забыла.

Библиотека для цветных никуда не годится. Несколько лет назад около белой библиотеки проходила сидячая забастовка, об этом писали в газетах. Когда толпа чернокожих явилась на эту демонстрацию, полицейские просто спустили на них немецких овчарок. Глядя на Эйбилин, я вновь вспоминаю, как она рискует, ведя беседы со мной.

— Я с радостью возьму для вас любые книги, — говорю я.

Эйбилин спешит в спальню и возвращается оттуда со списком.

— Я, наверное, отмечу те, которые хочу в первую очередь. В библиотеке Карвер я уже три месяца в листе ожидания на «Убить пересмешника». Давайте посмотрим...

Она отмечает следующие книги: «Души черного народа» Дю Буа, стихи Эмили Дикинсон (любые), «Приключения Гекльберри Финна».

— Некоторые я читала в школе, но не до конца. — Она продолжает отмечать, периодически задумываясь над следующей книжкой.

— Вы хотите почитать... Зигмунда Фрейда?

— О, он потрясающий, — кивает Эйбилин. — Мне интересно узнавать, как работает голова. Вам когда-нибудь снилось, что падаете в озеро? Он пишет, что это вы вспоминаете собственное рождение. У мисс Франсес, у которой я работала в 1957-м, у нее были все его книги.

На двенадцатом заглавии я решаюсь спросить:

— Эйбилин, а давно вы собирались попросить меня об этом? Чтобы я взяла для вас книги?

— Какое-то время, — пожимает она плечами. — Наверное, боялась.

— Вы думали... я откажусь?

— У белых свои правила. Я же не знаю, каких вы придерживаетесь, а каких — нет.

Мы пристально смотрим друг на друга.

— Я устала от правил, — наконец произношу я.

Эйбилин усмехается и выглядывает в окно. И я понимаю, насколько неубедительно для нее звучит это признание.

Битых четыре дня я торчу за машинкой в своей комнате. Двадцать отпечатанных страниц, испещренных красными пометками и исправлениями, превращаются в тридцать одну аккуратную страницу на белой стрэнтморской* бумаге. Я пишу краткую биографию Сары Росс. Эйбилин выбрала себе такой псевдоним в память своей учительницы, которая скончалась много лет назад. Указываю возраст героини, чем родители зарабатывали на жизнь, а следом идут рассказы Эйбилин в том виде, в каком она сама их написала, — простые и откровенные.

На третий день мама кричит снизу, чем это я там занимаюсь дни напролет. А я кричу в ответ, что печатаю заметки по поводу изучения Библии — пытаюсь объяснить, почему я люблю Иисуса.

---

* Мелованная бумага высокого качества.

Слышу, как мама говорит отцу после ужина: «Она занялась делом». Приходится теперь таскать с собой повсюду Библию, чтобы выглядело правдоподобно.

Читаю, правлю, вечерами отвожу текст Эйбилин, и она тоже перечитывает. Над теми местами, где все идет гладко, она улыбается и покачивает головой, но когда дело доходит до мрачных эпизодов, она снимает очки и замечает:

— Понимаю, я сама это написала, но неужели вы действительно хотите рассказать о...

И я твердо отвечаю:

— Да, хочу.

Признаться, я и сама удивляюсь, что же такого в рассказах об отдельных холодильниках для черных в доме губернатора, о белых женщинах, закатывающих истерику из-за складок на салфетках, о том, как белые детишки называли Эйбилин мамой.

В три часа ночи, сделав лишь два небольших исправления в тексте, который ужался до двадцати семи страниц, я укладываю рукопись в желтый конверт. Вчера я позвонила в офис миссис Штайн. Ее секретарша Рут сказала, что та на совещании, но записала мое сообщение о том, что интервью готово к отправке. Сегодня миссис Штайн не перезвонила.

Прижав конверт к груди, я готова разрыдаться от изнеможения. На следующее утро отправляю его по почте. Возвращаюсь домой, падаю на свою старую железную кровать и начинаю думать, что произойдет... *если ей понравится*. Что, если Элизабет или Хилли разоблачат нас? Что, если Эйбилин выгонят с работы, посадят в тюрьму? Я словно несусь вниз по длинному тоннелю. Боже, а вдруг ее искалечат, как того темнокожего юношу, что зашел в туалет для белых? Что я творю? Зачем подвергаю ее такому риску?

Проваливаюсь в сон. И все следующие пятнадцать часов меня мучают кошмары.

На часах четверть второго. Я, Хилли и Элизабет сидим в столовой Элизабет в ожидании Лу-Анн. Я сегодня ничего не ела, если не считать маминого «гормональнокорректирующего» чая, меня поташнивает, и вдобавок я нервничаю. Ноги ерзают под столом. И вот так уже десять дней — с тех пор, как отправила Элейн Штайн записки Эйбилин. Я звонила в Нью-Йорк еще раз, и Рут сказала, что передала все еще четыре дня назад, но до сих пор никакого ответа.

— Ну разве это не чудовищная грубость? — Хилли бросает мрачный взгляд на часы.

Лу-Анн опаздывает уже во второй раз. Эдак она ненадолго задержится в нашей группе.

В столовую входит Эйбилин, я изо всех сил стараюсь не смотреть на нее. Боюсь, Хилли или Элизабет могут догадаться о чем-нибудь по моему взгляду.

— Прекрати болтать ногой, Скитер. Ты весь стол шатаешь, — ворчит Хилли.

Эйбилин в своей белоснежной униформе двигается по комнате почти неслышно, ничем не выдавая наше с ней знакомство. Полагаю, она научилась мастерски скрывать свои чувства.

Хилли тасует колоду, сдает «джин рамми». Пытаюсь сосредоточиться на игре, но стоит глянуть на Элизабет, как всякие мелочи всплывают в памяти. Как Мэй Мобли ходила в туалет в гараже, как Эйбилин запрещают хранить ее ланч в холодильнике Лифолтов. Маленькие тайны, в которые я теперь посвящена.

Эйбилин подносит мне печенье на серебряном подносе. Наливает чай с таким видом, будто мы совершенно незнакомы. С тех пор как отправила письмо в Нью-Йорк, я заходила к ней дважды, оба раза приносила книги из библиотеки. Она все так же встречает меня в зеленом платье с черными узорами. Иногда она украдкой снимает под столом туфли. А в прошлый раз достала пачку «Монклэр» и закурила, прямо при мне, и это было так непринужденно и так здорово. Я тоже взяла сигаретку. А сейчас она смахивает со стола крошки в серебряный совочек, который я подарила Элизабет и Рэйли на свадьбу.

— Что ж, пока мы ждем, у меня есть новость, — говорит Элизабет, и я узнаю это выражение лица, этот заговорщический кивок, рука прижата к животу... — Я беременна, — улыбается она, но губы чуть подрагивают.

— Чудесно! — восклицаю я. Откладываю карты, касаюсь ее плеча. Она и вправду готова расплакаться. — Когда срок?

— В октябре.

— Очень хорошо, как раз пора, — обнимает подругу Хилли. — Мэй Мобли уже подросла.

Элизабет со вздохом закуривает. Смотрит на свои карты.

— Да, мы все рады.

Мы играем несколько партий для разминки, Хилли и Элизабет обсуждают детские имена. Я стараюсь внести свою лепту:

— Если будет мальчик, то, конечно, Рэйли.

Хилли рассказывает об избирательной кампании Уильяма. В следующем году он намерен баллотироваться в сенат штата, хотя и не имеет политического опыта. Я рада, когда Элизабет велит Эйбилин подавать закуски.

Эйбилин приносит заливное, и Хилли обращается к ней:

— Эйбилин, я привезла вам старое пальто и узел всякой одежды из дома миссис Уолтер. После ланча сходите к моей машине и заберите, хорошо?

— Да, мэм.

— Не забудьте. Я не собираюсь возить это еще раз.

— Как это мило со стороны мисс Хилли, правда, Эйбилин? — вступает Элизабет. — Заберите одежду сразу же, как мы закончим.

— Да, мэм.

Разговаривая с чернокожими, Хилли повышает голос на добрых три октавы. Элизабет улыбается, будто обращается к ребенку, не собственному, разумеется. А я, похоже, начинаю замечать подобные детали.

К тому моменту, как является Лу-Анн, мы покончили с креветками в панировке и переходим к десерту. Хилли на удивление снисходительна. В конце концов, Лу-Анн опоздала из-за поручений Лиги.

Еще раз поздравив Элизабет, иду к своей машине. Эйбилин на улице собирает тряпье: поношенное пальто 1942 года и старую одежду, которую Хилли по каким-то причинам не захотела отдать своей служанке, Юл Мэй. Подходит Хилли, протягивает мне конверт:

— Для следующего бюллетеня. Ты ведь поместишь это для меня?

Я киваю, Хилли направляется к машине. Эйбилин, открывая дверь черного хода, бросает на меня вопросительный взгляд. Отрицательно мотаю головой, одними губами произношу «Нет». Она чуть заметно прикрывает веки и возвращается в дом.

Вечером работаю над информационным выпуском, хотя с большим удовольствием занималась бы историями прислуги. Просматриваю заметки с последнего совещания Лиги, затем перехожу к конверту от Хилли. Внутри только один листок, исписанный витиеватым почерком.

Хилли Холбрук представляет «Инициативу по обеспечению домашней прислуги отдельным санузлом». Как меру по предотвращению заболеваний. Малобюджетная установка в вашем гараже или сарае — для домов, лишенных такой важной детали.

Дамы, знаете ли вы, что:

- *99% болезней цветных переносятся уриной*
- *Почти все заболевания чернокожих смертельно опасны для белых, потому что у нас нет иммунитета, который содержится в их темном пигменте*
- *Некоторые бактерии белых тоже могут быть опасны для цветных*

Защитите себя. Защитите своих детей. Защитите свою прислугу.

От имени семьи Холбрук мы призываем вас — присоединяйтесь!

В кухне звонит телефон, и я, спотыкаясь, лечу вниз. Но Паскагула уже взяла трубку.

— Резиденция мисс Шарлотты.

Я готова испепелить взглядом бедную маленькую Паскагулу, но тут она произносит:

— Да, мэм, она здесь, — и протягивает мне трубку.

— Евгения слушает, — торопливо отвечаю я. Папа в поле, мама в городе на приеме у врача, так что я могу устроиться за кухонным столом.

— Это Элейн Штайн.

— Да, мэм. Вы получили мое письмо?

— Да, — отвечает она, и несколько секунд в трубке слышно только ее дыхание.

— Эта Сара Росс... Мне понравились ее рассказы. Она, конечно, любит кветч*, но не бьет на жалость.

Я молча киваю. Понятия не имею, что такое «кветч», но, должно быть, что-то хорошее.

— Но я по-прежнему считаю, что книга, состоящая из интервью... обычно не идет. И не беллетристика, и не документальный роман. Возможно, это называется антропологией, но уж слишком жуткая категория.

— Но вам... понравилось?

— Евгения, вы видели обложку журнала «Лайф» на этой неделе? — Слышно, как она выдыхает сигаретный дым прямо в трубку.

Я не видела обложек «Лайф» уже больше месяца, слишком занята была.

— Мартин Лютер Кинг, дорогуша. Он объявил марш на Вашингтон и призвал всех негров Америки присоединиться к нему. И всех белых, коли на то пошло. Негры и белые не объединялись для общего дела со времен «Унесенных ветром».

— Да, я слышала об этом... событии, — соврала я. Ну почему я не читала газет на этой неделе! Теперь кажусь полной идиоткой.

— Мой вам совет — пишите, и пишите быстро. Марш состоится в августе. Вы должны закончить работу к новому году.

У меня перехватывает дыхание. Она предлагает мне писать! Она говорит, что...

— Вы хотите сказать, что опубликуете это? Если я смогу написать к...

— Ничего подобного я не говорила, — резко бросает она. — Я прочту. Каждый месяц я просматриваю сотню рукописей и почти все отклоняю.

— Простите, я... я напишу. И все закончу к январю.

---

* Kvetch — ныть, жаловаться, плакаться на жизнь (*идиш*).

— Да, четырех или пяти интервью недостаточно для книги. Нужно не меньше дюжины, а то и больше. Полагаю, у вас есть возможность это устроить?

С досадой кусаю губы.

— Да... вполне.

— Ну и отлично. Принимайтесь за дело. Пока тема гражданских прав еще актуальна.

Вечером спешу к Эйбилин. С собой у меня еще три книги из ее перечня. Спина болит от сидения за пишущей машинкой. Я составила список всех, у кого есть прислуга (а это вообще все мои знакомые), с именами их служанок. Но некоторых имен я не помню.

— Господи, спасибо! Только взгляните, — улыбается Эйбилин, открывая первую страницу «Уолдена», как будто ей не терпится начать читать прямо сейчас.

— Сегодня днем я разговаривала с миссис Штайн, — сообщаю я.

Руки Эйбилин замирают.

— Я так и знала, что-то случилось. У вас по лицу видно.

Набираю побольше воздуха и решительно произношу:

— Она сказала, что ей очень понравились ваши рассказы. Но... она не может обещать, что напечатает, пока мы не напишем книгу целиком. — Стараюсь, чтобы мои слова прозвучали оптимистично. — Мы должны закончить к новому году.

— Но это ведь хорошая новость, верно?

Я киваю, изо всех сил стараясь улыбаться.

— *Январь*, — шепчет Эйбилин, потом поднимается и выходит из кухни. Возвращается с настенным календарем, кладет его на стол, перелистывает. — Сейчас-то кажется, что январь еще не скоро... две... четыре... шесть... всего десять страниц. Не успеешь оглянуться, — улыбается она.

— Она сказала, что для того, чтобы она приняла работу, нужно не меньше двенадцати интервью. — Напряжение в голосе невозможно скрыть.

— Но... у вас больше никого нет, чтобы поговорить, мисс Скитер.

Нервно стискиваю руки, закрываю глаза.

— Мне некого больше попросить, Эйбилин. — Голос мой звучит пронзительней обычного. Последние четыре часа я только об этом и думала. — Ну кто, скажите? Паскагула? Стоит мне заговорить с ней, и мама тут же все узнает. Я-то с другими служанками незнакома.

Эйбилин так резко отводит глаза, что я готова расплакаться. *Черт тебя побери, Скитер.* За несколько секунд я вновь воздвигла стену, которая постепенно разрушалась в течение последних месяцев.

— Простите, — спешу извиниться я. — Простите, что повысила голос.

— Нет, нет, все в порядке. Это мое дело — найти остальных.

— А может... прислуга Лу-Анн? — нерешительно предлагаю я, вытаскивая свой список. — Как ее зовут... Ловиния? Вы с ней знакомы?

Эйбилин кивает, по-прежнему не поднимая глаз.

— Я спрашивала Ловинию. Это ее внук ослеп. Она сказала, что, конечно, жаль, но она должна думать прежде всего о нем.

— А служанка Хилли, Юл Мэй? С ней вы не говорили?

— Ей нужно отправлять своих мальчиков в колледж на следующий год.

— А другие, с кем вы ходите в церковь?

— У всех свои причины. Но на самом деле они очень боятся.

— Но скольких вы спрашивали?

Эйбилин открывает блокнот, листает. Губы шевелятся, она считает про себя. И произносит:

— Тридцать одну.

Разрешаю себе выдохнуть. Даже не заметила, что до сих пор не дышала.

— Довольно... много.

Эйбилин наконец решается посмотреть мне в глаза.

— Я не хотела говорить вам... пока не будет ответа от леди... — Снимает очки. Свою глубокую обеспокоенность она пытается скрыть за неуверенной улыбкой. — Я спрошу еще раз.

— Хорошо, — вздыхаю я.

Эйбилин, сглотнув, часто-часто кивает, придавая убедительности своим словам:

— Прошу вас, поверьте мне. Позвольте остаться в этом деле вместе с вами.

Я вынуждена прикрыть глаза, не в силах видеть ее встревоженное лицо. Как я посмела повысить на нее голос?

— Эйбилин, все в порядке. Мы... вместе.

Проходит несколько дней. Я сижу в жаркой кухне, скучаю, непрерывно курю — в последнее время не могу остановиться. Наверное, у меня «зависимость». Любимое словечко мистера Голдена. «Все зависимые — идиоты». Он время от времени вызывает меня в свой кабинет, просматривает статьи с красным карандашом в руках, зачеркивает, помечает и ворчит. Под конец удовлетворенно буркает:

— Нормально. У вас нормально?

— Нормально.

— Ну и нормально.

На выходе толстая секретарша протягивает чек на десять долларов, и за мою работу в качестве Мисс Мирны этого вполне достаточно.

В кухне жарко, но мне нужно выбраться из своей комнаты, где я только и делаю, что переживаю по поводу отсутствия других желающих сотрудничать с нами. Ну и курить я могу только здесь, потому что это единственное помещение в доме без вентилятора под потолком, раздувающего пепел. Когда мне было десять лет, папа попытался установить здесь вентилятор, не спросив Константайн. Она изумленно ткнула пальцем, как будто увидела грузовик на потолке.

— Это для тебя, Константайн, чтобы не мучилась от жары, ты же все время в кухне.

— Я не смогу работать, если здесь будет вентилятор, мистер Карлтон.

— Запросто сможешь. Сейчас только подключу его.

Папа спустился со стремянки. Константайн тем временем налила воды в кувшин.

— Валяйте, — вздохнула она. — Включайте эту штуку.

Папа повернул выключатель. В ту же секунду, подхваченное порывом воздуха, облако муки взметнулось вверх и закружилось по кухне, записи рецептов взлетели со стола и угодили прямиком на горящую плиту. Константайн живо схватила полыхающий бумажный ком и сунула его в кувшин с водой. Вентилятор провисел на потолке ровно десять минут, а дырка от него осталась по сей день.

В газете сенатор Уитворт указывает на пустующие земли, где планируется построить новый городской Колизей. Переворачиваю страницу. Не желаю, чтобы мне напоминали о свидании со Стюартом Уитвортом.

Появляется Паскагула. Наблюдаю, как она вырезает рюмкой кружочки теста для печенья — только для этого рюмка и используется. Окно позади меня распахнуто, створку придерживает каталог «Сирс, Ребак и К°». Ветерок шевелит картинки с двухдолларовыми миксерами и пластиковыми игрушками, уже сморщенные и пожелтевшие после нескольких дождливых дней.

«Может, все-таки попросить Паскагулу? Может, мама и не узнает». Кого я пытаюсь обмануть? Мама следит за каждым ее шагом, да и сама Паскагула, кажется, до смерти боится меня, как будто я в любой момент готова ее отругать. Годы пройдут, пока она справится со своим страхом. Интуиция подсказывает — не связывайся с ней.

Телефонный звонок звучит как сигнал тревоги. Паскагула роняет ложку, а я стремительно хватаю трубку. Шепот Эйбилин:

— Минни готова нам помочь.

Проскальзываю в кладовую, устраиваюсь на своей банке с мукой. Несколько секунд не могу перевести дыхание.

— Когда? Когда она может начать?

— В следующий четверг. Но у нее есть некоторые... требования.

— Какие?

Эйбилин нерешительно молчит.

— Она не хочет, чтобы ваш «кадиллак» появлялся по эту сторону моста Вудро Вильсона.

— Хорошо, — тут же соглашаюсь я. — Думаю, я могу... приехать на грузовике.

— И еще она говорит... говорит, чтобы вы не сидели рядом с ней. Она хочет все время видеть ваше лицо.

— Я... сяду, где она захочет.

Голос Эйбилин смягчается:

— Она просто с вами незнакома, вот и все. Да вдобавок у нее не слишком радостный опыт с белыми дамами.

— Я сделаю все, что потребуется.

Из кладовой я выхожу, сияя, торжествующе вешаю телефон на стену. Паскагула внимательно смотрит на меня — в одной руке рюмка, в другой — кусочек теста. Но тут же поспешно опускает взгляд и возвращается к своей работе.

Два дня спустя сообщаю маме, что отправляюсь за новым экземпляром Библии, поскольку прежний истрепался до дыр. Заодно добавляю, что терзаюсь чувством вины, разъезжая в «кадиллаке», в то время как бедные детишки в Африке голодают, поэтому решила сегодня взять старый грузовик. Мама недоверчиво щурится, не вставая с кресла:

— А где это ты намерена купить новую Библию?

— Я... — растерянно моргаю. — Мне ее заказали. В Кантонской церкви.

Она кивает, но провожает меня очень внимательным взглядом.

Еду в сторону Фэриш-стрит в грузовике с проржавевшим дном и с газонокосилкой в кузове. Через дырки в днище даже асфальт видно. Но хоть без трактора на прицепе.

Эйбилин впускает меня в дом. В дальнем углу гостиной — Минни, стоит, скрестив руки на пышной груди. Я видела ее несколько раз, когда Хилли позволяла миссис Уолтер принимать у себя бридж-клуб. И Минни, и Эйбилин в своей белой униформе.

— Привет, — здороваюсь с другого конца комнаты. — Рада видеть вас снова.

— Мисс Скитер, — сдержанно кивает Минни.

Она устраивается в деревянном кресле, которое Эйбилин принесла из кухни, и ножки кресла угрожающе потрескивают. Я присаживаюсь на дальний конец дивана. Эйбилин занимает место с другой стороны, между нами.

Откашливаюсь, нервно улыбаюсь. Лицо Минни невозмутимо. Она полная, маленькая и крепкая. Кожа у нее гораздо темнее, чем у Эйбилин, блестящая и упругая, точно резина новых галош.

— Я уже рассказала Минни, как мы работаем над историями, — обращается ко мне Эйбилин. — Вы помогаете мне писать мои. Она будет наговаривать вам свои, а вы их запишете.

— Минни, все, что вы расскажете здесь, строго конфиденциально, заверяю. Вы потом прочтете все, что мы...

— Почему вы решили, что цветным нужна ваша помощь? — Минни неожиданно встает. — Какое вам вообще до этого дело? Вы же *белая*.

Растерянно смотрю на Эйбилин. Никогда в жизни цветные не разговаривали со мной в таком тоне.

— Мы здесь работаем на одно дело, Минни, — пытается успокоить ее Эйбилин. — Мы просто разговариваем.

— И что же это за дело? — Минни обращается только ко мне: — Может, вы хотите, чтобы я вам все рассказала, чтобы потом втравить меня в неприятности? — И указывает на окно: — Медгар Эверс, чиновник НААСП*, что живет в пяти минутах отсюда, его гараж взорвали вчера вечером. Только за *разговоры*.

Я, с пылающим лицом, медленно произношу:

— Мы хотим показать вашу точку зрения... чтобы люди могли представить, как это выглядит для вас. Мы... мы надеемся, что это поможет изменить ситуацию.

— А что вы собираетесь изменить? Какой именно закон хотите переделать, чтобы он пошел на пользу вашей прислуге?

— Послушайте, я не пытаюсь изменить законы. Я говорю об отношении к...

— Знаете, что будет, если нас поймают? Я однажды в универмаге «Мак-Рэй» случайно зашла не в ту примерочную, так в мой дом целились из *винтовки*.

В комнате повисает напряженная тишина, слышно лишь тиканье старых стенных часов.

---

* NAACP — Национальная ассоциация содействия прогрессу цветного населения, крупная общественная организация США.

— Ты не обязана, Минни, — тихо произносит Эйбилин. — Ничего страшного, если ты передумала.

Минни медленно, устало опускается в кресло.

— Да я согласна. Просто хочу, чтобы она поняла — мы тут не в игрушки играем.

Снова оглядываюсь на Эйбилин. Она кивает. С трудом перевожу дыхание, руки у меня дрожат.

Я начинаю с вопросов о происхождении, и постепенно мы переходим к разговору о работе Минни. Рассказывая, она смотрит только на Эйбилин, как будто старается забыть о моем присутствии. Карандаш стремительно летает по страницам. Мы решили, что так будет менее формально, чем с пишущей машинкой.

— Потом появилась работа, где приходилось пахать допоздна каждый день. И знаете, что произошло?

— Что же?.. — спрашиваю я, хотя она по-прежнему обращается только к Эйбилин.

— «Ой, Минни, — противным голоском пищит она, — вы лучшая на свете хозяйка, у нас никогда не было такой прислуги. Дорогая Минни, вы останетесь у нас навсегда». Как-то она говорит, что предоставит мне оплачиваемый отпуск на целую неделю. У меня в жизни не бывало отпуска, ни оплачиваемого, никакого. А когда я через неделю вернулась на работу, их уже не было. Переехали в Мобайл. Она всем сказала, что боится, что я найду новое место до их отъезда. Мисс Ленивые Пальчики и дня не могла прожить без прислуги, видите ли.

Внезапно Минни резко встает, вскидывает сумку на плечо:

— Мне пора идти. Из-за этих ваших разговоров у меня сердцебиение. — И удаляется, хлопнув дверью.

Я смахиваю пот со лба.

— И это она еще в хорошем настроении, — вздыхает Эйбилин.

Глава 13

В течение двух недель мы собираемся втроем все в той же маленькой уютной гостиной Эйбилин. Минни врывается, всегда на взводе. Успокаивается, пока рассказывает Эйбилин свою историю, потом стремительно вылетает за дверь, такая же раздраженная, как и появилась. Я записываю все, что успеваю.

Если Минни вдруг заговаривает о мисс Селии — «Она пробирается наверх, думает, что я не замечаю, но я-то чую, у этой чокнутой что-то на уме», — то всегда обрывает себя, точно как Эйбилин, когда ненароком вспоминает о Константайн.

— Это к делу не относится. Мисс Селию сюда не впутывайте. — И следит, чтобы я не записывала.

Помимо крайней неприязни к белым у Минни есть еще одна любимая тема — она любит поговорить о еде.

— Понимаете, сначала я кладу зеленый горошек, потом берусь за отбивные, м-м-м, я, знаете, люблю их горяченькими, чтоб со сковородки.

Однажды, прямо посередине фразы «...в одной руке у меня белый ребеночек, горошек в кастрюле», она замолкает. Дергает подбородком в мою сторону. Нервно постукивает ногой.

— Да половина того, что я рассказываю, не имеет отношения к правам цветных. Это просто хозяйственные дела, день за днем. — Меряет меня взглядом сверху донизу. — По мне, так вы просто описываете *жизнь*.

Карандаш в руке замирает. А ведь она права. Именно этого я и добиваюсь.

— Надеюсь, да, — признаю я.

Минни встает и заявляет, что у нее есть гораздо более серьезные заботы, чем какие-то там мои надежды.

Вечером я работаю у себя в комнате. Вдруг слышу, как по лестнице торопливо поднимается мама. Через пару секунд она уже на пороге.

— Евгения! — драматическим шепотом восклицает она.

Я вскакиваю, едва не опрокинув стул, и пытаюсь прикрыть лист, торчащий из машинки.

— Да, мам?

— Не волнуйся, но там внизу мужчина — очень *высокий* мужчина — спрашивает тебя.

— Кто это?

— Он говорит, что его зовут Стюарт *Уитворт.*

— Что?

— Он сказал, что недавно вы провели вместе вечер, но как такое могло случиться, я ничего не знаю...

— О господи.

— Не поминай имя Господа всуе, Евгения Фелан. Живо накрась губы.

— Поверь, мамочка, — я все-таки решаю воспользоваться губной помадой, — Иисусу он тоже не понравился бы.

Приходится причесаться, потому что волосы и в самом деле торчат во все стороны. Я даже стираю фиолетовые пятна от ленты пишущей машинки с пальцев и локтей. Но переодеваться не собираюсь, он того не стоит.

Мама скептически оглядывает мои джинсы и старую папину белую рубашку.

— Он из гринвудских Уитвортов или из Натчеза?

— Он сын сенатора штата.

Нижняя челюсть матушки отваливается так низко, что стукает по нитке жемчуга. Я спускаюсь вдоль галереи наших детских портретов. Фотографии Карлтона тянутся по всей стене, самые последние сделаны буквально на днях. Мои последние фото относятся к двенадцатилетнему возрасту.

— Мама, оставь нас наедине.

Смотрю, как она нехотя удаляется в свою комнату, с тоской оглядываясь через плечо, и выхожу на террасу.

Вот он, Стюарт Уитворт собственной персоной, мой новый знакомый, явился три месяца спустя — брюки хаки, синий пиджак, красный галстук, как будто к воскресному обеду вырядился.

Скотина.

— Что привело вас сюда? — без улыбки спрашиваю я. Не собираюсь ему улыбаться.

— Я просто... хотел зайти.

— Что ж. Могу я предложить вам прохладительного? Или сразу подать бутылку «Старого Кентукки»?

Он хмурится. Нос и лоб ярко-розовые, словно торчал на солнцепеке.

— Послушайте, я понимаю, прошло... много времени, но я приехал, чтобы попросить прощения.

— Кто вас прислал — Хилли? Или Уильям? — На террасе стоят восемь пустых кресел, но я не предлагаю ему присесть ни в одно из них.

Он косится на хлопковое поле, закатное солнце золотит мокрую грязь. Руки сунул в карманы, точно двенадцатилетний мальчишка.

— Я понимаю, что вел себя... грубо в тот вечер, я много об этом думал и...

Я просто хохочу в ответ. Какого черта он явился сюда и заставляет меня переживать все это снова.

— Но поймите, — не унимается он, — я раз десять говорил Хилли, что не готов ни к каким знакомствам. Я вообще не представлял, как возможно...

Приходится изо всех сил стиснуть зубы. Невероятно, но к глазам подступили слезы. Свидание ведь состоялось несколько месяцев назад, но я прекрасно помнила, какой жалкой чувствовала себя тогда, как наряжалась, чтобы ему понравиться.

— Тогда зачем вы вообще согласились?

— Не понимаю, — качает он головой. — Вы же знаете Хилли...

Я жду, пока он объяснит, зачем пришел. Стюарт проводит рукой по волосам, взъерошивая их. Они такие густые и жесткие, как проволока.

Отворачиваюсь — он сейчас милый, словно подросток, а я не желаю об этом думать. Скорей бы ушел — я не в силах еще раз испытать те кошмарные чувства. Но вслух произношу совсем другое:

— Что вы имеете в виду, что значит — «не готов»?

— Просто не готов. После того, что случилось.

— Хотите, чтобы я гадала?

— У нас с Патрицией ван Девендер. Мы были помолвлены, а потом... я думал, вы знаете.

Он опускается в кресло. Я не сажусь рядом. Но и не прогоняю его.

— Она что, сбежала с другим?

— Точно. — Стюарт прячет лицо в ладонях, бормочет: — Это было какое-то безумие, сумасшедший карнавал, дикость.

Я молчу, хотя ужасно хочется сказать, что он наверняка это заслужил, но он такой несчастный. Интересно, у этого славного мальчика всегда такой жалкий вид, если хамство не подкрепляется бутылкой бурбона?

— Мы встречались с пятнадцати лет. Думаю, сами знаете, как это бывает, когда так долго вместе с человеком.

Не пойму, с чего вдруг я сознаюсь, разве что — терять нечего.

— Вообще-то, нет. Я никогда ни с кем не встречалась.

Удивленный взгляд, короткий смешок.

— Ну да, так и должно быть.

— Как? — Застываю, мгновенно вспомнив комментарии насчет удобрений и трактора.

— Вы такая... необычная. Я никогда не встречал человека, который говорил бы именно то, что думает. Во всяком случае, девушки.

— При желании я могла бы сказать *гораздо больше*.

Он только вздыхает.

— Когда я увидел ваше лицо, там, около трактора... Поверьте, я не такое ничтожество.

Вдруг я понимаю, что, говоря о моей необычности, он, возможно, не имел в виду, что я ненормальная дылда. Может быть, он говорил в хорошем смысле.

— Я приехал пригласить вас поужинать где-нибудь в городе. Мы могли бы... — Он встает. — Могли бы... ну, не знаю, выслушать друг друга.

Я потрясена. Голубые ясные глаза устремлены на меня, будто для него действительно важен мой ответ. Я уже готова сказать «да» — ну с чего бы мне отказываться? — но тут вспоминаю, как он обращался со мной. Напился как скотина, только чтобы не общаться. Вспоминаю, как он сказал, что от меня разит удобрениями. Мне понадобилось целых три месяца, чтобы перестать об этом думать.

— Нет! Благодарю. Но действительно не могу представить худшего времяпрепровождения.

Он кивает, не поднимая головы. Поворачивается, спускается по ступеням. И говорит, уже открывая дверь машины:

— Простите. Я приехал, чтобы сказать именно это, и, полагаю, все же сказал.

Стою на террасе, краем сознания отмечая неверные сумеречные звуки: гравий шуршит под ногами Стюарта, в сгущающейся тьме пробежали собаки. Молнией проносится воспоминание о Чарльзе Грее, единственном поцелуе в моей жизни. Как я отодвинулась тогда, решив отчего-то, что поцелуй предназначался не мне.

Стюарт садится за руль, локоть торчит из окна. Он по-прежнему не поднимает глаз.

— Подождите минутку, — окликаю я. — Только надену свитер.

Нам, девушкам без личной жизни, никто не рассказывает, что воспоминания могут быть почти такими же приятными, как сами события. Мама героически взбирается на третий этаж и стоит у моей кровати, но я притворяюсь, что сплю. Хочу насладиться в полной мере.

Вчера вечером мы поехали в «Роберт Э. Ли». Я надела светло-синий джемпер и узкую белую юбку. Пришлось позволить маме причесать меня, чтобы унять ее нервические путаные инструкции.

— И не забывай улыбаться. Мужчинам не нравятся девушки, которые весь вечер сидят с постной физиономией. Да, и не сиди, как индейская скво, скрестив...

— Погоди, так что нужно скрестить — ноги или только лодыжки?

— Лодыжки. Ты что, совсем ничего не помнишь из уроков этикета миссис Раймер? И не тушуйся, ври напропалую, расскажи, что ходишь в церковь каждое воскресенье, и всякое такое, да, и не грызи кубики льда, это просто ужасно. А если в беседе вдруг образуется пауза, расскажи о нашем троюродном кузене, члене городского совета в Костюшко...

Непрерывно причесывая и приглаживая, причесывая и приглаживая, мама старалась разузнать, как я с ним познакомилась, что произошло на прошлом свидании, но я все-таки умудрилась сбежать. Мне хватало собственной каши в голове. Мы со Стюартом добрались до отеля, уселись за столик, расстелили на коленях салфетки, но тут подошел официант и сообщил, что они скоро закрываются. И могут предложить только десерт.

Стюарт притих.

— Что... вы хотели бы, Скитер? — спросил он, и я тут же напряглась, подумав, что он опять собирается надраться.

— Я буду только кока-колу. И много льда.

— Нет, — улыбнулся он. — Я имел в виду... от жизни? Чего вы хотите от жизни?

Мгновенно вспоминаю, что советовала ответить на подобный вопрос мама: красивые здоровые дети, муж, о котором буду заботиться, сверкающая кухня, чтобы готовить вкусную и полезную еду.

— Я хочу быть писательницей. Или журналисткой. Или и тем и другим.

На этот раз он посмотрел мне прямо в глаза.

— Мне нравится эта идея, — сказал он, не отводя взгляда. — Я много думал о вас. Вы такая умная, красивая и... — тут он чуть улыбнулся, — высокая.

Красивая?

Мы ели клубничное суфле и выпили по бокалу шабли. Он рассказывал, как сложно приходится, если нефтяной пласт обнаруживают под хлопковым полем, а я рассказывала, что мы с секретаршей — единственные женщины в нашей газете.

— Уверен, вы пишете о чем-то настоящем. О том, во что верите.

— Спасибо. Я... тоже на это надеюсь, — кивнула я, но ни словом не обмолвилась об Эйбилин и миссис Штайн.

Мне не приходилось прежде так близко видеть мужское лицо, и я обратила внимание, насколько его кожа плотнее и темнее моей, а жесткая светлая щетина на щеках и подбородке, казалось, прорастала под моим взглядом. От него пахло крахмалом. И хвоей. И не такой уж у него острый нос.

Официант позевывал в углу, но мы говорили и говорили, не обращая на него никакого внимания. И в тот момент, когда я уже жалела, что не вымыла голову с утра, и была почти счастлива, что хотя бы почистила зубы, он совершенно неожиданно поцеловал меня. Прямо посреди ресторана «Роберт Э. Ли» он медленно поцеловал меня, открытым ртом, и каждая клеточка моего тела — кожа, ключицы, подколенные ямки — все внутри меня вспыхнуло ярким светом.

Днем в понедельник, через несколько недель после свидания со Стюартом, я заезжаю в библиотеку перед тем, как отправиться на встречу Лиги. Пахнет здесь, как в школе, — клеем, скукой, блевотиной и дезинфекторами. Я пришла взять книги для Эйбилин и посмотреть, нет ли литературы о жизни домашней прислуги.

— Ой, привет, Скитер!

Боже. Только этого не хватало. Сьюзи Пернелл. В школе она считалась самой безудержной болтушкой.

— Э-э... привет, Сьюзи. Что ты здесь делаешь?

— Я работаю тут в комитете Лиги, помнишь? Ты обязательно должна к нам присоединиться, Скитер, это так здорово! Ты сможешь читать все последние журналы, подшивать бумаги и даже ламинировать библиотечные карточки. — Сьюзи принимает соответствующую позу рядом с громадным аппаратом — прямо телешоу «Идеальная цена».

— Как это увлекательно.

— Ну, а что предложить вам сегодня, мэм? У нас есть детективы, любовные романы, книги о макияже, о *прическах*. — Она выдерживает паузу, многозначительно улыбаясь. — Уходе за розами, украшении дома...

— Я просто поищу что-нибудь, спасибо, — перебиваю я. Уж как-нибудь разберусь, не заплутаю среди стеллажей. Не сообщать же ей, за чем именно я пришла. Прямо слышу, как она шепчет подружкам по Лиге: «Я знала, что с этой Скитер Фелан что-то не так, она искала материалы про негров...»

Перебираю карточки каталога, просматриваю полки, но о прислуге ничего нет. Лишь в документальной литературе нахожу единственный экземпляр «Фредерик Дуглас, американский раб». Радостно хватаю, представляя, как отнесу ее Эйбилин, но, открыв, обнаруживаю, что вся середина книжки вырвана. И надпись химическим карандашом: КНИГА НИГГЕРА. Меня взволновали не столько слова, сколько сам вид их, почерк — надпись сделана явно двоечником. Оглядевшись по сторонам, сую книжку в сумку. Это лучше, чем вернуть ее на полку.

В разделе «История Миссисипи» пытаюсь разыскать хоть что-нибудь, имеющее отношение к расовой проблеме. Но нахожу лишь книги о Гражданской войне, карты и старые телефонные справочники. Приподнявшись на цыпочки, шарю на верхней полке. И рядом с «Отчетами о наводнениях в пойме реки Миссисипи» обнаруживаю брошюру. Человек обычного роста никогда бы ее не заметил. Брошюра тоненькая, отпечатанная на почти прозрачной бумаге, вся помятая. «Сборник Законов Джима Кроу»* — гласит заголовок. Переворачиваю шуршащие страницы.

Это всего лишь список законов, определяющих, что позволено и не позволено цветным в Южных штатах. Бегло просматриваю первую страницу. Ничего угрожающего или, напротив, доброжелательного, просто констатация фактов.

Никто не смеет требовать от белой женщины ухаживать за больными в помещении, где находятся негры.

Белый человек имеет право вступать в брак только с белым. Любой союз, заключенный в нарушение этого пункта, считается недействительным.

---

* Неофициальное, широко распространенное название законов о расовой сегрегации. Имя «Джим Кроу», впервые появившееся в уличной песенке, стало нарицательным для обозначения плохо одетого неграмотного негра.

Цветной парикмахер не имеет права обслуживать белую даму или девушку.

Ответственные лица обязаны следить, чтобы цветных не хоронили в той же земле, что и белых.

Между школами для белых и цветных не должно происходить обмена книгами; книги используются представителями той расы, кто первым прикоснулся к ним.

Я, как завороженная, прочла четыре из двадцати пяти страниц — невероятно, сколько законов нас разделяет. Неграм и белым запрещено пользоваться одними и теми же водоразборными колонками, кинотеатрами, общественными туалетами, бейсбольными стадионами, телефонными будками, цирками. Негры не смеют зайти в ту же аптеку или купить почтовые марки в том же окошке, что и я. Я вспомнила Константайн. Как-то мы всей семьей поехали в Мемфис и взяли ее с собой, а шоссе размыло, но мы вынуждены были ехать по бездорожью, потому что знали — в отель нас с ней не пустят. Странно, но ни один из сидевших в машине белых не произнес это вслух. Мы все знаем об этих законах, мы живем по ним, но никогда их не обсуждаем. Я вообще впервые вижу их записанными.

Барные стойки, ярмарки, бильярдные столы, больницы. Пункт сорок семь пришлось перечитать дважды, в силу его странной иронии.

Правительство будет финансировать постройку отдельных зданий для обучения слепых граждан черной расы.

Усилием воли заставляю себя остановиться. Заталкиваю было брошюру на место, убеждая себя, что пишу книгу не о законодательстве Юга, что это пустая трата времени. Но потом словно что-то щелкает в голове, и я осознаю — нет никакой разницы между этими государственными законами и планами Хилли по сооружению отдельного туалета для Эйбилин в гараже.

На последней странице крупным шрифтом напечатано: «Собственность Юридической библиотеки Миссисипи». Брошюру-то вернули не в то здание. На чистом листочке бумаги торопливо записываю собственное открытие: «Джим Кроу или “туалетная инициатива” Хилли — в чем разница?» — и засовываю листок в брошюру. Прячу находку в сумку. За стойкой громко чихает Сьюзи.

Направляюсь к выходу. Совещание Лиги через тридцать минут. Еще раз дружески улыбаюсь Сьюзи. Она что-то бормочет в телефонную трубку. Украденная брошюра словно пульсирует в сумке.

— Скитер, — шепотом окликает меня Сьюзи, широко распахнув глаза, — я слышала, ты встречаешься со Стюартом Уитвортом?

От подчеркнутого «*ты*» в ее вопросе улыбка моя гаснет. Делаю вид, что не расслышала, и выхожу на залитую солнцем улицу. Я никогда в жизни не воровала. И немножко довольна, что первый опыт состоялся под бдительным взором Сьюзи.

Как по-разному мы получаем удовольствие, мои подруги и я. Элизабет торчит за швейной машинкой, старается, чтоб ее жизнь выглядела «покупной». Я — за машинкой пишущей, изливая на бумагу то, что не хватает духу произнести вслух. А Хилли отдыхает душой на трибуне, разъясняя шестидесяти пяти дамам, что трех банок консервов на человека недостаточно, чтобы накормить НГДА. Несчастных Голодающих Детишек Африки, в смысле. Однако Мэри Джолин Уокер полагает, что вполне достаточно.

— И потом, разве это не слишком дорого, везти эти консервы через весь мир, в Эфиопию? — вопрошает она. — Разве не разумнее просто послать им чек?

Собрание официально пока не началось, но Хилли уже на трибуне. В глазах — неистовый блеск. Сегодня Хилли созвала внеочередное заседание. В июне многие члены Лиги разъезжаются на летние каникулы. Затем в июле сама Хилли уезжает на три недели к морю. Ей невыносимо тяжело даже представить, как это город сможет обойтись без нее.

Хилли гневно выкатывает глаза:

— Этим дикарям нельзя давать деньги, Мэри Джолин! В пустыне нет продовольственного магазина «Джитни». И откуда мы можем знать, что они потратят деньги, чтобы накормить детей? Вдруг они вместо этого отправятся в местную вуду-лавку и сделают себе еще одну сатанинскую татуировку?

— Ну ладно, — чуть побледнев, уступает ошарашенная ее напором Мэри Джолин. — Наверное, тебе лучше знать.

Стоит Хилли вот так выпучиться — и дело в шляпе, поэтому она так успешна на посту президента Лиги.

Я прохожу сквозь толпу, ощущая на себе всеобщее внимание, точно над головой у меня нимб парит. Зал заполнен дамами примерно моего возраста — они пьют содовую, едят пирожные, курят и шепчутся, провожая меня взглядами.

— Скитер, — окликает меня Лиза Пресли, — я слышала, ты недавно была в «Роберт Э. Ли»?

— Правда? Ты действительно встречаешься со Стюартом Уитвортом? — вступает Франсес Гринбоу.

Большинство вопросов звучит вполне дружелюбно, не то что у Сьюзи в библиотеке. И все же я равнодушно пожимаю плечами, стараясь не обращать внимания на разницу: когда расспрашивают обычную девушку, это просто информация, а вот то же самое про Скитер Фелан — это уже *новость*.

Но это действительно правда. Я встречаюсь со Стюартом Уитвортом, уже три недели. Дважды, считая первое кошмарное свидание, мы были в «Роберте Э. Ли» и еще три раза сидели у нас на террасе, перед его отъездами домой в Виксбург. Однажды даже мой отец задержался поболтать с ним. «Здорово, сынок. Ты скажи сенатору, что мы ценим его выступления против проекта закона о налогах на фермеров». Маму разрывают противоречивые чувства — ужас перед тем, что я могу все испортить, и радость от того, что мне все-таки нравятся мужчины.

Словно прожектор всеобщего изумления освещает меня, пока я иду к Хилли. Девушки улыбаются и приветливо кивают.

— Когда вы снова встречаетесь? — Это уже Элизабет, нервно теребит платочек, глаза безумные, словно только что стала свидетельницей автокатастрофы. — Он сказал?

— Завтра вечером. Когда он приедет.

— Отлично. — Улыбка Хилли напоминает самодовольную ухмылку младенца на коробке с детской молочной смесью. Косо пришитые пуговицы на ее красном жакете держатся на честном слове. — Мы могли бы встретиться все вчетвером.

На это я молчу. Мне не нужны Хилли и Уильям. Я хочу сидеть рядом со Стюартом, чтобы он смотрел на меня и только на меня. Дважды, когда мы оставались наедине, он поправлял мои волосы, падавшие на глаза. В присутствии приятелей он этого делать не станет.

— Уильям позвонит сегодня Стюарту. Давайте сходим вместе в кино.

— Хорошо, — со вздохом соглашаюсь я.

— До смерти хочется посмотреть «Этот безумный, безумный, безумный, безумный мир». Как будет чудесно, — радуется Хилли. — Мы с тобой, и Уильям со Стюартом.

Как-то странно она распределила наши имена. Как будто это Уильяму нужно быть вместе со Стюартом, а не мне. Наверное, это паранойя, но в последнее время у меня все вызывает подозрения. Два дня назад на мосту, ведущем в цветную часть города, меня остановил полицейский. Посветил фонарем в кабину, луч света выхватил из полумрака мою сумку. Попросил права, поинтересовался, куда я направляюсь.

— Я везу чек своей служанке... Константайн. Забыла ей заплатить. (Тут подошел второй полицейский.) А почему вы меня остановили? Что-то случилось? — спрашиваю каким-то писклявым голоском, а у самой сердце готово выскочить из груди. Что, если они решат заглянуть в мою сумку?

— Какой-то янки буянит. Мы скоро поймаем его, мэм. — Полицейский многозначительно похлопал по своей дубинке. — Разбирайтесь со своими делами и возвращайтесь скорей.

На улице Эйбилин я припарковалась на квартал дальше, чем обычно. Постучалась не в парадную дверь, а со стороны черного хода. Но еще час меня всю трясло, я с трудом зачитывала вопросы, приготовленные для Минни.

Хилли ударяет председательским молоточком, объявляя пятиминутную готовность. Пробираюсь к своему месту, устраиваю сумку на коленях. Перебирая содержимое, натыкаюсь на украденную из библиотеки брошюру. Вообще-то в этой сумке хранится вся наша работа: интервью с Минни и Эйбилин, черновики книги, список потенциальных героинь, едкие, злые заметки по поводу туалетных инициатив Хилли — все, что я не могу оставить дома из опасения, что мама будет рыться в моих вещах. Я держу все материалы во внутреннем, застегивающемся на молнию отделении. С одного бока сумка неестественно оттопыривается.

— Скитер, эти поплиновые брюки просто очаровательны, почему я не видела их раньше? — окликает меня Кэрролл Рингер, я улыбаюсь, а сама думаю: «Потому что я, как и ты, не решилась бы надеть на собрание старые шмотки». Вопросы о нарядах меня ужасно раздражают, после того как мама много лет буквально травила меня этим.

Чувствую на своем плече чью-то руку. Оборачиваюсь как раз вовремя, чтобы обнаружить палец Хилли в своей сумке, точно на украденной брошюре.

— Это заметки для следующего бюллетеня, да?

— Нет, нет, погоди! — Торопливо заталкиваю брошюру под бумаги. — Нужно... кое-что исправить. Я принесу их тебе чуть позже.

С трудом перевожу дыхание.

Хилли возвращается на трибуну, смотрит на часы, поигрывая молоточком в очевидном нетерпении стукнуть. Я же тем временем запихиваю сумку поглубже под стул. Наконец собрание начинается.

Записываю все, что относится к Голодающим Детишкам, — кто попал в «черный список», кто еще не принес консервы. В календаре событий множество собраний и детских праздников, и я нетерпеливо ерзаю на стуле. Мне нужно к трем часам вернуть матери машину.

Полтора часа спустя пулей вылетаю из душного зала. Я, конечно, попаду в «черный список» за то, что так рано ушла, но это еще вопрос, что хуже — мамина ярость или гнев Хилли.

Успеваю домой даже на пять минут раньше. Напевая «Полюби меня», прикидываю, что хорошо бы купить короткую юбочку, как у Дженни Фуши сегодня. Она сказала, что приобрела ее в Нью-Йорке, в «Бергдорф Гудман». Мама в обморок упадет, если в субботу перед свиданием со Стюартом я появлюсь в юбке выше колена.

— Мам, я дома, — кричу из коридора.

Наливаю холодной кока-колы, радостно вздыхаю — я чувствую себя сильной и счастливой. Иду за своей рабочей сумкой, сейчас займусь обработкой очередных историй Минни. Ей определенно хочется поговорить о Селии Фут, но она всегда себя обрывает и сразу же меняет тему. Тут звонит телефон, но спрашивают Паскагулу. Записываю сообщение для нее от Юл Мэй, служанки Хилли.

— Привет, Юл Мэй. — Какой все же маленький у нас город. — Я непременно ей передам, как только она вернется.

Как жаль, что рядом нет Константайн. Как бы мне хотелось рассказать ей обо всех событиях дня, все-все, подробно.

Вздохнув, допиваю колу и иду за сумкой. Странно, но у двери ее нет. Выхожу к машине, но и там пусто. Слегка занервничав, поднимаюсь наверх. Румянец постепенно сползает с лица, сменяясь легкой желтизной. Я ведь не заходила к себе? Прочесываю свою спальню — ничего. Останавливаюсь в центре комнаты, холодная волна паники медленно ползет вдоль позвоночника. Сумка. В ней же — *все*.

Мама — пронзает мысль. Скатываюсь по лестнице, заглядываю в гостиную. Внезапно понимаю, что мама ни при чем, и осознание истины парализует все тело. Я забыла сумку в Лиге. Слишком спешила домой, вернуть матери машину. Когда звонит телефон, я уже знаю, что это Хилли.

Хватаю трубку, кивнув выходящей из дома маме.

— Алло?

— Как ты могла забыть здесь эту тяжесть? — Недовольный голос Хилли. У нее никогда не было проблем с тем, чтобы порыться в чужих вещах. Ей это даже нравится.

— Мама, погоди минутку! — кричу из кухни.

— Боже правый, Скитер, да что ты в ней таскаешь?

Я должна остановить маму, но Хилли бормочет невнятно, кажется, наклоняется, открывает сумку...

— Ничего особенного! Только... письма Мисс Мирне, ты же знаешь.

— Ладно, я захвачу ее домой, а ты можешь заехать забрать.

Мама уже заводит мотор.

— Хорошо... я сейчас же приеду.

Выскакиваю на улицу, но вижу только хвост маминой машины. Старого грузовика тоже нет на месте, развозит семена по полям. Ужас внутри меня становится твердым и горячим, как кирпич на солнце.

Вдруг «кадиллак» замедляет ход, потом совсем останавливается. Опять трогается. Опять останавливается. Затем медленно разворачивается и, виляя из стороны в сторону, движется вверх по холму. По милости Господней, в которую я никогда особенно не верила, мама и вправду *возвращается*.

— Представляешь, я забыла кастрюлю для Сью Анн...

Стремительно прыгаю на пассажирское сиденье, дожидаюсь, пока мама вернется за руль.

— Отвезешь меня к Хилли? Мне нужно забрать у нее кое-что. — В нетерпении только что не топаю. — О господи, быстрее, мама. Пока я не опоздала.

— Евгения, у меня сегодня миллион дел... — Мама не двигается с места.

У меня вот-вот начнется истерика.

— Мама, пожалуйста, *поехали...*

«Кадиллак» неподвижен.

— Послушай, — говорит мама. — У меня есть некое личное дело, и, полагаю, тебе не стоит меня сопровождать.

— Это займет пять минут. Поехали, мама!

Недовольно поджав губы, мама опускает на руль свои руки в белых перчатках.

— У меня сегодня очень важное конфиденциальное дело.

Не представляю, чтобы мамино дело оказалось важнее моего.

— И какое же? «Дочери американской революции» в опасности? К ним пытаются примкнуть мексиканки? Кого-то застали за чтением «Нового американского словаря»?

— Ну ладно, — вздыхает мама и осторожно заводит двигатель. — Поехали.

Мы катимся по аллее со скоростью сто ярдов в час, чтобы гравий не поцарапал краску на «кадиллаке». Перед выездом на шоссе мама надевает специальные автомобильные шоры, словно готовясь к операции на мозге. Судорожно стискиваю кулаки. Мысленно жму на акселератор. Мать каждый раз ведет машину, как в первый.

На шоссе скорость возрастает до пятнадцати миль в час, и она впивается в руль, словно на спидометре все сто пятьдесят.

— Мам, — не выдерживаю я, — дай я сяду за руль.

Тяжкий вздох в ответ. Удивительно, но она съезжает на обочину.

Выскакиваю, обегаю машину, занимаю водительское место, мама переползает на мое. Разгоняюсь до семидесяти, мысленно повторяя: «Хилли, умоляю, побори искушение совать нос в мои частные дела...»

— И что это за страшная тайна, куда это ты сегодня собралась? — интересуюсь я.

— Я... к доктору Нилу на анализы. Ничего особенного, но я не хочу, чтобы папа знал. Ты же помнишь, как он всякий раз расстраивается, если кто-то обращается к врачам.

— А что за анализы?

— На содержание йода, по поводу моей язвы, я каждый год его сдаю. Высади меня у баптистской больницы, а потом можешь ехать к Хилли. Мне хотя бы не придется беспокоиться из-за парковки.

Покосившись в ее сторону, жду дальнейших разъяснений, но она сидит, строго выпрямившись, в идеальном светло-голубом платье, идеально скрестив лодыжки. Не помню, чтобы в прошлом году она сдавала какие-то анализы. Константайн обязательно написала бы мне. Должно быть, мама держала это в тайне.

Пять минут спустя мы уже около больницы. Помогаю ей выйти из машины.

— Евгения, бога ради. Конечно, я еду к врачу, но это вовсе не означает, что я инвалид.

Высоко подняв голову, она направляется к стеклянным дверям.

— Мам, ты не хочешь... чтобы я пошла с тобой? — Пусть я очень спешу — нужно срочно разобраться с Хилли, — но почему-то не могу просто взять и бросить ее здесь.

— Это все *пустяки*. Отправляйся к Хилли и возвращайся за мной через час.

Она удаляется по длинному коридору, прижимая к груди сумочку, а я всё провожаю ее взглядом, хотя давно пора бы развернуться и бежать. Какой хрупкой и растерянной стала мама. Прежде, бывало, стоило ей вздохнуть, и в комнате сразу становилось тесно, а ныне... ее как будто стало меньше. Мама сворачивает за угол. Еще секунду смотрю на светло-желтую стену, за которой она скрылась, потом бегу обратно к машине.

Уже через полторы минуты звоню в дверь Хилли. В обычных обстоятельствах я обязательно поговорила бы с ней о маме. Но сейчас ее нельзя отвлекать. Первое мгновение все покажет. Хилли чрезвычайно искусно врет, но лишь с того момента, как открывает рот.

На пороге возникает Хилли. Красные губы плотно сжаты. Смотрю на ее руки. Сплетены почти в узел. Я опоздала.

— Ну и скорость, — бросает она, впуская меня в дом. — Вот она, эта мерзкая штука. Надеюсь, ты не возражаешь, что я просмотрела кое-что.

От волнения я, кажется, даже дышать не могу. Внимательно смотрю на свою лучшую подругу, пытаясь понять, что именно она успела прочесть в моих бумагах. Но на лице ее лишь дежурная, почти сияющая, улыбка. Момент истины миновал.

— Выпьешь чего-нибудь?

— Нет, спасибо. — И тут же предлагаю: — Не хочешь покидать мяч вечерком? Чудесная погода.

— У Уильяма совещание, а потом мы идем на «Этот безумный, безумный, безумный, безумный мир».

Непонятно. Разве не сама она всего два часа назад предлагала сходить на этот фильм завтра вечером, причем двумя парами? Медленно продвигаюсь к дальнему концу стола, как будто опасаюсь, что она набросится, если я буду двигаться слишком быстро. Хилли берет серебряную вилку с буфета, постукивает пальцем по зубчикам.

— Да, э-э, я слышала, Спенсер Трейси просто божественный, — бормочу я и небрежно роюсь в сумке.

Записи Эйбилин и Минни глубоко в потайном кармане, застегнутом наглухо. Но «туалетные планы» Хилли прямо в середине большого отделения, вместе с листочком, на котором я записала: «Джим Кроу или “туалетная инициатива” Хилли — в чем разница?» И рядом наброски информационного бюллетеня, которые Хилли уже просмотрела. Но брошюра — с законами — я все обыскала — исчезла.

Хилли, прищурившись и чуть склонив голову, внимательно смотрит на мои манипуляции.

— Знаешь, я тут вспомнила, как отец Стюарта стоял рядом с Россом Барнеттом, когда они не давали тому цветному парню пройти в «Оле Мисс». Они так близки, сенатор Уитворт и губернатор Барнетт.

Открываю рот, чтобы ответить хоть что-нибудь, но тут в комнате появляется сынишка Хилли, двухлетний Уильям.

— Маленький мой! — Хилли подхватывает его на руки, утыкается носом в детскую шейку. — Мой чудесный, чудесный мальчик!

Уильям смотрит на меня и хихикает.

— Что ж, приятного вечера.

— Ага. — Хилли машет мне вслед ручонкой Уильяма, пока я спускаюсь по ступеням. И захлопывает дверь, прежде чем я успеваю добраться до машины.

Эйбилин

Глава 14

Бывали в моей жизни напряженные моменты, но тут с одной стороны сидит Минни, с другой — мисс Скитер, а обсуждаем мы, каково быть негром и при этом работать на белых женщин. Господи, хоть бы они друг друга не покалечили.

Время от времени до этого почти доходило.

Как, к примеру, на прошлой неделе, когда мисс Скитер показала мне соображения мисс Хилли насчет того, почему нужны отдельные туалеты для цветных.

— Такое чувство, будто читаю документы Ку-клукс-клана, — сказала я тогда мисс Скитер.

Мы сидели в гостиной, вечера становятся все теплее. Минни вышла в кухню, постоять около открытого холодильника. Наша Минни, она только в январе не потеет, да и то минут пять, не больше.

— Хилли хочет, чтобы я опубликовала это в информационном бюллетене Лиги, — сказала мисс Скитер с отвращением. — Простите, наверное, не следовало показывать вам это. Но мне больше не с кем поделиться.

Через минуту и Минни вернулась. Я сделала мисс Скитер знак, чтоб она спрятала листочек под свой блокнот. Минни, кажется, не остыла. Пожалуй, еще больше разгорячилась.

— Минни, а вы с Лероем разговариваете о гражданских правах? — спросила мисс Скитер. — Когда он приходит домой после работы?

У Минни на руке здоровенный синяк — вот чем занимается ее Лерой, когда возвращается с работы. Гоняет ее по дому.

— Не-а, — только и ответила Минни. Не любит она, когда лезут в ее жизнь.

— Да что вы? И он не рассказывает о том, что думает по поводу маршей протеста и сегрегации? Может, на работе, его босс...

— Хватит про Лероя. — Минни скрестила руки, чтобы синяка не было видно.

Я тихонько наступила Скитер на ногу. Но у мисс Скитер, у нее такой вид, будто что-то задумала.

— Эйбилин, как вы считаете, не следует ли нам осветить и точку зрения мужей? Минни, возможно...

Минни вскочила так резко, что абажур закачался.

— Я в этом больше не участвую. Вы лезете в личную жизнь. А я не намерена сообщать белым, как я живу.

— Конечно, Минни, простите, — тут же уступила мисс Скитер. — Мы не должны упоминать о вашей семье.

— Нет. Я передумала. Найдите кого другого, чтоб выкладывать правду.

Мы через такое уже проходили. Но на этот раз Минни собрала сумочку, подхватила свой «похоронный» веер, упавший под стул, и заявила:

— Прости, Эйб. Но я просто больше не могу играть в эти игры.

Тут я запаниковала. Она ведь и вправду уйдет. Этого нельзя допустить. Минни — единственная, кто согласился нам помочь.

Поэтому я наклонилась и вытащила листочек с планами Хилли из-под блокнотика мисс Скитер. Сунула его Минни прямо под нос.

— Что это такое? — спросила она.

Я равнодушно так пожала плечами. Нельзя было дать ей понять, что я очень хочу, чтобы она прочитала, а то бы она точно отказалась.

Минни пробежала глазами по листку. И тут же я увидела ее ровные зубы. Но Минни вовсе не улыбалась.

Потом долгим тяжелым взглядом окинула мисс Скитер. И проговорила:

— Пожалуй, мы продолжим. Но не лезьте в мою личную жизнь, ясно?

Мисс Скитер кивнула. Она смышленая.

Я готовлю яичный салат на ланч мисс Лифолт и Малышке, кладу сбоку немножко пикулей для красоты. Мисс Лифолт усаживается за кухонный стол вместе с Мэй Мобли и принимается болтать с ней о том, что в октябре появится малыш, говорит, как она надеется, что уже выйдет из больницы к традиционной встрече выпускников «Оле Мисс», как ей хочется подарить Малышке братика или сестричку, и спрашивает, какое имя лучше выбрать. Как это приятно — видеть, что они вот так мило беседуют. Все утро мисс Лифолт провисела на телефоне, сплетничала о чем-то с мисс Хилли и вовсе не замечала дочку. Когда родится еще один ребенок, Мэй Мобли, пожалуй, от мамочки будут доставаться одни оплеухи.

После ланча веду Малышку на задний двор, наполняю зеленый пластиковый бассейн. На улице уже пекло. У нас в Миссисипи самая непредсказуемая погода в стране. В феврале и морозы случаются, и хочется, чтоб поскорее наступила весна, а на другой день, глядишь, уже дышать нечем — и так на следующие девять месяцев.

Солнышко сияет, Мэй Мобли плещется в бассейне в одних плавочках. Лифчик свой детский она первым делом стянула. Мисс Лифолт выходит из дома и говорит:

— Как здорово! Позвоню-ка я Хилли, пускай приведет Хизер и маленького Уилла.

Не успела я оглянуться, как тут резвятся уже трое ребятишек, брызгаются и хохочут.

Хизер, дочка мисс Хилли, она очень хорошенькая. На шесть месяцев старше Мэй Мобли, и Мэй Мобли ее просто обожает. Вся головка у Хизер в темных блестящих кудряшках, а еще у нее веснушки, и она жуткая болтушка. Прямо уменьшенная копия своей мамочки, но симпатичная, потому что маленькая. Крошке Уильяму два годика. Он светловолосый и пока не говорит. Только ковыляет, как утенок, за девчонками — в заросли обезьяньей травы в углу двора, к качелям, которые с одной стороны цепляются, если слишком сильно качнешь, и я боюсь их до смерти, потом обратно в бассейн.

Что надо признать — мисс Хилли любит своих детей. Почти каждые пять минут целует Уилла в макушку. Или спрашивает Хизер, весело ли ей. Или говорит, мол, подойди обними мамочку. Бесконечно повторяет, что та самая красивая девочка на свете. И Хизер тоже маму любит. Глядит на мисс Хилли с восторгом, как на статую Свободы. Мне, когда такое вижу, всегда плакать хочется. Даже если это и семья мисс Хилли. Потому что сразу же вспоминаю Трилора, как сильно он меня любил. Очень мне приятно видеть, что дети обожают свою мамочку.

Мы, взрослые, сидим в тени магнолии, пока дети резвятся. Я благоразумно устраиваюсь поодаль. Дамы постелили полотенца на свои черные металлические стулья, потому что уже стало жарко. А мне нравится сидеть на зеленом пластмассовом складном стульчике. Так ногам прохладнее.

Смотрю, как Мэй Мобли макает свою Барби в воду, прыгая вокруг бассейна. Но и на женщин тоже поглядываю. И замечаю, какая мисс Хилли ласковая и радостная, когда разговаривает с Хизер и Уильямом, но каждый раз, как повернется к мисс Лифолт, улыбка сразу становится презрительной.

— Эйбилин, принесите еще холодного чая, будьте добры, — просит мисс Хилли.

Я отправляюсь к холодильнику за кувшином и слышу ее голос, когда возвращаюсь:

— Никто же не захочет присесть на сиденье унитаза, которым они пользуются.

— Да, это важно, — соглашается мисс Лифолт, но тут же замолкает, завидев меня.

— О, спасибо, — благодарит мисс Хилли, когда я наполняю их бокалы. Потом смотрит на меня хитро так и спрашивает: — Эйбилин, вам ведь нравится иметь отдельный туалет, верно?

— Да, мэм. — Никак ей не надоест, все твердит про этот унитаз, уж полгода прошло.

— Раздельные, но равные, — обращается она к мисс Лифолт. — Вот что считает правильным губернатор Росс Барнетт, и нельзя спорить с *правительством.*

Мисс Лифолт хлопает ладошкой по бедру, будто у нее есть гораздо более интересная тема для разговора. Тут я на ее стороне. Давайте поговорим о чем-нибудь другом.

— Я тебе рассказывала, что на днях сказал Рэйли?

Но мисс Хилли не унимается:

— Эйбилин, вы ведь не захотели бы ходить в школу, в которой полно белых детей, правда?

— Нет, мэм, — бормочу я и встаю, чтобы снять резиночку с хвостика Малышки. А то если намокнет, ни за что не распутаешь. Но на самом деле мне хочется закрыть ей ушки ладонями, чтобы не слушала эти разговоры. И главное, не слышала, как я со всем соглашаюсь.

А потом думаю: а почему? Почему я должна стоять тут и соглашаться с ней? И если уж Мэй Мобли слушает, пускай услышит хоть что-то разумное. Собираюсь с духом. Сердце бешено колотится. Вежливо, как могу, замечаю:

— Не в ту школу, где только белые дети. А туда, где белые и цветные учатся вместе.

Хилли и мисс Лифолт таращатся на меня. А я слежу за детьми.

— Но, *Эйбилин...* — Вот теперь улыбочка мисс Хилли просто ледяная. — Цветные и белые, они же... *разные.* — И морщит нос.

Губы у меня кривятся. Конечно, разные! Всем известно, что белые и цветные — это не одно и то же. Но мы же все равно люди! Ох, да я слыхала, что у самого Иисуса кожа была темная, когда он жил в пустыне. Стискиваю губы, чтоб не нагрубить.

Но это уже неважно, потому что мисс Хилли несет дальше. Ей все нипочем. Опять начинает шептаться с мисс Лифолт. Откуда ни возьмись, наплывает громадная темная туча, закрывает солнце. Похоже, нас сейчас хорошенько польет.

— ...Правительству лучше знать, и если Скитер думает, что ей удастся протолкнуть эти цветные...

— Мама! Мамочка! Посмотри на меня! — кричит Хизер из бассейна. — Посмотри на мои косички!

— Я вижу тебя, детка! Уильям намерен баллотироваться в следующем году...

— Мам, дай мне свою расческу! Я сделаю себе красивую прическу!

— ...Не могу иметь в своем окружении подруг, поддерживающих цветных...

— Мамаааа! Дай мне расческу, дай расческу!

— Я читала это. Нашла в ее сумке. И я намерена предпринять определенные действия.

Мисс Хилли замолкает, принимается рыться в своей сумочке. Громовой раскат раздается над Южным Джексоном, вдали слышен колокол, предупреждающий о торнадо. А я пытаюсь осмыслить слова мисс Хилли. *Мисс Скитер. Ее сумка. Я это прочитала.* Она ведь это только что произнесла?

Вынимаю детей из бассейна, закутываю в полотенца. Еще один удар грома потрясает небеса.

Стемнело. Я сижу в кухне за столом, верчу в пальцах карандаш. Передо мной книжка «Гекльберри Финн» из библиотеки для белых, но читать не могу. Во рту горько, будто разжевала кофейную гущу со дна чашки. Нужно срочно поговорить с мисс Скитер.

Я звонила ей домой всего два раза, когда другого выхода не было. Первый — сказать, что согласна работать вместе с ней, и второй — сообщить, что Минни тоже согласилась. Я понимаю, что это рискованно. Все же подхожу к телефону, кладу на него руку. А что, если ответит ее мама или папа? Прислуга-то, поди, ушла домой давным-давно. И как мисс Скитер объяснит, почему какая-то чернокожая звонит ей по телефону?

Возвращаюсь на место. Мисс Скитер приезжала три дня назад, поговорить с Минни. Все вроде было нормально. Не как в тот раз, несколько недель назад, когда ее остановили полицейские. И о мисс Хилли она не сказала ни слова.

Очень неспокойно на душе, хоть бы телефон зазвонил. Подскочив с кресла, пытаюсь догнать и прихлопнуть тапком таракана. Таракан победил. Заполз под узел с тряпьем, что отдала мне мисс Хилли. Он тут стоит уже несколько месяцев.

Что-то нужно с этим барахлом сделать. Я привыкла, что белые дамы отдают мне одежду, — у меня полно шмоток, хотя лет тридцать уже сама ничего не покупала. Но всегда нужно время, чтобы к ним привыкнуть, почувствовать своими. Когда Трилор был еще маленьким, я как-то надела пальто, подаренное дамой, у которой я тогда служила. Так мой Трилор, он эдак покосился на меня и отодвинулся. От тебя, говорит, белыми пахнет.

Но с этим узлом все иначе. Ни за что не надену ни одной вещи оттуда, даже если подойдет по размеру. И подружкам своим отдать не могу. На каждой вещи — юбка-брюки, блузка с круглым воротничком, розовый пиджак с большим жирным пятном, даже носки, — на всех них вышиты буквы *Х. В. Х.* Маленькие изящные красные буковки. Наверное, Юл Мэй пришлось их вышивать. Надев это, я буду чувствовать себя личной собственностью Хилли В. Холбрук.

Поднимаюсь, пинаю пакет изо всех сил, но таракан и не думает вылезать. Ладно. Беру тетрадку, собираюсь записать молитву, но уж очень беспокоит меня мисс Хилли. Что же она имела в виду, сказав: *«Я прочитала»*.

Постепенно мысли мои текут в нежелательном направлении. Слишком хорошо я знаю, что случится, если белые леди прознают, что мы пишем о них, рассказываем всю правду про то, какие они на самом деле. Женщины, они совсем не то, что мужчины. Женщина не придет к тебе с дубиной в руках. Мисс Хилли не станет целиться в меня из пистолета. Мисс Лифолт не будет поджигать мой дом.

Нет, белые женщины не любят марать руки. У них есть маленькие изящные инструменты, острые, как ведьмины когти, но чистые, аккуратно разложенные, будто на подносе у дантиста. Они ловко с ними обращаются.

Первым делом белая леди вас увольняет. Вы огорчены, но думаете, что найдете другую работу, когда все уляжется, когда белая леди позабудет обо всем. У вас есть немного сбережений, чтобы заплатить за квартиру — за месяц, не больше. Знакомые приносят вам тушеные овощи.

Но через неделю после увольнения вы находите у себя в двери маленький желтый конверт. Внутри УВЕДОМЛЕНИЕ О ВЫСЕЛЕНИИ. Каждый домовладелец в Джексоне — белый, у каждого — белая жена, и все дружат со всеми. Вот тогда вы начинаете паниковать. Работы никакой не предвидится. Двери захлопываются перед вашим носом. А теперь вам еще и негде жить.

С этого момента события пускаются вскачь.

Если ваша машина куплена в кредит, ее изымают.

Если у вас есть неоплаченная квитанция за парковку, вас посадят в тюрьму.

Если у вас есть дочь, возможно, вы переедете к ней. Она тоже работает в белой семье. Но через несколько дней дочь возвращается домой с новостью: «Мама, меня выгнали». Она напугана, не понимает, за что. И вам приходится объяснить, что все это из-за вас.

Хорошо хоть у ее мужа есть работа. По крайней мере, будет чем кормить ребенка.

Но потом увольняют и мужа. Еще один крошечный острый блестящий инструмент.

Они кричат, плачут, обвиняют вас, спрашивают, зачем вы это сделали. А вы даже не можете вспомнить зачем. Проходят недели, и ничего — ни работы, ни денег, ни дома.

Вы надеетесь, что наконец уже все, она удовлетворена, готова забыть. Но глубокой ночью раздается стук в дверь. Нет, это не белая леди. Она никогда не делает таких вещей самолично. Но когда кошмар все же происходит — пожар, или нападение, или избиение, — вы осознаете то, что на самом деле знали всю жизнь. *Белая леди никогда ничего не забывает.*

И не остановится до самой вашей смерти.

На следующее утро к дому мисс Лифолт подъезжает «кадиллак» мисс Скитер. У меня в руках сырой цыпленок, плита разожжена, Мэй Мобли хнычет, потому что до смерти проголодалась, но я не могу больше терпеть. Иду в столовую, прямо с грязными руками.

Мисс Скитер расспрашивает мисс Лифолт про барышень, которые работают в комитете, а мисс Лифолт объясняет:

— Глава комитета по выпечке — Эйлин.

А мисс Скитер возражает:

— Но председатель комитета — Роксанна.

А мисс Лифолт говорит:

— Нет, помощник председателя — Роксанна, а Эйлин — глава.

И так меня взбесили эти разговоры про выпечку, что просто готова ткнуть мисс Скитер под ребра своим измазанным пальцем, но все-таки хватает ума понять, что уж лучше не перебивать их. Но они про сумку ни полслова.

Не успеваю я глазом моргнуть, как мисс Скитер и след простыл.

Господи.

Вечером, после ужина, мы с тараканом играем в гляделки по разным концам кухни. Он здоровенный, дюйма полтора. И черный. Чернее меня. Стрекочет своими крылышками. Я держу тапок наготове.

Звонит телефон, мы оба от неожиданности подскакиваем.

— Привет, Эйбилин, — говорит мисс Скитер. Слышно, как хлопает дверь. — Простите, что звоню так поздно.

— Как же я рада, что вы позвонили, — выдыхаю я.

— Я просто хотела спросить, нет ли... новостей. От других горничных, я имею в виду.

Голос у мисс Скитер странный. Сдавленный какой-то. В последнее время она сияет, как светлячок, потому что влюбилась. Сердце у меня бьется все быстрее. Но я все же не задаю сразу главный вопрос. Даже не знаю почему.

— Я спросила Корин, что работает у Кули. Она говорит — нет. Потом еще Ронду и сестру Ронды, которая у Миллеров... но обе тоже отказались.

— А Юл Мэй? Вы с ней... разговаривали в последнее время?

А вдруг мисс Скитер ведет себя странно именно из-за этого? Я ведь ее обманула. Месяц назад сказала, что спрашивала Юл Мэй, а на самом-то деле не спрашивала. И не потому, что плохо знаю Юл Мэй, а потому, что она работает на мисс Хилли Холбрук. А все, что связано с этим именем, меня пугает.

— В последнее время — нет. Может... я еще раз попробую, — вру я и сама себя ненавижу за это.

— Эйбилин, — говорит вдруг дрожащим голоском мисс Скитер. — Я должна рассказать вам кое-что.

И замолкает. Знаете, бывает жуткая такая тишина, перед первыми каплями дождя.

— Что случилось, мисс Скитер?

— Я... забыла свою сумку. В Лиге. А Хилли ее нашла.

Прищуриваюсь, как будто не расслышала.

— Красную?

Она молчит.

— О... Боже правый. — Вот теперь все ясно.

— Рассказы были в потайном кармане. В другом отделении, застегнутом. Думаю, она видела только «Законы Джима Кроу», брошюру... я взяла в библиотеке, но... не могу утверждать наверняка.

— О, мисс Скитер, — только и могу произнести я.

Помоги мне, Господи. И помоги, Господи, *Минни...*

— Я понимаю, *понимаю.* — Мисс Скитер начинает рыдать в трубку.

— Ладно, ладно, довольно. — Это случайность, убеждаю я себя, стараясь подавить гнев. Что толку бранить ее, все равно лучше не станет.

Но все же...

— Эйбилин, я *так* виновата.

Несколько секунд не слышу ничего, кроме стука собственного сердца. Медленно и осторожно мозг принимается перебирать факты — что она рассказала и что я узнала сама.

— Когда это произошло?

— Три дня назад. Я сначала хотела разузнать, что ей известно, прежде чем сообщать вам.

— Вы разговаривали с мисс Хилли?

— Несколько секунд, когда забирала сумку. Но я поговорила с Элизабет, и Лу-Анн, и еще с четырьмя девушками, которые хорошо знакомы с Хилли. Никто ничего об этом не знает. Поэтому... поэтому я и спросила про Юл Мэй, — признается она. — Может, она ненароком что-нибудь слышала.

Тяжело вздыхаю, уж больно неохота ей рассказывать. Но делать нечего.

— Я слышала. Вчера. Мисс Хилли разговаривала об этом с мисс Лифолт.

Мисс Скитер молчит. А мне уже кажется, что сейчас в мое окно влетит кирпич.

— Она говорила насчет того, что мистер Холбрук участвует в выборах и что вы поддерживаете цветных, и сказала, что... кое-что прочла. — Произношу это вслух и чувствую, как меня охватывает дрожь. Но продолжаю крепко сжимать тапок.

— Она говорила что-нибудь о прислуге? Ну то есть она огорчена только из-за меня или упоминала вас или Минни?

— Нет, только... вас.

— Что ж, — шумно выдыхает мисс Скитер.

Она, конечно, расстроена, но даже не представляет, что может случиться со мной или с Минни. Она не знает об острых блестящих инструментах в руках у белых леди. И о стуке в дверь ночью. О том, что существует множество белых мужчин, которые только и ждут известия, что какие-то цветные посмели перечить белым. Мужчин, которые держат наготове деревянные дубины и бейсбольные биты. Все пойдет в дело.

— Я... не могу утверждать на сто процентов, но... если бы Хилли узнала что-то о книге, или о вас, или *особенно* о Минни, она тут же разнесла бы эту новость по городу.

Как бы мне хотелось в это поверить.

— Да уж, не любит она Минни Джексон.

— Эйбилин, — продолжает мисс Скитер и опять начинает волноваться — я это слышу, — мы можем остановиться. Я пойму, если вы захотите прекратить работу.

Скажи я, что не хочу больше этим заниматься, — и тогда все, что я написала и еще собиралась написать, так и не будет услышано. *Ну уж нет*, думаю. Я *не хочу* останавливаться. Удивительно, как громко я думаю.

— Если мисс Хилли все знает, — значит, знает, — говорю вслух. — Даже коли остановимся, это нас не спасет.

Целых два дня мисс Хилли не видно, не слышно, и даже духу ее нет. Но мои пальцы все время нервно подрагивают — в кармане, на кухонном столе, выстукивают барабанную дробь. Я должна выяснить, что на уме у мисс Хилли.

Мисс Лифолт оставила Юл Мэй три сообщения для мисс Хилли, но та все время торчит в конторе мистера Холбрука — в «штабе кампании», как она это называет. Мисс Лифолт кладет трубку с таким вздохом, как будто ее собственные мозги не могут работать, если не явится мисс Хилли и не нажмет на кнопку «пуск». Малышка раз десять спрашивала, когда придет Хизер поиграть в бассейне. Думаю, они, когда вырастут, станут подружками, а мисс Хилли научит их обеих, как устроен этот мир.

В конце концов мисс Лифолт отправляется в магазин за тканью. Говорит, хочет сделать чехлы для чего-нибудь. Пока не знает, для чего именно. Мы с Мэй Мобли переглядываемся и, кажется, думаем об одном и том же: эта женщина нас обеих спрятала бы под чехол, дай ей волю.

В тот вечер мне пришлось работать допоздна. Накормила ужином Малышку, уложила ее спать, потому что мистер и мисс Лифолт пошли в кино. Мистер Лифолт обещал жене, она и прицепилась, хотя остался только самый поздний сеанс. Они вернулись, зевая, уже и сверчки запели. В другом доме я бы переночевала в комнате для прислуги, но здесь такой не имеется. Я надеялась, что мистер Лифолт предложит подвезти меня до дома, но он сразу пошел спать.

Приходится идти по темноте до Риверсайд, это минут десять отсюда, там ходит ночной автобус для рабочих. Дует приятный ветерок, разгоняет комаров. Усаживаюсь прямо на травку под фонарем, вскоре и автобус подъезжает. Пассажиров всего четверо, двое белых, двое цветных — все мужчины, незнакомые. Я устраиваюсь у окошка, позади чернокожего мужчины. Он в коричневом костюме, в шляпе, сам примерно моего возраста.

Переезжаем через мост, двигаемся к больнице для цветных, где автобусу поворачивать. Достаю свой молитвенник, записать кое-что. Стараюсь сосредоточиться на Мэй Мобли и выбросить из головы мисс Хилли. *Открой мне, как научить Малышку быть доброй, любить себя, любить других, пока я еще с ней...*

Поднимаю глаза. Автобус останавливается посреди дороги. Высунувшись в проход, вижу впереди мигающие голубые огни, вокруг стоят люди, дорога перекрыта.

Водитель, белый, рассматривает что-то впереди. Потом выключает двигатель, все стихает — странно. Поправив фуражку, выпрыгивает из кабины:

— Посидите пока. Выясню, что там происходит.

Мы тихо сидим, ждем. Слышно, как собака лает — не привычно, по-домашнему, а так, будто ругается на вас. Проходит добрых пять минут. Водитель возвращается, опять заводит мотор, нажимает на клаксон, и автобус начинает медленно двигаться назад.

— Что там случилось? — окликает шофера чернокожий мужчина впереди меня.

Тот не отвечает. Мы едем назад. Огни удаляются, собачий лай стихает. Автобус выруливает на Фэриш-стрит и на следующем повороте останавливается.

— Цветные, выходите, для вас тут конечная остановка, — кричит водитель, глядя в зеркало. — Белые, скажите, куда вам надо. Постараюсь подвезти поближе.

Чернокожий оборачивается ко мне. Похоже, нам обоим не по себе. Он поднимается, я следом за ним. Идем к выходу. В гробовой тишине слышен только шорох наших шагов.

Один из белых, наклонившись к водителю, спрашивает:

— А что происходит?

Я уже спускаюсь по ступенькам, но слышу ответ:

— Да не знаю, какого-то ниггера пристрелили. Вам куда надо?

Двери автобуса закрываются. Господи, думаю я, лишь бы не кто-то из наших.

На Фэриш-стрит тихо и пусто — только мы вдвоем. Мужчина смотрит на меня:

— Вам далеко еще до дома?

— Да нет, мне близко.

Мой дом в семи кварталах отсюда.

— Хотите, я провожу вас?

Хочу, конечно, но все же мотаю головой:

— Нет, спасибо. Все нормально.

Мимо проносится фургон телевизионщиков, прямо к тому перекрестку, откуда выехал наш автобус.

— Боже, надеюсь, все не так плохо...

Но мужчина уже исчез. Вокруг ни души. Меня охватывает такое чувство — знаете, как в книжках пишут, — будто на меня сейчас кто-то набросится. Через пару секунд мои чулки уже трутся друг о друга с такой скоростью, что похоже на звук застегивающейся молнии. Впереди замечаю трех человек, которые, как и я, почти бегут. Потом они сворачивают, входят в дом, дверь захлопывается.

В тот же миг понимаю, что совершенно не хочу оставаться в одиночестве. Ныряю в проулок между домом Мул Като и автомастерской, потом пробираюсь через садик Они Блэк, спотыкаясь в темноте о шланги. Чувствую себя почти преступницей. В домах свет, видно фигуры людей — а ведь в такое время свет давным-давно должен быть погашен. Что бы ни случилось, люди слушают или говорят об этом.

Наконец-то впереди показалось освещенное окошко кухни Минни, задняя дверь открыта. Минни сидит за столом, и с ней все пятеро ее ребятишек: Лерой Младший, Шуге, Фелисия, Киндра и Бенни. Лерой Старший, наверное, на работе. Все они глаз не сводят с громадного радиоприемника в центре стола. Но я ничего не слышу, там какие-то помехи.

— Что такое? — спрашиваю с порога.

Минни, нахмурившись, подкручивает настройку. А я тем временем успеваю заметить подсохшие горелые ломтики ветчины в сковородке, открытую консервную банку, грязную посуду в раковине. На кухню Минни это совсем не похоже.

— Что случилось? — еще раз спрашиваю я.

Приемник оживает, и диктор громко произносит:

— ...Почти десять лет службы в качестве секретаря местного отделения НААСП. Из больницы по-прежнему нет никакой информации, но характер ранений...

— *Кто?* — выдыхаю я.

Минни смотрит на меня с таким выражением, будто у меня головы на плечах нет.

— Медгар Эверс. Где ты была?

— Медгар Эверс? Что случилось?

Я встречалась с Мирли Эверс, его женой, прошлой осенью, когда она приходила в нашу церковь вместе с семьей Мэри Боун. У нее еще был такой красивый, красный с черным, платок на шее. Помню, как она посмотрела мне в глаза и улыбнулась, будто в самом деле рада познакомиться. Медгар Эверс у нас тут знаменитость, большой человек в НААСП.

— Садись, — предлагает Минни.

Падаю в деревянное кресло. Лица у всех бледные, как у призраков, взгляды устремлены на приемник — размером с половину атомобильного двигателя, деревянный, четыре большие кнопки на панели. Даже Киндра затихла на коленях у Шуге.

— В него стрелял ку-клукс-клановец. Прямо перед домом. Час назад.

По спине пополз холодок.

— Где он живет?

— На Гайнес, — говорит Минни. — Его отвезли в нашу больницу.

— Я... видела. — Вспоминаю про автобус. Гайнес в пяти минутах отсюда, если ехать на машине.

— ...Свидетели утверждают, что это был мужчина, белый, он выпрыгнул из кустов. Слухи об участии Ку-клукс-клана...

Слышится какой-то шум, разговоры, чей-то вскрик, бормотание. Я нервничаю, кажется, что кто-то наблюдает за нами с улицы. Кто-то белый. В пяти минутах отсюда ку-клукс-клановец охотился на чернокожего. Хочется запереть все двери.

— Мне только что сообщили, — тяжело дыша, произносит диктор, — что Медгар Эверс скончался. Медгар Эверс. — Голос звучит так, словно вокруг бурлящая толпа. — Мне сообщили. Скончался.

Боже правый.

Минни поворачивается к Лерою Младшему. Тихо, твердо произносит:

— Отведи своих сестер и братьев в спальню. Ложитесь в кровать. И оставайтесь там. — Когда вопль звучит так тихо, это всегда страшнее.

Я знаю, что Лерой хотел бы остаться, но он бросает на младших такой взгляд, что те исчезают, быстро и бесшумно. Репортер тоже умолкает. На миг приемник становится просто деревянным ящиком. Но лишь на миг.

— Медгар Эверс, — опять слышится голос диктора, — секретарь местного отделения НААСП, умер. Медгар Эверс убит.

У меня слюны полный рот, с трудом сглатываю. Разглядываю обои, пожелтевшие от кухонного чада, липких детских ручонок, сигарет Лероя. На стенах у Минни никаких картинок или календарей. Пытаюсь не думать. Не хочу думать об убитом чернокожем мужчине. Сразу вспоминаю Трилора.

Руки Минни сжимаются в кулаки.

— Застрелили на глазах его собственных *детей*, Эйбилин, — цедит она сквозь зубы.

— Мы будем молиться за Эверсов, мы будем молиться за Мирли... — Но это звучит так бездушно, что сама останавливаюсь.

— По радио сказали, что его домашние выбежали из дома, услышав выстрелы. Сказали, он шел, спотыкаясь, весь в крови, и детки, залитые его кровью... — Она опускает ладони на стол с такой силой, что приемник подпрыгивает.

Задерживаю дыхание, но голова все равно кружится. Я должна быть сильной. Я должна быть рядом со своей подругой.

— В этом городе никогда ничего не изменится, Эйбилин. Мы живем в преисподней, мы в *ловушке*. Наши *дети* в ловушке.

Голос репортера вновь окреп:

— ...Повсюду полиция, дороги заблокированы. В ближайшее время ожидается пресс-конференция мэра Томпсона...

Я задыхаюсь, слезы катятся градом. Повсюду вокруг нас белые люди, они окружают цветные кварталы. Белые с винтовками, нацеленными в цветных. Потому что кто же защитит нас? Цветных полицейских не бывает.

Минни смотрит на дверь, за которой скрылись дети. Лицо все в поту.

— Что они сделают с нами, Эйбилин? Если поймают...

Она говорит о наших рассказах.

— Мы обе знаем. Плохо будет, — тяжело вздыхаю я.

— Но что именно они сделают? Привяжут к грузовику и протащат по улице? Пристрелят меня во дворе на глазах у детей? Или просто уморят голодом?

По радио выступает мэр Томпсон, рассказывает, как он сочувствует семье Эверсов. Поглядываю на открытую заднюю дверь, и у меня опять такое чувство, что за нами следят, особенно когда слышу голос белого.

— Мы же... мы же не говорим о гражданских правах. Просто рассказываем о жизни, как оно на самом деле происходит.

Выключаю радио, беру Минни за руку. Так мы и сидим. Минни смотрит на раздавленную на стене моль, я — на красные кусочки мяса, оставленные засыхать на сковородке.

У Минни в глазах дикая тоска.

— Как хочется, чтобы Лерой был дома, — шепчет она.

Сомневаюсь, чтобы когда-нибудь прежде в этом доме звучали такие слова.

Дни идут, а Джексон, штат Миссисипи, все больше напоминает кипящий горшок. По телевизору у мисс Лифолт показывали, как толпы чернокожих прошли маршем по Хай-стрит на следующий день после похорон мистера Эверса. Триста человек арестовали. Цветные говорят, на поминальную службу пришли тысячи, но белых можно было пересчитать по пальцам одной руки. Полиции известно, кто убийца, но они отказываются назвать его имя.

Я узнала, что семья Эверс не будет хоронить Медгара в Миссисипи. Его тело перевезут в Вашингтон, на Арлингтонское кладбище, и, думаю, Мирли гордится этим. Должна гордиться. Но мне бы хотелось, чтобы он остался тут, поближе. В газете я прочитала, что даже сам президент Соединенных Штатов посоветовал мэру Томпсону работать лучше. Создать комитет из белых и черных для решения проблемы. Но мэр Томпсон ответил — *президен-*

ту Кеннеди ответил: «Я не собираюсь создавать би-расовый комитет. Не будем себя обманывать. Я сторонник разделения рас, и в таком ключе мы и будем действовать».

Несколько дней спустя мэр вновь выступил по радио.

— Джексон, Миссисипи, — это почти рай на земле, — заявил он. — И так будет до конца наших дней.

Второй раз за два месяца Джексон, штат Миссисипи, попал в журнал «Лайф». На этот раз мы даже стали его обложкой.

Глава 15

У мисс Лифолт о Медгаре Эверсе не говорят. Когда она возвращается домой, я переключаю приемник на другую станцию. И все идет своим чередом. От мисс Хилли попрежнему ни слуху ни духу, и от постоянного беспокойства я почти заболеваю.

На следующий день после похорон Эверса в гости заезжает матушка мисс Лифолт. Она живет в Гринвуде, Миссисипи, а сейчас направляется в Новый Орлеан. Мисс Фредерикс, она не стучится в дверь, просто вплывает в гостиную, где я глажу белье. Улыбочка у нее кислая. Отправляюсь к мисс Лифолт сообщить, кто к нам прибыл.

— Мама! Как ты рано! Тебе, должно быть, пришлось подняться еще до рассвета. Надеюсь, ты не слишком устала!

Мисс Лифолт влетает в гостиную, по дороге торопливо подбирая разбросанные игрушки. Кидает в мою сторону выразительный взгляд. Кладу мятые сорочки мистера Лифолта обратно в корзину, достаю салфетку вытереть мордашку Мэй Мобли, перемазанную желе.

— Ты так свежо и стильно выглядишь, мамочка, — мисс Лифолт улыбается так старательно, что чуть глаза из орбит у бедняжки не вылезают, — ты довольна своей поездкой?

Судя по роскошному «бьюику», на котором она приехала, и изящным туфелькам, у мисс Фредерикс гораздо больше денег, чем у мистера и мисс Лифолт.

— Мне захотелось передохнуть. Надеюсь, ты пригласишь меня в «Роберт Э. Ли» на ланч, — говорит мисс Фредерикс.

И как эта женщина сама себя выносит? Я слыхала, как мистер и мисс Лифолт однажды ругались из-за того, что она каждый раз, как приезжает, заставляет мисс Лифолт вести ее в самое модное место, а потом дочери приходится оплачивать счет.

Мисс Лифолт пытается возражать:

— А может, Эйбилин приготовит нам ланч дома? У нас есть прекрасная ветчина и...

— Я приехала, чтобы сходить с тобой куда-нибудь. А не затем, чтобы перекусить дома.

— Хорошо, хорошо, мамочка, только возьму сумочку.

Мисс Фредерикс наконец обращает внимание на Мэй Мобли, играющую на полу со своей куклой, Клаудией. Наклоняется, обнимает девочку, спрашивает:

— Мэй Мобли, тебе понравилось платьице, которое я тебе прислала на прошлой неделе?

— Да, — отвечает Малышка бабушке.

Помню, пришлось показывать мисс Лифолт, что платье посередине слишком узкое. Малышка в нем выглядит чересчур толстой.

Мисс Фредерикс грозно смотрит на Мэй Мобли:

— Следует говорить «да, мэм», юная леди. Слышишь?

Мэй Мобли, с хмурой мордашкой, отвечает:

— Да, мэм.

Но я-то знаю, о чем она думает. Она думает: «Ну вот. Только этого мне не хватало. Еще одна тетка, которой я не нравлюсь».

Дамы идут к выходу, мисс Фредерикс стискивает локоть мисс Лифолт:

— Ты совершенно не умеешь выбирать приличную прислугу, Элизабет. Это ее обязанность научить Мэй Мобли хорошим манерам.

— Согласна, мама. Мы займемся этим.

— Нельзя нанимать кого попало и просто надеяться на удачу.

Чуть позже готовлю Малышке сэндвич с той самой ветчиной, для которой мисс Фредерикс чересчур изысканна. Но Мэй Мобли отодвигает еду, попробовав только кусочек.

— Мне плохо. Голыско болит, Эйби.

Я понимаю, что это за «голыско», и знаю, как его вылечить. У Малышки сенная лихорадка. Даю ей чашку горячей воды с медом, добавляю туда немножко лимона. Но что ей больше всего нужно, так это сказка, чтобы уснуть. Беру малютку на руки. Ох, да она подросла. Скоро исполнится три годика, плотная и круглая, как тыковка.

Каждый день мы с Малышкой перед дневным сном усаживаемся в кресло-качалку. Каждый день я повторяю: «Ты добрая, ты умная, ты важный человек». Но девочка растет, и скоро этих слов будет недостаточно.

— Эйби? Почитаешь сказку?

Перебираю книжки, смотрю, что бы ей почитать. «Любопытного Джорджа» она не хочет слушать. «Маленький цыпленок» и «Мадлен» тоже не годятся.

Некоторое время мы просто так качаемся в кресле. Мэй Мобли прижимается головкой к моей униформе. Мы смотрим, как капли дождя падают в воду, оставшуюся в зеленом бассейне. Я молюсь за Мирли Эверс — хорошо, что я работала и не пошла на похороны. Думаю о том, как ее десятилетний сынишка — мне рассказали люди — тихонько плакал во время всей церемонии. Покачиваюсь в кресле и молюсь, и мне так грустно, и не понимаю, что вдруг на меня находит. Слова льются сами собой.

— Жили как-то две маленькие девочки, — начинаю рассказывать я. — Одна девочка — с черной кожей, а другая — с белой.

Мэй Мобли поднимает голову, внимательно слушает.

— Маленькая черная девочка говорит белой: «Почему это твоя кожа такая светлая?» А белая девочка отвечает: «Не знаю. А почему твоя кожа такая черная? Что бы это значило?» Но ни одна из них этого не знала. Тогда белая девочка и говорит: «Что ж, давай сравним. У тебя есть волосы, и у меня есть волосы».

Легонько взъерошиваю волосики Мэй Мобли.

— Маленькая черная девочка говорит: «У меня есть нос, и у тебя есть нос».

Потихоньку тяну Малышку за крошечный носик. Она протягивает ручонку и проделывает такую же штуку со мной.

— Маленькая белая девочка говорит: «У меня на ногах пальчики, и у тебя пальчики».

Перебираю пальчики на ножках Мэй Мобли, но она до моих дотянуться не может, потому что я в белых рабочих туфлях.

— «Значит, мы одинаковые. Просто разного цвета», — сказала маленькая черная девочка. Маленькая белая девочка согласилась, и они подружились. Вот и сказке конец.

Малышка молча смотрит на меня. Господи, ну и дурацкую же сказку я рассказала. Никакого смысла, никакого сюжета. Но Мэй Мобли улыбается и просит:

— Расскажи снова.

Приходится повторить. После четвертого раза она засыпает. А я шепчу:

— В следующий раз я расскажу тебе сказку получше.

— У нас что, нет других полотенец, Эйбилин? Не можем же мы взять с собой это старое тряпье, да я сгорю со стыда. Ладно, вот это вроде ничего.

Мисс Лифолт нервничает. Они с мистером Лифолтом не посещают ни один спортивный клуб, даже самый популярный бассейн «Броадмур». А сегодня утром позвонила мисс Хилли и спросила, не хочет ли она с Малышкой сходить в бассейн в «Джексон кантри клаб», а таких приглашений мисс Лифолт прежде не получала, ну если только раз или два. Пожалуй, даже я там чаще бывала, чем она.

Наличными деньгами там платить нельзя, вы должны быть членом клуба, и все записывают на ваш счет, а уж что я точно знаю насчет мисс Хилли, так это то, что она не любит платить за других. Наверное, с ней вместе в «Кантри клаб» идут и другие дамы, у которых тоже есть членские карточки.

Про сумку мы так ничего и не слыхали. И уже целых пять дней не видели мисс Хилли. И даже мисс Скитер с ней не встречалась, что гораздо хуже. Они ведь с ней лучшие подружки. Мисс Скитер вчера принесла первую главу про Минни. Мисс Уолтер, конечно, была не сахар, и если мисс Хилли увидела что-то насчет нее, не представляю, что с нами будет. Надеюсь, мисс Скитер не испугается настолько, что даже не расскажет мне, если услышит что-нибудь новенькое.

Надеваю на Малышку желтый купальник.

— И смотри не снимай лифчик. В клубном бассейне запрещено купаться голеньким деткам. (А также неграм и евреям. Я как-то работала у Голдманов. Евреи Джексона плавают в «Колониальном клубе», а негры — в озере Мэй.)

Готовлю для Малышки сэндвич с арахисовым маслом, и тут звонит телефон.

— Резиденция мисс Лифолт.

— Эйбилин, привет, это Скитер. Элизабет дома?

— Здрасьте, мисс Скитер... — Собираюсь было протянуть трубку мисс Лифолт, но та вдруг машет руками, отрицательно качает головой и одними губами произносит: «Нет. Скажи, что меня нет». — Она... она ушла, мисс Скитер, — произношу вслух ложь мисс Лифолт, глядя ей прямо в глаза.

Ничего не понимаю. Мисс Скитер — член клуба, ее вполне можно было пригласить с собой.

В полдень мы все втроем устраиваемся в синем «форде» мисс Лифолт. На заднем сиденье рядом со мной сумка, в которой термос с яблочным соком, сырные крекеры, орешки и две бутылки кока-колы — очень приятно в жару, как будто кофе пьешь. Думаю, мисс Лифолт понимает, что мисс Хилли не предложит нам сходить в буфет. Бог весть, зачем она вообще ее сегодня пригласила.

Малышка забирается ко мне на колени. Опускаю стекло, теплый воздух дует в лицо. Мисс Лифолт все продолжает нервно взбивать прическу. Она резко тормозит, резко трогает с места, и меня начинает поташнивать. Уж держала бы крепко руль, что ли.

Проезжаем «Бен Франклин», «Мороженое Сил — Лили». У них там есть сзади специальное окошечко, чтобы цветные тоже могли брать мороженое на вынос. Ноги у меня уже вспотели. Наконец выезжаем на длинную ухабистую дорогу, по обе стороны — пастбища, коровы мотают хвостами, отгоняя мух. Мы насчитали двадцать шесть коров, но Мэй Мобли громко кричит «Десять!» после каждой девятой. Она дальше считать не умеет.

Минут через пятнадцать выруливаем на асфальтовую дорожку. Клуб — это низкое белое здание среди подстриженных кустов, совсем не такое красивое, как о нем говорят. Перед входом полно свободных мест, но мисс Лифолт, поразмыслив секунду, паркуется в сторонке.

Выходим из машины на асфальтовую площадку, на самый солнцепек. В одной руке у меня пакет, в другой — ручонка Мэй Мобли, и мы тащимся по этой дымящейся черной сковородке. Поджариваемся, будто кукурузные початки на горячих углях. Лицо у меня горит от солнца, кожа натягивается. Малышка плетется следом, виснет у меня на руке, а вид у нее такой несчастный, будто ее отшлепали. Мисс Лифолт мрачно шагает к входу — осталось всего двадцать ярдов — и думает, поди, зачем так далеко припарковалась. Голову мне печет, потом она начинает чесаться, но обе руки заняты, а потом — *оооо!* Кто-то погасил пламя. В вестибюле темно, прохладно — просто рай. Моргаем, привыкая к полумраку.

Мисс Лифолт смущенно озирается, и я показываю на дверь сбоку:

— Бассейн в той стороне, мэм.

Она явно благодарна, что я тут все знаю и ей не пришлось расспрашивать обслугу, точно какой-нибудь бедной родственнице.

Открываем дверь, и солнце вновь слепит глаза, но здесь уже приятнее, прохладнее. Сверкает голубая вода в бассейне. Повсюду чистенькие черно-белые полосатые зонтики. Пахнет туалетным мылом. Дети хохочут, брызгаются, а вокруг бассейна лежат дамы в купальниках, солнечных очках, с журналами в руках.

Мисс Лифолт ищет взглядом мисс Хилли. На ней белая шляпа с мягкими полями, белое платье в черный горошек, белые сандалии с пряжками. Она чувствует себя не в своей тарелке, но старательно улыбается, чтобы никто не догадался.

— Ах вон она где!

Вслед за мисс Лифолт обходим бассейн и направляемся туда, где нежится мисс Хилли в своем красном купальнике. Лежит в шезлонге, наблюдает за своими детьми. Замечаю еще пару незнакомых служанок, с другими семьями, но Юл Мэй нигде нет.

— А вот и вы, — здоровается мисс Хилли. — Ой, Мэй Мобли, ты в этом купальнике прямо как маленький желтый мячик. Эйбилин, малыши в детском бассейне. Можете присесть вон там в тени и присматривать за ними. И не позволяйте Уильяму брызгаться в девочек.

Мисс Лифолт укладывается в соседний с мисс Хилли шезлонг, а я устраиваюсь за столиком под зонтом, в нескольких футах позади. Чуть оттягиваю чулки, чтобы пот немножко просох. Отсюда мне хорошо слышно, о чем они говорят.

— У Юл Мэй, — недовольно качает головой мисс Хилли, — очередной выходной. Говорю тебе, эта девица дождется, что я ее уволю.

Что ж, одна тайна разгадана. Мисс Хилли пригласила мисс Лифолт в бассейн, потому что знала — та придет со мной.

Мисс Хилли плюхает масло какао на свои пухлые загорелые ноги, втирает его. Она уже вся такая сальная, что блестит на солнце.

— Я готова к поездке на побережье, — говорит мисс Хилли. — Три недели на пляже.

— Ах, если бы у родителей Рэйли тоже был там домик, — вздыхает мисс Лифолт и приподнимает подол, чтобы немножко загорели белые коленки. Купальник надеть ей нельзя, потому что беременна.

— Правда, приходится платить за автобус Юл Мэй, чтобы она могла уезжать на выходные. *Восемь* долларов. Надо будет вычесть из ее жалованья.

Детки кричат, что хотят в большой бассейн. Достаю из пакета пенопластовый пояс для Мэй Мобли, застегиваю на ее пухлом животике. Мисс Хилли протягивает мне еще два, надеваю их на Уильяма и Хизер. Они прыгают в большой бассейн и плавают там, как большие веселые поплавки. Мисс Хилли оборачивается ко мне:

— Ну разве они не прелесть?

И я киваю. Потому что так оно и есть. И даже мисс Лифолт кивает.

Дамы беседуют, а я прислушиваюсь, но ни словечка о мисс Скитер или ее сумке. Через некоторое время мисс Хилли отправляет меня к буфету за вишневой кока-колой для всех, даже для меня. На деревьях уже начинают звенеть цикады, в тени становится прохладнее, и чувствую, как глаза мои, наблюдающие за детками в бассейне, сами собой начинают закрываться.

— Эйби, смотри! Посмотри на меня!

Встряхиваюсь, улыбаюсь Мэй Мобли.

И тут замечаю мисс Скитер, за забором, сразу позади бассейна. Она в теннисной юбочке, с ракеткой в руке. Смотрит на мисс Хилли и мисс Лифолт, склонив голову набок, будто что-то обдумывает. Мисс Хилли и мисс Лифолт, они ее не видят, все болтают про Билокси. Мисс Скитер проходит в ворота, идет мимо бассейна. И вот она уже стоит перед ними, а они все не замечают ее.

— Привет всем, — говорит мисс Скитер. По рукам у нее течет пот, лицо розовое, чуть припухшее от солнца.

Мисс Хилли поднимает глаза, но даже не думает подняться с лежака и журнал из рук не выпускает. Зато мисс Лифолт сразу подскакивает.

— Привет, Скитер! Как ты... я не... мы звонили тебе... — Она так широко улыбается, что зубы вот-вот застучат.

— Привет, Элизабет.

— Теннис? — спрашивает мисс Лифолт, кивая головой, как китайский болванчик. — С кем играешь?

— Да просто стучала мячом об стенку, сама с собой, — отвечает мисс Скитер и пытается сдуть волосок со лба, но тот намок и прилип. Но в тень она все равно не уходит. — Хилли, — говорит мисс Скитер, — Юл Мэй передала тебе, что я звонила?

Хилли улыбается, но как-то натянуто:

— У нее сегодня выходной.

— Я и вчера тебе звонила.

— Послушай, Скитер, у меня совершенно не было времени. Я с самой среды торчала в штаб-квартире избирательной кампании, подписывала конверты с письмами практически всем белым гражданам Джексона.

— Ясно, — кивает мисс Скитер. А потом продолжает, искоса глядя на подружку: — Хилли, мы... я... тебя чем-то огорчила?

И тут мои пальцы вновь начинают нервно выплясывать, как будто теребя проклятый невидимый карандаш.

Мисс Хилли закрывает журнал, опускает его на бетон.

— Давай обсудим это позже, Скитер.

Мисс Лифолт поспешно садится на место. Подхватывает «Домашнее хозяйство», отложенное мисс Хилли, принимается читать так внимательно, будто ничего важнее на свете нет.

— Ладно, — пожимает плечами мисс Скитер. — Просто я подумала, что мы могли бы поговорить об этом... что бы это ни было... до твоего отъезда.

Мисс Хилли хочет возразить, но потом тяжело вздыхает:

— Почему ты не сказала мне правду, Скитер?

— Правду о чем?..

— Послушай, я нашла эти твои *личные бумаги*.

Испуганно сглатываю. Мисс Хилли старается говорить шепотом, но она не очень-то умеет.

Мисс Скитер не сводит с нее глаз. И такая спокойная, на меня вообще не смотрит.

— Какие личные бумаги ты имеешь в виду?

— В твоей сумке, которую ты забыла. Ну, Скитер... — Она поднимает глаза к небу, опять опускает. — Я не понимаю. Просто ничего больше не понимаю.

— Хилли, о чем ты? Что такого ты нашла в моей сумке?

Поворачиваюсь к детям. Боже правый, я о них почти забыла. От этих разговоров я сейчас в обморок упаду.

— *«Законы»*, которые ты повсюду таскаешь с собой. О том, что... — Мисс Хилли оборачивается ко мне. А я не отвожу глаз от бассейна. — Что *другие* люди могут и не могут делать свободно, — шипит она. — Я считаю, это глупое упрямство с твоей стороны. Думаешь, тебе лучше знать, чем правительству? Чем Россу Барнетту?

— Когда я хоть слово сказала про Росса Барнетта? — недоумевает мисс Скитер.

Мисс Хилли грозит мисс Скитер пальцем. Мисс Лифолт пристально таращится все на ту же страницу, ту же строчку, то же самое слово. Я краем глаза наблюдаю за всей этой сценой.

— Ты не политик, Скитер Фелан.

— Так же, как и ты, Хилли.

Вот тут мисс Хилли встает. И грозно тычет пальцем вниз.

— Я скоро стану женой политика, и ты ничего с этим не сделаешь. Как Уильям сможет претендовать на пост в Вашингтоне, если среди наших друзей окажутся сторонники расовой интеграции?

— В Вашингтоне? — изумленно округляет глаза мисс Скитер. — Уильям баллотируется в местный сенат, Хилли. И вполне возможно, не победит на выборах.

Господи помилуй. Зачем мисс Скитер это делает? Зачем давит на ее больные места?

О, вот сейчас-то мисс Хилли точно в ярости. Вскидывает голову:

— Ты не хуже меня знаешь, что в этом городе множество порядочных белых налогоплательщиков, готовых сражаться с тобой не на жизнь, а на смерть. Ты что, хочешь допустить их в наши бассейны? Позволить им хватать своими лапами продукты в наших магазинах?

Мисс Скитер долго, пристально смотрит на подругу. Потом, всего на миг, бросает взгляд на меня, замечает мольбу в моих глазах. Плечи ее слегка опускаются.

— О, Хилли, это же просто брошюра. Я нашла ее в библиотеке. И не собираюсь я менять никакие законы, я просто взяла эту книжку домой *почитать*.

Мисс Хилли пару секунд переваривает ее слова, потом нервно поправляет купальник, задравшийся сзади.

— Но если ты просматриваешь подобные книжонки... то я начинаю беспокоиться, на что *еще* ты способна?

Мисс Скитер отводит глаза, чуть покусывает губы.

— *Хилли*. Ты знаешь меня лучше, чем кто-либо еще на этом свете. Если бы я что-то задумала, ты бы раскусила это в ту же секунду.

Мисс Хилли молчит. Тогда мисс Скитер берет ее за руку и говорит:

— Я так беспокоилась. Ты пропала на целую неделю, работаешь на износ ради избирательной кампании. Взгляни, — мисс Скитер переворачивает кверху ладонь мисс Хилли, — у тебя мозоли от надписывания этих бесконечных конвертов.

Очень медленно, но тело мисс Хилли расслабляется, я вижу, как она сдается. Косится, не слушает ли мисс Лифолт.

— Просто я так испугалась... — шепчет она, и мне почти ничего не слышно, — вложили столько денег в эту кампанию... если Уильям не победит... работать день и...

Мисс Скитер кладет руку на плечо мисс Хилли, говорит ей что-то. Мисс Хилли кивает, вымученно улыбается.

Через некоторое время мисс Скитер заявляет, что ей пора идти. И удаляется — мимо загорающих, огибая шезлонги и расстеленные полотенца. У мисс Лифолт глаза огромные-преогромные, и она смотрит на мисс Хилли так, будто боится о чем-то спросить.

А я откидываюсь на спинку стула, машу Мэй Мобли, которая резвится в воде. Тру виски, чтобы снять головную боль. Мисс Скитер оборачивается и смотрит прямо на меня. Люди вокруг загорают, хохочут, разговаривают — и ни одна живая душа не догадывается, что чернокожая женщина и белая девушка с теннисной ракеткой в руке думают сейчас об одном и том же.

Глава 16

Примерно через год после смерти Трилора я начала ходить на общинные собрания в нашей церкви. Наверное, я делала это, чтобы заполнить время. Чтобы не было так одиноко вечерами. Хотя меня и раздражает Ширли Бун, с этой ее улыбочкой, мол, «я все знаю». Минни тоже недолюбливает Ширли, но готова на что угодно, лишь бы сбежать из дома. Но у Бенни сегодня случился приступ астмы, так что Минни не будет.

В последнее время на собраниях обсуждают все больше гражданские права, чем уборку улиц или кто поможет разбирать старую одежду. Не скандалят, нет, — люди в основном просто говорят об этом, молятся. Но после того, как неделю назад застрелили мистера Эверса, многие чернокожие в нашем городе взбудоражены. Особенно молодежь, у которых еще душа не очерствела. Всю неделю они собирались, обсуждали это убийство. Говорят, народ был просто в ярости — кричали, плакали. Сегодня я первый раз пойду на собрание после того страшного события.

Спускаюсь в цокольный этаж. Обычно здесь прохладнее, чем наверху в церкви, но сегодня тепло, почти жарко. Оглядываю зал — кто пришел, прикидываю, кого бы еще из прислуги попросить нам помочь, раз уж мы вроде разобрались с мисс Хилли. Тридцать пять служанок ответили отказом, и я уже чувствую себя так, будто продаю то, что никто не хочет покупать. Нечто бесполезное и вонючее, навроде фирменного лимонного полироля Кики Браун. Но вот что нас с Кики Браун точно объединяет, так это то, что я горжусь товаром, который продаю. И ничего не могу с этим поделать. Мы рассказываем о том, что люди должны знать.

Было бы неплохо, если б Минни помогала мне уговаривать остальных. Уж она-то умеет предлагать товар. Но мы с самого начала решили: никто не должен знать, что Минни участвует в этом деле. Слишком большой риск для ее семьи. Но вот надо ли рассказать людям, что идея эта мисс Скитер. Никто не согласится, если не будет знать, кто же эта таинственная белая леди, — люди обязательно спросят, знакомы ли они с ней, может, работали на нее. Однако сама мисс Скитер не должна убеждать людей. Они испугаются, прежде чем она успеет открыть рот. Так что это только мое дело, и, похоже, все уже в курсе, потому что иногда женщины отказываются сразу, едва я произнесу пару слов. Отвечают, что оно того не стоит. Спрашивают, зачем я так рискую, ведь понятно, что ничего хорошего не выйдет. Люди, наверное, думают, что старая Эйбилин потихоньку выживает из ума.

Сегодня все лавки заняты. Человек пятьдесят собралось, по большей части женщины.

— Садись рядом со мной, Эйбилин, — окликает Бертрина Бессемер. — Голделла, уступи место старшим.

Голделла вскакивает. Усаживает меня. Ну хоть Бертрина не обращается со мной, как с умалишенной.

Устраиваюсь поудобнее. Ширли Бун на этот раз сидит в зале, а собрание начинает наш священник. Говорит, сегодня мы встретились для тихой молитвы. Говорит, нам нужно смирение. Я рада, что все так спокойно. Мы закрываем глаза, и священник начинает молитву о Медгаре Эверсе, о Мирли, их сыновьях. Кое-кто молится шепотом, обращаясь к Господу, и зал заполняет тихий гул, похожий на жужжание пчел в улье. Я молюсь про себя. Закончив, глубоко вдыхаю, дожидаюсь, пока остальные закончат. Когда приду домой, нужно будет записать свои молитвы. Такое дело стоит повторения.

Юл Мэй, прислуга мисс Хилли, сидит передо мной. Ее легко узнать даже со спины, у нее такие чудесные волосы, гладкие, ровные. Я слышала, она образованная, почти закончила колледж. У нас в церкви много умных людей, с дипломами. Доктора, адвокаты, мистер Кросс, владелец «Саузерн таймс», газеты для цветных, что выходит каждую неделю. Но Юл Мэй, она самая образованная из всех служанок нашего прихода. Глядя на нее, вспоминаю о своем грехе, который обязательно нужно исправить.

Священник открывает глаза, смотрит на нас, притихших.

— Молитвы, которые мы произносим...

— Ваше преподобие! — Низкий голос взрывает тишину. Я оборачиваюсь — все оборачиваются, — в дверях стоит Джессап, внук Фиделии Плантейн. Пальцы сжаты в кулаки. — Я хочу знать, — медленно, яростно говорит он. — Что мы собираемся с этим *делать*.

Лицо у священника такое суровое, словно он уже беседовал с Джессапом об этом.

— Сегодня вечером мы возносим молитвы Господу. В следующий вторник мы пройдем мирным маршем по улицам Джексона. А в августе встретимся в Вашингтоне, в марше Доктора Кинга.

— Этого мало! — выкрикивает Джессап, ударяя кулаком в ладонь. — Они застрелили его в спину, как собаку застрелили!

— Джессап, — поднимает руку его преподобие, — сегодняшний вечер для молитвы. О семье. Об адвокатах, что участвуют в этом деле. Я понимаю твой гнев, сын мой, но...

— Молитвы? То есть вы собираетесь просто сидеть вот так и молиться? — Он оглядывает всех нас, притихших на скамьях. — И вы думаете, *молитвы* остановят белых и они перестанут убивать нас?

Все молчат, даже наш священник. Джессап разворачивается и выходит. Слышно, как он поднимается по лестнице, а затем идет дальше по церковному залу над нашими головами.

Тишина стоит гробовая. Его преподобие глядит поверх наших голов. Странно. Он не из тех, кто боится посмотреть людям в глаза. Но сейчас все взгляды устремлены на него, все пытаются понять, о чем он думает. А потом я замечаю, как Юл Мэй покачивает головой, едва заметно, но все же явно, — похоже, наш священник и Юл Мэй думают об одном и том же. О вопросе Джессапа. И Юл Мэй, она только что на него ответила.

Около восьми собрание заканчивается. Те, у кого есть дети, разошлись по домам, остальные собираются вокруг стола с кофе. Народ бросает в кофе кубики льда. Говорят мало. Я, собравшись с духом, подхожу к Юл Мэй. Хочу избавиться от вранья, что занозой засело в душе. На этом собрании я не собираюсь никого уговаривать. Не собираюсь предлагать свой неудобный товар.

Юл Мэй приветливо кивает, вежливо улыбается. Ей около сорока, высокая и стройная. Следит за фигурой. Она в униформе, и та отлично подчеркивает ее талию. Юл Мэй всегда носит серьги, крошечные золотые петельки.

— Слышала, близнецы собираются в следующем году в колледж в Тугалу. Поздравляю.

— Надеюсь, получится. Нам пока немного денег не хватает. Двое за раз — это чересчур.

— А ты ведь сама училась в колледже, а?

Она кивает:

— «Джексон колледж».

— Я любила школу. Читать, писать. Только не арифметику. К этому способностей не было.

Юл Мэй улыбается:

— Я тоже больше всего любила английский. Особенно писать.

— А я... пишу кое-что сама.

Юл Мэй смотрит мне прямо в глаза, и я понимаю — она знает, что я собираюсь сказать. И на какой-то миг вижу унижение, которое она терпит каждый день, работая в том доме. Страх. Мне неловко ее просить.

Но Юл Мэй делает это за меня.

— Я знаю, над чем вы работаете. С подружкой мисс Хилли.

— Все в порядке, Юл Мэй. Я понимаю, что ты не можешь присоединиться.

— Просто это... риск, который я сейчас не могу себе позволить. Мы уже почти накопили нужную сумму.

— Понимаю, — соглашаюсь я, улыбаюсь, чтобы она не чувствовала себя обязанной. Но Юл Мэй продолжает:

— Имена... вы изменяете их, я слышала?

Все задают этот вопрос.

— Точно. И название города тоже.

Она не поднимает глаз от пола.

— То есть я могла бы рассказать, каково мне работать прислугой, а она записала бы это? Опубликовала или... вроде того?

Я киваю:

— Мы хотим записать разные истории. Дурное и хорошее. Она сейчас работает с... другой женщиной.

Юл Мэй медленно облизывает губы — кажется, что она представляет, как рассказывает про свою работу на мисс Хилли.

— Не могли бы мы... поговорить об этом подробнее? Когда у меня будет больше времени?

— Ну конечно, — отвечаю я и вижу по глазам, что ей это важно.

— Простите, но меня ждут мальчики и Генри, — извиняется она. — Можно я вам позвоню? Чтобы поговорить наедине?

— В любое время. Когда пожелаешь.

Она касается моей руки и вновь смотрит прямо в глаза. И я вижу — да быть того не может, — она как будто все это время ждала, чтобы я к ней обратилась.

Она выходит, а я продолжаю стоять в уголке, потягивая кофе, слишком горячий для нынешней погоды. Посмеиваясь, бормочу себе под нос, а остальные, поди, думают, что я совсем рехнулась.

Минни

Глава 17

— Выметайтесь-ка отсюда, дайте мне прибраться.

Мисс Селия подтягивает одеяло к подбородку, будто боится, что я могу вышвырнуть ее из кровати. Я тут уже девять месяцев и все не могу понять, она в самом деле больная или просто сожгла мозги краской для волос. Но выглядит она сейчас гораздо лучше, чем прежде. Животик округлился, щеки уже не такие впалые, как раньше, когда они с мистером Джонни помирали с голоду.

Какое-то время назад мисс Селия начала было работать в саду, но сейчас эта чокнутая опять целыми днями торчит в постели. Я уж начинаю радоваться, что она прячется в своей комнате. Сейчас, когда я познакомилась с мистером Джонни, можно, по крайней мере, начать нормально *работать*. И черт побери, я даже готова привести в порядок мисс Селию.

— Вы меня с ума сводите, бродя по дому двадцать пять часов в сутки. Ступайте-ка, срубите бедную мимозу, которую так ненавидите, — говорю я, потому что мистер Джонни так и не изничтожил бедное дерево.

Мисс Селия не двигается с лежбища, и я решаю, что пора применить тяжелую артиллерию.

— Когда вы собираетесь рассказать обо мне мистеру Джонни?

Это всегда заставляет ее шевелиться. Иногда я задаю этот вопрос просто ради забавы.

Удивительно, но игра тянется до сих пор. Хотя мистер Джонни знает обо мне, но мисс Селия продолжает вести себя как полная дура, а ведь шутка явно затянулась. Когда наступило Рождество, эта сумасшедшая, ясное дело, попросила еще немножко времени. О, как же я ее обложила, но потом дурочка принялась ныть и рыдать, поэтому пришлось отстать от нее, только чтобы она заткнулась, — я сказала, что так и быть, пускай это будет ей рождественский подарок. Хотя за все свое вранье она заслужила полный чулок угля.

Мисс Хилли, на мое счастье, так здесь и не появилась. Хотя мистер Джонни пару недель назад опять пытался организовать партию в бридж у себя дома. Я знаю, потому что Эйбилин слышала, как мисс Хилли и мисс Лифолт смеялись над этим. А мисс Селия так серьезно все приняла, расспрашивала меня, что приготовить, если они вдруг соберутся. Заказала по почте книжку, чтобы научиться играть, «Бридж для начинающих». Лучше бы «Бридж для безмозглых». Она, помню, достала ее утром из почтового ящика, почитала пару секунд, а потом и говорит:

— Вы не научите меня этой игре, Минни? В книжке ни словечка нельзя понять.

— Я не умею играть в бридж, — отвечаю.

— Нет, умеете.

— Откуда вам знать, что я умею?

Я принялась грохотать кастрюлями, очень тогда разнервничалась. Только, понимаете, разобралась с мистером Джонни, а тут приходится беспокоиться, что припрется мисс Хилли и выдаст меня. Она ведь доложит мисс Селии, что я натворила. Наверняка. Получится, что я сама себя уволила.

— Потому что миссис Уолтер рассказала мне, как вы с ней играли утром по субботам.

Яростно чищу большую кастрюлю. Костяшки пальцев постукивают по ее стенкам, получается громкий звон.

— Карты — дьявольская игра, — бурчу я. — И вообще у меня много дел.

— Но я так волнуюсь — вдруг дамы придут в гости и начнут поучать меня. Не могли бы вы показать мне хотя бы самые простые приемы?

— Нет.

Мисс Селия, вздохнув, бормочет:

— Это потому, что я такая плохая повариха, да? Вы теперь думаете, что я вообще ничему не могу научиться.

— А что вы будете делать, если мисс Хилли и прочие леди расскажут вашему мужу, что у вас есть прислуга? Что, если они вас выдадут?

— Я об этом уже подумала. Скажу Джонни, что специально пригласила помощницу на этот день, чтобы все выглядело должным образом.

— Хм.

— А потом скажу, что вы мне очень понравились. И я хочу нанять вас на постоянную работу. То есть я сказала бы ему... через несколько месяцев.

Я вся взмокла.

— И когда, вы думаете, дамы придут к вам на бридж?

— Я жду, пока Хилли перезвонит мне. Джонни разговаривал с ее мужем. Я уже оставила два сообщения, так что в ближайшее время она обязательно позвонит.

Ума не приложу, что придумать, чтобы она выбросила из головы эту идею. Бросаю взгляд на телефон — хоть бы он никогда больше не зазвонил.

Наутро мисс Селия выползает из спальни. Думаю, что сейчас опять улизнет наверх, как частенько стала делать в последнее время, но тут слышу, как она спрашивает по телефону мисс Хилли. Мне сразу дурно становится.

— Я звоню, чтобы еще раз узнать относительно партии в бридж! — радостно восклицает она, а я с места не двигаюсь, пока не понимаю, что это она с Юл Мэй, служанкой мисс Хилли, разговаривает, а не с ней самой. Собственный номер мисс Селия произносит четко, будто стишок читает: — Эмерсон, два-шестьдесят-шесть-ноль-девять!

Через полминуты она названивает по следующему номеру из своего дурацкого списка, такая вот ежедневная привычка у нее появилась в последнее время. Знаю я, откуда у нее этот список, — это информационный бюллетень Женской лиги, и, судя по его виду, подобрала она его на парковке этого дамского клуба. Бумага жесткая, как наждачка, и пожухлая, будто валялась под дождем после того, как вылетела из чьей-то сумочки.

До сих пор ни одна дама ей не перезвонила, но каждый раз, как звонит телефон, она делает стойку, ну вылитый охотничий пес, енота почуявший. Но это всегда оказывается мистер Джонни.

— Хорошо... да... передайте, что я звонила.

Ага, вот она осторожно кладет трубку. Если бы мне было до нее дело, а это вовсе не так, я бы ей обязательно сказала, что не стоят эти дамочки ее стараний.

— Не стоят они того, мисс Селия.

Но она делает вид, что не расслышала. Возвращается к себе в спальню и закрывает дверь.

Постучать, что ли, спросить, не надо ли чего. Ладно, у меня есть гораздо более важные дела, чем беспокоиться о том, чтобы мисс Селия завоевала свою чертову популярность. Медгара Эверса застрелили на пороге собственного дома, Фелисия канючит, что пора получать водительские права, ей исполнилось пятнадцать, она хорошая девочка, но я забеременела Лероем, будучи не намного старше, чем она сейчас, и с «бьюиком» что-то надо делать, а теперь еще на мою голову свалилась и мисс Скитер со своей писаниной.

В конце июня в город пришла настоящая жара, и, похоже, надолго. На цветные кварталы будто выплеснули ушат кипятка, и там стало градусов на десять хуже, чем в остальном Джексоне. Такое пекло, что ко мне приковылял петух мистера Данна и пристроился перед кухонным вентилятором. Я вхожу, а он смотрит на меня с таким выражением, — мол, «я отсюда не двинусь, леди». Решил, лучше получить метлой по загривку, чем добровольно оказаться опять в уличном кошмаре.

Жара официально превратила мисс Селию в самое ленивое существо в США. Она даже не спускается вынуть почту, мне приходится это самой делать. Даже для того, чтобы сидеть у бассейна, чересчур жарко. А для меня это большая проблема.

Я так думаю, если бы Господь рассчитывал, что белые и цветные будут проводить столько времени рядом, он сделал бы так, чтоб мы не различали цвета. А то мисс Селия просто достает меня своими улыбочками, и «добрыми утрами», и «рада видеть», а я удивляюсь, как она умудрилась прожить до таких лет и не понять, где граница? Мало того, что названивает дамам из Лиги, точно распоследняя шлюха. Но еще усаживается со мной за один стол каждый божий день, с тех пор как я здесь работаю. Не в одной комнате, а именно что *за один стол*. Маленький такой, у окна. Все белые дамы, у которых я работала, обедали в столовой, подальше от цветной прислуги. И меня это устраивало.

— Но почему? Я не хочу есть в одиночестве, когда могу обедать здесь, с вами, — заявила мисс Селия. И я даже не стала ничего объяснять. Многие вещи мисс Селия абсолютно *не понимает*.

Любая белая женщина знает, что случаются периоды, когда *не надо* разговаривать с Минни. Даже мисс Уолтер понимала, когда Минни-метр зашкаливало. Учуяв запах карамели и тростникового сахара, она мигом выметалась за дверь. И даже дочке своей, мисс Хилли, не позволяла входить.

На прошлой неделе запахи масла и карамели наполнили дом мисс Селии, словно в Рождество, хотя на дворе июнь. Я вся была на взводе, как обычно, когда превращаю сахар в карамель. Три раза просила, очень вежливо, не могла бы я остаться одна, но она пожелала торчать рядом. Заявила, что чувствует себя одиноко, проводя в спальне день напролет.

Я попыталась не обращать на нее внимания. Проблема в том, что, готовя карамельный торт, я должна болтать сама с собой, а то уж слишком нервничаю.

Ну и говорю:

— Самый жаркий июньский день в истории. Сто четыре градуса* на улице.

А она и отвечает:

— А у вас есть кондиционер? Слава богу, здесь есть, а то ведь я выросла без кондиционера и знаю, каково это, когда стоит жарища.

Я говорю:

— Не можем мы себе позволить кондиционер. Эта штука жрет наличные, как долгоносик — хлопковые

---

* 104 °F — 40 °C.

коробочки. — И принимаюсь размешивать, поскольку сверху уже образовалась коричневая пленка и теперь надо следить в оба. — Мы и так уж просрочили счета за электричество.

Ну, я ж не особо думаю, что говорю, и знаете, что она тут выдала?

Говорит мне:

— Ах, Минни, я бы с удовольствием одолжила вам денег, но в последнее время Джонни задает так много вопросов.

Оборачиваюсь, чтобы сообщить, что, если негритянка жалуется на дороговизну, это вовсе не значит, что она клянчит деньги, — но не успеваю рта раскрыть, как чертова карамель уже сгорела.

На воскресной службе в церкви перед паствой воздвигается Ширли Бун. Губищи хлопают, что твой флаг на ветру, — напоминает нам, что следующее приходское собрание состоится в среду, будут обсуждать сидячую забастовку у закусочной «Вулворт» на Эмит-стрит.

— Собрание ровно в семь. Не опаздывайте! — грозит Большая Ширли, тыча в нас пальцем.

Она похожа на гигантскую мерзкую белую училку. На которой никто не хочет жениться.

— Будешь в среду? — спрашивает Эйбилин.

Мы идем домой в самую жару, в три часа. В кулаке у меня зажат «похоронный» веер. Машу им с такой скоростью, что можно подумать, будто у веера есть моторчик.

— Времени нет, — бурчу в ответ.

— Я что, опять должна идти одна? Да ладно тебе, я прихвачу имбирное печенье и что-нибудь...

— Я же *сказала* — не могу.

Эйбилин кивает:

— Ну ладно. — И шагает себе дальше.

— Бенни... у него опять астма. Не хочу оставлять его одного.

— Понятно, — хмыкает Эйбилин. — Когда будешь готова, расскажи мне о настоящей причине.

Сворачиваем на Гессум, огибаем машину, явно умершую от теплового удара прямо посреди улицы.

— Да, пока не забыла, мисс Скитер хочет во вторник вечером прийти пораньше, — сообщает Эйбилин. — Около семи. Тебе подходит?

— Боже, что я творю? Должно быть, сошла с ума, выдаю страшные тайны черной расы белой леди, — я опять начинаю злиться.

— Это же мисс Скитер, она не такая, как прочие.

— Все равно, как будто сплетничаю за своей собственной спиной. — Я уже пять раз встречалась с мисс Скитер, а легче все не становится.

— Хочешь прекратить? — спрашивает Эйбилин. — Не надо, чтоб ты чувствовала себя обязанной.

Я молчу.

— Эй, ты в деле, Минни?

— Я просто... хочу, чтоб детям жилось лучше, — бормочу я. — Но жаль, что этим занимается белая женщина.

— Пойдем на собрание в среду. Поговорим об этом подробнее, — с улыбкой предлагает Эйбилин.

Знаю, она не отстанет. Вздыхаю и признаюсь:

— У меня неприятности, ясно?

— С кем это?

— Ширли Бун. На прошлом собрании все поднимали руки и молились, чтобы черных пускали в туалеты для белых, и говорили, как они собираются сесть у стойки в «Вулворте» и не сопротивляться всяким нападкам, и улыбались, будто мир скоро станет новым и сверкающим, а я... у меня просто вырвалось. Я сказала Ширли Бун, что ее задница никак не поместится на табуретке в «Вулворте».

— А Ширли что?

Я изобразила голос моей школьной училки:

— «Если не можешь сказать ничего хорошего, лучше вообще ничего не говори».

Мы подходим к дому Эйбилин, оборачиваюсь к ней. Она изо всех сил сдерживает смех, так что лицо посинело.

— Не смешно, — ворчу я.

— Я так рада, что ты моя подруга, Минни Джексон! — Она обнимает меня крепко-крепко и держит так, пока я не начинаю задыхаться и не говорю, что мне пора.

Топаю дальше по улице, сворачиваю за угол. Не хочу, чтобы Эйбилин знала. Не хочу, чтобы кто-нибудь вообще догадался, как мне нужны эти рассказы мисс Скитер. Теперь, когда мне закрыт путь на собрания Ширли Бун, это все, что у меня осталось. Не могу сказать, что встречи с мисс Скитер приятны. Каждый раз я жалуюсь. Почти рыдаю. Бешусь и устраиваю истерику. Но факт: мне нравится рассказывать свои истории. Как будто я при этом делаю что-то важное. Когда выхожу от Эйбилин, бетон в моей груди размягчается, тает, и несколько дней после этого я могу дышать свободно.

Понимаю, есть много других «чернокожих» мероприятий, кроме моих рассказов и собраний Ширли Бун, — демонстрации в городе, марш в Бирмингеме, митинги за гражданские права. Но дело в том, что меня не слишком волнуют избирательные права. И плевать мне на право обедать за одной стойкой с белыми. Но мне важно, чтобы лет через десять белая леди не называла моих девочек грязными и не обвиняла их в воровстве серебра.

Вечером дома я помешиваю фасоль, кладу ветчину на сковородку.

— Киндра, зови остальных, — обращаюсь к своей шестилетке. — Сейчас будем есть.

— *Уууужииишинн!* — вопит Киндра, ни на дюйм не двигаясь с места.

— Иди и позови своего отца! — взрываюсь я. — Сколько раз повторять, чтоб не орала в доме?

Киндра закатывает глаза, будто ее попросили о самой идиотской вещи на свете. Делает несколько шагов по коридору и опять вопит:

— *Уууужииишиннн!*

— *Киндра!*

Кухня — единственное место в доме, где мы можем собраться все вместе. Остальное пространство поделено на спальни. Мы с Лероем в задней части дома, рядом в маленькой комнатке — Лерой Младший и Бенни, а в гостиной устроена спальня для Фелисии, Шуге и Киндры. Так что остается только кухня. Если на улице не дикий холод, задняя дверь всегда открыта, только сетка от мух задернута. Слышны детские крики, шум машин, соседские скандалы, собачий лай.

Входит Лерой, усаживается за стол рядом с Бенни, тому семь. Фелисия разливает по стаканам молоко и воду. Киндра ставит перед отцом тарелку с фасолью и ветчиной и возвращается к плите за следующей порцией. Протягиваю ей тарелку:

— Это для Бенни.

— Бенни, встань, помоги маме, — командует Лерой.

— У Бенни астма. Не надо ему ничего делать.

Но мой славный мальчик все равно поднимается, берет у Киндры свою тарелку. Мои дети знают, что такое работа.

Все, кроме меня, садятся за стол. Сегодня вечером дома только трое из детей. Лерой заканчивает школу в этом году, работает в бакалейном отделе в «Джитни 14». Это магазин для белых неподалеку от дома мисс Хилли. Шуге, моя старшая, в десятом классе учится, она сегодня сидит с детьми нашей соседки Талулы, которая работает допоздна. Когда Шуге вернется домой, она повезет отца на работу в ночную смену на фабрику, а потом подхватит Лероя Младшего. Лерой Старший возвратится домой к четырем утра, вместе с мужем Талулы. Вот так оно все устроено.

Лерой ест, уставясь в «Джексон джорнал». Он спросонья всегда не в духе. Заглядываю через его плечо — на первой странице новости про сидячую демонстрацию в «Закусочной Браун». Это не группа Ширли, а ребята из Гринвуда. Кучка белых подростков стоит позади пятерых демонстрантов — глумятся и издеваются, льют им на головы кетчуп, горчицу, посыпают солью.

— Как так можно? — возмущается Фелисия, показывая на фотографию. — Сидеть вот так и не отвечать?

— Они именно это и должны делать, — поясняет Лерой.

— Плеваться хочется, когда видишь такое, — бросаю я.

— Поговорим об этом позже. — Лерой складывает газету вчетверо, сует себе под задницу.

Фелисия обращается к Бенни, не слишком-то понижая голос:

— Хорошо, что мамы там не было. А то у этих белых зубов вообще не осталось бы.

— И маму посадили бы в тюрьму Парчман, — во весь голос отвечает Бенни.

Киндра сердито упирает руки в боки:

— Не-а. Никто не посадит мою мамочку в тюрьму. Я поколочу этих белых палкой, до крови поколочу.

Лерой грозит пальцем каждому:

— Чтоб я ничего подобного от вас не слышал, особенно на людях. Это очень опасно. Слышишь меня, Бенни? Фелисия? — Палец устремлен на Киндру. — Слышишь меня?

Бенни и Фелисия послушно кивают, уткнувшись в тарелки. Я уже жалею, что влезла со своими замечаниями, гляжу на Киндру, мол, придержи язык. Но наша маленькая Мисс Фу-Ты-Ну-Ты швыряет вилку и вылетает из-за стола:

— Ненавижу белых! И что хочу, то и говорю!

Я бросаюсь за ней в коридор, хватаю, волоку обратно за стол.

— Прости, папочка, — лепечет Фелисия, потому что она всегда считает себя виноватой во всем. — Я присмотрю за Киндрой. Она не понимает, что говорит.

Но Лерой в ярости грохает ладонью по столу:

— Чтоб никто не смел лезть в это дерьмо! Все слышали? — И грозно таращится на детей.

Я отворачиваюсь к плите, чтобы не видно было моего лица. Боже сохрани, он узнает, чем я занимаюсь с мисс Скитер.

Всю неделю слышу, как мисс Селия треплется по телефону из своей спальни — оставляет сообщения мисс Хилли, Элизабет Лифолт, мисс Паркер, сестрам Колдуэлл и еще дюжине дам из Лиги. Даже мисс Скитер, что мне совсем не понравилось. Мысленно убеждаю мисс Скитер: «Даже не думай ей перезванивать. Не запутывай дело еще больше».

Что ужасно раздражает — после своих идиотских звонков, уже положив трубку, мисс Селия поднимает ее опять. И слушает гудки, волнуется, что линия занята.

— С телефоном все в порядке, — говорю я, а она только улыбается в ответ, целый месяц уже так лыбится, будто кошелек с деньгами нашла. — С чего это вы в таком хорошем настроении? — не выдерживаю наконец. — Мистер Джонни ласков или еще что?

Готовлюсь запустить свое очередное «Когда вы собираетесь рассказать», но она меня опережает:

— О, он действительно очень мил и ласков. И вскоре я расскажу ему о вас.

— Отлично.

Я и вправду радуюсь. Устала я от этой дурацкой забавы. Представляю, как она улыбается мистеру Джонни, предлагая мои свиные отбивные, как этому славному парню приходится изображать, что он гордится ею, а на самом деле знает, что это я готовлю. Она выставляет дурой себя, дураком — своего мужа, а меня — обманщицей.

— Минни, не могли бы вы принести почту? — просит она, хотя сидит рядом полностью одетая, а у меня руки все в масле, и белье в машине, и блендер работает. Она как еврейка в субботу, не может лишнего движения сделать. Впрочем, у нее каждый день суббота.

Вытираю руки, иду к почтовому ящику, вспотев по дороге на полгаллона. На улице ведь всего девяносто девять градусов*. В траве рядом с почтовым ящиком лежит посылка. Я уже видала у нее такие большие коричневые коробки, думала, какие-нибудь кремы по почте заказывает. Поднимаю ящик — тяжелый, однако. И позвякивает, как будто внутри бутылочки с кока-колой.

— Вам тут прислали кое-что, мисс Селия. — Плюхаю ящик на пол в кухне.

Ни разу не видела, чтоб она с такой скоростью подскакивала. Вообще-то мисс Селия только одевается быстро.

— Это мои... — невнятно бормочет она, волочет коробку по полу до самой своей спальни, а потом я слышу, как хлопает дверь.

---

* 99 °F — 37,2 °C.

Час спустя иду к ней пылесосить ковры. Мисс Селии нет ни в кровати, ни в ванной. Я знаю, что нет ее ни в кухне, ни в гостиной, ни у бассейна, потому что только что прибиралась в гостиной номер один, и в гостиной номер два, и пылесосила медведя. Значит, она наверху. В жутких комнатах.

Я когда-то прибиралась в танцевальном зале «Роберт Э. Ли Отель», пока меня не уволили за то, что уличила Мистера Белого Менеджера в том, что тот носит шиньон. Так вот в тех огромных пустых залах, где не было ни души, а повсюду только салфетки, измазанные помадой, да легкий запах духов, мне всегда было жутко до дрожи. И то же самое в пустых комнатах у мисс Селии. Там стоит старая колыбелька с младенческим чепчиком мистера Джонни и лежит серебряная погремушка. И клянусь, я иногда слышу, как она позвякивает. Странный звон внутри почтовой коробки словно подсказывает — а не имеют ли эти коробки отношения к таинственным исчезновениям мисс Селии в комнатах наверху?

Решено — пора пробраться туда и посмотреть своими глазами.

Назавтра внимательно слежу за мисс Селией, дожидаясь, пока она смоется наверх. Около двух она засовывает голову в кухню, мило улыбается. Минуту спустя слышу, как скрипят половицы.

Очень осторожно поднимаюсь по лестнице. Я крадусь на цыпочках, но посуда в буфете все равно тихонько позвякивает, половицы то и дело стонут. Ползу наверх так медленно, что слышу собственное дыхание. Прохожу мимо распахнутой двери в спальню, другую, третью. Дверь номер четыре прикрыта, только маленькая щелка осталась. Подбираюсь ближе и заглядываю в щель.

Она сидит на желтой кровати у окна и уже не улыбается. Коробка, которую я притащила от почтового ящика, валяется пустая, а на кровати лежит дюжина бутылок с коричневой жидкостью. Волна жара начинает медленно заливать мою грудь, подбородок, губы. Мне знакомы эти плоские бутылки. Я двенадцать лет мучилась с ничтожеством-пропойцей, а когда мой ленивый, мерзкий, дрянной папаша наконец помер, я поклялась, что никогда не выйду замуж за пьяницу. И конечно, поступила ровно наоборот.

И вот я в услужении у проклятой пьянчуги. Даже ведь не магазинные бутылки, а с красными восковыми крышечками, какими мой дядюшка Тоуд, бывало, закупоривал свою отраву. Мама всегда говорила, что настоящие алкаши, вроде моего папочки, пьют самодельное пойло, потому что оно крепче. Теперь я вижу, что она такая же дура, как мой покойный папаша.

Мисс Селия берет в руки бутылочку, глядит на нее так, словно внутри сам Иисус, а она не может дождаться спасения. Открывает, прикладывается, вздыхает. Потом делает еще три больших глотка и откидывается на подушки.

Меня начинает трясти при виде облегчения на ее лице. Она так спешила получить свой нектар, что даже дверь не заперла. Приходится изо всех сил стиснуть зубы, чтобы не заорать на нее. Заставляю себя вернуться в кухню.

Десять минут спустя мисс Селия спускается вниз, усаживается за кухонный стол и спрашивает, буду ли я обедать.

— Свиные отбивные в морозилке, а я сегодня есть не буду, — заявляю я и ухожу прочь.

Вторую половину дня мисс Селия проводит в ванной комнате — сидит на крышке унитаза. У нее там над бачком висит сушилка для волос — громадный колпак, закрывающий всю ее высветленную головку. С такой штуковиной на башке она и взрыва атомной бомбы не услышит.

Я поднимаюсь в пустую комнату еще раз, открываю шкаф. Две дюжины плоских бутылок виски спрятаны за старыми одеялами. Которые мисс Селия, должно быть, привезла с собой из округа Туника. На бутылках нет этикеток, только выдавленное на стекле клеймо «Старый Кентукки». Двенадцать штук полны, готовы к употреблению. Двенадцать пустых, с прошлой недели. Пустых, как эти проклятые спальни. Неудивительно, что у дуры нет детей.

В первый четверг июля, ровно в полдень, мисс Селия выползает из постели на кулинарный урок. Она в белом джемпере, жутко тесном. Клянусь, ее одежда с каждой неделей все меньше размером.

Занимаем свои места — я у плиты, она на табуретке. С тех пор как на прошлой неделе обнаружила эти бутылки, я с ней почти не разговариваю. Я не злюсь. Я в бешенстве. Но каждый день из минувших шести я клянусь себе, что буду строго следовать маминому правилу номер один. Если я скажу что-нибудь, это будет означать, что мне есть до нее дело, а это вовсе не так. Мне все равно, даже если она ленивая пьяная дура.

Кладем отбитого цыпленка на решетку. Потом приходится в миллиардный раз напомнить этой безмозглой, чтоб помыла руки, пока своим неряшеством не прикончила нас обеих.

Наблюдаю, как золотится цыпленок, и стараюсь забыть, что она тут рядом околачивается. Жареный цыпленок всегда поднимает мне настроение, как-то легче жить становится. Почти забываю, что работаю у пьянчуги. Когда первая партия готова, откладываю часть в холодильник на ужин. Остальное отправляю на тарелку, нам к ланчу. Она устраивается, как обычно, за кухонным столом напротив меня.

— Возьмите грудку, — предлагает мне, хлопая голубыми глазищами. — Пожалуйста.

— Я ем ножки, — отвечаю я, беря кусочек с общей тарелки. Листаю «Джексон джорнал». Устраиваю газету перед лицом так, чтобы не смотреть на мисс Селию.

— Но на них очень мало мяса.

— Они вкусные. Жирные. — Продолжаю читать, стараясь не обращать ни на что внимания.

— Что ж, — говорит она, беря грудку, — думаю, в таком случае мы с вами идеальные партнеры в поедании цыпленка. — И через минуту добавляет: — Знаете, мне так повезло, что вы моя подруга, Минни.

Мне тут же становится дурно, отвращение волной вскипает в груди. Опускаю газету, пристально смотрю на мисс Селию:

— Нет, мэм. Мы с вами не подруги.

— Что вы... конечно, подруги, — улыбается она, словно делает мне большое одолжение.

— Нет, мисс Селия.

Она опять хлопает накладными ресницами. «Прекрати, Минни», — приказывает внутренний голос. Но я уже не в силах остановиться. Понимаю, что не смогу больше стерпеть ни минуты.

— Это... — она разглядывает цыплячью грудку, — потому что вы чернокожая? Или потому что... не хотите дружить со мной?

— Причин много, а то, что вы белая, а я черная, — где-то посередине.

Она больше не улыбается:

— Но... почему?

— Потому что когда я сказала, что просрочила плату за электричество, я вовсе не просила у вас денег.

— О, Минни...

— Потому что вы даже не можете рассказать своему мужу, что я здесь работаю. Потому что вы торчите дома двадцать четыре часа в сутки, доводя меня до бешенства.

— Вы не понимаете, я *не могу*. Не могу выйти.

— Но это все ерунда по сравнению с тем, что я теперь знаю.

Лицо у нее под слоем косметики побелело.

— Все это время я думала, что вы умираете от рака или немножко помешанная. Бедненькая мисс Селия, думала я.

— Понимаю, это трудно...

— Но теперь-то я знаю, что ничем вы не больны. Я видела вас наверху с бутылками. И больше вам не удастся водить меня за нос.

— С бутылками? Боже мой, Минни, я...

— Надо было бы вылить все в канализацию. Надо было бы рассказать мистеру Джонни прямо сейчас...

Она встает, отбросив стул.

— Вы не посмеете рассказать...

— Вы делаете вид, что хотите детей, а сами пьете столько, что слона отравить можно!

— Если вы ему расскажете, я вас уволю, Минни! — В глазах у нее слезы. — Если вы прикоснетесь к бутылкам, я немедленно вас выгоню!

Но кровь уже ударила мне в голову.

— Уволите? Да кто согласится работать здесь втихаря, пока вы весь день шляетесь по дому пьяная?

— Думаете, я не могу вас уволить? С сегодняшнего дня ваша работа окончена, Минни! — рявкает она, тыча пальцем в мою сторону. — Доедайте цыпленка и отправляйтесь домой!

Хватает свою тарелку с кусочками белого мяса и выскакивает в дверь. Слышу, как скребут по полу ножки стула в гостиной. Опускаюсь на свою табуретку, потому что коленки у меня трясутся, гляжу на недоеденного цыпленка.

Я только что потеряла очередную чертову работу.

Утром в субботу просыпаюсь в семь, с дикой головной болью и воспаленным языком. Должно быть, прикусила его ночью.

Лерой косится на меня одним глазом, понимает — что-то случилось. Догадался еще вчера вечером за ужином и вновь учуял, вернувшись с работы в пять утра.

— Что тебя гложет? Неприятности на работе, а? — в третий раз спрашивает он.

— Ничего меня не гложет, только муж и пятеро детей. Готова от вас на стену лезть!

Что мне точно ни к чему, так это чтобы он узнал, что я нагрубила очередной белой дамочке и потеряла очередную работу. Натянув домашнее лиловое платье, иду в кухню. Прибираюсь, как в первый раз.

— Мам, ты куда? — вопит Киндра. — Я есть хочу.

— К Эйбилин. Маме нужно побыть с человеком, который не дергает ее каждые пять минут. — Прохожу мимо Шуге, сидящей на ступеньках. — Шуге, покорми Киндру завтраком.

— Она уже ела, полчаса назад.

— Она опять голодная.

До дома Эйбилин пара кварталов. Пекло адское, асфальт уже дымится, а дети знай себе играют в мяч, пинают консервные банки, прыгают через скакалку.

— «Привет, Минни», — окликают меня через каждые пятьдесят футов. Киваю в ответ, но сегодня я не в духе.

Пробираюсь через садик Иды Пик. Дверь в кухню Эйбилин открыта. Она сидит за столом, читает одну из тех книжек, что приносит ей мисс Скитер из библиотеки для белых. Заслышав скрип двери, поднимает голову. Наверное, сразу же догадалась, что я в ярости.

— Минни, на тебе лица нет. Кто это с тобой сотворил?

— Селия Рэй Фут, вот кто. — Усаживаюсь напротив.

Эйбилин поднимается, подает мне чашечку кофе.

— Что она сделала?

Я рассказываю про бутылки. Не знаю, почему не сделала этого еще полторы недели назад, когда обнаружила их. Может, не хотела, чтобы Эйбилин узнала все эти ужасы про мисс Селию. Может, мне было неловко, ведь именно Эйбилин нашла мне эту работу. Но сейчас я в таком бешенстве, что выложила ей все.

— А потом она меня выгнала.

— Господи, Минни, опять?..

— Сказала, что найдет другую прислугу. Но кто станет работать на такую дуру? Какая-нибудь деревенщина с ватной башкой, которая понятия не имеет о том, что подавать надо слева, а убирать справа.

— Не хочешь извиниться? Может, стоит пойти туда утром в понедельник, поговорить...

— Я не извиняюсь перед пьяницами. Никогда не извинялась перед собственным отцом и уж точно не стану перед ней.

Некоторое время молчим. Одним глотком выпиваю кофе, наблюдаю, как слепень бьется в стекло своей гадкой головой — бэм, бэм, бэм, — пока не падает на порог. И вертится на земле как сумасшедший.

— Есть не могу, спать не могу, — признаюсь я.

— Знаешь, эта Селия, пожалуй, худшая из всех, с кем ты имела дело.

— Они все гадкие. Но она хуже всех.

— Правда? Помнишь, как мисс Уолтер заставила тебя платить за разбитый хрустальный бокал? Ты десять долларов выложила? А потом узнала, что в «Картере» точно такие же стоят по три доллара за штуку?

— Угу.

— А помнишь мистера Чарли, он вечно обзывал тебя черномазой, думал, что это смешно? А его женушку, что заставляла тебя обедать на улице, даже в середине января? Даже когда снег шел?

— Мороз по коже, едва подумаю об этом.

— А эта... — Эйбилин хихикает, — эта мисс Роберта? Как она пробовала на тебе новую краску для волос? — Эйбилин смахивает слезы. — Боже правый, никогда не видела черную женщину с голубыми волосами. Лерой сказал, что ты похожа на нищего инопланетянина.

— Ничего смешного. У меня ушло три недели и двадцать пять долларов, чтоб вернуть свой черный цвет.

Эйбилин трясется, задыхаясь от смеха. С трудом переведя дух, отхлебывает кофе.

— А мисс Селия? — продолжает она. — Как она с тобой обращается? Сколько платит за то, чтоб мириться с угрозой разоблачения перед мистером Джонни и за кулинарные уроки? Должно быть, меньше, чем прочие.

— Ты же знаешь, она платит вдвойне.

— О, верно. Ну тогда тебе приходится бесконечно убирать за толпами ее подружек, что постоянно болтаются в доме.

Я молча смотрю на Эйбилин.

— А десять ее детишек. — Эйбилин прижимает платочек к губам, пряча улыбку. — С ума можно сойти от их воплей и беспорядка, который они устраивают в этом огромном старом доме.

— Ладно, я поняла намек, Эйбилин.

Эйбилин, ласково улыбнувшись, похлопывает меня по руке:

— Прости, дорогая. Но ты моя лучшая подруга. Пожалуй, у тебя не самая плохая хозяйка. Ну и что с того, что она любит пропустить рюмочку-другую? Ступай, поговори с ней в понедельник.

— Думаешь, она примет меня обратно? После всего, что я наговорила?

— Никто больше не согласится у нее работать. И она это понимает.

— Да уж... Она, конечно, бестолковая, — вздыхаю я, — но не совсем безмозглая.

Возвращаюсь домой. Я не стала рассказывать Лерою, что меня тревожит, но думаю об этом весь день, все выходные. Меня увольняли столько раз, что пальцев на руках не хватит пересчитать. Господи, сделай так, чтобы в понедельник я смогла вернуться на эту работу.

Глава 18

Всю дорогу я репетирую. «Я понимаю, что наговорила лишнего...» Вхожу в кухню. «И понимаю, что перешла все границы...» Кладу сумку на стул. Теперь самое трудное. «И прошу прощения».

Слышу шаги мисс Селии и тут же беру себя в руки. Не знаю, чего ожидать — она разозлится, или будет холодна, или просто равнодушно уволит меня еще раз? Знаю лишь, что должна заговорить *первой*.

— Доброе утро, — начинаю я.

Мисс Селия в ночном халате. Непричесанная, не говоря уж о косметике.

— Мисс Селия, я должна... сказать вам кое-что...

Внезапно она стонет, прижимает ладонь к животу.

— Вам... плохо?

— Да. — Она кладет на тарелку крекер и ломтик ветчины, потом убирает ветчину.

— Мисс Селия, я хочу, чтоб вы знали...

Но она, не слушая меня, разворачивается и молча уходит.

Похоже, у меня настоящая проблема. Но все равно принимаюсь за обычную свою работу. Наверное, я ненормальная, раз делаю вид, будто место еще мое. Может, она мне за сегодняшний день и не заплатит. После ланча включаю «Как вращается мир» и начинаю гладить. Обычно мисс Селия смотрит вместе со мной, но не сегодня. Передача заканчивается. Я еще некоторое время жду, не появится ли она в кухне, но мисс Селия не пожелала прийти даже на кулинарный урок. Двери в спальню закрыты, но к двум часам дня не могу придумать себе другого занятия, кроме как прибраться в ее комнате. Даже живот сводит от ужаса.

Ну почему я не смогла повиниться перед ней утром, когда была такая возможность?

В конце концов все же решаюсь подойти к закрытой двери. Стучусь, никакого ответа. Была не была, приоткрываю дверь.

Кровать пуста. Теперь передо мной новое препятствие — закрытая дверь ванной.

— Я пришла прибраться.

Тишина в ответ, но я знаю, что она там. Чую даже сквозь закрытую дверь. Пот с меня льет рекой. Черт, как же хочется поскорее покончить с этим проклятым разговором.

Обхожу комнату, собирая в стирку одежду, накопившуюся с выходных. Дверь в ванную все так же закрыта, оттуда ни звука. Я знаю, что в ванной настоящий свинарник. Снимаю постельное белье, а сама прислушиваюсь, есть ли признаки жизни за дверью. Валик в изголовье — отвратительная штука, с этими дурацкими завязочками по краям, похож на большую желтую сосиску. Швыряю его на место, расправляю простыни.

Протираю ночной столик, аккуратно складываю стопочкой журналы «Лук», книжки про бридж — с ее стороны. У мистера Джонни — книги, он много читает. Беру в руки «Убить пересмешника», листаю. Ну-ка, посмотрим. Книжка про чернокожих. Интересно, увижу ли я когда-нибудь книгу мисс Скитер на ночном столике? Без моего настоящего имени, конечно.

За дверью ванной наконец что-то скребется.

— Мисс Селия, — окликаю опять, — я здесь. Просто чтоб вы знали.

Тишина.

— Ладно, мне нет дела, что бы там ни происходило, — бормочу себе под нос. Потом повышаю голос: — Я просто закончу работу и уберусь отсюда, прежде чем явится мистер Джонни с пистолетом.

Надеюсь, хоть это выманит ее наружу. Нет, не сработало.

— Мисс Селия, там под раковиной есть флакончик «Леди Пинкем». Выпейте и выходите, чтобы я могла прибраться в ванной.

Останавливаюсь, жду, не сводя глаз с двери. Так я уволена или нет? А если нет, она что, так надралась, что меня не слышит? Мистер Джонни просил присматривать за ней. Думаю, если она напивается в стельку и запирается в ванной, это нельзя назвать «присмотром».

— Мисс Селия, скажите что-нибудь, чтобы я поняла, что вы живы.

— Все нормально.

Но, судя по голосу, ничего нормального там нет.

— Уже почти три часа. Скоро придет мистер Джонни.

Я должна знать, что там происходит. Не пьяная ли она. И если я не уволена, тогда мне нужно прибраться в ванной, чтобы мистер Джонни не подумал, будто тайная прислуга бездельничает, и не выгнал меня во второй раз.

— Ну что там у вас, мисс Селия, опять напутали с краской для волос? В прошлый раз я вам помогла, помните? Мы все чудненько исправили.

Ручка медленно поворачивается. Очень медленно приоткрывается дверь. Мисс Селия сидит на полу, справа от входа. Колени подогнуты и прикрыты халатом.

Подхожу чуть ближе. Издалека мне видно ее лицо — цвета отбеливателя для белья, с голубоватым отливом.

А еще я вижу кровь в унитазе. Очень много крови.

— Вам больно, мисс Селия? — испуганно шепчу я.

Мисс Селия не шевелится. По подолу белого халата полоска крови, как будто его окунали в унитаз.

— Хотите, я позвоню мистеру Джонни? — А сама никак не могу отвести взгляд от фаянсовой емкости, полной крови. Там, в красной жиже, лежит еще что-то. Нечто... большое.

— Нет. — Мисс Селия тупо смотрит в стену перед собой. — Принесите мне... телефонный справочник.

Бегу в кухню, хватаю книгу со стола, мчусь обратно. Протягиваю справочник мисс Селии, но та качает головой и просит:

— Пожалуйста, позвоните вы. На букву «Т», доктор Тейт. Я не могу.

Торопливо листаю страницы. Знаю я этого доктора Тейта. Он пользовал почти всех белых женщин, у которых я работала. А еще он оказывал «особые услуги» Элейн Фэрли, каждый вторник, пока его собственная жена торчала в парикмахерской. *Тафт... Таггерт... Танн... Тейт.*

Пальцы дрожат, пока я набираю номер. Отвечает белая леди.

— Селия Фут. — Потом сообщаю адрес и изо всех сил держусь, чтоб не бухнуться в обморок. — Да, мэм, очень-очень много крови... Он знает, как добираться?

Она отвечает, мол, да, разумеется, и кладет трубку.

— Приедет? — спрашивает Селия.

— Уже едет, — отвечаю я, стараясь подавить очередной приступ тошноты. Не скоро я смогу чистить этот унитаз без рвотных позывов. — Хотите кока-колы? Я принесу.

В кухне достаю из холодильника бутылку колы, возвращаюсь, ставлю бутылочку на кафельный пол и отодвигаюсь подальше от кровавого унитаза. Насколько могу, чтобы не оставлять мисс Селию в одиночестве.

— Может, переберетесь на постель, мисс Селия? Как думаете, сможете подняться?

Мисс Селия наклоняется вперед, пытается привстать. Подхожу помочь и вижу, что кровь пропитала ее халат, растеклась по голубому кафелю и местами застыла, как жидкий красный клей. Такие пятна непросто будет оттереть.

Поднимаю ее на ноги, но мисс Селия, поскользнувшись в луже крови, хватается за край унитаза, пытаясь удержаться.

— Оставьте меня... я здесь...

— Ладно, — соглашаюсь я, отступая обратно в спальню. — Доктор Тейт скоро приедет. Ему позвонили домой.

— Побудьте со мной, Минни? Пожалуйста...

Но от унитаза исходит кошмарный теплый запах. Поколебавшись, я пристраиваюсь на пороге — наполовину в ванной, наполовину в спальне. Пахнет сырым мясом, размороженным гамбургером. Разобравшись, что к чему, впадаю в панику.

— Пойдемте-ка отсюда, мисс Селия. Вам нужен свежий воздух.

— Я не могу, кровь останется на ковре... Джонни увидит. — Вены на руках мисс Селии кажутся черными под тонкой кожей. Лицо все бледнее.

— Что-то вы неважно выглядите. Выпейте-ка еще кока-колы.

Она делает глоток, вздыхает.

— Ох, Минни...

— Как давно у вас кровотечение?

— С утра, — отвечает она и начинает плакать, прикрыв локтем лицо.

— Успокойтесь, все будет хорошо.

Голос мой звучит уверенно, спокойно, но сердце при этом бешено колотится. Ну да, доктор Тейт приедет и поможет мисс Селии, но как быть с этой штукой в унитазе? Что мне с ней делать, просто смыть? А если застрянет в трубах? Нужно вынуть оттуда. Господи, как я буду это делать?

— Так много крови, — стонет она, привалившись ко мне. — Почему в этот раз так много крови?

Приподняв голову, краешком глаза кошусь на унитаз. Но тут же поспешно отвожу взгляд.

— Джонни не должен это видеть. Боже... который час?

— Без пяти три. Еще есть время.

— А что нам делать с этим?

Нам. Господь меня простит, но я не желаю иметь ничего общего с «этим».

Прикрыв глаза, произношу:

— Думаю, одна из нас должна вытащить это.

Мисс Селия поворачивает ко мне зареванное лицо:

— И куда деть?

— Наверное... — отвожу взгляд, — в помойное ведро.

— Пожалуйста, сделайте это. — И прячет голову в коленях, будто ей стыдно.

Никаких больше «*мы*». Теперь, значит, *вы* сделайте это. *Вы* выловите из унитаза моего мертвого ребенка. А какой у меня выбор?

Слышу собственное жалобное поскуливание. Моя толстая задница словно прикипела к кафельному полу. С ворчанием приподнимаюсь, пытаюсь рассуждать спокойно.

Бывало ведь и хуже, верно? Ничего, правда, в голову не приходит, но ведь должно же быть что-то хуже.

— Пожалуйста, — хнычет мисс Селия. — Я не могу... больше смотреть на это.

— Ладно. — Деловито киваю, будто знаю, что надо. — Я позабочусь об этом.

Так, будем практичны. Куда положу, понятно — в белое пластиковое ведерко рядом с унитазом. Потом просто выброшу. Но чем я это достану из унитаза? Руками?

А может, стоит подождать? Может... может, доктор захочет забрать это с собой! Проверим. Если удастся отвлечь мисс Селию на несколько минут, возможно, и не придется возиться с этой штукой.

— Через минутку займемся, — бодро уверяю я. — Какой срок у вас был? — Подбираюсь поближе к унитазу, не умолкая ни на миг.

— Пять месяцев?.. Не знаю. — Мисс Селия прячет лицо в полотенце. — Я принимала душ и вдруг почувствовала, как что-то тянет внизу, больно. Я присела на унитаз, а оно и выскользнуло. Как будто хотело *выбраться наружу, сбежать*. — И она опять рыдает, сотрясаясь всем телом.

Я осторожно опускаю крышку унитаза и усаживаюсь на пол.

— Как будто лучше умереть, чем задержаться во мне на лишнюю секунду.

— Вы же понимаете, это Божий промысел. Что-то внутри вас пошло не так, и природа все решила. В следующий раз все получится. — Но тут я вспоминаю про бутылки и чувствую, как злость начинает закипать.

— Это и был... следующий раз.

— Господи помилуй.

— Мы поженились, потому что я забеременела, — говорит мисс Селия, — но... тоже выскользнуло.

Не могу больше терпеть.

— Так какого черта вы пьете? Знаете же, что никакой ребенок не удержится, если вливать в себя по пинте виски!

— Виски?

Ой, умоляю. Видеть не могу этот невинный «какое виски?» взгляд. Хорошо хоть не так ужасно пахнет, когда крышка унитаза закрыта. Когда уже этот чертов доктор явится?

— Вы подумали, что я... — Она печально качает головой. — Это специальная микстура, для поддержания беременности. От индейцев чоктау, из округа Фелициана...

— Чоктау? — растерянно моргаю я. Да она еще глупее, чем я представляла. — Этим индейцам нельзя доверять. Вы что, не знаете, мы же отравили их кукурузные поля. Что, если они в отместку пытаются отравить вас?

— Доктор Тейт сказал, это просто патока и вода, — плачет она в полотенце. — Но я должна была попытаться. *Должна* была.

Да уж. Удивительно, но как же мне вдруг стало легко, все тело сразу расслабилось.

— Мисс Селия, придет и ваш черед. Поверьте, я знаю, у меня пятеро детей.

— Но Джонни хочет детей сейчас. Ох, Минни, — качает она головой, — что он со мной сделает?

— Переживет он это, вот что. И забудет всех неудавшихся детей, потому что мужики — они такие. И будет надеяться на следующих.

— Про этого он даже не знает. И про предыдущего.

— Вы же сказали, что поженились из-за этого.

— То был первый раз, — тяжело вздыхает мисс Селия. — А этот уже... четвертый.

Она успокаивается, а мне нечего сказать ей в ответ. И мы просто молчим, недоумевая, почему мир так устроен.

— Я думала, — шепчет она, — что если побольше лежать, если приглашу кого-нибудь заниматься домом и кухней, может, сумею сохранить этого. — И опять слезы. — Я так хотела, чтобы этот малыш был похож на Джонни.

— Мистер Джонни очень красивый мужчина. И волосы такие хорошие...

Мисс Селия удивленно опускает полотенце.

Я всплескиваю руками, внезапно поняв, что натворила. Бормочу:

— Мне нужно подышать свежим воздухом, жарко здесь.

— Откуда вы знаете...

Надо бы соврать, но никак не могу придумать что, поэтому просто сознаюсь:

— Мистер Джонни однажды пришел домой и обнаружил меня.

— *Что?*

— Да, мэм. Он не велел вам рассказывать, чтобы вы думали, что он гордится вами. Он так вас любит, мисс Селия. По лицу видно, как сильно любит.

— Но... как давно он знает?

— Несколько... месяцев.

— Месяцев? Он... он огорчился, что я солгала ему?

— Да нет же! Он даже звонил мне потом домой, чтобы я даже не думала увольняться. Говорит, боится умереть с голоду, если я уйду.

— Ох, Минни, — всхлипывает она, — простите. Простите меня за все.

— Да ладно, в моей жизни бывало и похуже.

Например, синие волосы. Ланч на морозе. А теперь еще и это. В унитазе все еще лежит ребенок, с которым кто-нибудь должен что-то сделать.

— Я не знаю, как мне быть, Минни.

— Доктор Тейт сказал, продолжать попытки, значит, надо продолжать попытки.

— Он кричит на меня. Говорит, что я теряю время, валяясь в кровати. Он такой гадкий, ужасный человек. Я больше не могу. — Она прижимает полотенце к глазам. И чем горше плачет, тем бледнее становится.

Пытаюсь влить в нее еще несколько глотков кока-колы, но она отказывается. С трудом поднимает руку, чтобы отмахнуться от меня.

— Мне... дурно. Я...

Хватаю ведерко, подставляю, смотрю, как мисс Селию рвет. А потом чувствую что-то влажное. Опускаю глаза — кровь льется так сильно, что дотекло уже до места, где я сижу. С каждым рвотным позывом кровь прямо выплескивается из нее. Она потеряла уже больше, чем может выдержать человек.

— Ну-ка, сядьте, мисс Селия! Дышите, живо, — командую я, но она лишь обессиленно падает на меня.

— Нет уж, вы не собираетесь отдавать концы, ну-ка!

Пытаюсь удержать ее, но она вся обмякла, а у меня в глазах слезы. Чертов доктор уже должен быть здесь. Он должен был прислать «скорую помощь». За двадцать пять лет, что я прибираюсь в чужих домах, мне никто никогда не объяснял, что делать, если ваша белая хозяйка помирает у вас на руках.

— Мисс Селия, очнитесь! — ору я, но она лежит рядом неподвижным белым комом, и мне остается только сидеть, дрожать и ждать.

Проходит очень много минут, прежде чем раздается звонок в дверь. Аккуратно опускаю голову мисс Селии на полотенце, снимаю туфли, чтобы не оставлять кровавых следов по всему дому, и несусь к двери.

— Она отходит! — с порога сообщаю доктору, а медсестра спешит за мной в спальню, как будто знает дорогу, достает нюхательную соль, сует под нос мисс Селии, та встряхивает головой, тихонько всхлипывает и открывает глаза.

Сестра помогает мне освободить мисс Селию от окровавленного халата. Глаза у нее открыты, но бедняжка едва держится на ногах. Застилаю кровать старыми полотенцами, и мы укладываем ее в постель. Иду в кухню, где доктор Тейт моет руки.

— Она в спальне, — говорю ему. *Не в кухне, ты, жаба.*

Ему за пятьдесят, доктору Тейту, он выше меня на добрых полтора фута. Кожа у него очень белая и лицо такое длинное, вытянутое, — никаких чувств на нем.

Наконец-то он направляется в спальню, протягивает руку к двери, и тут я решаюсь тронуть его за локоть:

— Она не хочет, чтобы ее муж знал. Он ведь не узнает, правда?

Доктор смотрит на меня, как положено смотреть на черномазых, и спокойно так отвечает:

— Вам не кажется, что это его дело?

Потом входит в спальню и захлопывает дверь у меня перед носом.

Брожу по кухне туда-сюда. Проходит полчаса, затем час, а я жутко переживаю — что мистер Джонни вернется домой и все узнает, что доктор Тейт позвонит ему, что они оставят младенца в унитазе и мне придется разбираться с этим. Голова кругом. Но вот в дверях появляется доктор Тейт.

— С ней все в порядке?

— У нее истерика. Я дал ей успокоительное.

Медсестра проходит мимо нас к выходу, в руках у нее белая металлическая коробка. Я выдыхаю с таким облегчением, словно впервые за несколько часов.

— Присматривайте за ней завтра. Если будет слишком возбуждена, дайте еще одну таблетку. — Он протягивает мне белый бумажный пакет. — Кровотечение пока возможно. Но не звоните мне, если оно не слишком сильно.

— Вы ведь не расскажете мистеру Джонни об этом, правда, доктор Тейт?

Он раздраженно шипит:

— Проследите, чтобы она не пропустила прием у меня в пятницу. Я не намерен ездить в такую даль только потому, что она слишком ленива, чтобы посетить врача.

И удаляется, понимаешь, хлопнув дверью.

Часы бьют пять. Мистер Джонни будет дома через полчаса. Хватаю «клорокс», тряпки и ведро.

Мисс Скитер

Глава 19

Год 1963-й. Космическая эра. Человек облетел вокруг Земли на ракете. Изобрели пилюли, которые помогают замужним женщинам не забеременеть. Банку пива можно открыть одним движением пальца, и открывалка больше не нужна. А в доме моих родителей жарко так же, как в 1899-м, когда прапрадедушка его построил.

— Мамочка, ну пожалуйста, — умоляю я. — Когда у нас будет кондиционер?

— До сих пор мы вполне обходились без электрического охладителя, и я не намерена портить свои окна этими вульгарными приспособлениями.

Так что на исходе июля мне пришлось перебраться со своего чердака на террасу в задней части дома. В детстве мы с Карлтоном и Константайн, бывало, спали здесь летом, если родители уезжали на загородные вечеринки к приятелям. Константайн всегда надевала старомодную ночную рубаху, закрывавшую ее от подбородка до пят, даже если жара стояла как в преисподней. На ночь она всегда нам пела. А голос был такой чудесный, что я не могла представить, как это она никогда не училась пению. Мама всегда говорила, что без регулярных занятий невозможно толком научиться чему-либо. Как это все же странно — вот она была здесь, на этой террасе, а теперь ее нет. И неизвестно, увижу ли я ее вновь.

Рядом с раскладушкой, на облупившемся, заржавленном металлическом столике пристроилась пишущая машинка. На полу валяется красная сумка. Папиным платком я вытираю потный лоб, прикладываю соленый лед к запястьям. Даже здесь, на террасе, стрелка термометра поднимается с 89 до 96, а затем до полных 100 градусов*. Хорошо хоть Стюарт не приезжает днем, в самую жару.

Тупо смотрю на машинку — заняться нечем, писать нечего. Рассказы Минни уже завершены. На душе скверно. Две недели назад Эйбилин сказала, что Юл Мэй, служанка Хилли, наверное, поможет нам, что она проявляет все больший интерес к предложению Эйбилин. Но после убийства Медгара Эверса и последовавших за ним арестов и преследований чернокожих она наверняка напугана до смерти.

Может, стоило пойти к Хилли и самой побеседовать с Юл Мэй? Но нет, Эйбилин права, я, пожалуй, перепугаю ее еще больше, и мы потеряем единственный шанс.

Где-то под крыльцом протяжно зевает пес, жалуясь на нестерпимую жару. Лениво тявкает на рабочих, пятерых черных, подъехавших в папином грузовике. Мужчины перепрыгивают через борт, приземляются, поднимая клубы пыли. На миг замирают, оглушенные и измученные. Старший вытирает красным лоскутом лоб, губы, шею. Зной невыносимый — не понимаю, как они вообще выдерживают на таком солнцепеке.

Слабый ветерок шевелит страницы журнала «Лайф». Одри Хепберн улыбается с обложки, и над верхней губой у нее ни единой капельки пота. Пролистываю журнал, до рассказа о советской Космической Девушке. Что ждет на следующей странице, я уже знаю. Позади портрета советской героини скрывается фотография Карла Робертса, чернокожего школьного учителя из Пелахатчи, жившего в сорока милях отсюда. «В апреле Карл Робертс рассказал репортерам из Вашингтона, что значит быть черным в Миссисипи, назвав губернатора “жалким типом с моралью уличной проститутки”. Робертса обнаружили заклейменным и повешенным на дереве пекан».

Карла Робертса убили только за *разговоры*. А ведь три месяца назад я искренне считала, что запросто найду дюжину негритянок, готовых поделиться со мной рассказами о себе. Как будто они только и ждут, когда же смогут выложить историю своей жизни белой женщине. Ну и дура же я была.

* 89 °F — 31,6 °C; 96 °F — 35,5 °C; 100 °F — 37,7 °C.

Не могу больше выносить жару, ни единой секунды, поэтому отправляюсь в единственное прохладное место, какое знаю. Включаю зажигание, поднимаю окна, задираю платье, чтобы поток прохладного воздуха овевал все тело. Внешний мир отодвигается, уступая место легкому аромату фреона и кожаной обивки «кадиллака». Не открываю глаза, даже услышав шум автомобиля. Секунду спустя дверь со стороны пассажира распахивается.

— Черт, да тут гораздо лучше.

Торопливо одергиваю платье.

— Что ты тут делаешь?

Стюарт захлопывает дверь, касается поцелуем моих губ.

— Я на минутку. Должен ехать на побережье, у меня там встреча.

— Надолго?

— На три дня. Нужно встретиться с парнем из «Управления нефти и газа Миссисипи». Жаль, что не узнал об этом пораньше.

Он берет меня за руку, я улыбаюсь. Мы встречаемся уже два месяца, если не считать первого катастрофического свидания. Многим девушкам этот срок покажется незначительным. Но для меня это самые продолжительные отношения и на сегодняшний момент — самые приятные.

— Хочешь поехать со мной?

— В Билокси? Вот так сразу?

— Вот так сразу. — И с этими словами кладет мне на бедро свою прохладную ладонь. Я, как всегда, от неожиданности вздрагиваю. Покосившись на его руку, торопливо озираюсь — не подглядывает ли за нами моя матушка. — Решайся, здесь же дьявольская жара. Я остановился в «Эджуотер», прямо на пляже.

После всех треволнений последних недель мне наконец становится легко и радостно.

— Ты предлагаешь... поселиться в «Эджуотер» вместе? В одном номере?

Он утвердительно кивает:

— Сможешь сбежать?

Элизабет смертельно оскорбила бы сама идея разделить комнату с мужчиной до свадьбы, Хилли сказала бы, что с моей стороны глупо даже думать об этом. Обе хранили свою девственность с яростью ребенка, отказывающегося делиться любимой игрушкой. Ну а я — да, я обдумываю предложение.

Стюарт придвигается ближе. От него пахнет хвоей, трубочным табаком и дорогим мылом, абсолютно неизвестным в моей семье.

— Маму хватит удар, Стюарт. И потом, у меня куча дел... — Но как же хорошо от него пахнет. Он смотрит на меня так, словно готов проглотить, и я вздрагиваю.

— Ты уверена? — шепчет он и вновь целует, в губы, уже совсем не так сдержанно.

Его рука по-прежнему на моем бедре, и я в который раз думаю о том, как у них все было с Патрицией, его невестой. Я ведь даже не знаю, спал ли он с ней. От подобных мыслей становится тошно, и я отодвигаюсь.

— Я... я не могу. Ты же знаешь, я не смогла бы рассказать маме правду...

Он огорченно вздыхает, и мне так нравится выражение разочарования на его лице. Теперь я понимаю, зачем девушки отказывают, — ради этого ласкающего взор сожаления.

— Что ж, тогда не лги ей. Ты знаешь, как я ненавижу ложь.

— Позвонишь мне из отеля?

— Конечно. Жаль, что мне так срочно пришлось уехать. Да, чуть не забыл, через три недели, в субботу вечером, мама и папа приглашают всех вас на ужин.

Я резко выпрямляюсь. Никогда не встречалась с его родителями.

— Что значит... «всех вас»?

— Тебя и твоих родителей. Приезжай, познакомишься с моей семьей.

— Но... почему все вместе?

Он пожимает плечами:

— Мои родители хотят познакомиться с твоими. А я хочу, чтобы они познакомились с тобой.

— Но...

— Прости, детка, — он нежно поправляет мне волосы, — я должен идти. Позвоню завтра вечером, хорошо?

Молча киваю. Он выбирается обратно в жару и уезжает, помахав на прощанье папе, бредущему по пыльной аллее.

А я остаюсь волноваться в «кадиллаке». Ужин в доме сенатора штата. Мама, задающая тысячи вопросов. Готовая ради меня на любые безрассудства. Выкладывающая на стол хлопковый трастовый фонд.

Спустя три мучительно долгие, жаркие ночи — от Юл Мэй и остальных служанок по-прежнему никаких вестей — возвращается Стюарт. Меня тошнит от сидения за машинкой ради новостей Лиги и писем Мисс Мирны. Сбегаю по ступенькам ему навстречу, и Стюарт обнимает меня так, словно мы не виделись много недель.

Он загорел, белая рубашка смялась на спине от долгой поездки, рукава закатаны. А на губах все та же вечная, почти дьявольская, улыбка. Мы сидим в разных концах гостиной, не сводя глаз друг с друга. Ждем, пока мама пойдет спать. Папа ложится сразу после заката.

Стюарт смотрит только на меня, а мама все разглагольствует о погоде да о том, как Карлтон встретил свою «единственную».

— И мы так взволнованы предстоящей встречей с вашими родителями, Стюарт. Пожалуйста, передайте мои слова вашей матушке.

— Да, мэм. Непременно.

И улыбается мне. Мне в нем столько всего нравится. Когда разговаривает, смотрит мне прямо в глаза. Ладони у него мозолистые, а ногти чистые и ухоженные. Мне нравится чувствовать шероховатость его рук на своей шее. И я солгала бы, если б отказалась признать, как приятно появляться на вечеринках вдвоем. И не нужно терпеть выразительные взгляды и мрачную мину Рэйли Лифолта — он, видите ли, недоволен, поскольку вынужден таскать мое пальто вместе с одеждой Элизабет и приносить мне напитки.

Теперь у меня есть Стюарт. Стоит ему появиться рядом, и я чувствую себя защищенной и независимой. Мама не критикует меня в его присутствии, боится, что он и без ее подсказок углядит мои изъяны. Она не решается придираться ко мне, понимает — я обязательно начну скулить и жаловаться. А это уменьшит мои шансы. Для мамы это грандиозная игра — демонстрировать только одну сторону дочери, дабы настоящая «я» не проявилась, пока не станет «слишком поздно».

Но вот в половине десятого мама расправляет юбку, складывает плед медленно и тщательно, словно заветное письмецо.

— Что же, полагаю, пора на покой. Оставляю вас наедине, молодые люди. Евгения, — многозначительный взгляд в мою сторону, — не засиживайся допоздна, хорошо?

Ослепительно улыбаюсь. Мне двадцать три, черт побери, года.

— Конечно, мамочка.

Она выходит. Мы продолжаем сидеть молча и неподвижно.

В ожидании.

Мама обходит кухню, закрывает окна, пускает воду, выключает. Несколько секунд спустя слышится «клик-клак» защелки на двери родительской спальни. Стюарт поднимается с места — «Иди *сюда*», — и вот он уже рядом, и прижимает меня к себе, и приникает к моему рту, как к источнику, будто весь день умирал от жажды. Я слышала, как девчонки описывали это чувство, «словно таешь», а мне кажется, это больше напоминает взлет — ты становишься все выше и выше, видишь мир далеко за горизонтом и невиданные прежде цвета.

Но я все же отодвигаюсь. Мне обязательно нужно кое-что сказать.

— Сядь рядом.

Мы опускаемся на диван. Он норовит вновь поцеловать, но я отстраняюсь. Изо всех сил стараюсь не обращать внимания на то, как оттеняет загар цвет его голубых глаз. И до чего золотистые волоски у него на руках.

— Стюарт... — Судорожно сглатываю, готовясь выпихнуть из себя страшный вопрос. — Твоя помолвка... родители были разочарованы? Когда с Патрицией произошло... то, что произошло?

Лицо у него мгновенно застывает. Взгляд делается жестким.

— Мама огорчилась. Они были близки.

Я уже жалею, что затеяла все это, но должна знать правду.

— Насколько близки?

Он отводит взгляд.

— У тебя есть что-нибудь выпить? Бурбон, например?

Иду в кухню, наливаю из кондитерских запасов Паскагулы, добавляю воды побольше. В первое же свое появление в нашем доме Стюарт ясно дал понять, что бывшая невеста — плохая тема для беседы. Но мне необходимо знать, что же произошло между ними. Не из любопытства. Просто у меня никогда не было близких отношений. Я должна знать, из-за чего расстаются навек. Сколько правил можно нарушить, прежде чем тебя бросят, и какие из правил самые главные.

— То есть они были подругами? — продолжаю я. Через две недели я встречаюсь с его матерью. Моя мама уже назначила на завтра поездку по магазинам.

Он делает большой глоток, хмурится.

— Они могли пробраться в столовую и поменять карточки на местах для гостей. — Никаких следов озорной улыбки. — Мама была потрясена. После того, как... все развалилось.

— Значит... она будет сравнивать меня с Патрицией?

— Вероятно, — после секундной паузы соглашается Стюарт.

— Отлично. Не могу дождаться.

— Мама просто... защищает меня. Беспокоится, что я вновь буду страдать. — Он отворачивается.

— А где сейчас Патриция? По-прежнему живет здесь или...

— Нет. Она уехала. Переехала в Калифорнию. Мы можем поговорить о чем-нибудь другом?

Вздохнув, откидываюсь на спинку дивана.

— А твои родители знают, что произошло? В смысле, можно ли и мне узнать? — Потому что меня начинает бесить его молчание о столь важных вещах.

— Скитер, я же говорил тебе, что не люблю обсуждать... — Но после паузы продолжает, понизив голос: — Папа в курсе лишь отчасти. Маме известны все подробности, как и родителям Патриции. И разумеется, *ей самой*.

Она прекрасно понимает, что натворила. — Он одним глотком допивает виски.

— Стюарт, я спрашиваю, только чтобы не повторить ее ошибки.

Он поднимает на меня взгляд, пытается рассмеяться, но смех больше похож на рычание.

— Ты и за миллион лет не сумеешь сделать то, что совершила она.

— Что именно? Что она сделала?

— Скитер, прости, я устал. Пожалуй, пойду домой.

Вхожу утром в душную кухню. День предстоит ужасный. Мама пока у себя, готовится к поездке по магазинам, дабы должным образом нарядить нас обеих к ужину у Уитвортов. Я в джинсах и свободной блузке.

— Доброе утро, Паскагула.

— Доброе утро, мисс Скитер. Завтрак, как обычно?

— Да, пожалуйста.

Маленькая и юркая Паскагула. В прошлом июне я сказала ей, что предпочитаю черный кофе и тосты, лишь слегка смазанные маслом, и она никогда больше не переспрашивала. В этом она похожа на Константайн, которая помнила все, что касается нас. Сколько же завтраков разных белых дам приходилось ей держать в голове. Интересно, каково это — всю жизнь запоминать чужие предпочтения по части масла на тостах, крахмальных воротничков и смены постели?

Паскагула ставит кофе на стол передо мной. Не подает в руки. Эйбилин объяснила мне, что так положено, иначе наши руки могут соприкоснуться. Не помню, как это делала Константайн.

— Спасибо, — говорю я. — Большое спасибо.

Она растерянно моргает, потом чуть улыбается:

— Да... пожалуйста.

И я понимаю, что впервые поблагодарила ее искренне. Паскагула, кажется, чувствует себя неловко.

— Скитер, ты готова? — зовет мама.

Кричу в ответ, что я ем. Жую тост и от всей души надеюсь, что мы быстро покончим с шопингом. Тот возраст, когда одежду выбирает мамочка, я миновала лет десять назад. Ловлю внимательный взгляд Паскагулы. Но стоит посмотреть прямо на нее, как она поспешно отворачивается.

Пролистываю «Джексон джорнал». Очередная колонка Мисс Мирны, где будет раскрыта тайна пятен от жесткой воды, выйдет только в понедельник. В разделе новостей национального масштаба статья о новых таблетках под названием «Валиум», призванных «помочь женщинам справиться с повседневными проблемами». Да уж, мне бы сейчас понадобилось с десяток таких таблеточек.

Поднимаю глаза от газеты и с удивлением обнаруживаю, что рядом стоит Паскагула.

— Вы... вам что-нибудь нужно, Паскагула?

— Мне нужно кое-что вам сказать, мисс Скитер. Кое-что насчет...

— Ты не можешь явиться в «Кеннингтон» в джинсах. — В дверях возникает мама.

Паскагула буквально испаряется. Миг — и она вновь около раковины, тянет черный шланг от крана к посудомоечной машине.

— Ступай наверх и надень что-нибудь приличное.

— Мама, я так всегда одеваюсь. Какой смысл наряжаться для того, чтобы купить новую одежду?

— Евгения, умоляю, не усложняй ситуацию.

Мама возвращается к себе в спальню, но я понимаю, что это еще не конец. Гудение посудомойки заполняет комнату. Пол под моими босыми ногами начинает слегка вибрировать, и шум стихает до нормального гула, достаточного, чтобы замаскировать беседу.

— Вы хотели мне что-то сказать, Паскагула?

Паскагула оглядывается на дверь. Она такая крошечная, вполовину меньше меня. И такая робкая. Мне обычно приходится наклоняться, чтобы расслышать ее. Паскагула подходит ближе.

— Юл Мэй моя *кузина*, — сообщает она. Шепотом, но на этот раз отнюдь не робким.

— Я... не знала.

— Мы с ней очень близки, она приходит ко мне в гости по выходным. И она рассказала, чем вы занимаетесь. — Паскагула чуть прищуривается, и я понимаю, что сейчас она попросит оставить в покое ее кузину.

— Я... мы изменяем имена. Она ведь сказала вам об этом? Я не хочу, чтобы у кого-нибудь были неприятности.

— В субботу она сказала, что поможет вам. Она звонила Эйбилин, но там не отвечали. Я бы сообщила вам раньше, но... — Еще один взгляд в сторону двери.

Невероятно.

— Правда? Она сможет? — радуюсь я и, несмотря на собственные разумные доводы, все же спрашиваю: — Паскагула, а вы... не хотите рассказать свои истории?

Долгий пристальный взгляд.

— То есть рассказать вам, что значит работать на... вашу матушку?

Мы смотрим друг на друга, думая, вероятно, об одном и том же. Как неловко ей будет говорить, как неловко мне будет слушать.

— Не обязательно о моей маме, — тороплюсь исправиться я. — Можно рассказать о другой работе, которая была у вас прежде.

— Я впервые работаю прислугой. Раньше я подавала ланч в «Олд Леди Хоум». Пока они не переехали во Фловуд.

— Вы хотите сказать, маму не смутило, что это ваш первый опыт?

Паскагула разглядывает красный линолеум на полу, вновь становясь робкой и застенчивой.

— Никто больше не хочет работать на нее, — говорит она. — После того, что произошло с Константайн.

— А что вы думаете... об этом? — осторожно спрашиваю я.

Паскагула бледнеет. Невинно моргает, явно пытаясь меня перехитрить.

— Я ничего об этом не знаю. Просто хотела передать, что сказала Юл Мэй.

Метнувшись к холодильнику, открывает его и принимается деловито рыться внутри.

Ладно. Хорошего понемножку.

Шопинг в обществе матушки не настолько невыносим, как обычно, — возможно, еще и потому, что я в отличном настроении после новости про Юл Мэй. Маменька воссдает в кресле, а я выбираю первый же примеренный костюм — голубое поплиновое платье без рукавов и жакет с круглым воротником. Оставляем его в магазине, чтобы подшили подол. Удивительно, но мама не стала требовать что-нибудь еще. Всего через полчаса она заявила, что устала, и мне пришлось везти нас обратно в Лонглиф. Дома мама сразу же отправилась к себе вздремнуть.

Из дома я звоню Элизабет, она сама берет трубку. Сердце так колотится, что у меня не хватает духу попросить к телефону Эйбилин. После истории с сумкой я дала себе слово быть осторожней.

Приходится ждать, пока Эйбилин не вернется домой. Вечером пристраиваюсь в кладовке, на своей жестянке, нервно перебираю рис в мешке. Эйбилин отвечает после первого же гудка.

— Она поможет нам, Эйбилин. Юл Мэй согласилась!

— Что она сказала? Когда вы узнали?

— Сегодня днем. Паскагула передала. Юл Мэй не могла вам дозвониться.

— Господи, у меня телефон отключали, не успела заплатить в этом месяце. Вы разговаривали с Юл Мэй?

— Нет, я подумала, лучше сначала поговорить с вами.

— Странное дело — я сегодня звонила в дом мисс Хилли от мисс Лифолт, а она сказала, что Юл Мэй здесь больше не работает, и повесила трубку. Я всех расспрашивала, но никто ничего не знает.

— Хилли ее уволила?

— Не знаю. Надеюсь, она сама ушла.

— Я позвоню Хилли и все выясню.

— Раз мне включили телефон, я попробую дозвониться до Юл Мэй.

Четыре раза набираю номер Хилли, нет ответа. Наконец, не выдержав, звоню Элизабет, и она сообщает, что Хилли уехала в Порт-Гибсон. Отец Уильяма заболел.

— А что случилось... с ее прислугой? — как можно более небрежно интересуюсь я.

— Знаешь, она что-то говорила про Юл Мэй, но потом заторопилась, вроде ей нужно было вещи паковать.

Остаток вечера провожу на задней террасе, репетируя вопросы и страшно волнуясь — неизвестно, что Юл Мэй может рассказать про Хилли. Несмотря на некоторые разногласия, Хилли все еще моя ближайшая подруга. Но книга, которая теперь может получить продолжение, важнее всего остального.

Валяюсь без сна на старенькой раскладушке. Стрекочут цикады. Ноги, свисающие с края, нервно пританцовывают — радостное облегчение впервые за долгое время. Не дюжина служанок, но все-таки на одну больше.

В двенадцатичасовых новостях Чарльз Уорринг сообщает, что во Вьетнаме погибло шестьдесят американских солдат. Грустно. Шестьдесят молодых мужчин умерли вдали от своих любимых. Я, наверное, принимаю это так близко к сердцу из-за Стюарта, но и Чарльз Уорринг, кажется, крайне взволнован происходящим.

Беру сигарету, тут же откладываю. Я стараюсь курить поменьше, но уж слишком нервничаю по поводу сегодняшнего вечера. Мама постоянно пилит меня за курение, я и сама понимаю, что нужно бросить, но не похоже, чтобы эта привычка убивала меня. Хотелось бы расспросить Паскагулу, что именно ей сказала Юл Мэй, но Паскагула позвонила утром, сообщила, что у нее проблемы и она не сможет прийти раньше полудня.

Мама возится на задней террасе, помогает Джеймисо делать мороженое. Даже с другой стороны дома слышен хруст льда и скрежет соли. Очень аппетитные звуки, хочется попробовать прямо сейчас, но лакомство будет готово только через несколько часов. Разумеется, никто не готовит мороженое в полдень жаркого дня, это вечернее занятие, но если маме взбрело в голову сделать персиковое мороженое, никакая жара ее не остановит.

Бреду к ним посмотреть. Большая серебряная мороженица запотела от холода. Пол слегка подрагивает. Джеймисо сидит на перевернутом ведре, зажав мороженицу между коленями, и вращает тяжелую деревянную ручку. Пар валит от сухого льда.

— Паскагула еще не пришла? — спрашивает мама, доливая сливок в емкость.

— Пока нет.

Мама вся взмокла. Поправляет выбившуюся прядь волос.

— Мам, давай я буду добавлять сливки. Тебе же жарко.

— Ты не сумеешь. Я должна сама, — отрезает она и прогоняет меня обратно в дом.

В новостях уже Роджер Стикер — информацию о почтовой службе Джексона преподносит с такой же нервной улыбкой, как и военный репортер:

— Эта современная адресная система называется *индекс*, повторяю — *индекс*, пять цифр, которые должны быть указаны в нижней части конверта...

Он держит в руках конверт, демонстрируя, где именно нужно писать цифры. В кадре возникает беззубый старик в спецовке, ворчит:

— Да кому нужно возиться с этой цифирью. Лучше по телефону позвонить.

Слышу, как хлопает входная дверь. Вскоре в гостиной появляется Паскагула.

— Мама на террасе, — сообщаю я, но Паскагула молча протягивает мне конверт — не улыбаясь, даже не глядя на меня.

— Она хотела оправить по почте, но я сказала, что передам вам в руки.

Письмо адресовано мне, но без обратного адреса. И уж конечно, без индекса. Паскагула выходит на заднюю террасу.

Распечатываю конверт. Написано от руки, черными чернилами, на листочке из школьной тетрадки.

Дорогая мисс Скитер,

Я хочу, чтобы Вы знали, как мне жаль, что не смогу помочь Вам с Вашей книгой. Но сейчас действительно не могу и хочу сама объяснить почему. Как Вам известно, я работала на Вашу подругу. Мне не нравилось у нее, много раз я хотела уволиться, но боялась. Боялась, что не смогу найти другую работу, если она рассердится.

Вы, наверное, не знаете, что после школы я училась в колледже. И закончила бы, если б не решила выйти замуж. Это одно из самых больших огорчений в моей жизни — отсутствие диплома. Но зато у меня двое сыновей, которые стоят всего этого. Десять лет мы с мужем откладывали деньги, чтобы отправить их в колледж, но сколько бы ни работали, на двоих все равно не хватало. Оба моих мальчика умны и страстно хотят учиться. Но деньги есть только для одного, и вот я спрашиваю Вас — кого из близнецов Вы отправили бы в колледж, а кого — работать на укладке асфальта? Как сказать сыну, что вы любите его точно так же, как второго, но все-таки решили, что у него в жизни не будет шанса? Вот то-то. Вы бы нашли способ помочь обоим. Любой ценой.

Вы, конечно, можете считать это письмо раскаянием. Да, я украла, украла у этой женщины. Уродливое кольцо с рубином, чтобы заплатить за обучение. Она никогда его не надевала, и я считаю, что она должна мне — за все, что я терпела, работая на нее. Теперь, конечно, мои мальчики не попадут в колледж. Все наши сбережения уйдут на штраф и судебные издержки.

С уважением,

Юл Мэй Крукл.
Женский блок 9,
тюрьма штата Миссисипи.

Тюрьма. Я вздрагиваю. Оглядываюсь в поисках Паскагулы, но она уже вышла из комнаты. Хочу спросить, когда это произошло, как это могло случиться так дьявольски быстро? Что можно сделать? Но Паскагула уже на террасе, помогает маме. Там мы не можем разговаривать. Мне дурно, до тошноты. Выключаю телевизор.

Представляю, как Юл Мэй пишет мне письмо в тюремной камере. Черт, я даже знаю, о каком кольце идет речь — мать Хилли подарила ей на восемнадцатилетие. Хилли оценила его несколько лет назад и выяснила, что это даже не рубин, а гранат, он почти ничего не стоит. Хилли никогда его не носила.

Звук, доносящийся с террасы, теперь напоминает хруст ломающихся человеческих костей. Я иду в кухню, чтобы дождаться там Паскагулу и получить наконец ответы. Я расскажу папе. Посмотрим, не сможет ли он помочь. Не знает ли он адвокатов, готовых защищать ее.

Ровно в восемь вечера я на пороге Эйбилин. Сегодня должна была состояться первая беседа с Юл Мэй, и хотя я понимаю, что этого уже не будет, но все же решаю прийти. На улице дождь и сильный ветер, и мне приходится придерживать полы плаща. Я хотела было позвонить Эйбилин, обсудить ситуацию, но не смогла заставить себя. Вместо этого практически силой затащила Паскагулу наверх, в свою комнату, подальше от мамы и расспросила обо всем.

— У Юл Мэй был очень хороший адвокат, — рассказала Паскагула. — Но, говорят, жена судьи дружит с мисс Холбрук, и хотя за мелкое воровство положено всего шесть месяцев, но мисс Холбрук добилась, чтобы ее посадили на четыре года. Суд закончился, даже не начавшись.

— Я могу попросить отца. Он мог бы попытаться найти... белого адвоката.

Паскагула печально покачала головой:

— Это и был *белый* адвокат.

Стучу в дверь, и мне ужасно стыдно. Теперь, когда Юл Мэй в тюрьме, я не должна думать о собственных мелких проблемах, но все же осознаю, какую роль вся эта история сыграет в судьбе книги. Если вчера служанки просто боялись помогать нам, сегодня они смертельно напуганы.

Дверь открывается, на пороге стоит чернокожий в белом священническом воротничке. Слышу голос Эйбилин:

— Все в порядке, ваше преподобие.

Поколебавшись, он отступает, пропуская меня в дом.

В крошечной гостиной и прихожей собралось человек двадцать. Даже пола не видно. Эйбилин принесла стулья из кухни, но в основном люди стоят. В дальнем углу замечаю Минни, она в униформе. Рядом с ней Ловиния, прислуга Лу-Анн Темплтон, но остальные мне незнакомы.

— Привет, мисс Скитер, — шепотом здоровается Эйбилин. Она тоже в белой униформе и белых ортопедических туфлях.

— Мне, наверное... — Оглядываюсь. — Я зайду попозже.

Эйбилин качает головой:

— С Юл Мэй случилось несчастье.

— Я знаю.

Тишину в комнате нарушают лишь неясные шорохи и скрип стульев. На маленьком столике стопкой сложены молитвенники.

— Я только сегодня узнала, — говорит Эйбилин. — Ее арестовали в понедельник, а во вторник уже посадили в тюрьму. Говорят, суд длился пятнадцать минут.

— Она прислала мне письмо. Рассказала про своих сыновей. Паскагула передала.

— Она вам рассказала, что ей не хватало всего семьдесят пять долларов? И она ведь попросила взаймы у мисс Хилли. Сказала, что будет потихоньку выплачивать долг каждую неделю, но мисс Хилли ответила — нет. Мол, настоящие христиане не подают тем, кто в добром здравии и может работать. Что правильнее научить их зарабатывать самостоятельно.

Очень хорошо могу себе представить, как Хилли произносит эту речь. Нет сил смотреть в глаза Эйбилин.

— Но наши прихожане решили собрать деньги и отправить в колледж обоих мальчиков.

В комнате по-прежнему тихо, только мы с Эйбилин шепчемся.

— Как вы думаете, я могу что-нибудь сделать? Как-нибудь помочь? Деньгами или...

— Нет. Наши найдут способ заплатить адвокату. Чтобы ее освободили досрочно. — Эйбилин печально опускает голову. Да, конечно, ей горько за Юл Мэй, но, подозреваю, она понимает, что и с книгой покончено. — Когда она выйдет, они уже будут заканчивать колледж, ведь ей дали четыре года. Да еще пятьсот долларов штрафа.

— Мне так жаль, Эйбилин. — Обвожу взглядом собравшихся. Никто не поднимает головы, словно можно обжечься, только посмотрев на меня. И я тоже опускаю голову.

— Эта баба просто ведьма! — рявкает Минни с другого конца комнаты, и я вздрагиваю — надеюсь, это она не обо мне. — Сам дьявол послал на землю Хилли Холбрук, разрушить как можно больше людских жизней! — Минни вытирает нос рукавом.

— Минни, успокойся, — увещевает священник. — Мы придумаем, что можно для нее сделать.

Смотрю на понурые лица, не в силах представить, что тут можно придумать.

Тишина становится невыносимой. Жарко, пахнет сбежавшим кофе. Здесь, в доме, где уже начинала чувствовать себя свободно, мне чудовищно одиноко. Ощущаю всеобщую неприязнь и собственную вину.

Лысый священник вытирает платком глаза.

— Спасибо, Эйбилин, что приняла нас в своем доме для молитвы.

Люди начинают прощаться, сумки приподнимаются, шляпы водружаются на головы. Преподобный распахивает дверь, впуская сырой уличный воздух. Кудрявая седая женщина в черном плаще идет за ним, но внезапно останавливается рядом со мной. Плащ распахивается, открывая взгляду белую униформу.

— Мисс Скитер, — говорит она без улыбки. — Я помогу вам с книгой.

Оборачиваюсь к Эйбилин. Брови у нее изумленно приподняты, рот приоткрыт. Вновь поворачиваюсь к седой женщине, но та уже вышла за дверь.

— Я помогу вам, мисс Скитер. — Еще одна женщина, высокая и стройная, с таким же спокойным лицом, как и у первой.

— Э-э... спасибо, — лепечу я.

— Я тоже, мисс Скитер. Я помогу вам. — Женщина в красном болоньевом плаще быстро проскальзывает мимо меня, не глядя в глаза.

После следующей я начинаю считать. Пять. Шесть. Семь. Я киваю, не в силах произнести ничего, кроме спасибо. Спасибо. Да, спасибо вам, каждой. Облегчение с привкусом горечи — потребовался арест Юл Мэй, чтобы мы объединились.

Восемь. Девять. Десять. Одиннадцать. Комната пустеет, остается одна Минни. Она стоит в углу, скрестив на груди руки. Когда все уже вышли, она поднимает голову и смотрит мне прямо в глаза, всего миг, потом переводит взгляд на коричневые шторы, плотно сколотые булавкой. Но я успеваю заметить — губы чуть дрогнули. Это Минни все устроила.

Мы не собирались на бридж целый месяц. В среду встречаемся у Лу-Анн Темплтон — обмен приветствиями, «рада-тебя-видеть».

— Лу-Анн, бедняжка, с длинными рукавами в такую жару. Опять экзема? — волнуется Элизабет. В разгар лета Лу-Анн носит серое шерстяное платье.

— Да, ухудшение, — смущенно потупившись, отвечает Лу-Анн.

Я не в силах вынести прикосновение Хилли. И отстраняюсь, когда она пытается меня обнять. Хилли делает вид, что не заметила, но во время игры не сводит с меня пристального взгляда.

— Что собираешься делать? — интересуется Элизабет. — Ты, конечно, можешь приводить детей в любое время, но... гм...

Перед бриджем Хилли завезла Хизер и Уильяма к Элизабет, чтобы Эйбилин присмотрела за ними, пока мы играем. Но намек в кислой улыбке Элизабет вполне очевиден: она, конечно, боготворит Хилли, но ни с кем не намерена делиться прислугой.

— Я знала. С самого первого дня знала, что эта девица — воровка. — Хилли рассказывает историю Юл Мэй, показывая на пальцах гигантские размеры невообразимо ценного «рубина». — Я поймала ее, когда она забирала просроченное молоко, а вы знаете, как это бывает. Начинается со стирального порошка, потом они добираются до полотенец и одежды. Оглянуться не успеешь — и вот уже тащат фамильные драгоценности, а потом закладывают за пинту спиртного. Неизвестно, что еще она похитила.

С трудом подавив жгучее желание прихлопнуть ее постукивающие по столу пальцы, заставляю себя молчать. Пускай думает, что все в порядке. Так безопаснее для всех.

После игры спешу домой готовиться к вечеру у Эйбилин. Дома никого нет, пролистываю сообщения, оставленные для меня Паскагулой. Так, Пэтси, партнерша по теннису, Селия Фут, с которой я незнакома. С чего бы супруге Джонни Фута звонить мне?

Шесть часов. Я сижу в кухне Эйбилин. Мы договорились, что я стану приходить почти каждый вечер, пока мы не закончим с интервью. Каждые два дня новая чернокожая женщина переступает порог Эйбилин, садится за стол рядом со мной и рассказывает свои истории. Одиннадцать служанок, не считая Эйбилин и Минни, согласились поговорить с нами. Итого тринадцать. Учитывая, что миссис Штайн просила дюжину, полагаю, нам повезло. Эйбилин обычно стоит в углу кухни и слушает.

Первую зовут Эллис. Фамилий я не спрашиваю.

Объясняю Эллис, что идея состоит в том, чтобы собрать подлинные истории о прислуге и опыте работы в белых семьях. Протягиваю конверт с сорока долларами — деньги удалось накопить работой в газете, экономией карманных и сумм, которые мама вручала на посещение салона красоты, куда я так и не удосужилась зайти.

— Велика вероятность, что это никогда не будет опубликовано, — говорю я каждой. — И даже если книга выйдет, денег она принесет очень мало. — Произнося эти слова в первый раз, я вдруг пристыженно опустила голову — не знаю почему. Наверное, будучи белой, я считала своей обязанностью помогать им.

— Эйбилин уже объясняла, — говорили некоторые. — Я делаю это не из-за денег.

Я повторяю то, что они уже обсудили между собой. Что они должны хранить в тайне свое участие в проекте. Что имена будут изменены, так же как и название города и фамилии семей, где они работали. Мне бы хотелось вставить еще один вопрос: «Кстати, вы были знакомы с Константайн Бейтс?» Но, уверена, Эйбилин сочтет это плохой идеей.

— Эула, она у нас замкнутая, что твоя устрица. — Эйбилин старается меня подготовить к каждому интервью. Она, как и я, боится, что я напугаю бедных женщин еще до начала беседы. — Не расстраивайтесь, если она мало чего вам расскажет.

Эула, эта закрытая раковина, начала говорить, даже не успев присесть, не дожидаясь, пока я объясню условия, и умолкла лишь к десяти вечера.

— Когда я попросила прибавки, они тут же согласились. Когда мне нужен был дом, они мне его купили. Доктор Такер сам приходил ко мне домой вынуть пулю из руки моего мужа, потому что боялся, как бы Генри не подцепил чего в больнице для цветных. Я работаю на доктора Такера и мисс Сисси сорок четыре года. Они так добры ко мне. Каждую пятницу я мою ей голову. Она никогда в жизни не делала этого сама. — Впервые за вечер она останавливается, на лице тревога. — Не представляю, что будет делать мисс Сисси со своими волосами, если я вдруг помру раньше, чем она.

Элис, Фанни Амос и Винни, напротив, очень стеснительны, их все время приходится подбадривать. Флора Лу и Клеонтайн тараторят без передышки, а я, едва успевая печатать, каждые пять минут прошу их: «Пожалуйста, помедленнее, пожалуйста». Многие из рассказов печальны и горьки. Этого я ожидала. Но, как ни странно, есть и множество добрых, светлых историй. И все женщины в какой-то момент обязательно оборачиваются к Эйбилин, словно спрашивая: «Ты уверена? Я точно могу рассказать об этом белой леди?»

— Эйбилин, а что будет, если... книжку напечатают и все узнают, кто мы такие? — спрашивает робкая Винни. — Как ты думаешь, что с нами сделают?

Образуется странный треугольник из наших пересекающихся взглядов. Я уже собираюсь в который раз начать уверения, как мы все осторожны, и тут Винни говорит:

— Брат моего мужа... ему отрезали язык. Некоторое время назад. За то, что рассказывал людям из Вашингтона про ку-клукс-клановцев. Думаете, нам тоже отрежут язык? За то, что говорили с вами?

Отрежут язык... Боже, мне это не приходило в голову. Я-то боялась тюрьмы, ложных обвинений, штрафов...

— Я... мы исключительно осторожны.

Звучит как-то неубедительно. Оборачиваюсь к Эйбилин, но и она выглядит встревоженной.

— Все равно мы не узнаем, пока оно не случится, Винни, — тихо произносит Эйбилин. — Но это точно не будет похоже на то, что ты видишь в новостях. Белые леди, они не то что белые мужчины.

Эйбилин никогда не делилась со мной опасениями по поводу возможных последствий. Лучше сменить тему, а то ничего хорошего из этого обсуждения не выйдет.

— Не-а, — мотает головой Винни. — Белые леди, они гораздо хуже.

— Куда это ты направляешься? — окликает мама из гостиной.

— В кино. — В руках у меня заветная сумка и ключи от грузовика. Я спешу к выходу.

— Ты была в кино вчера вечером. Поди сюда, Евгения.

Останавливаюсь в дверях. У мамы опять разыгралась язва, и мне ее очень жаль. За ужином она ест только куриный бульон. Папа ушел спать час назад, но я не могу остаться дома с ней.

— Прости, мамочка, я опаздываю. Принести тебе что-нибудь?

— Какой фильм идешь смотреть и с кем? На этой неделе ты почти каждый вечер уходишь из дома.

— Да так... с девочками. Вернусь к десяти. Как ты себя чувствуешь?

— Нормально, — вздыхает она. — Ладно, ступай.

Я чувствую себя виноватой, что оставляю маму одну, когда ей нездоровится. Слава богу, хоть Стюарт в Техасе, — боюсь, ему я не смогла бы соврать с такой легкостью. Три дня назад он заезжал вечером, мы сидели на крыльце, слушали стрекот цикад. Я жутко устала — всю ночь накануне работала, и глаза сами собой закрывались, но мне так не хотелось, чтобы он уходил. Я положила голову ему на колени, гладила мягкую щетину на его лице.

— Когда ты дашь мне почитать то, что пишешь?

— Можешь почитать колонку Мисс Мирны. На прошлой неделе вышла грандиозная статья о плесени.

Он с улыбкой покачал головой:

— Ну нет, я хочу почитать, о чем ты *думаешь*. Уверен, это не имеет отношения к домашнему хозяйству.

Тогда я спросила себя, догадывается ли он, что я скрываю нечто важное. И почему-то испугалась, что он может узнать о рассказах, но вместе с тем испытала радостное волнение, оттого что ему вообще интересна моя жизнь.

— Я подожду, когда сама будешь готова. Не хочу тебя подталкивать, — продолжил он.

— Может, когда-нибудь, — пробормотала я, прикрывая глаза.

— Засыпай, детка. — Он нежно убрал прядь волос с моей щеки. — Я просто посижу с тобой немножко.

Сейчас Стюарт уехал на целых шесть дней, и я могу сосредоточиться на интервью. Каждый вечер, торопясь к Эйбилин, я волнуюсь, точно в первый раз. Женщины разные — высокие, маленькие, черные как асфальт и карамельно-коричневые. Если кожа слишком светлая, пояснили мне, вас никогда не возьмут на работу. Чем чернее, тем лучше. Рассказы порой переходят в простую беседу — с жалобами на низкую плату, долгий рабочий день, капризных детей. Но потом вдруг всплывает история о белом ребенке, умирающем на руках няни. И о спокойном пустом взгляде все еще голубых глазенок.

— Оливия ее звали. Крошечный такой ребеночек. Своей маленькой ручонкой ухватила меня за палец и дышит так тяжело, — вспоминает Фанни Амос, это наше четвертое интервью. — Ее мамочки даже не было дома, ушла в аптеку за лекарством. Остались только мы с ее папочкой. Он так и не разрешил положить ее в кроватку, велел держать, пока доктор не придет. Детка так и остыла у меня на руках.

Наряду с откровенной ненавистью к белым женщинам встречается и совершенно необъяснимая любовь. Фэй Белль, бледная трясущаяся старуха, не может припомнить, сколько ей лет. Ее история разворачивается длинной лентой. Она вспоминает, как вместе с маленькой белой девочкой пряталась в сундуке, пока солдаты-янки обыскивали дом. Двадцать лет назад белая девочка, ставшая к тому моменту уже пожилой женщиной, скончалась у нее на руках. Они были лучшими подругами. Фэй клялась, что даже смерть ничего не изменила. Цвет кожи ничего не значит. Внук белой женщины по сей день содержит Фэй Белль. Если она чувствует себя получше, то приходит иногда прибраться у него на кухне.

Пятое интервью — Ловиния. Она работает у Лу-Анн Темплтон, я знакома с ней благодаря бридж-клубу. Ловиния рассказывает, как в этом году ее внука Роберта ослепил белый мужчина за то, что мальчик воспользовался туалетом для белых. Вспоминаю, как читала об этом в газете. Ловиния терпеливо ждет, пока я печатаю. В ее голосе совсем нет гнева. Я узнаю, что Лу-Анн, которую я всегда считала глуповатой и скучной, предоставила Ловинии двухнедельный оплаченный отпуск, чтобы та могла ухаживать за внуком. И за эти две недели семь раз приносила ей кастрюльки с едой. Когда случилось несчастье, она отвезла Ловинию в больницу и шесть часов сидела с ней рядом, пока длилась операция. Лу-Анн никогда не говорила об этом. И теперь я прекрасно понимаю почему.

Много гневных рассказов о белых мужчинах, которые пристают к прислуге. Винни говорила, что ее много раз насиловали. Клеонтайн сопротивлялась, разбила насильнику лицо в кровь, и только после этого он отстал. Но что поразительно — дихотомия любви и презрения, они в этой жизни бок о бок. Приглашают, например, на свадьбу своих белых детей, но только в рабочей униформе. Я знала о таких вещах и прежде, но из уст чернокожих они звучат как откровение.

После ухода Гретхен мы долго молчим.

— Давайте просто забудем, — наконец говорит Эйбилин. — Пускай это... не считается.

Гретхен — двоюродная сестра Юл Мэй. Она из другого прихода, но была на том молитвенном собрании в доме Эйбилин неделю назад.

— Не понимаю, зачем она согласилась, если... — Мне хочется домой. Шею свело, пальцы дрожат и от печатания, и от слов Гретхен.

— Простите, я и не думала, что она такое выкинет.

— Вы не виноваты.

Мне хочется спросить, сколько на самом деле правды в том, что сказала Гретхен. Но не могу. Не могу смотреть в глаза Эйбилин.

Я объяснила Гретхен «правила», как и остальным. Она откинулась на спинку стула и молча глядела на меня. Я подумала, что Гретхен размышляет, с чего начать свой рассказ, но тут она сказала:

— Посмотрите на себя. Еще одна белая дамочка, пытающаяся заработать на цветных.

Я растерянно обернулась к Эйбилин, не зная, как реагировать. Разве я недостаточно ясно осветила финансовую сторону? Эйбилин чуть наклонила голову, как будто не была уверена, что расслышала правильно.

— Вы что, думаете, кто-нибудь станет это читать? — расхохоталась Гретхен.

Она прекрасно выглядела даже в униформе. Губы накрашены такой же розовой помадой, какой пользуюсь я и мои подруги. Она молода. Говорит спокойно и правильно, как любая белая женщина. И поэтому все звучит еще отвратительнее.

— Черные, с которыми вы беседовали, они были обходительны и милы с вами, верно?

— Да, — подтвердила я. — Очень.

Гретхен посмотрела мне прямо в глаза.

— Они ненавидят вас. И вы это знаете. Они ненавидят все в вас. Но вы так глупы, что думаете, будто оказываете им любезность.

— Вы не обязаны участвовать в этом, — сказала я. — Это добровольно...

— Знаете, какое самое большое одолжение сделала мне белая женщина? Отдала мне хлебные корки. Цветные, которые приходят сюда, они издеваются над вами. Они никогда не расскажут вам правду, леди.

— Вы ведь не знаете, о чем мне рассказывали другие женщины, — попыталась возразить я. Удивительно, как быстро и с какой силой вспыхнул во мне гнев.

— Ну скажите это, леди, произнесите вслух слово, которое вы мысленно произносите всякий раз, когда одна из нас входит в дверь. *Ниггер.*

Эйбилин поднялась со стула:

— Довольно, Гретхен. Ступай домой.

— А знаешь, кто ты, Эйбилин? Ты такая же дура, как она, — заявила Гретхен.

И тут произошло нечто, потрясшее меня. Эйбилин указала на дверь и прошипела:

— *Вон из моего дома.*

Гретхен ушла, но успела бросить на меня взгляд, исполненный такой злобы, что я похолодела от ужаса.

Два вечера спустя я сижу напротив Калли. Ей шестьдесят семь. Голова в седых кудряшках. Она такая большая и грузная, что с трудом умещается на стуле. После интервью с Гретхен я сильно нервничаю.

Калли помешивает чай, я жду. В углу кухни Эйбилин уже давно стоит бумажный пакет, набитый старыми тряпками, сверху торчат белые штаны. У Эйбилин дома всегда так чисто. Не понимаю, почему она ничего не сделает с этим тряпьем.

Калли говорит медленно, и я, начиная печатать, благодарна за это. Она смотрит в сторону, словно за моей спиной транслируют фильм, который она просто пересказывает.

— На мисс Маргарет я работала тридцать восемь лет. Дочка ее мучилась коликами, и унять их можно было, только держа малютку на руках. Я и придумала специальную штуку — широким платком привязывала малышку к себе да так и таскала целыми днями, с год, не меньше. Этот ребенок свернул мне спину. Приходилось каждый вечер прикладывать лед к пояснице, да и до сих пор приходится. Но я любила девочку. И мисс Маргарет тоже любила.

Делает глоток чаю, пока я заканчиваю печатать фразу. Потом продолжает:

— Мисс Маргарет всегда заставляла меня повязывать голову платком, говорила, мол, знает, что черные голову не моют. Пересчитывала серебро всякий раз, как почищу его. Через тридцать лет мисс Маргарет умерла, от женских болезней, я и на похороны ходила. Муж ее меня обнял да и зарыдал у меня на плече. А потом вручил конверт, с письмом от мисс Маргарет, а там и написано: «Спасибо. За то, что избавили моего ребенка от страданий. Я никогда об этом не забывала».

Калли, сняв очки, вытирает слезящиеся глаза.

— Если белые леди будут читать мою историю, я вот что хотела бы им сказать. Сказать «спасибо», когда вправду благодарна, когда помнишь добро, которое тебе сделали, — она качает головой, не отводя взгляда от исцарапанной столешницы, — это очень хорошо.

Калли поднимает голову, но я не решаюсь посмотреть ей в глаза. Я ведь никогда не благодарила Константайн по-настоящему. Мне никогда не приходило в голову, что такого шанса может и не представиться.

— Вы в порядке, мисс Скитер? — волнуется Эйбилин.

— Да... все нормально, — с трудом могу выдавить я. — Давайте продолжим.

Калли переходит к следующему эпизоду. Желтая обувная коробка на полке рядом с ней по-прежнему полна конвертов. Все десять женщин, за исключением Гретхен, попросили, чтобы деньги передали на обучение мальчиков Юл Мэй.

Глава 20

Семейство Фелан в напряженном ожидании стоит на ступенях дома сенатора Уитворта. Дом расположен в самом центре города, на Норт-стрит. Высокий, с белыми колоннами, в окружении аккуратных кустов азалии. Золотая табличка сообщает, что дом является историческим памятником. Несмотря на то что солнце еще высоко, газовые фонари уже горят.

— Мама, — я не уверена, что объяснила убедительно, — умоляю, не забывай, о чем мы договорились.

— Я же сказала, что не стану упоминать об этом, дорогая. — Мама поправляет шпильки в прическе. — Если не представится случай.

На мне новая голубая юбка от «Леди Дэй» и жакет в тон. Папа надел свой черный выходной костюм. Ремень затянут слишком туго — и неудобно, и не модно. На маме простое белое платье — похоже на фамильное свадебное, внезапно приходит мне в голову, и я тут же впадаю в панику: а не слишком ли торжественно мы вырядились? Мама готова в любой момент сообщить о трастовом фонде для дочери-уродины, и вообще мы напоминаем деревенское семейство, в кои-то веки выбравшееся в город.

— Пап, распусти ремень немножко, а то брюки задрались.

Папа озадаченно хмурится, оглядывает себя. Я никогда прежде не указывала отцу. Но тут распахивается дверь.

— Добрый вечер, — приветствует нас чернокожая женщина в белой униформе. — Вас ожидают.

Первое, что бросается в глаза, — сверкающая люстра в холле. Взгляд скользит дальше, к изгибам винтовой летницы — все помещение напоминает внутренности огромной раковины.

— О, здравствуйте!

Миссис Уитворт, раскинув в приветствии руки, спешит к нам через фойе, цокая каблучками. На ней такой же костюм, как у меня, к счастью, в малиновых тонах. Она оживленно кивает, но при этом ни один волосок в прическе даже не шелохнется.

— Здравствуйте, миссис Уитворт! Я Шарлотта Будро Кантрель Фелан. Благодарим вас за любезное приглашение.

— Счастлива познакомиться. — Она пожимает руки моим родителям. — Я Франсин Уитворт. Добро пожаловать. — И поворачивается ко мне: — А вы, должно быть, Евгения. Рада наконец познакомиться с вами.

Глаза у миссис Уитворт голубые, прозрачные, как ледяная вода. Никаких морщинок. Туфли мягчайшей кожи, высокие каблуки — она почти одного роста со мной.

— Мне тоже очень приятно. Стюарт много рассказывал о вас и сенаторе Уитворте.

Она с улыбкой берет меня под руку. Острый выступ перстня царапает кожу, и я с трудом удерживаюсь, чтоб не вскрикнуть.

— А вот и она! — Высокий грузный мужчина появляется вслед за миссис Уитворт. Крепко обнимает меня, так же решительно отодвигает. — Я еще месяц назад велел Крошке Стю привести в дом свою девушку. Но, откровенно говоря, — понижает он голос, — он несколько напуган той, прежней.

— Рада познакомиться с вами, сэр, — растерянно моргаю я.

Сенатор хохочет в полный голос:

— Да я так, просто дразню!

Еще одно крепкое объятие плюс дружеское похлопывание по спине. Улыбаюсь, пытаясь восстановить дыхание. Напоминаю себе, что у этого мужчины нет дочери, только сыновья.

Между тем он церемонно кланяется маме, протягивает руку.

— Здравствуйте, сенатор Уитворт, — приветствует она. — Я Шарлотта.

— Очень приятно, Шарлотта. Зовите меня Стули. Все друзья зовут меня именно так.

— Сенатор, — папа крепко пожимает протянутую руку, — мы благодарны за ваше участие в законе о фермерах. Теперь все чертовски изменилось.

— Да уж... Билапс попытался вытереть ноги о проект, но я сказал ему: парень, если у Миссисипи не будет хлопка, то, прах его побери, вообще *ничего* не будет.

Он хлопает папу по плечу, и я замечаю, какой мой отец маленький рядом с ним.

— Прошу, — приглашает сенатор. — Не могу говорить о политике без выпивки в руке.

Папа следует за сенатором, и мне становится ужасно неловко — замечаю полоску грязи на заднике его туфли. Одно движение щеткой могло бы все исправить, но папа не привык надевать парадную обувь по субботам.

Мама спешит за мужчинами, а я бросаю еще один, прощальный, взгляд на сияющую люстру. И в этот момент замечаю служанку, замершую в дверях. Улыбаюсь и киваю ей. Она кивает в ответ и тут же опускает глаза.

Ох. Нервы натягиваются струной — я понимаю, что она *знает*. Как же раздвоилась моя жизнь. Эта женщина вполне могла появиться у Эйбилин и рассказывать мне о службе в семье сенатора.

— Стюарт едет из Шревепорта, — грохочет сенатор. — Слышал, он там затевает грандиозное дело.

Я стараюсь поскорее выбросить из головы мысли о прислуге, делаю глубокий вдох и улыбаюсь, будто все просто великолепно. Будто для меня обычное дело — встречаться с родителями своего парня.

Проходим в гостиную с роскошными стенными панелями и зелеными бархатными креслами. За обилием массивной мебели почти не видно пола.

— Что вам предлождить выпить? — Мистер Уитворт так радостно улыбается, словно угощает конфетами детишек. У него высокий лоб, слегка покатые плечи и густые брови, которые забавно шевелятся, когда он говорит.

Папа просит чашечку кофе, а мы с мамой — холодный чай. Улыбка на лице сенатора гаснет. Поскучнев, он оглядывается на служанку, чтобы та принесла столь примитивные напитки, а себе и жене наливает в бокалы что-то коричневое. Бархатный диван жалобно поскрипывает под его массивным телом.

— У вас так мило. Слышала, ваш дом — основной пункт городских экскурсий, — замечает мама. Ей не терпелось произнести эту фразу с того самого момента, как мы узнали о приглашении на ужин. Мама состояла в Историческом обществе округа Риджелэнд, но экскурсии по Джексону гораздо «круче». — Скажите, а вы одеваетесь специально или устраиваете особые инсценировки для экскурсантов?

Сенатор и миссис Уитворт переглядываются. Миссис Уитворт сдержанно улыбается:

— В этом году мы отказались от приема экскурсий. Это было... несколько слишком.

— Отказались? Но это ведь одно из самых знаменитых зданий Джексона. Я слышала, даже генерал Шерман сказал, что дом слишком красив, чтобы его сжигать.

Миссис Уитворт в ответ лишь кивает. Она на десять лет моложе моей матери, но выглядит гораздо старше, особенно сейчас, с таким строгим, даже мрачным лицом.

— У вас все же есть определенные обязательства, ради истории... — не унимается мама, и мне приходится бросить на нее предостерегающий взгляд.

На миг повисает молчание, которое нарушает оглушительный хохот сенатора.

— Да тут такая неразбериха, — грохочет он. — Мать Патриции ван Девендер возглавляет Совет, и после всей этой... ерунды с нашими детьми мы решили, что лучше нам не связываться пока с экскурсиями.

Скорей бы вернулся Стюарт. Вот уже второй раз упоминают о *ней*. Миссис Уитворт одаривает сенатора убийственным взглядом.

— Нет, ну а что мы должны делать, Франсин? Никогда не произносить ее имени? Да у нас во дворе построена эта чертова свадебная беседка!

Миссис Уитворт тяжело вздыхает, а я напоминаю себе, что, по словам Стюарта, сенатору известна лишь часть истории, но вот мать знает все. И это «все», похоже, гораздо серьезнее, чем просто «ерунда с детьми».

— Евгения, — очаровательно улыбается миссис Уитворт, — я слышала, вы собираетесь стать писательницей. О чем же вы пишете?

Час от часу не легче.

— Я пишу колонку Мисс Мирны в «Джексон джорнал». Выходит каждый понедельник.

— О, наверное, наша Бесси читает, да, Стули? Надо будет спросить ее, если пойду в кухню.

— Ну, даже если до сих пор не читала, сейчас просто обязана, — хохочет сенатор.

— Стюарт говорил, вы занимаетесь и более серьезными предметами. Чем-то необычным?

Все глядят на меня — включая служанку, появившуюся в дверях с подносом. Стараюсь не смотреть в ее сторону, дабы не видеть того, что могу прочесть на ее лице.

— Я работаю над... некоторыми...

— Евгения пишет о жизни Иисуса Христа, — выдает мама, и я тут же припоминаю недавнюю ложь, преподнесенную в качестве объяснения моих вечерних отлучек для якобы «исследований».

— Что ж. — На миссис Уитворт это определенно производит впечатление. — Поистине достойная тема.

— И такая... важная. — Мне противен звук собственного голоса. Бросаю взгляд на маму. Она сияет.

Хлопает входная дверь, и люстра в холле откликается переливчатым звоном.

— Простите за опоздание.

Стюарт влетает в гостиную, на ходу натягивая пиджак. Мать раскрывает объятия ему навстречу, но Стюарт направляется прямиком ко мне. Обнимает за плечи, целует в щеку.

— Прости, — шепчет он, и я наконец-то могу расслабленно выдохнуть. Обернувшись, ловлю взгляд его матери — будто я только что вытерла грязные руки ее лучшим гостевым полотенцем.

— Налей себе чего-нибудь, сынок, присаживайся, — предлагает сенатор.

Усевшись рядом со мной, Стюарт берет меня за руку и уже не выпускает.

Миссис Уитворт, покосившись на наши сплетенные пальцы, спрашивает:

— Шарлотта, не хотели бы вы с Евгенией осмотреть дом?

Следующие пятнадцать минут мы с мамой переходим вслед за миссис Уитворт из одной пафосной комнаты в другую. Мама ахает над настоящим пулевым отверстием в парадной гостиной, пуля янки так и застряла в стене. На письменном столе, среди стратегически разложенных старинных очков и носовых платков, письма солдат Конфедерации. Все здание — своеобразный храм Гражданской войны. Интересно, каково было Стюарту расти в доме, где ничего нельзя трогать руками.

На третьем этаже мама квохчет у роскошной кровати под балдахином, на которой спал сам Роберт Э. Ли. Мы спускаемся по «потайной» лестнице, и я задерживаюсь у семейных фотографий в холле. Стюарт и два его брата; Стюарт с красным мячиком; Стюарт в крестильной рубашке на руках у чернокожей женщины в белой униформе.

Мама и миссис Уитворт идут дальше, но я не могу оторваться от фото — в детском личике Стюарта есть что-то невыразимо дорогое. Щечки у него пухлые, а глаза матери сияют точно так же, как сейчас. Волосы цвета одуванчика. А вот ему уже лет девять-десять, он с охотничьим ружьем и убитой уткой. В пятнадцать — рядом с мертвым оленем. Уже суровый и по-мужски привлекательный. Слава богу, что он не видел моих детских фотографий.

Еще несколько шагов — выпускной вечер, Стюарт в форме военной школы. По центру стены пустое место, чуть более темный квадрат на обоях. Эту фотографию убрали.

— Папа, довольно о... — Напряженный голос Стюарта. Но тут же наступает тишина.

— Ужин подан, — слышу я и плетусь обратно в гостиную.

В столовой, за длинным столом темного дерева, Феланы садятся по одну сторону, Уитворты — по другую. Я сижу по диагонали от Стюарта, максимально далеко. На стенных панелях по периметру комнаты изображены сцены довоенной жизни: счастливые негры собирают хлопок, лошади запряжены в фургоны, белобородые законодатели на ступенях нашего Капитолия. Мы ждем сенатора.

— Я сейчас приду, начинайте без меня. — Но, прежде чем он появляется и занимает место во главе стола, из соседней комнаты дважды доносится звук откупориваемой бутылки и звяканье льда в бокале.

Подают салат «Уолдорф». Стюарт поглядывает на меня, ободряюще улыбаясь каждую минуту. Сенатор Уитворт наклоняется к папе:

— Знаете, я ведь из простых. Округ Джефферсон, Миссисипи. Отец мой сушил арахис по одиннадцать центов за фунт.

— Да уж, немного на свете мест беднее округа Джефферсон.

Мама отрезает крошечный кусочек яблока. Поколебавшись, все же решается его разжевать и вздрагивает, проглотив. Она запретила мне говорить родителям Стюарта о ее проблемах с желудком и теперь осыпает миссис Уитворт комплиментами по поводу кухни. Для мамы этот ужин является важным этапом в игре под названием «Может ли моя дочь подцепить вашего сыночка?».

— *Молодым* так нравится общество друг друга, — замечает мама. — Знаете, Стюарт бывает у нас дома дважды в неделю.

— Правда? — вежливо удивляется миссис Уитворт.

— Мы были бы счастливы, если бы вы с сенатором как-нибудь посетили нашу плантацию, погуляли по саду.

Удивленно смотрю на маму. Она любит употреблять старомодное слово «плантация», дабы придать некоторый лоск банальной ферме, а наш «сад» — это одна старая яблоня, на которой яблок отродясь не бывало. Ах да, еще трухлявая груша.

Но миссис Уитворт явно думает о другом, губы ее сердито поджаты.

— Дважды в неделю? Стюарт, я понятия не имела, что ты так часто бываешь в городе.

Вилка в руке Стюарта замирает. Он затравленно глядит на мамочку.

— Впрочем, вы так молоды, — удовлетворенно улыбается она. — Наслаждайтесь, не стоит воспринимать все так серьезно.

Сенатор водружает локти на стол.

— Для женщины, которая фактически сама сделала предложение прошлой пассии, она, пожалуй, слишком спешит.

— Папа! — Стюарт со звоном швыряет вилку.

За столом повисаёт молчание, лишь мама тщательно, методично пережевывает очередной кусок. Осторожно касаюсь розовой царапины на локте.

Горничная подает цыпленка, щедро политого соусом майонез, и все с облегчением улыбаются, радуясь смене темы. За едой папа и сенатор обсуждают цены на хлопок, проблемы сельскохозяйственных вредителей. А я наблюдаю за Стюартом — гневное выражение, появившееся на его лице при упоминании Патриции, не исчезает. Интересно, о чем же они говорили с отцом, пока я рассматривала фотографии?

Сенатор откидывается на спинку стула:

— Видели статью в «Лайф»? О парне, еще до Медгара Эверса, как там его... Карл... Робертс?

Поднимаю голову, с удивлением осознав, что сенатор обращается ко мне. Надеюсь, это просто потому, что я работаю в газете.

— Это... его линчевали. За то, что назвал губернатора... — Замолкаю, но не потому, что забыла слова, а как раз потому, что прекрасно помню.

— *Жалкой личностью*, — произносит сенатор, обращаясь уже к моему отцу. — *С моралью уличной проститутки.*

Уф-ф, слава богу, меня оставили в покое. Пытаюсь оценить реакцию Стюарта. Я никогда не интересовалась его позицией относительно гражданских прав. Но он, кажется, вообще не слушает, о чем разговор.

— Скажу откровенно, — откашлявшись, медленно произносит мой отец, — мне тяжело слышать о подобной жестокости. — Он медленно откладывает вилку и продолжает, глядя прямо в глаза сенатору: — У меня на полях работают двадцать пять негров, и если кто-либо посмеет тронуть их или членов их семей... Порой мне стыдно, сенатор. Стыдно за то, что происходит в Миссисипи.

Мама, вытаращив глаза, изумленно смотрит на отца. А я потрясена. Не столько тем, что он вообще заговорил о политике, сколько его точкой зрения. Дома у нас газеты всегда лежали фотографиями вниз, телеканалы переключались сразу же, как только поднимались расовые вопросы. А сейчас я горжусь своим отцом, по многим причинам. И клянусь, на миг в маминых глазах, несмотря на опасение, что он погубит мое будущее, тоже вспыхивает гордость. На лице же Стюарта озабоченность, но какого рода — не могу понять.

Сенатор пристально смотрит на папу.

— Я вам вот что скажу, Карлтон, — говорит он, позвякивая льдинками в бокале, и протягивает бокал служанке: — Бесси, принеси мне выпить, будь добра. (Та очень быстро возвращается с новой порцией.) Неразумно было говорить такое о губернаторе.

— Согласен на сто процентов, — отзывается папа. — Но позже я спросил себя, а соответствуют ли эти слова истине?

— *Стули*, — грозно шипит миссис Уитворт. Но тут же вновь ослепительно улыбается и произносит таким тоном, будто обращается к непонятливому ребенку: — Стули, нашим гостям неинтересно твое политиканство за...

— Франсин, дай мне высказать собственное мнение. Господь свидетель, я не могу делать это с девяти до пяти, так позволь высказаться хотя бы в своем собственном доме.

Миссис Уитворт по-прежнему улыбается, но щеки чуть розовеют. Она внимательно разглядывает букет белых роз в центре стола. Стюарт, все с тем же гневным лицом, разглядывает свою тарелку. С того момента, как принесли цыпленка, он ни разу не посмотрел на меня. Некоторое время все молчат, а потом дружно принимаются обсуждать погоду.

После ужина нас пригласили выпить кофе на террасе. Мы со Стюартом задержались в холле. Касаюсь его плеча, но он отодвигается.

— Я так и знал, что он напьется и начнет все эти разговоры.

— Стюарт, все в порядке. — Наверное, он имеет в виду беседы о политике. — Мы прекрасно провели время.

Но Стюарта просто трясет от бешенства.

— Патриция — то, Патриция — се, весь вечер! Сколько можно говорить о ней?

— Успокойся, Стюарт, забудь. Все хорошо.

Он нервно ерошит волосы и старается не встречаться со мной взглядом. У меня такое чувство, что он вообще не замечает, что я рядом. А потом я решаюсь признаться себе в том, что и так осознавала весь вечер. Глядя на меня, он думает... о *ней*. Она здесь повсюду. В злобном взгляде Стюарта, на устах сенатора и миссис Уитворт, на стене, где, должно быть, висела ее фотография.

Извинившись, спешу в ванную комнату.

Он провожает меня по коридору и говорит без улыбки:

— Встретимся на террасе.

В ванной, глядя на отражение в зеркале, убеждаю себя, что сегодня просто такой вечер. И как только мы выберемся из этого дома, все будет по-прежнему хорошо.

Выйдя из ванной, я прохожу мимо гостиной, где сенатор наливает себе очередную порцию виски. Проливая несколько капель на рубашку, он тихонько хихикает, и озирается, не видел ли кто его неловкости. Я осторожно крадусь на цыпочках мимо двери, но меня останавливает радостный вопль:

— Вот вы где! Что случилось, потерялись? — Он направляется ко мне.

— Нет, сэр, я... иду к остальным.

— Давай сюда, девочка. — Он обнимает меня за талию, обдавая ароматом бурбона. На его рубашке остались влажные пятна. — Как тебе у нас?

— Хорошо, спасибо, сэр.

— Ты не пугайся матушки Стюарта, она просто пытается его защитить.

— О, что вы, она... такая милая. Все замечательно. — С надеждой оглядываюсь на коридор, откуда доносятся голоса.

Он вздыхает, отводит вгляд.

— У нас был очень тяжелый год. Думаю, он рассказал тебе, что случилось.

Я киваю, а по коже бегут мурашки.

— Да, тяжко было... очень плохо. — Но внезапно расплывается в улыбке: — Гляди-ка! Смотри, кто пришел с нами поздороваться.

Крошечный белый песик повисает на его руке, как теннисное полотенце.

— Скажи «привет», Дикси, — мурлычет сенатор, — скажи мисс Евгении «привет».

Пес вертится, отворачиваясь от алкогольного зловония. Сенатор поднимает на меня глаза, взгляд абсолютно пустой. Он, видимо, забыл, зачем я вообще здесь.

— Я шла на террасу, — напоминаю я.

— Иди, иди сюда. — Он подхватывает меня под руку и тащит в маленькую комнату, где стоит массивный письменный стол, а тусклая лампа едва освещает темно-зеленые стены. Прикрывает дверь, и на меня тут же накатывает приступ клаустрофобии. — Видишь, они считают, что я и так слишком много говорю, но на самом деле...— сенатор прищуривается, словно мы с ним старые конспираторы, — я хочу тебе кое-что рассказать.

Собака смиряется со своим положением и успокаивается, захмелев от запаха алкоголя. Мне вдруг жутко хочется увидеть Стюарта, как будто теряю его с каждым мигом, что мы порознь.

— Думаю... я должна найти... — Тянусь к дверной ручке, понимая, что веду себя грубо, но я просто не в силах дольше здесь оставаться, в запахе спиртного и сигар.

Сенатор со вздохом кивает:

— О, ты тоже, м-да... — И разочарованно приваливается к столу.

Я уже открываю дверь, но меня останавливает выражение бессилия и сломленности в лице сенатора, то самое, какое я уже видела у Стюарта в тот день, когда он впервые явился в дом моих родителей. У меня не остается выбора, и я спрашиваю:

— Я тоже... что именно, сэр?

Сенатор смотрит на огромный парадный портрет миссис Уитворт, возвышающийся над его рабочим столом, как предупреждение.

— Я вижу это, по твоим глазам вижу. — Короткий горький смешок. — Просто надеялся, что ты будешь хоть немного любить старика. В случае, если станешь членом этого старинного семейства.

Меня бросает в дрожь от этих слов... *членом старинного семейства.*

— Вы не... вызываете у меня неприязни, сэр, — лепечу я, переминаясь у порога.

— Не хочу погружать тебя в наши проблемы, но дела у нас плохи, Евгения. Мы чертовски удручены прошлогодним кошмаром. С той, другой. — Он мрачно качает головой. — Стюарт просто взял и уехал из Джексона, живет где-то в трейлере в Виксбурге.

— Я знаю, он был очень... огорчен, — говорю я, хотя на самом деле ничегошеньки об этом не знаю.

— Прямо как умер. Дьявол, я ездил туда к нему. Он просто сидел у окна и колол орехи. Даже не ел — вынимал из скорлупы и бросал в мусорное ведро. Не разговаривал ни со мной, ни с мамой... несколько *месяцев.*

Он весь съежился, этот огромный мужчина, и меня охватывает желание сбежать, но одновременно — поддержать и утешить. Он выглядит таким несчастным.

— Как будто всего десять минут назад я учил его заряжать ружье, скручивать шею первому голубю. Но после истории с той девушкой он... изменился. Ничего мне не рассказывает. Я просто хочу знать, у моего сына все в порядке?

— Я... думаю, да. Но, честно говоря... не знаю.

И вдруг я осознаю, что совсем не знаю Стюарта. Если эта история настолько ранила его, что он даже не может говорить о ней, тогда что же я для него? Просто способ отвлечься? Некто, кто будет сидеть рядом и разгонять мысли, что терзают его?

Пытаюсь найти какие-то слова, успокоить сенатора. Что бы в таком случае сказала моя мама?

— Франсин снимет с меня шкуру, если узнает, что я говорил с тобой об этом.

— Все в порядке, сэр. Я уже забыла.

Он совершенно измучен, но пытается выдавить улыбку.

— Спасибо, дорогая. Ступай к моему сыну. Я присоединюсь к вам попозже.

На террасе я устраиваюсь поближе к Стюарту. Зарницы вспыхивают в небе, зловещие всполохи озаряют сад, а потом все вновь поглощает тьма. Свадебная беседка мрачным скелетом маячит в дальнем конце аллеи. От бокала хереса, выпитого после ужина, меня слегка мутит.

Появляется сенатор — на удивление трезвый, в свежей рубашке, точно такой же, как предыдущая. Мама с миссис Уитворт спускаются на несколько ступенек, рассматривая какие-то редкие розы, окружающие террасу. Стюарт кладет руку мне на плечо. Ему полегчало, но я-то чувствую себя гораздо хуже.

— Может?.. — Кивком приглашаю его в дом. Мы останавливаемся в холле, у «потайной» лестницы. — Я многого о тебе не знаю, Стюарт, — начинаю я.

Стюарт указывает на стену за моей спиной, ту, с пустым квадратом.

— Вот, я весь здесь.

— Стюарт, твой отец, он рассказал мне... — Не могу подобрать слова.

— Рассказал — что?

— Как это было ужасно. Как тяжело тебе пришлось. С Патрицией.

— Он *ничего* не знает. Не знает, кто она такая и что случилось...

Привалившись к стене, он скрещивает руки на груди, и на лице вновь тот же гнев, безумный и страстный. Он буквально исполнен гнева.

— Стюарт, ты не обязан рассказывать мне прямо сейчас. Но когда-нибудь нам все же придется поговорить. — Я сама удивлена, с какой твердостью произношу эти слова.

Он пожимает плечами:

— Она переспала с другим. Вот и все.

— С другим... кого ты знал?

— Его никто не знал. Один из надоедливых типов, что слоняются вокруг университета, пристают к преподавателям с дурацкими идеями о расовом равенстве. Ну вот она и поддалась.

— То есть... он был активистом? Борцом за гражданские права...

— Именно. Теперь ты знаешь.

— Он был... чернокожим? — Судорожно сглатываю, потому что даже для меня это было бы кошмаром, совершенно немыслимым.

— *Нет*, он не был чернокожим. Просто мразь, ничтожество. Какой-то янки из Нью-Йорка, из тех, что показывают по телику, с длинными патлами и лозунгами за мир.

Пытаюсь найти нужный вопрос, но ничего не приходит в голову.

— А знаешь, в чем настоящий ужас, Скитер? Я мог бы пережить это. Мог бы простить ее. Она просила, говорила, как сожалеет о случившемся. Но я понимал, что если кто-нибудь узнает, кем был тот тип, узнает, что невестка сенатора Уитворта спала с проклятым активистом-янки, это погубит отца. Погубит его карьеру, вот так, в миг.

— Но тогда за столом... твой отец... он сказал, что Росс Барнетт не прав.

— Ты же знаешь, это не имеет значения. Неважно, во что он верит. Важно, во что верит Миссисипи. Нынешней осенью он баллотируется в сенат США, и я, к сожалению, об этом знаю.

— То есть ты порвал с ней из-за своего отца?

— Нет, я порвал с ней, потому что она мне изменила. — Стыд, разъедающий его, заметен даже со стороны. — Но я не принял ее обратно из-за... моего отца.

— Стюарт, ты... все еще влюблен в нее? — Я улыбаюсь, словно это обычный вопрос, ничем не отличающийся от остальных, хотя чувствую, как кровь прилила к ногам, чувствую, что вот-вот грохнусь в обморок.

Он слегка оседает, прижимаясь к стене. Голос слабеет.

— Ты бы никогда так не поступила. Не солгала. Ни мне, ни кому-либо еще.

Он и не подозревает. Скольким людям я уже лгу. Впрочем, сейчас не об этом.

— Ответь мне, Стюарт. Влюблен?

Он устало трет виски, проводит рукой по глазам — и шепчет:

— Думаю, нам лучше на некоторое время расстаться.

Неосознанно тянусь к нему, но он отстраняется.

— Мне нужно время, Скитер. Немножко свободы. Я должен работать, добывать нефть и... привести мозги в порядок.

С террасы окликают родители, пора уходить. А я стою, изумленно разинув рот.

Потом беру себя в руки и следую за Стюартом к выходу. Уитворты остаются в «раковинном» холле, а мы, трое Феланов, выходим на крыльцо. Словно сквозь сон слышу, как все договариваются встретиться еще раз, теперь уже у Феланов. Прощаюсь, благодарю, с удивлением прислушиваясь к собственному голосу. Стюарт приветливо машет мне со ступенек, и родители даже не догадываются, что наши отношения изменились.

Глава 21

Мы стоим посреди гостиной, мама, папа и я, разглядываем серебристый ящик, торчащий в окне. Размером с автомобильный двигатель, хромированный, блестящий — символ современности. «Феддерс», — написано на нем.

— Да кто такие эти Феддерсы? — возмущается мама. — Откуда они взялись?

— Ну давай, Шарлотта, поверни выключатель.

— Нет, не могу, он такой вульгарный.

— Господи, мама, доктор Нил сказал, что тебе это необходимо. Отойди-ка.

Родители с изумлением глядят на меня. Они не в курсе, что Стюарт бросил меня после ужина у Уитвортов. И не знают, как я жажду облегчения, которое несет в себе этот механизм. Мне невыносимо жарко — все тело жжет и печет, и кажется, что я в любой момент могу вспыхнуть.

Щелкаю переключателем в положение «1». Лампы над головой слегка меркнут. Медленно, будто взбираясь на холм, раскручивается вентилятор. Пряди маминых волос трепещут как живые.

— О... боже... — Мама прикрывает глаза. Она совсем измучена в последнее время, язва терзает ее все сильнее. Доктор Нил сказал, что прохлада облегчит ей жизнь.

— И это еще не на полную мощность, — говорю я и переключаю на «2». Дует чуть сильнее, становится прохладнее, и мы улыбаемся, чувствуя, как высыхает пот на лбу.

— А что, давайте запустим во всю мочь. — С этими словами папа переключает на «3», самое крайнее, холодное, самое чудесное положение, и мама радостно хихикает.

Свет вновь вспыхивает ярко, жужжание становится громче, улыбки на наших лицах все радостнее, а потом все разом выключается. И темнота.

— Что... произошло? — растерянный мамин голос.

Папа выходит в холл:

— Эта чертова штука вырубила пробки.

Мама обмахивается платком:

— О святые небеса, Карлтон, почини ее.

В течение часа на террасе грохочут башмаки, щелкают переключатели и звякают инструменты — папа и Джеймисо работают. Когда все наконец отремонтировано, я выслушиваю лекцию насчет того, что никогда нельзя включать кондиционер на «3», не то дом взлетит на воздух, а потом мама тихо дремлет в своем антикварном кресле, прикрывшись зеленым пледом. Дожидаюсь, пока она уснет, прислушиваясь к тихому похрапыванию и разглядывая морщинки на ее лбу. Потом на цыпочках крадусь по дому, выключаю все лампы, телевизор, даже холодильник. Стоя перед окном, расстегиваю блузку. Осторожно перевожу рычажок в положение «3». Я не хочу ничего чувствовать. Хочу замерзнуть изнутри. Хочу, чтобы ледяной поток устремился прямо в сердце.

Электричество отключается через три секунды.

На две недели полностью погружаюсь в работу над интервью. Целыми днями, а порой и ночью сижу на задней террасе за пишущей машинкой. Зеленый двор и поля за полупрозрачными занавесками кажутся подернутыми туманной дымкой. Время от времени ловлю себя на том, что хотя взгляд мой устремлен на поля, но на самом деле я вовсе не здесь. Я в многочисленных кухнях старого доброго Джексона, вместе с прислугой, страдающей от жары в своей строгой униформе. Я чувствую нежность младенческих тел — крошечных белых детишек, сопящих у меня на руках. Испытываю те же чувства, что и Константайн, когда мама принесла меня из больницы и вручила ей. И эти «чернокожие» воспоминания словно вытаскивают меня из собственной ничтожной жизни.

— Скитер, мы уже несколько недель не видели Стюарта, — в восьмой раз замечает мама. — Вы ведь не поссорились, нет?

Как раз сейчас я пишу колонку Мисс Мирны. Казалось, подготовилась на три месяца вперед, но в результате едва не опоздала к сроку.

— Все нормально, мам. Не может же он названивать каждую минуту, — с некоторым вызовом отвечаю я, но тут же смягчаю тон. Мама худеет с каждым днем. Одного взгляда на выпирающие ключицы достаточно, чтобы погасить мое раздражение. — Он просто уехал по делам, вот и все, мам.

Кажется, на время это ее успокоило, и я использую ту же версию для Элизабет и — с чуть большим количеством деталей — для Хилли, причем с ней мне даже приходится украдкой ущипнуть себя, чтобы стерпеть ее кривую улыбочку. Но какую версию предложить себе самой — не представляю. Стюарту нужны «время» и «пространство», словно речь идет о физическом опыте, а не о человеческих отношениях.

Поэтому вместо того, чтобы упиваться жалостью к себе, я работаю. Печатаю. Потею. Кто бы мог подумать, что разбитое сердце чертовски поднимает температуру. Когда мама укладывается в постель, придвигаю стул поближе к кондиционеру. К июлю он превращается в серебристую святыню. Замечаю, как Паскагула одной рукой вытирает пыль, а другой приподнимает косынку, подставляя голову струе прохладного воздуха. Это не такое уж новое изобретение, кондиционер, но каждый магазин, где они установлены, обязательно сообщает об этом табличкой в витрине, указывает в рекламных плакатах — потому что это жизненно необходимая вещь. Я тоже сделала картонную табличку для дома Феланов и повесила на дверную ручку — ОТНЫНЕ РАБОТАЕТ КОНДИЦИОНЕР. Мама улыбается, но делает вид, что ей безразлично.

Сегодня тот редкий вечер, когда я дома, ужинаю вместе с родителями. Мама осторожно клюет свою порцию. Полдня она старалась скрыть от меня, что ее тошнит. Она сжимает пальцами переносицу, дабы унять головную боль, и произносит:

— Я думала о двадцать пятом, как вы считаете, это подходящая дата для приглашения, не слишком скоро?

Никак не соберусь с духом сказать ей, что мы со Стюартом расстались.

Судя по лицу, маме сегодня гораздо хуже. Она очень бледна и явно не может больше сидеть за столом. Нежно беру ее за руку и успокаиваю:

— Я узнаю, мамочка. Уверена, двадцать пятое — в самый раз.

И она улыбается впервые за день.

При виде стопки бумаги на кухонном столе Эйбилин широко улыбается. Текст напечатан через два интервала, стопка толщиной в дюйм — выглядит вполне солидно, можно поставить на полку. Эйбилин измучена не меньше, чем я, а пожалуй, и больше, ей ведь приходится работать весь день, а по вечерам еще заниматься интервью.

— Гляньте-ка, — говорит она, — это уже почти *книга*.

Я киваю, но впереди еще полно работы. На дворе почти август, и, хотя крайний срок в январе, нам нужно записать и обработать еще пять интервью. С помощью Эйбилин я систематизировала, сократила и художественно переписала рассказы пяти женщин, включая Минни, но они все еще требуют доработки. К счастью, глава самой Эйбилин полностью готова. Двадцать одна страница — просто и великолепно написано.

Несколько дюжин имен, цветных и белых, — порой трудно их не перепутать. Эйбилин у нас стала Сарой Росс. Минни выбрала имя Гертруда Блэк — не знаю почему. Я взяла псевдоним Аноним, но Элейн Штайн об этом пока не знает. Наш город носит выдуманное имя Найсвилль, штат Миссисипи, — такого названия не существует, но штат, ради привлечения интереса, мы решили оставить реальный. Дела в Миссисипи обстоят хуже некуда, и мы подумали, что так будет убедительнее.

Порыв ветра шевелит листы бумаги, и мы с Эйбилин одновременно прижимаем их ладонями.

— Думаете... она это напечатает? — осторожно спрашивает Эйбилин. — Когда мы закончим?

Демонстрирую фальшивый оптимизм:

— Надеюсь. Идея ее определенно заинтересовала, и она... ну, скоро начнется марш и...

И умолкаю. Я и вправду не знаю, захочет ли миссис Штайн опубликовать это. Но точно знаю, что ответственность за весь проект лежит на моих плечах — в усталых морщинистых лицах чернокожих женщин читается, как страстно они хотят, чтобы книга увидела свет. Они напуганы, то и дело косятся на дверь, боятся, что их застанут за беседой со мной. Боятся быть искалеченными, как внук Ловинии, или, того страшнее, убитыми на собственном пороге, как Медгар Эверс. На этот риск их толкает лишь одно — отчаянное желание видеть книгу опубликованной.

Да и я больше не чувствую себя в безопасности только потому, что я белая. Направляясь к Эйбилин, частенько поглядываю через плечо. Коп, остановивший меня на мосту несколько месяцев назад, стал своеобразным знаком: отныне я представляю угрозу для каждого белого семейства в этом городе. Несмотря на множество радостных рассказов, прославляющих тесные узы между прислугой и семьей, именно печальные, мрачные истории привлекут внимание в первую очередь. Именно от них кровь закипает в жилах и сами собой сжимаются кулаки. И мы обязаны сохранить нашу работу в тайне.

На вечернее собрание Лиги в понедельник я опоздала на пять минут. Мы собрались впервые за месяц. Хилли отдыхала на море, а без нее встречи немыслимы. Она загорела и полна сил. Председательский молоточек в руках, как грозное оружие. Все вокруг курят, стряхивая пепел в стеклянные пепельницы на полу. Приходится грызть ногти, чтобы не закурить самой. Я бросила шесть дней назад.

Мало того, что не хватает сигареты в руке, так я еще ужасно нервничаю, глядя на собравшихся. Насчитала уже семь женщин, так или иначе упоминающихся в нашей книге. Ужасно хочется сбежать и приняться за работу, но проходит еще два невыносимо долгих часа, прежде чем Хилли ударяет молотком по трибуне. Похоже, она и сама устала себя слушать.

21 Прислуга

Женщины встают, лениво потягиваются. Некоторые спешат домой, к своим мужьям. Другие никуда не торопятся — у них полон дом детей, а прислуга уже ушла. Торопливо собираю свои вещи, надеясь избежать разговоров с кем бы то ни было, а пуще всего — с Хилли.

Но к сожалению, не успеваю вовремя скрыться — Элизабет ловит мой взгляд, приветственно взмахивает рукой. Мы не виделись несколько недель, и, видимо, придется все же поболтать с нею. Мне немножко неловко, что давно не навещала ее. Элизабет поднимается с места, ухватившись за спинку стула: она на шестом месяце, у нее головокружения от успокоительных для беременных.

— Как ты себя чувствуешь? — спрашиваю я. Она совсем не изменилась, только выпирает живот. — В этот раз полегче?

— Господи, нет, это просто ужасно, а еще три месяца.

Замолкаем. Тихонько отрыгнув, Элизабет смотрит на часы. Потом поднимает свою сумку, собираясь уходить, но вдруг берет меня за руку и шепчет:

— Я слышала про тебя и Стюарта. Мне очень жаль.

Неудивительно, что она все знает. Удивительно, что все остальные пока не в курсе. Я-то никому не рассказывала, но Стюарт, думаю, не промолчал. Сегодня утром мне пришлось соврать маме — сказать, что Уитворты уезжают двадцать пятого, в день их предполагаемого визита к нам.

— Извини, что не посвятила тебя, — бормочу я. — Не хочется обсуждать это.

— Понимаю. Ой, слушай, я побегу, а то Рэйли там с ней с ума сойдет. — Затравленный взгляд в сторону Хилли; та кивает, милостиво позволяя удалиться.

Сгребаю свои бумажки и спешу к выходу. Но тут слышу:

— Погоди секундочку, Скитер.

Со вздохом поворачиваюсь, чтобы оказаться лицом к лицу с Хилли. Она сегодня в матросском костюмчике, вроде тех, что носят пятилетние детишки. Складки юбки расправлены на бедрах, точно мехи аккордеона. В зале уже никого не осталось, кроме нас.

— Не могли бы мы обсудить это, мэм? — Она демонстрирует последний выпуск информационного бюллетеня, и я понимаю, что за этим последует.

— Прости, я спешу, мама болеет...

— *Пять месяцев* назад я велела тебе опубликовать мою инициативу, и вот прошла очередная неделя, а ты так и не выполнила моего распоряжения.

Внезапно меня охватывает дикая ярость. Все, что приходилось сдерживать на протяжении нескольких месяцев, вскипает и выплескивается наружу.

— Я *не стану* публиковать твои инициативы.

— Я хочу, чтобы эта инициатива появилась в бюллетене до начала выборов, — абсолютно невозмутимо произносит она и добавляет, воздев палец к потолку: — Или я обращусь в вышестоящие инстанции, дорогуша.

— Если ты попытаешься исключить меня из Лиги, я позвоню в Нью-Йорк Женевьеве фон Габсбург.

Мне известно, что Женевьева — кумир Хилли. Самый молодой в истории президент Лиги и, возможно, единственный человек на свете, которого боится Хилли. Но Хилли даже ухом не ведет.

— И что ты ей скажешь, Скитер? Что не выполняешь свою работу? Что таскаешь повсюду материалы негритянских активистов?

Однако я слишком разозлилась, чтобы она смогла лишить меня присутствия духа.

— Я требую, чтобы ты их *вернула*, Хилли. Ты взяла то, что тебе не принадлежит.

— Разумеется, я их взяла. Ни к чему тебе таскать это с собой. Что, если кто-нибудь увидит?

— Кто ты такая, чтобы указывать, что мне можно носить с собой, а что...

— Это моя работа, Скитер! Ты не хуже меня знаешь, что люди не купят ни ломтика пирога, изготовленного организацией, которая укрывает сторонников расовой интеграции!

— Хилли. — Мне нужно услышать это от нее. — А для *кого* же собирают деньги, продавая эти самые пироги?

— Для бедных голодающих детей Африки! — возмущенно таращит глаза она.

Жду, пока до нее дойдет ирония этих слов — она собирает деньги, чтобы помочь чернокожим по другую сторону океана, но не в своем городе. Впрочем, есть гораздо более интересная идея.

— Я позвоню Женевьеве прямо сейчас. И расскажу ей, какая ты ханжа.

Хилли расправляет плечи. На миг кажется, что мне удалось пробить брешь в ее обороне. Но тут она нервно облизывается, шумно втягивает носом воздух и заявляет:

— Знаешь, совершенно не удивительно, что Стюарт Уитворт тебя бросил.

Стискиваю зубы, чтобы она не увидела, какой эффект произвели ее слова. Но внутри я медленно оседаю. Буквально чувствую, как сползаю на пол.

— Верни мне брошюру, — дрожащим голосом повторяю я.

— Тогда опубликуй инициативы.

Разворачиваюсь и ухожу. Забросив сумку в «кадиллак», закуриваю.

Слава богу, свет у мамы погашен. На цыпочках пробираюсь на заднюю террасу, прикрываю скрипучую дверь и устраиваюсь за пишущей машинкой.

Но писать не могу. Взгляд прикован к мелким квадратикам москитной сетки. Смотрю так пристально, что, кажется, начинаю просачиваться сквозь них. Что-то внутри меня треснуло, и я начинаю испаряться. Я схожу с ума. Не слышу дурацкого телефонного звонка. Не слышу, как маму тошнит где-то в доме. Ее голос из окна: «Все в порядке, Карлтон, уже прошло». Я слышу и одновременно не слышу ничего. Только пронзительный звон в ушах.

Потянувшись к сумке, достаю листок с «туалетной инициативой» Хилли. Листок весь измят и уже отчасти вытерся. На краешек его присаживается ночной мотылек, но тут же взлетает, оставив коричневое пятнышко пыльцы.

Размеренно, неторопливо начинаю печатать информационный бюллетень: Сара Шелби выходит замуж за Роберта Приора; посетите, пожалуйста, демонстрацию детской одежды Мэри Кэтрин Симпсон; чаепитие в честь наших преданных сторонников. А потом я печатаю инициативу Хилли. На второй странице, напротив фотографий. Здесь ее наверняка увидят все — после того, как рассмотрят себя на летнем Празднике. В голове моей при этом только одна мысль: «Что подумала бы обо мне Константайн?»

Эйбилин

Глава 22

— А сколько тебе сегодня лет, моя большая девочка?

Мэй Мобли еще в кроватке. Сонно поднимает два пальчика и отвечает:

— Мэй Мо два.

— Не-ет, сегодня нам уже три! — Отгибаю ей еще один пальчик и напеваю считалку, которую мой папочка, бывало, повторял в мои дни рождения: — Три маленьких солдатика выходят погулять, два говорят — стоять, а третий — ать, ать!

Мэй Мо теперь спит в большой кровати, детскую кроватку приготовили для будущего маленького.

— А на следующий год будет уже четыре солдатика, они примутся искать, чего бы поесть.

Она морщит носик — запоминает, что теперь надо говорить «Мэй Мобли три», а ведь всю жизнь, что она себя помнит, нужно было говорить «Мэй Мобли два». Когда вы совсем ребенок, вам задают только два вопроса — как тебя зовут да сколько тебе лет, и отвечать нужно правильно.

— Мэй Мобли три, — повторяет она.

Малышка выбирается из кроватки, волосенки растрепаны. На макушке опять заметна лысинка. Обычно мне удается причесать ее так, чтоб на несколько минут закрыть проплешину, но надолго не хватает. Волосы у нее тонкие и уже не вьются. К концу дня повисают сосульками. Мне-то безразлично, что Малышка совсем не красавица, но для ее мамочки стараюсь сделать девчушку привлекательнее.

— Пойдем-ка в кухню. Приготовим тебе праздничный завтрак.

Мисс Лифолт ушла в парикмахерскую. Ей и дела нет до того, что надо быть рядом, когда ее единственный ребенок проснется в свой день рождения — первый из тех, что запомнит. Но хоть купила дочке то, что та хотела. Привела меня к себе в спальню и показывала на большую коробку на полу:

— Ей понравится? Она ходит, разговаривает и даже плачет.

Кукла, конечно же. Громадная коробка в розовый горошек, завернутая в целлофан, а внутри — кукла ростом с Мэй Мобли. По имени Элисон. С кудрявыми светлыми волосами и голубыми глазами. В розовом платье в оборках. Каждый раз, как ее показывали в рекламе, Мэй Мобли подбегала к телевизору, обнимала его и прижималась личиком к экрану. Мисс Лифолт и сама готова расплакаться, глядя на эту куклу. Думаю, ее противная старая мамаша никогда не дарила ей то, что она хотела.

Готовлю для Малышки кашу, сверху кладу немножко зефира и ставлю под гриль, чтоб чуть-чуть запеклось и похрустывало. Потом украшаю нарезанной клубникой. Завтракать-то все равно надо, а так оно веселее.

Три маленькие розовые свечки я принесла из дома. Достаю их из сумочки, разворачиваю. Зажигаю свечки, втыкаю их в кашу и несу к белому пластиковому столику.

— С днем рождения, Мэй Мобли два!

Она хохочет и поправляет:

— Мэй Мобли три!

— Правильно! А теперь задуй-ка свечки, Малышка, пока они не растаяли в твоей кашке.

Она смотрит на язычки пламени и улыбается.

— Задувай, моя большая девочка.

И она разом задувает все, потом облизывает донышки свечек и принимается за еду. Через минутку улыбается и спрашивает:

— А тебе сколько лет?

— Эйбилин пятьдесят три.

Глазенки у нее округляются. Для нее это почти тысяча.

— А у тебя... бывают дни рождения?

— Да, — усмехаюсь я. — К сожалению, бывают. На следующей неделе у меня день рождения. — Подумать только, мне будет пятьдесят четыре. Как время летит...

— А у тебя есть детки? — спрашивает Мэй Мобли.

— Целых семнадцать, — смеюсь в ответ.

Она пока не умеет считать до семнадцати, но знает, что это много, и по-своему рассуждает:

— Они всю кухню займут. — И опять карие глазки удивленно округляются: — А где же эти детки?

— По всему городу живут. Все детишки, которых я нянчила.

— Почему они не приходят поиграть со мной?

— Потому что они уже выросли. А у кого-то уже и свои детки есть.

Малышка совсем запуталась, пытается разобраться в этом деле. Спешу ей на помощь:

— Ты тоже мой ребенок. Всех деток, которых нянчу, я считаю своими.

Она кивает, довольно скрестив ручки.

Принимаюсь за посуду. День рождения сегодня будут праздновать своей семьей, и мне надо испечь торты. Сначала клубничный, с клубничной глазурью. Для нашей Мэй Мобли все должно быть клубничным. А потом уже займусь остальными.

— Давайте испечем шоколадный торт, — предложила вчера мисс Лифолт. Она на седьмом месяце, ей хочется шоколаду.

Я все подготовила еще на прошлой неделе. Слишком важное дело, чтобы заниматься им в последний момент.

— Хм-м. А может, клубничный? Вы же знаете, Мэй Мобли больше всего его любит.

— О нет, она хочет шоколадный. Я сегодня схожу в магазин и куплю все, что нужно.

Шоколадный — как бы не так! Поэтому я решила, что просто сделаю оба. Ничего страшного, задует свечки на двух тортах.

Убираю тарелку из-под каши, наливаю Малышке виноградного соку. Рядом с ней сидит старая кукла, Клаудия, с раскрашенными волосами и закрытыми глазами. Если уронить куклу на пол, она жалобно хнычет.

— А это твой ребеночек, — говорю я, и Мэй Мобли кивает, похлопывая куклу по спине, будто помогая срыгнуть.

А потом и выдает:

— Эйби, ты моя настоящая мама. — И даже не смотрит на меня, будто о погоде говорит.

Опускаюсь перед ней на коленки.

— Твоя мамочка ушла в парикмахерскую. Маленькая, ты же знаешь, кто у тебя мама.

Но она упрямо мотает головой, прижимая к себе куклу.

— Я *твой* ребенок.

— Мэй Мобли, ты же понимаешь, я просто пошутила про семнадцать детишек. Они не по-настоящему мои. У меня только один свой ребенок.

— Это я твой настоящий ребенок. Другие просто понарошку.

У меня и прежде детки путались. Джон Грин Дадли, к примеру, — первое слово мальчонка произнес «мама», а смотрел прямо на меня. Но потом он всех вокруг, и собственную маму, стал называть мамой, и папочку своего тоже. Долго это продолжалось, и никто не волновался. Но конечно, когда он начал наряжаться в юбки своей сестры и душиться «Шанель № 5», мы все немножко забеспокоились.

Я долго работала в семье Дадли, больше шести лет. Папаша, бывало, затаскивал его в гараж и лупил шлангом, чтобы выбить девчонку из парня, — а потом я больше не могла это выносить. Я в тот день так крепко обняла Трилора, вернувшись домой, что едва не задушила бедняжку. Когда мы начали работать над книжкой, мисс Скитер спрашивала, какой день был самым тяжелым в моей жизни. Я тогда сказала про ребеночка, родившегося мертвым. Но это не так. Самыми тяжелыми были все дни с 1941 года по 1947-й, когда я стояла у двери и ждала, чтобы избиение поскорее закончилось. Я молила Господа, чтобы тот внушил Джону Грину Дадли, что он не попадет в ад. Что он вовсе не последний урод только потому, что любит мальчиков. Молила, чтобы Господь вразумил его, как я сейчас пытаюсь вразумить Мэй Мобли. Но сама я тогда просто сидела в кухне, дожидаясь, когда смогу намазать бальзамом рубцы от ударов шланга.

Подъезжает машина мисс Лифолт. Я волнуюсь, что сделает мисс Лифолт, если услышит вдруг все эти разговоры насчет «настоящей мамы». Мэй Мобли тоже побаивается. Всплескивает ручками, как цыпленок — крылышками:

— Ш-ш-ш! Не говори ей! Она меня отшлепает!

Значит, она уже говорила это матери. И мисс Лифолт явно не понравилось.

Мисс Лифолт с новой прической появляется на пороге, а Мэй Мобли даже не здоровается с ней, убегает к себе в комнату. Будто боится, что мама сможет услышать, о чем она думает.

День рождения Мэй Мобли прошел замечательно. По крайней мере, так на следующий день сказала мисс Лифолт. Пятница, утро. Три четверти шоколадного торта так и остались на кухонном столе. Клубничный съели без остатка. Днем приходит мисс Скитер, передать какие-то бумаги мисс Лифолт. Пока мисс Лифолт в туалете, мисс Скитер проскальзывает в кухню.

— Вечером встречаемся? — спрашиваю я.

— Встречаемся. Я приду.

Стех пор как у них с мистером Стюартом разладилось, мисс Скитер мало улыбается. Я слышала, как мисс Хилли и мисс Лифолт сплетничали про это.

Мисс Скитер достает из холодильника кока-колу и шепчет:

— Сегодня закончим интервью с Винни, а за выходные я приведу в порядок весь текст. Но в следующий раз мы сможем увидеться только в четверг. Я обещала маме отвезти ее в Натчез, на мероприятие ДАР. — Мисс Скитер чуть щурится, как всегда, когда думает о чем-то важном. — Я уеду на три дня, ничего?

— Отлично, — успокаиваю ее. — Вам нужно передохнуть.

Она идет обратно в гостиную, но на пороге обрачивается:

— Запомните, я уезжаю утром в понедельник и вернусь через три дня.

— Да, мэм, — говорю я, а сама в толк не возьму, с чего бы ей повторять это дважды.

Утро понедельника, на часах только восемь тридцать, а телефон мисс Лифолт уже разрывается.

— Резиденция мисс Ли...

— *Позовите Элизабет к телефону!*

Спешу за мисс Лифолт. Она прямо в ночной рубашке и бигудях бежит в кухню, хватает трубку. Голос мисс Хилли грохочет, словно она в мегафон орет. Каждое слово слышу.

— *Ты была около моего дома?*

— Что? О чем ты гово...

— *Она написала это в бюллетене про туалеты. Я действительно сказала, что около моего дома можно оставить старые пальто, а не...*

— Я еще не смотрела почту и не понимаю, что ты...

Разговор прерывается. Мисс Лифолт мгновение растерянно смотрит на трубку в руке, потом набрасывает халат, прямо поверх ночной рубашки.

— Я должна идти, — говорит она, нашаривая ключи. — Скоро вернусь.

И прямо вот так, беременная, выскакивает за дверь, садится в машину и срывается с места. Мы с Мэй Мобли озадаченно смотрим друг на друга.

— Не спрашивай, Малышка. Я сама ничего не понимаю.

Знаю только, что Хилли со своим семейством уехала на выходные в Мемфис. Куда бы она ни уезжала, мисс Лифолт всегда знает, где она и когда вернется.

— А ну-ка, Малышка, — поразмыслив с минутку, предлагаю я, — давай прогуляемся, выясним, что там происходит.

Идем по Девайн, сворачиваем налево, потом еще раз налево, и вот уже улица мисс Хилли, Миртл. Здесь даже в августе приятно пройтись, не слишком жарко. Птички вокруг поют. Мы с Мэй Мобли весело шагаем, взявшись за руки. Странно, как много машин сегодня проезжают мимо нас, Миртл ведь заканчивается тупиком.

Поворачиваем за угол к большому белому дому мисс Хилли. Вот оно в чем дело.

Мэй Мобли показывает пальчиком и хохочет:

— Гляди, гляди, Эйби!

В жизни ничего подобного не видела. Три дюжины, не меньше. Унитазы. Прямо на газоне мисс Хилли. И голубые, и розовые, и белые. Некоторые без крышки, некоторые без бачка. Старые, новые, с цепочкой сверху и с ручкой для смывания. Напоминает толпу зевак: у некоторых крышки подняты, как будто рассказывают о чем-то, а у других прикрыты — молчат, слушают.

Отступаем в пересохшую канавку, потому что движение на маленькой улочке все оживленнее. Машины подъезжают, разворачиваются у клумбы в дальнем конце, люди опускают окна, громко смеются.

— Поглядите на дом Хилли! Только взгляните на это!

Глазеют на унитазы, будто никогда прежде не видали.

— Один, два, три, — начинает считать Мэй Мобли. Кое-как добирается до двадцати, тут мне приходится помочь.

— Двадцать девять, тридцать, тридцать один. Тридцать два стульчака, Малышка.

Подходим поближе, и я вижу, что не только двор ими забит. Еще два стоят на подъездной дорожке — ну прямо парочка влюбленных. И еще один на крыльце — дожидается, пока мисс Хилли откроет ему дверь.

— Правда, похоже на...

Но Малышка отпускает мою руку, бежит во двор, к розовому унитазу, и поднимает крышку. Я опомниться не успеваю, а она уже снимает штанишки и писает в него. Скорей подхватываю ее, а машины весело сигналят вслед, и какой-то мужчина в шляпе даже фотографирует.

Машина мисс Лифолт стоит рядом с автомобилем мисс Хилли, но их самих нигде не видать. Должно быть, в доме — решают, что же им делать со всем этим дерьмом. Шторы опущены, и никакого движения внутри не заметно. Скрещиваю пальцы. Хоть бы они не заметили, как Малышка помочилась на глазах у половины Джексона. Пора возвращаться домой.

Всю обратную дорогу Малышка расспрашивает про унитазы. Почему они там? Откуда взялись? Можно ли ей пойти к Хизер и еще немножко поиграть с «горшочками»?

Телефон мисс Лифолт трезвонит все утро. Я не отвечаю. Жду, пока все это прекратится, чтоб самой позвонить Минни. Но когда мисс Лифолт возвращается, она повисает на телефоне и треплется, кажется, миллион лет. Не много нужно ума, чтоб сложить в картинку кусочки этой мозаики.

Мисс Скитер и в самом деле напечатала в бюллетене объявление мисс Хилли насчет туалетов. Целый список причин, по которым белым и цветным нельзя садиться на один толчок. А ниже поместила объявление про старую одежду — по крайней мере, так оно должно было быть. Но вместо этого получилось примерно так: «Оставляйте свои старые унитазы у дома 228 по Миртл-стрит. Нас не будет в городе, но вы можете просто оставить их у парадной двери». Она только одно слово перепутала, и все. Но я-то думаю, она именно это и хотела сказать.

Не повезло мисс Хилли — никаких других новостей не случилось. Никаких трагедий ни во Вьетнаме, ни на призывных пунктах. Ничего нового в ходе грандиозного марша на Вашингтон, организованного его преподобием Кингом. На следующий день фотография дома мисс Хилли с унитазами появилась на первой полосе «Джексон джорнал». Забавная картинка, должна вам сказать. Жаль только, не цветная, — уж больно красиво, розовые, голубые, белые. Десегрегация унитазов, вот как надо было назвать.

Сверху заголовок: ПОДХОДИ, ПРИСАЖИВАЙСЯ! Статьи никакой не было, только фотография и подпись: «Дом Хилли и Уильяма Холбрук, Джексон, штат Миссисипи, сегодня утром представлял собой любопытное зрелище».

И не то чтобы только в Джексоне ничего больше не происходило — во всех Соединенных Штатах. Лотти Фримэн, которая работает в доме губернатора, где получают все главные газеты, она рассказала, что видела это фото в «Нью-Йорк таймс». И во всех газетах написано: «Дом Хилли и Уильяма Холбрук, Джексон, штат Миссисипи».

Ох, сколько же телефонных разговоров случилось на этой неделе, как же, поди, устала качать головой мисс Лифолт, наслушавшись сплетен от мисс Хилли. Мне и смешно из-за этой истории с унитазами, и плакать хочется. Мисс Скитер, она ужасно рискует, настраивая мисс Хилли против себя. Сегодня вечером она должна вернуться из Натчеза и, надеюсь, позвонит. Теперь-то я понимаю, почему она уехала.

Утром в четверг от мисс Скитер все еще ничего не слыхать. Я занимаюсь обычным делом в гостиной — глажу. Приходят мисс Лифолт и мисс Хилли, усаживаются за обеденный стол. Мисс Хилли я не видела после «унитазного» скандала. Она, наверное, старалась не выходить из дома. Приглушаю громкость в телевизоре, а ушки держу на макушке.

— Вот то, о чем я тебе рассказывала. — Мисс Хилли раскрывает тоненькую брошюру, водит пальцем по строчкам; мисс Лифолт качает головой. — Ты же понимаешь, что это значит, да? Она хочет изменить законы. Зачем еще она стала бы носить это с собой?

— Не могу поверить, — бормочет мисс Лифолт.

— Я не могу доказать, что она завалила мой двор унитазами. Но это... — хлопает она брошюрой по столу, — это серьезное подтверждение: она что-то задумала. И я намерена рассказать об этом Стюарту Уитворту.

— Но они же расстались.

— Неважно, он все равно должен знать. На случай, если вдруг соберется восстановить их отношения. Ради карьеры сенатора Уитворта.

— Но может, это действительно была просто ошибка. Возможно, она...

— Элизабет! — Хилли возмущенно воздевает руки. — Я говорю не об унитазах. А о законах нашего великого штата. И кстати, позволь спросить, ты хочешь, чтобы Мэй Мобли в школе, на уроке английского, сидела рядом с черным мальчишкой? — Мисс Хилли бросает взгляд в мою сторону. Понижает голос, но говорить шепотом она никогда не умела. — Хочешь, чтобы ниггеры жили в нашем районе? Игриво шлепали тебя по заднице, пробегая мимо?

Похоже, до мисс Лифолт постепенно доходит. Она выпрямляется, вся такая чопорная и приличная.

— Уильям просто взбесился, когда увидел, во что она превратила наш дом, и я не могу позорить свое имя, общаясь с ней, особенно сейчас, накануне выборов. Я уже пригласила Джини Колдуэлл занять место Скитер в бридж-клубе.

— Ты выгнала ее из бридж-клуба?

— Разумеется. И хотела выгнать еще и из Лиги.

— А разве ты можешь?

— Конечно, могу. Но я решила — пускай лучше сидит на собрании вместе со всеми и видит, какой дурой себя выставила. Ее нужно проучить, чтоб поняла — так продолжаться не может. Между нами — это одно, но если она станет заниматься такими вещами на людях, попадет в большие неприятности.

— Точно. В нашем городе есть расисты, — поддакивает мисс Лифолт.

— Да, они повсюду, — кивает мисс Хилли.

Вскоре они уезжают куда-то. Хорошо хоть некоторое время не увижу их физиономии.

Днем на ланч является мистер Лифолт, что редко случается. Он усаживается за маленький стол.

— Эйбилин, приготовьте мне ланч, будьте любезны. — Встряхнув, разворачивает газету. — Я бы хотел ростбиф.

— Да, сэр.

Кладу перед ним салфетку, серебряный прибор. Мистер Лифолт высокий и очень худой. И скоро совсем облысеет. Вокруг головы у него черный венчик, а на макушке уже ничего нет.

— Вы останетесь у нас, чтобы помочь Элизабет с малышом? — спрашивает он, не отрываясь от газеты. Обычно-то он вообще меня не замечает.

— Да, сэр.

— А то я слышал, вы любите менять хозяев.

— Да, сэр.

Это правда. Большинство служанок всю жизнь работают в одной семье, но только не я. У меня есть свои причины, чтобы уходить, когда деткам исполняется лет восемь-девять. Понадобилось несколько раз расстаться с хозяевами, прежде чем я поняла, что так надо.

— У меня лучше всего получается с маленькими детьми.

— То есть вы считаете себя не совсем прислугой. Скорее няней для детей. — Он смотрит на меня, опустив газету. — Вы своего рода специалист, как и я.

Я молчу, только киваю.

— Видите ли, я занимаюсь налогами на бизнес, а не оказываю помощь каждому, кто заполняет налоговую декларацию.

Меня это начинает нервировать. Он впервые говорит со мной так долго, а ведь я служу у них уже три года.

— Трудно, должно быть, находить новую работу всякий раз, как ребенок пошел в школу.

— Всегда что-то подворачивается.

Он замолкает, и я могу заняться его ростбифом.

— Нужно иметь прекрасные рекомендации, чтобы вот так запросто менять клиентов.

— Да, сэр.

— Я слышал, вы знакомы со Скитер Фелан. Старой подругой Элизабет.

Медленно, очень медленно я отрезаю, отрезаю, отрезаю ломтики от куска мяса. Сердце колотится раза в три быстрее обычного.

— Она иногда расспрашивает меня насчет уборки. Для своих статей.

— Вот как?

— Да, сэр. Просит совета.

— Я не желаю, чтобы вы беседовали с этой женщиной — ни по поводу уборки, ни вообще, даже здоровались с ней, ясно?

— Да, сэр.

— Если я услышу, что вы общаетесь, у вас будут проблемы. Понятно?

— Да, сэр, — шепчу я. Что же ему известно?

Мистер Лифолт вновь берется за газету.

— Положите мясо в сэндвич. Добавьте немного майонеза. И не слишком зажаривайте, я не желаю есть пересушенное.

Вечером мы с Минни сидим у меня на кухне. Руки у меня как начали дрожать еще днем, так до сих пор дрожат.

— Тупой белый урод, — бурчит Минни.

— Хотела бы я знать, что у него на уме.

Раздается стук в заднюю дверь, мы с Минни переглядываемся. Только один человек так стучится, остальные просто входят, и все. Открываю, на пороге мисс Скитер.

— Минни здесь, — шепчу я, потому что, когда входишь в комнату, где сидит Минни, лучше быть заранее предупрежденной.

Я рада ее видеть. Так много нужно рассказать, что и не знаю, с чего начать. Но, странно, мисс Скитер, кажется, улыбается. Наверное, не разговаривала еще с мисс Хилли.

— Привет, Минни, — здоровается она.

— Здравствуйте, мисс Скитер, — отвечает Минни, глядя в окно.

Я и рта раскрыть не успеваю, как мисс Скитер усаживается и сразу переходит к делу:

— Пока я была в отъезде, мне пришли в голову некоторые идеи. Думаю, мы начнем с вашей части, Эйбилин. — Она достает листы бумаги из своей старой сумки. — А дальше мы заменим Ловинию на рассказ Фэй Белль, чтобы не получилось три печальные истории подряд. С остальными разберемся позже, но ваша часть, Минни, полагаю, точно должна быть завершающей.

— Мисс Скитер... мне нужно вам кое-что сказать, — начинаю я.

Мы с Минни опять переглядываемся.

— Я пошла, — бросает Минни, морщась, будто ей вдруг стало жестко сидеть. Направляется к двери, но по пути вдруг похлопывает мисс Скитер по плечу — быстро так — и при этом смотрит прямо перед собой, как будто это и не она сделала.

— Вас не было в городе, мисс Скитер... — Да, нелегко начинать.

А потом и выкладываю все — как мисс Хилли показала брошюру мисс Лифолт. И наверняка много кому еще.

Мисс Скитер кивает:

— С Хилли я разберусь. Это не будет иметь никаких последствий ни для вас, ни для других женщин, ни для книги в целом.

И еще рассказываю про мистера Лифолта, про то, что он строго-настрого запретил помогать ей с хозяйственными статьями. Не хотелось, конечно, но она все равно узнает, так лучше уж от меня.

Внимательно выслушав, она задает пару вопросов. А потом и говорит:

— Он просто болтун, наш Рэйли. Впрочем, я буду очень осторожна в гостях у Элизабет. И в кухню больше заходить не стану.

Но, по правде говоря, мне показалось, что ее все это нисколечко не задело. То, что у нее неприятности с подружками. Я ведь рассказала, как мисс Хилли собирается опозорить ее в Лиге. Как ее выгнали из бридж-клуба. Как мисс Хилли хочет поставить в известность мистера Стюарта — на тот случай, если он имеет намерение помириться.

Мисс Скитер лишь сдержанно улыбается, глядя в сторону.

— Мне нет дела до всей этой чепухи.

Ее короткий смешок разрывает мне сердце. Потому что всем есть дело. Черным, белым — всем, в глубине души мы все страдаем от потерь.

— Просто... я хотела, чтобы вы услышали это от меня, а не от чужих людей, — говорю я. — Чтобы знали и были очень осторожны.

Она кивает, чуть прикусив губу:

— Спасибо вам, Эйбилин.

Глава 23

Лето прокатилось, будто асфальтовый каток. Каждый чернокожий в Джексоне сидел у телевизора и смотрел, как из самой столицы Мартин Лютер Кинг говорил нам, что у него есть мечта. Я смотрела в цокольном зале нашей церкви. Его преподобие Джонсон участвовал в марше, и я все старалась разглядеть его лицо в толпе. В голове не укладывается, сколько же народу там собралось — двести пятьдесят *тысяч*. И будто бы шестьдесят тысяч из них — *белые*.

— Миссисипи и весь остальной мир — это совсем разные вещи, — объясняет наш пастор, и мы согласно киваем, потому что разве ж это не правда?

Приходит сентябрь, и в Бирмингеме взлетает на воздух церковь, погибают четыре маленькие цветные девочки. Улыбки на наших лицах гаснут. Господи, как же мы рыдали, и, кажется, жизнь остановилась. Но нет.

При каждой встрече я замечаю, что мисс Скитер все худее и худее, а в глазах ее все больше неуверенности. Она пытается делать вид, что ей совсем не грустно из-за того, что у нее не осталось больше подруг.

Наступает октябрь. Мисс Хилли, как обычно, устраивается за столом у мисс Лифолт. Мисс Лифолт уже на сносях и совсем не может сосредоточиться. У мисс Хилли на шее пышная меховая горжетка, хоть на улице еще тепло.

— Скитер думала, она такая умная, завалив унитазами мой двор, — говорит она. — Что ж, они чудным образом пригодились. Мы уже установили три штуки в гаражах у наших клиентов. Даже Уильям признал, что нет худа без добра.

Я решила, что не стану мисс Скитер про это рассказывать. Что в итоге она помогла делу, против которого боролась. Но оказалось, это и неважно, потому что мисс Хилли тут же продолжила:

— Вчера я даже решила написать ей письмо с благодарностью. Сообщить, что она способствовала ускорению реализации моего проекта.

Мисс Лифолт настолько занята шитьем одежды для будущего малыша, что мы с Мэй Мобли теперь каждую минутку вместе. Малышка уже слишком большая, чтобы носить ее на руках, или, может, это я стала чересчур грузной. Но я все равно стараюсь обнимать ее почаще и покрепче.

— Идем, расскажи мне секретную сказку, — шепчет она, широко улыбаясь. Она всегда первым делом хочет секретную сказку. Я сама эти сказки выдумываю.

Но тут появляется мисс Лифолт, с сумочкой в руках — куда-то собралась.

— Мэй Мобли, я ухожу. Иди обними мамочку.

Мэй Мобли не двигается с места.

Мисс Лифолт, она стоит, уперла руки в боки — ждет своей порции сладенького.

— Давай, Мэй Мобли, — шепчу я и подталкиваю ее.

Малышка идет обнимать маму, крепко, почти отчаянно, но мисс Лифолт, та уже роется в сумочке и отталкивает дочку. Похоже, это не слишком огорчает Мэй Мобли, она привыкла — и вот это для меня тяжелее всего.

— Ну же, Эйби, — уговаривает Малышка, когда за ее матерью закрывается дверь. — Пора рассказывать сказку.

Мы поднимаемся в ее комнату. Я устраиваюсь в большом кресле, а она забирается ко мне на колени, улыбается и слегка подпрыгивает.

— Расскажи, расскажи про коричневую обертку. И про подарки. — Ей ужасно не терпится, прямо извертелась вся. Приходится спрыгнуть на пол и чуть-чуть поскакать, чтобы выпустить пар. Потом опять забирается ко мне.

Это ее любимая сказка, потому что когда я ее рассказываю, то всегда дарю ей маленькие подарочки. В коричневую обертку из «Пиггли Виггли» я заворачиваю какую-нибудь мелочь — конфетку, к примеру. А в белую бумагу из «Аптеки Коула» — еще какой-нибудь пустячок. Она так серьезно разворачивает, а я рассказываю сказку про то, что цвет обертки ничего не значит, а важно, что внутри.

— Сегодня у нас другая сказка, — говорю я, но сначала прислушиваюсь, не вернулась ли мисс Лифолт, позабыв что-нибудь. Горизонт чист. — Сегодня я расскажу тебе про человека из космоса.

Она сейчас любит истории про людей из космоса. Ее любимая передача по телевизору «Мой любимый марсианин». Достаю из сумки шапочки с антеннами, которые вчера вечером соорудила из фольги, и водружаю их нам на головы. Одну — ей, одну — мне. В этих штуках мы похожи на парочку сумасшедших.

— Однажды мудрый марсианин прилетел на Землю, чтобы научить нас, людей, кое-чему, — начинаю я.

— Марсианин? Большой?

— О, примерно шесть футов и два дюйма.

— А как его зовут?

— Марсианин Лютер Кинг.

Она, вздохнув, приникает головкой к моему плечу. Чувствую, как колотится трехлетнее сердечко, будто бабочки постукивают крылышками по моей белой униформе.

— Он был очень симпатичный марсианин, мистер Кинг. Похож на нас — нос, рот, на голове волосы, — но иногда люди посмеивались над ним, а иногда, знаешь, иногда вели себя просто гадко.

У меня могут быть *очень большие* проблемы из-за этих сказок, особенно с мистером Лифолтом. Но Мэй Мобли понимает, что эти наши сказки — особые, «секретные».

— Почему, Эйби? Почему люди обижали его? — волнуется Малышка.

— Потому что он был зеленого цвета.

Утром дважды звонил телефон, и дважды я не брала трубку. Первый раз, потому что гонялась по двору за Малышкой, а второй — потому что ходила в туалет в гараже. Мисс Лифолт перенашивает беременность уже на три — ага, *три* — недели и, уж конечно, не побежит к телефону. Но я не ждала, что она рявкнет на меня, потому как я точно не могла успеть. Боже, день начал гнить с утра.

Вчера вечером мы с мисс Скитер закончили без четверти двенадцать. Устала я до смерти, но мы сделали восьмую главу, и, значит, осталось еще четыре. Крайний срок — десятого января. Не знаю, успеем ли.

Сегодня третья среда октября, мисс Лифолт опять принимает у себя бридж-клуб. С тех пор как мисс Скитер исключили, все изменилось. Ее место заняла мисс Джини Колдуэлл, которая называет всех «милочка», а мисс Лу-Анн заменила мисс Уолтер, так что теперь все любезны, вежливы и два часа напролет только и делают, что соглашаются друг с другом. Ничего интересного.

Заканчиваю разливать чай, и тут раздается *динг-донг* дверного звонка. Бегу к двери, показываю мисс Лифолт, что я не такая медлительная клуша, как она считает.

Открываю дверь, и в голове возникает только одно слово — *розовый*. Я никогда с ней не встречалась, но достаточно наслушалась от Минни, чтобы сразу узнать. Ну кто еще затолкает грудь размера XXL в джемпер размера XM?

— Здравствуйте. — Она протягивает руку, и я сначала думаю, это она мне что-то дает. Вытягиваю руку, чтобы взять это «что-то», а она вдруг пожимает ее. — Меня зовут Селия Фут. Я пришла к миссис Элизабет Лифолт.

Этот розовый цвет меня просто загипнотизировал, так что я только через несколько секунд осознаю, какой бедой все может обернуться для меня. И для Минни. Дело давно было, но ложь остается ложью.

— Я... она... — Я бы сказала, что никого нет дома, но стол для бриджа в пяти футах позади меня.

Оборачиваюсь — дамы уставились на дверь разинув рты. Мисс Колдуэлл шепчет что-то мисс Хилли. Мисс Лифолт нерешительно встает, изображает улыбку.

— Привет, Селия, — говорит мисс Лифолт. — Сколько лет, сколько зим.

Мисс Селия, откашлявшись, произносит, чересчур громко:

— Привет, Элизабет. Я звонила вам сегодня... — Она косится на стол, где сидят остальные. — О, я помешала. Я... зайду попозже. В другой раз.

— Нет, нет, чем могу быть полезна? — говорит мисс Лифолт.

Мисс Селия делает глубокий вдох, и какой-то миг мы все, наверное, думали одно и то же — что она сейчас лопнет.

— Я хочу предложить свою помощь в организации Праздника.

— О, что ж... — улыбается мисс Лифолт.

— Я очень ловко управляюсь с цветами. У нас в Шугэ-Дитч все так говорили, и даже моя прислуга сказала, сразу после того, как назвала меня худшей поварихой на свете. — Она хихикает, а я перестаю дышать при слове «*прислуга*». Потом она продолжает уже серьезно: — Но я могу подписывать конверты и облизывать марки...

Из-за стола встает мисс Хилли. С улыбочкой сообщает:

— Нам действительно не нужна помощь, но мы будем очень рады, если вы с Джонни придете на Праздник, Селия.

Во взгляде мисс Селии столько благодарности, что это кому угодно разбило бы сердце. У кого оно есть.

— О, благодарю вас, — говорит она. — С *удовольствием*.

— В пятницу вечером, пятнадцатого ноября, в...

— ...«Роберт Э. Ли Отель», — подхватывает мисс Селия. — Я знаю.

— Мы с удовольствием продадим вам билеты. Джонни ведь тоже пойдет, верно? Принеси билеты, Элизабет.

— Если я чем-нибудь могу помочь...

— Нет-нет, — улыбается мисс Хилли. — Мы уже обо всем позаботились.

Возвращается мисс Лифолт с конвертом в руках. Выуживает несколько билетов, но мисс Хилли отбирает у нее весь конверт.

— Раз уж вы здесь, Селия, почему бы вам не приобрести билеты и для друзей?

Мисс Селия на миг застывает.

— Э-э, ладно.

— Как насчет десяти? Вы, Джонни и еще восемь друзей. Получается целый столик.

Мисс Селия так старается сохранить улыбку, что даже подрагивает от напряжения.

— Думаю, двух будет вполне достаточно.

Мисс Хилли вынимает пару билетов, возвращает конверт мисс Лифолт, и та спешит убраться с глаз долой.

— Давайте я выпишу чек. Хорошо, что прихватила с собой сегодня книжку. Я обещала своей Минни привезти окорок из города.

Мисс Селия выписывает чек прямо на коленке. А я замираю, моля небеса, чтоб мисс Хилли не расслышала, что она только что сказала. Мисс Селия протягивает чек, но мисс Хилли о чем-то размышляет, наморщив лоб.

— Как? Как, вы сказали, зовут вашу служанку?

— Минни Джексон. Ой! Попалась! — Мисс Селия прикрывает ладошкой рот. — Элизабет заставила меня поклясться, что я никому не скажу, что это она рекомендовала мне Минни, а я проболталась.

— Элизабет... рекомендовала Минни Джексон?

Появляется мисс Лифолт.:

— Эйбилин, она проснулась. Ступайте уложите ее. Я со своей спиной даже пилочку для ногтей поднять не могу.

Спешу в комнату Мэй Мобли, но когда заглядываю туда, малышка уже опять уснула. Бегом мчусь в столовую. Мисс Хилли как раз захлопывает входную дверь и усаживается за стол с таким видом, будто проглотила кошку, которая проглотила канарейку.

— Эйбилин, — распоряжается мисс Лифолт, — подавайте салат, мы уже заждались.

Тарелки на подносе, что я выношу из кухни, постукивают от ужаса, как зубы.

— ...та самая, что украла все серебро у вашей матери...

— ...думала, что всем в городе известно, что эта черномазая — воровка...

— ...я бы никогда и ни за что не рекомендовала...

— ...видели, как она одета? Кто она такая...

— Я выясню правду, чего бы мне это ни стоило, — выносит приговор мисс Хилли.

Минни

Глава 24

Дожидаюсь мисс Селию, оттирая раковину в кухне. Тряпку уже в клочья изорвала. Эта чокнутая встала сегодня утром, запихала себя в самый тесный розовый джемпер — а это уже о чем-то говорит — и заявила: «Я отправляюсь к Элизабет Лифолт. Прямо сейчас, пока духу хватает, Минни». И укатила на своем «шевроле» с откидным верхом, напоследок прищемив юбку дверцей.

Я вся извелась, пока Эйбилин не позвонила. Она даже заикалась от огорчения. Мисс Селия не только сообщила дамам, что у нее работает Минни Джексон, она еще рассказала, что именно мисс Лифолт «рекомендовала» меня ей. И это все, что удалось подслушать Эйбилин. Эти квочки за пять минут все выяснили.

И теперь мне остается только ждать. Ждать, пока — раз — мою лучшую подругу уволят за то, что нашла мне работу. И два — повторит ли мисс Хилли для мисс Селии мерзкую ложь про то, что я воровка. И — два с половиной — расскажет ли она, как я отомстила ей за вранье. Я вовсе не жалею о Кошмарной Ужасности, которую ей устроила. Но теперь, когда мисс Хилли засадила свою служанку в тюрьму за ерунду, и представить нельзя, что эта женщина сотворит со мной.

Машина мисс Селии подъезжает к дому только в десять минут пятого — я обычно ухожу часом раньше.

— Минни, уже поздно! — испуганно кричит она.

— Что с мисс Лифолт? — Даже не пытаюсь сдерживаться. Мне срочно нужно знать.

— Уходите, пожалуйста! Джонни может вернуться в любую минуту. — Она подталкивает меня в сторону прачечной, где я храню свои вещички. — Поговорим завтра.

Но впервые я не хочу идти домой, мне позарез нужно узнать, что мисс Хилли про меня наплела. Услышать, что ваша прислуга — воровка, это все равно как услышать, что учитель ваших детей — извращенец. Вы не станете делиться с ними «определенными сомнениями», а просто выгоните к чертовой матери.

Но мисс Селия не желает ничего рассказать. Просто выталкивает меня из дома, чтоб она могла продолжать свои дурацкие игры. Мистер Джонни про меня знает. Мисс Селия знает, что мистер Джонни знает. Но мистер Джонни не знает, что мисс Селия знает, что он знает. И из-за этого идиотизма мне приходится уходить в четыре десять и всю ночь переживать насчет мисс Хилли.

Утром Эйбилин звонит мне еще до работы.

— Я сегодня с утра пораньше позвонила бедняжке Фанни, понимала, что ты всю ночь с ума сходила. («Бедняжка Фанни» — это новая прислуга мисс Хилли. Правильнее назвать ее Дурочка Фанни, за то, что вообще согласилась там работать.) Она слышала, как мисс Лифолт и мисс Хилли сошлись на том, что ты подделала рекомендации, чтобы получить работу у мисс Селии.

Ф-фуу.

— Рада, что ты не влипла в неприятности.

Отлично, теперь мисс Хилли называет меня лгуньей *и* воровкой.

— Не переживай за меня, — говорит Эйбилин. — Только следи, чтобы твоя хозяйка не общалась с мисс Хилли.

Я прихожу на работу, а мисс Селия спешит в магазин, приодеться к Празднику в следующем месяце. Желает успеть к самому открытию. Да, не то что в прежние дни, когда она была беременна. Теперь дождаться не может, как бы сбежать из дома.

Протираю пластиковые стулья на заднем дворе. Птички раздраженно щебечут, завидев меня, и кажется, что это стрекочет куст камелии. Минувшей весной мисс Селия все приставала ко мне, чтоб я брала цветы домой. Но знаю я эти камелии. Приносишь домой букет, думаешь, как чудесно он выглядит, но стоит чуть зазеваться — и у вас полный дом цветочных клещей.

Где-то в кустах хрустнула ветка, потом еще. Я мигом настораживаюсь. Мы тут у черта на куличках, случись что — кричи не кричи, на много миль вокруг никто не услышит. Прислушиваюсь, но звук не повторяется. Говорю себе, что это старые привычки, еще с тех пор, как боялась появления мистера Джонни. А может, у меня паранойя после вчерашней работы над книжкой вместе с мисс Скитер. Мне всегда тревожно после разговоров с ней.

Возвращаюсь к работе — протираю стулья у бассейна, собираю разбросанные журналы мисс Селии, смахиваю с них налипшую грязь. В доме звонит телефон. Я вроде не должна отвечать, пока мисс Селия продолжает морочить голову мистеру Джонни. Но сейчас-то ее дома нет, а вдруг это Эйбилин с новостями. Так что иду к телефону, заперев за собой дверь.

— Резиденция мисс Селии. — Боже, надеюсь, это не мисс Селии звонят.

— Говорит Хилли Холбрук. Кто это?

Вся кровь потоком хлынула от головы в ноги. За пять секунд я превратилась в высохшую бескровную скорлупку.

Низким, не своим голосом говорю:

— Это Дорина. Служанка мисс Селии. (*Дорина?* С чего вдруг я взяла имя сестры?)

— Дорина. Я думала, служанка в этом доме — Минни Джексон.

— Она... уволилась.

— Правда? Позовите миссис Фут.

— Она... уехала из города. На побережье. На...

Мозги крутятся со скоростью тысяча миль в час, придумывая подробности.

— И когда же она вернется?

— Не ско-о-оро.

— Что ж, когда вернется, передайте ей, что я звонила. Хилли Холбрук.

— Да, мэм. Я передам.

Ага, передам. Лет через сто. Приходится привалиться к столу, передохнуть, пока сердце успокоится. Дело не в том, что мисс Хилли не сможет отыскать меня. Она могла бы заглянуть в телефонную книгу и выяснить адрес Минни Джексон с Тик-роуд. И я вполне могу рассказать мисс Селии о том, что произошло, объяснить, что я не воровка. Может, она мне и поверит. Но все погубит Кошмарная Ужасность.

Несколько часов спустя мисс Селия возвращается, нагруженная коробками. Помогаю ей втащить покупки в спальню, а потом задерживаюсь под дверью — подслушиваю, будет ли она, как обычно, названивать дамам из Лиги. Ну точно, слышу, как снимает телефонную трубку. Но тут же кладет обратно. Эта дурочка опять слушает гудки на линии — а вдруг кто-то пытается дозвониться.

На дворе третья неделя октября, а лето все пританцовывает в ритме электросушилки. Трава во дворе мисс Селии по-прежнему ярко зеленеет. Оранжевые георгины все так же пьяно улыбаются солнышку. И проклятые москиты каждый вечер вылетают на свою кровавую охоту, и салфетки подорожали до трех центов за пачку, и электрический вентилятор в моей кухне сломался окончательно.

Октябрьским утром, через три дня после звонка мисс Хилли, я прихожу на работу на полчаса раньше. Детей в школу проводит Шуге. Кофе засыпан в фильтр, вода налита. Приваливаюсь к столу. Тишина. Вот чего я ждала всю ночь напролет.

Холодильник взрыкивает перед тем, как выключиться. Прижимаю ладонь к его подрагивающей стенке.

— Минни, вы ужасно рано.

Торопливо открываю холодильник и прячу голову в его утробе.

— Доброе утро, — отвечаю, не вылезая оттуда. А сама думаю: «Если бы».

Перебираю артишоки, прохладные черенки покалывают ладони. От такого положения голова начинает раскалываться.

— Я собираюсь приготовить вам и мистеру Джонни ростбиф и еще... приготовить... — почти взвизгиваю я.

— Минни, что случилось?

Я и не заметила, как мисс Селия обошла раскрытую дверцу холодильника и остановилась рядом. Лицо у меня все побитое. Рассеченная бровь снова начала кровоточить — боль дикая. Обычно-то мои синяки в глаза не бросаются.

— Присядьте, дорогая. Вы поскользнулись? Опять споткнулись о провод вентилятора?

— Все нормально.

Стараюсь повернуться так, чтоб она оказалась с другого бока. Но мисс Селия крутится вокруг меня, глаза вытаращила, будто никогда в жизни ничего страшнее не видала. Одна белая леди говорила мне как-то, что на чернокожих кровь выглядит страшнее. Достаю из кармана клочок ваты, прижимаю к ране.

— Пустяки. Стукнулась об ванну.

— Минни, у вас кровь идет. Думаю, вам нужно наложить швы. Давайте я вызову доктора Нила. — Хватает телефон со стены, потом швыряет трубку обратно. — О, он же уехал на охоту вместе с Джонни. Позвоню доктору Стилу.

— Мисс Селия, мне не нужен врач.

— Вам необходима медицинская помощь, Минни. — И опять хватается за телефон.

Я что, действительно должна такие вещи объяснять?

— Эти врачи не работают для цветных, мисс Селия.

Она кладет трубку.

Отворачиваюсь к раковине и думаю про себя: «Это никого не касается, занимайся своим делом». Но я сегодня не спала ни минутки. Лерой буянил всю ночь, швырнул мне в голову сахарницу, выкинул на улицу мою одежду. Когда он пьет свою бормотуху, это одно, но... ох. Какой срам, даже ноги подкашиваются от стыда. В этот раз Лерой не был пьяным. В этот раз он колотил меня трезвый как стеклышко.

— Идите отсюда, мисс Селия, дайте мне закончить работу, — прошу я, потому что мне нужно побыть одной. Сначала я подумала было, что Лерой прознал про мои дела с мисс Скитер. Никакой другой причины, что он поднял на меня руку, я не могла найти. Но он про это ни слова не сказал. Колотил меня просто ради удовольствия.

— Минни? — Мисс Селия внимательно рассматривает мою бровь. — Вы уверены, что ударились об ванну?

Открываю кран, чтоб хоть какой-то шум отвлекал.

— Я же сказала, значит, так оно и есть. Понятно?

Она все равно смотрит с подозрением, потом решительно тычет в меня пальцем:

— Ладно, но сейчас я приготовлю вам кофе, а потом у вас будет выходной, идет? — Мисс Селия берет кофейник, наливает две чашки, но тут останавливается и озадаченно смотрит на меня: — А я ведь и не знаю, какой кофе вы пьете, Минни.

Устало закатываю глаза:

— Да такой же, как вы.

Она кладет по два куска сахара в каждую чашку. Протягивает мне кофе, сама отворачивается к окну. Начинаю мыть вчерашнюю посуду, очень надеясь, что мисс Селия оставит меня в покое.

— Знаете... — медленно произносит она, — вы можете обо всем рассказать мне, Минни.

Я, конечно, продолжаю возиться с посудой, но ноздри у меня начинают раздуваться.

— Я видела такое, когда жила в Шугэ-Дитч. Вообще-то...

Поднимаю голову сказать, чтоб не лезла в мои дела, но тут мисс Селия странным голосом говорит:

— Мы должны позвонить в полицию, Минни.

Грохаю чашкой об стол так, что кофе расплескивается.

— Ну вот что, я не желаю впутывать полицию в...

Но она показывает в окно:

— Там мужчина, Минни! Вон там!

Смотрю, куда она показывает. Мужик — *голый* мужик — стоит около азалии. Растерянно моргаю, не померещилось ли. Высокий, жирный, белый. Стоит спиной к нам, футах в пятнадцати. Темные спутанные волосы, длинные, как у хиппи. Даже со спины видать, что он забавляется сам с собой.

— Кто это? — шепчет мисс Селия. — Что он здесь делает?

Мужик поворачивается к нам лицом, будто услышал, что о нем говорят. У меня прямо челюсть отвисает. Он держит свою штуку наперевес, будто сэндвич предлагает.

— *Господи...* — выдыхает мисс Селия.

Тут он нас в окошке замечает. Взгляд его встречается с моим, и словно черная линия пролегает между нами.

Я вздрагиваю. Он словно все знает про меня, Минни Джексон. Злобно кривит губы, мол, я заслужила каждый печальный день своей жизни, каждую бессонную ночь, каждый удар от Лероя. Я заслужила это и даже еще больше.

И тут он принимается размеренно стучать кулаком по раскрытой ладони. Бам. Бам. Бам. Показывает, что собирается со мной сделать. В глазах у меня опять темнеет.

— Нужно вызвать полицию! — шепотом кричит мисс Селия, глядя на телефон на противоположной стене, но сама не двигается с места.

— Им потребуется сорок пять минут, чтоб добраться до этого дома, — отвечаю я. — К тому времени он взломает дверь!

Бросаюсь к задней двери, запираю. Потом запираю и парадный вход, пробравшись мимо окна на корточках. Поднимаюсь на цыпочки, выглядываю через крошечное оконце на задней двери. Мисс Селия осторожно смотрит в большое окно.

Голый мужик медленно идет к дому. Поднимается на заднее крыльцо. Поворачивает дверную ручку. Вижу, как она дергается, и чувствую, что сердце вот-вот выскочит из груди. Слышу, как мисс Селия сообщает по телефону:

— Полиция? К нам врываются! Мужчина! Голый мужчина пытается пробраться в...

Отпрыгиваю в сторону как раз вовремя — камень с грохотом разбивает стекло, осколки летят мне в лицо. В большое окно видно, как мужчина отходит подальше, будто прикидывая, что расколотить следующим. «Господи Боже, — молюсь я, — я не хочу этого делать, не заставляй меня...»

Он пялится на окна. Я понимаю, что мы не должны сидеть тут как клуши и ждать, пока он доберется до нас. Всего-то и делов — расколотить французское окно. И он уже в доме.

Боже милостивый, я знаю, что должна сделать. Я должна выйти наружу. И напасть на него *первой*.

— Оставайтесь здесь, мисс Селия, — говорю я дрожащим голосом.

Беру охотничий нож мистера Джонни — тот, в ножнах, у медведя. Но лезвие у него короткое — придется подпустить мужика очень близко, чтоб ударить, так что прихватываю заодно и швабру. Выглядываю во двор — он все еще там, разглядывает дом. Размышляет, гад.

Выскальзываю через заднюю дверь. Мужик замечает меня и улыбается во весь свой беззубый рот. Опять начинает дрочить — медленно, спокойно.

— Заприте дверь, — шепчу за спину. — И не отпирайте ни за что.

Раздается щелчок.

Засовываю нож за пояс, перехватываю швабру двумя руками.

— Убирайся отсюда, ты, придурок!

Но мужик даже не шевелится. Ладно, делаю несколько шагов к нему. Он тоже двигается навстречу. Остается только молиться: «Господи, защити меня от этого голого белого психа...»

— У меня нож! — кричу я.

Когда между нами остается всего семь или восемь футов, я начинаю задыхаться. Мы пристально смотрим друг на друга.

— Ага, жирная черномазая, — верещит он странно писклявым голосом, теребя свою штуку.

Глубокий вдох — и я бросаюсь на него, взмахнув шваброй. *Ууух!* Промахиваюсь всего на дюйм — он отпрыгивает. Еще один выпад — и мужик кидается к дому. Прямиком к задней двери, где в окне маячит лицо мисс Селии.

— Черномазая не догонит! Черномазая слишком жирная!

Он вскакивает на крыльцо, я боюсь, что сейчас попытается выломать дверь, но он бежит дальше по двору, размахивая своей гигантской сарделькой.

— Пошел вон отсюда! — визжу я.

Резкая боль — опять разошлась трещина на брови.

Несусь за ним следом к бассейну, пыхтя и задыхаясь. У кромки воды он замедляет бег, я подбираюсь ближе и от всей души врезаю ему по заднице. *Хрясь!* Ручка у швабры ломается, щетка отлетает в сторону.

— А не больно! — И машет рукой между ног, идиот. — Хочешь потрахаться, черномазая? Иди сюда, сунем сосиску в булочку!

Бросаюсь прочь, но мужик уж больно здоровый, а я бегаю медленно. Ковыляю трусцой, а потом и вовсе останавливаюсь, дыхания не хватает. Крепко сжимаю в руке обломок швабры, гляжу, где мой нож, — *исчез*.

Оборачиваюсь — *ооо...* И едва не валюсь с ног. В голове звенит, все вокруг плывет. Прикрываю уши ладонями, но от этого звон становится еще громче и пронзительнее. Он стукнул меня с той стороны, где бровь разбита.

Псих подходит почти вплотную, я прикрываю глаза, понимая, что сейчас произойдет, — да, надо бежать, но я не могу. Где же нож? Неужели нож у него? Звон в голове становится невыносимым.

— Убирайся, пока я тебя не прикончила. — Голос доносится как из колодца.

Открываю глаза. Мисс Селия в своем розовом атласном халатике. В руке у нее кочерга, тяжелая и острая.

— Белая леди тоже хочет попробовать мой член?

Мужик размахивает пенисом, а она медленно, по-кошачьи, подбирается все ближе. Он скачет влево-вправо, ржет, шлепает беззубыми челюстями. Но мисс Селия абсолютно спокойна.

Вскоре он унимается — видать, огорчился, что мисс Селия не реагирует. А она не хмурится, не дергается, не кричит. Мужик поворачивается опять ко мне:

— А может, ты? Черномазая слишком устала...

Крак!

Челюсть у придурка съезжает на сторону, кровь потоком хлещет изо рта. Он, покачнувшись, разворачивается, и мисс Селия наносит еще один удар, с другой стороны. Будто хочет выровнять ему морду.

Мужик тупо таращится прямо перед собой, потом падает лицом вниз.

— Боже, вы... вы прикончили его... — выдыхаю я, но голос внутри спрашивает, спокойно так, будто мы тут просто чаек попиваем: это что, на самом деле? Белая женщина действительно врезала белому мужчине, чтобы спасти меня? Или он уже вышиб мне мозги и я валяюсь на земле мертвая, а это все мне просто чудится...

Пока я соображаю, мисс Селия издает тихое рычание, потом поднимает свою железяку и — *хрясь!* — ему сзади под коленки.

Нет, это мне чудится, решаю я. Уж слишком оно дико выглядит.

Хрясь! Еще несколько ударов по плечам.

— Я... я говорю, вы его прикончили, мисс Селия, — лепечу я.

Но мисс Селия явно так не думает. Хоть у меня в ушах и звенит по-прежнему, все равно звук такой, как будто цыплячьи кости ломаются. Выпрямляюсь, беру себя в руки, пока тут и вправду не произошло убийство.

— Он готов, он готов, мисс Селия. Вообще-то... — стараюсь удержать ее руку, — может, даже помер.

Наконец мне удается отобрать у нее кочергу, отшвырнуть в сторону. Мисс Селия отступает на шаг, удовлетворенно сплевывает. Розовый атласный халатик забрызган кровью.

— Да не помер он, — бросает мисс Селия.

— Почти.

— Он сильно вас ударил, Минни? — спрашивает она, но смотрит при этом на него. — Он вас сильно ударил?

У меня по виску течет кровь, но это от удара сахарницей.

— Вы его ударили гораздо сильнее.

Мужик стонет, и мы обе отскакиваем подальше. Подхватываю кочергу и обломок швабры. Нет уж, ей я это в руки не дам.

Псих переворачивается на бок. Лицо у него залито кровью, глаза закрыты, челюсть так и свернута на сторону. Но мужик умудряется как-то встать на ноги. И плетется прочь, жалкой вихляющей походкой. На нас даже не оглядывается. А мы смотрим, как он продирается через колючие кусты и исчезает за деревьями.

— Далеко он не уйдет, — говорю я, сжимая кочергу. — Вы ему здорово врезали.

— Думаете?

Я уважительно качаю головой:

— Прямо как Джо Луис*.

Она убирает с лица прядь волос, смотрит на меня, будто жуть как переживает, что мне досталось. Понимаю, что должна поблагодарить ее, но, честно, слов не находится. Это что-то совершенно новое, с таким мы еще не сталкивались.

Все, что могу выдавить из себя:

— А вы... решительная женщина.

— Я когда-то неплохо дралась. — Она глядит куда-то вдаль, смахивает ладонью пот. — Если бы вы знали меня десять лет назад.

На лице у нее никакой косметики, волосы висят как попало, халат похож на ношеное-переношеное домашнее платье. И тут я вижу. Вижу нищую белую девчонку, какой она была десять лет назад. Сильной, никому не давала спуску.

Мисс Селия идет в дом, я за ней. Среди кустов роз замечаю нож, нагибаюсь за ним. Господи, если бы этот псих его нашел, мы обе уже были бы на том свете. В гостевой ванной промываю свою рану, заклеиваю пластырем. Голова раскалывается. Когда выхожу, мисс Селия уже на телефоне, разговаривает с полицией округа Мэдисон.

Отмывая руки, я размышляю, как плохо начавшийся день мог закончиться еще хуже. Ну, в чем-то удалось избежать кошмара. А теперь вернемся к реальности. Может, остаться сегодня ночевать у Октавии, моей сестры, дать понять Лерою, что я не собираюсь с этим больше мириться? Кладу фасоль в кастрюлю. Кого я пытаюсь одурачить? Ясно же, что все равно вечером вернусь домой.

Мисс Селия закончила беседу с полицией. А потом следует ее обычное жалкое представление — проверка телефонной линии.

Я очень дурно поступаю. Проезжаю мимо Эйбилин, которая бредет домой от остановки. Она машет мне, а я делаю вид, что не замечаю лучшую подругу, стоящую на обочине.

---

* Боксер, чемпион в тяжелом весе с 1937 по 1949 г.

Дома прикладываю к подбитому глазу кубик льда. Детей еще нет, Лерой спит. Не представляю, что мне делать со всем этим — с Лероем, с мисс Хилли. И вовсе не потому, что с утра мне съездил по уху голый белый мужик. Сижу и тупо смотрю на пожелтевшие засаленные стены. И почему я их никогда не помою?

— Минни Джексон. Ты что, слишком хороша для того, чтобы подбросить домой старую Эйбилин?

Со вздохом поворачиваю к ней израненную башку.

— О... — только и выдыхает она.

Отворачиваюсь к стене.

— Эйбилин, — слышу свой собственный вздох, — ты не поверишь...

— Пошли-ка, сварю тебе кофейку.

Перед тем как выйти из дома, отлепляю пластырь и сую его в карман вместе с пакетиком льда. Для здешнего народа подбитый глаз не требует комментариев. Но у меня хорошие дети, машина с целыми покрышками, холодильник с морозильной камерой. Я горжусь своей семьей, и стыд гораздо хуже, чем боль.

Эйбилин ведет меня задними дворами и огородами, избегая улиц и любопытных взглядов. Хорошо, что она меня понимает.

В своей маленькой кухне Эйбилин ставит на огонь кофейник для меня и чайник — для себя.

— Ну, и что ты намерена с этим делать?

Она имеет в виду синяки. Речь не идет о том, чтобы уйти от Лероя. Многие черные мужики бросают семьи как ненужный хлам, но чернокожие женщины так не поступают. Мы должны думать о детях.

— Хотела переехать к сестре. Но детей не могу взять с собой, у них школа.

— Ничего страшного не случится, если пропустят несколько дней. Ты должна защищать себя.

Прикрепляю пластырь на место, прижимаю лед, чтоб к вечеру, когда дети меня увидят, было уже не так заметно.

— Опять сказала мисс Селии, что поскользнулась в ванной?

— Ага, но она и так обо всем догадалась.

— Да ну. И что же она сказала?

— Вот что она сделала. — И рассказываю Эйбилин, как мисс Селия сегодня утром колотила кочергой голого белого мужика.

— Будь этот парень черным, его бы пристрелили на месте. Полицию подняли бы по тревоге в пятидесяти штатах, — замечает Эйбилин.

— Такая вся из себя цыпочка на шпильках — и чуть не убила его.

— Как, говоришь, он сказал? — хохочет Эйбилин.

— Сосиску в булочку. Чокнутый придурок. — Приходится сдерживаться, чтоб не засмеяться, а то опять рана на брови разойдется.

— Господи, Минни, вечно ты влипаешь в истории.

— Как такое может быть — она лихо защищается от сумасшедшего маньяка, но бегает за мисс Хилли, нарываясь на оскорбления? — Но если по правде, то меньше всего меня сейчас волнуют чувства мисс Селии. Просто кому же не захочется обсудить чужие неприятности, когда твоя жизнь вся наперекосяк.

— Тебя это, по-моему, беспокоит, — улыбается Эйбилин.

— Она просто их не замечает. *Границ.* Ни между собой и мной, ни между ней и Хилли.

Эйбилин молча пьет чай. Наконец я не выдерживаю:

— Ну что ты притихла? Я же знаю, у тебя есть мнение на этот счет.

— Ты обвинишь меня в пустом философствовании.

— Валяй, я не боюсь философов.

— Это точно.

— Ну так что?

— Ты говоришь о том, чего не существует.

Я качаю головой:

— Они не только существуют, эти границы, но ты не хуже меня знаешь, где именно они проходят.

— Я тоже так думала. А теперь в это не верю. Границы у нас в головах. А люди вроде мисс Хилли всегда пытаются заставить нас поверить, что они есть на самом деле. Но их нет.

— Я знаю, что они есть, потому что тебя накажут за их нарушение. Меня уж точно.

— Многие считают, что спорить со своим мужем означает перейти границу дозволенного. И оправдывают побои. Ты веришь в такую границу?

Остается только хмуро уставиться в стол:

— Ты же знаешь, речь совсем не про такие границы.

— Потому что такая граница только в голове у Лероя. Границ между белыми и черными тоже нет. Это просто выдумали, давным-давно. Это имеет значение только для всякого белого отребья и дамочек «из общества».

Ну, если вспомнить, как мисс Селия выскочила с кочергой наперевес, когда вполне могла отсидеться за дверью... не знаю. Я запуталась. Хочу, чтоб мисс Селия поняла, какова на самом деле эта мисс Хилли. Но как растолкуешь такой дурочке?

— То есть ты хочешь сказать, что между прислугой и хозяевами тоже нет границы?

— Это просто позиции, как на шахматной доске. Кто на кого работает — не имеет значения.

— Значит, я не перейду грань, если расскажу мисс Селии правду, что она недостаточно хороша для мисс Хилли? — Я изо всех сил пытаюсь уразуметь, но, видать, удары по голове подействовали на мозг. — Погоди, но если я скажу, что они с мисс Хилли не одного поля ягода, так получится, что я эти самые границы провожу?

Эйбилин смеется, похлопывает меня по руке:

— Я просто хотела сказать, что доброта не знает границ.

— Уф-ф... — Прикладываю опять лед к голове. — Ну может, я и попробую ей сказать. Пока она не отправилась на Праздник и не выставила себя большой розовой дурой.

— В этом году тоже не пойдешь?

— Если мисс Хилли собирается повторить мисс Селии свое вранье насчет меня, я бы, конечно, хотела оказаться поблизости. Да и Шуге хочет подзаработать деньжат к Рождеству. Ей неплохо бы начать учиться обслуживать вечеринки.

— Я тоже пойду, — говорит Эйбилин. — Мисс Лифолт еще три месяца назад спрашивала, не смогу ли я испечь «дамские пальчики» для аукциона.

— Опять эта воздушная ерунда? И почему белые так любят «дамские пальчики»? Да я дюжину пирожных знаю гораздо вкуснее.

— Они считают, это очень по-европейски, — качает головой Эйбилин. — Волнуюсь я за мисс Скитер. Знаю, она не хочет туда идти, но мисс Хилли пригрозила, что если не придет, то потеряет свою официальную работу в Лиге.

Допиваю кофе — очень он хорош у Эйбилин, — любуюсь закатом. Из окна уже веет прохладой.

— Пойду, пожалуй, — вздыхаю я, хотя так и сидела бы до конца дней в маленькой уютной кухоньке Эйбилин, а она объясняла бы мне, как устроен мир. Вот что я люблю в Эйбилин — она может взять самую сложную проблему и упаковать ее так просто и аккуратно, что та легко поместится в карман.

— Не хочешь пожить с детьми у меня?

— Нет. — Отлепляю пластырь, прячу в карман и говорю, не поднимая глаз от пустой кофейной чашки: — Хочу, чтоб он меня увидел. Увидел, что он сделал со своей женой.

— Позвони, если он начнет буянить, ладно?

— Телефон не понадобится. Вся округа услышит, как он будет вопить и просить пощады.

Температура, если верить термометру за окном мисс Селии, меньше чем за час упала от семидесяти пяти до пятидесяти пяти*. Наконец-то пришел холодный фронт, принес прохладу — из Канады или Чикаго, откуда-то. Перебираю я горошек и думаю, как это мы вдыхаем тот же воздух, что люди в Чикаго два дня назад. Интересно, если мне вдруг приходят мысли о «Сирс и Робак» или «Шейк энд Бейк», это не потому ли, что какая-то дама в Иллинойсе пару дней назад подумала о том же? Секунд на пять это позволяет отвлечься от проблем.

Несколько дней я мучилась, но все-таки разработала план. Не самый лучший, но, по крайней мере, хоть что-то. Понятно, каждую минуту мисс Селия может позвонить

* 75 °F — 23,8 °C; 55 °F — 12,7 °C.

мисс Хилли. Я чересчур долго ждала, а теперь-то они точно встретятся на благотворительном вечере на следующей неделе. Меня мутит, как подумаю, что мисс Селия спешит к этим дамочкам, будто к лучшим подружкам, и представляю, какое у нее будет лицо, когда узнает обо мне. Утром я видела список около кровати мисс Селии. Что еще нужно сделать до Праздника. Маникюр. Почистить и отгладить смокинг. Позвонить Хилли Холбрук.

— Минни, этот цвет не выглядит дешевкой?

Лучше промолчу.

— Я завтра пойду в «Фанни Мэй» и перекрашусь. — Она сидит за кухонным столом и перебирает полоски с образцами краски, развернув их веером, как игральные карты. — Как вы считаете? «Сдобная Булочка» или «Мэрилин Монро»?

— А чем вам не нравится ваш натуральный цвет? — Понятия не имею, какой он, но уж точно не оттенка медного котелка или лежалой муки, как на тех картонках, что у нее в руках.

— Думаю, «Сдобная Булочка» выглядит веселее, для праздников и всякое такое. Правда?

— Если хотите, чтоб ваша прическа напоминала подрумяненную индейку.

Мисс Селия хихикает. Думает, я шучу.

— Ой, я должна показать вам новый лак для ногтей. — Роется в сумочке и достает пузырек с чем-то таким розовым, что оно кажется съедобным. Открывает и тут же принимается красить ногти.

— Мисс Селия, пожалуйста, не занимайтесь вы этим за кухонным столом...

— Гляньте, ну не здорово ли? А еще я купила два платья точно в тон!

Срывается с места, возвращается, держа в руках два ярко-розовых вечерних платья, — улыбка во весь рот. Платья длинные, в пол, все в блестках, с длинным разрезом. Оба на тонюсеньких бретельках. На вечеринке ее порвут в клочья.

— Какое лучше? — радостно спрашивает мисс Селия.

Показываю на то, где декольте поскромнее.

— Ой, а я бы выбрала другое. Послушайте, как оно шуршит, когда идешь. — И покачивает платье из стороны в сторону.

Да уж, представляю, как она будет шуршать на этом вечере. Белая версия придорожной шлюхи, вот как они ее назовут. А она ведь даже не поймет, что происходит. Только шипение вслед и расслышит.

— Знаете, мисс Селия... — медленно так говорю, будто только что додумалась, — вместо того чтобы названивать всем этим дамам, может, вам лучше позвонить мисс Скитер Фелан? Я слыхала, она милая девушка.

Несколько дней назад я попросила мисс Скитер сделать такое одолжение — попробовать быть любезной с мисс Селией, чтоб отвлечь ее от дамочек из Лиги. До сих пор я все твердила мисс Скитер, чтобы не смела перезванивать мисс Селии. Но теперь это мой единственный шанс.

— Думаю, вы с мисс Скитер отлично поладите.

— О нет! — Мисс Селия испуганно прижимает к себе эти кабацкие платья. — Вы что, не знаете? Члены Лиги *терпеть не могут* Скитер Фелан.

Руки сами сжимаются в кулаки.

— А вы с ней знакомы?

— Ой, я все про это слышала в «Фанни Мэй», пока сидела под сушилкой. Говорили, что она самая большая неприятность для нашего города. Что это она завалила унитазами двор Хилли Холбрук. Помните фотографию, что напечатали во всех газетах несколько месяцев назад?

Сжимаю зубы изо всех сил, чтоб не сказать то, что на самом деле хотелось бы.

— Я *спросила*, вы с ней знакомы?

— Нет. Но если все девушки ее не любят, она, должно быть... ну, она... — И замолкает; похоже, до нее доходит, что она несет.

Жалость, досада, недоверие — все во мне перемешалось, как в мясном рулете. Чтоб не закончить фразу вместо нее, отворачиваюсь к раковине. Остервенело вытираю руки. Ведь знала, что она глупая, но никогда не думала, что еще и ханжа при этом.

— Минни?

— Мэм?

Голос тихий, но все равно слышно, до чего ей стыдно.

— Они даже не пригласили меня в дом. Заставили стоять на пороге, как продавца каких-нибудь пылесосов. Почему, Минни? — шепчет она, не поднимая головы.

Что я могу сказать? Из-за вашей одежды, вашей прически, ваших сисек, затянутых в крошечный джемпер. Я помню, что Эйбилин говорила о границах и доброте. Помню, что слышала она у мисс Лифолт, почему дамочки из Лиги не любят Селию. Добрее причины я не могу придумать.

— Потому что они знают про вашу первую беременность. И бесятся оттого, что вы залетели и женили на себе одного из их парней.

— Они про это *знают*?

— А еще, потому что мисс Хилли и мистер Джонни так долго встречались.

Она растерянно моргает:

— Джонни говорил, что они встречались, но... а что, действительно долго?

Пожимаю плечами, как будто точно не знаю, но вообще-то, конечно, знаю. Когда восемь лет назад я начала работать у мисс Уолтер, у мисс Хилли только и разговоров было, как они с Джонни когда-нибудь поженятся.

— Думаю, они расстались как раз перед тем, как он познакомился с вами.

Жду, пока до нее дойдет, что ее общественная жизнь обречена. Что нет смысла звонить дамам из Лиги. Но мисс Селия, судя по тому, как приподнялась у нее бровь, задачу из высшей математики решает. Потом лицо проясняется — она поняла.

— Значит, Хилли... она, наверное, думает, что я крутила с Джонни, когда они еще были вместе.

— Возможно. И, насколько я слышала, он все еще нравится мисс Хилли. Она его никогда не забудет.

Любой нормальный человек автоматически плюнул бы на женщину, которая имеет виды на вашего мужа. Но я позабыла, что мисс Селия к нормальным людям не относится.

— Ну, так неудивительно, что она меня не выносит! — весело объявляет она, скалясь пуще прежнего. — Они не *меня* ненавидят, а то, что, по их мнению, я сделала.

— Что? Да они ненавидят вас, потому что считают выскочкой!

— Я должна все объяснить Хилли, чтобы она знала, что я не увожу чужих парней. Решено, в пятницу вечером, на Празднике.

И радуется, будто изобрела лекарство от полиомиелита, — придумала, видите ли, как расположить к себе мисс Хилли.

Ладно, в таком разе, я слишком устала бороться с этим.

В праздничную пятницу отдраиваю дом снизу доверху. Потом жарю целое блюдо свиных отбивных. Я так рассудила — чем ярче сияют полы, чем чище подоконники, тем больше у меня шансов сохранить работу до понедельника. Но самая большая хитрость — на тот случай, если мистер Джонни получит право голоса, — вот эти самые отбивные.

Раньше шести он домой не вернется, так что в половине пятого последний раз протираю все поверхности и топаю к мисс Селии, которая вот уже четыре часа собирается на бал. Хочу окончательно прибраться в их спальне и ванной, чтоб к приходу мистера Джонни все сверкало.

— Мисс Селия, да что здесь такое происходит?!

На всех стульях болтаются чулки, по полу разбросаны сумочки, бижутерии всякой столько, что хватило бы для целого семейства потаскушек, сорок пять пар туфель на шпильках, пальто, трусы и лифчики, а в довершение — полупустая бутылка белого вина прямо на комоде, даже салфетку не подстелила.

Принимаюсь собирать все это шелковое барахло и распихивать по шкафам. Чтоб хоть пропылесосить можно было.

— Который час, Минни? — кричит из ванной мисс Селия. — Джонни вернется в шесть, вы же знаете.

— Еще пяти нет, — отзываюсь я. — Но я скоро ухожу!

Нужно еще подхватить Шуге и к шести тридцати быть на вечеринке, обслуживать гостей.

— Ой, Минни, я так волнуюсь. (За спиной шуршание платья мисс Селии.) Ну, как вам?

Поворачиваюсь.

— Боже милостивый... — М-да, так и ослепнуть недолго. Серебристые блестки на фоне ядовито-розового пятна — от громадных сисек до розовых ногтей на пальцах ног. — Мисс Селия, — только и могу пролепетать я, — вы бы прикрылись, пока не потеряли чего-нибудь.

Мисс Селия приплясывает:

— Разве оно не великолепно? Разве это не самая прекрасная вещь на свете? Чувствую себя голливудской звездой!

И хлопает накладными ресницами. Нарумянена, раскрашена, наштукатурена. Прическа цвета «Сдобная Булочка» торчит вокруг головы пасхальной шляпой. Одна нога высунулась из высокого, чуть ли не до пояса, разреза, я даже отворачиваюсь — смотреть неловко. Она вся сочится сексом, сексом и еще раз сексом.

— Где это вы раздобыли такие ногти?

— В «Бьюти Бокс» сегодня утром. Ой, Минни, я так нервничаю, даже живот разболелся.

Отхлебывает здоровущий глоток из бокала, слегка покачиваясь на высоких каблуках.

— Что вы сегодня ели?

— Ничего. Я слишком нервничаю, чтобы есть. А как вам сережки? Красиво свисают?

— Снимайте-ка платье, а я вам быстренько нажарю оладушек.

— О нет, не хочу, чтоб живот торчал. Мне сейчас нельзя ничего есть.

Собираюсь забрать бутылку с дорогущего комода, но мисс Селия успевает раньше и выливает остатки себе в бокал. С улыбочкой протягивает мне пустую тару. Подбираю с пола шубку. Да уж, быстро она привыкла иметь прислугу.

Я уже видела это платье четыре дня назад, совершенно блядское, — она, конечно же, выбрала то, с глубоким декольте, — но и не представляла, как она будет выглядеть, ежели сумеет в него влезть. Торчит из декольте, что твой кукурузный початок. У меня на счету дюжина благотворительных балов, и я отродясь не видала столько голых ляжек, не говоря уж о плечах и груди.

Мисс Селия спешит в ванную, добавить румян.

— Мисс Селия... — Прикрыв глаза, я старательно подбираю слова. — Сегодня вечером, когда вы встретитесь с мисс Хилли...

Она улыбается себе в зеркало:

— Я уже все спланировала. Джонни уйдет в туалет, и тут-то я ей все объясню. Что когда мы с Джонни познакомились, они с ним уже расстались.

— Я не это имела в виду. Она... возможно, кое-что скажет... обо мне.

— Хотите, чтобы я передала Хилли привет от вас? — Она выходит из ванной. — Вы ведь много лет работали у ее мамы?

Смотрю я на нее — в идиотском розовом наряде, да еще и слегка пьяненькую. Да, пожалуй, нет смысла что-то ей рассказывать, не в том она состоянии.

— Нет, мэм, не надо ей ничего передавать.

— Увидимся сегодня вечером, — обнимает она меня. — Как я рада, что вы тоже там будете и мы сможем поболтать.

— Я буду на кухне, мисс Селия.

— Ой, нужно найти одну хреновинку, булавочку такую... — И, метнувшись к гардеробу, вышвыривает оттуда шмотки, которые я только убрала на место.

«Сиди дома, дура!» — хочется заорать мне, но я молчу. Поздно. Если у руля мисс Хилли, для бедной мисс Селии все уже почти кончено. И, думаю, для меня тоже.

Благотворительный бал

Глава 25

Ежегодный благотворительный бал и аукцион Молодежной лиги Джексона был известен всем, проживающим в радиусе десяти миль от города, как просто «Праздник». Прохладным ноябрьским вечером, к семи часам, гости соберутся в баре «Роберт Э. Ли Отель» на коктейль. В восемь часов распахнутся двери в бальный зал.

Зеленые бархатные шторы украшены букетиками живого падуба. Вдоль окон расставлены столы со списками предметов для аукциона и призами. Лоты преподнесены членами Лиги и местными магазинами; ожидается, что в этом году на аукционе удастся собрать более шести тысяч долларов, на пятьсот долларов больше, чем в прошлом. Все собранные средства отправятся «бедным голодающим детям Африки».

В центре зала, под гигантской люстрой, накрыты двадцать восемь столов, на девять персон каждый. Далее в стороне, напротив подиума, с которого Хилли Холбрук будет произносить речь, место для танцпола.

После обеда предполагаются танцы. Некоторые из мужчин, наверное, будут навеселе, но, разумеется, не мужья членов Лиги. Каждая из этих дам считает себя хозяйкой бала, ответственной за мероприятие, и они непременно станут бесконечно терзать друг друга вопросами «Все нормально? Что сказала Хилли?». Всем известно, что это вечер Хилли.

Ровно в семь в дверях появляются гости, вручают шубки и пальто чернокожим лакеям в серых костюмах. На Хилли, которая здесь с шести вечера, длинное ярко-малиновое платье из тафты. Гофрированный ворот охватывает шею, плотная ткань скрывает все тело. Узкие рукава оставляют открытыми лишь наманикюренные пальцы.

На некоторых из дам чуть более непринужденные вечерние наряды, но длинные перчатки подчеркивают, что они намерены продемонстрировать лишь несколько дюймов эпидермиса. Каждый год, конечно, находится гостья, рискнувшая намекнуть на существование ног или изобретение декольте. Впрочем, не о чем говорить. И эти особы все равно не члены Лиги.

Селия и Джонни Фут прибыли позже, чем планировали, в семь двадцать пять. Вернувшись с работы, Джонни застыл в дверях спальни, зажмурившись от вида собственной жены.

— Селия, тебе не кажется, что это платье немного слишком... э-э... открыто сверху?

Селия подтолкнула его к ванной:

— Ах, Джонни, вы, мужчины, ничего не понимаете в моде! Собирайся скорее.

Джонни сдался, даже не попытавшись убедить Селию. Они и так уже опаздывали.

В двери они вошли следом за доктором и миссис Болл. Боллы отступили влево, Джонни — вправо, и получилось так, что на миг Селия в своем розовом безобразии осталась под падубами в одиночестве.

Все вокруг замерло. Мужья с бокалами виски в руках застыли на середине глотка. Они смотрели, но не верили своим глазам — пока. Но как только реальность стала очевидной — настоящие ноги, настоящее декольте, — лица постепенно начали проясняться. Все, казалось, подумали об одном: *наконец-то...* Но тут в мужские руки впиваются ноготки жен, тоже уставившихся на это явление, и мужские лбы тут же хмурятся. В глазах, впрочем, сожаление — по поводу неудачного брака (она никогда не позволяет мне повеселиться), воспоминаний о юности (и почему я не поехал в Калифорнию тем летом?), о первой любви (Роксанна...). Все это занимает не более пяти секунд, а затем остаются лишь пристальные взгляды.

Уильям Холбрук проливает свой мартини на чужие лаковые туфли. Внутри обуви — ноги крупнейшего спонсора его избирательной кампании.

— О, Клэрборн, простите моего неуклюжего супруга! — восклицает Хилли. — Уильям, подай свой платок!

Но мужчины не реагируют. Не предпринимают никаких попыток загладить неловкость.

Проследив за их взглядами, Хилли замечает Селию. Открытая миру полоска кожи на шее тоже становится ярко-малиновой.

— Вы поглядите на эту грудь, — выдыхает старикан. — В такие моменты забываешь, что тебе уже семьдесят пять.

Его супруга, Элеонор Косуэлл, основательница Лиги, мрачнеет.

— Грудь, — заявляет она, прижав ладонь к собственному недоразумению, — для спальни и вскармливания детей. Но не для светских раутов.

— И что прикажешь ей делать, Элеонор? Оставить дома?

— Я считаю, она должна прикрыть. Их.

Селия крепко держит Джонни под руку. Она чуть покачивается при ходьбе, но непонятно, виной тому алкоголь или высокие каблуки. Они обходят зал, беседуя с гостями. По крайней мере, Джонни беседует; Селия только улыбается. Пару раз, покосившись на свое декольте, она заливается краской.

— Джонни, тебе не кажется, что я немножко неправильно одета? В приглашении было сказано «официально», но все дамы одеты так, будто собрались в церковь.

Джонни ласково улыбается в ответ и не шипит: «Я же тебе говорил», а шепчет:

— Ты выглядишь роскошно. Но если вдруг замерзнешь, то можешь набросить мой пиджак.

— Я не могу надеть мужской пиджак поверх вечернего платья! — возмущенно округляет она глаза, а потом тихонько вздыхает: — Спасибо, дорогой.

Джонни нежно сжимает руку жены, приносит ей выпить — для нее это уже пятый бокал, но он-то не в курсе — и советует:

— Попробуй с кем-нибудь познакомиться. Я сейчас вернусь. — И направляется в мужскую комнату.

Селия остается в одиночестве. Слегка подтягивает платье, просевшее в талии.

«А в ведерке дырка, дорогая Лиза, дорогая Лиза...» — напевает она себе под нос старинную деревенскую песенку, притопывая ногой, и оглядывает зал в поисках знакомых лиц. Приподнявшись на цыпочки, радостно взмахивает рукой:

— Эй, Хилли, хэй-я!

Хилли отвлекается от беседы с несколькими семейными парами. Улыбается, машет в ответ, но стоит Селии двинуться в ее сторону, как тут же скрывается в толпе.

Селия остается на месте, отхлебывает из бокала. Вокруг нее люди собираются группками, болтают, смеются — о всяческих пустяках, полагает она, как обычно на вечеринках.

— Ой, привет, Джулия, — окликает Селия. Они познакомились на одной из тех вечеринок, куда Селию и Джонни приглашали, когда они только поженились.

Джулия Фэнуэй с улыбкой оглядывается.

— Я Селия. Селия Фут. Как поживаете? Ой, какое чудесное платье. Где вы его купили? В «Джуэл Тейлор Шоп»?

— Нет, мы с Уорреном несколько месяцев назад побывали в Новом Орлеане... — Джулия нервно озирается, но поблизости нет никого, кто мог бы ее спасти. — А вы сегодня выглядите очень... стильно.

Селия придвигается поближе:

— Да, я спросила Джонни, но вы же знаете, каковы эти мужчины. Вам не кажется, что я чуточку неправильно одета?

Джулия хохочет, но потом заверяет, глядя прямо в глаза Селии:

— Нет, что вы. Вы просто *идеально* одеты.

Подружка из Лиги подхватывает Джулию под локоток:

— Джулия, ты нам нужна на секундочку. Простите.

Они удаляются, голова к голове, и Селия вновь остается одна.

Пять минут спустя распахиваются двери в обеденный зал. Толпа начинает двигаться. Гости разыскивают свои места, сверяясь с карточками в руках, от столов с лотами для аукциона доносятся ахи и охи. На продажу выставлены серебряные вещицы, рубашечки для младенцев, сшитые вручную, хлопковые носовые платки, полотенца с монограммами, детский чайный сервиз производства Германии.

Минни, в дальнем конце зала, протирает бокалы.

— Эйбилин, — шепчет она, — погляди. Вот она.

Эйбилин оборачивается и узнает женщину, месяц назад приходившую к мисс Лифолт.

— Им сегодня стоит внимательно присматривать за своими мужьями, — бормочет она.

Минни яростно трет очередной бокал.

— Скажи мне, если увидишь, как она разговаривает с мисс Хилли.

— Ладно. Я сегодня весь день истово молилась за тебя.

— Смотри-ка, а вот и мисс Уолтер. Старая крыса. И мисс Скитер.

Скитер сегодня в черном бархатном платье с длинными рукавами и небольшим вырезом, волосы собраны в аккуратную прическу, губы накрашены. Она пришла одна, и вокруг нее уже образовалось пустое пространство. Скучающим взглядом она окидывает зал, встречается глазами с Эйбилин и Минни. И все трое тут же спешат отвернуться.

К столику подходит одна из темнокожих помощниц, Клара, берет несколько бокалов.

— Эйбилин, — шепчет она, но смотрит в сторону, — ты видела ее.

— Кого — ее?

— Ту, что собирает рассказы про чернокожую прислугу. Зачем она это делает? Какой ей в том интерес? Я слышала, она ходит к тебе каждую неделю.

Эйбилин опускает голову:

— Слушай, мы должны держать все в секрете.

Минни старательно отворачивается. Никто, кроме участников затеи, не знает, что она тоже в деле. Всем известно только про Эйбилин.

Клара кивает:

— Не волнуйся, я никому ничего не скажу.

Скитер делает пометку в блокноте — наброски к статье о Празднике. Оглядывает зал, отмечает зеленый бархат, падуб, красные розы и сухие листья магнолии в качестве украшения столов. Взгляд задерживается на Элизабет, роющейся в сумочке, — всего-то в нескольких футах от нее. Элизабет родила лишь месяц назад и выглядит крайне изможденной. Скитер смотрит, как к Элизабет приближается Селия Фут. Элизабет вскидывает голову, понимает, что она в западне, нервно кашляет, подносит руку к горлу, будто пытаясь защититься от неожиданной атаки.

— Некуда бежать, да, Элизабет? — иронически осведомляется Скитер.

— Что? А, Скитер, как поживаешь? — судорожно улыбается Элизабет. — Я... здесь так жарко. Мне нужно подышать свежим воздухом.

Скитер провожает взглядом Элизабет и Селию Фут, в своем диком платье спешащую следом. «Вот это настоящий сюжет, — размышляет Скитер. — Не украшения из цветов и не количество складок на платье Хилли. В этом году главная тема — Модная Катастрофа Селии Фут».

Мгновение спустя звучит приглашение к обеду, гости рассаживаются по местам. Селия и Джонни оказались за столом с несколькими парами, живущими за городом, — друзья друзей, а по сути, не ведомые никому люди. Скитер — с кем-то из местных, но на этот раз ни с Президентом Хилли, ни даже с Секретарем Элизабет. Гул голосов, восторги по поводу вечера и шатобриана. После основного блюда Хилли поднимается на трибуну. Взрыв аплодисментов. Она улыбается собравшимся.

— Добрый вечер. Искренне благодарю вас за то, что пришли сегодня. Всем понравился обед?

Кивки и гул одобрения.

— Прежде чем начнется аукцион, я бы хотела поблагодарить тех, кто способствовал успеху сегодняшнего вечера. — Не поворачивая головы, Хилли жестом указывает влево, где выстроились дюжина чернокожих женщин в белой униформе, а позади — дюжина чернокожих мужчин в серо-белых смокингах. — Давайте поаплодируем обслуживающему персоналу за чудесную еду, которую они приготовили и подали, и за десерты, которые изготовлены специально для аукциона. — Здесь Хилли подносит к глазам листок и продолжает: — Они по-своему помогают Лиге в осуществлении ее цели — накормить бедных голодающих детей Африки. Цели близкой, я уверена, и их собственным сердцам.

Белые за столами аплодируют прислуге. Некоторые из чернокожих сдержанно улыбаются в ответ. Но большинство равнодушно смотрит поверх голов публики.

— Далее мы хотели бы поблагодарить тех, кто, не являясь членом Лиги, предоставил ей свое время и помощь, — вы значительно облегчили наш труд.

Жидкие аплодисменты, обмен прохладными улыбками между членами и нечленами Лиги. «Какая жалость, — думают, вероятно, члены Лиги. — Как стыдно и неприятно, что вам, дамы, не хватает благородного происхождения, чтобы стать членами нашего клуба».

Хилли продолжает, произнося благодарности хорошо поставленным патриотическим голосом. Подают кофе, но все женщины, в отличие от своих мужей, не сводят восторженных глаз с Хилли.

— ...Спасибо «Скобяным товарам Бун»... не позабудем и «Магазин Бен Франклин»... — И завершает список: — И разумеется, мы выражаем признательность анонимному сотруднику информационного бюллетеня за, хм, *оборудование* для проведения Санитарной инициативы.

Отдельные смешки, но почти все головы поворачиваются к Скитер — посмотреть, хватит ли у нее нахальства признаться.

— Я хотела бы, чтобы вы, отринув стеснительность, вышли вперед и приняли нашу благодарность. Без вашей помощи мы, честно говоря, не смогли бы произвести столь значительный объем работ.

Скитер, с абсолютно непроницаемым лицом, не отводит взгляда от трибуны. Хилли ослепительно улыбается.

— И наконец, отдельная благодарность моему мужу Уильяму Холбруку — за то, что пожертвовал выходными в охотничьем лагере. — Улыбнувшись супругу, она добавляет, чуть понизив голос: — И не забудьте, избиратели. Холбрука — в сенат штата.

Доброжелательные смешки в ответ на прозрачный намек Хилли.

— Что, Вирджиния? — Хилли подносит руку к уху. — Нет, я не баллотируюсь вместе с ним. Но, конгрессмены, присутствующие среди нас сегодня, — если вы не разберетесь с проблемой раздельного обучения, имейте в виду, я явлюсь к вам и все организую сама.

Очередной взрыв смеха. Сенатор и миссис Уитворт, сидящие за первым столом, весело кивают. Скитер не смотрит в их сторону. Они встретились чуть раньше, за коктейлем. Но миссис Уитворт утащила сенатора прежде, чем он успел во второй раз обнять Скитер. Стюарт не появился.

Обед и речь завершились, мужья перешли к бару, некоторые отправились танцевать. За аукционными столами началась суета из-за последних предложений. Две бабушки вступили в бой за антикварный детский чайный сервиз. Кто-то пустил слух, что сервиз принадлежал королевской семье и был контрабандой вывезен в повозке через всю Германию, пока в итоге не оказался в антикварной лавке «Магнолия» на Фэйрвью-стрит. Цена в мгновение ока взлетела с пятнадцати долларов до восьмидесяти пяти.

В углу, у барной стойки, зевает Джонни. Селия хмурит брови:

— Поверить не могу, что она говорила о помощи нечленов. А мне сказала, что в этом году им не нужна никакая помощь.

— Ничего страшного, поможешь в следующем, — утешает Джонни.

Заметив, что толпа, окружающая Хилли, почти рассосалась, Селия говорит:

— Джонни, я сейчас вернусь.

— А потом давай выбираться отсюда. Устал я от этой идиотской бессмыслицы.

Тут рядом возникает Ричард Гросс, приятель Джонни по охотничьему клубу, и дружески хлопает его по плечу. Мужчины беседуют, смеются, разглядывают толпу гостей.

Селии удается почти подобраться к Хилли, но та скрывается за трибуной. И Селия отступает, словно боится места, где всего несколько минут назад Хилли предстала во всей мощи собственной власти.

Как только Селия удаляется в дамскую комнату, Хилли вновь оказывается на арене.

— О, Джонни Фут! — радостно приветствует она и подхватывает его под руку. — Удивительно видеть тебя здесь. Всем известно, что ты терпеть не можешь шумные сборища.

— Ты же знаешь, завтра открывается охотничий сезон, — вздыхает Джонни.

Хилли ласково улыбается ему. Цвет помады настолько идеально подходит к цвету платья, что, видимо, его подбирали несколько дней.

— Как я устала слышать от всех одно и то же. Неужели ты не можешь пропустить один день, Джонни Фут? В прошлом ты был способен на это, ради меня.

Джонни устало закатывает глаза.

— Селия ни за что не пропустила бы сегодняшнее мероприятие.

— А где же твоя жена? — Хилли еще крепче вцепляется в руку Джонни. — Продает хот-доги на футбольном матче?

Джонни мрачнеет, хотя они с Селией действительно познакомились именно так.

— Ой, брось, ты же понимаешь, я просто шучу. Мы ведь достаточно давно знакомы, чтобы я могла подшучивать над тобой, верно?

Ответить Джонни не успевает, поскольку кто-то окликает Хилли и она с хохотом уплывает к следующей семейной паре. Джонни лишь вздыхает.

— Отлично, — заметив в толпе Селию, обращается он к Ричарду, — можно ехать домой. Мне вставать, — взгляд на часы, — через пять часов.

Ричард глаз не сводит с Селии. Она останавливается, наклоняется поднять упавшую салфетку, предлагая роскошную панораму своего декольте.

— Знаешь, Джонни, пожалуй, замена Хилли на Селию оказалась чертовски верной.

Джонни кивает:

— Как будто всю жизнь провел в Антарктике, а потом внезапно переехал в Майами.

Ричард весело хохочет.

— Ага, как будто лег спать в духовной семинарии, а проснулся в «Оле Мисс», — подхватывает он, и теперь смеются оба.

Чуть понизив голос, Ричард продолжает:

— Как ребенок, который впервые попробовал мороженое.

— Ты говоришь о моей жене, — предупреждает Джонни.

— Прости, — опускает глаза приятель, — не имел в виду ничего дурного.

Разочарованная Селия уже рядом.

— Привет, Селия, как поживаете? — здоровается Ричард. — Потрясающе выглядите.

— Спасибо, Ричард. — Селия громко икает, прикрывает салфеткой рот.

— Ты что, опьянела?

— Она просто веселится, верно, Селия? — вступается Ричард. — Знаете, давайте-ка я принесу коктейль, который вам точно понравится. Называется «Алабамская тюрьма».

— Но потом домой, — хмурится Джонни.

Три «Алабамские тюрьмы» спустя объявляют победителей аукциона. Сюзи Пернелл стоит на трибуне, гости толпятся около бара с напитками, курят, танцуют под песни Гленна Миллера и Фрэнки Вали, болтают, стараясь перекричать микрофон. Звучат имена, и победители получают свои призы с таким восторгом, будто это настоящее состязание и награда досталась им совершенно бесплатно, а не была куплена в три, четыре, пять раз дороже реальной стоимости. Наибольшую прибыль принесли скатерти и ночные рубашки с кружевами ручной работы. Очень популярны оказались и никчемные серебряные штуковины вроде ложек для фаршированных яиц, приспособлений для извлечения начинки из оливок и разбивания перепелиных яиц. Затем пришло время десертов: пироги, пласты пралине, пастила. И разумеется, фирменный торт Минни.

— ...И всемирно известный шоколадный торт Минни Джексон достается... Хилли Холбрук!

Аплодисменты после этого объявления чуть громче, но вовсе не потому, что Минни настолько знаменита, — просто имя *Хилли* в любом случае вызывает всплеск энтузиазма.

Хилли отвлекается от беседы:

— Что? Назвали мое имя? Но я не участвовала в аукционе!

«Никогда не участвуешь», — думает Скитер, сидящая в одиночестве за столиком.

— Хилли, вы только что выиграли торт Минни Джексон! Поздравляем, — произносит дама слева.

Хилли, злобно прищурившись, внимательно оглядывает зал.

Минни, услышав свое имя и имя Хилли, вздрагивает и замирает. В одной руке у нее чашка из-под кофе, в другой — серебряный поднос.

Только теперь Хилли замечает ее, но тоже не двигается, лишь едва заметно улыбается.

— Надо же, как мило. Кто-то, должно быть, внес мое имя в список.

Она не сводит глаз с Минни, и та поспешно составляет на поднос чашки и стремительно скрывается в кухне.

— Поздравляю, Хилли! Я и не знала, что вы так любите торты Минни! — пронзительно вскрикивает Селия, возникая откуда-то из-за спины Хилли.

Розовое платье Селии цепляется за ножку стула. Вокруг раздаются смешки. Хилли спокойно наблюдает за ее приближением.

— Селия, это что, шутка?

Скитер подходит поближе. Ей до смерти наскучил этот предсказуемый вечер. Она устала от смущенных лиц старых друзей, опасающихся подойти и заговорить. Единственный интересный персонаж сегодня вечером — Селия Фут.

— Хилли, — Селия хватает Хилли за локоть, — я весь вечер пыталась поговорить с вами. Думаю, между нами существует некоторое недопонимание, и, полагаю, если я *объясню*...

— Что ты делаешь? Отпусти меня... — шипит сквозь зубы Хилли.

Но Селия вцепилась как клещ.

— Нет, постой! Погоди, ты должна выслушать...

Хилли отстраняется, но Селия и не думает отпускать ее. Хилли дергается сильнее, еще сильнее — и тишину разрывает треск рвущейся ткани.

Селия растерянно смотрит на малиновый лоскут — в руках у нее осталась манжета от платья.

Хилли медленно проводит ладонью по обнажившемуся запястью.

— Чего ты добиваешься? Это черномазая подговорила тебя? Но что бы она тебе ни наплела, что бы ты ни выболтала кому бы то ни было...

Вокруг них быстро собирается толпа. Публика, сочувственно глядя на Хилли, старается не пропустить ни слова.

— Выболтала? Не понимаю, о чем ты...

— *Кто* тебе рассказал? — уже во весь голос орет Хилли, хватая Селию за руку.

— Минни. Теперь я понимаю, почему ты не хочешь дружить со мной. — Тут Сюзи Пернелл объявляет в микрофон следующего победителя, и Селии приходится повысить голос. — Я знаю, ты думаешь, мы с Джонни встречались за твоей спиной, — почти кричит она, перекрывая гомон, смех, аплодисменты. Короткая пауза, пока Сюзи Пернелл заглядывает в свои записи, и в этот момент раздается громкий голос Селии: — Но я забеременела *после* того, как вы расстались!

Ее слова разносятся по залу. На несколько секунд воцаряется абсолютная тишина.

Дамы морщат носики, некоторые хихикают.

— Жена Джонни *на-дра-лась*, — произносит кто-то.

Селия озирается, вытирает пот, внезапно выступивший на ее щедро напудренном лбу.

— Я не осуждаю тебя за то, что ты меня недолюбливаешь, если думаешь, что Джонни изменял тебе со мной.

— Джонни никогда бы...

— ...и прости, я думала, тебе приятно выиграть этот торт.

Хилли наклоняется, подбирает с пола свои жемчужные пуговицы. Вплотную придвигается к Селии, чтобы никто не расслышал, и шипит:

— Скажи своей черномазой прислужнице, если она разболтает кому-нибудь о том торте, я отомщу. Думаешь, ты такая умная, записала меня на аукцион, да? Думаешь, удастся шантажом пробиться в Лигу?

— Что?

— Ты *немедленно* расскажешь мне, кому еще растрепала про...

— Я никому не говорила о торте, я...

— *Лгунья*, — бросает Хилли, но тут же с улыбкой выпрямляется. — А вот и Джонни. Джонни, полагаю, твоя жена нуждается в *заботе*. — Хилли щурится, словно намекая на шутку, известную только ей и стоящим вокруг дамам.

— Селия, что случилось? — встревоженно спрашивает Джонни.

Селия бросает сердитый взгляд сначала на него, потом на Хилли:

— Она не понимает, она назвала меня лгуньей, а теперь еще обвиняет, что это я записала ее на аукцион и... — И вдруг замолкает, недоуменно глядя на собравшихся. В глазах у нее слезы. Затем, как-то сдавленно икнув, содрогается в конвульсиях. Рвота потоком хлещет на ковер.

— О черт! — Джонни пытается оттащить жену в сторону.

Оттолкнув мужа, Селия несется в туалет, он бросается следом.

Хилли — с пылающим лицом, в тон платью, — сжимает кулаки. Хватает ближайшего официанта:

— Немедленно уберите, пока не начало вонять!

Со всех сторон Хилли обступают дамы — лица потрясенные, руки широко расставлены, будто пытаются защитить ее от неведомой угрозы.

— Я слышала, что Селия борется с алкоголизмом, но теперь еще и проблемы с враньем? — обращается Хилли ко всем сразу. Необходимо пустить этот слух — на случай, если история с тортом когда-нибудь выплывет наружу. — Как это называется?

— Патологическая лживость?

— Вот именно, патологическая лживость. Селия заставила его жениться, утверждая, что беременна. Полагаю, уже тогда она была патологической лгуньей.

После ухода Селии и Джонни вечеринка быстро сходит на нет. Члены Лиги выглядят измученными, они явно устали улыбаться. Разговоры крутятся вокруг аукциона, нянек, но в основном люди обсуждают, как Селию Фут вырвало посреди зала.

К полуночи, когда зал практически опустел, Хилли устраивается на трибуне. Просматривает листы записи на аукцион, но она постоянно отвлекается, задумываясь о чем-то, потом вновь возвращается к спискам, ругаясь, что приходится начинать заново.

— Хилли, я еду к тебе домой.

Хилли поднимает голову. Ее матушка, миссис Уолтер, в праздничном наряде кажется еще более хрупкой, чем обычно. На ней небесно-голубое платье в пол, сшитое в 1943-м. На груди — увядающая белая орхидея. Рядом с ней стоит чернокожая женщина в белой униформе.

— Только не лазай в холодильник, мама. Я не желаю бодрствовать всю ночь из-за твоего несварения. Отправляйся сразу в кровать, поняла?

— И мне даже нельзя попробовать тортика Минни?

— *Тортик* уже в помойке, — злобно прищуривается Хилли.

— Ну зачем же ты его выбросила? Я выиграла его специально для тебя.

Хилли замирает, начиная понимать.

— *Ты?* Это ты внесла меня в списки?

— Может, я и не помню собственного имени или в какой стране живу, но ты и тортик — это забыть невозможно.

— Ты... ты... старая, никчемная... — Хилли отшвыривает списки, и листы разлетаются по всему залу.

Миссис Уолтер, прихрамывая, направляется к двери, чернокожая сиделка следует за ней.

— Итак, звони в газеты, Бесси, — ворчит старуха. — Моя доченька в очередной раз на меня разозлилась.

Минни

Глава 26

В субботу просыпаюсь уставшая и вся разбитая. В кухне Шуге пересчитывает свои девять долларов пятьдесят центов — деньги, что заработала на Празднике вчера вечером. Звонит телефон, она бросается к нему быстрее, чем масло на сковороде тает. У Шуге завелся дружок, которого она скрывает от мамочки.

— Да, сэр, — заикается она и передает мне трубку.

— Алло?

— Это Джонни Фут, — говорит мужчина. — Я уехал на охоту, но хочу, чтобы вы знали — Селия очень огорчена. Вчера вечером на балу произошел крайне неприятный инцидент.

— Да, сэр, я знаю.

— Уже слышали, да? — печально вздыхает он. — Присмотрите за ней, ладно, Минни? Я уехал и... не знаю. Позвоните, если она не придет в себя. Если я понадоблюсь, то сразу вернусь.

— Присмотрю. С ней все будет нормально.

Сама-то я не видела, что там случилось, но слыхала, пока мыла посуду. Вся обслуга только о том и болтала.

— Видала? — спросила Фарина. — Та сисястая дамочка в розовом, у которой ты работаешь, нализалась, как индеец в день зарплаты.

Гляжу, и Шуге моя туда же:

— Да, мамочка, весь пол заблевала. На глазах у всего народа! — И захохотала себе в голос. И не заметила, как — *шмяк!* — получила тряпкой. Только мыльные пузыри по кухне полетели.

— Закрой рот, Шуге! — Я толкнула ее в угол. — И чтоб я не слышала, как ты болтаешь гадости про женщину, которая тебя кормит и прикрывает одеждой твою бесстыжую задницу! Поняла?

Шуге, конечно, кивнула, и я занялась опять посудой, но расслышала, как она пробормотала:

— *Сама*, значит, можешь, *постоянно*.

Я развернулась, ткнула пальцем ей прямо в физиономию:

— Я имею на это право. Заслужила, каждый день вкалывая на эту чокнутую дуру.

Утром в понедельник прихожу на работу, а мисс Селия все еще лежит в постели, зарывшись лицом в простыни.

— Доброе утро, мисс Селия.

Но она только переворачивается на другой бок, на меня и не глядит.

В обед приношу ей в постель тарелку с сэндвичами, а она:

— Я не голодна, — и накрывает голову подушкой.

Я постояла, глядя, как она кутается в простыни, точно мумия какая.

— Вы что, собираетесь лежать так весь день? — спрашиваю, хотя много раз уже видала, как она это проделывает. Но тут другой случай. Никакой косметики на лице, никаких тебе улыбочек.

— Оставьте меня в покое, пожалуйста.

Надо бы сказать ей, чтоб поднялась, нацепила свои дурацкие тряпки да и позабыла обо всем, но она лежит вся такая жалкая и несчастная, что я молчу. Я ей не психиатр, мне не за это платят.

Утром во вторник мисс Селия по-прежнему в постели. Поднос со вчерашним ланчем на полу, ни кусочка не тронуто. Она все в той же ветхой голубой ночной рубахе, которая, видать, осталась у нее с прошлых времен, оборки на вороте все изорвались. А спереди пятно, похожее на угольное.

— Ну-ка, давайте-ка я постель поменяю. И фильм сейчас начнется. Там у мисс Джулии большие неприятности. Не представляете, что эта дурочка вчера учудила с доктором Бигмаутом.

Но она ноль внимания.

Позже днем приношу поднос с пирогом из цыпленка. Больше всего на свете хочу отругать мисс Селию, чтоб взяла себя в руки, пошла в кухню и поела по-человечески.

— Мисс Селия, я понимаю, то, что случилось на Празднике, конечно, штука малоприятная. Но вы же не можете вечно лежать здесь и жалеть себя.

Мисс Селия встает и запирается в ванной.

Меняю постельное белье. Потом собираю грязные салфетки и стаканы с ночного столика. Рядом лежит стопка писем. Ладно, хоть к почтовому ящику выходит. Поднимаю письма, чтоб протереть столик, и замечаю большие буквы Х. У. Х. на одной из открыток. Даже не успев толком подумать, что это я делаю, читаю:

Дорогая Селия,

Вместо компенсации за платье, которое Вы разорвали, Лига с радостью примет от Вас пожертвование на сумму не менее двухсот долларов. Кроме того, воздержитесь, пожалуйста, впредь от участия в любых мероприятиях в качестве нечлена Лиги, поскольку Ваше имя попало в список людей, вызывающих недоверие. Мы ценим Ваше понимание в этом вопросе.

Чек будьте любезны адресовать Джексонскому отделению Лиги.

С уважением,

Хилли Холбрук,
Президент и Председатель
комиссии по ассигнованиям.

Утром в среду мисс Селия *все еще* в постели. Занимаюсь своими делами в кухне, пытаясь радоваться тому, что она не болтается поблизости. Но удовольствия не выходит, потому что все утро трезвонит телефон, и впервые за все время, что я тут, мисс Селия не берет трубку. После десятого раза я уже не могу сдержаться, хватаю трубку и говорю «алло».

Иду в спальню, сообщаю:

— Мистер Джонни звонит.

— Как? Он не должен знать, что я знаю, что он знает о вас.

Могу только вздохнуть — в знак того, что я больше не намерена изображать дурочку и прикрывать это вранье.

— Он звонил мне *домой*. Игра окончена, мисс Селия.

Мисс Селия прикрывает глаза:

— Скажите, что я сплю.

Снимаю трубку телефона в спальне и, глядя прямо в глаза мисс Селии, говорю ему, что она в душе.

— Да, сэр, с ней все в порядке. — Пристально смотрю на нее.

Кладу трубку.

— Он хочет знать, как у вас дела.

— Я слышала.

— Я ему соврала.

Она опять накрывает голову подушкой.

К полудню следующего дня чувствую, что не выдержу больше ни минуты. Мисс Селия уже неделю все в том же положении, на том же месте. Она осунулась, Сдобная Булочка порядком засалилась. В комнате уже попахивает немытым телом. Держу пари, она с пятницы не мылась.

— Мисс Селия, — зову я.

Она молча, без улыбки, смотрит на меня.

— Сегодня вечером вернется мистер Джонни, а я обещала ему за вами присматривать. Что он подумает, если обнаружит, что вы все время так и провалялись в этом старом грязном тряпье?

Мисс Селия всхлипывает, икает, а потом начинает рыдать в полный голос.

— Ничего этого не случилось бы, если б я оставалась там, где мне и положено. Ему нужно было жениться на ровне. Надо было жениться на... *Хилли*.

— Бросьте, мисс Селия. Это не...

— Как Хилли на меня смотрела... как будто я *пустое место*. Мусор на обочине дороги.

— Не надо брать в расчет мисс Хилли. Вы не должны судить себя по тому, как эта женщина на вас смотрит.

— Я не приспособлена к такой жизни. Мне не нужен обеденный стол на двенадцать персон. Ко мне никогда в жизни не придет двенадцать гостей, сколько ни умоляй.

Ну вот, опять жалобы на то, что имеет слишком много.

— Почему она меня так ненавидит? Она ведь меня совсем не знает, — плачет мисс Селия и стучит кулаком по коленке. — И дело не только в Джонни, она назвала меня лгуньей, обвинила, что я подсунула ей этот... *торт*. Я бы *никогда* не отказалась, если бы это было правдой.

— Какой еще торт?

— Х-х-хилли выиграла торт. И обвинила меня, будто это я ее записала на аукцион. Чтобы... подшутить над ней, — подвывает она. — Зачем бы мне это делать? К чему мне вносить ее имя в список?

До меня очень медленно начинает доходить, что происходит. Не знаю, кто записал Хилли на этот торт, но точно *знаю*, почему она готова живьем сожрать того, кто это сделал.

Воровато оглядываюсь на дверь. Внутренний голос говорит мне: «Вали отсюда, Минни. Просто оставь все как есть». Но гляжу на мисс Селию, как она заходится тут в своей старой рубашонке, и чувство вины, будто смола, покрывает меня толстым липким слоем.

— Я больше не могу поступать так с Джонни. Я уже все решила, Минни. Я уезжаю, — всхлипывает она. — Возвращаюсь в Шугэ-Дитч.

— Вы бросите мужа только потому, что вас вырвало на вечеринке?

Не спеши, уговариваю себя. Мисс Селия не может бросить мистера Джонни — где тогда останусь я?

Мисс Селия еще горше рыдает. Что же делать-то...

Другого выхода нет. Наверное, пора. Пора рассказать ей то, что я не хотела рассказывать никому на свете. Но если мне грозит потерять работу, нужно использовать последний шанс.

— Мисс Селия... — начинаю я, присаживаясь в желтое кресло. Я в этом доме прежде сидела только в кухне да на полу в ванной, но сегодня день экстренных мер. — Я знаю, почему мисс Хилли так взбесилась. Из-за торта, в смысле.

Мисс Селия громко сморкается в салфетку. Потом смотрит на меня.

— Я ей кое-что сделала. Страшное. — Сердце начинает колотиться при одной мысли. Нет, не могу спокойно сидеть и рассказывать эту историю. Поднимаюсь, подхожу к кровати.

— Что? — шмыгает она носом. — Что вы сделали, Минни?

— В прошлом году, когда я еще работала у ее матери, мисс Уолтер, мисс Хилли позвонила мне домой. Сказать, что отправляет мисс Уолтер в дом престарелых. Я испугалась — у меня пятеро детей, их надо кормить. Лерой и так работал в две смены.

Чувствую, как краснею.

— Я понимаю, что поступила не по-христиански. Но кем надо быть, чтобы собственную маму отправить к чужим людям? Они ведь могут с ней невесть как обращаться, это только со стороны кажется, что все нормально.

Мисс Селия садится в кровати, вытирает нос. Слушает очень внимательно.

— Три недели я искала работу. Каждый день, закончив у мисс Уолтер, искала новое место. Ходила к мисс Чайлд. Она мне отказала. Я пошла к Роули — им я тоже не сгодилась. Ричи, Патрик Смит, Уокерсы, даже католик Тибодо, у которого семеро детей, — все мне отказали.

— О, Минни... — сочувствует мисс Селия. — Какой ужас.

— Мне с самого детства мама твердила, чтоб я не смела огрызаться. Но я ее не слушалась, и всему городу известен мой длинный язык. Я и подумала — вот оно в чем дело, вот из-за чего никто не хочет на работу брать.

Оставалось всего два дня работать у мисс Уолтер, а я все еще не нашла нового места. И тут-то по-настоящему испугалась. У Бенни астма, Шуге еще в школе учится, и Киндра, и... у нас и так туго было с деньгами. А тут мисс Хилли приходит к мисс Уолтер поговорить со мной.

Говорит: «Минни, переходи работать ко мне. Я буду платить тебе на двадцать пять центов в день больше, чем мама». Назвала это «морковкой», будто я осел. Будто я могу взять и подложить такую свинью своей подружке Юл Мэй Крукл — занять ее место, чтобы ту вышвырнули с работы. Мисс Хилли думает, что все такие же подлюги, как она.

Смахиваю пот с лица. Мисс Селия слушает, приоткрыв рот.

— Я ей говорю: «Нет, спасибо, мисс Хилли». А она — что будет платить на пятьдесят центов больше, а я снова: «Нет, мэм, спасибо». И тут, мисс Селия, тут она меня прямо убила. Сказала, что она все знает про Чайлдсов, и про Роули, и про остальных, кто дал мне от ворот поворот. Сказала, это потому, что она всем сообщила, будто я воровка. Я в жизни ничего не украла, но она всех обманула, и теперь никто в городе никогда не возьмет на работу черномазую грубиянку-воровку, и я с таким же успехом могу просто идти работать на нее бесплатно. Вот так оно и вышло, я ей это и сказала.

— Что именно, Минни? — растерянно моргает мисс Селия.

— Сказала, чтоб она говном моим подавилась.

Мисс Селия потрясенно молчит.

— Я пошла домой, сделала тесто для шоколадного торта. Положила туда сахар, хороший шоколад, настоящую ваниль, что мне кузен привез из Мексики.

Принесла торт к мисс Уолтер — я знала, что мисс Хилли все время околачивается там, ждет, пока дом освободится, чтоб она могла его продать. Серебро материнское таскает. Вроде как оно ей причитается. Наследство собирает.

Как я поставила торт на стол, мисс Хилли заулыбалась — решила, что это знак примирения, что я так хочу показать, будто очень сожалею о словах своих. А я только смотрела. Хотела, чтоб она сама его съела. Два больших куска. Заталкивала она их в рот, будто в жизни ничего вкуснее не пробовала. Потом и говорит: «Я знала, что ты передумаешь, Минни. Я знала, что все равно получу свое». И захихикала, как будто это так забавно.

Тогда мисс Уолтер сказала, что она тоже, кажется, немножко проголодалась, и попросила кусочек. Я ей и говорю: «Нет, мэм. Этот торт специально для мисс Хилли».

Мисс Хилли тут же: «Мама тоже может попробовать, если хочет. Только маленький кусочек, разумеется. Что это ты такое положила туда, Минни, что так вкусно получилось?»

Я ответила: «Там настоящая ваниль из Мексики», а потом и выложила правду. Рассказала, что еще я положила в торт специально для нее.

Мисс Селия застыла как каменная, глаз с меня не сводит, но я-то не могу ей в глаза смотреть.

— Они так долго молчали, что я запросто могла выйти за дверь, а они даже не заметили бы. А потом мисс Уолтер начала смеяться. Так смеялась, чуть со стула не свалилась. Говорит: «Да, Хилли, ты получила свое. И я даже посплетничать про нашу Минни не могу, потому что тогда ты всему городу станешь известна как леди, сожравшая целых *два* куска дерьма Минни».

Украдкой кошусь на мисс Селию. Глаза широко распахнуты, на лице отвращение. Зря я ей рассказала. Она теперь никогда не сможет мне доверять. Усаживаюсь в желтое кресло.

— Мисс Хилли решила, что вы знаете про эту историю. И хотели над ней посмеяться. Она бы не точила когти на вас, если бы я не сделала то, что сделала.

Мисс Селия молчит.

— Но я хочу, чтоб вы знали: если вы уйдете от мистера Джонни, получится, что мисс Хилли победила в этой игре. Тогда выходит, что она побила и меня, и вас... — Я вспоминаю про Юл Мэй в тюрьме, про мисс Скитер, от которой отвернулись все друзья. — Не так много осталось в нашем городе людей, кого ей не удалось сломать...

Мисс Селия поднимает голову, открывает было рот, но не произносит ни слова.

Наконец, чуть помолчав, говорит только:

— Спасибо. За то, что... рассказали мне это.

И опять падает на подушки. Однако, закрывая за собой дверь, я вижу, что глаза у нее широко открыты.

Наутро мисс Селия все-таки сумела выбраться из постели, вымыть голову и накраситься. На улице холодно, поэтому она опять натянула один из своих узких свитеров.

— Рады, что мистер Джонни возвращается? — спрашиваю. Не то чтоб мне было до этого дело, но хочется знать, выкинула она из головы мысль насчет ухода или нет.

Но мисс Селия нынче неразговорчива. Глаза тоскливые. И не улыбается больше всему подряд. Показывает пальцем за окно:

— Думаю посадить несколько розовых кустов. Вдоль заднего забора.

— Когда же они зацветут?

— Весной увидим.

То, что она планирует будущее, — добрый знак. Я так полагаю, человек, который собирается сбежать, не станет сажать цветы.

Остаток дня мисс Селия возится в саду, в разговоры не вступает.

Следующим утром, когда я вхожу в кухню, мисс Селия сидит за столом, раскрыв газету, но смотрит за окно, на мимозу. Дождь идет, холодно.

— Доброе утро, мисс Селия.

— Привет, Минни.

Она не поднимается из-за стола, сидит, разглядывает дерево, вертит в пальцах ручку. Дождь припускает сильнее.

— Что хотите сегодня на ланч? У нас есть ростбиф и остатки пирога с цыпленком...

Залезаю в холодильник. Я должна что-то решить с Лероем, сказать ему. *Либо ты прекращаешь колотить меня, либо я ухожу. И детей с собой не заберу.* Это неправда, про детей, но должно его напугать.

— Я ничего не хочу.

Мисс Селия решительно встает, сбрасывает с ноги красную туфельку на высоком каблуке, потом другую. Потягивается, не отводя взгляда от окна. Прощелкивает суставами на пальцах. И выходит через заднюю дверь.

Слежу за ней в окошко и вижу, что в руках у нее топор. Я немножко нервничаю, потому что никому не понравится вид сумасшедшей бабы с топором. Она взмахивает им. Пробный удар.

Леди, на этот раз вы окончательно рехнулись. Дождь поливает мисс Селию, но ей и дела нет. Начинает рубить дерево. Листья сыплются ей на голову, застревают в волосах.

Ставлю блюдо с ростбифом на стол и наблюдаю — надеюсь, из этого ничего дурного не выйдет. Губы у нее сжаты в куриную гузку, дождь заливает глаза. Она, кажется, и не устает вовсе, а, наоборот, с каждым ударом колотит все сильнее и сильнее.

— Мисс Селия, ступайте в дом, дождь, — зову я. — Пускай мистер Джонни этим займется, когда придет домой.

Никакого толку. Она срубила ствол наполовину, дерево начинает чуть покачиваться, как мой пьяный папаша. Ну и ладно. Устраиваюсь за столом на месте мисс Селии, дожидаюсь, пока она закончит свою работу. Гляжу на газету и вдруг вижу, что под ней та самая открытка от мисс Хилли. Чуть сдвигаю газету, а там еще и чек на двести долларов. Присматриваюсь. Внизу, в строчке для пометок, мисс Селия написала очень аккуратным почерком: *За два кусочка для Хилли.*

Из-за окна доносится треск, и мимоза валится на землю. Листья и сухие ветки взлетают в воздух, оседая на Сдобной Булочке.

Мисс Скитер

Глава 27

Не свожу глаз с телефона. Он не звонит уже так долго, что превратился в мертвую коробку, навеки приросшую к стене. Жуткая тишина повсюду — в библиотеке, в аптеке, где я забираю лекарства для мамы, на Хай-стрит, где покупаю ленту для пишущей машинки, у нас дома. Убийство президента Кеннеди, менее двух недель назад, потрясло мир. Никто не хочет первым нарушить молчание. Все теперь кажется неважным.

В тех редких случаях, когда телефон все же звонил, это был доктор Нил с сообщениями о результатах анализов — они все хуже и хуже — или родственники, осведомлявшиеся о здоровье мамы. Да, иногда я с надеждой думала — *Стюарт*, хотя прошло пять месяцев с тех пор, как он звонил в последний раз. В конце концов я сдалась и рассказала маме, что мы расстались. Она потрясена, как я и подозревала, но, к счастью, лишь вздыхает.

Решившись, набираю «ноль» и прячусь в кладовке. Называю оператору номер, жду.

— Издательство «Харпер и Роу», с кем вас соединить?

— Офис Элейн Штайн, пожалуйста.

В ожидании, пока секретарь подключится к линии, я кляну себя, что не сделала этого раньше. Но после смерти Кеннеди мне казалось кощунственным звонить по своему личному делу, да вдобавок я слышала, что большинство учреждений закрыто. А потом настал День благодарения, на коммутаторе сказали, что в офисе никто не отвечает, так что получается, я звоню на неделю позже, чем планировала.

— Элейн Штайн.

На миг теряюсь, я рассчитывала на беседу с секретарем.

— Миссис Штайн, извините, это... Евгения Фелан. Из Джексона, Миссисипи.

— Да... Евгения, — вздыхает она, видимо раздраженная тем, что пришлось самой отвечать на звонок.

— Я звоню сообщить, что рукопись будет готова сразу после Нового года. Я отправлю ее по почте на второй неделе января.

В ответ на мои заранее отрепетированные фразы тишина, прерываемая только попыхиванием сигареты. Присаживаюсь на жестянку с мукой.

— Я... та, кто пишет про цветных женщин. В Миссисипи.

— Да, я помню, — отвечает она, но я не уверена, что это действительно так. Но затем она продолжает: — Та, что претендовала на должность главного редактора. Как продвигается работа?

— Почти завершена. Нам осталось еще два интервью, и я хотела узнать, следует ли это отослать непосредственно вам или лучше вашему секретарю.

— Нет, январь не годится.

— Евгения? Ты дома? — доносится мамин голос.

Прикрываю трубку ладонью и кричу в ответ:

— Минутку, мам, — понимая, что, если я не отзовусь, она ворвется сюда.

— Последнее редакторское совещание в этом году состоится двадцать первого декабря, — говорит миссис Штайн. — Если хотите, чтобы ваш текст кто-нибудь прочел, к этому сроку рукопись должна быть у меня. Иначе она отправится «в стол». Вы ведь не хотите оказаться «в столе», мисс Фелан?

— Но... вы говорили, в январе...

Сегодня второе декабря. На все про все остается девятнадцать дней.

— Двадцать первого декабря все разъезжаются на каникулы, а в новом году на нас обрушится поток от наших собственных авторов и журналистов. Поскольку вы, мисс Фелан, пока являетесь никем, единственное окошко для вас открыто до двадцать первого декабря. Ваш единственный шанс.

— Я не знаю, смогу ли...

— Кстати, это вы там с мамой разговаривали? Вы что, до сих пор живете с родителями?

Прикидываю, не соврать ли — мама приехала в гости... она заболела... просто проезжала мимо, — потому что не хочу, чтобы миссис Штайн знала, насколько бессмысленна моя жизнь. Но потом все же печально признаюсь:

— Да, я до сих пор живу с родителями.

— А та негритянка, что вас вырастила, она, полагаю, все еще живет там?

— Нет, она уехала.

— Жаль. А вы знаете, что с ней случилось? Мне вот сейчас подумалось, что необходима глава о вашей собственной прислуге.

Прикрываю глаза, стараясь побороть досаду.

— Я не... вообще-то... не знаю.

— Ну так узнайте и обязательно вставьте в книгу. Это придаст всему тексту личностный оттенок.

— Да, мэм...

Совершенно не представляю, каким образом мне удастся к сроку завершить еще две главы, не говоря уж об истории Константайн. Тоска пополам с печалью наваливаются на меня, как только я думаю, что могла бы написать и о ней.

— До свидания, мисс Фелан. Надеюсь, вы успеете к сроку. — Но, уже опуская трубку, бормочет напоследок: — И ради всего святого, вы двадцатичетырехлетняя образованная женщина. Снимите себе квартиру.

Известие, что у нас осталось меньше трех недель, ошарашило меня, а требование включить в книгу историю Константайн и вовсе вогнало в ступор. Понимаю, что нужно немедленно приниматься за работу, но прежде навещаю маму. В последние три месяца ее язва все хуже и хуже. Она исхудала до неузнаваемости, почти ежедневно — изматывающая рвота. Даже доктор Нил был потрясен ее видом, когда на прошлой неделе мы с ней ездили на прием.

Мама, не вставая с кровати, окидывает меня взглядом с ног до головы:

— Разве у тебя сегодня нет бриджа?

— Отменился. У малыша Элизабет колики, — в очередной раз вру я. Так много лжи слышали эти стены, что ее, кажется, уже можно потрогать руками. — Как ты себя чувствуешь? — Замечаю у кровати старый белый эмалированный горшок. — Опять тошнило?

— Я в порядке. И не морщи так лоб, Евгения. Это вредно для кожи лица.

Мама не знает, что меня выгнали из бридж-клуба, что у Пэтси Джойнер теперь новый партнер по теннису. Меня не приглашают на коктейли и детские праздники, да и на все остальные мероприятия, где присутствует Хилли. За исключением собраний Лиги. Но и там дамы обращаются ко мне крайне сдержанно, коротко, только по вопросам информационного бюллетеня. Пытаюсь убедить себя, что мне плевать. Целыми днями просиживаю за пишущей машинкой. Твержу себе — а чего еще ожидать после того, как приволокла тридцать унитазов во двор самой популярной дамы в городе. Разумеется, люди будут относиться к тебе иначе.

Прошло почти четыре месяца с тех пор, как между мной и Хилли выросла глухая стена — ледяная стена, такая толстая, что ее не растопит даже жаркое лето Миссисипи, даже сотня таких лет. Не то чтобы я не ожидала последствий. Просто не подозревала, что история затянется надолго.

Голос Хилли в трубке звучал хрипло и низко, как будто она полдня кричала.

— Ты чокнутая, — злобно прошипела она. — Не смей разговаривать со мной, даже смотреть на меня. Не смей здороваться с моими детьми.

— Это была просто опечатка, Хилли, — только и смогла я вымолвить в ответ.

— Я сама лично пойду к сенатору Уитворту и расскажу ему, что ты, Скитер Фелан, погубишь его избирательную кампанию в Вашингтоне. Ты станешь бородавкой на его репутации, если Стюарт будет и впредь якшаться с тобой!

При упоминании Стюарта я вся сжалась, хотя к тому моменту мы уже несколько недель как расстались. Я представила, как он равнодушно отворачивается, нимало не интересуясь моей судьбой.

— Ты испоганила мой двор, превратила меня в посмешище. И как давно ты спланировала это унижение моей семьи?

Хилли не поняла — я вообще ничего не планировала. Я просто начала печатать ее «туалетную инициативу» для бюллетеня, и на словах «заболевания», «защитите себя», «присоединяйтесь!» внутри меня что-то треснуло и раскрылось — как спелый арбуз, прохладный и сладкий. Я всегда считала, что безумие страшно, мрачно и горько, но оказалось, что, когда погружаешься в него на самом деле, оно мягкое и вкусное. Я заплатила братьям Паскагулы по двадцать пять долларов каждому, чтобы принести унитазы со свалки во двор Хилли. Они, конечно, боялись, но согласились с удовольствием. Помню, какая темная выдалась ночь. Помню, как радовалась, считала, что мне повезло, потому что сносили старый дом и на свалке скопилось множество унитазов — было из чего выбрать. Дважды с тех пор я задумывалась — а повторила бы свою выходку?Нет, я ни о чем не сожалею, просто теперь не кажусь себе такой уж удачливой.

— И ты еще называешь себя *христианкой*, — были последние слова Хилли, обращенные ко мне, а я подумала: «Господи, когда это я так себя называла?»

В ноябре Стули Уитворт стал сенатором в Вашингтоне. А вот Уильям Холбрук местные выборы проиграл. Почти уверена, что Хилли винит меня и в этом тоже.

Через несколько часов после разговора с миссис Штайн я на цыпочках пробираюсь в родительскую спальню. Папа уже спит. На столике рядом с мамой стакан молока. Она полусидит в подушках, но глаза прикрыты. Стоит мне заглянуть в комнату, как она открывает глаза.

— Принести тебе что-нибудь, мам?

— Я отдыхаю, как велел доктор Нил. Куда ты собралась, Евгения? Уже почти семь.

— Скоро вернусь. Просто прокачусь немного. — Торопливо целую маму в щеку, чтобы избежать новых вопросов. Когда дверь за мной закрывается, мама уже спит.

Мчусь через весь город. Надо сообщить Эйбилин о сократившихся сроках. Старый грузовичок дребезжит, подскакивая на ухабах. После очередного хлопкового сезона он порядком обветшал. Я едва не стукаюсь головой об крышу, потому что кто-то поставил под сиденьем слишком мощные пружины. Окно приходится открыть, чтобы придерживать дребезжащую дверь. По ветровому стеклу лучами заходящего солнца разбегаются трещины, которых прежде не было.

Останавливаюсь у светофора на Стейт-стрит, напротив редакции газеты. Поворачиваю голову. На переднем сиденье «корвейра» — Элизабет, Мэй Мобли и Рэйли, должно быть, возвращаются с какого-нибудь ужина. Замираю, не решаясь больше глянуть в ту сторону. Что, если они заметят меня и начнут расспрашивать, почему это я за рулем грузовика? Пропускаю их вперед, к горлу подкатывает горячий комок. Как давно я не общалась с Элизабет.

После истории с туалетами мы с Элизабет пытались сохранить дружеские отношения. Время от времени болтали по телефону. Но на собраниях Лиги она ограничивалась приветствием и несколькими ничего не значащими фразами, поскольку наверняка боялась Хилли. Последний раз я заходила к Элизабет месяц назад.

— Надо же, как выросла Мэй Мобли, — воскликнула я.

Мэй Мобли застеснялась и, смущенно улыбаясь, спряталась за мамину ногу. Она подросла, но оставалась по-детски пухленькой.

— Да, растет, как сорняк, — заметила Элизабет, выглядывая в окно, а я подумала, как странно все же сравнивать собственного ребенка с сорняком.

Элизабет была в халате. Она уже похудела после родов, но улыбка все такая же натянутая. Она все время посматривала на часы, каждую секунду трогала волосы, накрученные на бигуди. И не пригласила меня в гостиную, мы так и стояли в кухне.

— Хочешь, сходим в клуб, пообедаем? — предложила я.

Через кухню прошла Эйбилин, дверь в столовую на миг распахнулась, и я успела заметить столовое серебро и кружевную скатерть.

— Я не могу, знаешь, я бы поболтала с тобой еще, но... мы встречаемся с мамой в «Джуэл Тейлор Шоп». — Еще один нервный взгляд в окно. — Ты же знаешь, мама терпеть не может ждать. — Ослепительная улыбка.

— Ой, прости, что задерживаю. — Дружески похлопав ее по плечу, я направилась к выходу. И тут меня осенило. Ну почему я такая тупица? Среда, двенадцать часов — время бридж-клуба.

Я постаралась отъехать от дома, переживая, что поставила подругу в неловкое положение. Обернувшись, я заметила, как она наблюдает за мной, спрятавшись за шторой. И до меня окончательно дошло: да, ей неловко, но вовсе не из-за того, что она могла огорчить меня. Элизабет Лифолт боится, как бы ее не увидели в моем обществе.

Останавливаюсь подальше от дома Эйбилин — сейчас мы должны быть осторожны как никогда. И пусть Хилли ни при каких обстоятельствах не появится в этой части города, но она слишком опасна для всех нас, а ее глаза чудятся мне повсюду. Представляю ее ликование, если она поймает меня за таким занятием. Она ведь готова на что угодно, лишь бы заставить меня страдать до конца дней.

Холодный декабрьский вечер, моросит дождик. Я спешу по темной улице. В голове все крутится сегодняшний разговор с миссис Штайн. Пытаюсь определить, что самое главное в предстоящей работе. Труднее всего будет выудить из Эйбилин рассказ о судьбе Константайн. Не зная, что произошло, я не смогу честно написать о ней. А если ограничиться лишь одной частью истории, вся книга утратит смысл. Потому что перестанет быть правдой.

Я влетаю в кухню Эйбилин, и по выражению моего лица она вмиг догадывается: что-то стряслось.

— Что такое? Вас кто-нибудь видел?

— Нет. — Вытаскиваю бумаги из сумки. — Сегодня утром я разговаривала с миссис Штайн... — И выкладываю все, что узнала, — о сроках, о «пойдет в стол».

— Ну что ж... — Эйбилин подсчитывает в уме, точно так же, как и я днем. — Значит, вместо шести недель у нас две с половиной. Боже правый, слишком мало. Нужно закончить главу Ловинии и привести в порядок часть про Фэй Белль. И еще Минни, там тоже не все гладко... Мисс Скитер, у нас даже названия пока нет.

Прячу лицо в ладонях. Такое ощущение, что погружаюсь в бездонную пучину.

— Это не все, — признаюсь я. — Она... хочет, чтобы я написала о Константайн. Спрашивала... что с ней случилось.

Эйбилин медленно опускает чашку с чаем на стол.

— Я не могу написать, если не узнаю, Эйбилин. И если вы не можете мне рассказать... тогда... кто-то другой?..

— Думаю, многие смогут, — качает она головой. — Но я не хотела бы, чтоб вы услышали эту историю от других.

— Тогда... вы?

Эйбилин снимает очки, устало трет глаза. Когда она вновь водружает очки на нос, я готовлюсь увидеть печальное измученное лицо. Она весь день работала, а теперь ей предстоит надрываться вдвое, чтобы успеть к сроку. Я нервно ерзаю на стуле в ожидании ответа.

Но Эйбилин почему-то совсем не выглядит усталой. Напротив, решительно выпрямившись, она кивает, почти дерзко:

— Я напишу. Дайте мне несколько дней. Я расскажу обо всем, что произошло с Константайн.

Пятнадцать часов кряду я корплю над интервью Ловинии. В четверг вечером отправляюсь на собрание Лиги. Ужасно хочется сбежать из дома, я вся издергалась, переживая из-за жестких сроков. Повсюду густо пахнет Рождеством — елкой и декадентскими апельсиновыми цукатами. Мама все время мерзнет, и в родительском доме я чувствую себя так, словно тону в бочке с растопленным маслом.

Помедлив на ступенях Лиги, глубоко вдыхаю чистый зимний воздух. Наверное, это выглядит жалко, но я рада, что у меня по-прежнему есть информационный бюллетень. Раз в неделю я ощущаю себя частью чего-то большего. Кто знает, может, на этот раз все будет иначе, ведь праздники начинаются, настроение у всех приподнятое.

Но стоит войти в зал, как все возвращается на круги своя. Отторжение настолько осязаемо, словно меня окружает бетонная стена. Хилли, завидев меня, ухмыляется и стремительно отворачивается, обратившись к кому-то. А вот и Элизабет. Она улыбается, я машу ей рукой — хочется поговорить о маме, рассказать, как я волнуюсь. Но не успеваю даже двинуться в ее сторону, как Элизабет, потупившись, поспешно шныряет за чужие спины. Это что-то новенькое, такого за ней раньше не замечалось.

Вместо того чтобы занять свое привычное место в первом ряду, я устраиваюсь сзади. Рядом со мной Рэйчел Коул Брант. Рэйчел почти никогда не ходит на собрания: у нее трое детей, да вдобавок она пишет диплом по английскому языку в Миллсапс-колледже. Я бы хотела с ней подружиться, но понимаю, что она слишком занята. По другую сторону от меня сидит — чтоб ей провалиться — Лесли Фуллербин и целое облако лака для волос. Зажигая сигарету, она, должно быть, всякий раз рискует жизнью. Интересно, если надавить сверху ей на макушку, изо рта вырвется облачко аэрозоля?

Почти все девицы в зале сидят нога на ногу и с сигаретой в руке. Дым клубами поднимается к потолку. Я не курю уже два месяца, и от запаха мне сразу становится дурно. Хилли поднимается на трибуну, объявляет предстоящие «кампании по сбору» (сбор одежды, консервов, книг или просто денег), и мы переходим к любимой части — черному списку. Хилли объявляет имена тех, кто не уплатил вовремя взносы, или опаздывает на собрания, или не выполняет свой филантропический долг. В последнее время в черный список постоянно попадаю и я — за что-нибудь.

На Хилли красное шерстяное платье-палатка с пелериной, стиль «Шерлок Холмс», — и это несмотря на то, что в зале жарко, как в топке. Время от времени она поправляет пелерину, как будто та мешает, но, похоже, ей просто нравится сам жест. Рядом с Хилли стоит ее помощница Мэри Нелл, держит наготове рабочие записи.

Мэри Нелл блондинка и похожа на комнатную собачонку, типа пекинеса — на коротких лапках и курносенькая.

— Так, а теперь мы должны обсудить нечто важное. — Хилли берет листок из лапок комнатной собачонки, просматривает. — Комитет принял решение о том, что наш информационный бюллетень нуждается в обновлении.

Резко выпрямляюсь. Мне что, не следовало заранее узнать об изменениях в бюллетене?

— Прежде всего, бюллетень станет ежемесячным, а не еженедельным. Слишком дорого обходятся марки, они теперь по шесть центов, и вообще. Добавится модная колонка, которая будет освещать лучшие наряды, продемонстрированные нашими дамами, и косметическая колонка с информацией о последних новинках. Да, и черный список, разумеется. Теперь он будет публиковаться в бюллетене.

Некоторым из дам приходится выдержать пристальный взгляд Хилли.

— И наконец, самое волнительное изменение. Мы решили назвать новое издание «Татлер». В честь европейского журнала, известного каждой женщине.

— Какое чудесное название! — восклицает Мэри-Лу Уайт.

Хилли так горда собой, что даже не стукнула председательским молоточком, призывая к порядку.

— Что ж, пора выбрать редактора нового ежемесячника. Есть предложения?

Несколько рук взметнулись вверх. Я сижу тихо.

— Джини Прайс, кого вы предлагаете?

— Хилли. Я предлагаю Хилли Холбрук.

— Как вы любезны. Итак, другие предложения?

Рэйчел Коул Брант поворачивается ко мне, на лице ее написано «Что происходит?». Она, видимо, единственная в этом зале, кто не знает обо мне и Хилли.

— Кто-нибудь еще голосует за... — Хилли скромно опускает глазки, как будто не может припомнить имя кандидата. — За Хилли Холбрук?

— Я голосую.

— И я.

Председательский молоточек произносит «бам-бам», и я теряю должность редактора.

Лесли Фуллербин выкатывает глаза так, что становится видно — там, где положено быть мозгу, у нее ничего нет.

— Скитер, разве это не *ваша* работа? — изумленно спрашивает Рэйчел.

— *Была* моя, — бормочу я и направляюсь к выходу, поскольку собрание окончено. Никто не заговаривает со мной, не смотрит в глаза. Иду с высоко поднятой головой.

В фойе беседуют Хилли и Элизабет. Хилли, заложив за ушко темную прядь, одаривает меня дипломатичной улыбкой. Затем поспешно удаляется, но Элизабет остается на месте. И касается моей руки, когда я прохожу мимо.

— Привет, Элизабет, — шепчу я.

— Прости, Скитер, — шепчет она в ответ, и наши взгляды встречаются. Но она тут же спешит отвернуться.

Спускаюсь по ступеням к темной парковке. Хочется думать, что она собиралась что-то сказать, но я знаю, что ошибаюсь.

После собрания неохота сразу ехать домой. Опускаю стекла «кадиллака», чтобы ночной воздух освежил лицо. Он теплый и прохладный одновременно. Понимаю, что нужно спешить домой и садиться за работу, но сворачиваю на широкую Стейт-стрит и бездумно еду вперед. Никогда в жизни мне не было так пусто. Сколько всего свалилось на мои плечи. *Я ни за что не успею к сроку, друзья презирают меня, Стюарт бросил, мама...*

Не знаю точно, что с мамой, но ясно одно: это гораздо серьезнее, чем просто язва желудка.

Медленно проезжаю мимо закрытых магазинов — какими мертвыми кажутся выключенные неоновые вывески. В мерцающем свете уличных фонарей миную высокое здание «Ламар Лайф». Сейчас только восемь вечера, но все уже в постели. Этот город вечно спит.

— Хочу сбежать отсюда, — произношу вслух, и голос, которого никто не слышит, звучит как чужой.

Я словно вижу себя со стороны, как в кино. Похоже, я стала одной из тех, кто ночи напролет одиноко рыщет по дорогам в автомобиле. Господи, да я городская сумасшедшая, точно Бу Рэдли из «Убить пересмешника».

Поспешно включаю радио, не в силах выносить тишину. Звучит «Это мой праздник», приходится искать что-то другое. А я, похоже, начинаю ненавидеть пустые слезливые подростковые песенки о любви. Нахожу станцию из Мемфиса — мужской голос, как будто слегка навеселе, напевает что-то вроде быстрого блюза. Хочется послушать внимательнее, и я останавливаюсь на парковке у магазина. Ничего лучше я в жизни не слышала.

...И ты камнем пойдешь ко дну
Потому что времена меняются.

Ведущий сообщил, что исполнителя зовут Боб Дилан, но помехи заглушили следующую песню. Откинувшись на спинку сиденья, невидящим взглядом смотрю на темные окна магазина. И мне становится необъяснимо легко. Я словно услышала голос из будущего.

Из ближайшего телефона-автомата звоню домой — мама не ляжет спать, пока я не вернусь.

— Алло? — Это папа, а на часах между тем восемь пятнадцать.

— Папа... почему ты не спишь? Что случилось?

— Тебе лучше приехать домой, дорогая.

Фонари внезапно вспыхивают ярким светом, резко холодает.

— Что-то с мамой? Ей плохо?

— Стюарт уже почти два часа сидит у нас на террасе. Ждет тебя.

Стюарт? Это не ответ.

— А мама... она...

— С мамой все в порядке. Ей, кажется, даже получше. Езжай домой, Скитер, пообщайся со Стюартом.

Никогда еще дорога домой не казалась такой длинной. Десять минут спустя я торможу у крыльца. Стюарт сидит на ступеньках террасы, папа устроился в кресле-качалке. Оба поднимаются мне навстречу.

— Привет, пап, — здороваюсь я, не глядя на Стюарта. — Где мама?

— Она спит, я только что проверял. — Отец зевает. За последние лет десять не могу припомнить ни одного раза, чтоб он засыпал позже семи вечера в пору опасных весенних заморозков на полях. — Доброй ночи, ребята. Не забудьте погасить свет.

Папа уходит в дом, и мы со Стюартом остаемся вдвоем. Какая темная, тихая ночь — ни звезд, ни луны, даже собаки помалкивают.

— Что ты здесь делаешь? — В моем голосе отчего-то слышится неловкость.

— Я приехал поговорить с тобой.

Присев на ступеньку, устало опускаю голову на скрещенные руки.

— Говори быстрее и уходи. Десять минут назад я услышала одну песню, и меня почти отпустило.

Он придвигается ближе, но не настолько, чтобы коснуться. А мне хочется прикосновений.

— Я приехал рассказать тебе кое-что. Рассказать, что я встречался с ней.

Резко вскидываю голову, первое же слово, всплывающее в сознании, — эгоист. Ты, эгоистичный сукин сын, приперся сюда, чтобы поговорить о Патриции.

— Я ездил в Сан-Франциско. Две недели назад. Сел в джип, гнал четыре дня, а потом постучал в двери ее дома. Адрес мне дала ее мать.

Спрятав лицо в ладонях, я вижу, как он поправляет прядь ее волос — так же, как когда-то моих.

— Я не желаю этого знать.

— Я сказал, что считаю то, что она сделала, самым мерзким поступком, на который способен человек. Вот так лгать. Она очень изменилась. В каком-то длинном балахоне, с пацифистским значком, губы не накрашены. И рассмеялась, увидев меня. А потом назвала меня проституткой. — Он потер глаза. — Она, которая запросто легла с тем парнем, заявила, что я веду себя как проститутка по отношению к собственному отцу и Миссисипи.

— Зачем ты мне об этом рассказываешь? — Кулаки сжались, во рту металлический вкус, я даже кончик языка прикусила.

— Я поехал туда из-за тебя. После того как мы расстались, я понял, что должен выбросить ее из головы. И сделал это, Скитер. Я проехал две тысячи миль, и вот я здесь, чтобы сказать тебе об этом. Все кончено. Все прошло.

— Что ж, отлично, Стюарт. Рада за тебя.

Он придвигается ближе, наклоняется ко мне. И я чувствую густой тошнотворный запах бурбона. Но все же хочу свернуться клубочком в его объятиях. Я люблю этого мужчину и одновременно ненавижу.

— Ступай домой, — говорю я и сама слышу, как фальшиво это звучит. — В моей душе не осталось места для тебя.

— Я тебе не верю.

— Ты опоздал, Стюарт.

— Могу я прийти в субботу? Поговорить?

Пожимаю плечами, с трудом сдерживая слезы. Я не позволю ему еще раз бросить меня. Мне довольно уже случившегося — с ним, с моими друзьями. Было бы глупо допустить подобное вновь.

— Мне все равно.

Вскакиваю в пять утра и принимаюсь за работу. Осталось семнадцать дней, и я тружусь день и ночь, со скоростью и производительностью, которых прежде в себе не подозревала. Историю Ловинии я заканчиваю вдвое быстрее, чем предыдущие, и с первыми лучами солнца, терзаемая жуткой головной болью, выключаю свет. Если к началу следующей недели Эйбилин передаст мне рассказ про Константайн, возможно, я сумею справиться с задачей.

А потом до меня доходит — нет никаких семнадцати дней. Какая же я *тупица*. У меня максимум десять дней, потому что почта сама собой в Нью-Йорке не окажется.

Будь у меня время, я бы наверняка разрыдалась.

Спустя несколько часов просыпаюсь и снова сажусь работать. Около пяти слышу, как подъехала машина. Это Стюарт. С трудом отрываюсь от пишущей машинки, выхожу на крыльцо и здороваюсь, не переступая порога:

— Привет.

— Привет, Скитер, — кивает он как-то робко. — Добрый день, мистер Фелан.

— Привет, сынок. — Папа поднимается из кресла. — Ну ладно, ребята, поболтайте тут без меня.

— Не уходи, пап. Прости, но я сегодня занята, Стюарт. Но ты можешь пообщаться с папой.

Возвращаюсь в дом. Мама за кухонным столом пьет теплое молоко.

— Это я не Стюарта там видела?

Молча прохожу в столовую. Украдкой наблюдаю в окно, как отъезжает машина Стюарта. И долго смотрю вслед.

Вечером, как обычно, еду к Эйбилин. Объясняю, что осталось всего десять дней, и по лицу видно, что она тоже готова расплакаться. Даю ей прочесть главу про Ловинию — ту самую, что переписала с молниеносной скоростью. За кухонным столом сидит Минни — пьет кока-колу и рассеянно смотрит в окно. Я, впрочем, предпочла бы, чтобы она ушла и мы могли спокойно приступить к работе.

Эйбилин откладывает текст, кивает:

— Думаю, хорошая глава получилась. Читается так же, как и те, что вы писали медленно.

С удовлетворенным вздохом откидываюсь на спинку стула. Но остается еще одно немаловажное дело.

— Нам нужно придумать название. У меня есть несколько вариантов. Например, «Цветная прислуга и семьи Юга, в которых они работают».

— Как-как? — наконец замечает меня Минни.

— Это отличный способ сразу обрисовать тему, вы не находите?

— Если у вас кукурузный початок вместо головы.

— Но это же не художественная литература, Минни. Это социология. И название должно звучать конкретно.

— Но это же не значит, что оно должно звучать скучно, — парирует Минни.

— Эйбилин, а как вы считаете? — Я все же надеюсь, что сегодня нам удастся договориться.

Эйбилин пожимает плечами и, по своему обыкновению, пытается изобразить примирительную улыбку. Всякий раз, как мы с Минни оказываемся в одном помещении, Эйбилин вынуждена работать буфером.

— Хорошее название. Только, конечно, вы устанете печатать его на каждой странице, — замечает она. (Я уже объяснила ей, как должна выглядеть работа.)

— Ну, можно немного сократить... — С готовностью достаю карандаш.

Эйбилин, задумчиво почесав нос, предлагает:

— А может, назвать книжку просто... «Прислуга»?

— «Прислуга». — Минни произносит слово так, словно впервые его слышит.

— «Прислуга», — повторяю я.

Эйбилин вновь пожимает плечами, на этот раз смущенно, и опускает глаза.

— Я не против вашей идеи, просто... я люблю, когда попроще, понимаете?

— Меня лично «Прислуга» устраивает. — Минни решительно скрещивает руки на груди.

— Мне нравится... «Прислуга», — говорю я, и это чистая правда. Но все же добавляю: — Думаю, подробное разъяснение мы можем поместить внизу, так сказать, для прояснения категории книги. Но в целом прекрасное название.

— Прекрасное — это точно, — бросает Минни. — Потому как если эту штуку напечатают, Господь свидетель, больше ничего прекрасного нам не достанется.

Суббота, осталось восемь дней, я спускаюсь по лестнице — голова кружится, глаза слезятся от постоянного напряжения. Я почти радуюсь, услышав звук подъезжающей машины Стюарта. Может, если посидеть с ним чуть-чуть, в голове прояснится, а потом можно будет поработать всю ночь.

Стюарт выбирается из заляпанного грязью джипа. Он в воскресном галстуке, и мне трудно не замечать, до чего он все же красив. Потягиваюсь всем телом. На улице теплынь, а ведь до Рождества всего две с половиной недели. Мама, завернувшись в плед, устроилась в креслекачалке на террасе.

— Здравствуйте, миссис Фелан. Как вы себя чувствуете сегодня? — вежливо здоровается Стюарт.

Мама царственно кивает:

— Прекрасно. Благодарю. — Прохладные нотки в ее голосе меня удивляют.

Она возвращается к чтению газеты, и я не могу сдержать улыбки. Мамочка отметила появление Стюарта и полагает, что этого вполне достаточно. Интересно, когда же все так изменилось.

— Привет, — тихонько говорит он. Мы усаживаемся на нижнюю ступеньку и молча наблюдаем, как наш старый кот Шерман прячется за деревом, выслеживая кого-то невидимого.

Стюарт осторожно касается моего локтя.

— Я не могу сегодня остаться надолго. Прямо сейчас еду в Даллас на совещание нефтепромышленников, вернусь через три дня, — говорит он. — Заехал только сообщить об этом.

— Ладно, — пожимаю плечами, будто мне абсолютно все равно.

— Ну хорошо, — вздыхает он, встает и забирается в джип.

Едва машина скрывается из виду, мама выразительно покашливает. Я не оборачиваюсь — не хочу, чтобы она видела мое разочарованное лицо. Только бормочу:

— Ну давай, мам, выкладывай, что хочешь сказать.

— Не позволяй ему унижать себя.

Изумленно гляжу на нее. Хотя она такая хрупкая и беззащитная сейчас, жаль тех несчастных, кто посмеет недооценивать мою матушку.

— Если Стюарт не понимает, какой умной и доброй я тебя воспитала, пускай отправляется восвояси, на свою Стейт-стрит. — Она, прищурившись, смотрит вдаль. — Мне, откровенно говоря, безразличен Стюарт. Он не в состоянии понять, как ему с тобой повезло.

Мамины слова сладкой конфеткой тают у меня во рту. Усилием воли заставляю себя подняться. Осталось так много работы и так мало времени.

— Спасибо, мамочка, — нежно целую ее и возвращаюсь в дом.

Я измучена и раздражена. Сорок восемь часов за пишущей машинкой. Глаза слезятся от напряжения, пальцы в мелких порезах от бумаги. Кто бы мог подумать, что бумага настолько агрессивна.

За шесть дней до часа «икс» появляюсь у Эйбилин. Она взяла дополнительный выходной, несмотря на недовольство Элизабет. Не успеваю я заговорить о самом важном, Эйбилин быстро выходит из кухни и возвращается с конвертом в руках.

— Прежде чем отдать вам это... думаю, я должна вам кое-что рассказать. Чтоб вы лучше поняли.

Молча киваю. Я взвинчена до предела и с трудом сдерживаюсь, чтобы немедленно не вскрыть конверт и не покончить с этим делом.

Эйбилин разглаживает тетрадку на кухонном столе, подравнивает лежащие рядом карандаши.

— Помните, я вам рассказывала, что у Константайн была дочь. Ну вот, ее звали Лулабелль. Боже правый, она родилась белой как снег. Волосы соломенного цвета. Не такие кудрявые, как у вас. Совсем прямые.

— Она была совсем белой?

Этот вопрос мучил меня с тех пор, как Эйбилин впервые рассказала мне о ребенке Константайн. Как, должно быть, странно чувствовала себя Константайн, держа на руках белого младенца и понимая, что это ее собственное дитя.

Эйбилин утвердительно кивает.

— Когда Лулабелль исполнилось четыре года, Константайн... — Она неловко ерзает на стуле. — Она отправила ее в... приют. В Чикаго.

— В приют? Вы хотите сказать... она отказалась от своего ребенка?

Судя по тому, как Константайн любила меня, могу представить, как она должна была любить собственную дочь.

Эйбилин смотрит мне прямо в глаза, и — редкий случай — я замечаю разочарование и неприязнь.

— Многие чернокожие женщины вынуждены отдавать своих детей, мисс Скитер. Отправлять их куда-нибудь, потому что сами они должны полностью посвятить себя белой семье.

Я смущенно опускаю глаза — Константайн не могла заботиться о своем ребенке, потому что ей приходилось заботиться о нас.

— Но большинство отправляет детей к родственникам. Приют... совсем другое дело.

— Тогда почему она не отправила дочь к своей сестре? Или к другой родне?

— Сестра... она не справилась бы. Быть негром с белой кожей... в Миссисипи это означает быть никем вообще. Трудно приходилось не только девочке, и самой Константайн было тяжко. Она... люди косились на нее. Белые приставали к ней на улице, подозрительно так расспрашивали, почему это она забавляется с белым ребенком. Полицейские на Стейт-стрит вечно останавливали, говорили, что она должна носить белую униформу, коли идет с ребенком. Даже цветные... они будто не доверяли ей, будто она сделала что-то дурное. Ей всегда трудно было найти кого-нибудь, кто посидит с Лулабелль, пока она на работе. Константайн дошла до того, что вообще не хотела никому показывать Лулабелль.

— Она тогда уже работала у моей матери?

— Она несколько лет работала у вашей мамы, и там-то познакомилась с отцом ребенка, Коннором. Он работал на вашей ферме, а жил в Пекле. — Эйбилин печально качает головой. — Мы все очень удивились тогда, что Константайн... Некоторые в нашей церкви, правда, были не слишком добры, особенно когда ребенок родился белым. Хотя отец-то был черным, как я.

— Думаю, моя мать тоже была не слишком довольна.

Мама наверняка была в курсе событий. Она всегда внимательно следила за всем, что касается цветных работников и их семейного положения — где живут, на ком женаты, сколько у них детей. Не из интереса — из соображений контроля. Ей важно знать, кто находится на территории ее владений.

— Это был приют для цветных или для белых?

Я отчаянно надеюсь, что Константайн просто хотела лучшей участи для своего ребенка. Может, думала, что та попадет в белую семью и не будет чувствовать себя изгоем?

— Для цветных. К белым ее не приняли бы. Думаю, они там знали... что такие вещи случаются. Я слыхала, что когда Константайн привела Лулабелль на станцию, везти на Север, то белые на платформе возмущались, все хотели знать, почему это маленькая белая девочка едет в вагоне для цветных. А когда Константайн оставила ее там, в Чикаго... четыре года... большой ребенок уже. Лулабелль сильно плакала. Константайн рассказала кому-то из наших в церкви. Сказала, Лулабелль рыдала, дралась, хотела, чтобы мамочка забрала ее обратно. Но Константайн... хоть голос дочки звенел у нее в ушах... она все равно оставила ее там.

Я слушала, и до меня постепенно доходило, о чем именно говорит Эйбилин. Не будь у меня такой матери, мне, возможно, не пришли бы в голову подобные соображения.

— Она отдала ее, потому что ей... было стыдно? Что у нее белая дочь?

Эйбилин открывает было рот, чтоб возразить, но умолкает, опускает голову.

— Через несколько лет Константайн написала в тот приют, сказала, что совершила ошибку и хочет вернуть дочь. Но Лулу уже удочерили к тому времени. Она исчезла. Константайн всегда говорила, что отдать ребенка было самой страшной ошибкой в ее жизни. И если бы удалось вернуть Лулабелль, она бы никогда ее больше не отпустила от себя.

Боль за Константайн терзает мое сердце. А еще — страшно представить, что же там у них произошло с моей матерью.

— Года два назад Константайн получила письмо от Лулабелль. Ей к тому времени было лет двадцать пять, думаю; она сказала, что адрес сообщили приемные родители. Они начали переписываться, Лулабелль хотела приехать, пожить немного с матерью. Господи, как же волновалась Константайн, у нее даже ноги подкашивались. Ни есть ни пить не могла. Тошнило ее все время. Я тогда внесла ее в свой молитвенный список.

Два года назад. Я училась в колледже. Почему же Константайн не написала мне, что случилось?

— Она потратила все свои сбережения на новую одежду для Лулабелль, всякие заколки для волос, заказала у знакомой портнихи новое покрывало для кровати, где будет спать Лула. На молитвенном собрании как-то сказала нам: «Что, если она меня ненавидит? Она меня спросит, почему я от нее отказалась, и если я расскажу правду... она будет меня ненавидеть за то, что я натворила».

Эйбилин чуть улыбается, подняв взгляд от своей чашки с чаем.

— Говорит, дождаться не могу, чтоб Скитер с ней познакомилась, когда вернется из колледжа. Я и забыла об этом. Тогда-то я не знала, кто такая Скитер.

Я вспоминаю последнее письмо от Константайн, то, где она написала, что у нее для меня есть сюрприз. Слезы подступают к глазам, я с трудом сглатываю комок в горле.

— И что произошло, когда приехала Лулабелль?

Эйбилин подталкивает ко мне конверт:

— Думаю, эту часть вам лучше прочесть дома.

Вернувшись к себе, сразу же мчусь наверх и вскрываю конверт от Эйбилин. Листочки из блокнота, с обеих сторон исписанные карандашом.

Много позже смотрю на восемь страниц, где я уже описала наши прогулки в Хотстэк с Константайн, пазлы, которые мы вместе складывали, как она прижимала палец к моей ладошке. Глубоко вздохнув, опускаю руки на клавиатуру машинки. Нельзя терять времени. Я должна завершить историю.

Пишу о том, что сообщила Эйбилин, — что у Константайн была дочь, но ей пришлось отказаться от нее, чтобы иметь возможность работать на нашу семью. Я назвала нас Миллерами, в честь Генри Миллера, моего любимого запрещенного автора. Я не стала писать, что дочь Константайн родилась практически белой; мне нужно было показать, что любовь Константайн ко мне объяснялась ее тоской по собственному ребенку. Возможно, именно поэтому чувства наши оказались столь глубокими, ни на что не похожими. И дело было не в том, что я белая. Константайн тосковала по дочери и мечтала вернуть ее, а мне так хотелось не стать разочарованием собственной матери.

За два дня успеваю описать свое детство, годы учебы в колледже, наши еженедельные письма друг другу. Но затем останавливаюсь. Слышно, как внизу кашляет мама. Шаги отца, спешащего к ней. Зажигаю сигарету и тут же гашу, приказывая себе: «Не начинай опять». Звук спускаемой в туалете воды — мамино тело стало еще на несколько унций легче, пища совсем не удерживается в нем. Следующую сигарету докуриваю до самых пальцев. Я не могу написать то, о чем узнала из письма Эйбилин.

Днем звоню Эйбилин домой:

— Я не могу включить это в книгу. Про маму и Константайн. Я закончу тем, как уехала в колледж. Я просто...

— Мисс Скитер...

— Я знаю, что должна написать об этом. Понимаю, что обязана быть настолько же самоотверженной, как вы, и Минни, и все остальные. Но я не могу поступить так со своей матерью.

— Никто и не ждет от вас этого, мисс Скитер. Честно говоря, если бы вы так поступили, сильно упали бы в моих глазах.

Вечер, иду в кухню за чаем.

— Евгения? Ты здесь?

Нехотя бреду в мамину комнату. Отца рядом нет. Из гостиной доносится бормотание телевизора.

— Да, мам.

Шесть вечера, она уже в постели, рядом с кроватью белый горшок. Не знаю, как начать. Отчасти мне понятно, почему мама так поступила, думаю, любой разозлился бы от того, что сделала Лулабелль. Но мне нужно услышать мамину версию. Я хочу знать, вдруг есть что-то, оправдывающее маму, вдруг Эйбилин что-то упустила в своем письме.

— Мама, я хочу поговорить о Константайн.

— Ох, Евгения, — недовольно вздыхает мама, похлопывая меня по руке, — уже два года прошло.

— Мама. — Заставляю себя взглянуть ей прямо в глаза. Она страшно исхудала, ключицы выпирают под тонкой кожей, но взгляд все такой же пронзительный. —

Что произошло? Что произошло между тобой и ее дочерью?

На маминых скулах перекатываются желваки, она удивлена, что мне известна эта история. Наверное, откажется говорить, как и в прошлые разы. Но мама, придвинув эмалированную посудину, со вздохом произносит:

— Константайн отправила ее в Чикаго. Она не могла сама о ней заботиться.

Молча киваю, жду продолжения.

— Они отличаются от нас в этом отношении, ты же понимаешь. Эти люди заводят детей, не задумываясь о последствиях, пока не становится слишком поздно.

Они, эти люди. Прямо как Хилли. Мама тоже смотрит мне прямо в глаза.

— Тебе известно, что я была добра к Константайн. Она постоянно огрызалась, но я мирилась с этим. Но в тот раз она не оставила мне выбора.

— Я знаю, мама. Знаю, что случилось.

— Откуда? Кто еще мог об этом знать? — В маминых глазах панический ужас. Сбываются самые страшные ее опасения, и мне жаль ее.

— Я никогда не расскажу, от кого узнала это. И ты... не знаешь этого человека, — отвечаю я. — Поверить не могу, что ты смогла так поступить, мама.

— Как ты смеешь судить меня? После всего, что она сделала? Ты хоть знаешь, что на самом деле произошло? Ты там была? — И я вижу давний гнев упрямой женщины, которая долгие годы живет с кровоточащей язвой в желудке. — Эта девица... — потрясает она шишковатым пальцем, — она явилась сюда. А у меня в доме собралось все отделение «Дочерей американской революции». Ты училась в колледже, в дверь звонили не переставая, а Константайн в кухне готовила кофе, потому что старая кофеварка сгорела. — Мама машет рукой перед носом, словно и теперь ощущает запах сгоревшего кофе. — Дамы собрались в гостиной, девяносто пять человек, и она пила кофе вместе со всеми. Беседовала с Сарой фон Систерн, ходила по всему дому, как гостья, совала в рот пирожные, а потом еще заполнила анкету для вступления в *члены общества.*

Я вновь киваю. Возможно, эти подробности мне и неизвестны, но они ничего не меняют.

— Она выглядела такой же белой, как остальные, и прекрасно знала об этом. Она отдавала себе отчет в том, что делает, и тут я сказала: «Как поживаете?» — а она рассмеялась и ответила: «Отлично». Я и спросила: «Как вас зовут?» Она ответила: «Разве вы не знаете? Я Лулабелль Бейтс. Просто я выросла и вернулась к своей матери. Я приехала вчера утром». А потом взяла себе еще кусок торта.

— Бейтс, — замечаю я; вот еще одна деталь, хотя и несущественная. — Она взяла фамилию Константайн.

— Слава богу, никто ее не слышал. Но потом она заговорила с Феб Миллер, президентом Южного отделения ДАР, и тогда я потащила ее в кухню и сказала: «Лулабелль, вы не можете здесь оставаться. Уходите». О, как надменно она на меня посмотрела. И сказала: «Что, чернокожим не положено находиться в гостиной, если они не заняты при этом уборкой?» В этот момент в кухню вошла Константайн, и она была так же потрясена, как и я. Я сказала: «Лулабелль, убирайтесь из этого дома, пока я не позвала мистера Фелана», но она с места не двинулась. Говорит, мол, когда вы считали меня белой, обращались со мной вежливо. Говорит, что в Чикаго она состоит в какой-то подпольной организации. Тогда я велела Константайн: «Немедленно убери свою дочь из моего дома».

Глаза у мамы совсем ввалились, ноздри яростно раздуваются.

— Константайн велела Лулабелль отправляться домой, та ответила: «Ладно» — и двинулась прямиком в столовую. Разумеется, я ее остановила. «Нет, нет, — сказала я, — выходите через черный ход, а не через парадную дверь, она для белых гостей». Мне совсем не хотелось, чтобы в ДАР узнали об этой ситуации. И я заявила этой вульгарной девице, *чьей* мамаше мы каждое Рождество вручали дополнительных десять долларов, чтобы ноги ее не было впредь на нашей ферме. И знаешь, что она сделала?

Да, думаю я, но на лице у меня ни один мускул не дрогнул. Я по-прежнему ищу оправдания.

— Плюнула. Мне в лицо. Черномазая. В моем собственном доме. Изображала из себя белую.

Я вздрагиваю. Какие же надо иметь нервы, чтобы решиться плюнуть в мою мать?

— Я сказала Константайн, что этой девице лучше не попадаться мне на глаза. Ни в Хотстэке, ни вообще в Миссисипи. Я не могла допустить ее близких отношений с Лулабелль, в то время как твой отец платит за дом Константайн.

— Но это ведь Лулабелль повела себя подобным образом, а не Константайн.

— А если бы она осталась здесь? Я не могла допустить, чтобы эта девица шлялась по Джексону и вела себя, как белая женщина, хотя на самом деле она цветная, да еще и рассказывала бы всем, как она была на вечеринке ДАР в Лонглифе. Я благодарю Господа, что никто так и не узнал об этом кошмаре. Она пыталась поучать меня в моем собственном доме, Евгения. А за пять минут до этого обсуждала с Феб Миллер анкету о *вступлении.*

— Она двадцать лет не видела свою дочь. Ты не имеешь права... запретить человеку видеться с его собственным ребенком.

Но мама уже закусила удила:

— А Константайн тоже хороша! Вообразила, что может уговорить меня изменить решение. «Мисс Фелан, пожалуйста, позвольте ей остаться дома, она никогда больше здесь не появится, я ведь так долго ее не видела». А эта Лулабелль уперла руки в боки и заявила: «Да, мой отец умер, а мама заболела и не могла обо мне заботиться. Поэтому ей пришлось отдать меня. Вы не смеете нас разлучить еще раз».

Мама начинает кашлять. Потом сухо, почти равнодушно, продолжает:

— Я взглянула на Константайн, и мне стало так стыдно за нее. Сначала забеременеть, потом лгать...

Мне уже дурно. Скорей бы это закончилось.

— Пора тебе узнать, Евгения, — ядовито заявляет мама, — как в действительности обстоят дела. Ты слишком идеализируешь Константайн. Всегда идеализировала. Пойми, они не такие, как *нормальные люди*.

У меня нет сил смотреть на нее. Прикрываю глаза.

— И что же произошло потом, мама?

— Я спросила Константайн, вот так в лоб и спросила: «Ты ей так объяснила? Попыталась прикрыть собственный грех?»

Как я надеялась, что это окажется неправдой. Как надеялась, что именно в этой части Эйбилин ошиблась.

— Я рассказала Лулабелль правду. Сказала: «Твой отец *не умер*. Он бросил вас сразу после твоего рождения. А твоя мамаша никогда в жизни не болела. Она отдала тебя в приют, потому что ты родилась почти белой. Она не хотела такого ребенка».

— Почему ты не позволила ей продолжать верить в рассказ Константайн? Господи, Константайн же боялась, что дочь возненавидит ее, поэтому и придумала это объяснение.

— Потому что Лулабелль должна была знать правду. Ей следовало вернуться в Чикаго, вернуться туда, откуда явилась.

Закрываю лицо ладонями. Оправданий не нашлось. Теперь я понимаю, почему Эйбилин не хотела мне рассказывать. Ребенок не должен знать такого о своей матери.

— Я не могла предположить, что Константайн уедет с ней в Иллинойс, Евгения. Честно говоря, я... расстроилась, что она уехала.

— Не расстроилась, — равнодушно возражаю я. А сама думаю о Константайн, как она, пятьдесят лет прожив на просторе, в деревне, вдруг оказалась запертой в крошечной квартирке в Чикаго. Как одиноко ей там, наверное. Как болят колени в чикагской промозглости.

— Нет, расстроилась. И хотя я просила ее не сообщать ни о чем тебе, она, возможно, все равно написала бы, если бы у нее было больше времени.

— Больше времени?

— Константайн умерла, Евгения. Я послала ей чек, ко дню рождения. На адрес ее дочери. Но Лулабелль... вернула чек. Вместе с копией некролога.

— *Константайн...* — рыдаю я. Я должна была понять. — Почему ты не рассказала мне, мама?

Мама шмыгает носом, стараясь глядеть прямо перед собой. Смахивает слезинку.

— Потому что знала, что ты будешь меня обвинять, а между тем... я ни в чем не виновата.

— Когда она умерла? Сколько она прожила там, в Чикаго?

Мама подтягивает поближе горшок, прижимает его к себе:

— Три недели.

Эйбилин отпирает заднюю дверь, впускает меня в дом. Минни сидит за столом, помешивает кофе. Завидев меня, опускает рукав платья, но я успеваю заметить краешек белой повязки на ее руке. Буркнув приветствие, Минни утыкается в свой кофе.

С глухим ударом опускаю рукопись на стол.

— Если отправить утром, останется еще шесть дней. Мы вполне можем успеть. — С трудом, но улыбаюсь.

— Господи, вот это да. Взгляните только, — усмехается Эйбилин, присаживаясь на табуретку. — Двести шестьдесят шесть страниц.

— Теперь нам остается только... ждать, — говорю я, и мы втроем молча смотрим на стопку исписанных листов.

— Наконец-то, — роняет Минни, и на лице ее мелькает — нет, не улыбка, скорее, удовлетворение.

В комнате тихо. За окном темно. Почта уже закрыта, поэтому я принесла рукопись Эйбилин и Минни, показать в последний раз перед тем, как отправить.

— Что, если все выяснится? — тихонько спрашивает Эйбилин.

Минни устремляет на нее взгляд.

— Что, если люди догадаются, что Найсвилль — это Джексон? Или угадают, кто есть кто?

— Не догадаются они, — бормочет Минни. — Не такое редкое место наш Джексон. Десять тысяч городов таких же.

Мы давно об этом не говорили и, если не считать комментарии Минни насчет отрезанных языков, никогда не обсуждали реальные последствия. Последние восемь месяцев забота была одна — вовремя дописать книгу.

— Минни, тебе нужно подумать о детях, — произносит Эйбилин. — И Лерой... если он узнает...

Уверенность в глаза Минни сменяется странным, почти истеричным выражением.

— Лерой с ума сойдет, это уж точно. — И вновь поддергивает рукав. — Взбесится, а потом огорчится, если белые поймают меня раньше.

— Думаешь, стоит подыскать место, куда можно сбежать... если обернется бедой? — волнуется Эйбилин.

Они размышляют некоторое время, потом дружно качают головами.

— Не представляю, куда нам бежать, — подводит итог Минни.

— Вам надо о себе подумать, мисс Скитер. Вам-то есть куда уехать?

— Я не могу оставить маму, — возражаю я, опускаясь наконец на стул. — Эйбилин, вы действительно считаете, что они могут... навредить нам? Ну, в смысле, как в газетах пишут?

Эйбилин смущенно склоняет голову набок. Она морщит лоб, словно силясь объяснить:

— Они убьют нас. Заявятся с бейсбольными битами. Может, и не совсем убьют, но...

— Но... кто на такое способен? Белые женщины, о которых мы писали... они же не могут...

— Разве вы не знаете? Белые мужчины этого города больше всего на свете любят «защищать» своих женщин?

Чувствую озноб. Я боюсь не за себя, но за Эйбилин, за Минни. За Ловинию, Фэй Белль и еще восьмерых женщин. На столе лежит книга, которую мне хочется затолкать в сумку и спрятать подальше.

Но вместо этого я оборачиваюсь к Минни. Мне кажется, лишь она одна действительно понимает, что может случиться. Минни о чем-то задумалась, поглаживая губы большим пальцем.

— Минни, а вы что скажете?

Она пристально смотрит в окно, кивая в такт собственным мыслям.

— Мне тут пришло в голову... нам нужна *страховка*.

— Какая страховка? — удивляется Эйбилин.

— А что, если мы напишем в книге про Кошмарную Ужасность? — предлагает Минни.

— Нет, Минни, — пугается Эйбилин. — Это выдаст нас с головой.

— Но если мы поместим в книжке этот рассказ, мисс Хилли никому *не позволит* сказать, что в ней написано про наш Джексон. Она не захочет, чтоб люди догадались, что история-то про нее. А если вдруг начнут подбираться к разгадке, она все сделает, только бы направить их в другую сторону.

— Боже, Минни, это чересчур рискованно. От этой женщины всего можно ждать.

— Никто не знает об этой истории, кроме мисс Хилли и ее матери, — продолжает Минни. — Ну да еще мисс Селия знает, но у нее нет подруг, которым можно было бы рассказать.

— Да что за история? — недоумеваю я. — Это что, в самом деле *настолько* ужасно?

— Кому она признается? — Минни не обращает на меня внимания. — Она не захочет, чтоб и вас с мисс Лифолт кто-нибудь узнал, Эйбилин, потому что вы люди к ней близкие. Говорю вам, мисс Хилли станет для нас лучшей защитой.

Эйбилин задумчиво молчит, затем решительно кивает. И тут же трясет головой. Мы с Минни наблюдаем за ней и ждем.

— Если мы напишем в книге про Кошмарную Ужасность, а люди догадаются, что это про тебя и мисс Хилли, тогда неприятности точно будут, и еще какие. — Эйбилин вздрагивает. — Такие, что и представить-то не берусь.

— Ладно, я готова рискнуть. Я уже решила. Или давайте пишите этот рассказ, или вообще порвите главу про меня.

Эйбилин и Минни пристально смотрят друг на друга. Мы не можем выбросить главу про Минни: это заключительная, важнейшая часть. Про то, как можно быть уволенной девятнадцать раз в одном городе. Про вечные безуспешные попытки сдержать гнев. Глава начинается наставлениями матери о правилах работы на белых хозяек и рассказывает о всей жизни Минни — вплоть до ухода от миссис Уолтер. Я хотела бы вмешаться, но держу рот на замке.

Наконец Эйбилин вздыхает:

— Ладно уж... Тогда, думаю, тебе лучше ей обо всем рассказать.

С готовностью достаю карандаш и блокнот.

Минни, прищурившись, косится на меня:

— Я рассказываю только для книги, чтоб вы поняли. А вовсе не делюсь тут задушевными тайнами.

— А я пока приготовлю еще кофе, — осторожно добавляет Эйбилин.

По дороге домой я поминутно ежусь, вспоминая шоколадный торт Минни. Вот уж не знаю, что безопаснее для нас — включить эту историю в книгу или навсегда забыть о ней. Вдобавок, если я не успею закончить рассказ к моменту отправки завтрашней почты, мы потеряем еще один день, что уменьшит наши шансы успеть к сроку. Представляю себе багровое от злости лицо Хилли, ее ненависть к Минни. Я хорошо знаю свою старую бывшую подругу. Если правда выплывет наружу, Хилли станет нашим злейшим врагом. И даже если наше инкогнито останется нераскрытым, сама публикация «кондитерской истории» приведет Хилли в невиданное прежде бешенство. Но Минни права — лучше страховки не придумать.

Каждую четверть мили оглядываюсь через плечо. Но не превышаю скорость и стараюсь не выезжать на широкие магистрали. *«Они нас убьют»,* — звучит у меня в ушах.

Пишу всю ночь напролет, морщусь, описывая пикантные детали из рассказа Минни. Днем продолжаю работать, не позволяя себе передохнуть. В четыре часа пополудни заталкиваю рукопись в картонную коробку, быстро заворачиваю коробку в коричневую упаковочную бумагу. Обычно посылка идет до Нью-Йорка дней семь или восемь, но эта должна оказаться на месте через шесть — иначе мы упустим свой шанс.

Я спешу на почту — она закрывается в четыре тридцать, — бросаюсь к окошку приема корреспонденции.

Я не спала уже две ночи, волосы у меня в прямом смысле слова стоят дыбом. Почтовый служащий в ужасе таращит глаза:

— Что, сильный ветер на улице?

— Прошу вас. Можно отправить это сегодня? В Нью-Йорк.

Он смотрит на адрес.

— Почтовый фургон уже ушел, мэм. Придется ждать завтрашнего утра.

Он ставит штемпель на посылку, а я отправляюсь домой.

Дома сразу же прячусь в кладовку и звоню в офис Элейн Штайн. Секретарь соединяет, и хриплым, усталым голосом я сообщаю, что сегодня отправила рукопись.

— Последнее совещание состоится через шесть дней, Евгения. Рукопись не просто должна прийти вовремя, у меня еще должно остаться время прочитать ее. Что весьма маловероятно, надо сказать.

На это нечего ответить, поэтому я лишь бормочу:

— Понимаю. Спасибо, что дали мне шанс. — И добавляю: — С Рождеством, миссис Штайн.

— Мы называем это Ханука, но благодарю вас, мисс Фелан.

Глава 28

Закончив разговор, выхожу на террасу, смотрю на холодные поля. Я устала как собака и даже не замечаю, что у дома стоит машина доктора Нила. Должно быть, он приехал, пока я была на почте. Облокотившись на перила, дожидаюсь, когда доктор выйдет из маминой комнаты. Со своего места я вижу дверь спальни, она плотно закрыта.

Наконец доктор Нил выходит, останавливается рядом со мной.

— Я дал ей кое-что, чтобы облегчить боль, — говорит он.

— Боль? Маму тошнило утром?

Старый доктор Нил пристально смотрит на меня мутноватыми голубыми глазами. Он долго молчит, словно принимая какое-то решение.

— У вашей матери рак, Евгения. Выстилающей желудка.

Пальцы судорожно сжимают перила. Я потрясена, но все же — разве я не догадывалась об этом раньше?

— Она не хотела вам рассказывать. Но поскольку она отказывается ложиться в больницу, вы должны знать правду. Следующие несколько месяцев будут... довольно тяжелыми. Для нее и для вас.

— Несколько месяцев? И... все? — ахаю я, испуганно прикрыв ладонью рот.

— Возможно, чуть больше или чуть меньше, дорогая. Хотя, зная характер вашей матушки... — он косится на дом. — Можно предположить, что она будет бороться как дьявол.

Сил ответить у меня нет.

— Звоните в любое время, Евгения. И на работу, и домой.

Вхожу к маме. Отец сидит на софе у кровати, глядя в пространство. Мама опирается на подушки. Увидев меня, чуть закатывает глаза.

— Итак, он тебе рассказал, — констатирует она.

С подбородка у меня капают слезы, я беру маму за руку:

— Как давно ты знаешь?

— Около двух месяцев.

— Ох, мамочка.

— Прекрати, Евгения. Охи тут не помогут.

— Но что я могу... я же не могу просто сидеть и смотреть, как ты... — Никогда не произнесу это вслух. Слова слишком ужасны.

— Ты определенно не должна *сидеть* здесь. Карлтон скоро станет юристом, а ты... — Она грозит мне пальцем: — Даже не думай, что можешь запустить себя, когда меня не станет. Как только я смогу дойти до кухни, тут же позвоню в «Фанни Мэй» и запишу тебя к парикмахеру вплоть до 1975 года.

Опускаюсь на софу рядом с папой, он обнимает меня. Прислонившись к его плечу, я плачу и плачу, не в силах остановиться.

Рождественская елка, установленная Джеймисо неделю назад, уже засыхает, и всякий раз, как кто-нибудь входит в гостиную, с нее осыпается горсть иголок. До Рождества еще целых шесть дней, но никому не приходит в голову полить несчастное деревце. Подарки, которые мама приготовила и упаковала еще в июле, сложены под елкой; для папы наверняка парадный галстук, что-то маленькое и квадратное для Карлтона, а в тяжелой коробочке для меня, подозреваю, новая Библия. Теперь, когда все узнали о маминой болезни, она словно отпустила невидимые струны, удерживавшие ее. Марионетка с обрезанными нитями — даже голова неустойчиво покачивается на тонкой шее. Максимум, что она в состоянии сделать, — подняться и дойти до туалета или несколько минут посидеть на террасе.

Днем приношу маме ее почту — журнал «Домоводство», церковные вестники, бюллетени ДАР.

— Как ты? — Поправляю ей волосы, и она прикрывает глаза, словно это доставляет ей удовольствие. Сейчас она ребенок, а я — мама.

— Все нормально.

Входит Паскагула с подносом — только бульон.

— О нет, — морщится мама. — Я не могу есть.

— Хорошо, мам, это необязательно. Поедим попозже.

— С Паскагулой все совсем иначе, верно? — спрашивает она.

— Верно, — соглашаюсь я. Она впервые вспоминает о Константайн после нашего тяжелого разговора.

— Говорят, хорошая прислуга — это как настоящая любовь. Одна на всю жизнь.

Я киваю и думаю, что эту мысль следовало бы включить в книгу. Но разумеется, слишком поздно — рукопись уже в пути. Я ничего больше не могу сделать, никто из нас не может — только ждать.

В канун Рождества дождливо, тепло и печально. Каждые полчаса отец выходит из маминой комнаты, выглядывает в окно и спрашивает: «Он приехал?» Сегодня вечером мой брат Карлтон должен вернуться из своей юридической школы, и мы с нетерпением ждем его. Маму весь день тошнило и рвало. Она едва в силах открыть глаза, но уснуть все равно не может.

— Шарлотта, вам нужно в больницу, — заявил утром доктор Нил. Не припомню, сколько раз он повторил это на минувшей неделе. — Позвольте мне хотя бы прислать вам сиделку.

— Чарльз Нил, — ответила мама, не поднимая головы от подушки, — я не намерена провести свои последние дни в больнице и не позволю превратить в лечебницу свой собственный дом.

Доктор Нил вздохнул, вручил папе новые лекарства и объяснил, как их принимать.

— А поможет ли? — услышала я папин шепот. — Ей станет легче?

Доктор Нил тяжело опустил руку на папино плечо:

— Нет, Карлтон.

К шести вечера наконец приезжает брат.

— Привет, Скитер, — обнимает он меня. После долгой поездки Карлтон слегка помят и взъерошен, но все такой же красавец. От него приятно пахнет свежим воздухом. Хорошо, что кто-то еще теперь есть рядом. — Господи, почему в доме такая жара?

— Она мерзнет, — тихонько отвечаю я. — Постоянно.

Вместе идем к маме. Она протягивает руки навстречу сыну, приподнимается.

— О, Карлтон, ты дома.

Карлтон замирает на миг. Потом наклоняется, нежно обнимает маму. На его лице, обращенном ко мне, смятение. Я отворачиваюсь, стискиваю зубы, чтобы не расплакаться, — сбежать-то нельзя. Выражение лица Карлтона говорит мне больше, чем я хотела бы знать.

В Рождество приезжает Стюарт; я не отворачиваюсь, когда он пытается меня поцеловать, но шепчу:

— Я позволяю тебе это только потому, что моя мать при смерти.

— Евгения, — доносится мамин голос.

Завтра Новый год, я готовлю себе чай на кухне. Рождество миновало, сегодня утром Джеймисо выбросил елку. Весь дом в сухих иголках, но игрушки я уже убрала в чулан. Так тягостно и грустно было упаковывать их, заворачивать, как это делала мама. Я не позволяю себе даже думать о тщетности этих действий.

От миссис Штайн никаких вестей, я не знаю, получила ли она мой пакет и вовремя ли. Вчера вечером, не выдержав, я позвонила Эйбилин, просто поговорить об этом с кем-нибудь.

— Я все думаю о том, что надо бы добавить, — призналась Эйбилин. — А потом напоминаю себе, что мы уже все отправили.

— Я тоже. Сообщу сразу, как будут новости.

Иду в спальню к маме. Она сидит почти прямо, подложив под спину подушки. В таком положении ей легче сдерживать тошноту. Белая эмалированная посудина несет свой караул подле кровати.

— Привет, мам. Что тебе принести?

— Евгения, ты не можешь пойти на новогоднюю вечеринку к Холбрукам в этих брюках.

Мама прикрывает глаза и держит их закрытыми чуть дольше, чем обычно. Она истощена до предела — скелет в белой ночной рубашке, отделанной абсурдно легкомысленными ленточками и кружевами. Шея в вырезе ворота напоминает птичью. Есть мама может только через соломинку. И полностью утратила обоняние. Зато недостатки моего гардероба чует по-прежнему, даже из соседней комнаты.

— Они отменили вечеринку, мама.

Наверное, она вспомнила прошлогодний праздник у Хилли. Но в этом году, как сообщил Стюарт, из-за кончины президента все празднества отменены. Да и все равно меня никуда бы не пригласили. Стюарт придет сегодня вечером смотреть Дика Кларка по телевизору.

Мама кладет свою худенькую ручку поверх моей — суставы проступают под кожей. Я такого размера была в одиннадцать лет.

— Думаю, тебе нужно выбросить эти брюки, немедленно.

— Но они такие удобные, и теплые, и...

Мама устало прикрывает глаза:

— Скитер, извини.

Спорить больше не о чем.

— Хорошо, — выдыхаю я.

Из-под покрывала мама вытаскивает маленький блокнот, сует его в один из кармашков, которые она нашила на всей одежде — для платков и противорвотных таблеток. Крошечные диктаторские списки. Удивительно, как, будучи настолько слабой, она твердой рукой продолжает писать. «Нельзя носить: серые, бесформенные, мужеподобные брюки».

Звучит жутко, но, осознав, что после смерти не сможет диктовать мне, что носить, мама тут же разработала эту оригинальную посмертную систему. Приняла меры, дабы я никогда впредь не покупала сама неподходящую одежду. Возможно, она права.

— Тебя пока не тошнило? — Уже четыре часа, мама выпила две чашки бульона, но рвоты не было. Обычно к этому времени ее выворачивает раза три, не меньше.

— Ни разу, — отзывается она, закрывает глаза и спустя мгновение уже спит.

Наступил Новый год, утром я спускаюсь в кухню — приготовить «счастливые бобы»*. Паскагула с вечера замочила их, проинструктировала меня, как переложить в кастрюлю, зажечь огонь, когда добавить окорок. Процедура включает в себя всего два действия, но, похоже, все вокруг волнуются, хватит ли у меня мозгов включить плиту. Помнится, Константайн приходила первого января и готовила для нас «счастливые бобы», хотя у нее и был выходной в этот день. Она варила целый горшок, а потом раскладывала на тарелки по одной штучке и внимательно следила, чтобы каждый съел свою порцию. Наверное, она была немного суеверна в этом отношении. Потом она мыла посуду и отправлялась домой. Но Паскагула не предлагала помощь в свой выходной, и, учитывая, что у нее есть собственная семья, я ее и не просила.

Жаль, что Карлтону нужно уезжать. Так здорово было поболтать с ним время от времени. Обнимая меня на прощанье, он весело пожелал:

— Смотри не сожги дом дотла. — И добавил: — Я позвоню завтра, узнать, как у нее дела.

Погасив огонь, выхожу на крыльцо. Папа, опершись на перила, задумчиво катает в пальцах хлопковое семечко. Разглядывает пустые поля, которые еще месяц простоят незасеянными.

— Пап, обедать будешь? — окликаю я. — Бобы готовы.

Слабая, погасшая улыбка в ответ.

— Это новое лекарство... — Он изучает семечко. — Думаю, оно помогает. Она говорит, что чувствует себя лучше.

---

* Традиционное новогоднее блюдо в южных штатах США. Боб, съеденный за праздничным столом, приносит удачу в наступившем году.

Невероятно, не может же он вправду верить в это.

— За два дня ее тошнило только раз...

— Папочка, это просто... Пап, она по-прежнему больна.

Но, судя по невидящему взгляду, отец меня не слышит.

— Я знаю, ты могла бы жить в другом месте, Скитер. — В глазах его слезы. — Но не проходит ни дня, чтобы я не благодарил Господа за то, что ты рядом с ней.

Мне неловко оттого, что он считает это моим сознательным выбором, но все же утвердительно киваю. И крепко обнимаю отца:

— Я тоже рада, что я здесь, папа.

Едва после праздников открылся клуб, я облачаюсь в теннисную форму и достаю ракетку. Шагая мимо буфета, игнорирую Пэтси Джойнер, мою бывшую партнершу, и еще трех девиц, курящих за столиком. Они тут же принимаются шушукаться, склонившись друг к другу. Сегодня вечером я пропущу собрание Лиги и, коли на то пошло, все предстоящие сборища тоже. Три дня назад я отправила письмо с заявлением о выходе из Лиги.

Стучу мячом о стенку, стараясь ни о чем не думать. В последнее время я начала молиться, хотя никогда не была особенно религиозна. Но вдруг заметила, что шепчу длинные, бесконечные обращения к Богу, умоляя об облегчении для мамы, добрых вестях о книге, иногда даже прошу совета, что делать со Стюартом. Порой ловлю себя на том, что молюсь и даже не замечаю этого.

Возвращаюсь домой, и следом подъезжает доктор Нил. Провожаю его к маме, сама остаюсь за дверью и мечусь по холлу. Я понимаю, почему отец ухватился за тоненькую нить надежды, — вот уже четыре дня прошло без рвоты желчью. Мама каждый день ест овсянку и даже просит добавки.

Доктор выходит, оставив папу у кровати больной, а я провожаю его к выходу.

— Она сказала вам? — взволнованно спрашиваю я. — Что ей стало лучше?

Он кивает, но как-то безрадостно.

— Не вижу смысла везти ее на рентген. Это было бы чересчур тяжело для нее.

— Но... ей же лучше? Она может выздороветь?

— Я видел такое прежде, Евгения. Иногда люди чувствуют прилив сил. Полагаю, это нечто вроде дара Господня. Чтобы успеть привести в порядок земные дела. Но это все, дорогая. Не ожидайте большего.

— Но вы видели, какого она цвета? Она выглядит гораздо лучше и начала есть...

— Что ж, надейтесь и постарайтесь не волновать ее, — качает он головой.

В первую пятницу 1964 года мое терпение кончается. Тащу телефонный аппарат в кладовку. Мама уснула, съев вторую плошку овсянки. Дверь в ее комнату открыта, чтобы я услышала, если вдруг что-нибудь понадобится.

— Офис Элейн Штайн.

— Здравствуйте, это Евгения Фелан. Можно поговорить с миссис Штайн?

— Простите, мисс Фелан, но миссис Штайн не отвечает на звонки по поводу отбора рукописей.

— Вот как... Но не могли бы вы сообщить, получила ли она ее вообще? Я отправила рукопись довольно поздно и...

— Минутку.

Примерно через минуту секретарь возвращается.

— Я могу подтвердить, что мы получили пакет от вас. После того как миссис Штайн примет решение, мы вам сообщим. Спасибо за звонок.

Короткие гудки.

Проходит несколько дней. Мы со Стюартом сидим в гостиной. Я рада и ему, и тому, что гробовая тишина дома хотя бы на некоторое время отступила. Вместе смотрим телевизор. Начинается реклама — та, где девица с синяком под глазом курит сигареты. «Любители “Тарлейтон” готовы драться, но не изменить любимому сорту!»

В последнее время мы со Стюартом встречаемся каждую неделю. Ходили в кино, один раз обедали в городе, но обычно он приезжает к нам домой, потому что я не хочу оставлять маму. Стюарт робок и нерешителен, в глазах его бесконечное терпение, и я опять испытываю волнение в его присутствии. Ни о чем серьезном мы не разговариваем. Он рассказывает, как летом, еще в колледже, работал на нефтяных платформах в Мексиканском заливе. Про душ с морской водой. Кристально-чистой океанской водой, абсолютно прозрачной. Мужчины занимались этой тяжелой работой, чтобы прокормить свои семьи, в то время как Стюарт, богатый наследник, должен был потом вернуться в колледж. Впервые в жизни ему пришлось трудиться до пота.

— Я рад, что побывал тогда на буровой. Сейчас я не смог бы на это решиться, — говорит он, будто речь о давних событиях, хотя минуло всего пять лет. Он выглядит старше своего возраста.

— Почему? — спрашиваю я, поскольку меня сейчас заботит собственное будущее. И хотелось бы выслушать разные мнения.

— Потому что не смог бы оставить тебя.

Я молчу, не решаясь признаться даже себе, насколько рада это слышать.

Реклама заканчивается, за ней следуют новости. Перестрелки и мелкие столкновения во Вьетнаме. Корреспондент, похоже, считает, что можно было разобраться и без особенного шума.

— Послушай, — начинает Стюарт после паузы. — Я раньше об этом не заговаривал, но... для меня не секрет, что говорят в городе. Про тебя. И мне все равно.

Первая мысль — *книга*. Он что-то слышал. Нервно подбираюсь.

— Какой секрет? О чем ты?

— Ну, ты понимаешь. Насчет шутки, которую ты сыграла с Хилли.

Чуть расслабляюсь, но не до конца. Я ни с кем, за исключением самой Хилли, не обсуждала эту тему. Интересно, это Хилли позвонила ему, как грозилась?

— Я понимаю, как люди могли это воспринять, — подумать, что ты из этих сумасшедших либералов, что ты замешана во всей этой мерзости.

Внимательно рассматриваю собственные руки, тревога уступает место раздражению.

— Откуда ты знаешь, в чем я могу быть замешана?

— Потому что я прекрасно знаю тебя, Скитер, — мягко замечает он. — Ты слишком умна, чтобы связаться с чем-либо подобным. Я так им и сказал.

Киваю, имитируя улыбку. Несмотря на раздражение, не могу не оценить, что кто-то все же готов за меня вступиться.

— И давай не будем больше об этом, — предлагает он. — Я просто хотел расставить точки над i. Вот и все.

В субботу вечером захожу к маме попрощаться. На мне длинное пальто, чтобы она не разглядела остальной наряд. Свет выключен, дабы избежать комментариев по поводу прически. Состояние ее здоровья не слишком изменилось. Не похоже, чтобы ей стало хуже — рвота не повторяется, — но кожа бледно-серая. И волосы начали выпадать. Нежно взяв маму за руку, провожу ладонью по щеке.

— Пап, позвонишь в ресторан, если я буду нужна, хорошо?

— Обязательно, Скитер. Ступай, развлекись немного.

Стюарт везет меня ужинать в «Роберт Э. Ли». Зал пестрит платьями, повсюду красные розы, слышится звон бокалов и серебра. В воздухе чувствуется некоторое оживление, словно после убийства президента Кеннеди жизнь возвращается в нормальное русло. Наступил новый, чистый 1964 год.

Нас провожает множество взглядов.

— Ты выглядишь так... оригинально, — решается произнести Стюарт. Он, похоже, весь вечер подбирал комплимент, но на лице скорее смущение, чем восхищение. — Это платье, оно такое... короткое.

Я киваю и отбрасываю назад волосы. Как прежде делал он.

Сегодня утром я сказала маме, что собралась по магазинам. Но, заметив, до чего она измучена, тут же добавила:

— Хотя, наверное, мне лучше остаться.

Но слово сказано. Мама велела принести чековую книжку. Затем протянула мне незаполненный чек и стодолларовую купюру. Казалось, само слово «шопинг» взбодрило ее.

— Не экономь. Никаких брюк. Пускай мисс Ла Воль тебе поможет. — Мама откинулась на подушки. — Она знает, как следует одеваться молодой девице.

Но мысль о том, как морщинистые лапки мисс Ла Воль, благоухающие кофе и нафталином, примутся шарить по моему телу, была невыносима. Проехав через город, я повернула на Пятьдесят первое шоссе и прямиком покатила в Новый Орлеан. Я мчалась, борясь с чувством вины за то, что оставляю маму надолго, — но сегодня должен был приехать доктор Нил, да и папа весь день будет рядом с ней.

Три часа спустя вхожу в универмаг «Мезон Бланш» на Канал-стрит. Я множество раз бывала здесь с мамой и дважды с Элизабет и Хилли, но белые мраморные полы все так же завораживают. Целые мили шляпок, перчаток, напудренных женщин — таких счастливых, таких *здоровых*. Не успеваю толком оглядеться, как стройный мужчина подхватывает меня под локоть:

— Пойдемте, я проведу вас наверх. — И стремительно увлекает меня в лифт, на третий этаж, в зал под вывеской «Современная женская одежда».

— Что все это значит? — изумленно спрашиваю я. Толпы женщин, грохочущий рок-н-ролл, шампанское, яркие огни.

— Эмилио Пуччи, дорогуша. Наконец-то! — Отступив на шаг, он изумляется: — Разве вы не на презентацию? У вас ведь есть приглашение, правда?

— Э-э, где-то, — бормочу я, начинаю рыться в сумочке, и он тут же теряет ко мне интерес.

Одежда вокруг выглядит так, словно все это пустило корни и расцвело прямо на вешалках. Весело хохочу, вспомнив мисс Ла Воль. Никаких тебе «костюмов пасхального яйца»! Только цветы! Широкие яркие полоски! И длина, *открывающая несколько дюймов бедра*. Волнующе, роскошно, головокружительно! Этот парень, Эмилио Пуччи, должно быть, каждое утро сует палец в розетку.

На свой незаполненный чек накупаю столько тряпок, что они занимают все заднее сиденье «кадиллака». Потом на Мэгазин-стрит плачу сорок пять долларов, чтобы выкрасить, подстричь и выпрямить волосы. За зиму они отросли и приобрели несколько помойный цвет. Около четырех часов пересекаю мост Лейк Понтшартрейн по пути домой; из радиоприемника грохочет группа «Роллинг Стоунз», мои шелковистые прямые волосы развеваются на ветру, а я думаю: «Сегодня вечером я сброшу броню, и пускай у нас со Стюартом все будет, как прежде».

Мы едим шатобриан, улыбаемся, болтаем. Он поглядывает на соседние столики, делая забавные замечания по поводу некоторых знакомых. Но никто не подходит к нам поздороваться.

— Итак, за новое начало, — провозглашает Стюарт, поднимая бокал с бурбоном.

Я киваю, удерживаясь от замечания, что вообще-то любое начало — новое. Вместо этого просто улыбаюсь и подношу к губам уже второй бокал вина. Я никогда, вплоть до сегодняшнего дня, не любила алкоголь.

После ужина выходим в холл, и я замечаю за столиком сенатора и миссис Уитворт. Вокруг них группа оживленно беседующих людей. Родители Стюарта, как он сообщил чуть раньше, в эти выходные впервые после переезда в Вашингтон навестили родной город.

— Стюарт, там твои родители. Наверное, нужно подойти поздороваться?

Но Стюарт поспешно тащит меня к выходу, едва не подталкивая в спину.

— Не хочу, чтобы мама видела тебя в этом платье, — объясняет он. — В смысле, ты выглядишь потрясающе, но... — Он бросает взгляд на подол.

Возможно, для сегодняшнего вечера это не лучший вариант. По дороге домой припоминаю, как Элизабет боялась, что бридж-клуб застанет меня у нее дома. Неужели отныне все будут меня стесняться?

В Лонглиф мы возвращаемся к одиннадцати. В родительской спальне темно. Мы устраиваемся на диване в гостиной. Расправляю платье на коленях — наверное, Стюарт прав, оно чересчур короткое.

Я зеваю, тру глаза. А когда открываю их, у Стюарта в руке кольцо.

— О... Господи.

— Я собирался сделать это в ресторане, но... — он усмехается, — здесь лучше.

Осторожно касаюсь кольца. Прохладное и роскошное — по три рубина с обеих сторон от бриллианта. Внезапно меня бросает в жар. Я улыбаюсь, но в то же время готова расплакаться.

— Я должна признаться тебе кое-в чем, Стюарт, — выпаливаю я. — Обещай, что никому не расскажешь.

Он недоуменно смотрит на меня, потом хохочет:

— Так что, ты сказала «да»?

— Да, но... — Но сначала необходимо удостовериться. — Ты можешь дать слово?

Он вздыхает, явно разочарованный тем, как я испортила торжественный момент.

— Разумеется, я даю слово.

Я все еще не могу в себя прийти от его предложения, но стараюсь взять себя в руки и объяснить как можно лучше. Глядя ему прямо в глаза, излагаю факты и те подробности, которыми могу поделиться без опасений, — рассказываю, чем занималась целый год. Я не называю ни одного имени. Хотя он намерен стать моим мужем, я все же не настолько хорошо его знаю, чтобы довериться полностью.

— То есть об этом ты и писала последние двенадцать месяцев? Не об... Иисусе Христе?

— Нет, Стюарт. Не об... Иисусе.

Я рассказываю, как Хилли обнаружила в моей сумке «Законы Джима Кроу», и он потрясенно молчит, — видимо, я подтвердила то, что обо мне успела рассказать Хилли и чему он по собственной наивности не поверил.

— Эти слухи... Я говорил всем, что они чертовски ошибаются. Но оказалось... это правда.

Я рассказываю, как после молитвенного собрания чернокожие служанки согласились помочь мне, и чувствую прилив гордости за то, что мы сделали. Стюарт молча смотрит в свой пустой стакан.

Потом я рассказываю, что отправила рукопись в Нью-Йорк. Что, если ее решат опубликовать, книга выйдет месяцев через восемь, может, раньше. Как раз к этому времени, мысленно добавляю, наша помолвка завершится свадьбой.

— Автор анонимен, — говорю я. — Но, учитывая активность Хилли, велика вероятность, что люди догадаются, кто за этим стоит.

Стюарт не кивает одобрительно, не берет меня за руку, и колечко его бабушки нелепой метафорой по-прежнему покоится на нашем старом бархатном диване. Мы молчим. Он старается не встречаться со мной взглядом.

После паузы произносит:

— Я не... не понимаю, зачем ты в это ввязалась. Какое тебе *вообще* до этого дело, Скитер?

Мгновенно ощетинившись, я злобно смотрю на кольцо, такое яркое и блестящее.

— Я не... думал, что все так. Я полагал, что здесь все тихо и спокойно. Почему тебе непременно нужно создавать проблемы?

Судя по тону, он действительно хочет услышать искренний ответ. Но как объяснить? Он славный парень, Стюарт. Да, я знаю, что поступила абсолютно правильно, но понимаю его смятение и сомнения.

— Я не создаю проблем, Стюарт. Проблемы уже существуют.

Но он, очевидно, ждет другого ответа.

— Я совсем тебя не знаю.

Опустив глаза, припоминаю, что именно об этом думала всего минуту назад.

— Полагаю, у нас на это будет вся оставшаяся жизнь. — Пытаюсь выдавить улыбку.

— Боюсь... боюсь, что не смогу жениться на ком-то, кого совершенно не знаю.

Дыхание останавливается.

— Я должна была рассказать, — убеждаю я скорее себя, чем его. — Ты должен был узнать.

Он внимательно изучает меня:

— Я дал слово. Я никому ничего не скажу.

И я ему верю. Он может быть кем угодно, наш Стюарт, но уж точно не лжецом.

Он встает. Еще один взгляд, прощальный. Потом забирает кольцо и уходит.

Стюарт ушел, а я слоняюсь из комнаты в комнату, с пересохшим ртом, замерзшая. В прошлый раз, когда Стюарт бросил меня, я молила о прохладе. Вот и получила.

В полночь слышу мамин голос:

— Евгения? Это ты?

Дверь полуоткрыта, мама сидит в белой накрахмаленной рубашке. Волосы распущены по плечам. Как прекрасно она выглядит — свет с задней террасы образует светлый ареол вокруг ее тела. Она улыбается, демонстрируя новые протезы, изготовленные доктором Саймоном после того, как зубы начали разрушаться от избытка желудочного сока. Сейчас ее улыбка еще ослепительнее, чем на парадных детских фотографиях.

— Мама, что тебе подать? Тебе плохо?

— Подойди, Евгения. Я хочу тебе кое-что сказать.

Тихонько подхожу ближе. Папа спит рядом. Мы прекрасно понимаем, что времени осталось совсем мало. Я могла бы сделать ее последние дни счастливыми, притвориться, что скоро свадьба.

— Мне тоже нужно тебе кое-что сказать, — говорю я.

— Вот как? Тогда начинай первая.

— Стюарт сделал мне предложение, — фальшиво улыбаюсь я. И тут же впадаю в панику — она же попросит показать кольцо.

— Я знаю, — отвечает мама.

— Знаешь?

— Разумеется, — кивает она. — Две недели назад он пришел к нам с отцом просить твоей руки.

Две недели назад? Да уж, смешно. Ну конечно, мама должна была первой узнать о таком важном событии.

Какое счастье, что она так долго могла радоваться этой новости.

— Я должна тебе кое-что сказать.

Вокруг мамы разливается совершенно неземное фосфоресцентное сияние. Это всего лишь отраженный свет фонарей, но странно, что я не замечала его раньше. Она сжимает мою руку со здоровой улыбкой матери, радующейся помолвке дочери.

Папа, заворочавшись, просыпается и садится в кровати:

— Что такое? Тебе плохо?

— Нет, Карлтон. Мне хорошо. Я тебе уже говорила.

Он сонно кивает и засыпает, даже не успев упасть на подушку.

— Что ты хотела сказать мне, мама?

— Я долго разговаривала с твоим отцом и приняла решение.

— Боже, — выдыхаю я. Представляю, как она разъясняла этот момент Стюарту, когда тот просил моей руки. — Это насчет трастового фонда?

— Нет.

«Тогда, должно быть, относительно свадьбы», — думаю я. До дрожи грустно осознавать, что маме не придется готовить мою свадьбу, — и не только потому, что умрет к тому времени, но и потому, что свадьбы не будет. И пусть это чудовищно и я чувствую себя страшно виноватой, но все же испытываю облегчение при мысли, что мне не придется пройти через это в ее обществе.

— Вижу, вы заметили, что в последние несколько недель дела пошли на поправку, — продолжает она. — Я знаю, доктор Нил говорит, это последний всплеск и прочую ерунду...

Кашель выгибает дугой исхудавшее тело. Протягиваю платок, она, нахмурившись, промокает губы.

— Но, как я сказала, я приняла решение.

Киваю — с тем же сонным выражением, что и отец минуту назад.

— Я решила не умирать.

— О, мама... Господи, умоляю...

— Слишком поздно, — величественно отмахивается она. — Я приняла окончательное решение.

Мама потирает друг о друга худенькие ладошки, словно смывая с них рак. Она сидит, стройная и подтянутая в своей ночной рубашке, нимб светится вокруг ее головы, — и тут до меня доходит. Какая же я дура. Ну конечно, и к собственной смерти мама будет относиться столь же непреклонно, как и к прочим сложностям жизни.

Пятница, 18 января 1964 года. На мне черное платье колоколом. Ногти на руках обкусаны. Каждую деталь сегодняшнего дня я буду помнить, наверное, так же, как некоторые люди помнят, какой сэндвич они ели или какая песня звучала по радио, когда они узнали об убийстве президента Кеннеди.

Вхожу в ставшую такой знакомой кухню, останавливаюсь на привычном месте — по центру. За окном уже темно, и желтый свет лампочки кажется особенно ярким. Смотрю на Минни, она смотрит на меня. Эйбилин замерла между нами в готовности предотвратить ссору.

— «Харпер и Роу», — объявляю я, — хотят опубликовать книгу.

Тишина. Даже муха прекращает жужжать.

— Вы шутите, — отзывается Минни.

— Я разговаривала с миссис Штайн сегодня днем.

Эйбилин издает вопль, какого я никогда прежде от нее не слышала.

— Господи, не верю! — кричит она, и мы бросаемся обниматься — Эйбилин и я, Минни и Эйбилин. В мою сторону Минни ограничивается обычным взглядом. — Ну-ка, садитесь! — радостно нервничает Эйбилин. — Расскажите, что она сказала? Что нам теперь делать? Господи, а у меня-то даже кофе не готов!

Мы усаживаемся, они жадно смотрят на меня, чуть подавшись вперед. Глаза у Эйбилин просто огромные. Я целых четыре часа провела дома с этой новостью. Миссис Штайн честно предупредила, что прибыли от этого не будет почти никакой. Между «чуть-чуть» и «ничего». Чувствую себя обязанной донести эту информацию до Эйбилин, чтобы она не испытала разочарования. Я и в себе-то не могу толком разобраться.

— Послушайте, она сказала, что не стоит слишком радоваться. Они намерены выпустить очень, *очень* небольшой тираж.

Жду, что Эйбилин огорчится, но она радостно смеется, прикрыв рот кулаком.

— Возможно, всего несколько тысяч экземпляров.

Эйбилин еще крепче прижимает кулак к губам.

— «Трогательно...» Так сказала миссис Штайн.

У Эйбилин даже лицо потемнело. Она все смеется. Нет, она определенно не понимает.

— И еще она сказала, что аванс будет совсем крошечным...

Пытаюсь оставаться серьезной, но это очень трудно, потому что Эйбилин вот-вот взорвется от смеха. У нее даже слезы на глазах выступили.

— Насколько... крошечным? — сдавленно спрашивает она.

— Восемьсот долларов. Разделить на тринадцать.

Эйбилин хохочет во весь голос. Не в силах удержаться, смеюсь вместе с ней. Да уж, чуть больше шестидесяти долларов на человека.

Слезы градом катятся по лицу Эйбилин, и вот она обессиленно роняет голову на стол.

— Не знаю, с чего я так смеюсь. Просто все вдруг стало так забавно.

Минни возмущенно глядит на нас:

— С самого начала было понятно, что вы чокнутые. Обе.

Рассказываю подробности. Я вообще-то не лучшим образом проявила себя в беседе с миссис Штайн. Она говорила спокойно, почти равнодушно. А я как отреагировала? Думаете, была сама деловитость, задала уместные вопросы? Поблагодарила за то, что она взялась за такую рискованную тему? Ничего подобного. Я не хохотала, конечно, нет, просто разрыдалась в трубку, точно ребенок, которому вкатили прививку.

— Успокойтесь, мисс Фелан. Едва ли книга станет бестселлером. — Но пока она излагала детали, я упоенно рыдала. — Мы платим четыреста долларов аванса, а потом еще четыреста, после окончания работы... вы... слушаете?

— Д-да, мэм.

— И безусловно, потребуется определенная доработка. Лучше всего написана глава Сары.

Я передала Эйбилин ее слова. Эйбилин шмыгает носом, вытирает глаза, улыбается. Мы все же успокаиваемся и чинно пьем кофе, который подает Минни.

— Гертруда ей тоже понравилась, — сообщаю Минни. Разворачиваю листок и цитирую — я записала, чтобы не позабыть: — «Гертруда — это кошмар каждой белой южанки. Просто восхищаюсь ею».

На миг Минни решается взглянуть мне прямо в глаза. Лицо ее смягчается, расплываясь в совершенно детской улыбке.

— Она так сказала? Про меня?

— Она как будто хорошо тебя знает, хоть между вами пятьсот миль, — усмехается Эйбилин.

— Она сказала, книга выйдет не раньше чем через полгода. Где-то в августе.

Эйбилин продолжает улыбаться, нимало не огорчившись услышанным. И я безумно рада. Я понимала, что Эйбилин разволнуется, но боялась, что ее немного разочаруют подробности. Но, глядя на нее сейчас, осознаю, что и сама нисколько не разочарована. Я просто счастлива.

Еще какое-то время мы сидим, болтаем, попивая кофе и чай, потом я бросаю взгляд на часы:

— Ох, я ведь сказала папе, что вернусь через час.

Отец сейчас с мамой. Я пошла на риск и оставила ему домашний номер Эйбилин, на всякий случай, сообщив, что я в гостях у подруги, которую зовут Сара.

Они обе проводили меня до двери — за Минни такого раньше не водилось. Обещаю Эйбилин позвонить сразу же, как только придет письмо с замечаниями от миссис Штайн.

— Итак, через шесть месяцев, считая с сегодняшнего дня, мы наконец узнаем, что с нами случится, — заявляет Минни. — Хорошее, дурное или просто ничего.

— Думаю, просто ничего. Неизвестно, купит ли кто-нибудь нашу книгу.

— А я буду надеяться на хорошее, — говорит Эйбилин.

Решительно скрестив руки на груди, Минни объявляет:

— Тогда я буду ждать неприятностей. Кто-то же должен.

Похоже, Минни не волнует судьба книги. Ее беспокоит, что произойдет, когда женщины Джексона прочтут то, что мы о них написали.

Эйбилин

Глава 29

Жара просачивается всюду. Уже неделю сто градусов* и влажность девяносто девять процентов. Еще немного — и можно будет плавать. Белье на веревке во дворе не сохнет, входная дверь толком не закрывается: разбухла от сырости. Ну и меренга, понятное дело, не взбивается. Даже шиньон сам собой начал завиваться.

С утра сегодня не могу натянуть чулки, так ноги отекли. Ладно, надену их уже у мисс Лифолт, под кондиционером. Жара, поди, рекордная, потому что я сорок один год работаю на белых и впервые в истории иду на службу без чулок.

Но у мисс Лифолт дома еще жарче, чем у меня.

— Эйбилин, заварите чай и... блюда для салата... протрите их...

Она даже в кухню не заходит. Уселась в гостиной, придвинула стул поближе к кондиционеру, легкий ветерок чуть приподнимает подол ее комбинации. Это вся ее одежда — комбинация и серьги. Я работала у белых леди, которые, бывало, выходили из спальни в чем мать родила, но мисс Лифолт такого не одобряет.

Кондиционер время от времени свистит: «ффьююю». Будто сдается. Мисс Лифолт уже дважды звонила мастеру, тот сказал, что придет, но, думаю, вряд ли. Слишком уж жарко.

— И не забудьте... эту серебряную штуку, как там ее, вилочка для корнишонов, она в...

---

* 100 °F — 37,8 °C.

Замолкает, так и не договорив, слишком жарко даже раздавать указания. Все в городе будто обезумели от зноя. Выйдешь на улицу — там тишина, жуть просто, как перед торнадо. А может, это мне только чудится, потому что сама не своя из-за книжки. Она выходит в пятницу.

— Вам не кажется, что лучше бы отменить бридж-клуб? — окликаю я из кухни. Теперь их клуб собирается по понедельникам, дамы должны быть здесь минут через двадцать.

— Нет. Все... уже готово, — бормочет она, но, по-моему, плохо соображает.

— Я сейчас еще раз попробую взбить сливки. Потом пойду в гараж, надену чулки.

— О, не беспокойтесь, Эйбилин. Слишком жарко для чулок. — Мисс Лифолт все же собирается с духом, отрывается от стены и тащится ко мне в кухню, обмахиваясь веером из китайского ресторана. — Господи, да в кухне градусов на пятнадцать жарче, чем в столовой!

— Сейчас уже выключу духовку. Дети пошли поиграть во дворе.

Мисс Лифолт смотрит в окно на детишек, резвящихся у поливального фонтанчика. Мэй Мобли раздета до трусиков, Росс — я его зову Молодой Человечек, — тот в памперсе. Ему и годика еще нет, а уже ходит, как большой мальчик. Он у нас даже не ползал.

— Не представляю, как они там выдерживают, — вздыхает мисс Лифолт.

Мэй Мобли любит играть с младшим братиком, нянчить его, как настоящая мамочка. Теперь Мэй Мобли уже не бывает дома целыми днями, как раньше. Каждое утро моя Малышка ходит в баптистскую подготовительную школу. Но сегодня День труда, выходной для всего мира, и занятий тоже нет. А я и рада. Неизвестно, сколько еще дней нам с ней осталось вместе провести.

— Взгляните на них, — говорит мисс Лифолт, и я тоже подхожу к окошку.

Брызги фонтанчика долетают до верхушек деревьев, даже радуга получается. Мэй Мобли берет Молодого Человечка за ручку, они встают под фонтанчиком, прикрыв глаза, — ни дать ни взять крещение.

— Да, дети — это чудо, — опять вздыхает мисс Лифолт, будто только что это поняла.

— Это уж точно.

Мне кажется, сейчас мы как-то ближе друг к другу, я и мисс Лифолт, — глядим вместе на деток, которых мы обе любим. А вдруг и вправду мир начинает потихоньку меняться? Все-таки на дворе 1964-й. В городе вон черных уже пускают вместе с белыми в «Вулворт».

Сердце сжимается, как подумаю, не слишком ли далеко я зашла. Вот выйдет книга, люди догадаются про нас — и, может, я никогда больше не увижу этих детей. А что, если мне не удастся даже попрощаться с Мэй Мобли, сказать ей напоследок еще раз, что она хорошая девочка? А Молодой Человечек? Кто расскажет ему сказку про зеленого марсианина Лютера Кинга?

Я уж раз двадцать про все это подумала. Но сегодня отчего-то особенно разволновалась. Если она все узнает... ох, как же я буду скучать по деткам.

Оборачиваюсь и замечаю, что мисс Лифолт разглядывает мои голые ноги. Похоже, она никогда в жизни не видела так близко голые черные лодыжки. И тут она хмурится. Переводит мрачный взгляд на Мэй Мобли. У Малышки весь животик измазан грязью и травой. Теперь она и братика так же разукрашивает, будто тот свинка в хлеву, — а мисс Лифолт смотрит на собственную дочь с отвращением. На Молодого Человечка она никогда так не глядит, только на Мэй Мобли. Приберегает неприязнь специально для нее.

— Она изуродует весь двор! — злится мисс Лифолт.

— Сейчас я их заберу...

— И я не могу позволить, чтобы ты обслуживала нас с... с голыми ногами!

— Я же говорила вам...

— Хилли будет здесь через пять минут, а у нас все кувырком! — вскрикивает мисс Лифолт.

Мэй Мобли, видать, даже через стекло расслышала, потому что оглядывается и замирает испуганно. Улыбка ее гаснет. Малышка медленно принимается вытирать грязь с личика.

Надеваю фартук — сейчас полью ребятишек из шланга. Потом пойду в гараж, натяну чулки. Книга выходит через четыре дня.

Мы все живем в предвкушении. Я, Минни, мисс Скитер, все служанки, чьи рассказы вошли в книгу. Будто семь месяцев ждали, пока закипит невидимый горшок с водой. После трех месяцев ожидания мы перестали даже упоминать о книжке. Чересчур волновались.

Но в последние две недели внутри меня поселились тайная радость и тайный ужас — и теперь я еще медленнее натираю полы и стираю белье, просто едва шевелю руками. Разглаживание складок на платье занимает целую вечность, но что уж тут поделаешь. Мы все прекрасно понимаем, что сначала-то никто ничего не скажет. Как миссис Штайн говорила мисс Скитер, эта книга бестселлером не станет и чтобы мы «на многое не рассчитывали». Мисс Скитер полагает, может, и вообще никто не отзовется, потому как люди на Юге «сдержанные». Если чего и подумают, вслух ни слова не произнесут. Затаят дыханис и подождут, пока мимо не пронесет, будто газ ядовитый.

Минни же говорит:

— Надеюсь, она задержит дыхание до тех пор, пока ее не разорвет и не разнесет в клочья по всему округу Хиндс.

Это она про мисс Хилли. Хотелось бы, чтоб Минни изменилась как-то, подобрела, но ничего не попишешь — Минни есть Минни.

— Хочешь перекусить, Малышка? — спрашиваю я, когда она в четверг возвращается из школы.

О, Мэй Мобли у нас уже большая девочка! Целых четыре года! Рослая для своих лет — люди думают, ей пять или даже шесть. И худенькая, в маму, а щечки пухлые. Но прическа у нее неважно выглядит. Она тут решила подстричь себя игрушечными ножницами, а вы знаете, чем такое обычно кончается. Мисс Лифолт пришлось отвести ее в салон красоты для взрослых, но и там они не смогли толком справиться. С одной стороны по-прежнему коротко, а впереди вообще ничего не осталось.

Готовлю Малышке еду — низкокалорийную, потому как мисс Лифолт только таким разрешает кормить ее. Крекеры, тунец, желе — и никаких взбитых сливок.

— Что сегодня проходили? — интересуюсь я, хоть Малышка и не в настоящую школу пока ходит. Как-то я спросила, а она и говорит: «Пилигримов. Они сюда приплыли, а ничего не выросло, поэтому они ели индейцев».

Я растолковала, конечно, что пилигримы не ели индейцев. Но дело-то не в этом. Дело в том, что мы должны следить, что творится в детских головках. Каждую неделю Малышка по-прежнему слушает секретные сказки Эйбилин, ее особые уроки. Когда Молодой Человечек подрастет, я и ему буду рассказывать сказки. Если, конечно, еще останусь здесь к тому времени. Но с Молодым Человечком, с ним все будет иначе. Он меня любит, но он дикий, как зверек. Подбежит, обнимет мои колени крепко-крепко, а потом срывается и мчится дальше по своим делам. Но если у меня и не выйдет ничего с ним, я не слишком огорчусь. Начало положено, и мальчонка, хоть пока ни слова не говорит, уже слушает все, что ему скажет Мэй Мобли.

Сегодня, когда я спрашиваю, что они проходили, Мэй Мобли бурчит:

— Ничего. — И надувает губки.

— Учительница тебе нравится?

— Она симпатичная.

— Вот и хорошо. Ты у нас тоже симпатичная.

— Как получилось, что ты цветная, Эйбилин?

Прежде дети уже задавали мне этот вопрос. Я, бывало, только смеялась в ответ, но с Малышкой хочется сделать все правильно.

— Потому что Господь сотворил меня цветной, — объясняю я. — Все в мире происходит только по этой причине.

— Мисс Тейлор говорит, что цветные дети не могут ходить в нашу школу, потому что они не такие умные.

Подхожу к Малышке, приподнимаю ее голову, ласково отвожу назад волосы:

— Ты считаешь меня глупой?

— Нет, — шепчет она с таким жаром, как будто ей важно, чтоб я поверила. И так огорчается, что пришлось сказать нехорошие слова.

— Тогда что можно сказать про мисс Тейлор?

Она молча моргает.

— Это значит, что мисс Тейлор не всегда права.

Она обнимает меня за шею и шепчет:

— Ты правее, чем мисс Тейлор.

Вот тут-то я и сломалась. Чашка моя переполнилась. Такие слова мне внове.

Четыре часа пополудни, и я изо всех сил спешу от автобусной остановки к церкви Агнца Божьего. Жду внутри, выглядывая в окошко и пытаясь перевести дух и унять дрожь в пальцах. Минут через десять подъезжает автомобиль. Оттуда выходит белая леди, и мне даже приходится прищуриться, чтоб рассмотреть внимательно. Леди похожа на хиппи, которых я видела по телевизору у мисс Лифолт. Короткое белое платье, сандалии. Волосы длинные, и никакого лака на них нет. Пышные волосы, сплошные кудряшки и локоны. Смеюсь тихонько — как же хочется выскочить наружу и обнять ее. Я шесть месяцев не видела мисс Скитер, с тех пор как мы закончили с поправками мисс Штайн и отправили ей окончательный вариант.

Мисс Скитер достает с заднего сиденья автомобиля большую коричневую коробку, подтаскивает ее к дверям церкви, будто старую одежду привезла. На секунду задерживается, глядит на дверь, но потом торопливо садится в машину и уезжает. Обидно, что ей приходится поступать таким образом, но нельзя провалить все дело еще до его начала.

Она уезжает, а я выскакиваю, заношу коробку внутрь, вынимаю одну книгу и просто смотрю на нее. Даже не пытаюсь сдержать слезы. Самая красивая книжка на свете. Обложка светло-голубая, цвета неба. Большая белая птица — голубь мира — расправила крылья от края до края. Название «Прислуга» напечатано черными буквами, дерзко так. Единственное, что меня тревожит, это имя автора. Там написано: *Аноним*. Я бы хотела, чтоб мисс Скитер поместила свое имя, но это слишком рискованно.

Завтра я раздам по экземпляру всем женщинам, чьи истории мы записали. Мисс Скитер передаст одну книжку в государственную тюрьму для Юл Мэй. В конце концов, именно из-за нее остальные согласились нам помочь. Но я слыхала, что Юл Мэй может и не получить посылку. Заключенным достается одна вещь из десяти, что им посылают, потому что надзирательницы почти все забирают себе. Мисс Скитер заявила, что, если надо, она передаст и десять экземпляров.

Приношу коробку домой, достаю оттуда еще одну книжку, а коробку заталкиваю под кровать. Потом бегу прямиком к Минни. Она на шестом месяце, но по ней и не скажешь. Когда я вхожу, Минни сидит за кухонным столом, пьет молоко. Лерой спит, Бенни, Шуге и Киндра лущат арахис во дворе. В кухне тихо и спокойно. Я улыбаюсь и протягиваю Минни ее книгу.

— Голубок ничего себе, симпатичный.

— Мисс Скитер говорит, голубь мира — это знак, что наступают лучшие времена. В Калифорнии, мол, народ такие значки на одежде носит.

— Плевать мне на народ в Калифорнии, — бурчит Минни, не сводя глаз с обложки. — Мне интересно, что насчет этого скажет народ в Джексоне.

— Книги появятся в магазинах и библиотеках уже завтра. Две с половиной тысячи в Миссисипи, вторая половина в остальных Соединенных Штатах.

Это гораздо больше, чем планировала мисс Штайн, но после того, как начались марши за свободу, а потом в Миссисипи пропали без вести борцы за гражданские права, интерес к нашему штату сильно вырос.

— А сколько книжек попадет в библиотеку для белых в нашем Джексоне? — ехидно спрашивает Минни. — Ноль?

— Три штуки, — радостно сообщаю я. — Мисс Скитер мне утром по телефону сказала.

Даже Минни это поразило. Всего-то два месяца назад чернокожих стали пускать в библиотеку для белых. Я уже дважды туда наведалась.

Минни открывает книжку и начинает читать. Входят дети, она отдает им распоряжения — что делать да как, — не поднимая головы. Глаза так и бегают по строчкам. Я сама уже много раз это читала, ведь целый год работала с мисс Скитер. Но Минни всегда говорила, что не желает ничего видеть, пока не возьмет книгу в руки. Не хотела портить впечатление.

Сижу тихонько рядом. Время от времени Минни усмехается. Пару раз смеется. Частенько злобно рычит. Не спрашиваю, над чем. Оставляю ее с книжкой и возвращаюсь домой. Записав все сегодняшние молитвы, я укладываюсь в постель, а книгу кладу под подушку.

На следующий день не могу думать ни о чем, кроме как о *моей* книжке на полках книжных магазинов. Драю полы, глажу, меняю подгузники, но в доме мисс Лифолт о книге не слышно ни слова. Будто я ничего и не написала. Не знаю, чего я ожидала — *какого-нибудь* волнения, — но вокруг просто обычная жаркая пятница, с мухами, жужжащими на оконном стекле.

Вечером шестеро из служанок позвонили мне домой, спрашивали, кто что сказал. Мы все тянули время, дышали в трубку, как будто это могло что-то изменить.

Последней звонит мисс Скитер.

— Я сегодня днем заходила в «Букворм». Книги выставлены, но никто даже не интересуется.

— Эула говорит, она ходила в книжный для цветных. Такая же картина.

— Ну что ж, — вздыхает мисс Скитер.

Ни в выходные, ни на следующей неделе никаких новостей. На ночном столике у мисс Лифолт все те же старые книжки: «Этикет» Фрэнсис Бентон, «Пейтон Плейс»*, запылившаяся Библия, которую она держит у кровати просто для виду.

К среде на поверхности нашего сонного пруда не появляется даже мелкой ряби. Ни один человек не купил книгу в магазине для белых. На Фэриш-стрит продали около дюжины экземпляров, что уже хорошо. Хотя, возможно, это остальные служанки покупали для своих подруг.

---

* Мелодрама Эжени Прайс и Барбары Картланд; в 1957 г. роман экранизировали.

В четверг, день седьмой, я уже выхожу из дома, как звонит телефон.

— У меня новости, — шепчет мисс Скитер. Она, должно быть, опять спряталась в кладовке.

— Что случилось?

— Звонила миссис Штайн, сказала, что мы появимся в шоу Дэниса Джеймса.

— В телешоу «Люди говорят»?

— Наша книга попала в книжные обзоры. Передача выйдет в четверг около часа дня, по Третьему каналу.

Боже правый, мы попадем в телевизор! Это местное, джексонское, шоу, его показывают сразу после двенадцатичасовых новостей.

— Как думаете, отзывы хорошие или плохие?

— Понятия не имею. Я даже не знаю, читает ли Дэнис книги сам или просто озвучивает готовый текст.

Я и радуюсь, и помираю от страха. После этого что-то обязательно *должно* случиться.

— Миссис Штайн считает, что, наверное, в рекламном отделе «Харпер и Роу» кто-то нас пожалел и позвонил куда следует. По ее словам, наша книга — первая, у которой нулевой рекламный бюджет.

Мы обе хохочем, но при этом сильно нервничаем.

— Надеюсь, вы сможете посмотреть передачу у Элизабет. Если же нет, я позвоню и расскажу все в подробностях.

В пятницу вечером, через неделю после выхода книги, иду в церковь. Рано утром позвонил дьякон Томас, пригласил на специальное собрание, но когда я спросила, на какую тему, он тут же куда-то заторопился, сказал, ему пора бежать. Минни говорит, ей тоже звонили. Так что наглаживаю льняное платье от мисс Гринли и отправляюсь к Минни. Мы решили пойти вместе.

У Минни дома, как обычно, пожар в курятнике. Минни орет, в воздухе летают разные предметы, дети вопят. У Минни под платьем наконец-то обрисовался животик, и я очень этому рада. Лерой не бьет Минни, пока та беременная. И Минни это известно, так что, думаю, у них будет еще немало детишек.

— Киндра! Оторви свою ленивую задницу от пола! — рявкает Минни. — Бобы должны быть горячими, когда твой папаша проснется!

Киндра — ей уже семь — лениво бредет к плите, оттопырив попку и задрав кверху нос. Начинает грохотать сковородками на всю кухню.

— Почему это я должна готовить обед? Сегодня очередь Шуге!

— Потому что Шуге у мисс Селии, а ты хочешь дожить до третьего класса!

Бенни заходит в кухню, крепко обнимает меня за талию. Улыбается, показывает дырку от выпавшего зуба и тут же убегает.

— Киндра, сделай огонь потише, пока не спалила дом!

— Пойдем-ка, Минни, — говорю я, а то это может продолжаться весь вечер. — Мы уже опаздываем.

Минни бросает взгляд на часы и недовольно качает головой:

— И куда это Шуге запропастилась? Меня мисс Селия никогда допоздна не задерживала.

На прошлой неделе Минни начала приучать Шуге к работе. Ей придется заменить мать, когда Минни родит ребеночка. Сегодня мисс Селия попросила Шуге задержаться подольше, сказала, потом сама подвезет ее домой.

— Киндра, чтоб к моему возвращению раковина не была завалена фасолью, вымой и вычисти сразу же. — Минни обнимает дочку на прощанье. — Бенни, ступай скажи своему безмозглому отцу, что пора вставать.

— Ну, мам, почему я...

— Будь храбрым мальчиком, вперед. Просто держись подальше, когда он сползет с кровати.

Выходим за дверь, вслед раздается рев Лероя, взбешенного тем, что его разбудили. Тащу Минни за собой, пока она не развернулась и не бросилась назад, чехвостить Лероя.

— Хорошо, что мы сегодня идем в церковь, — вздыхает Минни. Сворачиваем на Фэриш-стрит, поднимаемся по ступеням. — Хоть на часок обо всем позабыть.

Едва мы переступаем порог, как один из братьев Браун проскальзывает позади нас и запирает дверь. Хочу было спросить почему, что такое случилось, но тут все собравшиеся, человек тридцать, принимаются хлопать. Мы с Минни к ним присоединяемся. Наверное, кто-то поступил в колледж или еще какое событие.

— Кому мы хлопаем-то? — спрашиваю у Рэйчел Джонсон. Она у нас жена преподобного.

Та смеется в ответ, и все стихает. Потом Рэйчел наклоняется ко мне:

— Дорогая, мы аплодируем тебе! — И вытаскивает из сумочки книгу.

Оглядываюсь — у всех в руках книжки. Даже у важных чиновников и у священников.

Ко мне подходит его преподобие Джонсон.

— Эйбилин, сегодня очень важное событие для тебя и для всей нашей церкви.

— Вы, поди, обчистили весь наш книжный магазин, — бормочу я, и народ вежливо хихикает.

— Мы хотим, чтобы ты знала, что ради твоей же собственной безопасности мы собрались здесь один-единственный раз, дабы отдать дань уважения твоим заслугам. Я знаю, что многие помогали в работе над книгой, но также знаю, что без тебя она не появилась бы на свет.

Оглядываюсь на Минни, она лукаво улыбается. Да, без нее тут точно не обошлось.

— По всему нашему приходу, по всей общине распространено конфиденциальное сообщение — если кому-либо известно, кто написал книгу или о ком там написано, не нужно ни с кем это обсуждать. За исключением сегодняшнего вечера. Прости, — он улыбается, качает головой, — но мы не могли не отпраздновать такое событие.

И протягивает мне книгу со словами:

— Мы понимаем, ты не могла поместить свое имя на обложку, поэтому мы все написали для тебя свои имена.

Раскрываю книгу — и вот они, не тридцать или сорок имен, а сотни, может, с полтысячи, на первой странице, на последней, на полях по всей книге. Все наши прихожане и люди из других приходов. Ох, тут я не выдержала — будто разом вспомнилось все это время работы, тревог, надежд. А потом все по очереди подходили обнять меня.

Сказать, что я очень храбрая. А я отвечала, что есть немало людей таких же смелых. Мне неловко, что все внимание только ко мне, но и хорошо, что имена остальных не называют. Не хочется, чтоб у них были неприятности. Даже про Минни пускай ничего не знают.

— Впереди тебя могут ждать трудные времена, — говорит мне преподобный Джонсон. — Но знай, что церковь тебя всегда поддержит.

А я все плачу и плачу, на глазах у всех. Оглядываюсь на Минни, а она смеется. Забавно, как по-разному люди выражают чувства. Интересно, а как бы мисс Скитер себя вела, окажись она здесь? И мне становится немножко грустно. Ей никто не подпишет книжку и не скажет, что она храбрая. И никто не пообещает позаботиться о ней.

Его преподобие протягивает мне коробочку, обернутую в белую бумагу и перевязанную голубой ленточкой — цвета книжной обложки. Кладет сверху ладонь, будто благословляя:

— А это для белой леди. Передай, что мы любим ее, как члена своей семьи.

В четверг просыпаюсь вместе с солнцем, очень рано прихожу на работу. Сегодня большой день. С делами по кухне справляюсь быстро. К часу дня устраиваюсь с кучей неглаженого белья перед телевизором мисс Лифолт, включаю Третий канал. Молодой Человечек спит, а Мэй Мобли в школе.

Разглаживаю складки, а руки дрожат, и ничего толком не получается. Брызгаю водой, начинаю сначала, суечусь и нервничаю. Наконец наступает положенное время.

На экране появляется Дэнис Джеймс. Рассказывает, что мы сегодня будем обсуждать. По мне, быстрее него никто на всем Юге говорить не умеет. Как начнет частить — так я будто с «русских горок» лечу. До того волнуюсь, что боюсь, как бы меня не вывернуло прямо на воскресный костюм мистера Рэйли.

— ...И в конце передачи — обзор новых книг.

После рекламы он что-то тарахтит про «тропическую комнату» в поместье Элвиса Пресли. Потом про новое шоссе номер пятьдесят пять, которое собираются построить прямо от Джексона до Нового Орлеана. И вот в 13.22 рядом с ним усаживается дама по имени Джолин Френч. Говорит, что она местный литературный обозреватель.

В ту же секунду на пороге появляется мисс Лифолт. В официальном жакете Лиги, на высоких каблуках, — и устремляется прямиком в гостиную.

— Я так рада, что жара спала, готова прыгать от восторга.

Мистер Дэнис болтает чего-то насчет книжки под названием «Маленький большой человек». Я, конечно, пытаюсь ей поддакивать, но лицо вдруг как будто сводит.

— Я... я сейчас выключу.

— Нет, не выключайте! — восклицает мисс Лифолт. — Это же наша Джолин Френч в телевизоре! Нужно срочно позвонить Хилли, рассказать.

Бросается в кухню, звонит уже третьей с начала месяца прислуге мисс Хилли. У нынешней, Эрнестины, одна рука. Похоже, выбор у мисс Хилли невелик.

— Эрнестина, это мисс Элизабет... Ах, ее нет? Тогда, как только она появится, передай, что одну из дам нашей Лиги показывают по телевизору... Да, верно, спасибо.

Мисс Лифолт мчится обратно в гостиную, плюхается на диван, но там пускают рекламу. Я едва дышу. Что она творит? Мы никогда вместе не смотрели телевизор. А тут воткнулась в экран, точно ее саму показывают!

Реклама мыла «Дайэл» заканчивается. И вот мистер Дэнис — с моей книгой в руках! Белая птица кажется такой огромной. Он поднимает ее повыше и указывает пальцем на слово *Аноним*. На пару секунд гордость во мне заслоняет страх. Хочется закричать: «Это моя книжка! Моя книжка в телевизоре!» Но я должна сохранять спокойствие, будто смотрю что-то совершенно обыкновенное.

— ...Под названием «Прислуга» включает в себя признания реальных служанок из Миссисипи...

— Ой, как жаль, что Хилли нет дома! Кому бы позвонить? Взгляните, какие у нее милые туфельки, наверняка купила в «Папагалло Шопе».

Заткнись, умоляю! Делаю звук чуть громче, но тут же жалею об этом. Что, если заговорят о ней? Неужели мисс Лифолт не узнает своей собственной жизни?

— ...Прочел вчера вечером, а сейчас читает моя жена... — громко, как на аукционе, объявляет мистер Дэнис, посмеивается, поигрывает бровями, указывая на книжку. — Задевает за живое. Поучительно, я бы сказал. И хотя в книге описывается выдуманный город Найсвилль, Миссисипи, но кто знает? — Шутливо прикрыв ладонью рот, он громко шепчет: — Это может быть Джексон!

Что?

— Нет, я не утверждаю, дело могло происходить где угодно, но на всякий случай приобретите эту книгу и убедитесь, что она не о вас! Ха-ха-ха-ха...

Буквально каменею, по спине мурашки. В книге *ничто* не указывает на Джексон. Пожалуйста, мистер Дэнис, скажите еще раз, что это может быть где угодно!

Мисс Лифолт улыбается своей подружке на экране, как будто та может ее видеть, мистер Дэнис хохочет и все треплет языком, но эта дама из Лиги, мисс Джолин, сидит с лицом красным, как стоп-сигнал.

— ...Позор для всего Юга! Оскорбление славных южанок, которые всю жизнь заботятся о своей прислуге. Я лично отношусь к своим служанкам, как к членам семьи, и точно так же поступают все мои подруги...

— Зачем она так хмурится? — с досадой бормочет мисс Лифолт, наклоняется и постукивает пальчиком по лбу мисс Джолин на экране. — Эй! Не морщи лоб! Тебе это не идет!

— Джолин, а вы читали финальную часть? Про торт? Если моя служанка Бесси Мэй слушает нас сейчас — Бесси Мэй, я преклоняюсь перед вашим ежедневным трудом. Но отныне не стану есть шоколадные торты! *Ха-ха-ха...*

Мисс Джолин потрясает книгой, как будто готовится бросить ее в костер.

— Не покупайте этот пасквиль! Женщины Джексона, не поддерживайте клеветника деньгами, которые заработаны тяжким трудом ваших мужей...

— А? — включается мисс Лифолт.

Но тут — уф-ф! — реклама «Тайда».

— О чем это они говорили? — поворачивается ко мне мисс Лифолт.

Я молчу. Сердце бешено колотится.

— У моей подружки Джолин в руках была какая-то книга.

— Да, мэм.

— Как она называлась? «Прислуга» или что-то в этом роде?

Крепко прижимаю утюг к воротничку рубашки мистера Рэйли. Нужно позвонить Минни, мисс Скитер, узнать, слышали они или нет. Но мисс Лифолт ждет ответа и, похоже, от меня не отстанет. Она никогда не отстает.

— Они, кажется, говорили, что это про Джексон?

Я не отрываюсь от своего занятия.

— Они определенно произнесли «Джексон». Но почему они не хотят, чтобы книгу покупали?

Руки у меня трясутся. Как такое могло случиться? Глажу и глажу, все стараюсь разглядеть, что скрывается там, за складками.

Мгновение спустя реклама «Тайда» заканчивается, и вот опять Дэнис Джеймс демонстрирует книжку, а мисс Джолин все такая же красная.

— Вот и все на сегодня, — говорит он. — Но вы все же купите книги «Маленький большой человек» и «Прислуга» у нашего спонсора, «Букстор» на Стейт-стрит. И решите сами, это про Джексон или не про Джексон? — Потом гремит музыка, и он восклицает на прощанье: — Доброго дня, Миссисипи!

Мисс Лифолт поворачивается ко мне:

— Слыхали? Я же сказала, что речь шла про Джексон!

И через пять минут ее уже и след простыл — умчалась в магазин покупать книгу, которую я написала о ней.

Минни

Глава 30

«Люди говорят» заканчивается, я хватаю пульт и нажимаю кнопку «выключить». Вот-вот должен начаться мой сериал, но мне и дела нет. Хочется позвонить этому Дэнису Джеймсу и крикнуть: «Кто это позволил вам распространять такое вранье? Какое вы имеете право говорить, что в нашей книжке написано про Джексон? Вы же не знаете, про какой город мы писали!»

А я вам объясню, чего этот дурень добивается. Ему *хочется,* чтоб это было про Джексон. Ему хочется думать, что Джексон, штат Миссисипи, настолько интересное место, что впору писать про него в книжке, и хоть это и вправду Джексон... но *он-то* этого не знает.

Звоню Эйбилин, но линия всю дорогу занята. Иду в гостиную, включаю утюг, выуживаю из корзины белую рубашку мистера Джонни. Не представляю, что случится, ежели мисс Хилли прочитает последнюю главу. Ей придется порядком потрудиться, убеждая людей, что не про наш город там понаписано. Она может сколько угодно заставлять мисс Селию уволить меня, но та ни за что этого не сделает. Ненависть к мисс Хилли — единственное, что есть общего у меня с этой чокнутой. Но на что еще способна мисс Хилли — не могу вообразить. Это будет наша война, моя и мисс Хилли. Других она не затронет.

Ох, в каком же я дурном настроении. Со своего места вижу, как возится во дворе мисс Селия — в розовых атласных брючках и черных резиновых перчатках. Коленки уже измазаны грязью. Сто раз ее просила не ковыряться в земле в приличной одежде. Но этой дамочке и дела нет.

На траве перед бассейном разбросаны грабли и прочие инструменты. Мисс Селия в последнее время целыми днями рыхлит землю да втыкает в нее чудные цветы. И неважно, что несколько месяцев назад мистер Джонни нанял садовника, Джон Уиллис его зовут. Надеялся, наверное, после того случая с голым мужиком, что садовник — хоть какая-то защита, но этот Уиллис оказался старым, дряхлым, горбатым, покореженным, ну вылитая ржавая скрепка. И такой же тощий. Мне порой приходится проверять, не застрял ли он где в кустах. У мистера Джонни, должно быть, не хватает духу уволить его и заменить кем-то помоложе.

Брызгаю крахмалом на воротничок рубашки. Слышно, как мисс Селия выдает инструкции насчет посадки кустов.

— Этим гортензиям нужно больше железа в почве. Понятно, Джон Уиллис? — орет она.

— Да, мэм, — орет в ответ Джон Уиллис.

— Да заткнитесь вы, леди, — бормочу я. Она так орет на него, что он, должно быть, думает, хозяйка у нас глухая.

Звонит телефон.

— Ой, Минни, они догадались про город, а скоро догадаются и про *людей*.

— Дурак он, вот что я тебе скажу.

— А может, мисс Хилли и читать не станет? — Голос Эйбилин становится громче. Надеюсь, мисс Лифолт ее не слышит. — Боже, мы должны были подумать обо всем заранее, Минни.

Не узнаю Эйбилин — как будто это я говорю, а не она.

— Послушай, — начинаю я, мне-то уже многое ясно, — раз уж мистер Джеймс оказался таким вонючкой, мы *знаем*, что она обязательно прочтет книжку. Ее теперь весь город прочтет. И нечего реветь, потому что все будет так, как должно быть.

Ровно через пять минут новый звонок.

— Резиден...

— Я только что говорила с Ловинией, — шепчет Эйбилин. — Мисс Лу-Анн пришла домой с книжкой для себя и для своей лучшей подруги Хилли Холбрук.

Свершилось.

Клянусь, я всю ночь кожей чувствую, как мисс Хилли читает нашу книгу. Прямо слышу ее ледяной белый шепот. В два часа, не выдержав, встаю, открываю свой экземпляр и пытаюсь угадать, на какой она сейчас главе. Первая, вторая, десятая? Неотрывно гляжу на голубую обложку. В жизни не видала книги красивше.

Полюбовавшись, прячу ее в карман зимнего пальто, которое никогда не надеваю, — как вышла за Лероя, я ни одной книги не прочитала, и не особо охота, чтоб он сейчас меня в чем-то заподозрил. Заставляю себя вернуться в постель, убеждаю, что все равно невозможно догадаться, до какого места добралась мисс Хилли. Но точно знаю, что пока не до последней главы. Это уж наверняка, потому что тогда в моей голове звучал бы не ледяной шепот, а дикий крик.

Утром я с радостью спешу на работу. Сегодня день мытья полов, можно будет отвлечься от дурных мыслей. Втискиваюсь в машину, рулю в округ Мэдисон. Вчера мисс Селия должна была пойти к другому доктору, выяснить, получится ли у нее с детками. Сегодня наверняка расскажет мне все в подробностях. Хорошо хоть эта дурочка догадалась отказаться от услуг доктора Тейта.

Подъезжаю к дому, теперь можно парковаться прямо у заднего крыльца — после того, как мисс Селия бросила свои глупости и рассказала мистеру Джонни то, что он и так уже знал. Первое, что вижу, — джип мистера Джонни. Я даже не сразу решаюсь выбраться из машины — ни разу не заставала его дома с утра.

Захожу в кухню, озираюсь — кто-то уже сварил кофе. Из столовой доносится мужской голос. Там явно что-то происходит. Прижимаю ухо к двери — мистер Джонни. Дома, в рабочий день в восемь тридцать утра. Чутье подсказывает бежать отсюда как можно быстрее. Мисс Хилли позвонила и рассказала ему, что я воровка. Он узнал о шоколадном торте. Ему известно о книге.

— Минни? — окликает мисс Селия.

Очень осторожно толкаю дверь, просовываю голову. Мисс Селия сидит за столом, рядом с ней мистер Джонни. Оба смотрят прямо на меня.

Мистер Джонни бледнее старика альбиноса, что живет рядом с мисс Уолтер.

— Минни, принесите мне стакан воды, пожалуйста, — говорит он, и мне становится совсем худо.

Приношу воды. Ставлю стакан на салфетку. И тут мистер Джонни встает. Взгляд у него пристальный, тяжелый. Господи, что же будет.

— Я рассказала ему о ребенке, — шепчет мисс Селия. — Про всех детей.

— Минни, я потерял бы ее, если бы вас не было рядом, — говорит он, хватая меня за руки. — Это счастье, что вы оказались здесь.

Гляжу на мисс Селию, а глаза у нее — совершенно мертвые. Ясно, что сказал ей доктор. Не будет у нее детишек, никогда. Мистер Джонни еще раз стискивает мои руки, потом делает шаг к ней. Опускается на колени, прячет лицо в подол ее платья. Она все гладит и гладит его по голове.

— Не уходи. Не покидай меня, Селия, — плачет он.

— Скажи ей, Джонни. Скажи Минни то, что ты сказал мне.

Мистер Джонни поднимает голову, смотрит на меня, волосы у него совсем растрепаны.

— Вы всегда сможете работать у нас, Минни. До конца дней, если захотите.

— Спасибо, сэр. — И я правда ему благодарна. Это лучшее, что я сегодня услышала.

Иду было к двери, но тут мисс Селия говорит, очень мягко и нежно:

— Побудьте с нами, ладно, Минни?

Опираюсь на буфет, а то ребеночек мой уже большой стал. Вот почему так получается, что мне дано много, а ей ничего? Он плачет. Она плачет. Мы все втроем, три дурака, так и рыдаем посреди огромной столовой.

— Говорю же тебе! — два дня спустя рассказываю Лерою. — Нажимаешь на кнопку — и канал переключается, тебе даже не надо вставать со стула.

— Полная чепуха, Минни. — Лерой даже от газеты не отрывается.

— У мисс Селии такой есть, пульт называется, *дистан-ционный.* Коробочка размером с полбулки хлеба.

Лерой неодобрительно качает головой:

— Ленивы же эти белые. Задницы не поднимут даже ручку повернуть.

— Думаю, люди скоро уже на Луну полетят, — говорю я. А самой и дела нет, что там из моего рта раздается. Я прислушиваюсь, не завизжит ли кто внутри моей головы. И когда эта женщина уже дочитает до конца?

— Что на ужин? — спрашивает Лерой.

— Да, мам, когда мы будем есть? — встревает Киндра.

Слышу, как подъехала машина. Ложка падает из рук, прямо в кастрюлю с фасолью.

— Овсянку.

— Я не собираюсь есть овсянку на ужин! — ревет Лерой.

— Я уже ела ее на завтрак! — ноет Киндра.

— То есть окорок. С фасолью.

Закрываю заднюю дверь в кухню на щеколду. Выглядываю в окно. Машина сдает задом, просто разворачивается здесь.

Лерой поднимается с места, распахивает дверь опять.

— Здесь чертовски жарко! — Подходит к плите. — Что это с тобой? — И наклоняется ко мне почти вплотную.

— Да ничего... — Тихонько отодвигаюсь подальше. Обычно, когда я беременная, он не цепляется. Но на этот раз не отстает. Хватает меня за руку:

— Что ты на этот раз натворила?

— Я... ничего я не натворила. Просто устала.

Он сжимает руку еще крепче, уже больно.

— Ничего ты не устала. До десятого месяца не положено.

— Я ничего не сделала, Лерой. Уймись, дай мне приготовить ужин.

Он отходит в сторону, но продолжает следить за мной. А я боюсь глянуть ему в глаза.

Эйбилин

Глава 31

Каждый раз, как мисс Лифолт уйдет в магазин, или во двор, или хотя бы в ванную, я проверяю книгу на ее ночном столике. Делаю вид, будто пыль вытираю, а на самом деле смотрю, переместилась ли закладка дальше. Читает уже пятый день, но сегодня закладка все еще на первой главе, страница четырнадцать. Осталось еще двести тридцать пять. Да уж, она не торопится.

Все время хочется сказать — вы ж про мисс Скитер читаете, про то, как ее вырастила Константайн, неужто не поняли? До смерти боюсь, но все же с трудом сдерживаюсь, чтоб не брякнуть: читайте скорее, леди, потому как глава вторая — про вас.

С этой книжкой в доме мисс Лифолт я становлюсь нервной, как кошка. Всю неделю хожу на цыпочках. Молодой Человечек как-то раз приковылял сзади и обнял меня за ногу, так я чуть из туфель не выпрыгнула. Особенно трудно пришлось в четверг, когда мисс Хилли заявилась. Они уселись за стол в гостиной и обсуждали Праздник. Время от времени поглядывали на меня, улыбались, просили принести то сэндвич с майонезом, то холодного чаю. Дважды мисс Хилли выходила в кухню, звонила своей служанке, Эрнестине.

— Вы замочили комбинезон Хизер, как я велела? Угу... а балдахин над кроватью почистили? Ах нет? Так ступайте и сделайте все как следует.

Собираю грязные тарелки и слышу, как мисс Хилли говорит:

— Я дошла до седьмой главы.

Замираю, а тарелки в руке чуть позвякивают. Мисс Лифолт недовольно морщит носик.

Но мисс Хилли не отвлекается на мелочи, она щурится и сообщает мисс Лифолт:

— Думаю, они правы, это *похоже* на Джексон.

— Правда? — удивляется мисс Лифолт.

Мисс Хилли шепчет, наклонившись к ней:

— Держу пари, мы даже знаем некоторых из этих черномазых служанок.

— Ты правда так думаешь? — восклицает мисс Лифолт, а у меня мороз по коже. Еле ноги передвигаю в сторону кухни. — Я пока прочла совсем чуть-чуть...

— Думаю, да. И знаешь что? — На лице мисс Хилли появляется хитрая улыбка. — Я намерена выяснить, кто скрывается за каждым из этих имен.

Утром на автобусной остановке я даже слегка задыхаюсь, как подумаю, что сделает мисс Хилли, когда доберется до своей главы, да и мисс Лифолт — прочла она уже вторую главу или нет? Вхожу в кухню, а там мисс Лифолт сидит за столом и читает мою книжку. Не отрывая взгляда от страницы, снимает с коленей Молодого Человечка и протягивает мне. Уходит к себе, читая на ходу. Надо же, стоило мисс Хилли проявить интерес, как для нее теперь ничего важнее нет.

Через несколько минут иду в спальню, собрать грязное белье. Мисс Лифолт как раз в ванной, так что открываю книгу, где закладка. Она уже на *шестой* главе, про Винни. Там у белой леди было старческое слабоумие и она каждое утро звонила в полицию, сообщала, что к ней в дом забралась какая-то чернокожая женщина. Значит, свою главу мисс Лифолт уже прочла и просто *двинулась дальше.*

Мне боязно, конечно, и я рада до смерти, но поверить в это прямо нельзя. Готова поспорить, у мисс Лифолт и мысли нет, что написано-то про нее. Ну надо же. Вчера вечером, поди, головой качала — что же это, мол, за ужасная женщина, не умеет любить собственного ребенка.

Вскоре мисс Лифолт уходит в парикмахерскую, а я звоню Минни. В последнее время мы только и делаем, что накручиваем телефонные счета наших белых хозяек.

— Что-нибудь слышно? — спрашиваю.

— Нет, ничего. Мисс Лифолт еще не закончила?

— Нет, но вчера добралась до Винни. Мисс Селия так и не купила книжку?

— Эту дамочку интересует только всякая ерунда. *Иду!* — кричит она куда-то в сторону. — Вот дурочка, опять застряла в сушилке. Говорила же ей, чтоб не совала туда голову в больших бигудях.

— Позвони мне, если что услышишь. И я тоже тебе буду звонить.

— Скоро что-то случится, Эйбилин. Обязательно. Я чувствую.

Днем захожу в «Джитни», купить фруктов и творога для Мэй Мобли. Мисс Тейлор опять взялась за свое. Малышка сегодня выскочила из школьного автобуса, побежала сразу к себе в комнату и бросилась на кровать.

— Что такое, маленькая? Что случилось?

— Я раскрасила себя черным, — расплакалась она.

— Как это? — не сразу поняла я. — Фломастерами? — Глянула на ручки, но на них ни пятнышка не было.

— Мисс Тейлор велела нарисовать, что нам больше всего в себе нравится!

Тут я заметила в кулачке у нее измятый клочок бумаги. Развернула — ну конечно, моя маленькая белая девочка нарисовала себя черной.

— Она сказала — черный значит, что у меня грязное гадкое лицо. — Она сунула голову под подушку и зарыдала.

Ох, мисс Тейлор. И это после того, как я столько времени учила Мэй Мобли любить всех людей, не судить по цвету кожи. На душе у меня тяжело, потому что любой человек помнит свою первую учительницу, верно? Мы, может, и не помним, чему нас учили, но уж поверьте, я достаточно детей вырастила и знаю точно: первая учительница — это *важно*.

В «Джитни» хотя бы прохладно. Утром я даже позабыла купить лакомства для Мэй Мобли — так расстроилась. Сейчас я спешу, не хочется оставлять девочку надолго наедине с ее мамашей. Листок с рисунком она спрятала под кроватью, чтоб мама не увидела.

В отделе консервов беру две баночки тунца. Иду за пакетиком зеленого желе и тут встречаюсь с Ловинией, которая ищет арахисовое масло. Наверное, до конца дней я буду про себя называть Ловинию «Глава Седьмая».

— Как дела у Роберта? — Похлопываю ее по руке.

Ловиния весь день работает на мисс Лу-Анн, потом возвращается домой и ведет Роберта в школу для слепых, он там учится читать пальцами. И ни разу я не слышала, чтоб Ловиния жаловалась на жизнь.

— Учится потихоньку, — кивает она. — Ты в порядке? Нормально себя чувствуешь?

— Просто нервничаю. Ничего не слышала?

Она отрицательно мотает головой:

— Нет. Зато моя хозяйка читает.

Мисс Лу-Анн состоит в бридж-клубе. Когда с Робертом случилось несчастье, мисс Лу-Анн была очень добра к Ловинии.

Идем по проходу между полками, впереди о чем-то беседуют две белые дамы. Лица знакомые, но имен не припомню. Мы подходим ближе, они тут же замолкают и внимательно смотрят на нас. Странно, совсем не улыбаются.

— Простите, — бормочу я.

Мы проходим дальше. И я слышу, как одна говорит:

— Это та черномазая, которая работает у Элизабет...

Мимо с грохотом проезжает тележка, и больше слов не разобрать.

— Ты права, — отзывается другая. — Держу пари, это ее...

Чувствую, как шея у меня немеет от ужаса, стук каблучков белых дам затихает. Ловиния слышит лучше, чем я, уши у нее на десять лет моложе моих. В конце прохода нам в разные стороны, но перед этим мы оборачиваемся и смотрим в глаза друг другу.

Я правильно расслышала?

Ты все услышала верно — также взглядом отвечает Ловиния.

Мисс Хилли, умоляю, *читайте быстрее*. Быстро, как ветер.

Минни

Глава 32

Проходит еще один день, а голос мисс Хилли внутри меня все так же мерно бубнит слово за словом, строчку за строчкой. Криков не слыхать. Пока. Но она уже близко.

Эйбилин рассказала, что вчера говорили белые дамы в «Джитни», но с тех пор мы ничего не слышали. Из рук все так и валится, последнюю мерную чашку сегодня разбила, да и Лерой косится на меня, будто догадывается. Сейчас он за столом, пьет свой кофе, детвора расселась по кухне, делают уроки.

Дергаюсь от неожиданности — за стеклянной дверью возникает Эйбилин. Она манит меня, прижав палец к губам. И быстро исчезает.

— Киндра, доставай тарелки, Шуге, присмотри за фасолью, Фелисия, дай папе подписать свою контрольную, маме нужно подышать свежим воздухом. — И выскакиваю за дверь.

Эйбилин, в белой униформе, ждет меня за углом дома.

— Что случилось?

Из дома несется крик Лероя: «Два-а-а?» Детей он не тронет. Поорет, конечно, но все отцы такие.

— Звонила однорукая Эрнестина, мисс Хилли всему городу рассказывает, кто есть кто в книжке. Приказывает белым леди уволить служанок, а ведь даже не угадала, про кого написано! — Эйбилин сильно расстроена, прямо дрожит вся. Белую тряпку в руках уже скрутила в жгут. Наверное, даже не понимает, что это салфетка, еще с обеда оставшаяся.

— Про кого она рассказала?

— Велела мисс Синклер уволить Аннабелль. Мисс Синклер ее и выгнала, да еще забрала ключи от машины, потому что одалживала ей половину денег на покупку. Аннабелль уже почти все выплатила, но та все равно отобрала.

— Вот *сука*, — стиснув зубы, шепчу я.

— Это еще не все, Минни.

— Давай быстрее, пока нас Лерой не поймал.

— Мисс Хилли сказала мисс Лу-Анн: «Твоя Ловиния тоже в этой книжке. Я это точно знаю, и ты должна ее уволить. Ты должна засадить эту черномазую в тюрьму».

— Но Ловиния ни одного дурного слова не сказала о мисс Лу-Анн! И на ней ведь еще Роберт! И что ответила мисс Лу-Анн?

Эйбилин стоит, прикусив губу, по щекам катятся слезы.

— Говорит... подумает об этом.

— О чем именно? Уволить или посадить в тюрьму?

— И о том и о другом видать.

— Господи Иисусе!

Как же хочется врезать. *Кому-нибудь.*

— Минни, а что, если мисс Хилли вообще не дочитает до конца?

— Не знаю, Эйбилин. Просто не знаю.

Взгляд Эйбилин метнулся к двери — Лерой наблюдает за нами через стекло. И тихо стоит там, пока мы с Эйбилин прощаемся.

В пять тридцать утра Лерой заваливается в кровать рядом со мной. Просыпаюсь от скрипа пружин и вони перегара. Стиснув зубы, молюсь, чтоб он не начал драться. Я слишком устала. И так не могла толком уснуть после разговора с Эйбилин. Мисс Хилли запросто может повесить на свой ведьмин пояс еще один ключ, на этот раз от тюремной камеры Ловинии.

Лерой ворочается, подпрыгивает на кровати, возится, не беспокоясь, что его беременная жена пытается уснуть. Наконец этот болван успокаивается, и я слышу его шепот:

— Что у вас за секреты, Минни?

Чувствую его взгляд, ощущаю вонючее дыхание на своем плече. Но не шевелюсь.

— Ты же знаешь, я все равно выясню, — шипит он. — От меня ничего не утаить.

Секунд через десять дыхание стихает, он закидывает на меня руку. Единственное, что меня сейчас спасает, — младенец в животе. Отвратительная истина.

Так вот и лежу, сжав зубы и умирая от беспокойства. Лерой, он такой, пронырливый. Одному Господу известно, что со мной станется, если Лерой узнает правду. О книге-то ему известно, как и всем вокруг, но он и мысли не держит, что в этой затее замешана его жена. Люди, наверное, думают, что мне все равно, узнает Лерой или нет, — о, я-то понимаю, что люди думают. Думают, большая сильная Минни может постоять за себя. Но они не подозревают, в какое жалкое дерьмо я превращаюсь, когда Лерой меня колотит. Я боюсь дать сдачи. Боюсь, что он меня бросит. Боюсь — и злюсь сама на себя за собственную слабость! Как можно любить мужчину, который так жестоко тебя избивает? Почему я люблю пьяницу? Однажды я спросила его: «За что? Почему ты бьешь меня?» А он наклонился ко мне и говорит: «Если я не буду тебя бить, Минни, *неизвестно*, что из тебя получится».

И загнал меня в угол комнаты, точно собаку. И хлестал ремнем. И тогда впервые я задумалась.

Неизвестно, кем я могла бы стать, если бы Лерой прекратил измываться надо мной.

Вечером я загнала всех спать пораньше, и себя в том числе. Лерой до пяти на заводе, а я устала — живот слишком тяжел для такого срока. Боже, а вдруг там двойня. Нет, я не собираюсь платить докторам за такие дурные вести. Но чувствую, что этот младенец крупнее, чем прочие, которых я рожала, а срок пока только шесть месяцев.

Забываюсь тяжелым сном. Мне снится, что сижу за длинным деревянным столом, какой-то праздник, и я грызу большую ножку жареной индейки.

Вдруг меня буквально подбрасывает в постели.

— Кто здесь?

Сердце вот-вот из груди выскочит. В спальне темно. Половина первого ночи. Лероя пока нет. Но что-то же меня разбудило.

И тут я понимаю, что это такое. Я наконец услышала то, чего так долго ждала. Чего все мы так долго ждали.

Вопль мисс Хилли.

Мисс Скитер

Глава 33

Глаза распахиваются сами собой. Я вся мокрая. Зеленые обои на стенах точно колышутся. Что меня разбудило? Что это *было*?

Выбираюсь из кровати и прислушиваюсь. На маму не похоже. Слишком высокий и резкий звук. Напоминает визг, будто что-то живое режут на куски.

Сидя на краю кровати, прижимаю ладонь к груди. Сердце бешено колотится.

Все пошло не по плану. Люди знают, что книга про Джексон. Как я могла забыть, что Хилли читает чертовски медленно. Наверняка привирает, что прочла больше, чем на самом деле. А теперь ситуация вышла из-под контроля. Служанка по имени Аннабелль уволена, белые дамы шепчутся о Ловинии и Эйбилин и неизвестно, о ком еще. Ирония заключается в том, что я в нетерпении кусаю ногти, дожидаясь, пока выскажется Хилли, хотя мне единственной в городе абсолютно безразлично, что она скажет.

А что, если вся затея с книгой была чудовищной ошибкой?

Преодолевая боль в груди, делаю глубокий вдох. Нужно думать не о настоящем, а о будущем. Месяц назад я отправила пятнадцать резюме в Даллас, Мемфис, Бирмингем и еще пять городов и еще раз в Нью-Йорк. Миссис Штайн сказала, что я могу сослаться на нее, и это, наверное, единственное заслуживающее внимания место на странице — рекомендации от человека из издательского бизнеса. Я включила в список свои достижения за минувший год:

Автор еженедельной колонки о домашнем хозяйстве в газете «Джексон джорнал».

Редактор Информационного бюллетеня Молодежной лиги Джексона.

Автор «Прислуги», скандальной книги о чернокожих служанках и их белых нанимателях, «Харпер и Роу».

На самом деле про книгу я не написала. Хотела, конечно. Но сейчас, даже если мне удастся получить работу в большом городе, я не могу бросить Эйбилин в этом кошмаре. Не теперь, когда все так обернулось.

Господи, мне нужно убираться из Миссисипи. Кроме мамы и папы у меня здесь ничего не осталось — ни друзей, ни нормальной работы, ни Стюарта. Как, впрочем, и где бы то ни было. Отправляя резюме в «Нью-Йорк пост», «Нью-Йорк таймс», «Нью-Йоркер» и «Харперс мэгэзин», я вновь испытала то же пронзительное чувство, что и прежде, в колледже, — мне страстно захотелось оказаться там. Не Даллас, не Мемфис, нет; *Нью-Йорк* — вот город, где должен жить писатель. Но оттуда до сих пор нет вестей. А вдруг я никогда отсюда не уеду? Вдруг я застряла? Здесь. Навеки.

Первые солнечные лучи проникают сквозь оконное стекло. Я вздрагиваю, внезапно осознав, что жуткий крик, который меня разбудил, — *мой собственный.*

В аптеке «Брент» я ищу крем «Ласте» и мыло «Винолиа» для мамы, пока мистер Робертс готовит для нее лекарство по рецепту. Мама утверждает, что ей не нужны пилюли, что от рака ее запросто излечит дочь, которая не следит за прической и носит платья выше колена даже по воскресеньям, — и неизвестно, что еще я могу выкинуть, если она вдруг умрет.

А я просто рада, что маме лучше. Если моя пятнадцатисекундная помолвка со Стюартом подстегнула ее волю к жизни, то известие о том, что я вновь одинока, добавило ей гораздо больше сил. Она, безусловно, огорчилась из-за нашего разрыва, но на удивление быстро пришла в себя. И вскоре надумала свести меня с троюродным кузеном — тридцатипятилетним красавцем и очевидным гомосексуалистом.

— Мама, — попыталась объяснить я после его ухода, поскольку не могла же она не заметить... — Он же... Э-э... Он сказал, что я не в его вкусе.

Нужно поскорее убираться из аптеки, пока не явился кто-нибудь из знакомых. И пора бы привыкнуть к вынужденной изоляции, но никак не удается. Я скучаю по подругам. Нет, не по Хилли, но порой — по Элизабет, прежней доброй Элизабет, той, какой она была когда-то в школе. После завершения книги стало еще тяжелее, потому что теперь я даже не могла навещать Эйбилин. Мы решили, что это слишком рискованно. По разговорам с ней я скучаю больше всего.

Раз в несколько дней мы с Эйбилин болтаем по телефону, но это не то же самое, что сидеть рядом в ее уютной кухоньке. «Пожалуйста, — думаю я, слушая ее рассказы о слухах в городе, — пожалуйста, пускай из этого получится что-нибудь хорошее». Но до сих пор ничего путного не получилось. Дамочки в городе только сплетничают, воспринимая историю с книгой как своеобразную игру, гадают, кто есть кто, а Хилли продолжает обвинять совершенно не тех людей. Именно я уверяла чернокожих служанок, что о них никто не догадается, и я несу ответственность за происходящее.

Колокольчик у входа весело звякает. В аптеку входят Элизабет и Лу-Анн Темплтон. Я прячусь за полками с косметикой, но все же украдкой подглядываю. Они устраиваются за закусочной стойкой, как школьницы. На Лу-Анн, по обыкновению, нечто с длинными рукавами, несмотря на летнюю жару, на лице дежурная улыбка. Интересно, знает ли она, что стала персонажем книги?

У Элизабет волосы спереди взбиты в пышный кок, а сзади прикрыты шарфом — желтым шарфом, что я подарила ей на двадцать третий день рождения. Как все же странно стоять тут и наблюдать за ними — когда мне так много о них известно. Элизабет дочитала до десятой главы, рассказала мне вчера Эйбилин, и все еще не подозревает, что читает о себе и своих подругах.

— Скитер? — окликает меня из-за прилавка мистер Робертс. — Лекарство для вашей матушки готово.

Я вынуждена пройти мимо стойки, мимо Элизабет и Лу-Анн. Они сидят ко мне спиной, но я замечаю, как в зеркале они провожают меня взглядами и тут же опускают глаза.

Расплачиваюсь за лекарство, мыло и крем, затем направляюсь в дальний конец аптеки с намерением сбежать через заднюю дверь. Но вдруг из-за стойки с расческами и щетками возникает Лу-Анн Темплтон.

— Скитер... У тебя есть минутка?

Я растерянно моргаю. Больше восьми месяцев никто не спрашивал меня даже о секундочке, не говоря уж о целой минуте.

— Э-э, да, — осторожно произношу я.

Лу-Анн бросает взгляд в окно — Элизабет, с молочным коктейлем в руках, идет к машине. Лу-Анн придвигается чуть ближе ко мне и спрашивает:

— Твоя мама — надеюсь, ей лучше? — Улыбка Лу-Анн уже не так ослепительна. Она одергивает длинные рукава платья, хотя ей явно жарко — лоб усеян капельками пота.

— Она в порядке. У нее... ремиссия.

— Я очень рада.

Повисает неловкое молчание, мы разглядываем друг друга. Наконец Лу-Анн делает решительный вдох.

— Я знаю, мы давно не общались. — И продолжает, понизив голос: — Просто я подумала, тебе следует знать, что говорит Хилли. Она считает, что это ты написала книгу... ну, про прислугу.

— Я слышала, автор анонимен, — быстро отвечаю я, хотя, возможно, следовало сделать вид, что я ее вообще не читала. При том, что весь город читает. Книга полностью распродана во всех трех магазинах, а в библиотеке на нее очередь на два месяца вперед.

Лу-Анн предупреждающе вскидывает руку, словно останавливая меня:

— Я не хочу знать, правда ли это. Но Хилли... Хилли Холбрук как-то позвонила мне и приказала уволить Ловинию.

Пожалуйста. Умоляю, не говори, что ты ее выгнала.

— Скитер, Ловиния... — Лу-Анн смотрит мне прямо в глаза. — Порой только благодаря ей я могу встать с постели.

Я не спешу отвечать. Возможно, это ловушка, подстроенная Хилли.

— Я прекрасно понимаю, что ты считаешь меня дурочкой, которая соглашается со всем, что говорит Хилли. — На ее глаза наворачиваются слезы, губы дрожат. — Врачи советуют ехать в Мемфис, на... *шоковую терапию...* — Лу-Анн закрывает лицо, но слезы просачиваются между пальцев. — От депрессии и... попыток...

Так вот что скрывают длинные рукава. Надеюсь, я ошибаюсь, но все равно невольно вздрагиваю.

— Генри, конечно, твердит, что нужно взять себя в руки и смело пуститься в плавание. — С вымученной улыбкой она начинает браво маршировать на месте, но тут же останавливается, и улыбка сползает с лица.— Скитер, я не знаю другого столь же стойкого и отважного человека, как Ловиния. Несмотря на собственные несчастья, она сидит рядом со мной и утешает. Она помогает мне прожить каждый следующий день. Я прочла, что она написала обо мне, как я помогала ей с внуком, и, знаешь, я никому в жизни не была так признательна. Это лучшее, что произошло со мной за много месяцев.

Не знаю, что и сказать. Это первые добрые слова о книге, мне хочется, чтобы она говорила еще и еще. Думаю, Эйбилин тоже не слышала пока ничего подобного. Но одновременно мне тревожно из-за того, что Лу-Анн многое известно.

— Если это действительно ты написала, если сплетни Хилли правдивы, просто хочу, чтобы ты знала — я никогда не уволю Ловинию. Я сказала Хилли, что подумаю, но если Хилли Холбрук вновь поднимет эту тему, я прямо в лицо ей выскажу, что она заслужила не только тот торт, но и кое-что похуже.

— Откуда ты... почему ты решила, что это про Хилли?

Наша страховка. Все пойдет прахом, если тайна шоколадного торта выплывет наружу.

— Может, про нее, а может, и нет. Просто ходят такие слухи, — усмехается Лу-Анн. — Но сегодня утром Хилли всем и каждому твердила, что эта книга вовсе не про Джексон. Кто знает почему.

— Слава богу... — шумно выдыхаю я.

— Ой, Генри скоро вернется. — Она поправляет сумочку на плече. На лице вновь сияет искусственная улыбка.

Лу-Анн направляется к выходу, но в дверях оборачивается:

— И еще кое-что. В январе на выборах президента Лиги Хилли Холбрук не получит мой голос. И, коли на то пошло, вообще никогда.

И с этими словами выходит. Колокольчик деликатно звякает вслед.

За окном мелкий дождик — сверкающие автомобили подернуты туманной дымкой, тротуар поблескивает лужицами. Провожая взглядом Лу-Анн, я думаю: «Как мало все же мы знаем друг о друге». Возможно, я смогла бы хоть немного облегчить ее жизнь, если бы попыталась. Если бы была с ней чуть приветливее. Разве не в этом основная идея нашей книги? Чтобы женщины поняли: мы просто два человека. Не столь многое нас разделяет. Между нами не такая уж большая разница. Совсем не такая значительная, как мне представлялось.

А вот Лу-Анн, она поняла это даже прежде, чем прочитала книгу. А нечто важное упустила именно я.

Вечером я четыре раза звоню Эйбилин, но линия занята. Я сижу в кладовке, уставившись на банки с консервированным инжиром, приготовленные Константайн еще в те времена, когда смоковница не погибла. Эйбилин рассказывала, что прислуга бесконечно обсуждает и книгу, и все, что происходит в городе в связи с ней. Каждый вечер человек шесть-семь звонят ей.

Сегодня среда. Завтра выходит колонка Мисс Мирны, которую я написала шесть недель назад. И у меня в запасе еще десятка два заметок, потому что больше мне совершенно нечем заняться. И думать больше не о чем, только волноваться и переживать.

Иногда я от скуки размышляю. Как сложилась бы жизнь, не напиши я этой книги. В понедельник, наверное, играла бы в бридж. Завтра вечером отправилась бы на собрание Лиги, занялась бы бюллетенем. Вечером в пятницу Стюарт пригласил бы меня на ужин, мы засиделись бы допоздна, и, играя в теннис в субботу, я чувствовала бы себя немного не в форме. Но и удовлетворенной. Удовлетворенной *и... не в ладу со своей совестью.*

Потому что Хилли назвала свою прислугу воровкой, а мне пришлось бы молча сидеть и слушать это. Элизабет с раздражением дергала бы своего ребенка за руку, а я отворачивалась, делая вид, что не замечаю. Я была бы помолвлена со Стюартом и не носила бы коротких платьев — только короткую стрижку, и не решалась бы на рискованные поступки вроде книги о цветной прислуге, боясь его неодобрения. Но поскольку я не собираюсь лгать и пытаться убедить себя, что мне удастся изменить таких людей, как Хилли или Элизабет, сейчас мне хотя бы не приходится больше делать вид, будто я с ними согласна.

С чувством легкой паники выбираюсь из душного чулана. Влезаю в свои мужские сандалии, выхожу в теплую ночь. Полнолуние, и на улице довольно светло. Сегодня днем я забыла заглянуть в почтовый ящик, а больше никто этого не сделает. Открыв, обнаруживаю внутри письмо. Из «Харпер и Роу» — наверное, от миссис Штайн. Странно, что письмо пришло на домашний адрес, поскольку всю корреспонденцию относительно книги я получала на почте, просто на всякий случай. Здесь слишком темно, читать невозможно, поэтому я просто сую письмо в задний карман джинсов.

Обратно к дому иду не по дорожке, а через «сад», ступая прямо по мягкой траве и аккуратно обходя упавшие груши. Вновь сентябрь, а я все еще здесь. Даже Стюарт переехал. Несколько недель назад в какой-то статье о сенаторе написали, что Стюарт перевел свою нефтяную компанию в Новый Орлеан, так что теперь он вновь может проводить свободное время на буровых платформах в море.

Слышится шорох гравия. По дорожке едет автомобиль, но почему-то с погашенными фарами.

Припарковав «олдсмобиль» около дома и выключив двигатель, сама она продолжает сидеть в салоне. Фонари на террасе ярко светятся желтым, привлекая ночных бабочек. Она склоняется над рулем, словно пытаясь разглядеть, есть ли кто в доме. Какого черта ей здесь нужно? Несколько секунд просто наблюдаю, потом решаюсь. *Нападай первой.* Начни раньше, чем она, — каковы бы ни были ее планы.

Тихо пробираюсь через двор. Она закуривает сигарету, спичку выбрасывает в окно.

Подбираюсь сзади, но она меня не замечает.

— Ждешь кого-нибудь? — вежливо осведомляюсь через открытое окошко.

Хилли подпрыгивает от неожиданности, роняет сигарету на землю. Выбирается из машины, захлопывает дверцу и отодвигается от меня подальше.

— Не смей приближаться ко мне! — выдыхает она.

Ладно, стою на месте, внимательно разглядываю бывшую подругу. Да, вот это зрелище. Черные сальные волосы торчат во все стороны. Блузка выбилась из юбки, жирные складки тела выпирают сквозь застежки — она еще больше прибавила в весе. Да еще и... болячка на губе. Гадкий ярко-красный струп в углу рта. Последний раз я видела такую штуку у Хилли еще в колледже, когда ее бросил Джонни.

Она окидывает меня надменным взглядом:

— Ты что теперь, вроде хиппи? Боже, как, должно быть, твоей бедной мамочке стыдно за тебя.

— Хилли, зачем ты явилась?

— Сообщить тебе, что я встречалась со своим адвокатом, Хибби Гудманом, который является в Миссисипи экспертом номер один в области законов о распространении клеветы. У тебя будут серьезные неприятности, милочка. Тебе грозит тюрьма, ты в курсе?

— Ты ничего не сможешь доказать, Хилли. — Я уже обсуждала этот вопрос с юридическим отделом «Харпер и Роу». Мы очень старательно заметали следы.

— Да я на сто процентов уверена, что именно ты это написала, потому что ты самая вульгарная девица в городе. Никто, кроме тебя, не общается так близко с черномазыми.

Непостижимо, как мы могли дружить когда-то. Хочется спрятаться в доме и крепко запереть дверь. Но в руке у нее конверт, и это заставляет меня нервничать.

— Я знаю, что об этом много говорят, Хилли, по городу ходит множество слухов...

— Меня совершенно не волнуют эти слухи. Всем в городе известно, что это не Джексон. Книга про выдуманный город, который существует только в твоей маленькой убогой головке, и мне известно, кто тебе помогал в этой гнусности.

Чувствую, как сжимаются зубы. Да, ей известно про Минни и Ловинию, но знает ли она об Эйбилин? И о других?

Хилли помахивает конвертом:

— Я приехала сообщить твоей матери о том, что ты *сделала*.

— Ты собираешься нажаловаться на меня *маме*?

Забавно, конечно, но мама действительно ничего не знает об этой истории. И я предпочла бы, чтоб так оно и оставалось. Ей было бы стыдно за меня и... Не отвожу глаз от конверта. А вдруг она из-за этого вновь заболеет?

— Вот именно. — Гордо вскинув голову, Хилли поднимается на крыльцо.

Открывает дверь и входит, словно в собственный дом.

— Хилли, я тебя не приглашала. Ты не...

Но тут навстречу ей выходит мама, и я опускаю руку.

— О, Хилли! — восклицает мама. Она в халате, опирается на трость, которая покачивается при каждом шаге. — Сколько лет, сколько зим, дорогая.

Хилли растерянно моргает. Не знаю, что больше поразило Хилли — мамин вид или его отсутствие. Густые каштановые волосы поредели и стали белыми как снег. Дрожащая рука, опирающаяся на трость, для неподготовленного человека выглядит точно рука скелета. Но страшнее всего почти полное отсутствие зубов, остались только передние. Щеки глубоко ввалились, как у покойника.

— Миссис Фелан, я... я приехала, чтобы...

— Хилли, ты что, заболела? Выглядишь чудовищно, — говорит мама.

Хилли нервно облизывает губы:

— Я... у меня не было времени привести себя в порядок, перед тем как...

Мама неодобрительно качает головой:

— Хилли, *дорогая*. Никакой молодой муж не захочет созерцать подобное зрелище, вернувшись домой. Взгляни на свою прическу. И это... — Мама, прищурившись, хмуро рассматривает болячку на губе. — Это абсолютно непривлекательно, дорогая.

Я смотрю только на конверт. Мама грозно тычет в меня пальцем:

— Я завтра же позвоню в «Фанни Мэй» и запишу вас обеих.

— Миссис Фелан, не...

— Не стоит благодарности, — перебивает мама. — Это самое меньшее, что я могу для тебя сделать, теперь, когда твоей мамы нет рядом, чтобы руководить тобой. А сейчас я иду спать. — Нетвердой походкой мама отправляется к себе, бросив на прощанье: — Не засиживайтесь допоздна, девочки.

Хилли стоит разинув рот. Потом злобно распахивает дверь и выходит. Письмо по-прежнему у нее в руке.

— У тебя немыслимые проблемы, Скитер, — с яростью шипит она. — И у твоих черномазых!

— О ком именно ты говоришь, Хилли? Ты же никого не знаешь.

— Я не знаю, я? Эту твою Ловинию? О, о ней я уже позаботилась, не волнуйся! Лу-Анн с ней разберется. И предупреди свою Эйбилин, пускай хорошенько подумает в следующий раз, когда захочет написать о моей дорогой подруге Элизабет, угу, — ухмыляется она. — Ты еще помнишь Элизабет? Она приглашала тебя на свою свадьбу.

Услышав имя Эйбилин, я с трудом сдерживаюсь, чтобы не ударить Хилли.

— Передай своей черномазой подружке, что ей следовало быть чуть умнее и не упоминать про царапину в виде галочки на обеденном столе Элизабет.

Чертова царапина. Как я могла пропустить такую улику?

— И не надейся, что я забыла о Минни Джексон. По поводу этой негритоски у меня *большие* планы.

— Будь осторожна, Хилли, — цежу я сквозь зубы. — Не выдай ненароком и себя. — Голос звучит уверенно, но внутри у меня все дрожит. Не представляю, какие у нее могут быть планы.

Глаза ее почти вылезают из орбит:

— Это НЕ Я СЪЕЛА ТОТ ТОРТ!

Она разворачивается, бросается к машине, рывком открывает дверцу.

— И передай своим черномазым, чтоб почаще оглядывались. Пускай внимательно смотрят, кто идет за ними следом.

Руки дрожат, когда я набираю номер Эйбилин. Забираюсь в кладовку и прикрываю дверь. В другой руке у меня распечатанное письмо от «Харпер и Роу». Кажется, что уже полночь, но на часах всего восемь тридцать.

Эйбилин снимает трубку, и я тотчас выпаливаю:

— Сегодня приезжала Хилли. *Она знает!*

— Мисс Хилли? Что она знает?

В трубке слышен голос Минни:

— Хилли? Что там насчет мисс Хилли?

— Минни... тут у меня в гостях, — поясняет Эйбилин.

— Полагаю, ей тоже нужно это услышать, — говорю я, хотя вообще-то предпочла бы, чтоб Эйбилин рассказала ей все попозже, без меня. Но описываю появление Хилли, как она ворвалась в дом, потом жду, пока Эйбилин перескажет историю Минни. Из уст Эйбилин она звучит еще страшнее.

Эйбилин возвращается к телефону, вздыхает.

— Все из-за царапины на обеденном столе Элизабет... так Хилли и догадалась.

— Господи, просто *царапина*. Как я могла о ней написать...

— Нет, *это я* должна была заметить. Простите меня, Эйбилин.

— Думаете, мисс Хилли расскажет мисс Лифолт, что я про нее написала?

— Она не может рассказать! — слышится крик Минни. — Тогда она признает, что книжка про Джексон.

Вот теперь-то я понимаю, в чем прелесть плана Минни.

— Согласна, — говорю я. — Думаю, Хилли напугана, Эйбилин. Она не знает, *что* делать. Сказала, что пожалуется на меня моей *матери*.

Сейчас, когда шок от слов Хилли прошел, сама идея вызывает лишь смех. Это самое меньшее, что меня беспокоит. Если мама сумела пережить крах моей помолвки, эту историю она тем более переживет. Я сумею все объяснить.

— Думаю, мы все равно ничего не можем с этим поделать, — нервно замечает Эйбилин.

Возможно, сейчас не лучший момент, чтобы сообщить следующую новость, но я не в силах сдержаться.

— Я получила... письмо сегодня. От «Харпер и Роу». Думала, от миссис Штайн, но ошиблась.

— От кого же тогда?

— Мне предложили работу в «Харперс мэгэзин» в Нью-Йорке. Помощником редактора. Наверняка миссис Штайн выхлопотала.

— Как замечательно! — радуется Эйбилин и кричит в сторону: — Минни, мисс Скитер предложили работу в Нью-Йорке!

— Эйбилин, я не могу принять это предложение. Я просто хотела рассказать вам об этом. Я... — Как же хорошо, что можно наконец поговорить с Эйбилин.

— Что значит — не можете принять? Вы же об этом мечтали.

— Я не могу уехать сейчас, именно в тот момент, когда начинаются неприятности. Я не оставлю вас в беде.

— Но... неприятности все равно произойдут, останетесь вы в городе или нет.

Боже, при этих словах я готова разрыдаться. Вслух получается лишь долгий стон.

— Я не то хотела сказать. Мы же не знаем, что случится. Мисс Скитер, вы должны согласиться на эту работу.

Я и на самом деле не знаю, как поступить. Понимаю, что вообще не следовало рассказывать Эйбилин, потому что она, разумеется, примется меня уговаривать уехать, но мне необходимо было с кем-то поделиться. Слышно, как она шепчет Минни:

— Она говорит, что не согласится. — А потом мне:

— Мисс Скитер, я не хочу сыпать вам соль на раны, но... здесь, в Джексоне, вам жизни не будет. Вашей маме уже лучше и...

Слышен какой-то шорох, бормотание, и внезапно в трубке раздается голос Минни:

— Послушайте меня, мисс Скитер. Я позабочусь об Эйбилин, а она позаботится обо мне. А у вас здесь никого не осталось, кроме врагов в Молодежной лиге и мамаши, которая в конце концов доведет вас до алкоголизма. Вы уже сожгли все мосты. А еще у вас в этом городе *никогда* не будет мужика, и всем это известно. Так что поднимайте-ка свою белую задницу и не то что отправляйтесь — *пулей* в Нью-Йорк!

Минни швыряет трубку, и я растерянно таращусь на умолкший телефон в одной руке и письмо — в другой. *Что, правда? Неужели я действительно могу это сделать?*

Минни права, и Эйбилин тоже права. У меня здесь ничего не осталось, кроме мамы и папы, и совместная жизнь с родителями, безусловно, разрушит наши отношения, но...

Привалившись к полкам, закрываю глаза. Я уезжаю. Я еду в Нью-Йорк.

Эйбилин

Глава 34

На серебряных приборах мисс Лифолт сегодня особенно много пятен. Из-за сильной влажности, должно быть. Обхожу вокруг стола, заново полируя каждый предмет и заодно проверяя, все ли на месте. Молодой Человечек, он у нас начал таскать блестящие штучки — ложки, монетки, заколки для волос. И прячет их у себя в подгузнике. Меняешь, бывало, подгузник, а там прямо сундук с сокровищами.

Звонит телефон в кухне.

— У меня сегодня есть новости, — докладывает Минни.

— Что слышно?

— Мисс Ренфроу говорит, она знает, что тортик тот съела Хилли, — хихикает Минни, а у меня сердце сразу бьется раз в десять быстрее.

— Боже, мисс Хилли явится через пять минут. Ей лучше поскорее погасить этот пожар. — Как странно, что мы за нее переживаем. В голове не укладывается.

— Я звонила однорукой Эрнес... — Минни замолкает. Должно быть, мисс Селия появилась. — Все в порядке, она вышла. Так вот, я звонила однорукой Эрнестине, и та сказала, что мисс Хилли весь день вопила по телефону. И мисс Клара, она тоже знает про Фанни Амос.

— Она ее уволила?

Мисс Клара отправила сына Фанни Амос в колледж, это одна из лучших историй в книге.

— Да вовсе нет. Просто сидела, совсем обалдевшая, с книжкой в руке.

— Позвони, если еще что узнаешь, — говорю я. — И не волнуйся, что мисс Лифолт будет спрашивать, кто это. Я скажу, что у меня сестра болеет. (Господи, Ты же не покараешь меня за эту ложь? Что мне совершенно ни к чему, так это больная сестра.)

Через несколько минут звонят в дверь, а я делаю вид, что не слышу. Боюсь взглянуть в лицо мисс Хилли после всего, что она наговорила мисс Скитер. Как я могла написать про эту дурацкую царапину. Иду в свою уборную, спокойно подумать, что же будет, если придется расстаться с Мэй Мобли. Господи, молю я, если меня не будет, пускай рядом с ней окажется кто-нибудь добрый. Не оставляй ее с мисс Тейлор, которая учит, что все черные — грязные, и с бабушкой, которая больно щиплет за оплошности, и с ледяной мисс Лифолт. В дверь продолжают звонить, а я не обращаю внимания. Сделаю это завтра, обещаю я себе. Просто на всякий случай. Попрощаюсь с Мэй Мобли.

Когда я возвращаюсь в дом, дамы уже за столом. Мне слышны их голоса, громче всех — мисс Хилли. Прижимаю ухо к двери, а выйти в гостиную боюсь.

— ...*Не* Джексон. Эта книжонка — просто дрянь. Уверена, это все выдумала какая-нибудь черномазая...

Слышу скрип стула — мисс Лифолт собирается идти искать меня. Дольше тянуть нельзя.

Открываю дверь, в руках у меня кувшин с холодным чаем. Обхожу стол, не поднимая глаз.

— Я слышала, что «Бетти» — это, возможно, наша Шарлин, — говорит мисс Джини, таращa глаза.

Мисс Лу-Анн, что сидит рядом с ней, глядит в сторону, будто ей все равно. Хочется похлопать ее по плечу, ободрить. Я хотела бы сказать ей, как я рада, что именно она хозяйка Ловинии, но понимаю, что нельзя. И мисс Лифолт ничего сказать не могу, потому что та лишь хмурится, как обычно. А вот у мисс Хилли лицо багровое, точь-в-точь перезревшая слива.

— А прислуга из четвертой главы? — не унимается мисс Джини. — Я слышала, как Сиси Таккре говорила...

— Эта книга не про Джексон! — визжит мисс Хилли, я вздрагиваю от неожиданности и нечаянно выплескиваю чай на ее пустую тарелку.

— Вы пролили, Эйбилин, — ледяным тоном произносит она.

— Простите, я...

— Вытрите.

Дрожащей рукой протираю тарелку салфеткой, которой придерживаю кувшин.

Она смотрит мне прямо в лицо. Я опускаю голову.

— Принесите чистую тарелку. По которой вы не возили грязной тряпкой.

Подаю ей другую тарелку. Она внимательно изучает ее, даже обнюхивает. Потом поворачивается к мисс Лифолт:

— Этих людей невозможно *обучить* даже навыкам чистоплотности.

Приходится задержаться допоздна у мисс Лифолт. Мэй Мобли засыпает, я достаю свой молитвенник, начинаю записывать. Я очень рада за мисс Скитер. Она звонила сегодня утром, сказала, что получила работу. Через неделю она уезжает в Нью-Йорк! При каждом резком звуке я вздрагиваю — все кажется, что сейчас войдет мисс Лифолт и объявит, что ей известна правда. Даже дома никак не могу успокоиться, поэтому в кромешной тьме отправляюсь к Минни. Она сидит за столом, читает газету. Поздний вечер — единственное время, когда она не чистит что-нибудь, не убирает, не кормит кого-то, никого не воспитывает. В доме такая тишина, что мне немножко не по себе.

— А где все?

— Ушли спать или на работу, — пожимает она плечами.

Придвигаю стул, усаживаюсь.

— Хотелось бы мне знать, что будет, — говорю я. — Понимаю, надо радоваться, что мне пока не высказали все в лицо, но ожидание сводит с ума.

— Что-то обязательно будет. Скоро, — небрежно замечает Минни, будто мы любимый сорт кофе обсуждаем.

— Минни, как ты можешь оставаться такой спокойной?

Она поднимает голову, кладет руку на живот, который порядком надулся за последние две недели:

— Знаешь мисс Шотар, у которой работает Вилли Мэй? Она вчера спросила Вилли Мэй, неужели обращается с ней так же плохо, как та ужасная леди в книге? Вилли Мэй и сказала, что та, конечно, не пирог с изюмом, но не такая уж плохая.

— Что, так и спросила?

— А потом Вилли Мэй рассказала хозяйке, как с ней обращались другие белые леди, про все плохое и хорошее, а хозяйка слушала. Вилли Мэй говорит, за тридцать семь лет они впервые сидели за одним столом.

Не считая Ловинии, это первая добрая весть. Я стараюсь радоваться, но тут же возвращаюсь к своему:

— А что мисс Хилли? Что насчет того, о чем говорила мисс Скитер? Минни, неужели ты совсем не волнуешься?

Минни откладывает газету:

— Послушай, Эйбилин, не стану тебя обманывать. Я боюсь, что Лерой меня убьет, если узнает. Боюсь, что мисс Хилли подожжет мой дом. Но... не могу объяснить... но у меня такое чувство — все будет так, как должно быть.

— Правда?

— Господи, — усмехается Минни. — Я уже начинаю говорить в точности как ты, верно? Старею, должно быть.

Шутливо пинаю ее. Но все же понять не могу. Мы сделали смелое и доброе дело. Может, Минни не хочет портить ощущение — мол, пускай случится все, что случается со смелыми и добрыми. Даже самое дурное.

Минни уставилась в газету, но, понаблюдав, замечаю — она не читает. Смотрит на буквы, а сама мыслями далеко. На улице хлопает дверь автомобиля, и Минни вздрагивает. Значит, и она боится, просто старается не показывать. Но почему? Странно. Почему она скрывает свои чувства?

И вдруг до меня доходит. Как же я раньше-то не догадалась? Минни вставила в книжку историю про шоколадный торт, чтобы защитить всех нас. Не себя, а меня и всех остальных. Она понимала, что ее собственные проблемы с мисс Хилли станут только серьезнее. Но все равно пошла на это, ради остальных. И не хочет, чтобы кто-нибудь заметил, как ей страшно.

Потянувшись к ней, крепко сжимаю руку:

— Ты очень хороший человек, Минни.

Она закатывает глаза и смешно высовывает язык, будто ей тарелку собачьих галет предложили.

— Я так и знала, у тебя старческое слабоумие, — констатирует Минни.

И мы хихикаем. Уже поздно, мы устали, но она поднимается, наливает себе еще кофе, готовит чашку чая для меня. И мы еще долго сидим и болтаем у нее на кухне.

Суббота, вся семья Лифолт в сборе, плюс я. Даже мистер Лифолт сегодня дома. Моя книжка пропала с ночного столика. Я и не знаю, куда она ее сунула. Потом замечаю на диване сумочку мисс Лифолт — книга внутри. Значит, куда-то ее брала с собой. Закладки явно нет.

Хочется заглянуть ей в глаза и спросить, что ей известно, но мисс Лифолт почти весь день торчит в кухне, готовит какой-то торт. И не пускает меня помочь. Мол, это не обычный пирог из тех, что готовлю я, а особый рецепт из журнала «Гурмэ». Завтра к обеду у нее гости из ее церковного прихода, по этому поводу столовая битком набита парадным барахлом. Мисс Лифолт даже одолжила три блюда у мисс Лу-Анн и восемь приборов из фамильного серебра мисс Хилли, потому что ожидается четырнадцать человек, а Господь, видать, запрещает им пользоваться обычными железными вилками.

Молодой Человечек и Мэй Мобли играют в спальне. Мистер Лифолт бродит по дому. Время от времени он останавливается у двери в комнату Мэй Мобли, потом идет дальше. Думает, поди, что надо бы позаниматься с детьми, раз уж он дома в субботу, но, наверное, не знает как.

Так что мне особо и деваться некуда. Только два часа, но я уже вымыла весь дом, отскребла ванные, выстирала белье. Выгладила все, вплоть до морщин на собственном лице. Из кухни меня выгнали, но не хочется, чтоб мистер Лифолт решил, будто у меня и дел-то, что играть с детишками, и пока мистер Лифолт топчется в гостиной, заглядываю к детям.

Мэй Мобли держит в руке листок бумаги, что-то объясняет Россу. Она любит играть в школу с братиком.

Возвращаюсь в гостиную, принимаюсь во второй раз протирать несуществующую пыль. Наверное, не стоит устраивать сегодня прощание с Малышкой, раз уж такая толпа народу в доме соберется.

— А сейчас мы с тобой поиграем, — слышу я голосок Мэй Мобли. — Ты садись вот сюда, за стойку, как будто это «Вулворт», а ты чернокожий. И ты должен сидеть не двигаясь, неважно, что я делаю, а то попадешь в тюрьму.

Я пулей мчусь в детскую, но мистер Лифолт уже там, наблюдает из-за двери. Я останавливаюсь позади него.

Мистер Лифолт озадаченно смотрит, скрестив руки на груди и чуть склонив голову набок. Сердце у меня колотится со скоростью тысячу миль в час. Никогда прежде я не слышала, чтоб Мэй Мобли рассказывала кому-нибудь наши тайные истории. Только мне — и то когда никого рядом, только стены дома. Но сейчас она увлечена игрой и даже не замечает, что папа ее слушает.

— Так... — Мэй Мобли устраивает малыша на высоком стульчике. — Росс, ты сидишь за стойкой «Вулворта». Не вставай.

Я не могу вымолвить ни слова. Мэй Мобли на цыпочках подбирается к Россу сзади и высыпает ему на голову карандаши из коробки. Карандаши со стуком падают на пол, Молодой Человечек хмурится, но сестра грозно предупреждает:

— Ты не должен двигаться. Ты должен быть храбрым. И никакого на... ни... насилия.

Потом она принимается дразнить его, высунув язык, тычет в него ножками куклы, а Молодой Человечек глядит на нее, будто говоря: «Почему это я терплю такие глупости?» После чего сползает со стула и обиженно хнычет.

— Проиграл! — радуется Малышка. — А теперь давай поиграем в «покиньте-автобус», тебя будут звать Роза Паркс.

— Кто научил тебя таким вещам, Мэй Мобли? — вмешивается мистер Лифолт, а Малышка вскидывает головку и глядит на него, словно привидение увидела.

У меня будто все кости разом размягчились. Внутри все кричит: *иди туда, защити ее*, но я даже вдохнуть толком не могу. Малышка смотрит прямо на меня, мистер Лифолт оборачивается, замечает меня, опять глядит на дочь.

— Не знаю...

Мэй Мобли отворачивается, собирает игрушки, разбросанные по полу. Я понимаю, о чем она думает. Если займется чем-нибудь и не будет обращать внимания на взрослых, ее оставят в покое.

— Мэй Мобли, папа задал тебе вопрос. Где ты научилась таким вещам? — Он наклоняется к дочери.

Лица мне не видно, но знаю, что он улыбается, потому что Мэй Мобли смущается и кокетничает. Все девочки любят своих пап. И вдруг она произносит громко и четко:

— Мисс Тейлор научила.

Мистер Лифолт выпрямляется. Идет в кухню, я за ним. Он решительно берет мисс Лифолт за плечо, разворачивает к себе и приказывает:

— Завтра же. Ты пойдешь в школу и переведешь Мэй Мобли в другой класс. И чтобы больше никаких мисс Тейлор.

— Как? Я же не могу просто взять и сменить учителя...

Затаив дыхание, я молю: «Конечно, можете. Пожалуйста».

— Сделаешь, как я говорю. — И мистер Лифолт выходит из кухни — как все мужчины, когда не желают слышать никаких объяснений.

Все воскресенье я не перестаю благодарить Господа за то, что уберег Малышку от мисс Тейлор, и благодарность эта песней звучит у меня в ушах. Утром в понедельник мисс Лифолт при полном параде отправляется в школу Мэй Мобли — а я не могу сдержать улыбки, предвкушая, что будет.

Мисс Лифолт уходит, а мне надо заняться серебром мисс Хилли. Мисс Лифолт после вчерашнего обеда выложила его на кухонный стол. Я все перемыла и целый час чистила, недоумевая, как с этим делом справляется однорукая Эрнестина. Полировать «настоящее барокко» с его завитушками и загогулинами — занятие для двух рук.

Возвращается мисс Лифолт, бросает сумочку на стол, раздраженно цокает языком.

— Ох, я должна была вернуть серебро сегодня утром, но пришлось идти в школу к Мэй Мобли, а там мне сказали, что она простудилась, чихала все утро, и уже почти десять...

— Мэй Мобли заболела?

— Наверное. — Мисс Лифолт очень недовольна. — А я уже опаздываю в парикмахерскую. Когда закончите с серебром, отнесите его к Хилли. Я вернусь после ланча.

Начищенное добро мисс Хилли заворачиваю в голубую салфетку и иду к Молодому Человечку. Он только что проснулся, хлопает глазенками и улыбается мне.

— Ну-ка, Молодой Человечек, давайте наденем вам свежие штанишки.

Кладу его на пеленальный столик, снимаю мокрый подгузник. Да у нас тут целых три оловянных солдатика и заколка мисс Лифолт! Хорошо, что подгузник просто мокрый, а не кое-что посерьезнее.

— Парень, — смеюсь я, — да ты у нас как Форт Нокс.

Он весело хихикает и показывает на свою кроватку. Подхожу, поднимаю одеяло — ну точно, щетка для волос, мерная ложка и салфетка. Да, пора с этим что-то делать. Но не сейчас. Нужно спешить к мисс Хилли.

Усаживаю Молодого Человечка в коляску, и мы едем к дому мисс Хилли. На улице тепло, солнечно и тихо. Дверь нам открывает Эрнестина. Из левого рукава у нее торчит коротенькая коричневая культя. Я мало знакома с Эрнестиной, знаю только, что она любит поговорить и ходит в методистскую церковь.

— Привет, Эйбилин.

— Привет, Эрнестина, ты как будто меня ждала.

Она кивает, смотрит на Молодого Человечка. Тот глаз не сводит с ее культи, будто боится, что та вот-вот его схватит.

— Я пришла еще до того, как это случилось, — шепчет Эрнестина. — Я думала, ты слышала.

— Что слышала?

Эрнестина воровато оглядывается, потом наклоняется ко мне:

— Белая леди Флоры Лу, мисс Эстер. Она все высказала Флоре Лу сегодня утром.

— Она ее уволила?!

История Флоры Лу из печальных. Ей здорово досталось от хозяйки. Все считают мисс Эстер милой, а она каждое утро заставляла Флору мыть руки «специальным раствором». В конце концов дело дошло до чистой хлорки, руки отмылись добела. Флора показывала мне шрамы от ожогов.

— Мисс Эстер вытащила книжку и давай орать: «Это что, я? Это ты обо мне написала?» А Флора ей и говорит: «Нет, мэм, я этой книжки не писала. Я даже пятый класс не закончила, где мне». Но мисс Эстер не унималась: «Я же не знала, что хлорка обжигает руки, я не знала, что минимальная зарплата доллар двадцать пять! Если бы Хилли не объяснила всем, что это не Джексон, я бы тебя уволила, ты и оглянуться бы не успела». Ну, Флора Лу и говорит: «Так я что, не уволена?» А мисс Эстер визжит: «Уволена? Если я тебя выгоню, все сразу же *поймут*, что десятая глава — это про меня. Нет, ты будешь работать здесь до конца своих дней!» А потом мисс Эстер швырнула книжку на стол и велела Флоре Лу продолжать свои дела.

— Господи... — У меня даже перед глазами все поплыло. — Надеюсь... для всех остальных это тоже добром обернется.

Из дома доносится крик мисс Хилли, зовет Эрнестину.

— Я бы на это не рассчитывала, — шепчет Эрнестина.

Передаю ей узелок с серебром. Она подхватывает его здоровой рукой и, видать по привычке, протягивает заодно и культю.

Вечером разразилась страшная гроза. Гром грохочет, я сижу за столом в кухне и потею от ужаса. Вся трясусь, но пытаюсь записывать молитвы. Флоре Лу повезло, а что будет с остальными? Уж очень тяжко — сплошная неизвестность, и волнения, и...

Тук, тук, тук. Кто-то стучится в парадную дверь. Кто это может быть? Часы над плитой показывают восемь тридцать пять. Ветер завывает все сильнее. Знакомый постучал бы в заднюю дверь.

На цыпочках подбираюсь поближе. Стук повторяется, я от страха чуть из башмаков не выпрыгиваю.

— Кто... там? — спрашиваю. А сама проверяю, заперто ли на замок.

— Это *я*.

С облегчением выдыхаю и распахиваю дверь. Мисс Скитер, мокрая и дрожащая. Под плащом прячет старую красную сумку.

— Я не могла подобраться к задней двери, грязь во дворе развезло, я увязла.

Она босиком, измазанные туфли держит в руках. Поспешно закрываю за ней дверь.

— Вас ведь никто не видел?

— Там вообще ничего не видно. Я бы позвонила, но из-за грозы телефон не работает.

Понимаю, что-то случилось, но все равно я так рада повидаться с ней перед ее отъездом в Нью-Йорк. Мы шесть месяцев не виделись. Обнимаю ее крепко-крепко.

— Ну-ка, дайте рассмотреть вашу новую прическу.

Мисс Скитер отбрасывает капюшон, встряхивает головой, и длинные волосы рассыпаются по плечам.

— Какая красота, — говорю я, и так оно и есть.

Она смущенно улыбается, опускает сумку на пол.

— А мама моего вида не выносит.

Я смеюсь, а потом собираюсь с духом — готовлюсь услышать дурные новости, которые она принесла.

— Магазины заказывают нашу книгу, Эйбилин. Миссис Штайн позвонила сегодня. Они собираются напечатать дополнительный тираж. *Пять тысяч* экземпляров.

— Я не... я и не знала, что так можно, — ахаю я. Наша книга попадет в пять тысяч домов — на книжные полки, ночные столики, даже в уборные, рядом с унитазом.

— Это принесет дополнительные деньги. Как минимум по сто долларов на каждого. Кто знает, может, и больше.

Прижимаю ладонь к груди. Я пока не потратила ни цента из первых денег — шестидесяти одного доллара, — а выходит, будет еще больше?

— И кое-что еще. — Мисс Скитер берет меня за руку и косится на свою красную сумку. — Я в пятницу заходила в редакцию, уволиться с работы... — Помешкав, решительно продолжает: — И сказала мистеру Голдену, что следующей Мисс Мирной должны стать вы.

— *Я?*

— Я объяснила ему, что фактически именно вы отвечали на все вопросы. Он ответил, что подумает, а сегодня позвонил и согласился — при условии, что вы никому не расскажете и станете отвечать на письма читателей под именем Мисс Мирны.

Она протягивает мне синий блокнот:

— И платить будет вам столько же — по десять долларов в неделю.

Я? Буду работать в белой газете? Присаживаюсь на диван, открываю блокнот. Там собраны все прошлые письма и статьи. Мисс Скитер садится рядом.

— Спасибо вам, мисс Скитер. И за это, и вообще за *все*.

Она улыбается, глубоко вздыхает, будто сдерживает слезы.

— Прямо не верится, что завтра вы уже в Нью-Йорке очутитесь.

— Вообще-то сначала я поеду в Чикаго. На один день. Хочу увидеть Константайн, ее могилу.

— Правильно, — киваю я.

— Мама показала мне некролог. Кладбище недалеко от города. А на следующее утро отправлюсь в Нью-Йорк.

— Передайте Константайн привет от Эйбилин.

Она смеется:

— Я так нервничаю. Никогда ведь не бывала ни в Чикаго, ни в Нью-Йорке. И даже на самолете ни разу не летала.

С минуту мы молчим, прислушиваемся к шуму за окном. Я вспоминаю, как мисс Скитер впервые пришла ко мне домой, как мы стеснялись друг друга. А теперь мы прямо как родственники.

— Вы боитесь, Эйбилин? — спрашивает она. — Того, что может случиться?

Отворачиваюсь, чтобы она не видела моих глаз.

— Да нет, все нормально.

— Иногда я думаю — а стоило ли оно того? Если с вами что-нибудь случится... не представляю, как я смогу с этим жить, сознавая, что все из-за меня. — Она крепко прижимает ладони к глазам, словно не хочет видеть, что впереди.

Тогда я иду в спальню и приношу пакет от преподобного Джонсона. Она разворачивает бумагу и недоуменно рассматривает книгу — много-много имен, много-много подписей.

— Я собиралась послать ее вам в Нью-Йорк, но, думаю, так будет даже лучше.

— Я не... понимаю, — лепечет она. — Это мне?

— Да, мэм. — И передаю ей слова его преподобия. Про то, что она теперь для нас как член семьи. — Вы должны помнить: каждая подпись здесь означает, что дело того стоило.

Она читает благодарности, коротенькие пожелания, добрые слова; медленно проводит пальцем по строчкам. Глаза ее полны слез.

— Думаю, Константайн гордилась бы вами.

Мисс Скитер улыбается, и тут я замечаю, до чего же она *молода*. За время нашей работы, за долгие часы тревог, волнений, усталости, я почти позабыла, что она ведь совсем девчонка. И останется такой еще много-много лет.

— Вы уверены, что все будет в порядке? Если я уеду, а...

— Отправляйтесь в Нью-Йорк, мисс Скитер. Ищите свою судьбу.

Она улыбается, смахивает слезинку и на прощание произносит:

— Спасибо.

Ночью долго не могу уснуть, все размышляю, а слезы катятся и катятся у меня из глаз, стекают по вискам прямо в уши. Я очень счастлива за мисс Скитер. Она начинает совершенно новую жизнь. Представляю, как она идет по шумным улицам огромного города, который я только по телевизору видела, и длинные волосы развеваются у нее за спиной. Как бы и мне хотелось начать все заново. Писать статьи об уборке — это ведь новое дело. Но я уже немолода. Жизнь моя почти окончена.

Чем больше стараюсь уснуть, тем хуже получается. Я будто слышу гул голосов — люди по всему городу обсуждают нашу книгу. Как тут уснешь при таком шуме? Думаю про Флору Лу — если бы мисс Хилли не уверяла направо и налево, что книжка не про Джексон, мисс Эстер, глядишь, и уволила бы ее. Ох, Минни, Минни. Как же благородно ты поступила. Позаботилась обо всех, кроме себя. Надеюсь, я сумею тебя защитить.

Не знаю, долго ли удастся сдерживать мисс Хилли. Каждый день еще кто-нибудь объявляет, что догадывается, кто съел знаменитый торт, и мисс Хилли ведет свой бой еще яростнее. Впервые в жизни мне интересно, кто же победит. Прежде я бы наверняка поставила на мисс Хилли, но сейчас — трудно сказать. В этот раз она вполне может проиграть.

Заснуть удается лишь перед рассветом. Забавно, но, поднявшись в шесть, я чувствую себя бодрой. Надеваю свежую униформу, только вчера выстиранную. Выпиваю большой стакан холодной воды. Выключаю свет в кухне, иду к двери, и тут звонит телефон. Рановато, однако.

Снимаю трубку, а там — *вой*.

— Минни? Это ты? Что...

— Лероя вчера уволили! А когда он спросил, за что, начальник объяснил, что мистер Уильям Холбрук велел. Холбрук заявил, что все из-за чернозадой *женушки* Лероя, а Лерой как пришел домой, так сразу и кинулся меня убивать, прямо голыми руками! — Минни захлебывается рыданиями. — Детей во двор вышвырнул, запер меня в ванной и начал грозить, что подожжет дом вместе со мной!

Господи, *вот оно и случилось*. Чувствую, как проваливаюсь в жуткую черную яму, которую мы сами себе выкопали. Несколько недель голос Минни звучал спокойно и уверенно, но теперь...

— Эта ведьма! — кричит Минни. — Он хочет убить меня из-за нее!

— Ты где сейчас, Минни, где дети?

— На бензоколонке, убежала как была, босиком! Дети спрятались у соседей... — Она всхлипывает, стонет, икает. — За нами приедет Октавия. Сказала, будет мчаться как ветер.

Октавия живет в Кантоне, двадцать минут к северу от дома мисс Селии.

— Минни, я сейчас к тебе приду...

— Нет, не вешай трубку, пожалуйста. Поговори со мной, пока она не приедет.

— Ты в порядке? Он тебя не покалечил?

— Я больше не могу, Эйбилин. Не могу... — И все плачет, плачет.

Я впервые слышу от Минни такое. И знаю, что должна сделать. Нужные слова уже сложились у меня в голове. *Прямо сейчас* — единственный шанс, чтобы она меня услышала, пока стоит босиком в телефонной будке на бензоколонке.

— Минни, выслушай меня. Ты никогда не потеряешь работу у мисс Селии. Мистер Джонни тебе сам пообещал. А мисс Скитер вчера рассказала, что книга принесет еще немного денег. Минни, слушай меня внимательно. Вот что я тебе скажу... *Ты не должна больше терпеть побои от Лероя.*

Минни душат слезы.

— Время настало, Минни, пора. Ты слышишь меня? Ты *свободна.*

Рыдания стихают, медленно-медленно, но стихают. В трубке тишина. Если бы я не слышала ее дыхания, подумала бы, что Минни бросила трубку. «Пожалуйста, Минни, — заклинаю я. — Пожалуйста, это твой шанс вырваться на волю».

Долгий прерывистый вздох.

— Я услышала тебя, Эйбилин.

— Давай я приду к тебе, побуду рядом. Мисс Лифолт скажу, что опоздаю.

— Нет, — отзывается Минни. — Моя сестра... скоро подъедет. Мы сегодня переночуем у нее.

— Минни, только сегодня или...

Еще один долгий шумный выдох.

— Нет... Я больше не могу. Я терпела *слишком* долго.

Неужели возвращается прежняя Минни Джексон? Голос все еще дрожит, ей страшно, но все же она почти кричит:

— Лерой даже не представляет, *кем* может стать Минни Джексон!

— Минни, не убивай его, — пугаюсь я. — Ты угодишь в тюрьму, а мисс Хилли только этого и добивается.

Ой. На том конце линии снова гробовое молчание.

— Я не стану убивать его, Эйбилин. Обещаю. Мы поживем у Октавии, пока не подыщем себе новое жилье.

Уф-ф...

— Она уже здесь. Позвоню тебе вечером.

В доме мисс Лифолт тишина. Молодой Человечек, должно быть, еще спит. Мэй Мобли уже ушла в школу. Отношу свою сумку в прачечную. Дверь в гостиную закрыта, в кухне прохладно.

Ставлю кофейник и молюсь за Минни. Некоторое время она сможет пожить у Октавии. Минни рассказывала, что у сестры большой дом в деревне. До работы ей оттуда добираться удобно, детям, правда, в школу далековато. Самое главное, Лерою ее не достать. Прежде она ни разу не говорила, что хотела бы уйти от мужа, а Минни слов на ветер не бросает. Если что-то делает, то уж наверняка.

Готовлю бутылочку с молоком для Молодого Человечка. Восемь утра, а у меня такое чувство, будто целый день за спиной. Но при этом я вовсе не устала — странное дело.

Открываю дверь в гостиную. Мисс Лифолт и мисс Хилли сидят за столом, смотрят на меня.

Мисс Лифолт в своем синем клетчатом халате, на голове бигуди. Зато мисс Хилли в строгом брючном костюме. На губе у нее мерзкая красная болячка.

— Доброе утро, — бормочу я и пячусь обратно в кухню.

— Росс еще спит, — говорит мисс Хилли. — Не стоит его беспокоить.

Замираю на месте, жду, что скажет мисс Лифолт, но та молча разглядывает царапину на поверхности обеденного стола.

— Эйбилин, — начинает мисс Хилли, нервно облизнув губы, — в том свертке с серебром, который вы вернули вчера, недоставало трех предметов. Серебряной вилки и двух серебряных ложек.

— Позвольте... дайте я погляжу в кухне, может, я что-то забыла. — Смотрю на мисс Лифолт, жду, что она скажет, но она все не отводит глаз от царапины. Чувствую, как ледяные мурашки ползут по спине.

— Вам прекрасно известно, Эйбилин, что никакого серебра в кухне нет, — заявляет мисс Хилли.

— Мисс Лифолт, а вы смотрели в кроватке у Росса? Он таскает всякие блестящие штучки и прячет их...

Мисс Хилли издевательски хохочет:

— Нет, ты слышишь, Элизабет? Она пытается обвинить младенца.

Судорожно стараюсь припомнить, пересчитывала я серебро перед тем, как сложить в узелок, или нет. Кажется, пересчитывала. Я всегда проверяю. Боже, она ведь не собирается произнести вслух то, о чем я подумала...

— Мисс Лифолт, вы уже искали в кухне? В буфете с серебром? Мисс Лифолт?

Но она на меня не глядит, а я не могу понять, насколько плохи дела. Может, причина не в серебре, а в мисс Лифолт и *второй главе*...

— Эйбилин, — скрежещет мисс Хилли, — либо вы сегодня же вернете мне серебро, либо Элизабет подаст на вас в суд.

Мисс Лифолт вскидывает беспомощный взгляд на подругу и коротко изумленно вздыхает. Интересно, чья это идея — обеих или только мисс Хилли?

— Я не брала этого серебра, мисс Лифолт, — бормочу я, и от одних этих слов хочется сбежать.

Мисс Лифолт шепчет:

— Она говорит, что у нее нет серебра, Хилли.

Мисс Хилли притворяется, будто не слышит. Приподнимает бровь и произносит:

— Тогда вынуждена сообщить вам, что вы уволены, Эйбилин. Я звоню в полицию. Меня там хорошо знают.

— Ма-ма-а, — кричит из кроватки Молодой Человечек.

Мисс Лифолт нервно оглядывается, опять смотрит на Хилли, словно не понимает, что же ей делать. Только сейчас, видать, сообразила, как же она обойдется без прислуги.

— Эй-би-и!.. — Молодой Человечек уже плачет.

— Эйбилин! — раздается еще один детский голосок.

Мэй Мобли, оказывается, дома. Должно быть, не пошла в школу сегодня. В груди у меня все сжимается. Боже, она не должна услышать, что про меня будет говорить мисс Хилли. Из дверей в дальнем конце коридора появляется Мэй Мобли. Она кашляет.

— Эйби, горлышко болит.

— Я... сейчас приду, детка.

Мэй Мобли вновь кашляет — нехороший кашель, лающий; я иду было к ней, но мисс Хилли командует:

— Эйбилин, оставайтесь на месте. Элизабет в состоянии позаботиться о своем ребенке.

Мисс Лифолт все так же растерянно смотрит на мисс Хилли: «Я что, должна сама это сделать?» Но все-таки поднимается, тащится по коридору. Уводит Мэй Мобли в комнату Молодого Человечка, прикрывает дверь. Мы остаемся вдвоем, я и мисс Хилли.

Она, откинувшись на спинку стула, лениво бросает:

— Я не потерплю вранья.

Голова кружится, мне надо бы присесть.

— Я не крала ваше серебро, мисс Хилли.

— Речь не о серебре. — Она продолжает шепотом, чтобы мисс Лифолт не услышала: — Речь о том, что вы написали про Элизабет. Ей и в голову не пришло, что вторая глава про нее, а я слишком хорошая подруга, чтобы открыть ей эту печальную истину. Возможно, следовало бы упечь вас в тюрьму за то, что написали про Элизабет, но посадят вас за воровство.

Я не сяду в тюрьму. *Ни за что.*

— А для вашей подружки Минни у меня тоже есть сюрприз. Я позвоню Джонни Футу и скажу, что он должен вышвырнуть ее немедленно.

Комната вокруг расплывается. Тряхнув головой, я крепко сжимаю кулаки.

— Мы близкие друзья с Джонни Футом. Он прислушивается ко всему, что я...

— Мисс Хилли, — в полный голос произношу я. Она замолкает. Держу пари, мисс Хилли лет десять уже никто не перебивал. — Не забывайте, мне кое-что и о вас известно.

Она, прищурившись, внимательно смотрит на меня. Но молчит.

— А в тюрьме достаточно свободного времени, чтобы писать письма. — Я вся дрожу, в животе все огнем горит. — Ничего не стоит написать правду о вас каждому гражданину Джексона. И будет чем заняться, и бумага бесплатная.

— Никто не поверит ни единому твоему слову, черномазая.

— Как сказать. Говорят, я очень неплохой писатель.

Кончиком языка она касается болячки на губе. И отводит взгляд.

Прежде чем она успевает хоть что-то произнести, дверь в конце коридора распахивается. Мэй Мобли, в пижамке, бежит прямо ко мне. Она плачет, икает, маленький носик совсем красный. Наверное, мама рассказала ей, что я ухожу.

«Господи, — молю я, — *сделай так, чтобы она не повторила ребенку ложь мисс Хилли».*

Малышка хватается за подол моей униформы. Трогаю ей лоб — она вся горит.

— Детка, тебе нужно лечь в кроватку.

— Не-е-ет, — плачет она. — Не уходи-и-и, Эйби-и-и.

Из спальни появляется мрачная мисс Лифолт с Молодым Человечком на руках.

— Эйби! — радостно верещит он.

— Привет... Молодой Человечек, — шепчу я. Хорошо хоть он не понимает, что происходит. — Мисс Лифолт, позвольте мне отвести девочку в кухню и дать ей лекарство. У нее очень высокая температура.

Мисс Лифолт оглядывается на мисс Хилли, но та застыла как статуя, скрестив руки на груди.

— Да, ступайте, — с облегчением выдавливает мисс Лифолт.

Беру Малышку за горячую ручонку, веду в кухню. Она опять заходится кашлем. Я достаю детский аспирин и микстуру. Бедняжка немного успокаивается, но слезы все еще катятся по щекам.

Сажаю ее на стол, разминаю розовую таблетку, смешиваю с яблочным соком и даю ей на ложечке. Малышка глотает, и сразу видно, что ей больно. Глажу ее по голове. Там, где она подстригла себя детскими ножницами, волосы уже начинают отрастать и торчат во все стороны. В последнее время мисс Лифолт мало на нее обращает внимание.

— Пожалуйста, не уходи, Эйби. — Она вновь начинает плакать.

— Я должна уйти, маленькая. Мне очень жаль. — Тут и я начинаю плакать. Понимаю, что ей от этого только хуже, но ничего не могу с собой поделать.

— Почему? Почему ты больше не хочешь меня видеть? У тебя будет дочкой другая девочка? — Она морщит лоб точно как ее мама, когда сердится.

Ох, сердце у меня кровью обливается. Беру ее личико в ладони — щеки просто пылают.

— Нет, детка, я не хочу тебя оставлять, но...

Как объяснить? Я не могу сказать, что меня уволили, — не хочу, чтоб она обвиняла свою маму, у них и так неважные отношения.

— Мне пришло время выходить на пенсию. Ты моя последняя маленькая девочка, — говорю я, и это правда — просто не по моей воле.

Позволяю ей немножко поплакать у меня на груди, а потом опять обнимаю ладонями мордашку. Глубоко вдыхаю, и ей велю сделать то же самое.

— Малышка. Мне важно, чтоб ты помнила все, что я тебе говорила. Ты помнишь, что я говорила тебе?

Она все плачет, но уже хотя бы не заходится.

— Хорошо вытирать попку, когда покакаю?

— Нет, другое. О том, какая ты.

Я заглядываю в самую глубину карих глаз, а она заглядывает в мои. Боже, какой мудрый взгляд, она как будто тысячу лет прожила на свете. И там, далеко в глубине, клянусь, я разглядела взрослую женщину, которой она станет. Высокая и стройная. Гордая. С красивой прической. И она *помнит* слова, что я вложила ей в голову. Помнит, даже став взрослой женщиной.

И тут она произносит их, именно так, как надо.

— Я добрая, — говорит она. — Я умная. Я важный человек.

Прижимаю к себе маленькое горячее тельце. Я словно получила от нее драгоценный подарок.

— Спасибо, Малышка.

— Пожалуйста, — вежливо отвечает она, как я ее учила. Потом опускает голову мне на плечо, и мы обе плачем, пока в кухню не заходит мисс Лифолт.

— Эйбилин...

— Мисс Лифолт, вы... уверены, что...

Следом появляется мисс Хилли. Мисс Лифолт виновато отводит глаза:

— Простите, Эйбилин. Хилли, если хочешь... подавай в суд, это твое дело.

Мисс Хилли пренебрежительно фыркает:

— Не хочется время терять.

Мисс Лифолт с облегчением вздыхает. На миг наши взгляды встречаются, и я понимаю, что Хилли права. Мисс Лифолт не понимает, что глава вторая — именно о ней. А если что и заподозрила, то никогда не осмелится в этом признаться даже самой себе.

Мягко отстраняю Мэй Мобли. Она переводит взгляд с меня на свою мать — глаза совсем больные и сонные. Она будто с ужасом представляет следующие пятнадцать лет своей жизни, а потом вздыхает — мол, слишком устала, чтобы думать об этом. Опускаю ее на пол, целую в лоб и делаю шаг назад.

Иду за своей сумкой, надеваю пальто.

Выхожу через заднюю дверь под раздирающие сердце рыдания Мэй Мобли. Иду по дорожке и тоже плачу — я знаю, как сильно буду скучать по своей Малышке. Господи, сделай так, чтобы мама любила ее чуть больше. Но в то же время меня охватывает странное чувство: я теперь свободна — как Минни. Я свободнее мисс Лифолт, которая настолько запугана, что даже не узнает себя в книжке. И гораздо свободнее мисс Хилли. Эта женщина всю оставшуюся жизнь будет пытаться убедить людей, что не ела тот злополучный торт. Вспоминаю про Юл Мэй. Мисс Хилли, она тоже в тюрьме, своей собственной, только срок у нее — пожизненный.

Восемь тридцать утра, я иду по тротуару и не знаю, чем занять оставшийся день. Оставшуюся жизнь. Я горько плачу, и проходящая мимо белая леди неодобрительно косится в мою сторону. В газете будут платить десять долларов в неделю, есть деньги за книгу, и, может, она еще немного принесет. Но этого не хватит на всю оставшуюся жизнь. В прислуги меня больше никто не возьмет, раз уж мисс Лифолт и мисс Хилли объявили меня воровкой. Мэй Мобли была моим последним белым ребенком. А я только-только купила новую униформу.

Солнце ярко светит. Стою на автобусной остановке, как все предыдущие сорок с чем-то лет. За каких-то полчаса вся моя жизнь... закончилась. А может, стоит продолжать писать — не только для газеты, но что-нибудь еще, про людей, которых я знала, про все, что видела и пережила? Может, я и не слишком стара, чтобы начать заново? Смеюсь и плачу одновременно. Надо же, а ведь прошлой ночью я решила, что ничего нового в моей жизни уже не случится.

Слишком мало, слишком поздно

Кэтрин Стокетт о себе

Наша прислуга, Деметри, говорила, бывало, что нет ничего хуже, чем собирать хлопок в Миссисипи в разгар лета, если не считать уборки окры — она колючая, да еще приходится низко наклоняться. Деметри частенько рассказывала нам разные истории про то, как она девчонкой собирала хлопок. Она смеялась и грозила нам пальцем, предостерегая от этого занятия, словно богатые белые дети могли впасть в подобный грех, сравнимый с сигаретами и алкоголем.

«Целыми днями собирала и собирала. А потом гляжу — вся кожа у меня волдырями пошла. Я маме показала — никто из нас прежде не видал, чтоб чернокожие обгорали на солнце. Обгореть — это только для белых!»

Я тогда была слишком молода, чтобы понять, что в ее рассказах нет ничего забавного.

Деметри родилась в Лэмпкине, Миссисипи, в 1927 году. Жуткий год, прямо перед Великой депрессией. Самое подходящее время, чтобы появившийся на свет ребенок с самых первых лет жизни осознал, что значит быть бедной цветной девочкой на ферме издольщиков.

Деметри начала работать в нашем доме, когда ей было двадцать восемь. Моему отцу тогда было четырнадцать, а дяде — семь. Деметри была темнокожей, тучной, замужем за жалким пьяницей по имени Клайд. Если я принималась расспрашивать о нем, она отмалчивалась. Но обо всем остальном, кроме Клайда, готова была говорить целыми днями.

Господи, как же я любила болтать с Деметри. После школы я сидела в кухне, слушала ее рассказы и смотрела, как она месит тесто для пирогов или жарит цыпленка. Готовила она невероятно вкусно. И еще долго после обедов у моей матушки люди обсуждали стряпню Деметри. Пробуя ее карамельный торт, вы чувствовали себя *любимым*.

Но ни мне, ни моему старшему брату, ни сестре не разрешалось приставать к Деметри во время ее обеденного перерыва. Бабушка говорила: «Оставьте ее в покое, дайте поесть, это ее время». И я в нетерпении переминалась у кухонной двери. Бабушка хотела, чтобы Деметри могла передохнуть, дабы была в состоянии продолжать работать, не говоря уже о том, что белым не пристало сидеть за одним столом с цветным, пока тот ест.

Это было обычной частью обычной жизни — граница между черными и белыми. В детстве, увидев чернокожих в цветной части города, я всегда жалела их — даже если они были хорошо одеты и выглядели вполне довольными жизнью. Мне стыдно сейчас в этом признаваться.

Впрочем, Деметри я не сочувствовала. Несколько лет я совершенно искренне считала, что ей повезло, раз она живет у нас. Спокойная работа в приличном доме, уборка за белыми христианами. Но наверное, я так думала еще и потому, что у Деметри не было собственных детей и мы словно заполняли пустоту в ее жизни. Если кто-то спрашивал, сколько у нее детей, она всегда показывала три пальца. Она имела в виду нас — мою сестру Сьюзан, моего брата Роба и меня.

Они, конечно, отрицают это, но я была Деметри ближе, чем остальные дети. Никто не смел обижать меня, если Деметри была неподалеку. Она ставила меня перед зеркалом и говорила: «Ты красавица. Ты очень красивая девочка». Что определенно не соответствовало истине. Я носила очки, а волосы у меня были совсем жидкими. И я питала странное отвращение к ванной. Мамы часто не бывало дома. Сьюзан и Робу я надоедала. Я чувствовала себя покинутой всеми. Понимая это, Деметри брала меня за руку и рассказывала, какая я хорошая.

Родители развелись, когда мне было шесть. И Деметри заняла в моей жизни еще более важное место. Однажды мама отправилась в очередное путешествие, и отец забрал нас к себе, в свой мотель, а Деметри присматривала за нами. Я все плакала и плакала на плече у Деметри, я так скучала по маме, что даже заболела.

Брат с сестрой тогда решили, что уже не маленькие, чтобы их нянчила Деметри. Они сидели в пентхаусе и играли со служащими в покер на соломинки.

Помню, я смотрела на них и жутко завидовала, думала: «Я уже не ребенок. Почему это я должна торчать тут с Деметри, пока остальные играют в покер».

Я присоединилась к игре и, разумеется, в пять минут проиграла все свои соломинки. А потом вернулась на колени к Деметри, делая вид, что смирилась с судьбой. Но уже через минуту прижалась лбом к ее мягкой шее, а она укачивала меня, словно мы с ней плыли в лодке.

— Твое место здесь, рядом со мной, — утешала она меня, поглаживая по горячей ножке. Руки у нее всегда были прохладными. Я смотрела, как остальные играют в карты, и уже не так сильно скучала по маме. Я была на своем месте.

Всплеск негативных высказываний о Миссисипи — в кино, прессе, по телевидению — превратил нас, местных жителей, в постоянно обороняющееся сообщество. Мы были исполнены гордости и стыда, но гордости — в большей степени.

Да, я сбежала оттуда. Я переехала в Нью-Йорк, когда мне исполнилось двадцать четыре. В этом городе, где нет коренных жителей, первый вопрос, который вам задают, — «Откуда вы?». Я отвечала: «Миссисипи». А потом ждала реакции.

Если человек улыбался и говорил: «Я слышал, там у вас чудесно», я отвечала: «Мой родной город занимает третье место в стране по тяжким преступлениям и убийствам». Если человек замечал: «Боже, вы, должно быть, рады, что выбрались *оттуда*», я мгновенно ощетинивалась и заявляла: «С чего вы взяли? Там чудесно».

Однажды на вечеринке подвыпивший мужчина, по виду из богатого белого пригорода, спросил, откуда я, и, услышав «Миссисипи», гнусно усмехнулся: «Извините».

Я пригвоздила его ногу каблуком-шпилькой и следующие десять минут тихо разъясняла, откуда родом Уильям Фолкнер, Эудора Уэлти, Теннесси Уильямс, Элвис Пресли, Б. Б. Кинг, Опра Уинфри, Джим Хенсон, Фэйт Хилл, Джеймс Эрл Джоунс и Крэг Клайборн, ресторанный критик «Нью-Йорк таймс». Я сообщила ему, что пересадка легких и пересадка сердце впервые были осуществлены в Миссисипи, а в Университете Миссисипи была разработана законодательная система Соединенных Штатов.

Я тосковала по дому, и мне был необходим кто-нибудь вроде него.

Я вела себя вовсе не как благовоспитанная светская дама, и остаток вечера бедняга нервно озирался и поеживался. Но я не могла сдержаться.

Миссисипи мне как мать. Только мне позволено жаловаться на нее. Но берегись любой, кто посмеет дурно отозваться о ней в моем присутствии, если, конечно, она и не его мать тоже.

«Прислугу» я написала, живя в Нью-Йорке, что, наверное, легче, чем в Миссисипи, лицом к лицу со всем этим. Расстояние позволяет взглянуть чуть более отстраненно. Среди шума большого города так славно было позволить мыслям течь медленно и неторопливо, предаваясь воспоминаниям.

Сюжет «Прислуги», в целом, вымышленный. Но, когда я писала, я очень беспокоилась, что по этому поводу станет думать моя семья и что сказала бы Деметри, хотя она давным-давно умерла. Много раз я боялась, что ступаю на опасную почву, говоря от имени чернокожих. Я боялась, что не сумею описать отношения, оказавшие столь глубокое влияние на мою жизнь, эту невероятную любовь, — отношения, ставшие таким грандиозным стереотипом в американской истории и литературе.

И я была искренне признательна, когда прочла в статье лауреата Пулитцеровской премии Хоуэлла Рэйнса такие слова:

Нет более сложной темы для писателя с Юга, чем чувство привязанности, возникающее между черными и белыми в неравноправном мире сегрегации. В силу неис-

кренности, царящей в обществе, любые эмоции вызывают подозрения, и невозможно до конца понять — то, что происходит между двумя людьми, является искренним чувством, или просто жалостью, или проявлением прагматизма.

Я прочла и подумала: «Как он сумел выразить это так лаконично?» Это та самая вечно ускользающая мысль, с которой я мучилась и, словно мокрую рыбину, никак не могла удержать в руках. Мистер Рэйнс умудрился сформулировать ее в нескольких фразах. Я рада, что в своих мучениях оказалась не одинока.

Мои чувства по отношению к «Прислуге» противоречивы, подобно чувствам к Миссисипи. Боюсь, о границах между черными и белыми женщинами я рассказала чересчур много. Меня учили не обсуждать такие неудобные вопросы — это вульгарно, невежливо, *они* могут нас услышать.

Боюсь, я рассказала чересчур мало. Не потому, что жизнь многих черных женщин, работающих в белых домах в Миссисипи, гораздо хуже, но потому, что у меня не хватит бумаги и времени описать любовь между белыми семьями и черной прислугой.

Но кое в чем я *действительно* уверена. Я не допускаю и мысли, что точно знаю, каково быть чернокожей женщиной в Миссисипи, особенно в 1960-е. Не думаю, что белая женщина вообще в состоянии это до конца понять. Но стремление понять жизненно важно для нашей *человеческой сущности.* В «Прислуге» есть момент, которым я искренне горжусь:

«Разве не в этом основная идея нашей книги? Чтобы женщины поняли: *мы просто два человека. Не столь многое нас разделяет. Между нами не такая уж большая разница. Совсем не такая значительная, как мне представлялось».*

С уверенностью могу утверждать, что никто из членов моей семьи никогда не спрашивал Деметри, каково быть черной в Миссисипи, каково работать на белое семейство. Нам никогда не приходило в голову поинтересоваться этим. Это ведь обычная жизнь, какие тут могут быть вопросы?

Много лет я жалела, что не была достаточно взрослой и мудрой, чтобы спросить Деметри об этом. Она умерла, когда мне было шестнадцать. И не раз я представляла, каков мог быть ее ответ. Поэтому написала эту книгу.

Об авторе

Кэтрин Стокетт родилась и выросла на американском Юге, в штате Миссисипи, в городе Джексон, где и разворачивается действие ее романа «Прислуга». Окончив университет в Алабаме, где она изучала английский язык и литературу, Кэтрин Стокетт переехала в Нью-Йорк и девять лет работала в маркетинге, попутно пробуя свои силы в журналистике. Сейчас она живет в Атланте, с мужем и дочерью. «Прислуга» — ее первый роман, и никто, в том числе и сама Кэтрин Стокетт, не ожидал столь оглушительного успеха книги. Писательница работала над книгой более пяти лет, а затем последовали мытарства по литературным агентам. Она раз за разом получала отказ. Никто из агентов не желал заниматься книгой, считая, что роман на столь серьезную тему, столь бескомпромиссный и резкий, обречен на провал. Выпустить книгу согласилось крошечное американское издательство. Роман вышел в феврале 2009 года, а уже в марте занимал первую строчку в списке бестселлеров. В 2009 году роман был выбран американскими читателями «Книгой года». Первую книгу молодой писательницы сравнивают с великим американским романом «Убить пересмешника» Харпер Ли. На сегодняшний день «Прислуга» уже переведена на 40 языков.

Литературно-художественное издание

Кэтрин Стокетт

ПРИСЛУГА

Роман

Перевод *Мария Александрова*

Редактор *Игорь Алюков*

Корректоры *Ольга Андрюхина, Виктория Рябцева*

Компьютерная верстка *Евгений Данилов*

Компьютерная верстка обложки *Юлия Горюнова*

Директор издательства *Алла Штейнман*

Подписано в печать 06.02.23 г. Формат 84×108/32.
Печать офсетная. Усл. изд. л. 26,88. Заказ № 2203351.
Тираж 5000 экз. Гарнитура типа «Таймс».

Издательство «Фантом Пресс»:
Лицензия на издательскую деятельность код 221
серия ИД № 00378 от 01.11.99 г.
127015 Москва, ул. Новодмитровская, д. 5А, 1700
Тел.: (495) 787-34-63
Электронная почта: phantom@phantom-press.ru
Сайт: www.phantom-press.ru

Отпечатано в полном соответствии с качеством
предоставленного электронного оригинал-макета
в ООО «Ярославский полиграфический комбинат»
150049, Россия, Ярославль, ул. Свободы, 97

*По вопросам реализации книг
обращаться по тел./факсу (495) 787-36-41.*

ISBN 978-5-86471-732-5

9 785864 717325